Nunca serás inocente

XAVI BARROSO

Nunca serás inocente

Grijalbo

Papel certificado por el Forest Stewardship Council®

MIXTO
Papel procedente de
fuentes responsables
FSC® C117695

Penguin
Random House
Grupo Editorial

Primera edición: marzo de 2022

© 2022, Xavier Diaz Barroso
© 2022, Penguin Random House Grupo Editorial, S. A. U.
Travessera de Gràcia, 47-49. 08021 Barcelona

Printed in Spain – Impreso en España

ISBN: 978-84-253-5974-3
Depósito legal: B-913-2022

Compuesto en La Nueva Edimac, S. L.

Impreso en Liberdúplex
Sant Llorenç d'Hortons (Barcelona)

GR59743

A mi padre, mi madre, mis abuelos y mis abuelas,
que nos criaron con lo justo y nos regalaron
la sensación de tenerlo todo

CARGA EL ARMA

1

Oirás que maté a mi mujer porque fui un pistolero despiadado, porque soy un traidor deleznable. No hay palabra cierta en esa afirmación. En una ciudad regida por las balas y por ensoñaciones perversas disparadas por plutócratas, arribistas y correveidiles, la verdad es un molinillo que gira según convenga a las élites. Barcelona da vueltas sobre sus pecados como una peonza, consciente de que acabará derrumbándose. No ha sido una decisión fácil, pero Montserrat tenía que desaparecer por el bien de nuestra familia. ¿Qué alternativa nos quedaba? Por ella volví a la luz y por ella casi perdí el norte en innumerables ocasiones. Qué sencillo fue amarla y qué complejo convencerla de que permaneciera a mi lado. Ahora me pregunto: ¿podía un anarquista ser feliz? ¿Podía serlo un patrón?

Hace tres días pusimos rumbo a las Américas y todavía no había disfrutado de la tranquilidad que la cubierta brinda a primera hora de la mañana. El pasaje y parte de la tripulación descansan en los camarotes del barco, que se mece al son de un mar sereno. El sol ilumina cuanto alcanzan a ver los ojos y la brisa acaricia mi cara recordándome que, aunque parezca un milagro, sigo con vida. Estoy sentado en el suelo, con la espalda apoyada en una pared de la cubierta superior, con el cuaderno en el que escribo sobre las rodillas y la seguridad de haber tomado la decisión acertada. Ojalá el destino me deparara únicamente instantes como este.

Observo a un marinero mayor y somnoliento que, arrodillado, limpia el suelo sin apenas brío. Su camiseta blanca y entallada delinea un cuerpo sorprendentemente vigoroso para pertenecer a un anciano. Algo más alejada, y con los brazos apoyados en la barandilla de proa, una mujer observa el horizonte con la minuciosidad de una artista. Luce un vestido azul que compite en intensidad con el color del océano. Me pregunto cómo habrán sido sus vidas. ¿Y sus errores?, ¿podrían contarse con los dedos de las manos?

Supongo que la lista de mis pecados comenzó con mi primer asesinato. Sucedió una mañana de julio de 1919. Yo tenía veintiséis años y habían transcurrido tres meses desde el fin de la huelga de La Canadiense, aquel gran parón que detuvo la producción de la ciudad durante más de cuarenta días y que se saldó con la conquista de las ocho horas laborales establecidas por ley en todo el país. Un joven pelirrojo, pecoso y taciturno se presentó en casa para comunicarme que el barón Hans Kohen me había convocado en un piso de la calle Reina Amàlia, situada en pleno Distrito V de Barcelona, uno de los barrios de la parte antigua de la ciudad. Cuando llegué al lugar indicado, subí los seis pisos por una escalera estrecha y poco iluminada que no se limpiaba desde tiempos inmemoriales. Llamé al ático y me recibió una mujer de sonrisa generosa, sobrada de picardía y de confianza.

—Los que llegáis con cara de cordero degollado sois mis favoritos —dijo divertida—. Anda, pasa.

Accedí a un pasillo corto. La mujer escondía un corsé rojo con rebordes negros bajo una bata mal colocada a conciencia y, al tiempo que hablaba, enrollaba los tirabuzones de su rubio pelo en el dedo índice. Me señaló la puerta que abrió mi destino y desapareció por otra.

Kohen me esperaba en un lujoso salón cuyo esplendor contrastaba con el estado de la entrada y la escalera del inmueble. En pocas ocasiones he visto una estancia tan abarrocada. Detrás de una cantidad innumerable de cuadros de animales y paisajes, la mayoría con marcos dorados, se intuía la pared, de color verde. Había, además, dos vitrinas que exponían una vajilla ostentosa y, frente a la chimenea, varias butacas isabelinas de madera maciza tapizadas en rojo. El Barón estaba sentado en una de ellas y se reía a carcajadas leyendo *Solidaridad Obrera*, el diario cenetista. Dio un sorbo a la taza que sostenía con la mano derecha y me pidió que me sentara mientras se relamía los restos de café acumulados en el bigote. Luego dejó la taza encima de la mesilla, se levantó y me despedazó con una mirada que atravesó los cristales de sus gafas redondas de montura fina.

Tenía el cabello liso, moreno, peinado hacia atrás, y vestía un elegante traje marrón. Robusto pero no en exceso, bajito pero no enano, su aspecto se alejaba del perfil caballeresco que se le suponía a un hombre de su estatus social. Kohen no destacaba por un físico recio, sin embargo mostraba su fuerza con cada gesto, con cada palabra y a través de un semblante que reaccionaba con contundencia ante la adversidad. Transmitía un poderío que se deducía concedido por su linaje y que se otorgaba a sí mismo por la gracia de su carisma. Si preguntabas por el Barón, recogías palabras como bondadoso, cruel, sociable, huraño, humilde, altivo, respetuoso y un sinfín de contradicciones más. A veces pienso que llegué a conocerlo como nadie, y otras, que me engatusó como al resto de los mortales que en un momento u otro entraron en contacto con su lengua viperina.

Mi carrera delictiva, o de justiciero, según se mire, se estrenó con un nombre y un apellido, una sentencia que salió de los labios de Kohen.

—Joan Mas —dijo tajante y con acento alemán—. Así saldará su deuda.

—Disculpe, pero no voy a hacerlo —respondí atemorizado.

—No esperaba oír esas palabras. Sabe qué sucederá si no hace lo que le digo.

—Creí que a cambio del préstamo me pediría otro tipo de favor. No pienso matar a un anarquista; ni a un anarquista ni a nadie.

—Querido Mateu, el dinero acaba con más vidas que los ejércitos. ¿Aún no se ha dado cuenta? —Ante mi silencio, el Barón prosiguió—: Ha entrado en una espiral de la que es imposible escapar —afirmó mientras dibujaba una espiral en el aire con el dedo índice—. Si alguna vez averigua cómo hacerlo, por favor, cuéntemelo al oído mientras me clava un cuchillo en el corazón.

—No sabe qué está haciendo. Están declarando la guerra a los sindicatos.

—Llega tarde, esa guerra comenzó hace mucho, por eso yo debo asegurar mis trincheras y usted debe pagar sus deudas. Si no se creía preparado para devolverlas, no haber aceptado los términos del préstamo que le concedí. —Su semblante se tornó severo—. Mate a Joan Mas y estaremos en paz. Le proporcionaremos ayuda y una pistola. No hay nada más que hablar.

—Pue… puedo hacer cualquier cosa, le devolveré el dinero con intereses. No me pida que lo asesine.

—Le ofrecí trabajar para mí, podría haber ganado treinta veces el dinero que le presté… Esa estricta moral de la que alardea no le traerá nada bueno. Acabará con una bala en la cabeza.

Sus palabras me enervaron por diversas razones, pero sobre todo porque se convirtieron en el preludio del poder que aquel hombre iba a ejercer sobre mi vida.

—Aunque lo haga, me matarán de todos modos.

—Ni el anarquista Joan Mas será el único que desaparezca este mes, ni usted será el único asesino. —El acento alemán de Kohen endurecía su pronunciación y, por ende, su discurso—. No me gustaría tener que cobrarme el aval del préstamo, así que no me obligue a hacerlo. Será coser y cantar, lo tenemos todo planeado.

Lo tenían todo planeado, hasta el último detalle.

Como muchos de los miembros relevantes de la Confederación Nacional del Trabajo, también llamada CNT, el sindicato anarquista con más afiliados de Barcelona, Joan Mas evitaba las rutinas. Por aquel entonces se libraba una batalla entre los poderes fácticos y los anarcosindicalistas: unos y otros extremaban las precauciones para no recibir un balazo en plena calle, a cualquier hora del día. Por eso, y por lo que me contó Kohen, Joan tomaba diferentes calles a diario, cambiaba permanentemente los lugares de reunión y pernoctaba en casas de amigos y conocidos cuando se avecinaban redadas o ataques. Solo hacía concesiones a su propia seguridad algunos domingos en los que acompañaba a su mujer a comprar dulces y el pan dando un paseo por el barrio cogidos de la mano. Era un ritual de la pareja que él pocas veces traicionaba.

Me habían encomendado el asesinato de uno de los hombres más comprometidos con la lucha proletaria. Joan no destacaba por sus capacidades oratorias en los mítines ni por sus iniciativas dentro del sindicato, pero se había ubicado en la CNT como una pieza clave para el engranaje de la organización, situada en el centro del mecanismo y oculta para el ciudadano de a pie. Coordinaba parte de la caja de resistencia, escribía en *Solidaridad Obrera,* y sabía calmar a determinados grupos afines y violentos que, con sus atentados, dificultaban las negociaciones con la patronal y el gobernador civil.

Ejecutamos el encargo el domingo siguiente; me acompañaron para ello dos pistoleros a las órdenes de Kohen. Uno de mis compinches, el Menorquín, era un granuja rechoncho y corto de miras conocido por lo que algunos llamaban coraje y otros, inconsciencia. Su pretendida valentía le había abierto las puertas de la banda corrupta del comisario Bravo Portillo, de modo que estaba inmerso en el conflicto que se cernía sobre la ciudad. El sobrenombre lo había heredado de su padre, un nativo de la isla que había emigrado a Barcelona en busca de una vida mejor. El trío lo cerraba Javo, ebanista de profesión, otro de los jóvenes armados que se vendían al mejor postor. Destacaba por su delgadez y su altura, y de él se decía que a nervio y mala leche no le ganaba nadie.

El día convenido amanecí sudoroso y agotado. Presa del pánico y en conflicto conmigo mismo, había pasado la noche en duermevela. No fui capaz de emborracharme, el alcohol me producía arcadas. A modo de presagio, el único cuadro que decoraba las paredes de mi habitación se desplomó junto con el clavo que lo sostenía. Me levanté, lo volví a clavar sin maña y lo estuve contemplando un buen rato. En él había un barco que se dirigía al paraíso. Justo cuando me tumbé en la cama, el cuadro volvió a precipitarse al suelo. Decidí ignorarlo. Jamás había matado a una persona, jamás me había relacionado con personajes de semejante calaña. El recuerdo de mi padre acudía a mi mente con insistencia. ¿Acabaría como él? Me mojé la cara, me vestí, me puse la gabardina y un sombrero, cogí la pistola Browning y salí a enfrentarme con mi destino.

Caminé hasta el punto de encuentro, la plaza Vella o del Mercat, como todavía la llaman algunos, situada en el barrio de Sants. El bochorno de julio abrasaba las calles. Llevaba una gabardina para que no me reconocieran, pero el calor era insoportable. El Menorquín y el Javo me saludaron burlones.

—Mateu, cuánto mides, ¿metro noventa y tantos? —dijo uno de ellos, no recuerdo cuál—. En pleno julio y con esa gabardina, llamas más la atención que si fueras desnudo.

Tenían razón; sin embargo, yo me sentía más protegido con ella. Revisaron el plan con celeridad y me apremiaron para que ocupara mi posición a la vez que se aseguraban de que no nos seguía nadie. Joan y su mujer solían tomar tres trayectos distintos para recorrer la distancia que separaba su casa de la panadería. Cada uno de nosotros los esperó en uno de ellos. Yo deseaba que aparecieran por una de las rutas que cubrían mis indeseados socios. El día había amanecido con la clara intención de convertir la ciudad en un horno y yo tenía la sensación de que el bochorno contribuía a derretir mi temple.

Caminé azogado hasta que llegué a la calle de Watt. Estrecha, de edificios bajos y calzada mal adoquinada, su tranquilidad casaba mal con mis intenciones. Hallé un portal con la puerta entreabierta y me agazapé en su interior. Rezaba, no sé muy bien a quién o a qué. No recuerdo con precisión los minutos anteriores al atentado, pero sé que tenía dificultades para respirar. La sombra del umbral no me protegía de mi contrición anticipada. Deseaba huir para no tener que enfrentarme a mi deuda. Las consecuencias que mi deserción tendría frenaban ese impulso. Mi familia era mi aval, y si no cumplía las órdenes de Kohen, él no dudaría en matarlos.

De pronto, Joan y su mujer asomaron por la calleja. Él la rodeaba por los hombros con el brazo derecho y ambos comentaban, sonrientes, alguna anécdota. El bueno de Joan, firme, atlético, caminaba con la tranquilidad de quien no le debe nada a nadie. La pareja pasó por delante de mi escondite sin percatarse de mi presencia y yo abandoné el portal, quité el seguro de la pistola, la cubrí con la gabardina y empecé a caminar sin pensar, sin sentir, movido solo por el deseo de acabar cuanto antes.

Los seguí a la espera del momento adecuado. Entonces, Joan se detuvo unos segundos y ladeó la cara de su amada para besarla. Un beso corto que provocó la caída de uno de los pendientes de Dolors. Ella se agachó para recogerlo del suelo mientras él avanzaba un par de pasos. Era el momento. Su tiempo había terminado.

Tan solo recuerdo fragmentos de los segundos posteriores, fotografías sin movimiento, esbozos a carboncillo de lo ocurrido. Hasta mi ansia temblaba. Una voz me repetía en mi cabeza: «Dispara, dispara». Ella permanecía agachada tratando de encontrar el pendiente con la parsimonia que brinda la felicidad. Esa voz: «Dispara, dispara». Descubrí la Browning, apunté a Joan y cerré los ojos. Bang.

Acto seguido, abrí los párpados y observé la escena sin dar crédito a lo que veía: Dolors se precipitaba hacia el asfalto al tiempo que su pecho se teñía de un rojo vívido. Concluí que ella se había levantado y se había interpuesto entre la bala y su marido. La caída duró una eternidad y, mientras se derrumbaba, nuestras miradas se cruzaron. No vi odio, ni desconcierto, ni impotencia, ni vida ni muerte: Dolors me observaba con una pena en los ojos de la que nunca más he vuelto a ser testigo. A veces sueño con ella, me abraza y me asegura que no debo preocuparme por nada, que está en un lugar mejor, aunque sufre por mí, pese a que me convertí en lo que ella más detestaba. No recuerdo el ruido del disparo, si ella gritó o si lo hizo Joan al girarse y descubrir lo que acababa de suceder, pero el sonido del cuerpo de Dolors impactando contra el suelo se repite una y otra vez nítido en mi memoria. Fue seco, rápido, inequívoco, el crujir de una mujer chocando con su destino.

Reaccioné. Di media vuelta asustado, desconcertado e incapaz de enfrentarme a mi error o de culminar mi cometido. Deseaba que Joan desenfundara un arma y acabara con mi existencia. Hui a todo correr sin esperar a los pistoleros que el Barón me había adjudicado a modo de niñeras, sin imaginar otro desenlace que el de un servidor pagando por su delito.

Fui yo quien disparó; sin embargo, a Dolors la mató un chantaje, un pendiente y mi falta de sangre fría. Me pregunto si sus padres, sus abuelos o el primer chico que la besó pensaron que un día caería inerte sobre el empedrado de una calle de Sants. Eso ocurrió antes de que yo muriera y volviera a la vida, antes de que me convirtiera en pistolero y de que supiera la verdad sobre lo que les había ocurrido a mis padres. Sucedió después de conocer a Montserrat, aunque mucho antes de que aprendiera a amarla y de que ella tuviera que desaparecer.

A partir de ese momento, me vi envuelto en una guerra a la que pertenecía por clase, por justicia y por solidaridad, pero que sentía ajena. Fui un niño callado, un chaval introspectivo que se convirtió en un hombre perdido. Por eso quiero, por eso necesito que leas mi historia con atención, que entiendas el porqué de los disparos, de mi huida del amor y de mí mismo. Un ejército enemigo habita nuestra cabeza y las únicas armas que tenemos para derrotarlo son las ideas, las buenas ideas, los ideales. Apréndelo antes de que sea demasiado tarde.

2

Una aguja penetra a lado y lado de un descosido, trazando el camino del hilo que lo remendará. Sin embargo, aunque la costurera sea una artista del corte y la confección, por mucho amor y atención que le dedique al zurcido, la pieza de ropa jamás volverá a poseer la fortaleza y la resistencia anteriores al roto. Así son las heridas y así crecimos Gabriel y yo.

Cómo hablar de mi hermano sin expresar amor, ira, comprensión y resquemor. Cómo no querer a ese truhan con el que comparto sangre y vivencias. Gabriel y yo nacimos con dos años de diferencia y, a pesar de eso, nuestra madre nos llamaba «los casi gemelos» porque el parecido iba más allá de lo razonable. Ambos fuimos tirillas de críos, enclenques de adolescentes y somos hombres fornidos de adultos. Nuestro pelo carbonizado contrasta con el blanco de la piel, un tono albino que se torna café con apenas unas horas al sol. Ojos redondos, mejillas respingonas, cejas pobladas y mandíbula recta, quizá la mía más angulada y la suya sutilmente más abultada. Ambos tenemos las manos grandes y los pies cortos, pelo en las piernas, aunque escaso en el torso y, al decir de muchos, andares desgarbados.

No obstante, dos rasgos nos diferencian desde niños. El primero, mis ojos azules como los de nuestro padre se alejan del marrón de los de mi hermano, heredados de nuestra difunta madre. Me inclino a pensar que esos colores marcaron el punto de vista con el que observamos la vida cuando crecimos.

El suyo, meloso, cremoso, avispado; el mío, salado, impredecible y frío como las contradicciones que escondían.

A pesar de que Gabriel nació dos años antes que yo, casi siempre fui algo más alto que mi hermano hasta que, ya hombres, me distancié más de veinte centímetros de él. La estatura se convirtió en la segunda y principal diferencia, así que los vecinos pensaban que yo era el mayor. Gabriel detestaba ese equívoco que caló en nuestras personalidades: yo me convertí en un tipo cumplidor y retraído que asumía responsabilidades sin que nadie me lo pidiera, y él, en un profesional de la picaresca y de los placeres de la carne, capaz de sortear los límites de la legalidad.

Debo contarte que fue un horrible suceso lo que acabó condicionando nuestros caracteres. Mi madre y su amante murieron asesinados y mi padre nos abandonó poco después, privándonos del consuelo y el apoyo que necesitaban dos críos de seis y ocho años. Montserrat me dijo en más de una ocasión que ahí estaba la clave para entender a Mateu y a Gabriel Garriga: los dos habíamos usado estrategias diferentes para huir de tan aciago suceso. Ahora, con la distancia que me brinda el tiempo, creo que tenía razón.

Por suerte, en contra de lo que cabía esperar, no nos dejaron desamparados. Un par de días después de la desaparición de mi padre, mi tío Ernest se presentó en casa con una carta en la mano. En ella, nuestro progenitor le pedía a su hermano mayor que cuidara de nosotros.

Yo mismo recibí a mi tío en el piso de la plaza Rius i Taulet, en el barrio de Gràcia, que mis padres alquilaron cuando se casaron. Lo invité a pasar, colgué su chaqueta en el perchero de la entrada y evité con esmero que viera el estropicio que Gabriel y yo habíamos causado la noche anterior en la cocina. Ya en el comedor, tío Ernest anunció que traía un bizcocho horneado por su mujer, tía Manuela. Cogí tres platos y tres cucharas del aparador mientras Gabriel respondía con monosílabos a sus preguntas. El comedor era amplio y se comunicaba con la sala de estar a través de un arco. Nos sentamos alrededor de una mesa que teníamos desde hacía pocos meses. Nuestro abuelo materno había fallecido el otoño anterior y mi madre rescató varios de sus muebles, algunos por su belleza y otros por su calidad o porque simplemente les tenía cariño. La mesa, maciza y de tonos claros, era el orgullo de la herencia recibida.

Mi tío se sentó a uno de sus extremos, dando la espalda al ventanal que nos atacaba con una luz cegadora. Desde el otro lado y con los ojos entornados debido a los rayos de sol, yo apenas percibía su calvicie, su cara redonda o los pliegues que adornaban su cuello. Tampoco su bigote frondoso que no escondía unos labios anchos y pronunciados, ni su nariz discreta ni sus ojos pequeños aunque siempre abiertos de par en par. Solo recuerdo una silueta parlante.

—Muchachos, no tengo palabras para describir el dolor que siento —dijo para romper el hielo—. Me he pasado la vida entre cueros, suelas y cordones, pero una zapatería no te prepara más que para arreglar descosidos.

Tío Ernest se tocaba la montura de las gafas mientras hablaba. Yo miraba a mi hermano en busca de complicidad, no obstante, él estaba en Babia.

—Por eso, tal y como me pedía mi hermano Antoni en su carta, vendréis a vivir conmigo y con la tía Manuela —nos anunció.

A continuación, tío Ernest nos dedicó un amplio repertorio de palabras amables que no lograron atenuar la rabia que me consumía por dentro.

—Vuestra tía os recibirá encantada. Y, además, podréis jugar todos los días con Pere. A falta de hermanos, ¡tendrá dos primos con los que hacer travesuras!

Tío Ernest nos describía el futuro con alegría pero no dejaba lugar a la réplica. Podríamos ayudarle en la zapatería que regentaba y acudiríamos al mismo colegio que su hijo.

—Mi casa será la vuestra y, con el tiempo, ya veremos qué podéis hacer para ganaros el pan. Así que venga, preparad las maletas.

Gabriel jugueteaba con la cuchara en silencio e ignoraba al

tío Ernest. Yo, en cambio, no pude contener el desasosiego y la ira que me corroían por dentro.

—Nos quedaremos aquí —dije al fin.

—Eso no es posible. Dime, ¿de qué vais a vivir? ¿Cómo vais a pagar el alquiler?

—He dicho que nos quedaremos aquí.

—Mateu, déjate de tonterías. Anda, ve a recoger tus cosas, que nos vamos.

Me levanté con brusquedad y, de un golpe, lancé el plato al suelo.

—¡Usted no entiende nada!

Le di la espalda mientras él continuaba hablándome y bajé las escaleras a toda prisa. Una vez en la calle, me detuve unos segundos para contemplar la Marieta, la campana que coronaba la torre del reloj situada en el centro de la plaza Rius i Taulet. Mientras tío Ernest me pedía que volviera a voces desde el balcón, vi el rosal que mi madre había cuidado como a un hijo más, que se encontraba junto a los pies de mi tío. Hui a la carrera y no me detuve hasta que me quedé sin aliento.

El mundo giraba a mi alrededor como si navegara en un barco a la deriva de mis emociones. No distinguía ya los edificios de las calles estrechas y lóbregas del barrio de Gràcia. Me senté en el escalón de un portal, apoyé los codos sobre las rodillas y enterré la cabeza entre las piernas y los brazos. Desconozco el tiempo que permanecí en ese estado letárgico, hasta que una voz cálida, infantil y femenina me devolvió al mundo.

Muchas anécdotas de la infancia se difuminan en nuestra memoria, solo algunas se perpetúan en el tiempo con claridad y el estímulo de un olor, una imagen o un temor las devuelven al presente. La que contaré a continuación me asalta cada vez que veo un pañuelo blanco o huelo lavanda.

—¿Estás llorando? —me preguntó la voz.

Alcé el rostro, ofendido. A pesar de que me dolía la cabeza y de que me moría de ganas de dar rienda suelta a las lágrimas, yo no estaba llorando y ella no debía dudarlo.

—Pues claro que no, soy un chico —le respondí.

Me imagino a mí mismo rojo, con los ojos inyectados en sangre y los brazos aferrados a las rodillas para no lanzarme sobre ella.

—Qué pena, entonces pareces más valiente de lo que eres —se lamentó.

Hablaba con una niña de mi edad, llevaba un vestido oscuro y una cinta roja le recogía el cabello rizado y castaño. Se sentó a mi lado sin pedir permiso y, al mirarla fijamente, descubrí el tono tierra de sus ojos.

—¿Te duele algo? —preguntó—. ¿La barriga? ¿El corazón?

—No lo entenderías —atiné a responder.

—Puede que tengas razón.

Su presencia me incomodaba. La misma necesidad que me llevaba a alejarme de mi tío y de mi hermano me separaba de ella. Sentía la ausencia de mi madre colosal y apabullante, y la soledad era la única circunstancia que acallaba el ruido que reinaba en mi cabeza. Sea como fuere, creo que aquella niña lo percibió.

—No quiero molestarte, pero no me gusta que la gente esté triste. Me parece que tú lo estás, y mucho.

—Eso es porque eres buena persona.

—Mi madre dice que debemos dejar salir las lágrimas —prosiguió ella—, de lo contrario, se nos atascan en la cabeza y ya no podemos pensar con claridad. ¿Tú qué crees?

—Me parece una tontería. Los niños no lloramos, llorar es cosa de niñas.

—Claro, a lo mejor por eso hay tantos hombres locos.

Su olor y sus palabras me causaban un embobamiento que entonces no comprendía pero que hoy interpreto como una atracción natural, total y pura hacia ella. Por eso mi mirada rehuía su rostro, porque tendemos a rechazar lo que nos supera, por bello que sea. Yo permanecía concentrado en los adoquines de la calle cuando, de pronto, apareció un pañuelo blanco, impoluto y perfectamente doblado, ante mis ojos.

—Toma, quédatelo —me dijo la niña tierna y afable, sonriendo—. Si te da por llorar y eso te avergüenza, úsalo para cubrirte la cara. O para secarte las lágrimas, o para lo que te dé la gana.

Entonces se levantó y me acarició el pelo como si ella fuera una mujer hecha y derecha y yo, un renacuajo al que debía proteger.

—Mi madre dice que siempre hay un modo diferente de solucionar las cosas —añadió mientras se alejaba.

Eché un vistazo al pañuelo. En el extremo izquierdo inferior había una eme bordada con elegancia. La fragancia de aquel pedazo de tela, que tiempo después descubrí que era lavanda, me pareció mágica. En aquel momento, contemplando la silueta de la niña que caminaba en el horizonte, rompí a llorar. «Un grandullón como tú no debería derramar lágrimas por el pasado», solía decirme tío Ernest, los años que viví en su casa, cada vez que me emocionaba con el recuerdo de mi madre.

Cuando el torrente causado por la tristeza se secó, me quedé observando el pañuelo hasta que decidí guardármelo en el bolsillo y regresar a casa. Mi tío había dejado la puerta del piso entreabierta, convencido de que de un momento a otro volvería. En cuanto entré, encontré a Gabriel y a tío Ernest haciendo las maletas.

—Anda, ve y ayuda a tu hermano —dijo mi tío con tono severo, tocándose las gafas.

—Siento haberme portado mal. Quiero pedirle una cosa. Me gustaría que nos lleváramos la mesa del comedor y el rosal del balcón.

No me respondió.

Así fue como en un día de primavera de 1899 cruzamos, maletas en mano, las calles de Gràcia que nos separaban de la avenida de Argüelles, un límite que mi hermano y yo pocas veces habíamos traspasado. Nuestro barrio había sido un municipio independiente hasta el año 1897. Anexiones como esa y la construcción de barrios con calles anchas y edificios altos como l'Eixample estaban convirtiendo Barcelona en una gran ciudad, abierta y supuestamente moderna.

Enfilamos el paseo de Gràcia, la hermosa avenida arbolada que conectaba mi barrio con la parte vieja de la ciudad. Sus edificios señoriales eran el símbolo del esplendor barcelonés. Aún no se habían construido rarezas como la Pedrera o la Casa Batlló, pero ya se perfilaba el final de la Casa Amatller, uno de los estandartes del modernismo catalán, que en aquel momento se hallaba en pleno auge. No recuerdo la caminata con detalle, ni siquiera si había un edificio u otro; sin embargo, me vienen imágenes de la elegancia de los transeúntes, miembros de la burguesía de la ciudad: perfumadas y emperifolladas, ellas; trajeados y estirados, ellos. ¡Qué sorpresa me llevé cuando, al llegar a la Gran Via me crucé con el primer tranvía eléctrico que veía en mi vida! Por aquel entonces era el único de la ciudad y su trayecto era circular. No faltaba mucho para que aquellos vehículos movidos con energía eléctrica sustituyeran a los tranvías tirados por caballos.

Llegamos al barrio de la Catedral, que formaba parte del Distrito I. La estrechez de las calles y la tenue luz del sol me recordaban al barrio de Gràcia, pero los edificios eran más viejos, más vividos y estaban engalanados con escudos de piedra que decoraban las fachadas y las esquinas. Mis tíos vivían en un bloque algo destartalado de la calle Corríbia, cerca de la sede del gremio de zapateros, casi delante de la catedral.

Al llegar al rellano de nuestra nueva casa, Gabriel y yo esperamos a que tío Ernest sacara las llaves. El ruido de la cerradura al abrirse era muy particular, mecánico, seco. Desde aquel día, siempre me he sentido en casa al oírlo. En el minúsculo recibidor había un espejo de cuerpo entero y un austero perchero. A la izquierda se encontraba la puerta que daba al comedor, desde donde se accedía a la mayor parte de las estancias: dos dormitorios, la galería y la cocina se distribuían a su alrededor. Allí nos esperaba una mujer y un niño escondido tras sus faldas. Ella nos recibió con la sonrisa cálida y sagaz que la caracterizaba. Tenía las manos entrecruzadas delante del vientre y nos analizaba con cómica altivez.

—Chicos, esta es vuestra tía Manuela —anunció mi tío.

—Ya me presento yo, Ernest —le dijo ella a su marido—. Hola, niños, soy la tía Manuela y os doy la bienvenida. Os vi desde lejos en el entierro de vuestra madre, en la gloria esté, y me parecisteis dos angelitos. A ver si es verdad que lo sois. Escuchadme con atención —continuó con un tono severo—, viviréis aquí, pero no quiero ni veros. Cuando estéis en casa, permaneceréis encerrados en vuestro dormitorio. Por la mañana, os levantaréis a las cinco e iréis a repartir carbón, ¿entendido? Tendréis que ganaros el pan.

Mi hermano y yo nos quedamos sin palabras. Acostumbrados a las caricias y a la bondad de nuestra madre, no esperábamos un recibimiento tan hostil.

—Mira con qué cara se han quedado, pobrecitos —continuó Manuela, riendo—. Ernest, esto va a ser más fácil de lo que pensaba.

Su semblante se tornó afable y tierno. El pelo, ligeramente canoso y recogido en un moño, era lacio. Tenía el rostro angulado, los pómulos altos, y al hablar, sus labios carnosos y resecos se volvían más ostensibles. Soltó una mano y la colocó sobre sus pronunciadas caderas que no disimulaban su abultada barriga ni sus grandes pechos. Los gestos del otro brazo reforzaban sus palabras.

—Solo estaba bromeando. Sé que es un momento muy difícil para vosotros, pero nunca debéis dejar de bromear: pase lo que pase, es el único modo de sobrevivir. Eso sí, tiene que quedar claro que en esta casa mando yo, y un poco vuestro tío —dijo mirando a su marido. Ambos intercambiaron muecas de cariño—. A nosotros nos gusta portarnos bien. ¿Verdad, Pere?

Tras sentirse aludido, mi primo dejó ver el rostro que hasta ese momento había permanecido escondido tras su madre. Era un año mayor que yo y, por tanto, uno menor que mi hermano; no obstante, parecía más pequeño que nosotros.

—Me habéis robado la habitación —gruñó. Acto seguido, corrió hacia la cocina y cerró la puerta de un golpe.

—No se lo tengáis en cuenta —dijo tía Manuela poniendo los ojos en blanco—, es nuestro único hijo y no está acostumbrado a compartir sus cosas con nadie. Tú debes de ser Gabriel, ¿el mayor, verdad? —me preguntó. Y luego le dijo a mi hermano—: Y tú, Mateu.

—No, señora, yo soy Mateu —respondí negando con la cabeza—. Y él, Gabriel.

—Qué raro, debería ser al revés. En fin, no me llaméis señora, que mi madre me puso un nombre para que la familia lo use. —Ambos asentimos—. Me hubiera gustado conoceros antes, niños, pero vuestro padre... Hay personas con las que mejor mantener las distancias. Aunque nunca es tarde si la dicha es buena. La semana que viene empezaréis la escuela. Y tú, querido marido, a ver si dejas de comportarte como las hermanitas de la caridad y comienzas a cobrar por todo lo que fabricas con esas manitas, que ahora necesitaremos dinero extra para alimentar a este par de chiquillos.

—Manuela, no empieces.

—No empiezo nada. Acabamos de perder las colonias. Se rumorea que la España Industrial va a echar a varias decenas de obreros y que se cerrarán otras fábricas, y el gobierno a duras penas sabe atarse los cordones de los zapatos. Se avecinan tiempos difíciles y, por pobres que sean nuestros clientes, no podemos regalarles el calzado.

—Tía Manuela —dijo de repente mi hermano—, nosotros ayudaremos en todo lo que podamos, no se preocupe. Somos muy buenos.

Me tranquilizó que Gabriel hablara con la seguridad que lo había caracterizado en el pasado, pues había permanecido tan callado y tan ausente desde la muerte de nuestra madre que yo temía que lo hubiera perdido también a él.

—Ernest, muéstrales dónde van a dormir, venga.

Mi tío abrió la puerta que se encontraba a nuestra derecha. La habitación, cuadrada, tenía una ventana que daba a la galería. Aquel había sido hasta entonces el dormitorio de mi primo, que desde ese día ocuparía otro más pequeño al que se accedía por la cocina. Observé la mesa con dos sillas y el discreto armario, así como los cojines que había en el suelo. Tío Ernest nos contó que hasta la semana siguiente no llegaría la litera que le había encargado a un carpintero y que deberíamos apañarnos con ellos por unos días. Después le dio un par de palmaditas a Gabriel en la espalda y nos dejó a nuestro aire; podíamos tomarnos el tiempo que necesitáramos para instalarnos.

—¿Por qué te has quedado tan callado? Estás raro, Gabriel —le pregunté cuando estuvimos solos.

—No estoy raro.

—Es la primera vez que te portas bien durante tanto tiempo.

—Cállate.

El silencio de Gabriel duró los días justos que necesitó para adaptarse a la nueva vida, ni más ni menos. Tengo recuerdos difusos de los primeros días en la calle Corríbia. Supongo que, a pesar de los esfuerzos de nuestros tíos para que estuviéramos cómodos, me sentía tan turbado y tan doliente que mi memoria ha borrado algunos pasajes.

Tío Ernest era maestro zapatero y regentaba una zapatería situada en los bajos del mismo edificio. Cuando nos mudamos a su casa, tenía un aprendiz que alcanzó la maestría al cabo de poco tiempo. Entonces, el chico abandonó el taller para abrir el suyo en Granollers, y mi primo, tía Manuela y, con el tiempo, mi hermano y yo ayudamos a mi tío en lo que podíamos. A decir de mi tía, el oficio ya no disfrutaba de los privilegios de antaño. En la catedral de la Ciudad Condal hay una capilla dedicada a su patrón, san Marcos, que fue sufragada por los zapateros del siglo XIII y que da fe de su esplendoroso pasado. Antiguamente, los maestros zapateros se dedicaban exclusivamente a fabricar calzado y competían entre sí por diseñar los modelos más bonitos y cómodos. No reparaban los zapatos viejos, esos menesteres correspondían a los remendones, que se agrupaban en otra calle. Sin embargo, tío Ernest, como la mayoría de los artesanos de su generación, se veía obligado a hacer remiendos, zapatos por encargo e incluso a lustrarlos para ganarse la vida.

Mis tíos deseaban que nos llevásemos bien con Pere. En las primeras cenas suscitaban conversaciones sobre la escuela, los toreros que estaban de moda u otros temas que consideraban apropiados para los niños de nuestra edad, y también trataban de buscar actividades que pudiéramos realizar juntos; pese a todo, mi primo no nos dirigió la palabra hasta varias semanas después de que llegáramos. Yo me sentía culpable y no comprendía si nos odiaba o si, simplemente, nos consideraba indignos de su amistad.

Por sorpresa, llegó la mesa de nuestro antiguo hogar, que sustituyó a la que mis tíos tenían en el comedor. Miré a tío Ernest agradecido y él se limitó a sonreírme. También trajeron el rosal de mi madre que tía Manuela colocó en el austero balcón de la galería. Ella no permitía que Gabriel y yo deambuláramos por el barrio, alegaba que no conocíamos la zona y podíamos extraviarnos. Se inventaba juegos que nosotros considerábamos ridículos pero en los que participábamos más para compensar su esmero que porque nos gustaran. A pesar de su empeño para que nos sintiéramos como en casa, nosotros actuábamos como los periquitos de la vecina: nos pasábamos el día yendo de un lado a otro del piso sin desempeñar tarea alguna, hasta que una tarde, cansada de que interrumpiéramos sus quehaceres con excusas o demandas, tía Manuela nos pidió que saliéramos a pasear por el barrio.

—No habléis con extraños —advirtió antes de que saliéramos—, este distrito está lleno de granujas. Y cuando haya más sombra que sol, volved a casa directos, ¿lo habéis entendido?

Le prometimos que nos portaríamos bien y corrimos hacia la calle. Todavía no se había proyectado la Via Laietana, esa gran avenida que construyeron en las entrañas de la parte vieja de la ciudad y que supuso la demolición de muchos edificios antiguos. El barrio de la Catedral todavía permanecía intacto, con sus olores, sus ratas y su vida comercial y menestral, estaba compuesto por callejuelas en las que a duras penas cabía una tartana grande. El trasiego de la compra de enseres y del reparto de mercancías procedentes del puerto tenía lugar por las mañanas. Por las tardes, los obreros volvían de las fábricas del Distrito V o de Sants y se cobijaban en las tabernas para ahogar sus penas tras una larga jornada. Recuerdo la fuente de la placita de Besea, los herreros gritones de la calle d'en Burgés o la tienda de fuelles José Castelló situada en la plaza de l'Oli, un establecimiento que se anunciaba como el más antiguo de la ciudad, que se acreditaba como casa de manufactura de esa herramienta y que no tardó en desaparecer. Estertores de una vida que se desvanecía debido a la industrialización y a la irrupción de los avances tecnológicos.

Curioseamos en los comercios y los talleres de los artesanos de las calles colindantes hasta que llegamos al final de la calle de la Tapineria, casi en la plaza de l'Àngel, donde observamos que la mayoría de los transeúntes miraban hacia otro lado ante una injusticia que estaba produciéndose: tres niños molían a palos a un cuarto que yacía en el suelo con las piernas encogidas y protegiéndose la cabeza con los brazos.

—¡Nenaza! ¡No te queremos en el barrio! —le gritaba el mayor de los agresores, de pelo castaño y talante soberbio.

Mi hermano me indicó que nos acercáramos a ellos y, a pesar de que lo agarré por el hombro para que se detuviera, se aproximó al lugar de la riña cual justiciero de novela de aventuras. Yo le seguí algo rezagado, más por obligación que por convicción.

—¡Dale más fuerte! —gritaba el más chiquitín, relegado a alentar a sus compinches.

—Eh, ¡dejad a mi primo! —espetó Gabriel.

Entonces comprendí el impulso de mi hermano. El niño que estaba en el suelo era Pere, y esa revelación ahuyentó mi miedo. El mayor torció el gesto, el mediano frunció el ceño y el pequeño, más inseguro que sus compañeros, dio un paso atrás.

—Vete de aquí, enano —respondió el mayor.

Airado, Gabriel se abalanzó sobre él y lo inmovilizó rodeándole el cuello con el brazo al tiempo que le mordía el hombro. Comprendí que yo debía intervenir, sobre todo porque el mediano, de pelo rubio y nariz pronunciada, se disponía a defender a su amigo. Lo detuve de un puñetazo en la napia, tan descomunal de cerca que parecía imposible no acertar. El crío se la cubrió con una mano y, mientras retrocedía para recomponerse, le propiné un cabezazo al que respondió con un aullido de dolor.

Segundos después, el pequeño huyó, el rubio emprendió su retirada sangrando y Gabriel soltó al otro empujándolo a patadas contra el suelo. Tras recibir varios puntapiés, el niño se levantó y se marchó despavorido.

—Enano tu madre, imbécil —sentenció Gabriel.

Me acerqué a Pere y le anuncié que habíamos vencido. Mi primo se descubrió la cara con lentitud y se puso en pie.

—¡Serán necios! —se quejó mi hermano—. Primo, ¿por qué te pegaban?

—Ya sabéis cómo es la calle. La han tomado conmigo y no tengo ninguna pandilla que me defienda —se sinceró Pere—. Vosotros os tenéis el uno al otro, en cambio yo...

—No os mováis, ahora vuelvo.

Tras pronunciar estas palabras, Gabriel se alejó a la carrera mientras Pere se agarraba a mi brazo para levantarse. Buscaba mi complicidad con la mirada, pero yo no sabía qué decirle.

—He visto tus dibujos —dijo para romper el hielo.

—¿Cómo?

—Me colé en mi habitación, bueno, en vuestra habitación, y los encontré. Dibujas muy bien.

—Gra... gracias.

—¿Por qué dibujas animales?

—No lo sé. La última vez que vi al abuelo, me regaló un libro sobre África. ¿Sabes qué es África?, está muy lejos. Pues en el libro hay muchos dibujos de las plantas y los animales de allí. Me gustan, por eso los copio en el papel.

En aquel momento me sentí importante, ¡a Pere le gustaban mis dibujos! No obstante, debo decir que no eran más que cuatro garabatos.

—Siempre dibujas un gato gigante. Lo he visto en varias hojas.

—Se llama tigre y, sí, es mi animal preferido.

Gabriel nos interrumpió, falto de aliento. Cuando lo recuperó, nos mostró la aguja de coser por la que había ido a casa casi volando. Acto seguido, nos dedicó una mirada triunfante que reflejaba lo que para él era una gran idea. Sin decir palabra, se pinchó la yema del dedo índice y, tras extraer la aguja de la piel, presionó la carne que rodeaba la heridita hasta que apareció una gota de sangre.

—Haced lo mismo —nos ordenó.

Pere no vaciló, cogió la aguja y le imitó. Yo me negué en redondo, pero mi hermano se la arrebató a nuestro primo y me pinchó a traición. Luego nos pidió que juntáramos los dedos para unir las gotas que se estaban derramando.

—Ahora, los tres somos hermanos de sangre.

Alentado por el gesto de Gabriel, y pese al dolor de los golpes que le acababan de propinar, Pere sonrió.

—Bueno, ahora que somos hermanos, os perdono que me robarais la habitación.

Así nació mi primera banda, con la que compartí mucho más que chiquilladas y horas de clase. Después de aquella tarde no hubo actividad que Gabriel, Pere y yo no realizáramos juntos: los paseos, las lecciones del soporífero padre Andreu y los juegos. Estos últimos cambiaban con frecuencia. Tío Ernest nos regaló una peonza a cada uno, y se convirtieron en nuestro principal divertimento durante meses. Matábamos las horas compitiendo para demostrar quién la lanzaba con un efecto más arriesgado o cuál de los tres lograba mantearla volteando más tiempo.

Junto a Pere, Gabriel y yo recuperamos la infancia que las circunstancias nos habían arrebatado. Mi primo gesticulaba con suavidad, su pelo era negro, sus ojos de un verde tenue y la piel de un color tostado heredado de su madre que apenas cambiaba con las estaciones del año. Su personalidad nos confundía. De carácter felino, Pere se expresaba con una ambigüedad difícil de sobrellevar. Podía mostrarse amable y generoso u oscuro y receloso, fuerte y seguro o aniñado y mojigato. Supongo que nos llevábamos bien porque mi hermano y yo reaccionábamos a sus vaivenes con una simpleza que amilanaba sus desvaríos.

Meses después de la creación de la banda, Gabriel aprendió un repertorio de galanterías que perfeccionó con el tiempo, y las chiquillas ante las que presumía respondían con desplantes y sonrisas. Pere también se unía al espectáculo haciendo gala de sus chistes e intercambiando impresiones sobre los cotilleos del barrio que escuchaba a las amigas de mi tía. Yo los observaba desde la retaguardia, retraído y angustiado, pues me horrorizaba que las niñas se acercaran a mí.

Con el tiempo ampliaron el campo de acción a las vecinas ya granaditas, a clientas de la zapatería o a tenderas conocidas de tía Manuela, que se reían a carcajadas ante las divertidas insolencias de unos críos. Sus argucias eran recompensadas por la panadera con algún panecillo extra o por doña Inés, la del colmado, con dulces; tesoros que siempre compartían conmigo.

—Qué serio eres, Mateu —me recriminaba Gabriel.

Entre juegos y chiquilladas, se gestaron lo que llamamos las tretas del despistado. La primera sucedió una mañana en el mercado de Sant Josep, al que llaman la Boqueria, amparados por el bullicio de los vecinos del barrio que acudían a él para hacer la compra. Por aquel entonces, aún estaba cubierto por el antiguo techo, el pescado se vendía en el exterior y en la plaza de la Gardunya se apiñaba una cantidad imposible de puestos cubiertos por toldos que constituían una extensión del recinto.

Cuando mi madre vivía, me encantaba acompañarla al mercado de Isabel, situado en el corazón del barrio de Gràcia, donde compartíamos una complicidad que todavía añoro. Amparado por aquel recuerdo, me aficioné a caminar por las estrechas calles de la Boqueria, evitar los empujones de las compradoras y observar los puestos y las frutas o las verduras depositadas en cajas o capazos, anunciadas a gritos por los vendedores que entonaban las grandezas de su producto con desigual brío y salero. Desde mi altura, los puestos y sus productos parecían enormes, una selva de alimentos de la que emanaba una amplia amalgama de olores.

Un sábado Gabriel propuso la primera treta del despistado. Quería «tomar prestadas» unas manzanas y, para lograrlo, urdió un plan. Pere simularía una aparatosa caída y exageraría su dolor al tiempo que mi hermano pediría ayuda a voz en grito. Cuando ellos centraran la atención de compradores y tenderos, llegaría mi turno: debía coger tres manzanas y luego meterlas en una alforja antigua de mi tío que a veces usábamos para llevar comida o agua en las excursiones a Montjuïc. Yo rechazaba la idea, no quería robar, pero terminé cediendo ante la insistencia de los otros dos.

Llegó el momento y ellos ejecutaron su papel con precisión y maestría; yo, en cambio, traicioné la confianza que la banda había depositado en mí. Pese a que el golpe estaba en marcha y mi hermano berreaba cual plañidera, no me atreví a coger las manzanas. Me fui antes de que ellos pusieran fin al teatrillo y los esperé en la calle del Carme, tal como habíamos acordado, observando el pañuelo blanco con la eme bordada que siempre llevaba en el bolsillo. Ambos llegaron corriendo y pidieron el botín con ansia. Cuando les conté lo sucedido, Gabriel enfureció. Me empujó contra la pared, me cogió por los hombros y me dijo:

—Eres un marica, ¿por qué no has cogido las manzanas?

—Porque no está bien robar —respondí agobiado.

—A ellos les sobran las manzanas y nosotros no tenemos. Eso no es robar, es hacer justicia.

—No y no. Es robar, y robar no está bien.

A pesar del fracaso de la primera treta del despistado, ellos insistieron en que debíamos repetir la hazaña. Yo les pedí que la llevaran a cabo sin mí, pero mi hermano se mantuvo firme: o los tres o ninguno. Acabé cediendo con la condición de que me permitieran cambiar de papel.

Lo intentamos de nuevo en una frutería que estaba lejos de casa. Fingí una caída aparatosa y Pere pidió auxilio. Todo iba sobre ruedas hasta que Gabriel se dio cuenta de que los allí congregados cerraban el paso al lugar donde estaba la fruta, ya que me rodeaban formando un círculo más grande de lo esperado, así que él no pudo alcanzar las manzanas y tuvo que conformarse con «tomar prestadas» tres cebollas. No sabíamos qué hacer con ellas, de modo que, tras celebrar el triunfo, Pere y yo devolvimos dos sin que la tendera se diera cuenta. Mi hermano, en cambio, se comió la suya.

A pesar de las trapacerías y del descaro de Gabriel y de Pere, me sentía muy unido a ellos. Sin embargo, el dibujo me absorbía gran parte del tiempo. Me encantaba sentarme al amparo de la sombra de un portal o a la mesa del comedor con las hojas y el carboncillo que mi tío me compraba y dar rienda suelta a las líneas que, poco a poco, se convertían en animales, personas o lugares. Mi hermano se burlaba de mí y quitaba importancia a mi arte: «No entiendo por qué pintas —decía—, para hacer lo que tú haces ya están las fotografías». Mis trazos eran inseguros y mis formas, desproporcionadas, pero estaba orgulloso del resultado.

Mis dibujos se convirtieron en el antídoto para un mal que me acechó a lo largo de la infancia. Varios meses después de que nos mudáramos a casa de los tíos, unas terroríficas pesadillas aparecieron a traición. Noche tras noche, la misma imagen: mi madre semidesnuda y medio incorporada en la cama, con el cuello flácido y la cabeza colgando, con dos balas incrustadas en el torso y un hilillo de sangre en los labios, en compañía de su amante, que se hallaba a su lado, en una postura similar, aunque con los brazos cruzados sobre la barriga y un disparo en la frente. En su lecho de muerte había un pañuelo de color lila como los que mi padre llevaba habitualmente en el bolsillo de la americana. La escena era siempre luminosa, se enmarcaba en el dormitorio de mis padres y yo la observaba desde los pies de la cama, con una angustia exasperante y la sensación de no comprender nada.

Aquellos terribles sueños terminaban con un despertar repentino, con gritos desgarrados y con las quejas de mi hermano porque no lo dejaba dormir. Tío Ernest entraba en la habitación como un rayo para calmarme. Desconocía si las pesadillas tenían que ver con un recuerdo, pero tío Ernest me aseguraba que eso era imposible, ya que el día en que mi madre falleció junto a su amante, ni Gabriel ni yo estábamos en casa. Con el correr de los años, y con la intención de llenar las noches en duermevela, comencé a dibujar cuando me desvelaba, así alejaba las pesadillas de mi mente. Y funcionó. Mi atención se centraba en el trazo de la línea, en la definición de la forma, y no en los horrores nocturnos.

Ahora, sentado en la cubierta de este barco, me debato entre contarte u omitir el resto de los detalles relacionados con la muerte de mi madre. No obstante, creo que no llegarás a comprender mi historia si no la conoces por completo. Por eso voy a revelarte algo que he pasado por alto. La tarde en cuestión, mi padre encontró a mi madre desnuda y abrazada a su amante en el lecho conyugal. Poseído por la ira y el dolor, les disparó. Mi padre alegó que el amante le había disparado primero y que él se había limitado a defenderse, y la policía le creyó: tenía una bala en la pierna que otorgaba veracidad a su versión. Finalmente no llegó a abrirse ninguna causa contra él: su mujer había mancillado su honor y él se había limitado a defenderlo como el hombre de bien que jamás fue pero que sabía vender con pericia a los allegados. Sus argumentos siempre fueron vanos para Gabriel y para mí, y nunca pudimos perdonarle que nos arrebatara a nuestra madre.

Con su crimen, mi padre nos destetó, nos dejó sin amparo y nos empujó hacia una vida yerma en la que Gabriel y yo intentamos plantar las semillas de nuestro futuro. Supongo que el destino de ambos se selló el día que conocimos a Josep Puig.

3

Un siglo murió y cuatro años del nuevo trascurrieron mientras mi hermano y yo estábamos bajo la tutela de mis tíos. Jugábamos, aprendíamos y huíamos del pasado arropados por los consejos de tío Ernest y la franca calidez de tía Manuela, una mujer de profunda y sincera fe. Los domingos nos obligaba a acompañarla a misa, actividad que la banda odiaba. Mi tío, en cambio, ni se acercaba a la iglesia y, a pesar de que tía Manuela lo desaprobaba, ella había aceptado que su marido jamás abrazaría sus creencias.

Yo continué dibujando y evadiéndome tras los trazos y las figuras, que fueron mejorando hasta obtener resultados más realistas. Con el tiempo me cansé de copiar lo que hallaba en los libros ilustrados y empecé a crear seres imposibles que nacían de la mezcla de partes del cuerpo de bestias y de personas: tigres con piernas de hombres, águilas con cabeza humana o mujeres con cuerpo de yegua. Recuerdo que una tarde estaba yo junto a mi tío mientras él revisaba mis últimos dibujos sobre la mesa del comedor, bajo la tenue luz de los estertores del día.

—Este es muy interesante, Mateu —me comentó—. Un caballo con torso y cabeza de persona. ¿Sabías que se llama centauro? Los antiguos griegos ya los dibujaban así.

Tío Ernest era un apasionado de la lectura. Devoraba libros relacionados con las civilizaciones griega y romana, y nos hablaba con frecuencia sobre la influencia que esas culturas habían ejercido en la ciudad, disertaciones que escuchábamos solo por educación, sin interés. Aquel día celebrábamos el duodécimo aniversario de Pere y la lluvia y el viento caían enfurecidos por las calles de Barcelona. El cumpleaños de su único hijo envolvía a mi tío en un ligero desasosiego. Siempre pensé que le entristecía no haber tenido más hijos, pero el verdadero motivo de su aflicción escapaba a mi entendimiento. Eso no importa ahora, aunque sí lo que me reveló.

—Creo que ya sabes que tu abuelo materno tenía mucho dinero —dijo después de guardar los dibujos que había analizado con esmero—. Él jamás aprobó el matrimonio de tu madre y ella le dio la espalda para casarse con mi hermano Antoni. Lo que no sabes es que el otro abuelo, mi padre, también gozó de una buena posición gracias a la herencia de unas tierras. Lo cierto es que Antoni y yo tuvimos una buena educación de la que guardo la pasión por las grandes historias. Pero mi padre no se contentó con los beneficios del campo e invirtió dinero en varios negocios. Nuestros posibles se fueron al garete por culpa de esas malas inversiones y también debido a su pasión por las apuestas. De la noche a la mañana, nos empobrecimos y sus clientes y amigos nos repudiaron por sus… negocios turbios. A partir de ese momento no quise saber nada de él ni de la vida que llevaba y, gracias a Dios, encontré a un maestro zapatero muy mayor que me formó en su oficio. Don Raimon no tenía esposa ni hijos, así que me dejó el taller cuando murió. Soy afortunado, buscaba un modo de ganarme la vida y él me lo concedió. Antoni, en cambio, adoptó las malas costumbres de nuestro padre. Ya sabes, jugaba, aparentaba ser un prohombre, engañaba. Entenderás lo que te digo cuando crezcas. Soy seis años mayor que él y debo decir que nunca nos llevamos bien. —Suspiró—. No te cuento todo esto para criticar a mi familia. La vida es traicionera, si puede, te embiste, y todos hacemos lo que podemos para sobrevivir. A pesar de eso, no debemos sufrir por los errores de nuestros predecesores. Así que he hablado con tu tía y hemos decidido que, si quieres, te pagaremos una academia en la que te enseñen técnica de dibujo o…

—Muchas gracias por su generosidad, pero me la pagaré yo, cuando sea mayor.

Con el tiempo, los seres que dibujaba se tornaron extravagantes, más oscuros. A veces eran cuerpos amorfos con varias patas y cientos de orejas. En otras ocasiones, formas desgarbadas sin extremidades. Algunos no tenían un rostro definido, sufrían sin motivo aparente y se dedicaban a destruir lo que fuera, una calle o una granja, y siempre había un grupo de guerreros que les daban caza del modo más temerario. Mi tío los contemplaba con interés y me brindaba sus observaciones.

—Haces bien en cazarlos, los monstruos son malos —recuerdo que me dijo un día, sentado en su butaca de la galería, después de llamarme para que le mostrara los últimos esbozos.

—No, no lo son, tío. Solo son feos y horribles, y nadie los quiere. Esa es su única maldad.

—Entonces, si no son malos, ¿por qué los guerreros les dan caza? ¡Tienen derecho a vivir!

Desde aquel día, los héroes desaparecieron de unos garabatos que solo compartía con mi tío porque temía el juicio o la desaprobación de los demás. Nuestro vínculo fue causa de algún que otro resquemor entre Pere y yo. Cada vez que yo invadía su territorio, él respondía con ofensivas que jamás llegaban de frente. Por ejemplo, una vez rompió un jarrón de la galería y me atribuyó el crimen. Casualmente, sucedió el mismo día en que mi tío me había traído dos animalarios que le había prestado un cliente.

Conocí a Cinta cuando ambos teníamos once años. Sucedió en un portal de la calle Llibreteria, cerca de casa, una tarde soleada de primavera. Don Armando, el portero, era un hombre calvo, casi desdentado y delgado como el poste de una farola. Siempre risueño y parlanchín, amaba la compañía, especialmente de quienes escuchaban sus batallitas sobre la pérdida de Cuba o sobre las guerras carlistas. Él, acérrimo jaimista, no había vivido ninguno de esos acontecimientos, pero era un buen divulgador de los relatos bélicos que había escuchado a lo largo de su vida. En su portería podía esconderme del mundo, por eso me sentaba en el suelo junto al mostrador tras el que don Armando vigilaba el edificio, con los muslos a modo de mesa. Yo escuchaba sus relatos en silencio y dejaba que el carboncillo fluyera al son de mi imaginación.

Una tarde entró en el edificio una niña de pelo moreno y rizado, ojos claros e inquietos, nariz respingona y cara redonda y saludable. Pasó por delante de mí con un vestido blanco y una rebequita, y me miró con descaro. Yo no me atrevía a levantar la cabeza, deseaba que se fuera, pero ella no intuyó mis deseos.

—Hola, ¿qué haces aquí? —preguntó.

—Dibujo. Y tú, ¿qué haces aquí?

—Vivo arriba —dijo señalando con el dedo índice la escalera—. ¿Qué dibujas?

Mi silencio no la amilanó. La niña se sentó a mi lado y acercó el rostro a mi hombro con el objeto de fisgonear lo que yo estaba garabateando.

—Dibujo un monstruo —dije a regañadientes—. Pero es un monstruo bueno.

—A lo mejor deberías llamarle criatura, los monstruos son siempre malos.

Me arrebató la libreta de las manos, pasó las páginas y fue reaccionando con sorpresa o desconcierto según lo que veía. Yo la observaba de reojo, callado y asustado, deseando volver a la tranquilidad de la que hacía tan solo unos minutos disfrutaba.

—Eres raro —espetó—. ¿Quieres jugar conmigo?

—No puedo, mi hermano y mi primo me esperan.

—Está bien, iré con vosotros.

Cinta no fue bien recibida por el resto de la banda por dos motivos: primero, porque habíamos preparado la enésima treta del despistado contra un comerciante de otro barrio y su presencia nos impidió llevarla a cabo, y, segundo, porque una chica no tenía cabida en el grupo. No obstante, habíamos topado con la personita más terca del Distrito I y, aunque aquella tarde la entretuvimos hasta que utilizamos la cena como excusa para deshacernos de ella, Cinta se unió a nosotros día sí y día también, y nos acompañó sin censurar las trapacerías de la banda y sin reprobar las peleas que protagonizábamos contra otras pandillas. Aunque nos ayudaba a huir y nos daba consejos sobre cómo comportarnos ante las adversidades, ella nunca participaba directamente en nuestras travesuras. Cinta se ganó mi estima y también la de Pere, pero no la de Gabriel, que desconfiaba de ella.

Al cumplir los trece años, empecé a trabajar como mozo de un frutero en la Boqueria. Aunque mi jornal no significaba gran cosa para la economía doméstica, yo quería aportar algo de dinero a la familia. Disfrutaba apilando frutas, ofreciéndoselas a los clientes y cumpliendo con los encargos que don Ricardo me encomendaba con una sonrisa. A veces me imaginaba a mi madre comprando en el puesto y me veía a mí mismo dándole consejos sobre la fruta de temporada.

Cruzaba las Ramblas a diario para ir a trabajar. El bulevar más famoso de la ciudad separaba dos mundos: a un lado quedaba el Distrito I donde yo vivía, una zona de artesanos, instituciones y comercios que incluía el barrio de la Catedral; al otro se encontraba el Distrito V, el barrio más canalla, donde se ubicaba la Boqueria, plagado de fábricas y vecinos decentes, aunque también de negocios de vida alegre y de legalidad cuestionable.

Cinta encontró un empleo similar en la pollería de su tía, situada en el mismo mercado, a una calle de distancia de la mía, de modo que hacíamos de más y de menos durante la jornada. Por aquel entonces, Pere ya era el aprendiz oficial de mi tío y Gabriel había entrado como mozo en la Hispano-Suiza, una empresa recién fundada de donde salían los automóviles que debían conducirnos hacia el futuro. Las tareas de Gabriel no estaban relacionadas con la producción: ejercía como chico de los recados y limpiaba y llevaba a cabo tareas menores que no le auspiciaban un gran porvenir en la fábrica. En ella entró en contacto con algunos sindicalistas, y así fue como las primeras octavillas anarquistas entraron en casa. A la hora de la cena, bajo la mirada censuradora de tía Manuela, Gabriel nos hablaba de sus nuevas ideas. «Quisiste llevarlos a una escuela religiosa para que no se hicieran socialistas o anarquistas y mira, aquí están, hablándonos de la colectivización —le recriminaba tío Ernest a su mujer cada vez que Gabriel sacaba el tema—. Con lo felices que habrían sido en la escuela moderna». Ella siempre le espetaba: «Me habría tirado por el balcón antes que permitir que mis chicos pisaran una escuela laica».

En 1907 cumplí catorce años. Quedaba muy poquito para que comenzaran las obras de la Via Laietana y parte del barrio de la Catedral presentaba una apariencia casi fantasmagórica. La mayoría de los vecinos ya habían abandonado sus casas, víctimas de la expropiación de los solares. Los edificios destinados al derribo esperaban su sambenito vacíos. Quién sabe las historias que se desvanecieron con ellos.

Pese a que las pesadillas habían desaparecido de mi vida, yo me había vuelto todavía más huraño y solitario. De un modo apenas perceptible, mis noches se aliviaron, aunque no mis días, pues de vez en cuando experimentaba ciertos episodios en los que se me iba la cabeza. Solía ocurrir cuando veía algo que se asociaba con las pesadillas sobre la muerte de mi madre. Lo contaré de otra manera: ante un poco de sangre o un pañuelo lila, perdía el conocimiento durante varios minutos. Luego, tras volver al mundo real, me sentía desorientado y, por lo general, despertaba en mitad de una pelea o con mi hermano agarrándome para que dejara de golpear una pared o conteniéndome para que no gritara la palabra «dispara» a pleno pulmón. Los episodios eran escasos y esporádicos, anécdotas que todos olvidábamos al instante para no tener que afrontar su gravedad.

El tiempo no pasó en balde y mi banda y yo dejamos a un

lado las gamberradas para tontear con la lucha proletaria, que, tras la represión gubernamental que frenó sus reivindicaciones a principios de la década, volvía con fuerza. Digo tontear porque Gabriel era el único que creía genuinamente en una de las corrientes del movimiento obrero, el anarquismo. El resto repetíamos los argumentos comunes como loros para luego volver a las rutinas sin implicarnos en la causa. Una tarde, de regreso de un mitin al que Cinta nos había arrastrado más por contentar a Gabriel que por interés propio, ella se esforzaba por demostrar que era una integrante de nuestro grupo de pleno derecho, pero Gabriel todavía la trataba con recelo. De hecho, sus peleas dialécticas eran frecuentes y terminaban con ambos enfurruñados.

Yo entendía ese tira y afloja como una pelea entre enamorados; no obstante, Pere afirmaba que yo era el único destinatario del afecto de la chica. El interés de Cinta por mis ilustraciones, sus constantes halagos, la preocupación casi enfermiza por mi bienestar o las horas que pasaba a mi lado, en silencio, observando cómo dibujaba, probaban sus sospechas. «No es esa la actitud de una simple amiga, sino la de una chica a la espera de que su amor sea correspondido», me aseguraba él. Además, Pere no comprendía por qué no le pedía que saliera conmigo: Cinta se estaba convirtiendo en una muchachita con bonitas curvas, semblante felino y andares sugerentes. Su rostro se había angulado con elegancia y sus pechos eran la envidia de sus amigas. Los hombres se giraban al pasar por su lado y, a pesar de la insistencia de mi primo, yo rehuía todo sentimiento más allá de la amistad. ¿Cómo atender a las emociones ajenas cuando apenas soportamos las propias?

El caso es que tras aquel mitin, Gabriel y Cinta comenzaron a discutir sobre el contenido de un manifiesto que la comisión organizadora había publicado en el semanario anarquista *Tierra y Libertad*. A pesar de que ninguno de los dos lo había leído, hablaban de él como expertos. Por esos derroteros andábamos cuando, a apenas una calle del taller, quizá por la calle dels Arcs, oímos una voz que pedía auxilio. Gabriel y yo corrimos hacia el lugar del altercado y encontramos a un hombre tumbado en el suelo que era el blanco de puñetazos y patadas propinados por dos individuos mayores que nosotros. Aquellos granujas, zafios y violentos, le estaban robando al tiempo que se burlaban de él.

—Mira cómo llora el niño rico —dijo uno de ellos, el más alto y cenceño—. ¡Abajo el orden burgués!

—Cógele también los zapatos. Son buenos —le indicó el otro, más bajito y atlético.

El cenceño se agachó con la intención de quitarle el calzado a la víctima. Entonces miré a Gabriel en busca de su aprobación para intervenir y él me respondió con una leve afirmación. Nos disponíamos a iniciar la ofensiva cuando vi que el más atlético llevaba un pañuelo lila en la mano como el de mis pesadillas. Cual chispa que prende una mecha, al instante enloquecí: el mundo entero se desvaneció.

Recobré el conocimiento en el suelo, sentado sobre Gabriel, que me agarraba fuerte y me pedía que volviera en mí. Mi estómago hervía de rabia, la cabeza me dolía como si cientos de alfileres me estuvieran pinchando y me sentía muy desorientado. Vi huir a uno de los dos atracadores mientras el otro se levantaba del suelo y echaba a correr con el rostro ensangrentado. Yo tenía los puños teñidos de rojo, pero no parecía que estuviera herido, y mi hermano me pedía una y otra vez que me contuviera. Cuando le respondí que estaba bien, que podía soltarme, él lo interpretó como un signo de cordura y aflojó la presión que ejercía sobre mi torso.

—¿Qué ha pasado? —le pregunté mientas él intentaba recobrar el aliento.

—Se te ha ido la cabeza otra vez, Mateu. Si hubieras seguido pegándole, lo habrías matado.

Gabriel me indicó con un gesto que me levantara, y yo obedecí. Luego me cogió por el cogote y pegó su frente contra la mía. Entre jadeos, me preguntó si estaba bien, si volvía a ser yo. Le respondí con un sí decidido, sosegado, la prueba necesaria para que confiara en mí.

Acto seguido, nuestra atención se centró en el hombre que estaba tendido en el suelo. Pere y Cinta contemplaban la escena asustados y atentos al menor indicio de peligro que pudiera sorprendernos. A nuestro alrededor, algunos transeúntes nos miraban escandalizados o curiosos, sobre todo al percatarse de lo bien vestida que iba la víctima. Él trataba de levantarse pero no lo conseguía, amoratado y ensangrentado. Gabriel se le acercó y le tendió la mano.

—¡No me toques! —gritó el hombre.

Aquel señorito miraba a mi hermano con un orgullo de clase vano en las calles del Distrito I. Gabriel hizo caso omiso de su desplante e insistió en ofrecerle su ayuda. El agredido suspiró, fijó su atención en el suelo y, cuando elevó la vista, sonrió a Gabriel a modo de disculpa y se apoyó en su palma para levantarse.

—Muchas gracias, chicos. No sé cómo agradecéroslo —dijo al fin.

Dolorido, se cubrió las costillas con una mano y con la otra se limpió un par de gotas de sangre que emanaban de su frente. A continuación, se recolocó el pelo castaño, cerró brevemente sus ojos marrones y llevó la mano a sus prominentes pómulos que terminaban en una barbilla angulada. Debajo del traje echado a perder se adivinaba una constitución atlética y bien proporcionada. Tenía el porte elegante reservado a los hijos de la burguesía, la distinción que cotizaba entre las damas de la sociedad barcelonesa.

—Necesito un coche de punto para volver a casa. O quizá para ir al hospital —comentó entre toses. Y abriéndose el bolsillo interior de la chaqueta, sacó un reloj y dijo con voz apenas perceptible—: Al menos no me lo han robado.

—No puede irse así, señor —le respondió Pere, esforzándose por parecer convincente—. Acompáñenos al taller de mi padre, allí le curaremos mientras encontramos un coche.

El joven nos observó dubitativo y, de repente, palideció y se desplomó. Su caída fue cómica, lenta, similar a un helado al derretirse. Cinta y yo intentamos incorporarlo, pero no reaccionaba, así que entre los cuatro lo llevamos al taller. Se despertó al cabo de un rato en la cama inferior de la litera de mi habitación, la que yo usaba. Descubrimos que se trataba de Josep Puig, hijo de una estirpe de burgueses y de una indiana adinerada, el heredero de los negocios de los que su familia se había beneficiado a lo largo del siglo anterior. Tío Ernest le limpiaba la sangre de la cara con un trapo húmedo mientras la banda al completo lo observamos, expectantes.

—¿Qué ha...? ¿Qué hago aquí?

—Le han pegado una buena paliza. Se encuentra usted en un piso de la calle Corríbia. Estos chicos le han traído a mi zapatería después de que usted se desmayara en plena calle y lo hemos subido a casa. —Josep hizo el ademán de levantarse, pero tío Ernest lo frenó suavemente con la mano—. No, no se mueva. Quédese un rato recostado y, cuando recupere las fuerzas, uno de los chicos irá a buscar un coche de punto. ¿Le parece bien?

Josep asintió y, segundos después, se percató de mi presencia. Yo contemplaba fijamente sus heridas con tal intensidad que debía de parecer un loco.

—¿No sabes que es de mala educación mirar así a un desconocido? —me retó.

—Sí, señor, es la sangre lo que me llama la atención.

—La discreción es una de las cualidades básicas para prosperar en esta ciudad, no lo olvides.

—Tiene razón, no lo olvidaré.

Mi tío nos pidió que dejáramos descansar al invitado; no obstante, él permaneció en la habitación durante dos horas más a petición de Josep. Tío Ernest dominaba el arte de la conversación y entre ambos floreció una afinidad que, con el paso del tiempo, se convirtió en una amistad que nos sorprendió a todos. Aquella tarde, le regaló un par de zapatos.

A la semana siguiente, Josep visitó la zapatería. En cuanto entró, alabó el calzado con el que mi tío le había obsequiado («El más cómodo que he tenido jamás», dijo el empresario), y le encargó otros tres pares. Además, quiso compensar las molestias causadas con una dotación económica que mi tío rechazó. No fue una visita efímera o protocolaria, sino todo lo contrario. Josep se acomodó en una silla y conversó con él mientras este se mantenía al otro lado del mostrador, fleje de cuerda de acero en mano dispuesto a cortar un trozo de piel para forrar un zapato.

La zapatería daba la bienvenida a los clientes mediante una puerta de madera y cristal, y un escaparate en el que se exhibían los mejores pares creados por el talento de mi tío. Un mostrador, cuyo tablero de roble él cuidaba meticulosamente, separaba el taller de la tienda, donde había sillas, un par de estanterías con zapatos y algunas plantas que tía Manuela le obligaba a tener porque «el verde es necesario incluso en las tumbas». El taller era una habitación cuadrada en la que había un par de mesas, un armario en el que se guardaban algunas herramientas —leznas y martillos de galgo, entre otras muchas—, un tablero colgado en la pared con el resto de los utensilios perfectamente ordenados, dos pies de hierro y algunas pieles extendidas que pendían del techo sujetadas con ganchos. Mi tío trabajaba sentado en una silla de madera robusta y confortable que giraba hacia el mostrador si había clientes que atender.

Yo fui testigo de la primera visita de Josep porque me encontraba en la zapatería cuando llegó. Mi tío me había pedido ayuda con el pulido de las pieles y yo había aceptado encantado. De hecho, presencié uno de sus debates sobre la vida, la política o la dificultad de dirigir un negocio. Tío Ernest se mostraba amable, didáctico y muy comprensivo con un hombre joven cuya familiaridad crecía por minutos. El señor Puig se veía a sí mismo como el futuro dueño y gestor de los negocios de su familia, y hablaba sobre ellos con cierta discreción que a veces rompía para dar algunos detalles personales. Su vanidad era más fuerte que la precaución.

—Siempre le digo a mi padre que los cambios son vitales

—aseguró en mitad de la conversación—. La Fabra & Coats, que, como sabe, es la principal competidora, produce a más velocidad y su género es de mayor calidad que el nuestro. El porqué está claro: la empresa escocesa con la que se fusionaron ha invertido una fortuna en maquinaria nueva. Yo no dejo de insistirle: «Tenemos que buscar capital extranjero si queremos producir más hilos y mejores tejidos», pero él no me escucha ni da su brazo a torcer. Disculpe, don Ernest, no sé por qué le cuento todo esto.

—Usted habla de su padre con devoción, don Josep —respondió mi tío—, pero de las anécdotas que me cuenta deduzco que él le despierta cierto recelo.

—¿Acaso insinúa usted que…? —Josep se levantó ofendido por la respuesta y confuso por el atrevimiento de mi tío.

—No se lo tome a mal, se lo suplico. Todos tenemos nuestros más y nuestros menos con los padres. Debería relajar la presión que sostiene sobre sus hombros. Usted es un hombre inteligente, seguro que será digno del legado de su apellido. —Josep se desplomó en la silla desconcertado, aunque siguió escuchando con atención—. Tenga paciencia, el orgullo y la frustración solo colaboran para cometer errores.

—Puede que tenga razón… Pero retire inmediatamente lo que ha dicho sobre mi recelo.

—Por supuesto, lo retiro. Aunque antes de cerrar el tema, observe a mi sobrino Mateu. —Mi tío me mencionó sin establecer contacto visual conmigo—. Su padre era un truhan y no le oirá usted decir una mala palabra sobre él. —Josep se mostró sorprendido y, después de una pausa, tío Ernest fijó sus ojos en los míos—. Quizá deberías aprender de don Josep —me dijo—. No te guardes tus opiniones sobre lo que sucedió, de lo contrario, no calmarás esa rabia que tan bien disimulas y que te va a meter en más de un apuro.

—Sí, tío.

Josep visitó casi todas las semanas a tío Ernest durante los siguientes dos o tres años. Se presentaba con el pretexto de que le lustrase los zapatos, le hiciera unos nuevos o le remendara los usados. Con el tiempo dejaron de ser necesarias las excusas para que ambos charlaran largo y tendido.

Tengo la sensación de que tío Ernest conversaba con Josep Puig para asegurarse su favor en el futuro. Y creo que en 1909, cuando tuvieron lugar el Desastre del Barranco del Lobo y la Semana Trágica, mi tío se lo cobró. Cabe decir que mi hermano participó en los altercados de la Trágica y que mi tía recorrió todas y cada una de las barricadas hasta dar con él y traerlo a casa cogido de la oreja mientras rezaba por el alma de su sobrino. Gabriel defendía que el envío de más reservistas barceloneses a una guerra inútil, la de Marruecos, era una terrible injusticia. Aquella había sido la génesis de una huelga que fue tomando tintes revolucionarios a medida que avanzaba la semana, y que el ejército aplastó sin miramientos.

El otoño fue frío, lo recuerdo porque don Ricardo se quejaba de la humedad y no dudaba en comentar las molestias que su cuerpo tenía que soportar a cada ínfima bajada de las temperaturas. Una tarde, tío Ernest nos pidió a mi hermano y a mí que fuéramos al taller. Pere, indignado por ser excluido, se sumó a la reunión.

Mi tío nos esperaba sentado en su silla. Llevaba las gafas en la punta de la nariz y su atención se centraba en el pequeño taladro con el que troquelaba el talón de un zapato. Los tres permanecimos al otro lado del mostrador y él, al vernos, dejó la herramienta y se recolocó las gafas. Su mirada a través de las lentes era de preocupación, me inclino a pensar que de angustia, por si recibíamos con hostilidad las noticias que se disponía a darnos.

—Chicos, ya sois hombres —dijo después de un silencio expectante—. Ha llegado el momento de que empecéis a preocuparos por vuestro futuro. ¿Habéis pensado alguna vez en él?

Yo dije que no con franqueza y Gabriel respondió al instante sin dudarlo.

—Claro, tío. Quiero tener mujer y muchos hijos, eso es lo que quiero.

La voz de mi hermano se había tornado grave y categórica. Cualquiera de sus comentarios parecía una rotunda afirmación.

—Para eso, querido sobrino, tendrás que dejar de verte con una mujer distinta todas las semanas —dijo bromeando—. ¡Cómo te pareces a tu padre, canalla! —Gabriel disimuló el enojo que le suscitaba la comparación—. Si no te hubieras acostado con la hija de tu encargado, aún conservarías el empleo en la Hispano-Suiza. Es una empresa con futuro, pero qué le vamos a hacer.

—Tío, ¿cómo iba a saber yo que...?

Mi tío lo detuvo. Hacía tres semanas que mi hermano había perdido el trabajo y tía Manuela estaba harta de que anduviera holgazaneando por casa.

—En fin, formar una familia es un hermoso objetivo —comentó mi tío retomando el hilo de su discurso—, pero tendréis que dar de comer a vuestra mujer y a vuestros hijos y asegurarles un techo. Para ello necesitáis un sueldo. Mateu, tú en la frutería no vas a prosperar —me aseguró— y tú deberías encontrar trabajo —le recriminó a mi hermano—. Creo que puedo ayudaros a los dos.

Tras otra pausa que usó para medir la dirección que la conversación estaba tomando, tío Ernest se tocó la montura de las gafas.

—En fin, sabéis que don Josep Puig favorece a esta familia desde que le conocimos, así que le he pedido que os admita en la Tèxtil Puig de Barcelona, que, como sabéis, se encuentra en la zona de Sant Andreu del Palomar, cerquita de la Fabra & Coats. Allí podréis medrar y llegar a ser contramaestres o capataces en un sector que da de comer a infinidad bocas. Muchos de sus aprendices empezaron siendo más jóvenes que vosotros, pero no os dejéis amedrentar por eso. Trabajad duro y poco a poco prosperaréis y cobraréis un mejor jornal. —Tío Ernest hizo una pausa para revisar mentalmente si había obviado algún argumento—. ¿Qué os parece?

Una fábrica. Yo había oído alabanzas y críticas sobre el trabajo en las fábricas textiles, pero desconocía si era una buena oportunidad; además, me encantaba el mercado y no quería dejarlo. Poco pude aducir porque Gabriel se me adelantó y respondió por los dos:

—Me parece una gran idea, tío. Lo aceptamos encantados.

En los años que siguieron a la muerte de mi madre, aprendí a seguirles la corriente a mis tíos y a don Ricardo. Si yo no era motivo de preocupación, ellos no hacían preguntas, y si no me pedían respuestas, yo podía seguir rehuyéndolas. Por eso acepté. De hecho, Pere fue el único que se mostró en desacuerdo.

—¿Y qué hay de mí, padre? —vociferó mi primo—. ¿No puedo ir con ellos?

—Pere, ya hemos hablado de eso. Tú te quedas en el taller, será tuyo cuando yo no esté. Hijo, debes conocer bien el oficio y mejorar la técnica, yo…

—Padre —le interrumpió—, los dos sabemos que no sirvo para esto y que no deseo trabajar en el taller. Quiero ir con ellos a la fábrica, quiero…

—¡Basta ya! —gritó tío Ernest levantándose.

Parecía cansado de una conversación que se había repetido infinidad de veces en el pasado y que no sabía cómo zanjar. Respiró, se calmó y volvió a la ternura con la que habitualmente se expresaba.

—Esto es lo que quiero para ti —prosiguió—. Pero si no lo aceptas, tú verás. Si eres suficientemente hombre para rechazar el trabajo en este taller, también lo eres para perseguir tus propias metas. ¿Quieres trabajar en la Puig? Pídeles trabajo, yo no intervendré. Pero no dejaré de repetirte que te equivocas. La zapatería es lo mejor que puedo ofrecerte, no quiero ser partícipe de tu error.

—Usted no tiene idea de nada, ¡de nada! —dijo Pere, que corrió hacia la salida y cerró la puerta con un sonoro portazo.

Tío Ernest suspiró y nos miró con la impotencia del sabio al que toman por loco.

4

Una oveja nace, se alimenta, procrea y produce con su cuerpo una materia prima imprescindible para la industria textil. Según la procedencia y la calidad de su lana, la tratarán con más o menos cuidados. Ese animal podría vivir libre, podría ser autosuficiente, no obstante, lo criamos en cautividad para que satisfaga nuestras necesidades. Así funcionaba la sociedad en la que me convertí en un hombre, una sociedad en la que todos nos comportábamos como ovejas.

El día en que Gabriel y yo entramos a trabajar en la Tèxtil Puig, el cielo barcelonés se escondía tras unas nubes grisáceas que vaticinaban lluvia pero que no acababan de cumplir su presagio. Me detuve unos segundos a las puertas de la fábrica, situada en la otra punta de la ciudad, estupefacto, tratando de imaginar lo que me esperaba en su interior. Mi hermano, en cambio, parecía esperanzado. Tras observar con detalle la chimenea, pensé que el cielo no estaba realmente cubierto por nubes sino por el humo y las cenizas que aquel cilindro emitía. Saqué del bolsillo el pañuelo blanco con la eme bordada que me había regalado aquella niña y lo miré durante unos instantes. Siempre lo llevaba encima, me transmitía calma.

—Gabriel —le dije inseguro—, no sé si quiero trabajar ahí dentro.

—Joder, deberías estar contento. Sabes que no soporto al señorito Puig, pero si nos arrimamos a él, nos ganaremos bien la vida. Venga, entremos.

Hacía un año que mi hermano se había cruzado por primera vez con Blanca delante de la puerta de la zapatería. Ella, una mujer de unos veinte años, de pelo y ojos negros, y cuerpo hermoso y esbelto, vivía cerca de nuestra casa y pasaba a diario por delante del negocio de mi tío. Gabriel descubrió la rutina de su amor platónico y la esperaba todas las tardes apoyado en la fachada para dedicarle galanterías que ella recibía con una sonrisa. Apenas habían hablado, pero él la imaginaba dulce y guerrera, divertida y espontánea, ensoñaciones que compartía con Pere y conmigo mientras ambos nos mirábamos divertidos. Pobre Gabriel, qué decepción se llevó cuando se enteró de que Blanca era la querida de Josep. De hecho, el día en que conocimos al señorito Puig, él había acudido al barrio para visitarla. Mi hermano se tomó la noticia como una traición y empezó a profesarle un odio carente de sentido, basado en la debilidad más que en la razón: sabía que por muchos piropos y halagos que dedicara a la chica, jamás podría competir con Josep Puig por su afecto.

Yo temía que Gabriel encontrara el modo de vengarse de nuestro nuevo patrón, pero aquella mañana, de pie ante la Tèxtil Puig, que se hallaba entre la calle de la Tramuntana y el lugar por donde discurría el Rec Comtal a su paso por el barrio de Sant Andreu del Palomar, rodeado por los trabajadores que se apresuraban para no llegar tarde a su turno, aquello no me preocupaba en exceso. Observaba el gigante fabril y me sentía como una hormiga a punto de ser engullida por un depredador. Esa imagen se implantó en mi cabeza con más recelo que simpatía; seguramente por eso imaginé que los distintos elementos de la fábrica eran las diferentes partes del cuerpo de un monstruo.

La entrada, un arco de medio punto de obra vista, formaba un pequeño túnel que albergaba una garita y creaba una brecha en el muro que rodeaba el complejo. Sentí que el arco era la boca del engendro; la muralla, la piel, y la nave principal, también de obra vista y cubierta en parte por ventanas, el cuerpo de la bestia. Aquel monstruo alojaba la mayoría de los procesos necesarios para el tratamiento de la lana, que llegaba virgen, hasta convertirla en hilaturas o tejidos que se vendían a mayoristas, sastres o talleres de costura.

En la garita preguntamos por Josep, como tío Ernest nos había indicado. El guardia nos pidió que esperáramos y, acto seguido, envió a un chiquillo en busca del director de la fábrica. Al cabo de unos minutos, el señorito Puig apareció sonriente desde su altura, aunque no era tan alto como yo, seguro de sí mismo; lucía un canotier y un traje estiloso a rayas marrones que lo distinguía del resto de las personas con las que se cruzaba.

Josep nos brindó una cálida bienvenida y nos aseguró que era la primera vez que salía de su despacho para recibir a dos aprendices. «Cualquier cosa por los sobrinos de don Ernest», dijo jocoso. Mientras cruzamos el patio que conducía a la entrada de la nave principal, con una amabilidad que irritó a Gabriel, nos contó detalles de la historia de la Tèxtil Puig. Yo no le escuchaba; inmerso en mis pensamientos, me imaginaba que nos deslizábamos por la lengua del monstruo.

Tras pasar por la recepción, nos hallamos en una sala cuyo techo era tan alto como el de la nave de producción. Me sentía en la mismísima garganta del diablo. Josep nos invitó a tomar el pasillo de la derecha que conducía a los vestuarios. Allí debíamos preguntar por Ignacio, el mayordomo de la fábrica; él nos proporcionaría la ropa de trabajo y nos indicaría dónde cambiarnos. Justo cuando nos disponíamos a enfilar el pasadizo, oímos repicar una campana.

—No os preocupéis, anuncia el inicio del turno —nos contó Josep—. Venga, ¡id a por los uniformes!

Don Ignacio, un hombre entrado en años, de barriga prominente y rebosante de energía, nos esperaba delante del vestuario de los hombres. Nos entregó unos pantalones, un blusón azul, una gorra y unas alpargatas de siete cintas que estábamos obligados a calzar en el interior de la fábrica. Después de cambiarnos, ya de vuelta en la recepción, me fijé en el trajín de la conserjería. Varios chicos manipulaban paquetes y recibían órdenes del encargado. Un señor bajito se apresuraba a fichar en el reloj que se hallaba a la derecha de la puerta principal. De repente me di cuenta de que Josep y Gabriel estaban bajando una escalera que conectaba con el subterráneo. Apresuré el paso para alcanzarlos.

Después de superar un entramado de pasillos húmedos y sucios, llegamos a una sala de varios metros de alto, en la que el olor y el calor eran insoportables. Me encontraba en el estómago del monstruo, el lugar donde se quemaba el carbón. Dos hombres fornidos, sudorosos y con la piel y la ropa teñidas de negro, manejaban unas palas para alimentar el horno que estaba situado debajo de la caldera. Tanto el horno como la caldera permanecían resguardados en el interior de una estructura de unos seis o siete metros de altura construida con ladrillos. Varios chicos empujaban vagonetas cargadas de carbón o se llevaban las cenizas.

—Os he traído aquí para que veáis que existen trabajos muy duros en la fábrica —dijo Josep secándose el sudor de la frente con un pañuelo. Gabriel me contó luego que lo entendió como una amenaza, pero yo lo interpreté como una ostentación de sus conocimientos—. Mirad, el agua entra por esos tubos —señaló la parte superior de la estructura— y se calienta ahí dentro, en la caldera, gracias al fuego que arde en el horno. Así se genera el vapor que sale a presión hacia la burra. Seguidme, vais a conocerla.

Subimos unas escaleras situadas frente al horno que, a unos cinco metros del suelo, comunicaban con una puerta. La cruzamos y entramos en una sala inmensa y luminosa decorada con unos azulejos de colores pastel que cubrían las paredes y realzaban el metal del artilugio que presidía la estancia: un volante gigantesco que se encontraba en el extremo opuesto a las ventanas, rodeado por una correa. En la parte inferior se veían tubos y válvulas.

—¿Veis? Este volante, al que algunos llaman la burra, es la corona de la máquina de vapor. El vapor proveniente de la caldera sube por estos tubos —nos indicó unos cilindros que atravesaban el suelo— y acciona un pistón que mueve una manivela y un manubrio, que, a su vez, hacen girar el volante. Con el movimiento, la correa que lo rodea se desliza y genera la fuerza mecánica necesaria para poner en marcha las máquinas de la fábrica. No me miréis con esa cara, no tenéis por qué entenderlo todo ahora, con el tiempo lo conseguiréis. Quizá desde allí —dijo señalando una puerta situada al lado de la burra— lo veréis mejor.

Rodeamos el volante, que yo bauticé como el corazón del engendro, y accedimos a un balconcito metálico limitado por una barandilla, que proporcionaba una vista aérea de la nave principal. De repente, un sinfín de sonidos y de aromas desconcertantes nos invadieron, y fuimos espectadores preferentes de un gran número de personas ocupadas en sus tareas y artefactos de metal dispuestos a lo largo y ancho del centro de producción. La luz del sol los iluminaba a través de unos ventanales que se repartían entre el techo y el extremo superior de las paredes e iluminaba la maquinaria que se alojaba en su interior: abridoras, peinadores, hiladoras, telares, barcas de tinte…, la mayoría de las cuales se conectaban a la correa principal mediante un entramado de correas secundarias, engranajes y cilindros que giraban al son de la burra. Más de mil personas se alimentaban gracias a la digestión de aquella bestia, y esta, a su vez, se saciaba con las horas mal pagadas que los trabajadores le dedicaban.

Josep nos indicó que debíamos abandonar el balcón. Volvimos sobre nuestros pasos y llegamos a la nave principal. Una vez allí, nos dirigimos a su extremo derecho, donde había una de las pocas secciones situadas en una sala aislada. En la entrada había varios sacos de lana virgen y, en el interior, dos hileras de siete mesas, cada una de ellas rodeada por cuatro o cinco obreros que manipulaban los vellones. En el suelo descansaban unos cestos llenos de lo que parecía o bien desechos o bien vellones ya limpios de impurezas.

—Empezaréis aquí como aprendices —nos anunció Josep—. Esta es la zona de sorteo. —A continuación, localizó a una chica bajita y de aspecto dulce que estaba concentrada en su cometido—. Tú eres la que recibe a los nuevos, ¿no es así? —la interpeló.

Ella asintió, se acercó y contemplé sus ojos verde esmeralda. El pelo rubio rizado, la faz redonda y los labios finos, casi diminutos, dibujaban un rostro afable que se alzaba sobre un cuerpo que, aun cubierto con el uniforme y el delantal, se intuía sensual. Cualquiera podría quedar prendado por su belleza, pero impactó de un modo especial en el corazón de Gabriel. Las miradas de mi hermano siempre han delatado sus intenciones y, en aquel momento, estaba deslumbrado.

—Chicos —dijo Josep a modo de cierre de la visita—, os dejo en buenas manos.

El empresario dio media vuelta y la chica contempló con melancolía cómo él se alejaba. Acto seguido, esbozó una sonrisa y yo tuve la sensación de que su cara se iluminaba.

—Síganme, por favor —nos pidió.

Obedecimos y la acompañamos a una de las mesas de sorteo.

—Antes de nada, mi nombre. Me llamo Llibertat. ¿Cuál es el suyo?

—Yo soy Gabriel y él es Mateu —respondió mi hermano con voz más gruesa y grave de lo habitual.

—Muy bien, empecemos. Aquí se sortea la lana. Es el primer paso de la cadena de producción. —La chica cogió un pedazo de lana enmarañada y la depositó sobre la mesa—. Miren, esto es un vellón, lana sin tratar sacada directamente de la piel de una oveja. Lo primero que hay que hacer es discernir a qué parte del animal pertenece. Esta, por ejemplo —la alzó para mostrárnosla—, ha salido de la cabeza.

—Sí, sí, se ve claramente —aseguró Gabriel con chulería.

—Pues no, ha caído en la trampa. Fíjese bien, es ancha y alargada; pertenece a la espalda. —Gabriel se ruborizó unos segundos, pero no tardó en sonreír para restar importancia a su error—. La lana de la espalda es la de mejor calidad, y la de las piernas, la peor, por eso las separamos, ya que cada una irá a una sección diferente. —Hizo entonces una breve pausa que

no tardó en interrumpir—: Cuando sepan a qué parte pertenece, la sacuden sobre el enrejado del centro de la mesa para
que caigan los restos de tierra y paja, la colocan en el cesto que
corresponda y cogen otra pieza de los sacos. ¿Entendido?

—Todo entendido, ahora mismo me pongo manos a la obra
—dijo Gabriel cogiendo un vellón y observándolo dubitativo
durante unos segundos. Creo que jamás he vuelto a verlo tan
concentrado.

—¿Y cómo va usted a clasificarlo si no conoce ni las partes
que separamos ni a qué cesta debe ir cada una? —le interrumpió la chica—. Por el momento, ustedes cargarán los sacos y
los cestos, y atenderán a las necesidades del resto de sus compañeros.

Tampoco entonces se achantó Gabriel, y le respondió con
alguno de los halagos con que acostumbraba a desarmar a las
chicas. Llibertat se limitó a sonreír y, acto seguido, me preguntó con picardía:

—¿Su amigo es siempre tan espabilado?

—Es mi hermano. Y, bueno, es nuestro primer día —respondí con timidez—, estamos algo abrumados.

—Pues yo creo que lo que abruma al bajito son tus tetas,
niña —intervino una señora cincuentona, delgada como un
rayo, de ojos saltones y sonrisa burlona, que faenaba en la mesa
de enfrente.

Los sorteadores que nos rodeaban se rieron a carcajadas.
Las burlas no amedrentaron a mi hermano, que seguía aten-
diendo a la chica con la seguridad del tigre consciente de que
acabará cazando a su presa. Llibertat nos contó que durante
algunos meses seríamos aprendices y que luego nos convertiría-
mos en sorteadores de primer nivel. Ella tenía dieciocho años
recién cumplidos, llevaba cuatro en la fábrica y, gracias a las
preguntas indiscretas de Gabriel, pronto descubrimos que no
tenía ni novio ni marido.

Yo permanecí un tiempo en la sección de sorteo, pero a las
pocas semanas trasladaron a Gabriel a la zona de cardado. Allí
aprendió a tratar los mechones de la lana abiertos y esponjados

procedentes de la abridora. Mediante la carda abridora que él manejaba, los transformaba en napas listas para pasar a la carda repasadora. Con los meses se convirtió en oficial de esa máquina. El cambio no le resultó fácil, estaba más lejos de Llibertat y no podía dedicar varias horas al día a cortejarla. En apariencia, ella no sucumbía a sus embelecos sino que los desoía con maestría; sin embargo, yo observaba un brillo en los ojos de la chica cada vez que mi hermano se acercaba a ella para saludarla. Aquellas miradas furtivas me decían que, con el tiempo, Gabriel se ganaría a su Llibertat.

Ella fue la segunda mujer que le robó el aliento, pero Llibertat tuvo que compartir el corazón de Gabriel con otra de sus pasiones: los ideales anarquistas, que ocupaban gran parte de su tiempo. De hecho, en esa misma época en que comenzamos a trabajar en la fábrica, se gestó un sindicato de actitud radical que captó las aptitudes inconformistas de mi hermano.

Fue en la sección de cardado donde Gabriel conoció a Enric, un oficial repasador alegre y descarado con el que congenió desde el primer momento. Enric era el menor de una familia de siete hermanos que se convirtieron en el embrión del sindicato propio de la Tèxtil Puig. Lo fundaron después de que una de sus hermanas falleciera por culpa de un fallo en la correa que accionaba el telar que manejaba. Las primeras acciones del sindicato giraron en torno a la reivindicación de la mejora de la seguridad dentro de la nave y, poco a poco, fueron asumiendo un discurso más radical que se manifestó inicialmente en huelgas puntuales y culminó con su adhesión a la CNT al cabo de unos años.

Enric también se convirtió en el compinche perfecto de las noches golfas de Gabriel. Ambos frecuentaban el Distrito V, el barrio de placer y perdición que lindaba con el Paralelo. Esta avenida y sus alrededores ofrecían los entretenimientos más canallas de Barcelona: cabarets, salas de juego y burdeles se situaban alrededor de los bares, los cafés y los teatros de cartelera popular y muy variada. Ya eran conocidas bailarinas como

Tórtola Valencia o actrices como Margarita Xirgu, pero ni Raquel Meller ni María Green habían aparecido todavía en escena. Apenas seiscientos metros separaban el Edén Concert, ubicado en el número 12 de la calle Conde del Asalto, del teatro Apolo, en el propio Paralelo. Caminando de uno a otro, los más trasnochadores podían embriagarse con alcohol barato y mujeres en una variedad de establecimientos.

De repente, Gabriel dedicaba muchas horas a la jarana y llegaba a casa de madrugada, saturado de cerveza y vino barato. Al cabo de pocas horas, se levantaba con las fuerzas justas para sobrevivir al turno y volver a golfear con su nuevo amigo. A Pere y a mí nos costó comprender el rumbo que había tomado la vida de mi hermano. La banda me había unido a mi primo, pero sin el liderazgo de Gabriel, nuestra relación se fue deshilachando como los hilos gordos que se cortan y no se sellan. Por otra parte, Cinta tomó partido por mí y se convirtió en mi sombra, una sombra sutil y cariñosa que acariciaba mis pesares en silencio.

Pasaron los meses, quizá un año, y la banda se convirtió en un vestigio del pasado. Un domingo en que mis tíos y mi hermano no estaban en casa, entré en la habitación de Pere para pedirle unos lápices que le había prestado, y lo sorprendí observándose en el espejo. No llevaba más ropa que un vestido negro estampado con flores de varios colores que pertenecía a tía Manuela. Al sentirse expuesto se lo quitó y, concentrado en el reflejo de su rostro, se sentó en la cama.

—¿No sabes que hay que llamar antes de entrar en la habitación de otra persona? —preguntó ante mi estupefacción.

—Sí, claro, perdona, yo no... Pere, ¿qué haces?

—¿Nunca has tenido curiosidad por saber cómo te sienta la ropa de mujer?

—No.

—Pues yo sí, es un interés artístico, ¿sabes? Me gustaría escribir obras de teatro. Tendré que crear personajes femeninos y necesito experimentar lo que ellas sienten para comprenderlas mejor, ¿lo entiendes?

—Por supuesto.

—Hazme un favor, ¿podrías guardarme el secreto?

No di importancia a la anécdota ni se la conté a nadie, y creo que mi discreción afianzó la confianza que Pere y yo habíamos compartido como miembros de la banda, pero que, hasta ese momento, no habíamos experimentado en solitario. Él comenzó a interesarse por mis dibujos, a acompañarme cuando iba a la Boqueria a comprar, a pedirme que fuera con él al teatro.

El caso es que también Pere, Cinta y yo nos dejamos seducir por el Paralelo. Huelga decir que nosotros optamos por el teatro, las películas que se proyectaban en barracas y los *dancings*. Ella adoraba el ambiente jovial que se creaba las tardes de los domingos y Pere amaba el cabaret. Mi primo se quedaba embobado con las actrices y con los números coreográficos. «Los pechos y las piernas largas le pueden, como a cualquier hombre», comentaba mi tío cuando se lo contábamos.

En la primavera de 1911, Gabriel nos invitó a Pere y a mí a golfear por el Distrito V. Según dijo, quería recuperar los lazos con la banda original. El sábado siguiente, al acabar el turno, nos aseamos y esperamos a que Enric, que vivía en Sant Andreu, apareciera por casa para recogernos. El amigo de Gabriel era muy bajito, tanto que, a su lado, nuestra altura se acentuaba por el contraste. Era mayor que nosotros, aunque sus facciones engañaban. De aspecto aniñado, el pelo rubio y los ojos azules casi turquesas le conferían un aire bondadoso e inseguro, en coherencia con su personalidad.

Enric vino con Vicenç, uno de sus hermanos mayores que se había convertido en el líder del sindicato de la Tèxtil Puig. Vicenç, hilandero de profesión, se parecía poco a Enric: era bastante más alto que él, tenía el pelo liso y castaño, y una barba frondosa, la tez de un tostado natural, los ojos negros como el interior del horno de la caldera y un talante seguro y sosegado. Vicenç pertenecía al tipo de hombres que transmiten familiaridad con solo intercambiar unas palabras.

La algarabía del Paralelo me abrumaba. También los trapicheos, los vendedores ambulantes, el olor a tabaco y a sudor de los cafés o las soporíferas conversaciones sobre política que acostumbraban a terminar con sentencias de dudosa coherencia. Tartanas, tranvías y algunos automóviles iban y venían sobre el asfalto, y los conductores se disgustaban cuando los paseantes ebrios invadían la calzada sin tener cuidado. ¡Parecía imposible que no hubiera más atropellos en aquella avenida!

Entramos en el Petit Moulin Rouge, un café con camareras y actuaciones de baja estofa frecuentado por Gabriel y Enric, y nos sentamos a una de las mesas más alejadas del escenario. Aunque el local era lúgubre, había animación, los zapatos se pegaban al suelo y las camareras ofrecían otros servicios aparte de bebidas y tentempiés. Mi hermano pidió una ronda de cervezas para todos. Una vedete fornida y ligera de ropa entonaba un cuplé famoso en aquella época, «La cocaína», que deleitaba a muchos de los asistentes. Mi hermano y Enric tomaron un poco de esa sustancia, pero el resto no mostramos interés en acompañarlos.

Gabriel y sus dos amigos centraron la conversación en los argumentos y las quejas habituales, que iban y venían como un muelle poco resistente. Según ellos, el Partido Republicano Radical de Lerroux estaba desviando las verdaderas prioridades políticas y sociales por las que los trabajadores de Barcelona debíamos luchar. Y es que, cuando se desatara la revolución, nada detendría la fuerza del pueblo: ni el Estado, ni las banderas, ni la religión ni el capital. Las opiniones de los tres convergían hasta que hablaban del método que debían seguir.

—Ese Lerroux es un oportunista —comentó Enric—. Se hizo famoso denunciando los abusos que se produjeron en el juicio de Montjuïc y, desde entonces, se apropia de todas las causas para ganar popularidad.

—Como defendía Proudhon, «La propiedad es un robo» —dijo Vicenç en un momento dado.

—Joder, Vicenç —le respondió Gabriel—, no empieces a citar a esos autores que tanto lees. Sí, en eso estamos de acuerdo, y no, ese no es el debate.

—Por supuesto que las acciones masivas son necesarias —dijo Enric—, aun así no podemos ser tan inocentes como los socialistas. Nunca cambiaremos el sistema desde dentro, las huelgas solo sirven para difundir ideas y para conseguir mejoras laborales que, en el fondo, no son más que migajas.

—Pues claro, pero ya os lo he dicho mil veces —replicó Vicenç—. Ellos tienen la fuerza y las armas, la nuestra será una lucha que durará años. Si queremos que el pueblo se haga con el control de la economía, tenemos que construir sindicatos fuertes y legales que nos conduzcan a una revolución social respaldada por la mayoría. Moderación y colectivismo, esa es la clave.

—Ya que tanto te gusta hablar sobre pensadores, el otro día escuché algo en un mitin —dijo Gabriel. Siempre tuve la sensación de que impostaba la voz volviéndola más grave para ganar en razón—. Hablaban de un tipo italiano, un tal Malatesta. Pues él cree que los sindicatos acaban jerarquizándose y cayendo en el oportunismo y el conformismo social, y el cabrón tiene razón. Ellos usan las armas, nosotros también deberíamos hacerlo.

—Claro —le interrumpió Enric—, ¿acaso crees que venceremos gracias a los sindicatos legales? Los trabajadores tenemos que poseer los medios de producción y distribución. Hay que abolir el sistema salarial. El pueblo debería gobernar mediante asambleas. ¡Abajo el Estado, abajo la ley y abajo la maldita religión! ¡Ni amos ni patronos!

—Estáis mezclando muchas ideas para justificar vuestra rabia —les respondió Vicenç—, pero, una pregunta: ¿de verdad vais a poner bombas? ¿Vais a empuñar pistolas? Se está creando una confederación de asociaciones de trabajadores con vocación nacional que absorberá a varios sindicatos menores y varias federaciones de oficio. —Vicenç hablaba de la CNT—. Estamos creando algo más grande que el propio Estado. Confiad en ello.

Siguieron otros veinte minutos de discusión estéril. En el fondo, los cinco éramos unos privilegiados: sabíamos leer y escribir, y si era necesario revisar aquellas ideas en los libros claves del pensamiento anarquista o en los manifiestos redactados por las diferentes organizaciones obreras, teníamos la posibilidad de hacerlo. No obstante, y a excepción de Vicenç, ninguno de nosotros consultábamos las traducciones de los libros de Kropotkin, Bakunin o Proudhon que corrían por los ateneos. Desaprovechábamos la ventaja que teníamos respecto a la gran cantidad de iletrados que había en Barcelona. Más de la mitad de los obreros de la Tèxtil Puig no sabían leer ni escribir y, en consecuencia, descubrían sus derechos y los métodos para defenderlos en mítines o en las lecturas a viva voz de libros, diarios y manifiestos que, en el caso de Sant Andreu del Palomar, tenían lugar en algunos bares o en el Ateneo Obrero, situado en la plaza de las Palmeras.

En mitad del debate, y después de haber escuchado los cuplés y las canciones populares de unas cuantas chicas más, Gabriel anunció que nos íbamos a otro local. Me sorprendió porque fue una decisión brusca, un rapto que nos llevó a un lugar inesperado. Nos adentramos en el Distrito V y paseamos sin rumbo fijo, o eso creía yo. Tras cinco o diez minutos, mi hermano se detuvo en la calle de La Guàrdia. Con una sonrisita maliciosa, nos descubrió cuál era su verdadero objetivo.

—Chicos —dijo con tono algo jocoso—, es una vergüenza que todavía no os hayáis acostado con ninguna mujer. Hoy será la primera vez.

—Yo sí que lo he hecho, primo —respondió Pere.

—Lo dudo, pero aunque sea verdad, aprovecha, que hoy invitamos nosotros.

Enric y la mayoría de los chicos de mi edad vivían el sexo con una ligereza y una naturalidad que yo envidiaba. Sin embargo, a mí, la idea de poner una mano sobre una mujer me aterrorizaba. Yo vivía en una constante contradicción entre mi falta de deseo y lo que se esperaba de un chico de mi edad, y desconozco si mis reparos estaban relacionados con la educación religiosa impartida por Manuela o con lo que sucedió entre mis padres.

Observé el hostal que quedaba a mi derecha. La entrada era amplia y en su conjunto parecía limpia y acogedora. Respiré hondo y pensé que no debía tener miedo de un lugar como aquel. Sin embargo, mi hermano entró en un prostíbulo destartalado y en apariencia insalubre llamado La Guarida, que quedaba enfrente. Su diminuta entrada y la tenue luz que lo iluminaba echaban para atrás. Gabriel salió de allí con dos llaves, una para mi primo y otra para mí. Pere tomó la suya con seguridad y se adentró en el local. Yo permanecí impertérrito, y Enric y Gabriel comenzaron a burlarse de mí.

—Chicos, dejad al chaval —dijo Vicenç—. Si no le apetece, que se tome unos vinos.

—Lo necesitas —afirmó mi hermano poniendo su mano en mi hombro—. Vives como alma en pena y Cinta dice que no sois novios. Te aseguro que esto te cambiará el humor. Yo he estado con ella, tiene unas tetas enormes y unas caderas en las que cabe la Tèxtil Puig entera. No me seas maricón, hermano.

—Así no vas a enamorar nunca a Llibertat —le dije sin mirarlo.

Observé la llave que estaba unida a un llavero de cuero con forma de globo. Cerré el puño, entré en el hostal y subí las escaleras, situadas a la izquierda de la recepción. Escalón tras escalón, me preguntaba si debía continuar o si debía ser fiel a mi instinto e irme. En esas estaba cuando hallé la habitación que me habían asignado y llamé a la puerta, pues me parecía indecoroso entrar sin pedir permiso. Una voz dulce me dijo que podía pasar.

La estancia, pequeña y deteriorada, albergaba una mesita de noche, una pila, un espejo, un toallero y una cama sobre la que me esperaba una mujer morena medio desnuda. Contemplé su cuerpo esbelto y me sentí como un extranjero que no conoce el idioma local. Lola, o así se hacía llamar la prostituta, reaccionó con ternura ante mi desconcierto. Ella, en bragas y sujetador bajo una bata muy fina, se acercó a mí con lentitud y alabó mi cuerpo, mi estatura y mi fortaleza. Mientras me acariciaba el torso, oía su pausada respiración. Acercó sus labios a los míos con la intención de facilitarme el trabajo, pero yo me comportaba como una estatua de piedra, un tonto aterrado por los encantos de una bella mujer.

Lola me cogió de la mano y me acompañó hasta la cama. El contacto con su piel, suave y cálida, me produjo un cosquilleo en el brazo. Se sentó en el extremo inferior del catre y me invitó a acompañarla. Me acomodé y ella prosiguió con sus caricias y sus besos hasta que un intenso agobio me obligó a detenerla.

—No puedo —balbucí.

—¿Pasa algo? ¿He hecho algo mal, cariño?

—No, solo que no deberíamos hacerlo.

Una carcajada sonora salió de la boca de la muchacha. Luego comprendió que su risotada no era bien recibida, se templó y me dejó hablar.

—Tú eres una puta y yo no estoy enamorado de ti.

Lola me impidió terminar, se cubrió con el batín y me espetó:

—Si no me tomas porque soy puta, estás en el lugar equivocado, cariño.

A continuación, suspiró y se ensimismó contemplando uno de los anillos plateados que adornaban su mano derecha. Pronto se dio cuenta de que no iba a suceder. Entonces se relajó y me miró con ternura.

—Está bien —dijo—, no haremos nada, si no quieres. Un consejo: no se lo digas a tu hermano. Lo conozco bien, hemos compartido muchas noches, no parará hasta que me la metas.

Hice un movimiento afirmativo con la cabeza y luego hablamos de banalidades con el objeto de llenar el tiempo que necesitábamos para que el teatrillo resultara creíble. Al cabo de un rato, me pidió que abandonara la habitación y yo fui al encuentro del resto del grupo. En la calle, la chica de Pere lo cubría de alabanzas y mi hermano asentía con orgullo. Acto seguido, me interrogaron sobre mi experiencia, y yo respondí con imaginación pero sin convicción. Satisfecha la curiosidad, Gabriel y Enric empezaron a caminar y el resto los seguimos.

—No temáis si no ha sido una gran experiencia. Todo hombre acaba encontrando a su mujer —dijo Vicenç cuando ya habíamos emprendido la marcha y luego se juntó con la avanzadilla del grupo. Y aprovechando la distancia del resto, Pere me dijo al oído:

—No me odies, ha sido un desastre. He terminado muy rápido. Le he pagado de más para que me llenara de halagos delante de estos. Así me dejarán en paz. Guárdame también este secreto, por favor.

Observé a Gabriel. Caminaba ebrio, abrazado a Enric, satisfecho de su iniciativa, y yo me di cuenta de que ya no conocía a mi hermano.

5

U n dibujo nace de una inquietud que termina plasmada con más o menos acierto sobre una hoja de papel o un lienzo. El artista puede trabajar con esmero hasta el último de los detalles de su obra para transmitir un mensaje concreto y, aun así, cada observador la interpretará con su propia lógica, que no tiene por qué coincidir con la del autor. Así era la política cuando aparecieron los primeros pistoleros, un lienzo teñido de dinero y de sangre que cada cual leía según sus intereses.

Seis años pasaron entre nuestro inicio en la fábrica y la boda de Gabriel y Llibertat, que tardó casi cuatro en rendirse a los embelecos de mi hermano. Llibertat se había criado en Sant Andreu del Palomar, y fue allí, cerquita de la Tèxtil Puig, donde la pareja consiguió una casa austera y confortable gracias al boca a boca. Su nuevo domicilio estaba ubicado en la calle de Coroleu, una vía que los vecinos aún llamaban por su antiguo nombre, Mare de Déu del Pilar.

La casa, de una sola planta, tenía la fachada pintada de blanco, y en ella había la puerta y una ventana de doble portón que iluminaba el comedor amueblado con una mesa, seis sillas y tres butacas, en una de las cuales solía sentarse Gabriel para leer la prensa y en la otra Llibertat para coser. La casa disponía de tres dormitorios, una alacena y una cocina económica. Ni el agua corriente ni el alcantarillado habían llegado a la calle, de modo que el aseo personal se solventaba ora con un barreño y una jarra, ora en los baños públicos de la calle Muntanya, en el Clot, y en el patio trasero de la casa, en el interior de una sencilla estructura de madera, estaba el retrete. El *peixós* era una figura popular en el barrio, un hombre que, a cambio de diez céntimos, acudía a las casas y vaciaba el pozo del retrete en el depósito de su tartana.

Llibertat y Gabriel eran la pareja más envidiada de la fábrica: ambos de buen ver, con don de gentes, alegres a todas horas y dispuestos a convertirse en el alma de las conversaciones triviales. Sant Andreu era un barrio especialmente tradicional en lo que respecta al decoro: no veían con buenos ojos ni los besos ni los tocamientos indebidos en público. Por eso, como hacían muchas parejas durante el noviazgo, Gabriel y Llibertat daban largos paseos por el trazado del Rec Comtal, y allí, cobijados por los árboles o los arbustos, daban rienda suelta a la pasión.

Sin embargo —con mi hermano siempre hay un «sin embargo»—, Gabriel no abandonó sus tendencias libertinas. Frecuentaba menos tabernas y burdeles, pero no renunció a la tentación, tenía necesidad de evadirse de sí mismo a través del alcohol y los cuerpos ajenos. Nunca averigüé si Llibertat lo sabía, si lo toleraba o hacía la vista gorda. Aun así, el enlace redujo el número de incursiones de mi hermano al Paralelo.

A pesar de la vinculación de Llibertat con el barrio de Sant Andreu, ella y Gabriel se casaron en la iglesia de Sant Pau del Camp, en el Distrito V, templo que mi tío describía como uno de los más antiguos de Barcelona, cuyo párroco era amigo de tía Manuela. Parte del monasterio se había quemado y la iglesia había sufrido varios desperfectos y saqueos durante la Semana Trágica. No obstante, en 1915 estaban prácticamente restaurados y la iglesia hacía las veces de parroquia del barrio.

Gabriel militaba en la Confederación Nacional del Trabajo y participaba en varios ateneos anarquistas. La CNT se había creado en 1910 a partir de la unión de distintas organizaciones de trabajadores y había sido ilegalizada varias veces. A pesar de que en sus inicios aunaba diferentes ideologías propias del movimiento obrero, el anarcosindicalismo se convirtió en la corriente principal y era la dominante entre las bases y los cuadros del sindicato. Su discurso era crítico y radical con el sistema, y profundamente anticlerical; su objetivo era la mejora de los derechos laborales y tenía la revolución como método y horizonte.

Otro «sin embargo»: las profundas raíces anarquistas de mi hermano no le impidieron casarse por la iglesia. Yo no entendía esa contradicción y temía que Gabriel estuviera forzando un matrimonio supuestamente perfecto de cuyo futuro yo desconfiaba.

—¿De verdad te vas a casar en Sant Pau? —le pregunté el día que me lo contó. Estábamos en el dormitorio, cada uno en su cama, descansando y contemplando el vacío—. ¿Tú, que crees que la religión oprime al pueblo y que es un instrumento de la burguesía? ¿Tú, que defiendes que la doctrina cristiana es un mito y que solo contribuye al conformismo del proletariado? ¿Tú, que crees firmemente que deberíamos quemar las iglesias?

—Los padres de Llibertat nos lo piden, no me queda otro remedio —me respondió en voz baja.

—Tú solo te sometes a la voluntad de los demás cuando quieres algo a cambio. No sé qué tramas, pero pórtate bien con Llibertat. Es una buena chica.

—Qué leches te pasa, Mateu, ¿no puedes alegrarte por mí sin buscar los tres pies al gato?

—Claro que me alegro, pero me parece una falta de respeto a tus ideales y a los de la Iglesia.

Gabriel bajó de la litera superior y, de pie, me dio a gritos la respuesta que estaba esperando:

—¿Sabes? Mamá murió, pero a algún sitio habrá ido, ¿no? No creo que el cielo exista, no creo en Dios, ya lo sabes, pero a algún lugar tenemos que ir después de la muerte, y mamá sí creía, creía como la que más, así que el único modo de que ella esté presente en la boda, aunque sea en espíritu, es que se celebre dentro de una maldita iglesia. Iremos, nos tragaremos las monsergas del cura, y punto, ¿estamos?

La pequeña construcción de piedra de la iglesia de Sant Pau del Camp, adjunta al monasterio, siempre me había llamado la atención. Antes de entrar, contemplé la puerta custodiada por dos columnas de mármol que sostienen un arco de medio punto. En el tímpano, un Cristo en Majestad daba la bienvenida a los feligreses. Entré acompañado por Cinta y, no sabría decir por qué, me sentí bien recibido por su austeridad. Estaba formada por una sola nave con planta de cruz griega, con pocas ventanas y un altar pequeño dedicado a san Pablo, el patrón de los espaderos.

Yo estaba ensimismado en la cúpula cuando Cinta tiró de la manga de mi chaqueta. Me pedía que volviera a la realidad, pues mis tíos y los padres de Llibertat ya estaban situados en la primera fila, y Pere nos guardaba un espacio a su lado en la segunda bancada. Acabábamos de acomodarnos cuando apareció Josep Puig. Su llegada provocó cuchicheos, malas caras y el asco de mi hermano, que torció el gesto porque no deseaba su presencia en el templo el día de su boda. Mi tío, más dado a las relaciones sociales, había movido cielo y tierra para que figurara entre los invitados: era nuestro benefactor. Los favores de un empresario debían ser correspondidos con respeto.

Gabriel detestaba a Josep porque le había robado su primer amor y también por su condición de patrón. Aunque el odio, el verdadero odio, nació cuando se enteró de que Llibertat y el joven empresario habían sido amantes durante un brevísimo lapso. El escarceo amoroso tuvo lugar antes de que mi hermano y yo conociéramos a la chica y llegó a oídos de Gabriel poco antes de la boda, de boca de una compañera de la fábrica, quien, hablando de las virtudes de Llibertat, recordó el idilio que esta había mantenido con Josep. Mi hermano enfureció, pero Enric, Vicenç y yo conseguimos apaciguarlo. No podía echar su enlace por la borda por semejante estupidez. Así pues, ajeno a los sentimientos del novio, el heredero de los Puig se presentó en la iglesia, saludó a los conocidos y se sentó junto a mi tío.

Era inevitable recordar a mi madre en un momento como aquel, como también lo era que Cinta diera rienda suelta a sus sentimientos, dadas las circunstancias. Durante la lectura de una de las plegarias, estando los novios y los asistentes de pie, ella me cogió de la mano. Ese gesto me heló la sangre y despertó mis ganas de huir. No me atrevía a mirarla, no quería aventurarme a interpretar su significado, así que me concentré en el discurso del párroco, y Cinta, la dulce Cinta, no dejó que yo me escabullera como solía hacer.

—No, Cinta, no es el lugar —respondí.

Le solté la mano y ella me la volvió a coger.

—Quizá no lo sea, pero no me importa. Hace años que nos conocemos y varios meses que somos amantes. No puedo hablar contigo de lo que siento por ti porque escurres el bulto con excusas y palabras correctas. Ahora no te vas a escapar.

—Insisto, no es el momento —dije alzando la voz.

Creo que los allí presentes se dieron cuenta de mi salida de tono. Mi tía, de pie en el banco de delante del nuestro, se giró e hizo un gesto de reprobación. Por suerte, los novios no se enteraron, y Cinta se rio de mi torpeza. Lo hizo con su frescura habitual y la amabilidad que la caracterizaba.

—Lo siento, no me voy a callar —prosiguió—. Te lo diré rápido y claro: quiero ser tu novia. Si tú quieres ser mi novio, dímelo; de lo contrario, será mejor que nos alejemos el uno del otro, porque esto no es normal.

El cura pidió a los presentes que tomaran asiento y siguió con sus reflexiones sobre las obligaciones del matrimonio y la sagrada unión, argumentos que me imagino que Gabriel se moría de ganas de debatir. Sentado en el banco de la iglesia, con la mano de Cinta todavía entrelazada con la mía, me sentía incapaz de reaccionar.

Sus palabras eran la culminación de un idilio iniciado una tarde en la que ella me acompañó a Montjuïc y nos tumbamos a la sombra de los árboles que salpicaban los prados de los

Tres Pins. Jóvenes enamorados y familias de la ciudad acudían allí los domingos para descansar y comer o merendar. Era un lugar idóneo para dibujar y Cinta disfrutaba charlando con las amistades que frecuentaban aquellos parajes. Cuando terminé uno de mis esbozos, se lo enseñé. Ella se acercó a mí para observarlo con detenimiento y me besó. Fue un beso corto, al que le sucedió otro y otro más, y así pasamos la tarde, sumidos en una cercanía que ambos compartimos, aunque con matices diferentes. Por suerte, aquel día habíamos decidido alejarnos de la zona más concurrida de los Tres Pins y a nuestro alrededor solo había dos parejas de nuestra misma edad.

Casi sin quererlo, los besos pasaron a formar parte de nuestros habituales encuentros. Comencé a desearla, a verla como una mujer y no solo como un miembro de la desaparecida banda. Juntos descubrimos nuestro cuerpo, primero con torpeza y luego, a medida que los escarceos se repetían, con más acierto. Aprendí a saborear la desnudez, y las caricias que me regalaba me embriagaban de goce y de paz.

Cinta no fue la primera mujer con la que me acosté. Después de mi primera incursión en el burdel del Distrito V, Gabriel insistió en que debía repetir y yo no tuve valor de decirle que no quería acostarme con las chicas que él me recomendaba. Recurrí varias veces al teatrillo estrenado con Lola: en la habitación, junto a la anfitriona de turno, dejaba pasar el tiempo para que mi hermano pensara que yo había cumplido con mi cometido. Sin embargo, hubo una noche en que me abandoné al cuerpo de la prostituta que me acompañaba. Con ella me estrené en los placeres de la carne y ese fue el primero de varios encuentros consumados. Fueron los besos de Cinta los que me alejaron de aquel mundo.

Volviendo a la boda de mi hermano y a la declaración de Cinta, debo decir que dilaté mi respuesta varios minutos. Antes saqué el pañuelo blanco con la eme bordada y, tras observarlo un rato, tomé una decisión. Se la comuniqué justo en el momento en que el cura proclamaba el matrimonio de Gabriel y Llibertat, y los invitados se levantaban para vitorear y aplaudir a los recién casados al tiempo que gritaban «Vivan los novios».

—Está bien, tienes razón, seamos novios —acepté al fin.

Ella me respondió con una sonrisa y me besó. Recibí sus labios con alegría y con la sensación de que estaba haciendo lo que debía. No deseaba dar aquel paso, pero la vida me empujaba a hacerlo: yo ya era un hombre hecho y derecho, y no había día en que no me recordaran que necesitaba una mujer que me espabilara. El nuestro fue un amor sereno, pausado, sin emociones desbordadas, el tipo de afecto con el que se conforman los inteligentes y que los melancólicos rechazamos. Después de la ceremonia, nos dirigimos a la casa de comidas a la que Gabriel nos invitó para celebrar su boda. Cinta no me soltó la mano en todo el camino. Su gesto provocó la aprobación y la alegría de la familia y de los amigos que nos acompañaban.

Al día siguiente, al salir de mi turno en la Puig, me presenté en el hogar de los recién casados para entregarles mi regalo de bodas: un lienzo en el que había estado trabajando varias semanas y del que me sentía orgulloso. En el cuadro se veía a Gabriel y a Llibertat saliendo de la fábrica el uno junto al otro, agarrados de la mano y sonrientes. Tanto a mi hermano como a mi cuñada les hizo mucha ilusión, me lo agradecieron con cariño y proclamaron que presidiría el comedor de su casa durante el resto de sus días. Mientras Llibertat preparaba la cena, mi hermano me preguntó: «¿De dónde has sacado esa habilidad?». No supe qué responderle, le dije que la inspiración llegaba espontáneamente, pero que, aun así, acostumbraba a hacer esbozos antes de empezar a dibujar. Le enseñé el bosquejo del lienzo, realizado en una hoja de cuaderno, y Gabriel me pidió que también se la diera. Cuando la tuvo entre sus manos, la dobló hasta que adquirió el tamaño cuartilla y se la guardó en el bolsillo.

A pesar de que Gabriel me había cuidado y acompañado a su manera después de que nuestro padre nos abandonara, ese fue el primer acto de reconocimiento de mi talento, una expresión de amor basada en mi naturaleza y no en el vínculo de sangre que nos unía. En aquel momento no le di importancia, o quizá sí se la di y no soy consciente de ello, pero ahora, al rememorarlo en la cubierta de este barco rumbo a un nuevo destino, me emociona en extremo.

En 1916 nació Ariadna, mi primera sobrina; la recibimos con una alegría indescriptible. Recuerdo la primera vez que la vi, en casa de mi hermano, en Sant Andreu. Llibertat, deshecha por el esfuerzo del parto, yacía en la cama con el bebé en brazos cubierto con una mantita. Me acerqué a ellas y mi cuñada destapó la cara de la pequeña para que yo la conociera. La niña dormía plácidamente y yo experimenté una sensación inédita. Aquella personita tan diminuta y vulnerable despertaba en mí el deseo de protegerla y guiarla por los senderos de la vida.

El tiempo transcurría con calma y al son de los besos de Cinta. Ella, siempre optimista y soñadora, no me hablaba de boda. Respetaba mis miedos y mis angustias, pero confiaba que en un futuro nos casaríamos. Sé que no estuve a la altura y que nunca podré devolverle su generosidad. Es bien conocido que incluso las buenas personas se convierten en verdugos cuando se dejan llevar por la cobardía.

Por aquel entonces, la Gran Guerra se había convertido en un verdadero infierno para los soldados europeos que seguían atrincherados en diferentes frentes, pero también en uno de los negocios más lucrativos para la España neutral. En Barcelona, el dinero entraba a espuertas; eso sí, permanecía en manos de la burguesía. En las fábricas había hasta tres turnos para satisfacer la demanda de los países beligerantes y, aun así, el aumento de los salarios era más bien parco, por no decir inexistente, y los precios de los productos básicos estaban por las nubes debido a la inflación. La mayor parte de lo fabricado se exportaba, a pesar de que se producía en grandes cantidades. Los burgueses eran cada vez más ricos, nosotros más pobres, y la comida, el carbón y las mantas se encarecían día a día.

Una mañana de la primavera de 1916, me senté a la sombra del muro de la fábrica, saqué mi libreta y un carboncillo, y me puse a dibujar. Absorto en los trazos, no me percaté de que Josep Puig se acercaba.

—Desde que te conozco, hace años ya, siempre te he visto dibujar con una concentración sorprendente. Deberías vender tus obras —me dijo jovial.

—Buenos días, don Josep. No me gustaría llevarle la contraria, pero no creo que nadie las comprase.

—¿Esto? —dijo al tiempo que me arrebataba la libreta sin pedir permiso. Él, de pie, con su traje blanco y un sombrero fedora que lo protegía del sol, pasó las hojas y las observó unos breves segundos—. Un artista, sí, señor, estos dibujos son muy buenos.

Yo no sabía si debía mantenerme alerta o imitar el tono distendido que Josep empleaba conmigo. No tuve tiempo de decidirlo porque él interrumpió mis temores con una propuesta:

—Acompáñame a mi despacho, quiero comentarte algo —me invitó alegre.

Cruzamos el patio y subimos a las oficinas desde las que Josep gobernaba su reino. El área de la recepción estaba formada por las mesas que ocupaban su ayudante y su secretaria, y por una gran cantidad de muebles archivadores en los que se almacenaban cuentas, pedidos y secretos. La puerta de su despacho, mitad de madera y mitad de cristal, adornada con florituras de estilo modernista, era lo único que me separaba de un nuevo abismo. Una vez en el interior, me pidió que me sentara en la silla destinada a las visitas y él lo hizo en la suya, con el escritorio de madera maciza entre ambos. Al cabo de unos segundos, Josep se levantó.

—No te he ofrecido nada para beber —dijo dirigiéndose al mueble bar—. ¡Qué mal anfitrión soy!

—Se lo agradezco, don Josep. Lo que tenga estará bien.

Josep se dio la vuelta con una botella en la mano y me observó divertido.

—Mateu, ¿cuántos años hace que nos conocemos? —No me dio tiempo a responder y continuó—: Unos cuantos. Delante de los trabajadores háblame de usted, pero en la intimidad puedes tutearme.

—De acuerdo, gracias.

Mientras él servía un destilado, me fijé rápidamente en el despacho. A mi derecha había el mueble bar, una caja fuerte y varios cuadros de paisajes que no me parecieron bonitos. Delante de mí, la mesa con un vade de piel negro, una lámpara, lápices, papeles, un reloj de mesa y un tintero, y, en la pared, una estantería donde se apilaban varias carpetas y el retrato de un hombre. Y a mi izquierda, un ventanal enorme frente al cual había dos sofás y una mesita de centro para reuniones más distendidas.

Josep dejó el vaso delante de mí y se sentó. Yo me mantenía alerta, me sentía fuera de lugar.

—Siempre has sido muy callado —prosiguió—. En general, es un signo de inteligencia. Eres un buen chico, motivo de orgullo para tu tío, y un gran trabajador. Dime, ¿qué crees que falla en la Tèxtil Puig?

—No sabría qué responder.

—Siempre tan precavido. Venga, alguna idea tendrás. No tengas miedo, no es un examen. Quiero saber lo que se dice ahí abajo.

—Está bien —me aventuré dada la familiaridad del trato—. No sé si esto tiene sentido. Quizá deberíais instalar un motor eléctrico para sustituir la máquina de vapor. La Fabra & Coats y Can Batlló ya usan la energía eléctrica, y aquí todavía vamos con carbón.

—¿Lo ves? Ya sabía que eras un tipo inteligente. Has dado justo en el clavo. Te pido discreción, pero te voy a ser sincero. Mi padre —señaló el cuadro que tenía justo detrás de él, encima de las estanterías— no suelta las riendas del negocio y ahí estamos, ganando mucho dinero con la guerra, aunque a las puertas de un futuro bastante negro cuando esta termine. Yo solo dirijo la fábrica, él sigue presidiendo el conjunto de empresas de la familia, y poco puedo hacer yo. Los telares no dan más de sí, la competencia crece en volumen de producción y en calidad, mientras nosotros nos estancamos. En pocas palabras, pan para hoy y hambre para mañana. ¿No crees?

Lo miré con tranquilidad, me arrellané en la silla y cogí el vaso para simular que daba un trago.

—Por supuesto.

—Mateu, he conseguido convencer a la junta directiva de que hay que introducir novedades, al menos en esta fábrica, y mi padre también ha cambiado de opinión. Así que es posible que en los próximos meses instalemos un motor eléctrico en la Tèxtil Puig. Además, mantengo conversaciones con la compañía Energía Eléctrica de Cataluña para que nos abastezcan. Disculpa, no sé por qué te aburro con estos detalles. Te he hecho subir para que me ayudes. Las dichosas huelgas ya forman parte del día a día, y no quiero que entorpezcan la instalación del motor. Este año han parado los metalúrgicos, los zapateros, los ferroviarios… Ya sabes el daño que hizo la huelga de los albañiles al sector de la construcción. No voy a permitir que en esta fábrica suceda lo mismo y que mi padre se eche atrás. Tu hermano y sus amigos están afiliados a la CNT, ¿no?

—Sí, don…, sí, Josep.

—Quiero que los convenzas de que los cambios son importantes para todos y que les pidas que me ayuden a calmar los ánimos mientras dure la instalación. Gabriel es un tipo popular en la fábrica y amigo de los delegados cenetistas, podría influenciarles. Habla con él, que no parezca que viene de mi parte sino que la iniciativa es tuya. Y, por supuesto, si ves que se avecina alguna situación incómoda, avísame. Sabré recompensarte.

—Así lo haré. Ahora debo irme, me espera Cinta.

—Claro, claro, no te retengo más.

Me levanté y me despedí con presteza. Cuando estaba a punto de cruzar el umbral de la puerta, él me frenó con un último comentario:

—Mateu, el silencio puede significar inteligencia y respeto

hacia tus amigos, pero tus enemigos también pueden interpretarlo como un signo de desconfianza. No lo olvides.

Salí del despacho con la certeza de que Josep me acababa de colocar en el centro de un conflicto del que no quería ser partícipe. Tras nuestra charla, el joven empresario llevó a cabo algunas mejoras en la Tèxtil Puig. A mí me relevó de mis obligaciones en la zona de sorteo y me trasladó a la de tintes para que manejara una barca. Lo mismo hizo con Enric, que abandonó la zona de cardado. Josep quería que trabajara mano a mano con uno de los líderes sindicales de la fábrica para que le informara de cuáles eran sus planes. Nunca lo hice.

Los cambios de sección no eran muy habituales e implicaban aprender un nuevo oficio. De hecho, solo se realizaban bajo la agenda oculta de Josep. Enric y yo nos convertimos en aprendices con sueldo de oficiales y tardamos pocos meses en dominar el arte de los tintes y en operar a pleno rendimiento. El tiempo que pasé trabajando codo con codo con él me sirvió para conocer a un chico dado a la jarana, pero noble y de buen corazón. Estaba casado con una costurera a la que decía amar con locura y tenía un niño al que alababa con frecuencia. Quién nos iba a decir que mi hermano, él y yo acabaríamos convirtiéndonos en asesinos.

La conversación en el despacho de Josep tuvo lugar en la época en que Gabriel empezó a radicalizarse. En el pasado, mi hermano había participado en la huelga de tres días convocada por los trabajadores de la Tèxtil Puig en otoño de 1915, había organizado piquetes a principios del 16 para protestar por la muerte de otra tejedora a la que el desprendimiento de una correa había decapitado, y había formado parte de algunos de los comités internos cuyo objeto era negociar una reducción de las horas trabajadas. Estas acciones tuvieron un éxito relativo, ya que Josep y la junta directiva de la empresa ofrecían soluciones que se desvanecían con el paso de las semanas, pese a haber sido aceptadas.

Gabriel se sentía impotente y frustrado ante el enorme poder de los patronos y, en consecuencia, su discurso se tornó más agresivo. Dejó de usar expresiones como «Mejorar las condiciones de trabajo» y «Luchar por la seguridad en las fábricas» y pasó a decir «Muerte al patrón» o «Revolución o muerte», como hacía Enric. Desconozco si en el futuro todavía existirán o si pasarán a la historia, pero a principios de siglo aparecieron agrupaciones paralelas a las diferentes organizaciones sindicales llamadas grupos de afinidad o de acción. Algunos de ellos se dedicaban a divulgar y promover las ideas anarquistas con acciones que se situaban en los márgenes de la legalidad, sobre todo durante los periodos en los que se prohibía que sus panfletos circularan. Redactaban y repartían octavillas, instigaban a la huelga a quienes querían escucharlos y se enfrentaban a palizas y a penas de cárcel si la policía los detenía.

Sin embargo, algunos de ellos tomaron la vía de la violencia. En su mayoría eran de ideología anarquista y despreciaban la pasividad de los socialistas, a los que acusaban de arribistas y acomodados. No tenían una vinculación directa con la CNT ni con otros sindicatos, aunque, en el fondo, en esta vida todo acaba estando relacionado, sobre todo en las calles de Barcelona. Su objetivo era claro: instaurar la revolución por la fuerza. De hecho, respondían a una tradición anarquista de escasa aceptación entre la población, que había sido la responsable de altercados como las bombas del Liceu, el intento de asesinato de Alfonso XIII o los atentados de la procesión del Corpus. Se trataba de grupos de jóvenes cansados de las continuas ilegalizaciones de la CNT, de la arrogancia de la patronal, de la represión injustificada de sus ideas y de un ataque constante a los derechos de los trabajadores contra el que se sentían impotentes.

Una tarde, al salir de la fábrica, descubrí a mi hermano despidiéndose de un hombre alto y delgado del que pensé que era extranjero, pues llevaba uno de aquellos trajes de paño liso y fino que solían lucir los sajones trasnochados. El hombre le acababa de entregar un objeto envuelto en un pañuelo que Gabriel ocultó en el bolsillo interior de su chaqueta. Después de estrecharse la mano, mi hermano me vio, sonrió y enfiló el camino hacia su casa sin detenerse para hablar conmigo. Preocupado por la escena que acababa de presenciar, lo alcancé.

—¿Se puede saber qué haces, Gabriel?

—Nada —respondió con hastío—; solo saludaba a un amigo —dijo rascándose el cogote.

—No es verdad, ese hombre te ha dado una pistola.

Él reflexionó unos segundos sobre la deriva que estaba tomando la conversación y reaccionó mostrándose enfadado:

—No te metas donde no te llaman.

—¿Vas a ponerte a disparar? ¿No te basta con tus amigas y tus salidas nocturnas? ¿Vas a convertirte, además, en un terrorista?

—No me toques los huevos, ¿me oyes? —Gabriel dio un paso atrás, negando con la cabeza, y agrió el tono—: Una cosa no tiene nada que ver con la otra. Y escúchame bien, estoy hasta los cojones de tu superioridad moral. Mateu el bueno, Mateu el correcto, Mateu el perfecto. No eres más que un cobarde. ¿No ves cómo está la ciudad? Los precios andan por las nubes por culpa de la guerra. ¡No hay quien coma caliente! —Me agarró por la solapa de la chaqueta y acercó su rostro al mío—. Nos matamos a trabajar y no nos suben el sueldo. ¿Y los que llegan de otras partes del país en busca de empleo? ¿Eh? ¿Qué hacen los hijos de puta del gobierno con ellos? Los meten en barracas y viven en unas condiciones de mierda. ¡Es inadmisible!

Gabriel me soltó, pero no atenuó su agresividad. Parecía alelado, escupía palabras de rencor que había coleccionado en contra de su voluntad.

—Yo sufro mucho, Mateu. Sufro por si un día no puedo alimentar a mi cría, joder... ¿Y si vienen más hijos? ¿Qué haremos? Tú vives en Babia. Te callas, dibujas y dices que sí a todo lo que te pide Josep, pero dime, ¿qué haces para que se haga justicia? ¿No entiendes que somos unos malditos esclavos? ¿Tienes dignidad? Si tanta razón llevas, venga, detenme. —Se sacó la pistola del bolsillo de la chaqueta y la apoyó en mi pecho—. Toma, te doy la pistola para que me controles.

A pesar de que seguía envuelta por el pañuelo y que al menos dos capas de ropa cubrían mi piel, juro que percibí el frío del acero contra mi cuerpo. La angustia de Gabriel me entristecía. ¿Acaso no era feliz? ¿No había conseguido la vida que quería? Mi corazón se aceleró.

—Venga, coge la pistola. O mejor, ¡dispara!

Tras escuchar aquellas palabras, se me fue la cabeza. Mi cordura migró hacia un lugar desconocido como hacen los pájaros en invierno y, cuando retornó, sentí un dolor muy fuerte en las manos. Las tenía ensangrentadas. Advertí que había estado golpeando el muro de la fábrica con los puños. Mi hermano, a mi lado y desesperado por mi desafuero, me suplicaba que me detuviera y que volviera en mí, repitiéndome que se arrepentía de su reacción. No recuerdo si había más gente en la calle, si nos miraban, si huyeron, si hacía calor o si nos encontrábamos a la sombra.

—¿Qué ha pasado? —atiné a decir.

—Has enloquecido otra vez, Mateu.

Gabriel se acercó a mí y me abrazó. Yo permanecí hierático, casi en trance tras advertir lo sucedido, y antes de separarnos destapó la pistola y me entregó el pañuelo que la envolvía para que me limpiara las manos. Acto seguido, escondió el arma en el interior de la americana.

—Está bien, está bien, Mateu. Tienes que tomarte las cosas con más calma, joder. —Me hablaba superado por la situación y me atrevería a decir que atemorizado—. Mira, no voy a hacer nada malo con la pistola. Estamos organizándonos, aunando fuerzas, viendo cómo podemos ganarles la partida. Ya lo sabes, lo has vivido: la Semana Trágica, la huelga de 1911, la de los ferroviarios... Y cuando todas ellas terminaban, llegaba una oleada de represión más fuerte y mordaz. Por eso me estoy uniendo a otros compañeros, para pensar alternativas a fin de combatir pacíficamente. Plantarles cara es peligroso, y esta —dijo señalando la pistola que se intuía en el interior de su americana— la he pedido por seguridad. Ya conoces la guerra sucia que capitanía, la policía y la patronal han emprendido. Atacan a nuestros líderes y luego cargan el muerto a los truhanes habituales. No puedo actuar como si nada pasara. Ahora tengo mujer y una hija, Mateu. Si algún día dejas de lado tus rarezas y sientas la cabeza con Cinta, lo entenderás.

—De acuerdo —suspiré, todavía aturdido—. ¿Puedes fiarte de esa gente?

—Sí, no debería contártelo, pero te pido discreción. Te voy a hablar de un hombre que trabaja en la sombra y que nos guía en nuestra lucha para que las cosas cambien. Ese cabrón es un anarquista de fuerza y convicción, le llaman el Martillo y nadie conoce su verdadero nombre. Por Dios, Mateu, deberías escucharle. Cada vez que desfallecemos, él nos ofrece soluciones, ideas… Debo confesarte que el Martillo sí está relacionado con algunos grupos terroristas, y no te voy a negar que ha intentado convencernos de que nos unamos a él, pero Enric y yo lo tenemos claro, nada de violencia.

—Está bien, te creo, aun así ándate con cuidado. No sé si deberías confiar en ese tal Martillo. Eres casi lo único que tengo en la vida.

Gabriel se sacó una hoja de papel doblada y algo envejecida del bolsillo del pantalón. La desdobló y el esbozo del cuadro que le regalé quedó a la vista. No comprendía qué me quería decir con aquel gesto y creo que lo intuyó en mi cara.

—Siempre lo llevo encima —me aclaró al fin—. Estoy seguro de que me protegerá.

Entonces se alejó calle abajo bordeando el muro de la Tèxtil Puig. No vivía lejos de la fábrica, pero yo sufría por cada paso que daba con un arma en el bolsillo de la chaqueta. Una parte de mí quería perseguirlo de nuevo, abofetearlo hasta hacerle entender que iba por mal camino; otra necesitaba confiar en él y en sus promesas, y la última, la eterna vencedora, optó por la inacción.

La noche no fue placentera, la recurrente pesadilla volvió a mí: mi madre y su amante muertos, la estancia luminosa, sangre a borbotones y un pañuelo lila sobre el lecho. No obstante, había una discrepancia entre esa versión y las del pasado, y era que mi padre sí estaba presente en la escena, de pie, a la izquierda de la cama; lo veía a contraluz. Hasta esa noche, él nunca había aparecido en mis funestos sueños. Me observaba serio, autoritario, y de su boca salía una sola palabra: «¡Dispara!».

Coincidiendo con los albores de la Revolución rusa, una guerra encubierta de la que íbamos a ser partícipes se cocía a fuego lento en Barcelona. Sindicalistas y patronos eran víctimas y perpetradores de ataques, y nadie ponía remedio a ese tira y afloja. La policía casi siempre defendía a la burguesía y había emprendido una persecución violenta e indiscriminada contra los miembros de los grupos de acción más radicales. Las fuerzas del orden encarcelaban y apaleaban sin pruebas a sospechosos o a simples anarquistas de carnet con la esperanza de amedrentar al resto.

Confirmé la relación de mi hermano con los grupos de acción una tarde de domingo de principios de junio. Había estado tumbado con Cinta, al cobijo de uno de los árboles que poblaban las praderas de Montjuïc. Ella se había mostrado irascible porque yo eludía toda conversación relacionada con la boda o la búsqueda de un hogar para ambos. Su postura se había afianzado y me pedía que formalizáramos nuestro amor porque estaba harta de ser víctima de habladurías y críticas. Cinta me echaba en cara que ni siquiera le ofreciera la oportunidad de hablar del tema. Y llevaba razón, cuando ella lo sacaba a colación, me atenazaba una angustia irrefrenable y permanecía en silencio. Y si llegaba a darle alguna respuesta, lo hacía con brusquedad. Nos despedimos antes de lo previsto.

Al pasar por delante de la zapatería, oí voces. No les di importancia hasta que discerní la de mi hermano, y me picó la curiosidad. Entonces me acerqué y presté atención a la conversación que se desarrollaba al otro lado del escaparate.

—Pues más o menos lo tenemos todo —dijo uno de ellos.

—Esperemos que no cambie su rutina —respondió otro—. Si no aparece, lo intentaremos la noche siguiente.

—A mí me preocupa que nos reconozcan. Sí, ya lo sé, ninguno de nosotros frecuenta los barrios de los ricos, pero nunca se sabe.

—Pues a mí lo que más me preocupa es que nos lo carguemos por error —soltó mi hermano en un tono tajante—. El Martillo ha sido claro, solo un susto, ¿de acuerdo? Cuando yo lo diga, dejamos a ese cabrón en el suelo y nos damos a la fuga, ¿estamos?

Un impulso, quizá motivado por la decepción o tal vez por la preocupación, me llevó a irrumpir en la zapatería. Entré como un rayo y di un portazo que hizo temblar los cristales del escaparate. Los ojos de los presentes se dirigieron hacia mí.

—¿Se puede saber qué estáis haciendo aquí?

Todos bajaron la mirada. Por aquel entonces todavía no era consciente de que mi cuerpo imponía respeto, incluso temor, de modo que lo interpreté como un menosprecio hacia mi persona. Gabriel, al contrario que los demás, clavó sus ojos en los míos y frunció el ceño con un ahínco feroz.

—Nadie te ha dado vela en este entierro, Mateu. Vete —dijo.

—Haz lo que quieras con tu vida, pero no impliques al tío. No lo hagas aquí.

Mi fijé en la escena con más detalle. Cinco chicos, incluido mi hermano, conversaban alrededor del mostrador sobre el que había varias hojas de papel manuscritas y un mapa, sentados en sillas y taburetes. Tan solo reconocí a Enric. Vestían chaquetas humildes, zurcidas por sus madres o sus mujeres, y gorras que lanzaban al suelo cuando una decisión política los indignaba. Chaquetas y gorras como la mía.

—Es solo una reunión, nada más. Nos han recomendado que cambiemos los puntos de encuentro, ya sabes, por las redadas.

—Pues buscad otro sitio. Piensa un poco con la cabeza, por favor, se lo debemos todo a nuestro tío. Además, se os oye desde la calle, ¡algún vecino podría delataros!

Gabriel se levantó con brusquedad, respiró hondo y cerró los párpados. Luego los abrió bajo la atenta mirada de sus compañeros y se puso a ordenar los papeles; Enric, que comprendió cuáles eran sus intenciones, cogió el mapa para doblarlo.

—Está bien, Mateu, ya nos vamos —anunció.

Los chicos salieron por la puerta de la tienda torciendo el gesto, contrariados. Solo Enric me trató con amabilidad tocándome el hombro al pasar por delante de mí.

—Mateu, disculpa si te hemos causado molestias. Te pido un favor: no se lo digas a mi hermano Vicenç, ya sabes que él es pacifista y está en contra de los métodos alternativos —dijo al despedirse—. Prefiero evitarle el disgusto.

Luego le llegó el turno a Gabriel, que se detuvo cabizbajo a mi lado.

—Lo siento, no teníamos otro lugar adonde ir. ¡Joder! Por nuestra madre, Mateu, no sé qué has oído, pero no digas nada.

—Está bien, no te preocupes. Solo te pido que no vuelvas a exponer de este modo al tío.

—Te lo prometo. Por cierto, Llibertat está embarazada. Estoy convencido de que será un niño.

—Fe… felicidades —alcancé a decir cuando Gabriel hubo abandonado la zapatería.

La semana siguiente, Francesc Soldevila, uno de los empresarios de la ciudad acusado de pagar a matones para acallar a los principales líderes sindicales de su fábrica, apareció apaleado. Se dice que le iba la jarana nocturna y que fue interceptado en el trayecto que separaba el coche de punto del portal de su casa, al volver de una de sus juergas.

A principios de 1917, la Unión General de Trabajadores o UGT, un sindicato muy fuerte en Madrid, con una exigua representación en Barcelona, y la CNT llegaron a un acuerdo para organizar una huelga general en todo el país. Ambos sindicatos llevaban meses conversando con el fin de aunar esfuerzos. El reformismo político «desde arriba» que había impulsado en su momento el presidente Maura no había funcionado, el sistema de turnos secundado por unas elecciones siempre manipuladas no empujaba a España hacia una dirección que fuera algo más que mediocridad; la corrupción y la ineptitud política estaban a la orden del día, y la gran masa obrera contaba con una parca representación en el Parlamento. Se avecinaba un conflicto de gran magnitud.

La huelga que preparaban ambos sindicatos se convirtió en una amenaza que sobrevolaba los despachos del poder estatal y de la burguesía catalana. No obstante, estaba condenada al fracaso porque las dos organizaciones tenían objetivos diferentes: mientras que la UGT, brazo sindical del Partido Socialista, quería echar al rey y forzar unas elecciones con las que conquistar las Cortes Generales y reformar el sistema desde el poder, la CNT preconizaba una huelga revolucionaria que dinamitara el Estado. Finalmente, y debido a varios conflictos obreros que fueron explotando a lo largo del mes de julio, la UGT se vio obligada a precipitar la huelga general a principios de agosto, la CNT la secundó y el sueño de un cambio estructural se aceleró y duró pocos días, ya que el ejército la sofocó violentamente.

En la Tèxtil Puig, la huelga fue particularmente violenta. El comité convenció a casi la totalidad de los trabajadores e impidió el acceso de los disconformes a la fábrica durante tres días consecutivos. Al cuarto, la Guardia Civil a caballo disolvió los piquetes blandiendo los sables y, durante la jornada siguiente, se restableció el funcionamiento de la producción. A los que ocuparan inmediatamente sus puestos de trabajo se les prometió que no habría ni represalias ni despidos; sin embargo, Josep despidió a varios empleados con carnet de la CNT. Enric fue uno de los damnificados. Josep quería darles una lección, sentar un precedente o simplemente alardear de su poder. No creo que el temor a perder obreros cualificados le disuadiera, había suficiente mano de obra en Barcelona para llenar varias fábricas y la guerra seguía aportando dinero a capazos. Además, hacía poco que en la Tèxtil Puig se había instalado el ansiado motor eléctrico, así que la junta aprovechó la coyuntura para despedir a varios carboneros. Gabriel se salvó porque Josep apreciaba a mi tío, pero lo ocurrido incendió el temple de mi hermano. ¡Había en su interior tantas capas de rencor por el joven empresario!.

Al cabo de unos días, cuando me disponía a comenzar el turno, el ayudante del señor Puig se acercó a mi barca de tinte y me pidió que lo acompañara a las oficinas. Josep me recibió de pie en la recepción y pidió a su secretaria y a su ayudante que se tomaran un descanso. Cuando ambos desaparecieron escaleras abajo, Josep me invitó a pasar a su despacho.

Al percatarme de que el cristal de la puerta estaba roto y la caja fuerte estaba tapada con una sábana me sobresalté. El día había comenzado soleado, pero el cielo se estaba cubriendo de nubes que anunciaban lluvia. Josep, ceñudo e impávido, con los ojos vidriosos, abría y cerraba la tapa de su reloj de bolsillo compulsivamente. Me senté delante de la mesa y observé que a cada lado de ella había una copa de whisky. Tomé un sorbo de la mía.

—Anoche, alguien allanó mi despacho, forzó la caja fuerte y robó veinte mil pesetas. ¡Veinte mil! —dijo dando un puñetazo en la mesa—. ¿Sabes cuánto dinero es eso? Por suerte, no había tanto como en otras ocasiones, los ladrones escogieron un mal día para robarme.

Josep permaneció unos segundos callado. Luego se guardó el reloj en el bolsillo del pantalón y se esforzó por serenarse. Yo tragaba saliva mientras me agarraba con fuerza las rodillas tratando de contenerme. El heredero de los Puig prosiguió:

—¿Sabes quién ha sido? ¿Tienes alguna idea?

—No, Josep, no tengo ni idea.

—Este es un momento muy serio. Háblame de usted, haz el favor.

—Por supuesto, don Josep.

A continuación, abrió el cajón de la derecha del escritorio y sacó una hoja doblada. La desplegó y la lanzó sobre la mesa para que yo la viera. Era el esbozo del cuadro que le había regalado a mi hermano por su boda.

—¿Has sido tú?

Me imagino a mí mismo, sentado, con la espalda tiesa como las correas de la máquina de vapor y la cara desencajada.

—No, don Josep, no he sido yo —negué, incapaz de añadir nada más.

—Te creo, no te imagino involucrado en un sinsentido como este, y eso me lleva a tu hermano. Aunque parece un golpe perpetrado por profesionales, él tiene todas las papeletas de la rifa.

—Gabriel es un fiero defensor de los derechos de los obreros, don Josep. —Estaba nervioso y respondí a una velocidad descontrolada. No podía fallarle a mi hermano—. Y tiene mucho carácter, eso es verdad. Pese a todo, jamás cometería un acto delictivo sin que alguien le coaccionara. Seguro que eso tiene una explicación. O quizá lo que pretenden es implicarlo. De verdad, tiene que creerme, no ha sido él. Al menos no por voluntad propia.

Josep se recostó en la silla. Luego se volvió a incorporar, puso los codos sobre la mesa, entrecruzó las manos y apoyó la barbilla en ellas.

—¿Cuánto mides? ¿Metro ochenta y cinco? ¿Metro noventa?

—Algo más, don Josep.

Él me analizaba como si fuera materia prima a punto de entrar en la cadena de producción. En ese momento comprendí que la libertad de mi hermano tenía un precio y que la deuda estaba a punto de recaer sobre mis espaldas.

—Verás, esos malditos terroristas atentan contra nosotros. Hasta ahora solo nos han dado algunos sustos, incluso ha habido alguna que otra odiosa muerte, pero tengo la sensación de que la cosa irá a más. Por eso quiero proponerte que seas mi guardaespaldas. Nadie mejor que tú para protegerme. Confío en ti, eres fiel y más fuerte que la mayoría de esos matones. Así que esta es mi oferta. Si tú la aceptas y Gabriel devuelve el dinero y abandona la fábrica voluntariamente, no le denunciaré. En tus manos está.

—Gra… gracias, don Josep.

—Ahora puedes volver a tutearme.

Me levanté de la silla apoyando las dos manos en el respaldo. Si aceptaba su oferta, salvaba a mi hermano, pero también renunciaba a una vida tranquila, alejada de los conflictos, en la que me había acomodado. Aunque me horrorizaba el salto al vacío, no dudé, debía hacerlo por Gabriel y por mis sobrinos.

—De acuerdo, Josep —le respondí con las piernas temblorosas—. Solo te voy a pedir otra cosa más: readmite a Enric. Lo habéis metido en la lista negra y no encuentra trabajo. Tiene mujer y un hijo a los que alimentar, y otro que está en camino. No te lo pido a modo de chantaje, apelo a tu bondad y a tu misericordia.

—No estás en posición de pedir nada. Pese a todo, te complaceré.

—Te lo agradezco. —Respiré aliviado, me esperaba una reacción airada—. Ya me dirás cuándo empiezo. Mi hermano cumplirá con su parte. Gracias por tu comprensión.

—No lo hago por él, sino por tu tío y por… —Se interrumpió—. Puedes retirarte.

Cogí el dibujo y me dirigí veloz hacia la puerta, aunque, como de costumbre, Josep tuvo que poner la última puntilla.

—Tienes familia, un hermano, sobrinos… No entiendo por qué pareces el hombre más solitario del mundo —dijo—. Quizá esa novia que tienes no sea la más adecuada para ti. Yo… me equivoqué mucho en el pasado, cometí errores y me he comportado como un auténtico mentecato. Acabé casándome por conveniencia, pero el azar me regaló una mujer que quizá no merezco. A su lado me siento invencible. Búscate una igual, Mateu, de lo contrario, no hallarás consuelo cuando la vida te arrolle.

Abandoné la oficina cual conejillo acechado por el lobo feroz. Bajé las escaleras de dos en dos y salí al patio de la recepción para tomar aire. Lo necesitaba. Dos efímeras gotas de lluvia cayeron sobre mi frente. Saqué el pañuelo blanco con la eme bordada del bolsillo y lo estuve contemplando hasta que comenzó a llover. No interpreté ese fenómeno como un mal augurio, sino más bien como una señal: por primera vez en mi vida sabía lo que tenía que hacer. Debía proteger a Gabriel, debía ayudarle y evitar que fuera a la cárcel aunque él no comprendiera mi decisión.

Entré en la nave principal y busqué el telar que mi hermano manejaba desde hacía poco más de un año. Era un telar de espada, los más modernos de la fábrica; permitía producir tejidos de distintos colores sin necesidad que cambiar el hilo de la trama manualmente. Me inclino a pensar que Josep lo había trasladado allí para humillarle. En la Tèxtil Puig, los telares eran territorio de las mujeres y, dado el historial huelguista de Gabriel, Josep decidió castigarle. Pero le salió el tiro por la culata, pues mi hermano se descubrió un apasionado de esa máquina y, además, le encantaba pasar las jornadas rodeado de mujeres que lo adulaban. Cuando me acerqué a él, apenas había comenzado el turno y se mostró reticente a tomarse una pausa. No le di opción y comprendió que debía atenderme. Nos dirigimos al vestuario en silencio.

—Me estás asustando —dijo, turbado, cuando cerré la puerta—. Dime, ¿qué sucede?

Me saqué el esbozo de su retrato del bolsillo, lo desplegué y se lo di.

—¡Qué bien! —Él reaccionó con cautela y sin despegar la mirada del dibujo—. Lo había perdido, ¿dónde estaba?

—Me lo ha dado Josep, lo encontró ayer en el suelo de su despacho.

Gabriel alzó la vista acongojado, descompuesto, diría que incluso avergonzado. Acto seguido, se acercó al banco más cercano y se sentó, al tiempo que se cubría la cabeza con las manos.

—Lo he solucionado, aunque tendrás que hacer algo que no te va a gustar. También he conseguido que readmitan a Enric.

Estaba preocupado, levantó el rostro y se rascó el pelo obsesivamente.

—¡Joder! ¿Qué has hecho?

—Más bien pregúntame qué vas a hacer tú. Devolverás el dinero y abandonarás la fábrica. Con tu experiencia encontrarás trabajo fácilmente. Es mejor eso que la cárcel. Dime, ¿podrás devolver el dinero?

—Mierda, no lo sé... —Gabriel tragó saliva—. Todavía lo tengo en casa. Esta tarde debía entregárselo al Martillo. ¿Sabes? —Su tono cambió y señaló las oficinas de la Tèxtil Puig que se veían a través del ventanal del vestuario—. Ellos tienen armas, riqueza, la policía, el ejército; nosotros no somos más que cuatro pelanas luchando contra Goliat. Necesitamos ese dinero para prosperar, para organizarnos, para plantarles cara de una vez...

—Por Dios, escúchate. Lucha lo que quieras con mítines y huelgas, pero vas a ser padre por segunda vez. ¿Qué hará Llibertat si te meten en la cárcel, eh? Si el Martillo es tan buen camarada como dices, comprenderá la situación.

Entonces se levantó y caminó directo hacia mí.

—Mateu, dime la verdad —espetó a apenas unos centímetros de mi cara—. No creo que ese cabrón sea tan benevolente. ¿Qué más te ha pedido?

Yo miraba sus ojos, pero no los veía. Por mi mente pasó una película sin músicos ni carteles en la que veía lo que sucedería a continuación.

—Que me convierta en su guardaespaldas.

Gabriel se giró, se dirigió a una de las taquillas y la aporreó a patadas. Yo me contuve, me parecía injusto que se enfadara conmigo, era él quien me había lanzado a las garras de Josep.

—No me jodas, ¿vas a luchar por ellos? ¿Con ellos? ¿De verdad? ¿Me estás diciendo que debo claudicar ante ese hijo de puta? Siempre acaba ganando, siempre, ¡me cago en Dios! —Y siguió golpeando la taquilla, que ya estaba abollada.

—¿Qué quieres que haga? O cedo o vas a la cárcel.

—Prefiero la cárcel.

—Y yo prefiero que Ariadna tenga padre y madre. Ya sabes cómo es crecer sin ellos.

—No, no, no, hostia. —Gabriel dio un puñetazo más a la taquilla. Su semblante, completamente rojo de ira, estaba a punto de estallar—. Si aceptas, entrarás en su juego, ¡eso es lo que quieren! Debilitarnos, enfrentarnos.

—Mira, no voy a pedir perdón por sacarte de este apuro en el que te has metido tú solito. Lo siento. Haberlo pensado antes.

—Eres un traidor.

—Y tú un desagradecido.

Gabriel pasó por mi lado sin mirarme. Tras alcanzar la puerta, la abrió y, esta vez sí, me miró con un desprecio que me dolió en el alma.

—Eres mi hermano. Pero tú has decidido por mí y te sacrificas sin dejar que yo asuma las consecuencias de mis actos. Te lo repito, eres sangre de mi sangre, si estás enfermo, necesitas comida o dinero, te ayudaré. En cuanto al resto, olvídame. No quiero tener cerca al cancerbero de ese desgraciado.

Gabriel aceptó los términos de Josep y desapareció de mi vida como aquellos edificios que en su día ocuparon lo que hoy es la Via Laietana y que fueron derribados para que el barrio antiguo respirara. A pesar de las nuevas avenidas y de los avances técnicos que estaban abriendo la ciudad al mundo, Barcelona se emperraba en encerrarse en sí misma y en sus pecados.

6

Tras superar los primeros días como el gorila de Josep, me invadió una sensación inesperada: aquel trabajo iba a reportarme más beneficios de lo esperado. El sueldo era sustancialmente más elevado que el de tintorero y eso me llevó a reflexionar sobre mi futuro con Cinta. Ella insistía en formalizar nuestra situación y yo me dejaba arrastrar por el sentido del deber, a pesar de que la idea del matrimonio me producía angustia. Cabe decir que mi hermano no encontraba trabajo y que yo entregaba a Llibertat una parte importante de mi salario para asegurar el sustento de Ariadna y para que mi cuñada, embarazada, se alimentara como era debido.

Josep me llevó a un sastre de la calle Aribau y me compró dos trajes cuyo paño era de buena calidad, aunque más austero que el de los de mi patrón. Por supuesto, debía estar a la altura del servicio de la familia Puig y, además, debía vestir con la discreción que mi trabajo requería. Mientras don Aurelio, el sastre, me tomaba las medidas, repetía una y otra vez: «Jamás he confeccionado piezas de ropa para un hombre tan alto, jamás, jamás». Yo observaba sus movimientos divertido, bajo la atenta mirada de Josep.

Mi principal cometido consistía en acompañarlo y protegerlo en sus trayectos, en los eventos sociales o en el interior de la fábrica, sobre todo cuando había manifestaciones o paros. Siempre a su lado, prestando atención a los peligros potenciales, descubrí que yo poseía un gran talento para la observación.

Pese a no disponer de método alguno ni de ningún librillo, analizaba a las personas con las que nos cruzábamos y enseguida podía discernir si escondían algún secreto, si eran inofensivas o si se disponían a increpar a Josep. El estado de alerta en el que me mantenía constantemente evitaba muchos enfrentamientos con agitadores y pistoleros de medio pelo, y mi planta me daba ventaja respecto a otros guardaespaldas más bajos: la mayoría de los marrulleros que se nos acercaban se amedrentaban con solo alzar yo el tono de voz y amenazarles con represalias.

Apenas tuve que intervenir para reducir o ahuyentar a sospechosos durante las primeras semanas. Fue una época plácida en la que solo me paseaba con él y asentía, hasta el punto de que llegué a pensar que el nuevo empleo no entraba en contradicción con mi manera de ser. No deseo mentir, odiaba la sensación de estar trabajando para el enemigo, pero la sencillez del trabajo y mi tendencia a desoír mis emociones me llevaron a aceptar la situación sin oponer resistencia. También entregaba sobres o paquetes sellados a personas de lo más variopinto que vivían en distintos lugares de la ciudad. Para llevar a cabo tales cometidos, Josep me ofrecía un coche de punto, cosa que facilitaba mucho mi tarea. Desconozco qué era lo que entregaba, no me pagaban por preguntar.

Cinta no veía con buenos ojos mi nuevo oficio y no entendía por qué lo había aceptado. No se lo podía contar porque quería respetar el buen nombre de mi hermano. Era Gabriel quien debía dar explicaciones, sobre todo en lo referente a nuestro distanciamiento, que se había prolongado desde la charla en el vestuario.

Todo fue sobre ruedas hasta que llegaron los primeros altercados violentos. Un día, caminando por plaza Catalunya en dirección a un banco, observé que un tipo se acercaba nervioso, sudoroso y temeroso de lo que acaecía a su alrededor. Escondía una de sus manos en el interior de la americana y se nos acercó de un modo que levantó mis sospechas. Le pedí que se detuviera, pero no obedeció; así que me abalancé sobre él para abatirlo y ambos caímos y rodamos por el suelo. Me levanté con el tiempo justo de comprender su siguiente movimiento: el tipo se sacó una pistola del bolsillo interior de su americana. Por mi parte, le propiné, veloz, una patada en el antebrazo y el arma saltó a unos metros de nosotros antes de que el hombre pudiera disparar.

Las consecuencias del altercado no se hicieron esperar.

Una tarde, iba con Josep en su Hispano-Suiza tipo 30, un automóvil de color granate equipado con un motor de mando directo que acababa de estrenar. Mauricio, el conductor, nos llevaba a una reunión que tendría lugar en el ayuntamiento y que, según parecía, era de vital importancia. Josep, sentado a mi lado en la parte trasera del auto, se mostraba especialmente melancólico.

—¿Cómo pueden nacer dos seres tan diferentes en una misma familia? —me preguntó sin motivo aparente.

Lo miré, desubicado, dando por supuesto que hablaba de Gabriel. Josep se sacó el reloj del bolsillo y comenzó a abrir y a cerrar la tapa con lentitud pero también con insistencia, incluso con cautela, cual metrónomo de su pensamiento. Esa manía me sacaba de mis casillas.

—No lo digo por tu hermano, sino por el mío. Parece que se va a casar el próximo mes de septiembre, ¿sabes? Ha anunciado ya tantas bodas que cuesta tomárselo en serio esta vez.

—Felicidades.

—Tomás también es una oveja descarriada —dijo suspirando—. Cuando éramos más jóvenes, yo le hacía la vida imposible. No quiero justificarme, pero no me ponía las cosas fáciles. Nos hemos hecho mayores y… ahora me preocupo por él. ¿Se puede querer a la persona más desacertada del mundo? Espero que su futura mujer lo enderece.

Josep me miraba, esperando que saliera algún consejo de mi boca.

—Supongo que tenemos que querer a nuestra familia a pesar de sus defectos —le respondí—. Tu hermano tomará el camino correcto. Debes confiar en que así sea; de lo contrario, lo acabarás empujando hacia la mala vida sin darte cuenta. Lo sé por experiencia.

—Cómo te pareces a tu tío —comentó tras soltar una carcajada nerviosa—. De carácter, quiero decir. Los dos poseéis una sabiduría innata muy extraña y, a la vez, muy útil.

Josep cogió una caja metálica que se hallaba entre sus pies y me la entregó rascándose el mentón, una costumbre que había adquirido hacía unos días: se estaba dejando la barba y creo que le picaba con frecuencia. Yo no sabía qué debía hacer con la caja y Josep me indicó que la abriera. En su interior había una pistola Victoria modelo 1911 con cargador de siete cartuchos. Las fabricaba la empresa española Esperanza y Unceta, ubicada en Guernica. En aquel momento yo desconocía lo que explicaré a continuación; a pesar de todo, la vida me ha llevado a aprender las particularidades de las armas que he usado. La pistola en cuestión, basada en el modelo 1903 de la marca Browning fabricado en Estados Unidos, era más bien pequeña: tenía una longitud de 145 mm, un calibre de 6,35 mm, un seguro en la aleta y el martillo percutor oculto. No sé si todas las unidades se comportaban como la mía, pero debo decir que se encasquilló en más de una ocasión.

—Cuando te contraté te dije que se avecinaban tiempos difíciles, y lamento admitir que tenía razón. No temas, aprenderás a usarla y solo la llevarás para mi protección. La semana que viene, un experto te enseñará a apuntar y a disparar.

Así fue como conocí a Johann, un pistolero alemán de baja estofa al que había visto alguna vez en el despacho de Josep. Él me dio un puñado de clases en el Centro de Tiro Nacional. Johann me contó que un revólver tenía más potencia que una pistola, aunque, según él, era menos eficiente en una reyerta porque había que colocar las balas una por una en el tambor. Sin embargo, con una pistola se podían cargar varias balas a la vez, con tan solo introducir el cargador en la culata. Insistió en la importancia de tener cuidado con el seguro, pues si guardaba la pistola en el cinto y lo tenía abierto podía llegar a dispararse. De todos modos, no debía llevarlo cerrado en los momentos de acción, porque el segundo que dedicara a activarlo podía ser decisivo para mi supervivencia. El manejo de aquella pistola no tenía mucho secreto: primero había que deslizar la corredera y luego apretar el gatillo para disparar. Mi puntería no era excelente, aunque sí suficiente para que Johann terminara considerando que mis habilidades bastaban para proteger a Josep Puig.

Pocos días antes de que comenzara la Revolución de Octubre en Rusia, Llibertat dio a luz a mi segundo sobrino. Le llamaron Alfred, y su llegada al mundo llenó de júbilo a la familia. Tío Ernest organizó un banquete en su casa para celebrar el nacimiento, pero Gabriel anunció en el último momento que no podía asistir, porque debía cubrir un turno extra y necesitaba el dinero; una decisión que tomó tras confirmar yo mi asistencia. Debo aclarar que Gabriel acababa de encontrar un empleo en Can Seixanta como carbonero, un trabajo tan duro como mal pagado, que, encima, le obligaba a desplazarse cada día desde Sant Andreu hasta el Distrito V.

La mañana de la celebración, fui a dar un paseo mientras tía Manuela preparaba la comida. Me sentía triste porque mi hermano seguía sin dirigirme la palabra y, a la vez, feliz porque conocería a Alfred. El olor y la brisa del mar me serenaban, así que decidí deambular por el puerto. También me gustaba observar a los estibadores, hombres fornidos ocupados en la carga y descarga de los barcos. ¡Cuántas veces pensé que, dada mi complexión, podría haber sido un gran trabajador portuario! Luego subí por las Ramblas, me metí en la Boquería y me escandalicé de los precios. Cada vez que visitaba a don Ricardo y veía lo que él y otros comerciantes pedían por la fruta o el pescado, pensaba que se avecinaba otra ola de protestas.

La hora de la comida se acercaba y me fui a casa. Al llegar al portal, me topé con una mujer concentrada en un pedazo de papel que sostenía con las manos.

—¿Puedo ayudarla en algo?

—Sí —dijo ella dubitativa—. Busco la casa de Pere Garriga,

bueno, la de sus padres. Soy su novia. Me apuntó su dirección, pero no encuentro el número.

—El número cayó hace unos días de la fachada y aún no lo han reemplazado —dije—. Ahora somos el edificio sin número de la calle Corríbia.

—Pues ya me podría haber avisado Pere...

Fue en aquel momento, y no en otro, cuando la chica se dio la vuelta por completo. Y fue en aquel momento, y no en otro, en el que me enamoré de ella. Mi respiración se aceleró al ver su pelo castaño y rizado que giraba con lentitud junto a su rostro angelical, algo angulado, de pómulos prominentes. Sus párpados se cerraban rápida e intermitentemente como si quisieran fotografiar las partes de mi semblante, para revelarlos después en el interior de su alma. Sus ojos eran claros, lúdicos, perspicaces, voraces, vitales, casi transparentes. Era una mujer bastante alta, aunque yo le sacaba varios palmos, y de figura esbelta. Ninguna descripción hará justicia a su belleza. Llevaba una chaqueta de color marrón, una falda larga hasta los pies y una blusa blanca que intuí recién estrenada, ya que estaba impecable.

—Soy su primo Mateu, encantado de conocerla.

—Y yo Montserrat. Pere habla maravillas de usted. Dice que es su mejor amigo, por eso me sorprende que no nos hayamos conocido antes.

Los rizos de Montserrat, rebeldes como la mujer que acababa de conocer, acariciaban su rostro con delicadeza. Ella se colocó el flequillo tras la oreja con un gesto sutil aunque poderoso, y fue en aquel momento, y no en otro, cuando lo sentí por primera vez: la ambivalencia del amor, su doble filo, la vida recorriendo los rincones de mi cuerpo y, al mismo tiempo, un terror que andaba a sus anchas por mis entrañas. De un solo vistazo nació el miedo a perderla, a hacerle daño, a que la vida volviera a la insipidez habitual sin su presencia, sin unos ojos que escondían la promesa de un futuro maravilloso. Comprendí que la soledad, esa bendita aliada que me había protegido del mundo tantas veces, acababa de convertirse en mi peor enemiga. Solo ahora soy capaz de ponerle palabras al mejunje de emociones que entonces carecían de sentido y dirección.

—Supongo que trabajo mucho y que no tengo tiempo para nada más.

—Claro, debe de ser eso. —Tras una pequeña pausa, prosiguió—: Puesto que somos familia, voy a tomarme la libertad de tutearte. Espero que no te moleste.

Montserrat terminó la frase con una sonrisa enérgica y afable. Abrí la puerta y le cedí el paso. Mientras ella subía por las escaleras yo permanecí inmóvil e impertérrito, sosteniendo la puerta con la mano. Entonces cogí el pañuelo blanco con la eme bordada y lo observé alelado. Tragué saliva. Aquella mujer era la novia de Pere.

Montserrat y mi primo se conocieron en el bar El Retiro del Paralelo. Pere se había mudado a un piso algo destartalado de la calle Conde del Asalto hacía poco más de un año. Supuestamente, había comenzado a trabajar en uno de los talleres de utilería del Paralelo. Hablaba maravillas de la empresa, de las funciones, de su día a día. Parecía feliz, más feliz que nunca, pero no nos revelaba el nombre del taller para el que construía los decorados y tampoco nos permitía asistir como espectadores a las obras en las que aparecían sus creaciones. «Dejadme unos meses —nos pedía—. Cuando sea tan bueno como espero, ya os invitaré».

La decisión de mi primo, firme e irrevocable, sentó como un tiro a tío Ernest, que veía cómo su legado quedaría huérfano. No comprendía por qué Pere se había lanzado a una vida de apariencias y libertinaje, cuando él podía ofrecerle un oficio digno y alejado de las malas costumbres. A su edad, y víctima de las decisiones tomadas por su familia en el pasado, tío Ernest se dejaba dominar por la preocupación y era incapaz de percibir el brillo en el semblante de Pere, que parecía otra persona. Su carácter irascible y a veces huraño se había desvanecido, y se mostraba jovial y cercano. Atribuíamos aquella felicidad a Montserrat, sin embargo yo conocía bien a Pere: su rostro solo refulgía cuando hablaba del Paralelo.

Cuando entramos en casa de mis tíos, la mesa estaba preparada y los comensales, prestos a devorar un banquete. Montserrat besó a Pere, saludó a tía Manuela y a tío Ernest, y se presentó a Llibertat. Aquel mismo día nació una fuerte amistad entre ellas, una complicidad que creció en cada encuentro que mantuvieron. Su afinidad era tal que, al poco de conocerse, Montserrat comenzó a ayudarla con los pequeños cuando Llibertat enfermaba o se veía obligada a ausentarse de casa.

Antes de sentarme a la mesa conocí al pequeño Alfred, que dormía plácidamente en brazos de su madre. Llibertat me lo acercó y, cuando lo cogí en brazos, sentí una alegría parecida a la que experimenté cuando conocí a Ariadna. Tía Manuela me dijo que mi sobrina estaba descansando en su cama y comenzó a servir la *carn d'olla* mientras cantaba las excelencias de su plato estrella. Ella alardeaba de sus habilidades culinarias con un salero que suplía su escasa humildad.

—Montserrat, espero que seas una buena cocinera. A mi hijo se le conquista por el estómago.

—Bueno, bueno. Mi padre es aficionado a la cocina, una rareza, lo sé, pero sus platos son incluso más sabrosos que los de mi madre.

—Qué familia más rara tienes, hija —le dijo tía Manuela con una sonrisa. Luego, mientras me servía del puchero, me preguntó—: Mateu, ¿y Cinta? ¿Por qué no ha venido?

—Es por su madre, tía. Está enferma y ha preferido quedarse con ella para cuidarla.

—Ay, sobrino, a ver cuándo os casáis, que parecéis un par de pasmarotes, así, de novios para toda la eternidad. Me la vas a dejar embarazada y habrá que casaros de sopetón.

Las muecas y los aspavientos de tía Manuela suscitaron carcajadas en la mesa. Aunque simulé simpatía, los nervios me corroían porque me sentía incapaz de cruzar la mirada con Montserrat. Cuando mi tía terminó de servir, la conversación volvió a Llibertat y su maternidad. Mi cuñada nos contó que el pequeño Alfred era tranquilo y comilón, había salido a ella.

—Ariadna también es una niña calmada —observó—. En eso, por suerte, no se parecen a Gabriel.

—Qué pena que no esté tu hermano aquí, Mateu —comentó mi tío con ironía—. No sé qué negocios os lleváis entre manos, pero tenéis que reconciliaros.

—Sí, tío, tiene razón.

—Tampoco entiendo por qué se ha cambiado de fábrica. No creo que en Can Seixanta cobre tan bien como en la Tèxtil Puig. En fin, no es el único que está tirando su futuro por la borda —concluyó refiriéndose a su hijo.

—Ya está bien, Ernest —dijo tía Manuela—. En esta casa, yo soy la de los reproches y tú el de las buenas palabras. No cambiemos los papeles, no nos sientan bien.

Tía Manuela se santiguó y tío Ernest suspiró mientras cortaba un trozo de la pata de pollo que le habían servido.

—Y dime, Mateu, ¿cómo está Josep? —me preguntó tras alzar la mirada de nuevo—. Hace una eternidad que no viene a verme.

—Pues está bien; aunque anda preocupado por el negocio y vive de reunión en reunión, lo veo más tranquilo que antes, incluso parece más humano. Su padre le ha cedido parte de su responsabilidad en la empresa y eso está causando un buen efecto sobre él.

—Qué curioso, hace unos años era un chaval perdido y asustado de sí mismo. En fin, me han llegado voces de que atentaron contra él y tú detuviste al desalmado que lo atacó.

—Así fue.

—¡Qué ciudad, madre mía, qué ciudad! La violencia se está apoderando de las calles, no sé adónde vamos a llegar. Y sufro por Gabriel, tiene un gran corazón, pero a veces le faltan dos dedos de frente.

Tía Manuela pegó un codazo a su marido, quien miró a Llibertat con apuro. La chica le respondió con un gesto de resignación.

—Qué le vamos a hacer, don Ernest —comentó ella—. Mi Gabriel es un zoquete al que todos amamos con locura.

—A mí me preocupas más tú, primo —intervino Pere, que había permanecido inusualmente callado—. Entre patronos y obreros ha habido más de treinta muertos en lo que llevamos de año, y muchos heridos también. No quiero entrar a valorar si Josep merece que detengas una bala destinada a él, sobre todo si esa bala puede acabar con tu vida, pero estás en peligro y creo que no eres consciente de ello.

La mesa permaneció unos segundos en silencio y yo no supe cómo rebatir esa verdad. Me había vuelto un experto en alejar la noción de riesgo de mi mente y no creía que pudieran herirme o matarme. Montserrat disipó la tensión ambiental comentando la última obra que había visto en el Paralelo. La comida transcurrió entre anécdotas y halagos a Alfred. Cuando Llibertat se fue, decidí retirarme a descansar un rato. De la banda, yo era el único que aún residía en la casa.

Poco después, Pere entró en mi habitación y se sentó en la cama para contarme maravillas de los actores y las actrices de la avenida. Cuando terminó, me reveló el motivo principal de su visita.

—Hace unos días vi a tu hermano, está bien, no te preocupes por él.

—Gracias —le dije con sinceridad.

Cuando Gabriel y yo nos distanciamos, Pere insistió en que le contara lo ocurrido y yo accedí a hacerlo a cambio de su discreción. Él era la única persona que conocía la mayoría de mis secretos.

—Se le pasará, es terco, pero entrará en razón. Tú le salvaste el culo y él te lo agradece dándote la espalda. Aunque Gabriel es como un hermano para mí, no voy a negar que se está equivocando. Espero que, llegado el día, te comportes mejor que él y le perdones.

Asentí y Pere se quedó satisfecho. Acto seguido, me invitó a ver *La primera conquista* en el Gran Teatro Español. Acepté con gusto, me apetecía escabullirme al Paralelo; sin embargo, no fui capaz de predecir las consecuencias de acudir con él a la avenida. Montserrat, aquella mujer que en pocos segundos había dado un vuelco a mi mundo, la diosa emparejada con mi primo, se vino con nosotros.

Mientras nos dirigíamos hacia el teatro, Montserrat respondía al interrogatorio desbocado que emergía de mi boca. Se había criado en el barrio de Gràcia, en Travessera, cerca del mercado de Isabel; todavía vivía allí con sus padres. La madre era costurera, y el padre, un antiguo funcionario de bajo rango convertido a chupatintas de un despacho de leguleyos. Ambos eran humildes y trabajadores, inteligentes y pragmáticos; sobre todo ella, que hacía maravillas con la economía doméstica. Tenía una hermana más pequeña, Cristina, que no vivía en Barcelona y de la que no dio detalles. Montserrat trabajaba en un taller arreglando bajos, apañando descosidos, y solo de vez en cuando confeccionaba faldas o blusas bajo las estrictas órdenes de la Comandanta, mote con el que se refería a la encargada.

El Gran Teatro Español era uno de los más reputados de la avenida. Programaba tanto dramas como vodeviles, y por aquel entonces era la sede de una de las grandes actrices del momento, Elena Jordi. Montserrat se sentó entre Pere y yo, y cuando las luces se apagaron y el telón se descorrió, apenas pude prestar atención a lo que sucedía sobre el escenario. Mis cincos sentidos se concentraron en el ritmo de la respiración de Montserrat, en el atisbo de su olor que percibía desde mi asiento y en todas y cada una de sus reacciones. Llegaron los aplausos que pusieron fin al espectáculo y yo temía que Pere se percatase de mis sentimientos.

—No puedes irte a casa ahora —me dijo mi primo—. Nadie puede irse del Paralelo sin tomar una copa en el Peñón.

No pude zafarme, ambos me capturaron con sus ruegos y su insistencia. Llamaban el Peñón al cruce entre Conde del Asalto y el Paralelo, lugar donde convergían el Español, el Folies Bergère, el Nou, el Apolo, el Cabaret Pompeya y bares como El Retiro o el quiosco Gayarre. Cual triángulo de las bermudas donde se perdía el decoro y los modales, el Peñón era sinónimo de bullicio, algarabía y alcohol. Centro de charlatanes, granujas y vendedores ambulantes, era conocido por sus parroquianos como un lugar adecuado para delinquir y también para vender aceites, crecepelo o tentempiés. Nos sentamos en la terraza de uno de los bares. No recuerdo cuál. En mi memoria tan solo ubico a Montserrat y a mi primo, el cielo y la culpa, la solución y el problema.

Pedimos unas cervezas y permanecimos un buen rato en el exterior, a pesar del frío. Supongo que tomamos la favorita de Pere, la Moritz, cuya fábrica estaba ubicada en la ronda de Sant Antoni. Conversamos sobre teatro, sobre la ciudad y los sindicatos. Lo único reseñable de nuestra conversación es mi incontinencia verbal, insólita y voraz a un tiempo.

—Mi hermano milita en la CNT —le comenté a Montserrat hablando del sindicato—. Quizá tengáis razón y debamos apoyar las huelgas, quizá las protestas sean necesarias, pero ahora soy un gorila del enemigo, poco puedo hacer.

—Toda guerra necesita espías —dijo Pere rematando un cigarrillo a caladas.

Mi primo parecía relajado junto a Montserrat, más amanerado si cabe, me atrevería a afirmar que incluso aliviado.

—Ya sabes cómo soy, primo, llevo pistola pero no me interesan las guerras. Cuando llegue el momento, volveré a trabajar en una fábrica y me olvidaré de Josep Puig.

—No vais a cambiar nada si no tenéis en cuenta a las mujeres —intervino Montserrat.

Unas veces remilgada, otras mostrando una fortaleza admirable, Montserrat defendía sus ideas con la pasión de los idealistas. Ella no dudaba en expresar sus opiniones sin reparo alguno, a pesar de que en aquellos tiempos pocas mujeres intervenían en debates sobre política.

—No empecemos, Montse, no empecemos —se quejó Pere con tono jocoso.

—No te burles, Pere, ¿acaso los hombres sois los únicos que podéis luchar? No me cansaré de decírtelo, algunas trabajamos en fábricas y talleres y, como vosotros, tendríamos que cobrar mucho más de lo que nos pagan. Nuestra voz importa y debería ser escuchada en las asambleas, pero nos vetáis como si no fuéramos capaces de defendernos. Sea como fuere, siempre hay un modo diferente de solucionar las cosas. —La miré

incrédulo. Era lo mismo que me había dicho la niña del pañuelo con la eme bordada.

—Ya lo ves, Mateu, es una leona. O quizá una tigresa como
las que dibujabas de pequeño.

—¿Dibujas? ¿Pintas cuadros?

—No, cuadros, muy pocos —dije con timidez—. Dibujo
sobre papel, con carboncillo. Lo hago solo para distraerme, me
relaja.

—¡Qué interesante! En fin, lo que os estaba diciendo, muy
pronto empezaremos a intervenir en las asambleas, tendremos
voz y voto, incluso llegaremos a dirigirlas.

Montserrat se ausentó un par de minutos para ir al baño,
momento en que Pere me sentenció a varios meses de desasosiego.

—Primo, me encanta verte así —me dijo.

—¿Así, cómo? —respondí en estado de alerta.

—Desinhibido y parlanchín, más libre.

—Y a mí me gusta verte feliz, Pere.

—La vida nos sonríe. Aprovechémoslo antes de que se acabe. Cinta te hace bien, no la dejes escapar.

Cinta, mi pobre Cinta. Aquella tarde planté la semilla de
nuestro fin, el inicio de una espiral de desencuentros y reproches. Ella merecía conocer mis sentimientos y yo eludía la confesión de que no la amaba. Tampoco afirmaba que la quería, y
cuando ella intentaba llegar a una conclusión o dar un paso
adelante, yo rehuía la conversación o la emplazaba a hablar en
otro momento. A veces sentenciaba las discusiones con un bur-
do «Piensas demasiado». Para el Mateu de entonces, encarar el
problema era simplemente imposible. Así que las citas se fueron espaciando en el tiempo, las caricias se volvieron más caras
y los besos se tornaron cenicientos. A toro pasado, no comprendo por qué permaneció a mi lado. Ella debería haberme
echado a patadas de su vida, pero el amor, aun cuando pende
de un hilo, resiste el peso de lo inexplicable.

A partir de aquel momento, dejé de encerrarme en mi habitación y empecé a quedar a menudo con Pere y Montserrat. Me

escabullía de mis obligaciones con Josep, no de todas, solo de las menos importantes. Aprovechaba la entrega de un paquete o una visita por las cercanías del Paralelo para pasarme por el Español o el Celler Bohemi. Allí me encontraba con ellos y con algunos de sus amigos. Yo observaba a Montserrat, tan solo eso. Me bastaba con su sonrisa o con algún comentario amable para que las horas siguientes adquirieran un nuevo sentido. No le pediría nada más, no estaba dispuesto a cruzar la línea que traicionaría a Pere y resquebrajaría de nuevo a mi familia. Supongo que Montserrat me empujaba hacia la vida, hacia el deseo, hacia un brío que yo había ocultado tras la angustia y la melancolía que me perseguían desde la niñez.

A veces mi primo, encantado con mi acercamiento, me citaba en una casa de comidas o me invitaba a cenar a su piso a horas intempestivas, cuando terminaban las funciones en las que trabajaba. Yo bebía y trasnochaba, y Cinta me tachaba de crápula y me acusaba de seguir la misma senda que mi hermano. «La nocturnidad y el alcohol no te sientan bien», me decía. Yo ponía a Pere como excusa: «Me necesita». Otra mentira.

El piso de mi primo estaba formado por una sala de estar que hacía las veces de comedor, una cocina, tres habitaciones, dos de las cuales estaban casi vacías, y una minúscula entrada. Era un quinto que daba a la calle, por eso era más luminoso que los pisos de sus vecinos. No di importancia a los cuadros de folclóricas ni a los carteles de actores efebos que decoraban las paredes. Tampoco me despertó la curiosidad el armario de dos piezas, cerrado bajo llave, de una de las habitaciones, ni el maquillaje que una vez descubrí sobre la mesa del salón. Pensaba que eran cosas de Montserrat.

Un domingo, quizá el anterior a la Navidad, pasé el día con Montserrat. Había quedado en encontrarme con mi primo cerca de su casa, pero él no se presentó.

—Disculpa a Pere —me dijo cuando nos vimos—, no se encontraba bien y me ha mandado para que te entretenga, o para que me entretengas tú a mí, quién sabe. Demos un paseo por Montjuïc como buenos domingueros.

Montserrat tiró de mí con la sutileza de su convicción. Llevaba una cestita de mimbre llena de comida. Dejamos atrás el Español y el Apolo, y enfilamos las cuestas cada vez más pronunciadas a medida que los edificios daban paso a los huertos. Yo no sabía qué decir ni cómo actuar. Opté por el silencio, y ella aprovechó la oportunidad para hablarme del *Lazarillo de Tormes*, el libro que estaba leyendo. «Si quieres saber por qué tenemos a unos políticos tan inútiles y corruptos, lee este libro», me aconsejó. Montserrat era una lectora empedernida y esa curiosidad literaria había propiciado una gran afinidad con tío Ernest.

—Subiremos hasta la Font dels Tres Pins —dijo casi sin aliento—. Y no te quejes, que con ese cuerpo de gigante que tienes deberías llevarme a cuestas.

Nos detuvimos a la sombra de uno de los árboles que rodeaban la fuente. Montserrat abrió el cesto, me lanzó un mantel azul con motivos florales y, con un gesto, me indicó que lo desplegara. Lo hice algo azorado, sin acabar de comprender la situación en la que me encontraba. Me sentía culpable porque eso era lo que solíamos hacer con Cinta. Acto seguido, nos sentamos y Montserrat sacó bebidas y unos bocadillos del cesto. También había fruta y cacahuetes tostados.

—¡Aún no conozco a Cinta! —dijo con una dulce indignación—. ¿Cómo es posible?

—Sí, tienes razón. Últimamente nos peleamos cada dos por tres, quizá no estemos hechos el uno para el otro. No me malinterpretes, es una gran persona, es muy guapa y una buena amiga. En realidad, nos conocemos desde niños. Pero hay algo que me detiene.

Montserrat me miró fijamente y yo me ruboricé. Ella estaba sentada con las piernas estiradas, las manos apoyadas en el suelo y la cabeza inclinada ligeramente hacia atrás. Yo, tumbado, la observaba desde el suelo.

—Disculpa, creo que no sé contarlo con propiedad —dije

para deshacer la incomodidad que yo mismo había propiciado—. Es la primera vez que se lo explico a alguien.

—Discúlpame tú. Yo tengo la misma sensación con Pere, pero justo al contrario. A veces creo que...

—Pere es un gran tipo —espeté tajante.

Montserrat suspiró y se tumbó a mi lado. Su acercamiento me conmovió, así que me centré en las ramas de los árboles que nos rodeaban. Volví a mirarla porque no quería comportarme como un maleducado. Montserrat, cuya nariz señalaba las dos únicas nubes que se deslizaban en el cielo, sonrió.

—Sí, lo es —me respondió—. El mejor chico que he encontrado. Es amable, listo, sensible. Con él puedo hablar de cualquier cosa. Y aunque en público se ríe de mis opiniones, en privado me escucha, me comprende y me alienta para que luche por ellas. —Montserrat volvió a sonreír, esta vez con una expresión más cercana a la melancolía que a la felicidad—. Quizá sea a causa del vino, pero debo confesarte que creí que el amor sería otra cosa.

—¿Por qué lo dices?

—No lo sé, no se parece al amor que leo en los libros o al que veo en las obras de teatro. Creí que sería un sentimiento eterno, fuerte, que juega con tu voluntad, que convierte las horas que te separan de tu amado en una eternidad y te obliga a compartir cada uno de tus secretos e ilusiones con él.

—Que te lleva a pensar constantemente en ella, que te obliga a ser mejor persona para ofrecerle lo que se merece.

Tanto Montserrat como yo suspiramos para, acto seguido, concentrarnos de nuevo en el cielo y en el sol que templaba el día.

De nuevo en el Paralelo, nos despedimos con un abrazo intenso, largo, electrizado, incluso fogoso, que yo me tomé como una muestra de simple cariño, pero que debería haber interpretado con más perspicacia. Observé sus andares mientras se alejaba, aquella silueta daba sentido a todas las formas geométricas que existían.

Sentí la imperiosa necesidad de dibujarla, así que emprendí el camino a casa. Hacía semanas que la conocía, no obstante ya la había plasmado sobre el papel más de treinta veces. La esbozaba despacio, con cuidado, trazando cada línea como si de una caricia se tratara. Destruí la mayoría de los bocetos, no quería que Cinta ni mis tíos los descubrieran. Tan solo guardé unos pocos, los tres o cuatro que consideré más fieles a su belleza.

Llegué a casa de un humor sublime, sin miedo ni frustración. No obstante, la realidad, la verdad más cruda, me escupió en la cara en cuanto entré en mi dormitorio. Tía Manuela estaba sentada en la cama con varios dibujos en una mano y la pistola en la otra. La garganta se me secó en apenas unos instantes y un ligero temblor, concentrado en mis piernas, hizo que me tambaleara.

—Tía, qué... Puedo explicárselo —dije cuando apenas había puesto un pie en la habitación.

—No me des explicaciones, de poco servirían. Los hechos son los hechos.

Tragué saliva y, después de cerrar la puerta, permanecí de pie. Los dibujos que tenía en la mano eran los de Montserrat.

—Nunca me he metido en tu vida; todo lo contrario, te he alentado en la medida de mis posibilidades. Y que conste que no te estaba espiando. He entrado para limpiar y, sin querer, he tirado al suelo una de las carpetas de dibujos. Los de Montserrat se han desparramado debajo de la cama y, cuando me he agachado para cogerlos, he descubierto el arma escondida entre el colchón y el somier.

—Me la dio Josep. Es por su seguridad, forma parte de mi trabajo —dije señalando la pistola.

—Eso da igual, solo espero que Josep no te esté pagando por matar a sus enemigos. Esto —levantó la Victoria— es lo único que te separa de hacerlo. Si la llevas encima, si sigues con ella, acabarás disparándola, y cuando eso suceda, deberás asumir la culpa. Dios no lo quiera —dijo santiguándose—. Poco más puedo decirte.

Me desplomé, me senté en el suelo con las piernas encogidas, la espalda apoyada en la pared y los brazos sobre las rodillas. No quería escucharla, hacía días que huía de las verdades con las que tía Manuela me estaba encarando.

—Tiene razón, pero Josep quiere que la lleve. Ya sabe lo peligrosa que es esta ciudad.

—Mira, Mateu, no soy tonta, sé que la bronca con tu hermano está relacionada con Josep. Tu tío y yo decidimos no entrometernos; aun así, prométeme que en cuanto puedas dejarlo, lo harás.

—Se lo prometo.

—Bien, ahora me veo obligada a aconsejarte sobre Montserrat —dijo señalando los dibujos—. Te has enamorado de ella, de eso no hay duda: ninguna mujer está a la altura de estos dibujos... Contra el amor poco puedo decir o hacer, pero voy a contarte algo para que comprendas a lo que te enfrentas. Olvida que soy la madre de Pere porque mi consejo nada tendrá que ver con eso. Soy una mujer sencilla, salta a la vista; aunque soy tan *echá p'alante* que la gente lo olvida. Qué te voy a decir que no sepas ya. Aunque estoy feliz de haber criado a tres chavales, pensé que seríais más fáciles de llevar.

Mi tía dejó los dibujos sobre la cama y escondió la pistola debajo de ellos.

—Cuando era joven tenía la cabeza llena de pájaros. Me encantaba acercarme a los teatros de barraca y ver cómo las cantantes embelesaban al público. Qué bonito era, qué sencillo y ¡cómo han cambiado las cosas! Me imaginaba a mí misma como una de ellas, disfrutando de la farándula por un tiempo hasta que encontrara a un hombre guapo y rico que me retirara. Por eso, ya ennoviada con tu tío, me dejé llevar por las galanterías y las lisonjas de un donjuán de pacotilla. Él era apuesto, galán y tenía un futuro prometedor. ¡Ah! Y estaba casado. ¡Imagínate! Humo, Mateu, él vendía humo y yo se lo compré. —Tía Manuela se cubrió la cara con la mano—. Cedí a las pasiones del cuerpo y, como resultado, nació Pere. Te lo cuento porque tu tío lo sabe, pero ten cuidado, porque a Pere no se lo he dicho nunca. Así que no se lo digas tú, al menos no por ahora. Corroída por la culpa, se lo conté a Ernest y él es tan bueno que me perdonó. Se casó conmigo sin importarle mi error. Me comporté como una... Y no me puedo creer la suerte que he tenido. La vida es mucho más que la pasión, Mateu. Fui tonta, muy tonta, porque le hice daño, porque me equivoqué y me di cuenta de ello cuando el mal ya estaba hecho. La fe me ayudó a redimir mis pecados y me dio el valor para ser fuerte. Amo a tu tío con locura y me odio por no haberlo comprendido en su momento. Hijo, piénsalo bien antes de hacer nada. Cinta es una gran chica y te quiere con devoción, la misma que tu tío me profesa a mí. Así que piensa, solo te pido eso.

Mi tía abandonó la habitación y yo permanecí en su interior. Al cabo de un rato, salí al balcón de la galería para comprobar el estado del rosal. Allí seguía, vivo gracias a los cuidados y el cariño de tía Manuela.

7

La violencia contra los patronos se intensificó a principios de 1918. Los ánimos entre las élites barcelonesas terminaron de crisparse con el asesinato de José Antonio Barret, un empresario metalúrgico contra el que dispararon más de cuarenta balas. La principal medida del comisario Manuel Bravo Portillo, un personaje oscuro relacionado con el hampa y con el gobierno civil, consintió en cargarle el muerto a un grupo de acción. Los imputados demostraron que en el momento de los hechos se encontraban en una asamblea, y aun así el comisario siguió culpándolos, incapaz de esclarecer la verdad sobre la muerte de Barret. Inventó pruebas y móviles que no convencían a nadie. A medida que fueron pasando los meses, se abandonó la idea de que los perpetradores habían sido los grupos anarcosindicalistas violentos y se empezó a buscar al culpable entre las clases dirigentes.

El abuso y las falsas acusaciones de la policía enervaban a una Barcelona que estaba al límite de su paciencia. Sin embargo, el precio de los productos de primera necesidad, que seguían por las nubes, fue la chispa que hizo estallar al pueblo. Y la mecha prendió en el lugar menos esperado.

—Ha empezado una tal Amalia Alegre —me contó tía Manuela el día de los hechos. Nos encontrábamos en la cocina de casa y ella me hablaba mientras untaba el pan con tomate y de reojo miraba el embutido que iba a cortar a continuación—. La mujer se ha plantado delante de la Boqueria con un cartel que acusaba a los mayoristas de matarnos de hambre. Ya ves tú, una loca. Poco a poco, otras mujeres se han ido sumando a la protesta. Bastantes, diría yo. Gritaban consignas contra el gobierno, los empresarios y los precios abusivos.

—Tía, esa tal Amalia lleva razón.

—Lo sé —prosiguió mientras buscaba el cuchillo para cortar el embutido—, pero con tanto alboroto no he podido comprar. El caso es que la cosa no se ha acabado ahí, Mateu. Las alborotadoras han empezado a recorrer las fábricas del Distrito V y han convencido a otras trabajadoras para que se sumen a su protesta. Luego han pasado por delante de las redacciones de la *Soli* y *El Progreso*, y desde su interior las han alentado a no abandonar la manifestación. De pronto, no sé muy bien de dónde, han comenzado a aparecer carteles con demandas como «Carbón barato» o «Bajad el precio de la leche».

—¿Y cómo tienes tantos detalles?

—Bueno —dijo ella algo ruborizada—, me he unido a ellas. Que conste que solo lo he hecho por curiosidad. En fin, deberías ir a ver a Cinta, espero que no se haya metido en líos.

«No es por Cinta por quien debería preocuparme —pensé—, sino por Montserrat». Cinta no destacaba por ser una persona combativa y Montserrat lo era por las dos. Sin embargo, no me pareció lícito alarmarme por la segunda. Después de que mi tía encontrara los dibujos en mi habitación, entré en razón y me distancié de mi primo y de su novia. Apenas los vi un rato durante la comida de Navidad, de la que me pude escaquear gracias a mis obligaciones como guardaespaldas. Regresé a los brazos de Cinta o, mejor dicho, decidí pasar más tiempo con ella y, cual autómata, consentí en los planes de boda y me resigné por enésima vez a plegarme a lo que se esperaba de mí. Como consecuencia, me encerré en mí mismo, dibujé hasta altas horas de la madrugada y las pesadillas, que creí enterradas tiempo atrás, tontearon esporádicamente con mis noches. No soy nadie para dar consejos, pero la vida me ha enseñado que, en materia de amor, el instinto suele guiarnos con más acierto que la razón.

Desconozco si la llamada huelga femenina se estudiará en las escuelas, pero fue algo inaudito. En 1918, las mujeres ni ejercían influencia alguna en la vida política de Barcelona ni tenían voz en las asambleas obreras, y, de pronto, paralizaron la ciudad con sus demandas. Pocos días después de los hechos que mi tía me relató, se unieron a las protestas mujeres trabajadoras de Sants, Hostafrancs y Gràcia, y, con el paso de las jornadas, se detuvo la producción en más de doscientas sesenta fábricas. Algunas mujeres, como Rosario Dolcet, una militante anarcosindicalista muy conocida en la ciudad, escribieron artículos en *Solidaridad Obrera*, el diario cenetista. Pedían el apoyo de las compañeras que todavía no se habían sumado a la huelga y también el respeto de los hombres. Otros artículos publicados en el mismo diario, algunos escritos por su director, Ángel Pestaña, defendían que asaltar las tiendas en semejantes circunstancias no podía considerarse un delito. Por eso, y por enésima vez desde su creación, clausuraron la *Soli* durante unas semanas. Se dice que la huelga fue instigada por los republicanos de Lerroux, y tal vez sea verdad.

Las mujeres huelguistas fueron ninguneadas y criticadas con paternalismo durante los primeros días del paro. No obstante, tras comprobar que el alboroto se prolongaba y dejaba sin mano de obra a la mayoría de las fábricas textiles de la ciudad, ellas se convirtieron en un problema real y comenzó la represión. Algunos argumentaban que habían enloquecido, otros defendíamos que luchaban por todos nosotros. Sus quejas eran más que razonables: no podían costear el importe excesivo del carbón que las familias necesitaban para cocinar y para protegerse del frío, y muchas de ellas se veían obligadas a dar de comer pan y sardinas a sus hijos con demasiada frecuencia.

Yo deseaba mantenerme al margen de los acontecimientos; sin embargo, la dureza y el nivel de agresividad que adquirió el conflicto crecieron y agudizaron mi preocupación por Montserrat. Por eso me presenté en uno de los primeros mítines del movimiento que se celebró en el Saló de Sant Joan, concretamente en el solar desde donde despegaba uno de los globos cautivos. No tenía dudas de que ella estaría en primera fila y quería cerciorarme de que no corría peligro. Al acto asistieron mujeres relacionadas con los sindicatos como la propia Rosario Dolcet, futuras miembros de grupos de acción como Llibertat Ródenas y actrices como María Green. Sin embargo, no pude participar en la asamblea porque habían prohibido el acceso a los hombres, y también porque la policía había acordonado la zona.

Esperé un poco apartado del lugar, en compañía de otros curiosos, a que la reunión terminara. Entonces, parte de las huelguistas abandonaron el solar entonando cánticos, exhibiendo pancartas y gritando sus demandas, seguidas de una numerosa comitiva de mujeres que las acompañaban cogidas del brazo en señal de hermandad. Circulaban pacíficamente, aunque la policía les pisaba los talones. Yo buscaba a Montserrat entre la masa y la encontré allí en medio. Llevaba su característico abrigo de color verde y el pelo recogido con un pañuelo, y alzaba la voz como la que más. La evidencia me ruborizó: en absoluto necesitaba mi ayuda. Las manifestantes ocuparon la parte central del Saló de Sant Joan y avanzaron bajo la atenta mirada de las esculturas de personalidades catalanas que habían sido instaladas allí con motivo de la Exposición Universal. No puede evitarlo: me acerqué para saludarla y ella se lanzó a mis brazos en cuanto me reconoció.

—Mateu, ¡qué bien que hayas venido! —exclamó—. Hoy es un día histórico. Ahora vamos a ver al gobernador. Le exigiremos nuestras demandas.

La aparté con suavidad, un tanto incómodo. Ella se mostraba eufórica, radiante, convencida de la eficacia de sus propósitos.

—Montserrat, ándate con cuidado, la policía no tendrá miramientos con vosotras.

—¿Crees que no lo sé? Vamos a quejarnos de Bravo Portillo y de los golpes que sus policías han propinado a varias compañeras. Lo haremos formalmente, pero eso no importa ahora. Ven, sígueme.

Montserrat me cogió de la mano y me guio entre las mujeres que clamaban sus peticiones. Su calor aliviaba mi sensación de peligro.

—Pedimos que los precios vuelvan a bajar como antes de la guerra —me dijo mientras avanzábamos—, también demandamos la dimisión del gobernador y que detengan a los acaparadores que exportan nuestra comida para enriquecerse. Y lo vamos a conseguir nosotras, sin vuestra ayuda. ¿Qué me dices, Mateu, qué me dices?

Una mujer alta y apasionada la detuvo para preguntarle algo que no pude oír. Montserrat me soltó la mano para responderle. El gentío que nos rodeaba me arrastró en dirección contraria a ella y no pude mantenerme a su lado. La perdí de vista, así que decidí detenerme en uno de los extremos de la avenida, con su fragancia en la mente y el deseo en el alma.

A la mañana siguiente, recibí una nota en casa de mis tíos. Montserrat me invitaba a colaborar con su causa y me citaba en la plaza Real. Acudir no era una decisión muy inteligente, aun así decidí dejarme llevar por el guirigay que se había apoderado de la ciudad y de mi razón. Josep parecía nervioso, la Tèxtil Puig estaba parada y lo único que podía hacer para reemprender la producción era esperar a que la policía o el ejército reprimieran aquel «circo esperpéntico», como él lo llamaba. Se recluyó en casa porque temía que los grupos de acción la tomaran con él aprovechando que las fuerzas de seguridad estaban ocupadas. Yo tenía tiempo libre, ganas de ver a Montserrat, y, por qué no decirlo, la esperanza de que la huelga de mujeres terminara con éxito.

Me acerqué a la plaza y, a pesar de que me costó encontrarla entre las allí concentradas, logré dar con ella. Tras saludarla, permanecí a su lado escuchando los gritos de las manifestantes. Así pasamos los días que siguieron, entre consignas, manifestaciones, mítines y huyendo de las cargas policiales, más feroces y arbitrarias con el avance de la huelga. Montserrat me abrazaba, me hacía comentarios, me pedía la opinión sobre los pasos o decisiones que habían tomado en unas asambleas que por primera vez eran presididas y secundadas por mujeres. Yo la seguía como un perro faldero, increpado por las miradas de sus compañeras que se preguntaban qué pintaba allí aquel hombretón participando de sus reivindicaciones.

En las jornadas anteriores al desenlace del conflicto, en las que pidieron a los hombres que nos sumáramos a la huelga, Montserrat y yo vimos cómo un grupo de mujeres saqueaba una panadería en la calle Manso. Se llevaron setenta kilos de pan. Las fuerzas del orden aparecieron en mitad del pillaje y repartieron estopa indiscriminadamente. Como acto reflejo, cogí la mano de Montserrat y la empujé en dirección al Paralelo, pero ella me frenó a gritos. Pronto comprendí el porqué de su resistencia: escapar hacia el Distrito V parecía una opción mejor, ya que otro grupo de policías se acercaba desde la avenida de los teatros. Montserrat salió a la carrera llevándome de la mano, y yo disfrutaba viéndola sonriente y poderosa.

Nos detuvimos en uno de los callejones del barrio, el de Sant Antoni Abat, y nos abrazamos victoriosos, cobijados por la sombra de los edificios. Montserrat se separó de mí ligeramente y su rostro me embelesó. No pude resistirme y la besé, consciente de que aquel atrevimiento era la única cosa de provecho que había hecho en mi vida. Ella, lejos de sorprenderse, me devolvió el beso, jugó con mis labios y acarició mi espalda con tal pasión que pensé que me estaba abrasando. Por un instante olvidamos los disturbios y el compromiso que habíamos adquirido con otras personas. El tonto de Mateu, el Mateu que había vivido bajo la tiranía de la contención, no supo apaciguar la urgencia de sus sentimientos.

—Te quiero, Montserrat.

Al escuchar mis palabras, tomó conciencia de nuestro pecado. Se distanció lenta y tiernamente y apartó la mirada.

—¿Qué estamos haciendo?

La culpa se sumó al cúmulo de emociones que campaban desbordadas por mi cuerpo. Quizá por eso no pude contenerme.

—Lo último que quiero —dije— es hacerles daño a Cinta y a Pere, pero no puedo más. No soporto estar cerca de ti sin besarte. Sueño contigo, pienso en ti a cada instante. Te he dibujado mil veces y, cuando no tengo una hoja de papel delante y un carboncillo en la mano, trazo los detalles de tu rostro en mi mente, línea a línea, como si mi imaginación fuera un lienzo y tú, mi única musa.

—¿Ahora resulta que, aparte de dibujante, eres poeta?

—No te rías de mí.

Montserrat se retocó el flequillo y mantuvo la mirada gacha.

—Lo sé, tienes razón —dijo al fin—. No sé qué decirte, Mateu. Creo que siento algo parecido por ti, pero Pere es mi novio y también le quiero, a mi manera, le amo.

—Y yo quiero a Cinta; aun con todo, ¿eres consciente del flaco favor que les haremos si nos casamos con ellos? —Suspiré y acaricié su mejilla con el dedo pulgar.

—Sí, llevas razón. Antes de nada, aclaremos las cosas con ellos, y después ya habrá tiempo para hablar sobre por qué queremos estar juntos. ¿Te parece demasiado moderno? No me gustaría que me vieras como una...

—Me parece perfecto.

Nos despedimos con un beso y la promesa de reencontrarnos para dar rienda suelta a la pasión.

Al día siguiente, cuando me liberé de mis obligaciones con Josep, cité a Cinta en la esquina de Paralelo con ronda de Sant Pau. Allí se encontraba el bar Chicago, uno de los más frecuentados por anarquistas y todo tipo de obreros politizados. Llegué el primero y tuve suerte, encontré una mesa libre en la terraza, siempre concurrida, situada bajo un porche hoy desaparecido. Fue engullido por el local para ganar más espacio en el interior.

No sabía cómo afrontar la situación, Cinta era mi prometida y mi amiga, la más antigua, la que más había respetado mis rarezas. Sonaban campanas de boda; más aún, yo las había hecho repicar después de mi conversación con tía Manuela y, de la noche a la mañana, iba a desaparecer de su vida.

Cuando ella hizo acto de presencia, pedimos un par de cafés. Me conocía bien, notó mi turbación desde el primer instante. Los dos permanecimos callados a la espera de que nos trajeran la comanda. Cuando el camarero hubo dejado las tazas sobre la mesa, yo, todavía en silencio, cogí la cucharilla para diluir el azúcar y ella no pudo soportarlo más.

—Por Dios —se aventuró a decir—, espero que tus tíos estén bien. ¿O se trata de tu hermano? ¿Qué ha pasado?

—¿Cómo? —respondí cobardemente a pesar de que sabía a qué se refería.

—Sucede algo, lo veo en tu rostro, y tú no te atreves a decírmelo.

Infame, fui incapaz de mirarla a la cara. Sin dejar de remover el café, tragué saliva y centré mi atención en el movimiento de la cucharilla.

—Esto es muy difícil para mí, pero quiero ser justo contigo. Amo a otra persona. No puedo convertirme en el hombre que tú esperas que sea. Has sido… ¡Eres una mujer increíble, me has acompañado tanto y tan respetuosamente! Nunca debimos dar un paso más allá de la amistad. Asumo la responsabilidad de lo ocurrido entre nosotros y te pido perdón. Sé que soy una persona horrible, aunque será peor si me callo y dejo que mi mentira nos consuma. Discúlpame, no quería llegar a este punto, te lo digo de corazón, pero…

Cinta no tardó en responderme.

—¿Esta es tu decisión? ¿Es irrevocable?

—Sí.

Por unos instantes las palabras dejaron de fluir en nuestra mesa, aunque no en las contiguas: la mayor parte de las conversaciones giraban en torno a la huelga de las mujeres, la brutalidad policial y la incertidumbre que la revuelta había traído a la ciudad.

—¿Sabes cuál es tu problema? —me espetó Cinta—. Que en realidad no eres tan buena persona como quieres aparentar.

Vives con la cabeza escondida bajo el ala y eso te convierte en un miserable que hiere a los demás con su cobardía. El peor de los villanos es el mentiroso. No tienes excusa, primero traicionaste a tu hermano y ahora estás a punto de clavarle a tu primo un puñal por la espalda.

La confusión se apoderó de mí. ¿Conocía Cinta mis sentimientos hacia Montserrat? Ella lloraba con desconsuelo y permanecía inmóvil, con el bolso sobre las piernas y las manos agarradas a él.

—¿Cómo sabes que ella es...? —fui capaz de decir.

—Puedo tener muchos defectos, pero tonta no soy. Sé que es ella. No quiero verte nunca más. Ojalá no te hubiera conocido.

Cinta salió corriendo de la terraza y desapareció por la ronda de Sant Pau.

Aquella mañana me desperté triste por cómo habían ido las cosas con Cinta, pero a la vez estaba emocionado, iba a encontrarme con Montserrat. Sin embargo, la noche anterior se había decretado el estado de guerra, el ejército había tomado la ciudad y caminar por la calle era una temeridad. La huelga de mujeres llegaba a su fin sofocada por la represión, y, a pesar de que sus reivindicaciones fueron aparentemente derrotadas por el ejército, el gobernador civil de la provincia fue destituido y, al poco, los precios de los bienes bajaron un treinta por ciento.

No volví a saber de Montserrat hasta varios días después, cuando se presentó en casa y me pidió que habláramos. Mis tíos, tía Manuela en especial, me miraron con recelo. Bajamos a la calle en busca de un poco de intimidad. Era de noche y el frío no nos proporcionaba la calidez que necesitábamos. La luz era tenue, y la atmósfera que nos rodeaba, sombría. Quizá la farola más cercana estaba apagada, o tal vez mi memoria haya oscurecido el momento. Ella dio la espalda al escaparate de la zapatería y yo detecté su desasosiego antes de que abriera la boca. La conversación fue breve, casi fugaz, apremiada por el toque de queda y la zozobra con la que ella se expresaba.

Montserrat se lo había contado a Pere, que había reaccionado como un hombre comprensivo y amoroso. Él aceptó su desliz, cualquiera puede tener un momento de debilidad, y le pidió que no le dejara, le juró que la quería incondicionalmente, que volvería a enamorarla. Ante semejantes demostraciones de afecto, y admirada por su capacidad de amarla sin condiciones, Montserrat había decidido continuar a su lado. Y eso a pesar de los sentimientos que albergaba hacia mí y a sabiendas de que la vida sería más insípida junto a él. Ella sentía que había tomado el camino correcto y, de algún modo, yo compartía su sentir. Quizá por eso, porque la entendía, sus argumentos dolían todavía más: las heridas causadas por el deber arañan más profundamente que las provocadas por un arrebato.

Su revelación me dejó sin palabras, sin aire, sin sangre en las venas. No podía respirar, sentía un mareo estentóreo y un dolor de cabeza insoportable. Cuando puso fin a su discurso, me dio un beso en la mejilla y yo dejé que se marchara en dirección a la catedral. Su silueta se perdió en la noche junto con mis esperanzas. Saqué el pañuelo blanco de mi bolsillo y lo observé. No era capaz de llorar ni en una situación como aquella. Eso era lo que se esperaba de un hombre.

Febrero apenas se encontraba en sus albores cuando el chófer de Josep se presentó de madrugada en casa. Muy educadamente, me pidió que lo acompañara. Cogí la Victoria y el cargador, y seguí a Mauricio por las entrañas del barrio. La tristeza me dominaba y, a pesar de ser más profunda e infranqueable que nunca, nadie lo advirtió.

Josep me esperaba sentado en la terraza del Café Royal de las Ramblas tomando un americano. Cuando nos vio, se levantó y, sin articular palabra, nos acompañó hacia plaza Catalunya, donde el chófer había aparcado el coche. Un detalle me sorprendió: no subimos al Hispano-Suiza habitual sino a otro automóvil, seguramente prestado. Ya en marcha, y jugueteando con la tapa de su reloj de bolsillo, Josep me contó el motivo de su llamada:

—Mateu, hoy te necesito a mi lado. Debo pedirte un favor.

—Lo que consideres.

Guardó el reloj mientras contemplaba el paisaje de la plaza a través de la ventanilla y se rascaba su frondosa barba.

—Ayer atacaron mi coche. Era Mireia quien viajaba en su interior, no yo. Está claro que iban a por mí y que no tuvieron en cuenta que mi mujer lo usa de vez en cuando. Son unos hijos de puta, podrían haberla...

Josep se golpeó la pierna y permaneció tenso a la espera de mi reacción.

—¿Y tu mujer? ¿Cómo está?

—Gracias por preguntar. Está bien, no hay de qué preocuparse. Mauricio también salió ileso. Hoy ha querido seguir al pie del cañón en vez de permanecer en su casa y descansar.

Llegamos a paseo de Gràcia y me percaté de que apenas circulaba un alma por la calle.

—La situación es complicada —prosiguió—. El comisario Bravo Portillo está deteniendo a muchos sindicalistas. Fabrica las pruebas y los acusa de la mayoría de los atentados del año pasado. Es un necio, solo conseguirá que las bandas se radicalicen. Además, da motivos a la CNT para quejarse ante el gobernador e incluso ante el Parlamento, a través de la voz del abogado Layret o de algún republicano con escaño que, como él, desaprueba esas prácticas.

—¿Han capturado a...?

—Tu hermano no está entre los detenidos, pero no me extrañaría que lo metan en la cárcel un día de estos, se lo merece. —Se detuvo unos instantes—. De todos modos, no creo que el ataque de ayer lo perpetrara un grupo de acción. Me parece que algún competidor, y no voy a decir nombres, desea mi muerte. Por eso te he hecho llamar hoy.

Desvié la atención hacia la ventanilla y me encontré cara a cara con los motivos marinos de la Casa Batlló.

—Ahora debo asistir a una reunión con algunas de las personas más influyentes de la ciudad y... ¿cómo decírtelo? Heredaré la fortuna de mis padres, aunque también a sus enemigos, y en la estancia habrá algunos. Ese es el favor que te pido, que me acompañes y que, por una vez, entres en la sala de reuniones conmigo. —Su propuesta era excepcional, un guardaespaldas siempre permanece fuera de las salas donde se cierran los negocios—. Hoy más que nunca volarán cuchillos afilados, de los que no matan pero hieren para toda la vida. Por supuesto, tu deber es protegerme; aun así, quiero que observes lo que sucede a mi alrededor y que me digas si detectas algo inusual.

—No lo dudes, Josep, haré mi trabajo, como siempre.

El coche se detuvo y Josep colocó su mano en la manecilla de la puerta.

—Lo sé y podría pedirte que subieras sin más —dijo antes de accionarla—, pero debes saber que, si entras conmigo, te pondrás en el punto de mira de quienes me detestan. Aunque nadie se fija en un guardaespaldas, sí lo hacen en un secretario que acompaña a su jefe a una reunión, y eso es lo que parecerá que eres. Podrías meterte en apuros, y no hablo solamente de ti, sino también de los que te rodean. No quiero que tu tío sufra por culpa de mis negocios.

—Te agradezco la preocupación. Puedo cuidar de los míos.

Nos habíamos detenido delante de un edificio situado en el paseo de Gràcia lindando casi con Diagonal y nos disponíamos a entrar en casa de don Andreu Blanch, empresario y benefactor de la ciudad, ilustre prohombre y amigo de las principales fortunas catalanas.

El ascensor nos dejó en el principal, donde nos esperaba una mujer ataviada con un uniforme impoluto en cuya mirada, sobria y respetuosa, se reflejaba su larga experiencia. Con una calma absoluta, nos pidió que la acompañáramos al comedor.

En cuanto el ama de llaves abrió las puertas de la estancia, la vaharada de tabaco que emergió de ella me irritó los ojos. Josep fue anunciado y ambos entramos en la sala: él, seguro y sonriente; yo, cohibido.

Una lámpara de araña pendía en el centro de un comedor alargado cuyas paredes estaban cubiertas, o bien por muebles de madera tipo vitrina, o bien por cuadros de gran tamaño que escenificaban escenas de caza. Varios hombres, quizá una docena, estaban sentados alrededor de una mesa de madera noble, de barnizado brillante y con cenefas que recorrían el contorno. Otros se mantenían de pie a pesar de que había sillas vacías. Unas cortinas opacas y señoriales cubrían las ventanas y obligaban a tener las luces encendidas. Alcohol en copas transparentes, tazas de café y vasos de agua permanecían a la espera de que aquellos hombres adinerados los consumieran entre calada y calada. La mayoría de ellos fumaban en pipa, vestían trajes de tres piezas y juraban por la Virgen de la Mercè que alguien debía intervenir y poner orden en la ciudad.

Josep se sentó en una de las sillas cercanas a la puerta, abrió su maletín y sacó un portafolios que no consultó en toda la reunión. Yo me mantuve de pie junto a la puerta y dejé mi maletín en el suelo. Josep me lo había prestado para que no me confundieran con un gorila. Era difícil seguir el hilo de la conversación, ya que se mantenían varias a la vez. En un momento dado, Andreu Blanch, que presidía la mesa desde el otro lado de la sala, carraspeó para llamar la atención y abrió la sesión quejándose del dinero que se estaba perdiendo a causa de las trifulcas obreras.

—El comisario Bravo Portillo ha detenido a los principales grupos de acción y estoy seguro de que logrará que los condenen. Necesitamos más individuos fieles como él y más mano dura —comentó un hombre mayor, calvo y con manchas en la cabeza que estaba apoltronado en una butaca al otro lado de la sala.

Aprovechando que la mayoría de los asistentes estaban concentrados en el debate, repasé rápidamente las caras de los allí congregados.

—El comisario solo sirve a sus intereses, no confío en él. No sé por qué han nombrado jefe de la Brigada Especial a un bribón de su calaña. Está más relacionado con el hampa portuaria y con las casas de juego que muchos de los terroristas a los que ha apresado. No podemos permitir que un rufián dirija la brigada que supuestamente acabará con los revoltosos. ¡El ejército debería intervenir, y no ese papanatas! —sentenció un empresario sabadellense.

Mientras el debate proseguía, un hombre que se encontraba cerca del señor que acababa de hablar y que formaba parte del reducido grupo que permanecía de pie, clavó sus ojos en mí. Rechoncho y bajito, parecía un empresario más en aquella reunión de hombres quejumbrosos; sin embargo, su mirada, filtrada por los cristales de sus gafas, transmitía algo que me desconcertó y me puso en alerta.

—¿Qué saben de las intenciones del nuevo gobernador Rothwoss? Ya ocupó ese mismo cargo con anterioridad, hace más de quince años, y no nos trajo más que disgustos. No me malinterpreten, pero no sé qué se puede esperar de un burgalés —dijo el anfitrión.

Yo seguía pendiente del hombre achaparrado.

—No sean injustos con él. Debemos darle una oportunidad, la provincia no puede cambiar de gobernador cada dos por tres. Necesitamos estabilidad y diálogo —argumentó otro empresario, de nombre Jaume Balcells, que estaba sentado junto a su padre.

—¡Necesitamos más mano dura! —gritaron algunos.

El debate duró algo más de una hora y terminó sin consenso. A continuación, se formaron varios grupos alrededor de la mesa. Josep, que no había abierto la boca hasta el momento, parecía el rey de los corrillos: hablaba con unos y otros con desparpajo y camaradería.

Mientras yo vigilaba sus idas y venidas, el hombre que había despertado mi curiosidad pasó por delante de mí. Como estaba cerca de la puerta, creí que se disponía a abandonar el comedor. Me equivocaba.

—Todo el mundo me llama Kohen o ilustrísimo barón —me dijo a modo de presentación, con un fuerte acento alemán—, según el rango o la confianza que nos profesamos. Usted puede llamarme simplemente Hans.

—Encantado, ilustrísimo barón.

—Es usted un chico listo, ya lo creo; es recomendable mantener las distancias en este comedor. Yo nunca aprendo —reconoció mientras soltaba una carcajada irónica—. Usted podría ser mi futuro asesino y, sin embargo, aquí estoy, hablándole. Por algo me llaman el barón temerario.

—Aunque me encantaría seguir hablando con usted, debo estar atento por si don Josep me necesita.

Kohen esbozó una mueca de disgusto que mudó rápidamente hacia una sonrisa tan afable como impertinente.

—Está bien, está bien. Aunque, ¿sabe?, no puedo despedirme sin decirle algo: está usted malgastando su tiempo y seguro que no gana mucho dinero. Su amo se las da de poderoso, pero no es más que un inepto que acabará muerto en una cuneta o en su lujoso automóvil. Si quiere prosperar, trabaje para mí, estoy en el bando ganador.

Me estremecí. Kohen no parecía ni más bueno ni más villano que los demás, no parecía que tuviera fuerza física ni maneras violentas; no obstante, hablaba con un tono propio de un dictador acostumbrado a firmar sentencias de muerte. Pensé que eran imaginaciones mías y que la posición social del Barón me cohibía, así que apacigüé mis temores y le respondí con aparente tranquilidad:

—En este momento trabajo para don Josep y, créame, si algún día dejo de prestarle mis servicios, retomaré feliz mi oficio de tintorero. Aun así, le agradezco su oferta.

—Mateu, ¿verdad? Le he visto en algún que otro evento, siguiendo a su amo como un cachorrillo a pesar de que en su interior se esconde un lobo feroz. Lo sé porque los de nuestra especie nos reconocemos en cuanto nos vemos. Debe entender que la vida moderna es una partida de ajedrez. Le interesa estar cerca de la reina porque mueve los hilos y se desplaza con libertad. Todo el mundo sabe que el rey no es más que un peón con corona. Tenga.

El Barón se sacó del bolsillo interior de la americana una tarjetita con un número de teléfono.

—Si alguna vez necesita mi ayuda —dijo antes de alejarse de mí—, llame a este número y le dirán cómo encontrarme. Ya lo sabe: dinero, protección, un empleo, lo que sea.

El hombre dio un par de vueltas por la sala y acabó apoyándose en una de las paredes del comedor, volviendo al segundo plano en el que se había mantenido durante toda la reunión. Me esforcé por ignorar su presencia y busqué a Josep, que se acercó y me indicó que nos podíamos marchar.

—¿Has observado algo destacable? —me preguntó cuando entramos en el coche—. Ha sido una reunión inusualmente tranquila.

—No, nada destacable.

Josep parecía satisfecho, más sereno. Me imaginé que había cerrado algún trato ventajoso.

—Mateu, nunca me pides nada y nunca te separas de mi lado. No sé qué he hecho para merecerte —dijo, con un informe en la mano que se disponía a leer.

«¿Te sorprende? —pensé—, es lo que hacen todos los que trabajan para ti». No me sentía a gusto con mi trabajo, ni protegiéndole ni mucho menos soportando los desvaríos que Josep sufría en determinados momentos, quizá víctima de la presión a la que estaba sometido. No he relatado ninguno de esos episodios porque son irrelevantes; sin embargo, empezaban a cansarme. Josep nunca me levantó la voz, aunque sí lo hacía a su secretaria, a su ayudante, a su chófer y a quien se cruzara con él durante uno de sus arrebatos de ira. Por aquel entonces, yo todavía no había usado la pistola ni había tenido que enfrentarme a mis antiguos compañeros de la fábrica, pero en los momentos en que Josep perdía los estribos, las acusaciones de mi hermano resonaban con más fuerza en mi cabeza. Le echaba de menos y me culpaba de nuestro distanciamiento. Poco hice para solventarlo; la desidia traza el camino de los que no desean enfrentarse a la verdad.

Barcelona no se sumó a la alegría de la primavera: los sindicatos de la madera declararon la guerra a sus patronos, que reaccionaron reprimiendo su legítima lucha. Como consecuencia, se multiplicaron las huelgas pacíficas y hubo más enfrentamientos entre los grupos de acción y la patronal. El comisario Bravo Portillo continuaba acosando a los obreros sindicalistas y estos se vieron obligados a urdir su derrocamiento.

En mayo, diarios como el cenetista *Solidaridad Obrera* o el lerrouxista *El Progreso* publicaron varias noticias que vinculaban a Portillo con unos cobros fraudulentos de derechos sobre la prostitución. Asimismo, se le presentaba como el líder de una amplia red de confidentes que vendía al mejor postor información concerniente a cuadros de la CNT, empresarios y políticos. Sin embargo, el verdadero bombazo llegó a principios de junio y trascendió debido a su vinculación con la Gran Guerra. Ángel Pestaña, el conocido anarcosindicalista que dirigía la *Soli*, publicó unas cartas manuscritas por el propio Portillo en las que quedaba clara su vinculación con el torpedeo del Joaquín Mumbrú, un buque español que fue destruido por un submarino germano. La noticia probaba un rumor que se había extendido por toda la ciudad: Portillo tenía tratos con la red de espionaje alemán. A pesar de que la edición fue retirada por el gobernador civil Rothwoss, la noticia corrió como la pólvora y perjudicó a la imagen del presidente García Prieto en vísperas de unas elecciones generales. Bravo Portillo fue detenido el 23 de junio gracias a la innumerable cantidad de pruebas que la *Soli* había aportado en su contra.

Josep había protagonizado varios desencuentros con el comisario, así que la noticia lo llenó de alegría y lo incitó a celebrar su encarcelación. Sin lugar a dudas, el señor Puig deseaba que el siguiente comisario le favoreciera y que no le espiara, como había hecho Portillo. Sea como fuere, me pidió que lo acompañara al Distrito V porque quería emborracharse. No me apetecía, pero cuando el patrón manda, el obrero obedece.

Pensé que nos dirigíamos al Royal, en las Ramblas; no obstante, Josep pidió a Mauricio que nos dejara en la calle Conde del Asalto. En el London no cabía un alfiler, ya que eran las doce pasadas, y el Edén Concert también estaba hasta los topes de jóvenes hambrientos de desenfreno. Josep entró en un local más modesto llamado Café del Asalto, un café concierto de tres al cuarto.

Esperaba que la elección de Josep no buscara complacerme, ya que, en el mismo momento en que puse un pie en su interior, supe que no tardaría en marcharme. El ambiente, cargado y apenas ventilado, me irritaba los ojos y la nariz. Olía a rancio y hacía calor, mucho calor. Dos tristes ventiladores de techo se esforzaban por aliviar el sofoco de los clientes que se agrupaban en distintas mesas tomando copas y comiendo las raciones baratas que allí servían para acompañar al alcohol. El escenario se encontraba al fondo del local; a su derecha había un piano de pared y un hombre decrépito lo estaba tocando al tiempo que consumía dos cigarros por pieza.

Sobre el pequeño entarimado, y abrigada por unas cortinas que hacían las veces de fondo y que daban acceso al mismo, estaba cantando una mujer joven, de pelo negro, piel tostada y contoneos incitadores. Interpretaba un cuplé que a duras penas afinaba, pero lo defendía sin vergüenza. Josep se sentó y me pidió que lo acompañara. Él parecía encantado en aquel lugar, pese a las condiciones del local y la calidad de la música. Los clientes eran mayoritariamente obreros, y yo me puse en guardia. ¿Quién me aseguraba que entre ellos no se encontraba algún terrorista con ganas de gresca? Al observar los movimientos y las intenciones de los allí congregados, advertí tantos peligros que perdí el temple y se me secó la garganta.

—Sé lo que estás pensando —dijo Josep después de pedir dos whiskies—. Tranquilo, aquí estoy a salvo.

Cuando la mujer morena abandonó el escenario, apareció

una rubia con tan poco talento como su predecesora. Josep aplaudía y disfrutaba del espectáculo, no sé si genuinamente o con intención burlesca. Tras la actuación de la rubia, un hombre que parecía el dueño y que oficiaba como de presentador, anunció a la siguiente artista:

—Ella es el pecado original. Ella fue la que mordió la manzana y nos condenó a todos. Ella es una caja de sorpresas. Con todos ustedes, ¡Eva!

Las luces se atenuaron levemente y apareció otra muchacha rubia, alta y de andares tranquilos. Dos boas de plumas cubrían sus hombros y la parte superior de su vestido de lentejuelas sin mangas. Se colocó de espaldas al público mientras el pianista tocaba la apertura. No supe discernir cuán joven era, pero estaba muy delgada y apenas tenía curvas. Cuando empezó a cantar, lo hizo con voz dulce aunque grave. Tras un par de versos, se giró hacia la audiencia y demostró tener más poderío que sus antecesoras. En ese instante me fijé en su rostro; unos segundos me bastaron para reconocerlo. Era Pere. Miré desconcertado a Josep, que reía y aplaudía mientras observaba mi reacción. No pude callarme:

—¿Para esto querías que viniéramos aquí?

—Te juro que no sabía que él actuaba aquí. —Yo no me lo creí—. Oye, tiene talento, mucho más que como hombre.

Pere, Eva, continuó con su número ajeno a nuestra presencia en la sala y yo sobrellevé la escena como pude. ¿Cómo se lo tomaría mi tío? ¿Y mi hermano? Pensaba escabullirme en cuanto terminara la actuación; sin embargo, Pere bajó del escenario y se mezcló con los numerosos clientes para interpretar una canción en la que increpaba directamente a los cafeteros. Estos lo piropeaban divertidos y yo quería levantarme y hacerles callar. Puedo verme a mí mismo en aquel momento: estaba hierático, tenso.

Mi primo pasó por delante de la mesa que Josep y yo ocupábamos, y nuestras miradas se cruzaron. El horror que vi dibujado en sus ojos me compungió. En su semblante vi miedo, tristeza e incluso vergüenza. Veloz, corrigió su expresión y nos dedicó una sonrisa cómplice que suplicaba comprensión, que me rogaba que no me fuera sin antes hablar con él. Cantó un último cuplé y, en vez de abandonar la escena por la cortina trasera del escenario, se acercó a mí y me pidió que saliéramos a la calle. No sé por qué pedí permiso a Josep, él me lo concedió con un movimiento de cabeza y yo seguí a mi primo y sus lentejuelas.

No podía mirarlo a la cara. Su vestido, las plumas de sus boas y sus maneras afeminadas me causaban rechazo. Por otro lado, intuía que Pere sufría. Era mi primo, mi hermano de sangre. ¿Qué debía hacer? ¿Enfadarme con él? ¿Hacerle entrar en razón? El miedo y un par de lágrimas recorrieron su rostro y echaron a perder el maquillaje en medio de la algarabía de Conde del Asalto.

Fui yo quien rompió el hielo:

—Primo, no sé qué decirte.

Pere tragó saliva y se quitó la peluca. Su aspecto era, si cabe, más esperpéntico aún. Un grupo de chicos que pasaban por nuestro lado se burló de él, unos comentarios desafortunados que le dieron la fuerza suficiente para explicarse.

—No digas nada. Este soy yo, o al menos es así como me gano la vida. No trabajo como utilero. Los utileros no van a todas las funciones de sus obras, no sé cómo habéis podido creéroslo. No sabes las mentiras que he tenido que decirte. Incluso pedí a mis amigos que participaran del engaño cuando estábamos contigo.

—Me cuesta entender lo que estoy viviendo, la verdad. Si quieres cantar, ¿por qué no actúas como hombre? Podrías cantar zarzuela, ser actor, un galán.

—¿Qué debo responderte? Soy un artista y esto es lo que nace de mí. Puedes odiarme si quieres, eso no hará que nada cambie. Yo sabía que no podría mantener esta mentira para siempre, ¡pero me siento tan feliz! El primer día que me subí a un escenario vestido de mujer me sentí bien por primera vez en mi vida.

—No soy nadie para odiarte, Pere. Esto no me gusta nada, pero soy incapaz de odiarte.

Pere se volvió a colocar la peluca, algo más relajado por mis palabras.

—Gracias —dijo conmovido.

—Nunca me meto en... No soy una persona que pregunta las cosas directamente, ya lo sabes. —Permanecí unos segundos en silencio—. Aparte de disfrazarte de mujer...

—Querrás decir «vestirme como una mujer» —me corrigió.

—Eso. Verás, lo que quería preguntarte es... ¿te acuestas con hombres? —solté avergonzado de mí mismo y de mi primo.

Él suspiró de nuevo y centró la mirada en una casa de comidas que todavía seguía abierta, delante del Café del Asalto. La calle era estrecha aunque excesivamente iluminada y los cafeteros que circulaban en ambos sentidos no propiciaban la intimidad que en aquel momento necesitábamos.

—No puedo mentirte —respondió al cabo de unos segundos—. Sí, me gusta, y sí, lo he hecho. Sé que lo preguntas por Montserrat.

—¿Y ella? ¿Lo sabe ella?

—Sabe que actúo como mujer. De hecho, siempre me ha animado. Cree que es moderno, una auténtica revolución. No te imaginas lo comprensiva que es, Mateu. Es una gran mujer. No sé si lo que te diré me convierte en un monstruo. —Suspiró y agachó la cabeza. Luego prosiguió—: Ella no sabe que también me gustan los... Al menos yo no se lo he dicho. Y que conste que desde que estamos juntos no he... con ninguno.

Después de que Montserrat le hablara de nuestro desliz, yo había evitado encontrármelos y ella me había correspondido con una actitud huidiza en las pocas ocasiones en que habíamos coincidido. Sin embargo, Pere me había tratado con naturalidad y jamás había mencionado lo ocurrido entre su novia y yo. Por fin entendía el porqué. Quizá se lo debía, quizá no salía de mí detestarlo, así que hice un esfuerzo colosal para no juzgarlo.

—¿Y cómo puedes engañarla así? ¿La amas?

—Puedo decir que sí, aunque no como debería. —Pere se tapó la boca con una mano—. Ay, Mateu, lo único que puedo hacer es empujar la vida hacia delante a la espera de tiempos mejores. No es nada de lo que me sienta orgulloso, pero tú, más que nadie, deberías comprenderme.

—Nos besamos hace unos meses; no pude hacer nada para evitarlo. Incluso pactamos dejaros a Cinta y a ti. Aunque yo lo hice, ella no fue capaz. Y lo siento. Debería haber hablado contigo. Fui un cobarde, como siempre.

Me duele decir que me sinceré con él por Montserrat, no por mi primo, que en aquel momento era quien más me necesitaba de los dos.

—Lo sé. Ella me lo contó todo y debo decir que me alegré. Por fin tenía la excusa perfecta para que lo nuestro terminara y, a la vez, me aterraba que llegara ese momento. Ella es lo único que me une a una vida normal, a la vida que mi padre desea para mí. Lo lamento. El día en que os besasteis, le pedí que no se fuera, ya sabes, esperaba que no me hiciera caso y que se lanzara a tus brazos. —Suspiró con resignación—. No lo hizo y así están las cosas.

—Entonces rompe tu compromiso con ella, hoy mismo. Libéranos a los tres.

En aquel momento, Josep nos interrumpió sin tacto alguno. Salió del Asalto con prisas y me ordenó que fuera a buscar el coche. Ni siquiera miró a Pere, que se despidió y se refugió en el local. No saqué a colación lo sucedido aquella noche. Estaba claro que Josep me había llevado al Café del Asalto porque sabía que mi primo actuaba allí; sin embargo, yo intuía que tras su elección había otro motivo del que yo nada quería saber.

El día siguiente fue tranquilo. Todos los diarios hablaban de la detención de Bravo Portillo y aportaban pruebas a favor o en contra de su acusación. La jornada transcurrió sin incidentes y Josep se fue directo a casa al salir de la fábrica. A media tarde, me presenté en el taller donde Montserrat trabajaba. Al llegar pregunté por ella y la chica que me atendió me pidió que la esperara en la calle. Pocos minutos después, apareció por el portal, más bella que nunca, sonrió feliz y corrió hacia mí para besarme.

8

Una enfermedad se introduce en nuestro cuerpo sin que lo percibamos. Luego envenena las partes más delicadas de nuestro ser y nos destruye si no hallamos un remedio. Podemos buscar desesperadamente una cura, pero existen algunas dolencias que son imbatibles. El ilustrísimo barón Hans Kohen era un buen ejemplo de ello.

Montserrat y yo contamos al resto de la familia que teníamos relaciones y todos reaccionaron con recelo. No obstante, y tras unas semanas, mis tíos aceptaron la realidad, sobre todo al mostrarles Pere su conformidad con lo ocurrido. Los tres nos convertimos en la comidilla del barrio, aunque fue a mi primo a quien más benefició el chisme: prefería estar en boca de las vecinas por cornudo que por sus inclinaciones. Montserrat, en cambio, tuvo que soportar miradas de desaprobación y comentarios envenenados. Afortunadamente, hizo gala de su habilidad innata para que los chismorreos de los más moralistas no le hicieran mella.

Le pedí a Pere que acudiera a nuestros encuentros vestido de hombre, ya que a mí me incomodaba verle con faldas y maquillaje, y él me aseguró que solo se ponía ropa de mujer en el escenario, puesto que, si la lucía en la calle, era el blanco de insultos y agresiones. Yo temía por su seguridad, así que le pedí que reflexionara sobre sus gustos, que buscara alternativas o que intentara controlarlos. Su vida se había convertido en una bomba de relojería y yo no quería que estallara.

Con Montserrat nos veíamos a diario y compartíamos buenos momentos, a veces comíamos juntos y disfrutábamos contándonos las anécdotas del día. La amaba con locura, deseaba desayunar sus ojos, almorzar su cuerpo y cenar su alma. No veía el momento de comentarle mis inquietudes o mis alegrías. Los domingos íbamos a Montjuïc o al Paralelo, de vez en cuando cenábamos en casa de mis tíos y nos encontrábamos con frecuencia con Llibertat para jugar con los críos. Quienes me rodeaban, Josep incluido, notaban la influencia positiva que ella ejercía sobre mi ceniciento carácter. No podía creer que fuera tan afortunado, flotaba sobre una nube al tiempo que temía que esta estuviera cargada de lluvia.

No todo fue coser y cantar. Por un lado, la zapatería no funcionaba muy bien debido a los momentos difíciles por los que estaba pasando la economía de la ciudad. Yo ofrecí ayuda a mis tíos para que salieran del paso y ellos la aceptaron prometiéndome que me devolverían hasta el último céntimo. Por otra parte, echaron a mi hermano de Can Seixanta, lo consideraron el instigador de algunos episodios de desorden y el organizador de varias de las huelgas que habían perturbado la buena marcha de la fábrica. Él no podía pagar ropa y comida decente para sus hijos, así que yo seguía ofreciendo una parte importante de mi salario a Llibertat.

Me atenazaba un miedo exasperante y agotador. Sin previo aviso, había aparecido un ser maravilloso que me empujaba hacia el amor, y no hay amor que no llegue acompañado del temor a perderlo. El pánico me caló por dentro y alentó un sinvivir que cada vez tomaba más espacio en los pensamientos. La soledad y la apatía que habían regido mi pasado habían actuado como un escudo infalible ante las miserias de la vida, y sin esa protección me sentía desamparado. Por aquel entonces no era capaz de llegar a conclusiones como la que acabo de exponer, tan solo experimentaba una algazara de contradicciones que despejaba dibujando.

Me daba tanto miedo que Montserrat pudiera asomarse a mis demonios interiores que callaba y no expresaba mis desasosiegos, ni los presentes ni los pasados. Ella me amaba, saltaba a la vista, y me pedía que le hablara más de mí y de mis temores. Por supuesto, no le mencioné las pesadillas que se sucedieron a la muerte de mi madre, tampoco le conté el episodio que me había distanciado de mi hermano, ni siquiera los motivos que me habían llevado a trabajar como guardaespaldas de Josep Puig. Cinta había respetado mis silencios y mis limitaciones. Montserrat, en cambio, no los soportaba; me pedía unas explicaciones que yo no era capaz de darle y me ofrecía atenciones a las que yo no sabía cómo corresponder. Solo los buenos amantes se entregan a su destino sin pensar en las consecuencias, y yo huía con tanto ahínco de mis miserias que, a pesar de los buenos momentos y del cariño que nos profesábamos, se fue creando una brecha entre los dos, invisible aunque tal vez insalvable.

Con el tiempo descubrí que Montserrat también sufría una herida que se lamía a escondidas. Lo advertí en varias ocasiones en las que me habló de su adolescencia, pues acompañaba su relato con silencios y miradas perdidas que acallaban experiencias tormentosas. No es que yo fuera un gran lector del alma humana; no obstante, era capaz de detectar cuándo los demás empleaban las mismas estrategias que yo para ocultar las penas. No se lo reprochaba, más bien me sentía impotente porque deseaba ayudarla y no sabía por dónde empezar.

El miedo me convirtió en un hombre más precavido, más conservador, más estricto con las normas de seguridad a las que sometía a Josep, más necesitado del cariño y del consejo de un hermano que seguía sin hablarme. Con el correr de las semanas, la violencia en las calles de Barcelona se fue agravando y tuve que desenfundar la pistola en algunas ocasiones para defender a Josep de algún que otro alunado. No maté ni herí a nadie, fueron disparos de aviso, pero no me tembló la mano antes de apretar el gatillo. Ni siquiera las balas amedrentaban ya a los inconscientes.

Entre abrazos, sonrisas y silencios cruzamos aquel verano, enamorados aunque sin un horizonte claro. Una pregunta me rondaba la cabeza y no me atreví a formulársela hasta que una tarde, tumbados los dos en mi cama, saqué el pañuelo blanco con la eme bordada.

—¿Sabes? Cuando yo era pequeño, poco después de que mi madre muriera, me escapé de casa y me cobijé en un portal. Una niña a la que no conocía se sentó a mi lado y me consoló. Antes de marcharse, me regaló este pañuelo y desde entonces siempre lo he llevado encima.

—¿Y qué quieres decirme con eso? —preguntó ella tras observarlo.

—¿No serás tú? Me refiero a la niña. Quizá te parezca absurdo, pero me la recuerdas mucho. O, mejor dicho, desde que te conocí he tenido la sensación de que tú eres aquella niña.

Montserrat emitió una carcajada, o un suspiro, o ese lugar intermedio en el que se juntan la alegría y el anhelo o la ternura y el desconcierto.

—Sería bonito, ¿verdad? —Tomó aire—. No, Mateu, aquella niña no era yo. Nunca he tenido un pañuelo como este. Después de todo, amor mío, resultará que eres un romántico.

El movimiento obrero también vivió un idilio aquel verano, pero consigo mismo. Después del Congreso de Sants de la CNT, del que nació un nuevo modelo de organización basado en la unificación de los sindicatos de un mismo ramo en una sola estructura, se establecieron unos objetivos claros y se reformularon aspectos claves para lograr una financiación más eficiente y una caja de resistencia con capacidad de proveer de los recursos necesarios para sobrellevar una huelga revolucionaria. Querían construir un único sindicato que contara con el respaldo del pueblo y la fuerza suficiente para negociar con el gobierno y la patronal de igual a igual. A partir de ese momento, la CNT pasó a conocerse extraoficialmente como «el Sindicato Único» o «el Único» y las afiliaciones crecieron sin freno. Gracias a su gran implantación pudo dirigir y aunar las reivindicaciones obreras, y coordinó varias acciones, como la huelga general de Badalona o las huelgas de los panaderos y del sector de la construcción, que se saldaron con varios muertos en ambos bandos e insignificantes conquistas para los proletarios; pero las posibilidades de éxito para la ciudad, para la ciudad obrera, empezaban a vislumbrarse. Muchos burgueses estaban atemorizados y conspiraban para que no se diera en Barcelona un fenómeno similar a la Revolución rusa.

No obstante, el destino se había emperrado en poner a prueba a la buena gente de la Ciudad Condal. Otra dificultad más funesta mermó los ánimos de la población el siguiente otoño. Apareció un nuevo brote de una enfermedad horrenda, la mortífera gripe española, que se llevó por delante a un sinfín de ciudadanos. Yo seguí a pies juntillas las recomendaciones que los diarios y mi tía Manuela repetían una y otra vez: higiene, evitar aglomeraciones, mantener una distancia mínima de un metro con los conciudadanos y usar mascarilla por la calle. Las malas noticias se propagaban como el polen primaveral. Varios conocidos perecieron, otros enfermaron y bordearon la muerte; sin embargo, no solemos tomar conciencia de la magnitud de una epidemia hasta que esta no nos golpea de cerca.

Yo fui testigo de su injusta arbitrariedad una tarde de octubre.

Me encontraba dibujando sobre la mesa del comedor de mis tíos cuando tío Ernest llegó a casa blasfemando. Su ímpetu y sus aspavientos me sobresaltaron, aunque no más que sus palabras:

—Mateu, coge tu abrigo, me acompañarás a casa de Gabriel.

Le aseguré que mi hermano no querría recibirme, pero tío Ernest no me escuchaba: me cogió por el brazo y fuimos a Sant Andreu. Murmuró durante todo el trayecto, seguía sin comprender los motivos por los que Gabriel y yo nos habíamos enemistado, y preguntaba por nuestras rencillas a la menor ocasión. «No es normal que dos hermanos como vosotros se den la espalda», decía.

Al llegar a la puerta de la casa de Gabriel, se formó un

nudo en mi garganta. A pesar de que apenas habíamos intercambiado un par de palabras desde el día de nuestra pelea, no era el reencuentro, sino la gripe, que había llegado a su hogar, lo que más temía. Nos recibió Llibertat, que me abrazó con un cariño al que no pude corresponder por culpa de los nervios. Nos hizo pasar al comedor y en un rápido vistazo a la estancia comprobé que el cuadro que les había regalado no estaba colgado. «No sé qué más podemos hacer», repetía mi cuñada entre lágrimas. Tío Ernest la instó a que se sentara y posó una mano sobre el hombro de la mujer, como muestra de apoyo. Luego, mientras mi tío le ofrecía palabras de consuelo, nos sentamos.

Gabriel apareció cauteloso en la escena. Permaneció de pie, impávido, contemplándome sin expresar emoción alguna. Tío Ernest me golpeó una pierna con su rodilla.

—¿Cómo está el pequeño Alfred? —pregunté al fin.

—Mal, muy enfermo —dijo Gabriel. Luego inspiró con vigor, como si intentara aspirar todo el aire de la ciudad, y, con un tono más amable, prosiguió—: Es tan pequeñín... ¡Y esa fiebre! Hemos seguido todos los consejos del médico, pero no mejora.

—¿Y vosotros? ¿Y Ariadna?

—Parece que estamos bien. Por precaución, hemos enviado a la niña con sus abuelos.

Llibertat, fatigada y preocupada, se disculpó y se dirigió a la cocina para preparar café; tío Ernest la siguió con la excusa de ayudarla. Gabriel parecía consumido, llevaba la camisa arrugada, tenía unas pronunciadas ojeras y no disimulaba la incomodidad que mi presencia le provocaba.

—Gracias por venir, hermano.

—Yo... espero que Alfred se recupere.

—No podemos perder la esperanza. Joder, no hay que perderla.

—Sí, eso nunca. Dime, ¿puedo hacer algo para ayudaros?

—No, a no ser que tengas una pócima mágica que lo cure...

Víctima de un impulso, de la necesidad de salvar la situación, me levanté, cogí el abrigo de la silla y me lo puse mientras me encaminaba hacia la puerta.

—¿Adónde vas? —me preguntó él desconcertado.

—No encontraré esa pócima si sigo aquí encerrado.

Me aterraba perder a mi sobrino. «¿De qué sirven los ideales en momentos como este? —me preguntaba—. ¿De qué sirven el dinero, las rencillas, la revolución o el amor?». Las calles de Barcelona parecían más las de un cementerio que las de una ciudad: los transeúntes deambulaban abatidos por los estragos de la enfermedad, los carros fúnebres y las tartanas circulaban por las calles transportando centenares de ataúdes al día, los médicos estaban desbordados y horrorizados por tener que certificar tantas muertes. Se dictaron medidas de prevención que, en esencia, invitaban a la población a permanecer en casa y a no acudir a los lugares públicos. No obstante, los ciudadanos tenían que alimentarse, trabajar, comprar jabón y medicamentos. Era inevitable coincidir con varias personas en la fábrica o la tienda, y la gripe encontraba el camino para seguir propagándose.

Me acerqué a la fábrica para pedir ayuda a Josep. Los ricos no estaban a salvo, la gripe no entendía de clases sociales, pero familias como los Puig disponían de más recursos. Su secretaria me informó de que don Josep estaba recluido en su casa porque había enfermado. Tanto ella como yo deseamos que no se hubiera contagiado de la gripe, aunque debo decir que su salud no me preocupaba en absoluto.

Corrí hacia la calle Gran de Sant Andreu y tomé el cuarenta para llegar lo antes posible a la parte vieja de la ciudad. Cuando me apeé del tranvía, me acerqué a los hospitales y a varias consultas médicas. Doctores y enfermeras carecían de capacidad para recibir a tantas personas angustiadas como yo que exigían soluciones milagrosas. Preguntara donde preguntara me daban los mismos consejos y me recomendaban los mismos medicamentos.

No hallé un atisbo de luz hasta que una enfermera me habló del doctor Vilallonga, una eminencia cuyos cuidados y remedios, traídos del extranjero y, por lo tanto, mucho más efectivos, habían sido claves para la curación de la mayoría de los pacientes a los que había tratado. Ella me advirtió de la desorbitada cuantía de los honorarios que el médico cobraba y me recomendó que no me presentara en su consulta sin el dinero. No la escuché, tomé un coche de punto y me planté en la dirección que ella me había facilitado.

Ante la puerta del edificio de la calle Muntaner donde el doctor Vilallonga recibía a los pacientes, me encontré con medio centenar de personas que gritaban y reclamaban sus servicios, la mayoría humildes trabajadores desesperados. Ni siquiera se podía acceder a la recepción si no se mostraba el dinero. Después de solicitar atención con alaridos y empujones, desistí y me alejé de aquel sinsentido. La lluvia comenzó a caer sobre el empedrado. Vagué por las calles lidiando con una impotencia que me quemaba por dentro. Odio, odiaba la ciudad, a los médicos, a la enfermedad. Corrí hasta la casa de Josep, él tenía que darme el dinero porque yo daba la cara por él a diario, me lo debía. No obstante, al llegar allí me encontré con otro callejón sin salida: el portero me contó que toda la familia y el servicio se habían trasladado a su casa de la costa, en el Masnou, después de que Josep enfermara de gripe. Esperaban que el tratamiento fuera más efectivo si se alejaban de la ciudad y de los focos de infección. ¿Qué podía hacer yo? ¿Podía presentarme en su residencia de verano?

Regresaba a mi barrio con el rabo entre las piernas, los nervios a flor de piel y empapado por una lluvia que no amainaba, cuando me crucé con dos chicos. Empujé a uno de ellos y comencé a gritarle. El agredido se abalanzó sobre mí y, como consecuencia, llegaron las patadas y los puñetazos, un desahogo injusto para ellos aunque necesario para mí. No recuerdo con claridad cuándo o cómo terminó la reyerta, pero sí que me llevé algunos moratones y rasguños.

Entonces enfilé el camino de vuelta a casa. Montserrat me esperaba en el interior de la zapatería deseando que yo fuera la siguiente persona que pasara por delante del escaparate. Al verme ensangrentado y empapado, me preguntó, asustada, por la causa de mis heridas. Yo le respondía con las mismas palabras una y otra vez: «Alfred está enfermo, mi sobrino está enfermo», y ella me llevó a mi habitación, me curó y me obligó a cambiarme de ropa. Dejó de preguntarme por lo sucedido cuando comprendió que yo no iba a darle más explicaciones cabales.

Nos tumbamos en la cama en silencio, abrazados. No volvimos a dirigirnos la palabra hasta que ella, inopinadamente, me dio la clave que me llevó a dar el siguiente paso: «Siempre hay un modo diferente de solucionar las cosas. Piensa, algo habrá que podamos hacer». Aquel instante o, mejor dicho, la decisión que tomé en aquel instante selló mi destino y me trajo a este barco desde el que escribo.

Me levanté de la cama de sopetón y mi ímpetu sobresaltó a Montserrat. Yo repetía sin parar que sabía cómo conseguir el dinero para el médico, pero ella no sabía de qué le hablaba porque no le había mencionado al doctor Vilallonga ni la cantidad que necesitaba para pagar sus honorarios. Le pedí que confiara en mí, que había hallado la manera de curar a Alfred. Fui a casa de un conocido de mi tío que tenía teléfono y le pedí a la operadora que me conectara con el número escrito en la tarjeta que Kohen me había dado unas semanas antes. Me respondió una mujer seca y directa que me citó al cabo de treinta minutos en un piso de la calle del Carme. Allí encontraría al ilustrísimo barón Hans Kohen.

Desde que le conocí, había coincidido con el Barón en más de una ocasión. Me crucé con él en algunos eventos sociales, en la entrada o la salida del ayuntamiento y en reuniones de patronos. Josep me había aconsejado reiteradamente que no me relacionara con él y eso fue lo que hice: Kohen me había invitado a trabajar para él en cada uno de nuestros casuales encuentros, y yo siempre rechacé su oferta con educación. Nunca especificó el tipo de empleo que me ofrecía; aun así, su reputación de hombre salvaje y corrupto y el tipo de trabajo que yo ejercía me daban bastantes pistas de lo que él esperaba de mí.

El piso de la calle del Carme no estaba lejos, así que deambulé por el barrio hasta la hora convenida. La lluvia cesó y pude disfrutar del aire fresco que suavizaba la noche. Siempre he preferido el frío al calor porque el primero me hace sentir vivo y el segundo me turba. Mientras caminaba por las estrechas y lúgubres calles de los distritos I y V, trataba de convencerme de que Kohen me prestaría el dinero, el doctor Vilallonga salvaría a Alfred y la vida seguiría su curso.

Transcurrida la media hora, me planté en el tercer piso del edificio indicado. Me abrió un hombre macilento de unos treinta años que me invitó a pasar de malas maneras. Crucé un comedor obrero y austero donde una mujer y dos chiquillos cenaban un caldo aguado con trozos de patata hervida y un pedazo de pan. Parecía la vivienda de una familia humilde. El hombre me indicó que enfilara el pasillo y llamara a la primera puerta que encontraría a mi derecha. Seguí sus instrucciones y una voz procedente del interior de la estancia me pidió que esperara. Tras un par de minutos, salió un hombre bien vestido y peinado con elegancia que eludió el contacto visual. No le di importancia, entré como un rayo y me encontré delante de Kohen, que estaba sentado en un sofá viejo aunque bien conservado. Me pidió que me acomodara en la butaca que se hallaba a su lado.

No perdí el tiempo, le dejé claro que no iba por trabajo. Necesitaba dinero con urgencia y él era mi último recurso. Le aseguré que le devolvería hasta el último céntimo.

—Desde luego, todos terminan acudiendo a mí —comentó tras escucharme.

—Por favor, tenga piedad, necesito el dinero, es un asunto de vida o muerte.

Kohen me oteó a través del cristal de sus gafas y no disimuló el triunfo que mi visita significaba para él. El Barón cogió un maletín de piel marrón que estaba junto a sus pies, lo colocó sobre sus rodillas y buscó dentro un sobre vacío. Acto seguido, agarró una caja metálica, sacó de ella cuatrocientas pesetas y las depositó en el interior del sobre.

—Esto no es un préstamo —me dijo antes de entregármelo—, es un favor que espera ser devuelto.

—Por supuesto, lo que usted diga —le respondí con la mano preparada para coger el sobre.

—No tan rápido, Mateu —dijo apartándolo un poco—. Llegado el momento, le haré llamar y tendrá que devolvérmelo. No el dinero, sino el favor. No es una broma. El aval de esta transacción es el bienestar de su familia, ¿entiende lo que quiero decir?

—Por supuesto.

Realmente no comprendía las implicaciones de su propuesta. Mejor dicho, no era capaz de valorar las consecuencias del trato. La vida de mi sobrino primaba sobre la razón.

—Está bien, tenga —dijo entregándome el sobre—. Espero que el niño se recupere.

No escuché las palabras que siguieron. Le agradecí el gesto y salí corriendo hacia la consulta del doctor Vilallonga, ante la que apenas quedaban dos o tres personas. La policía había desalojado a golpe de porra a los que se apiñaban delante de la puerta. Grité que llevaba conmigo los honorarios solicitados y me dejaron pasar. La recepcionista se disculpó por las estrictas medidas que habían tenido que adoptar: el doctor no podía atender a la ingente cantidad de pacientes que acudían a su consulta. El hombre llevaba semanas trabajando casi veinticuatro horas y no le daban ni las gracias.

—La gente exige, exige, pero no somos las hermanitas de la caridad y los días dan para lo que dan. ¿Lo entiende? —se justificó la mujer.

Asentí con la cabeza para no tener que decir lo que de verdad pensaba. Esperé un par de horas hasta que el doctor regresó. El hombre mostraba claros signos de cansancio, y supongo que, por esa razón, me pidió que dejáramos la visita para el día siguiente. Sin embargo, ya fuera gracias a mi insistencia, o tal vez al respeto que mi corpulencia imponía, logré convencerlo de la gravedad del estado de mi sobrino. «No le voy a preguntar de dónde ha sacado el dinero», me dijo el doctor, alto y rechoncho, de cuerpo amorfo y pelo gris, mientras subíamos a su automóvil. «Ni yo a usted por qué se está lucrando con el sufrimiento de los demás», quise responderle.

Llegamos a la casa de mi hermano pasadas las dos de la madrugada. Nos abrió la puerta mi cuñada, en bata, adormecida y alarmada por aquella inesperada visita. Le conté quién era el doctor y los casos que había logrado curar, y ella nos invitó a entrar sin pensárselo dos veces. Hasta ese momento no me había percatado del maletín de piel marrón que el hombre llevaba consigo. No era como los que suelen llevar los médicos, parecía más bien una caja de sombrero. Estábamos atravesando el comedor cuando Gabriel apareció adormilado y preguntó a Llibertat a qué venía tanto revuelo. Ella no le respondió, se limitó a guiar al doctor a la habitación del niño, al tiempo que ambos se ponían una mascarilla. Se lo conté yo, aunque no mencioné el coste de los servicios de aquel médico ni el origen del dinero con el que lo había sufragado.

—Gracias —balbució acercándose a mí para abrazarme.

«Tú habrías hecho lo mismo por mí», pensé. No me atreví a decirlo porque me aterraba la respuesta. Gabriel y yo permanecimos en silencio, esperando el veredicto, nerviosos y preocupados, pues las numerosas muertes que se contaban a diario no daban muchos motivos de esperanza.

—No les voy a mentir —dijo el doctor Vilallonga cuando reapareció en el comedor—, es muy pequeño y hace horas que padece los estragos de la fiebre, así que sigan al dedillo mis indicaciones. Le he especificado el tratamiento a su mujer y les he dejado medicamentos y otros remedios para más de dos semanas. Sigan mis consejos, esperen y recen. Eso es todo lo que se puede hacer.

Gabriel lo despidió agradeciéndole que hubiera visitado a su hijo a horas tan intempestivas, y luego yo mismo me excusé y me fui. Era tarde y Gabriel y Llibertat necesitaban descansar. Llegué a casa relajado y tranquilo, confiando en la pronta recuperación de mi sobrino. Alfred murió unas horas después.

Sumidos en un estado que oscilaba entre la incredulidad y la desazón, enterramos a Alfred en el cementerio del Poblenou. Creo que he borrado aquella tarde de mi memoria, o al menos la he encerrado bajo llave, porque cuando pienso en el sepelio, pocas imágenes me vienen a la cabeza. Tan solo recuerdo que hubo dos carencias: nadie dijo palabra alguna durante la sepultura y tampoco hubo flores. Eran tantas las familias que despedían a un ser querido que no podíamos permitirnos ni un ramo ni una corona fúnebre.

¿De qué serviría recordar más detalles? No lloré su muerte, no porque no experimentara un desasosiego atroz, sino porque las lágrimas se habían atascado en mi garganta y yo no tenía las fuerzas suficientes para empujarlas hacia los ojos. No sabía cómo ofrecer consuelo a Gabriel y a Llibertat. Tampoco supe aliviar la tristeza de mi tío, quien, por enésima vez, era testigo de cómo la ferocidad del destino se cernía sobre un miembro de su familia.

Pasaron semanas hasta que volví a ver a Gabriel. Esta vez no fueron nuestras diferencias lo que nos distanció, sino el dolor que aisló a mi hermano del resto del mundo. Sé de buena tinta que visitó burdeles y bebió como un cosaco para olvidar. Llibertat, en cambio, venía con frecuencia a casa de los tíos, y Ariadna se lo pasaba en grande con tía Manuela. Mi cuñada afrontó la muerte de su pequeño con valentía. Ella estaba triste, por supuesto, pero se armó de valor y siguió adelante por su hija. Fue la misma Llibertat quien, pasada la Navidad, nos anunció que volvía a estar encinta. Lo hizo con una ilusión velada por la reciente pérdida, como si quisiera poner de manifiesto que una vida nueva no nos devolvería a Alfred. Montserrat y yo lo celebramos bajo la mirada de mis tíos, que nos insinuaban que debíamos ser los siguientes.

Según mi cuñada, Gabriel había encontrado trabajo y se

había volcado en la lucha. Por aquel entonces, los grupos de acción no estaban coordinados entre sí y mi hermano seguía involucrado en el suyo. De hecho, yo sospechaba que era él quien lo lideraba junto a Enric. Debo decir que Gabriel había ingresado un par de veces en prisión sin consecuencias relevantes para él: muchos de los obreros que levantaban su voz o que dirigían alguna de las facciones de la CNT o de otros sindicatos entraban y salían de la Modelo continuamente. A pesar de que Gobernación quería amedrentarlos con detenciones improcedentes, el efecto disuasorio de aquellos encarcelamientos era más que cuestionable. Esos episodios intranquilizaban a la familia. «De la cárcel se sale, pero de pobre parece que no», decía Gabriel cuando mi tío le pedía que fuera con cuidado.

Poco más sabíamos de las actividades de mi hermano. Llibertat nos contó que había participado en varias protestas y que la armaron cuando, a finales de año, soltaron al otrora comisario Bravo Portillo libre de cargos. Aquel bribón se había enfrentado a la justicia por su vinculación con el hundimiento del Joaquín Mumbrú y había salido indemne. La indignación en los sindicatos por la absolución fue unánime. No obstante, lo que realmente temían sucedió tras su liberación: Portillo consiguió recursos de origen cuestionable —generalmente dinero procedente de algunos sectores de la burguesía y de Joaquín Milans del Bosch, capitán general de Cataluña— y creó una banda de pistoleros al servicio de los intereses de la patronal y de los militares, con sede en el Poble Sec. «La Banda Negra» fue llamada con el tiempo, y nadie sabe a ciencia cierta a cuántos sindicalistas llegaron a matar.

Tuve que alejarme de mi patrón para que Gabriel decidiera tratarme de nuevo como sangre de su sangre. Josep Puig sobrevivió a la gripe y volvió a llamarme seis o siete días después de la muerte de mi sobrino. Me buscó tareas simples para que me distrajera y mostró conmigo un tacto más exquisito de lo habitual.

Su buena voluntad duró muy poco, ya que Barcelona seguía cocinando enfrentamientos y la cocción afectaba directamente a la seguridad de Josep Puig. 1919 comenzó con el encarcelamiento de la mayoría de los líderes históricos de la CNT, acusados de propiciar la inestabilidad social que nos había acompañado a lo largo de la década y de promover los paros en diversos sectores y en algunas fábricas. A semejante terremoto le siguió la huelga de una central eléctrica llamada La Canadiense. En sus inicios, la Tèxtil Puig no se vio afectada, ya que recibía el suministro eléctrico de la Catalana de Gas y Electricidad, pero, al cabo de pocos días, esta se sumó también a la huelga, como hicieron todos los trabajadores de las compañías de agua, luz y gas de Cataluña. Ninguna de ellas fue capaz que continuar produciendo y la ciudad se paralizó durante cuarenta días más. El conflicto desembocó en una huelga general. Ni la policía ni el ejército daban abasto para sofocar el conflicto, y los patronos necesitaban producir para no entrar en pérdidas.

En la Tèxtil Puig se formaron piquetes agresivos imposibles de franquear por los esquiroles, de modo que, en plena huelga general y estando la empresa al borde de la quiebra, Josep contrató a varios matones para que facilitaran el acceso a la fábrica a quienes quisieran trabajar. Josep me propuso que liderara la banda y yo rehusé la oferta con la excusa de que mi deber era solo protegerle a él.

Josep podía ser contradictorio, avaro y en ocasiones vil, pero jamás imaginé que llegaría a tomar medidas tan extremas. Por eso, en cuanto ponía un pie en la fábrica, mis antiguos compañeros me increpaban porque trabajaba para el enemigo. Tenían razón, por aquel entonces yo anteponía mis obligaciones a la lucha obrera.

En esas estábamos cuando Josep ordenó a sus secuaces que cargaran contra los piquetes y que usaran armas de fuego si era necesario. Él quería a los huelguistas lejos de su reino y a los esquiroles trabajando en el interior. Desde la ventana de su despacho fui testigo de los primeros enfrentamientos. Algunos de mis antiguos compañeros peleaban por sus derechos y yo deseaba ayudarles.

—Josep, tienes que detener esto —le dije desafiante.

Él, sentado a la mesa, bebía whisky sin parar. Aunque saltaba a la vista que estaba borracho, su estado no justificaba la decisión que había tomado.

—¿Ahora me vas a decir lo que tengo que hacer en mi fábrica?

—No, Josep. Si sigues por este camino, acabarás convenciendo a los cuatro gatos que todavía no se han sumado a la huelga. La gente tiene hambre y miedo, y tú los estás tratando como a perros.

Por la ventana llegaban las proclamas de unos y otros y los insultos que apenas se distinguían del relinchar de los caballos de las fuerzas del orden. La violencia patronal nunca fue un acto discreto.

—Mira, tú deberías estar ahí abajo dando la cara por mí —me rebatió—. Sí, y eso es lo que harás. Bajarás ahora mismo y ayudarás a disolver a los piquetes. Es una orden.

Josep me había ordenado muchas tareas incómodas, pero aquello fue la gota que colmó el vaso. Algo había cambiado en mí. ¿Fue Montserrat la causa? ¿O fue la muerte de Alfred? Mi cuerpo me pedía a gritos que no tomara parte en aquella injusticia.

—No voy a hacerlo —le respondí firme y convencido.

Josep se levantó y dio un puñetazo en la mesa.

—¡Que bajes, te digo! ¡Te he malcriado! Yo soy tu patrón y tú harás lo que yo te diga.

—Don Josep, usted no puede obligarme a hacerlo, no voy a obedecerle en esto —le respondí con toda la tranquilidad del mundo.

—Si no bajas, no hace falta que vuelvas mañana, Mateu.

Tragué saliva y me dirigí a la puerta del despacho. Antes de salir, me di la vuelta y observé una sonrisa triunfante en sus labios. Josep había malinterpretado mi gesto.

—Que tenga mucha suerte en la vida. Se lo deseo de corazón.

Cerré de un portazo. Poco después escuché el estruendo de un vaso impactando contra la pared. Él ya no tenía nada contra mí, ya no podía inculpar a mi hermano. La policía y el ejército estaban superados por la huelga y no iban a perder el tiempo con un robo perpetrado dos años atrás y del que no quedaban pruebas.

La huelga general que siguió a la de La Canadiense llegó a su fin a principios de abril. En pocos días, la producción se reinició; sin embargo, muchos de los afiliados al Sindicato Único entraron en las listas negras patronales, y les fue imposible encontrar trabajo. Otros permanecieron en prisión semanas y semanas sin cargos claros. Además, la banda de Portillo hizo de las suyas atentando contra varios sindicalistas de renombre. La huelga se saldó con la conquista de la jornada laboral de ocho horas por ley, pero cuando acabó, la ciudad volvió al punto de partida: la miseria y el enfrentamiento entre dos bandos.

Ajeno a lo acaecido en las calles y en las fábricas, las semanas siguientes fueron hermosas para mí. La vida fluyó tranquila junto a Montserrat, esquivábamos los problemas y alentábamos las sonrisas. Gabriel volvió a presentarse a las comidas de los domingos y a compartir con Pere y conmigo los detalles de su actividad sindical, aunque no las acciones de su banda. «Si os lo cuento, podría involucraros o preocuparos más de lo conveniente», nos advirtió. Hablaba con devoción del Martillo, el sindicalista legendario que él tanto veneraba y que les había facilitado medios, ideas y estrategias. A pesar de que hacía más de un año que, por precaución, no se encontraban con él, la estela de aquel tipo con nombre de herramienta perduraba en el corazón de sus adeptos.

Montserrat y yo disfrutamos de nuestro amor sin contratiempos. Sus padres y mis tíos insistían en poner fecha a la boda, a pesar de que ninguno de los dos le dábamos importancia. Tía Manuela no soportaba más las críticas venenosas de las vecinas y rezaba para que nuestras almas no fueran condenadas.

Pese a todo, y sin premeditarlo, una tarde le confesé a Montserrat que me veía cuidando a nuestros hijos. Sucedió a la salida del teatro, y ella, algo tímida, me reveló que compartía la ensoñación. Por eso concretamos un día para oficializar el enlace y contentar a nuestras familias.

La ceremonia tendría lugar pasado el verano. Antes tenía que mejorar mi pericia en la confección de calzado, ya que, al abandonar mi trabajo como cancerbero de Josep Puig, mi tío me ofreció convertirme en su aprendiz. Las cosas comenzaban a mejorar en la zapatería y, con un par de manos extras, podríamos ampliar el negocio. Si todo iba según lo esperado, en otoño pasaría a cobrar un sueldo digno. Era un acuerdo beneficioso para todos: tío Ernest se aseguraba que el taller permanecía en la familia, mi primo se liberaba definitivamente de la carga de ser el heredero de su padre y mi hermano se congratulaba porque yo ya no me acostaba con el enemigo. Aunque en aquel momento no logré entender el porqué, el día que empecé a trabajar con tío Ernest, Montserrat me regaló un cuadro enmarcado en el que se veía un barco surcando los mares con rumbo al paraíso. Lo colgué en mi habitación sin saber que aquella imagen era premonitoria.

Bendecido por la felicidad, no preví que el Barón querría cobrarse la deuda. En julio de 1919 me convocó en su piso franco situado en la calle Reina Amàlia y me pidió que pusiera fin a la vida de Joan Mas. Ese era el favor que debía hacerle a cambio del préstamo.

Los rumores que corrían sobre Kohen eran preocupantes: unos decían que tenía decenas de despiadados asesinos a su servicio; otros, que controlaba a los miembros más influyentes de la policía y el gobierno. Eran habladurías que nadie podía confirmar. Lo que puedo asegurar es que el modo en que me miró cuando me ordenó que matara a Joan Mas no dejó en mí el menor resquicio de duda sobre el peligro que mi familia corría si yo no cumplía con mi cometido. ¿Habría el Barón arremetido contra los míos en caso de que me hubiera negado a satisfacer su demanda? Creo firmemente que sí.

Por eso fui a Sants, apunté a Joan y sellé el destino de Dolors. Debo confesar que aquel día sucedió algo más, algo que no he revelado todavía. Mientras huía de la escena del crimen, me asaltó la recurrente pesadilla que tantas noches me había perseguido: la muerte de mi madre. Fue la primera vez que la reviví en estado de vigilia. Caminaba despavorido, presa de la culpa, y aquellas imágenes acudían a mi mente una y otra vez: la cama, los amantes, el pañuelo lila, la sangre, mi padre y aquella palabra: «Dispara». No obstante, en esa ocasión apareció un nuevo elemento que me confundió todavía más: me veía a mí mismo empuñando una pistola al pie de la cama.

Corrí y corrí hasta que la culpa me obligó a detenerme para vomitar, al tiempo que me preguntaba por el arma que aparecía en la pesadilla. Recordé entonces que todavía llevaba conmigo la pistola con la que había asesinado a Dolors, así que me desprendí de ella. ¿Había intervenido yo, de algún modo, en la muerte de mi madre o me estaba jugando una mala pasada mi cabeza? No lo sabía, ni siquiera era capaz de explicarme a mí mismo cómo había caído en la trampa de Kohen, cómo había tenido las agallas o, mejor dicho, la mala idea de apretar el gatillo o por qué el destino me había empujado a matar a una mujer inocente. Cuando mi estómago se apaciguó, seguí corriendo. Sudaba a mares. Corrí, corrí, corrí. Me faltaba el aire, volaba por las calles de una Barcelona que no me comprendía. Sabía adónde me dirigía.

Gabriel abrió la puerta de mal humor, seguramente porque yo la estaba aporreando con demasiada insistencia. Cuando me vio, se llevó una mano a la cabeza y no disimuló su confusión.

—¿Se puede saber a qué viene tanto alboroto? —me preguntó con su gruesa voz—. ¿Y qué haces con esa gabardina? ¡Con el calor que hace! Mateu, estás chorreando.

No era consciente de que todavía la llevaba puesta y tengo la impresión de que debía de parecer un chiflado. Aún en el dintel de la puerta, me la quité y permanecí allí impertérrito, esperando a que mi hermano me indicara qué debía hacer a continuación. Gabriel tiró de mí mientras se aseguraba de que los vecinos no hubieran presenciado el numerito. En cuanto entramos en el comedor vi que el cuadro que les había regalado volvía a presidir la estancia. El gesto me reconfortó por unos instantes, aunque la dureza del momento no me permitió saborearlo.

—Gabriel, me han encargado que mate a Joan Mas —le confesé cuando nos hubimos sentado alrededor de la mesa—. Pero, por error, he disparado a su mujer. Y está muerta. O eso creo.

—¿Que has hecho qué? —dijo lívido. Instantes después, enfureció—: ¿Quién te lo ha ordenado? ¿Ese hijo de puta de Josep? ¡No entiendo nada! Cada vez que parece que por fin te comportas como una persona cuerda, haces un disparate. ¡Eres un traidor!

Él seguía vociferando este y otros improperios, y yo golpeé la mesa para captar su atención. La furia se había apoderado de sus ojos, pero no me amilané.

—¡Escúchame! —Quería explicarle el porqué de mis actos—. Hace unos meses necesitaba dinero y se lo pedí a quien no debía. ¿Te suena un tal Hans Kohen?

—¿El Barón? Me cago en mis muertos, Mateu, es uno de los hijos de puta más embusteros de esta ciudad. ¿Dónde lo conociste? Mierda. ¿Para qué necesitabas el dinero? Si tú no juegas ni gastas, si todo lo que ganas se lo das a los tíos y a mis…

Gabriel miró la puerta que conectaba el comedor con las habitaciones, con la habitación de Alfred, y entonces lo comprendió. Se desplomó en la silla como si las fuerzas le hubieran abandonado y, desarmado de todo argumento, se dispuso a escuchar mi relato: mi desesperación por la enfermedad de Alfred, los honorarios del doctor Vilallonga y el préstamo de Kohen.

—Mateu, no sé qué decirte —repuso ya más calmado—. Te agradezco mucho que trajeras al médico; aun así, deberías habérmelo consultado antes. ¡Has matado a la pobre Dolors! Dime qué debo hacer yo, ¿pegarte un tiro aquí mismo o darte las gracias? ¿Eres consciente de la situación en la que nos has puesto a todos?

Por primera vez en muchos años, lloré. No fue un torrente de lágrimas, pero derramé las suficientes para domar el nervio de mi hermano.

—Podríamos haber encontrado otro modo de pagar a ese medicucho —dijo intentando consolarme—. Podríamos haber hecho una colecta.

—¿A quién se lo habrías pedido? Dime, ¿quién nos habría dado el dinero? Todas las familias pasaban por lo mismo, nadie disponía de otro recurso que rezar por sus enfermos. —Intenté refrenar mis lágrimas, que, tímidas, seguían deslizándose por las mejillas—. ¡Y ni siquiera somos creyentes! En medio de la impotencia, me lancé de cabeza a la única solución que veía posible. No tenía ni idea de lo que el maldito Kohen me pediría a cambio. Si no hubiera cumplido con lo que me pedía, ¿qué, eh? ¡Él habría venido a por vosotros! ¡Y a por los tíos! ¡No podía permitirlo! ¡Nada de esto es justo! Y no me acuses de meterme en líos porque tú eres un experto en eso. No nos has implicado en alguno de tus chanchullos porque Dios no ha querido.

—Dios no existe. Yo lucho para que mis hijos tengan una vida mejor.

—Eso es, precisamente, lo que yo intentaba.

Gabriel, titubeante, superado por las circunstancias, se acarició el pelo.

—Debo confesarte que habría matado al mismísimo Bakunin si con ello hubiera salvado a Alfred. —Sus palabras no me consolaban, pero sabía que Gabriel estaba haciendo un esfuerzo colosal—. Tienes que desaparecer un tiempo de Barcelona, Mateu. Es posible que Kohen te esté buscando ya; si no lo hace él, lo harán los cenetistas o alguno de los grupos de acción. Tampoco sabemos si Joan llegó a identificarte o si buscará venganza. Ni siquiera podemos estar seguros de que no haya algún testigo que pueda identificarte.

—No me iré —respondí tajante—, no dejaré que os hagan daño.

—Tú diste la cara por mí ante Josep, ahora me toca a mí devolverte el favor. Un tiempo en la masía de Paco te vendrá bien. Por una vez en tu vida me harás caso. Y si no te vas por voluntad propia, te juro que traeré a unos cuantos hombres y te llevaremos a hostias, ¿me oyes?

—¿Y vosotros?

—No te preocupes por nosotros, sabemos cuidarnos. Ahora iremos a casa de Enric y veremos cómo te sacamos de la ciudad. Con un poco de suerte, Joan no te habrá visto. Joder, Mateu, joder.

No pude despedirme de Montserrat, ni de mis tíos, ni de Pere. Abandoné la ciudad en la más absoluta clandestinidad. Cobijados por la oscuridad de la noche, cuando Enric y Gabriel me acompañaban hasta el coche en el que me iría de Barcelona, nos encontramos con un grupo de tintoreros que gritaban enfadados.

—¡Es una injusticia, otro muerto no! —dijo uno

—¡Tenemos que acabar con Portillo! —afirmó otro.

—¿Qué ha pasado? —preguntó Gabriel.

—¡Han matado al Tero! ¡A la mujer de Joan Mas y también al Tero! ¡Un día negro para la ciudad!

El Tero había sido un histórico dirigente del ramo de los tintoreros y en aquel momento lo era del Sindicato Único Textil. El rostro de Enric se tornó oscuro porque lo conocía bien, había coincidido con él en muchas asambleas.

—¿Estáis seguros?

—Sí, al Tero lo detuvo la policía en su casa hace unos cuatro días. ¡Su mujer ha ido a identificarlo hoy a la morgue del Clínico! Y a la esposa de Joan le han pegado un balazo esta mañana, seguramente habrán sido los hombres de Bravo Portillo que iban a por Joan. ¡Malditos bastardos!

Los tintoreros siguieron su camino mientras entre lamentos decían: «¿Cuántos muertos llevamos ya? ¿Cuántos?». Yo me cubrí la cara con las manos al tiempo que mi hermano me empujaba levemente por la espalda para que reemprendiéramos el camino y dijo:

—Vayamos al coche antes de que sea demasiado tarde.

Abandoné Barcelona con el sabor de la culpa en los labios y la incertidumbre en la frente. De niño aprendí que las decisiones que tomamos, por insignificantes que nos parezcan, pueden hacernos sufrir el resto de nuestra vida. «Asúmelo —trataba de convencerme a mí mismo—, porque, como dice tía Manuela, siempre es mejor prevenir que curar».

Hijo mío, aquí da comienzo mi verdadera historia como pistolero. He decidido contártela a bordo de este barco que nos llevará a las Américas para que la leas cuando seas mayor. Quién sabe lo que nos deparará el futuro, si mis fantasmas me perseguirán hasta el fin de mis días o si me negarán la posibilidad de verte crecer y contarte mis desventuras de viva voz. No sé si un padre debería explicar su vida a un hijo con tanto detalle; aun así, es vital que conozcas mis luces y mis sombras para que puedas llegar a comprenderme si algún día falto. Hubiera dado un riñón por conocer los motivos que llevaron a mi padre a actuar como lo hizo, porque ese conocimiento me habría ayudado a desterrarlo de mis pensamientos para siempre; pero él no me dio la oportunidad que yo te estoy brindando, así que aprovéchala, disculpa mi honestidad y lee con atención lo que tanto me costó entender, pues si existiera un manual para conducirse en la vida, yo no habría tomado las sendas por las que me extravié.

Desconozco lo que nos espera en Buenos Aires. No obstante, no quiero tocar tierra sin desgranar mi versión de los hechos. Esta mañana, cuando me he despertado y te he dejado durmiendo en el camarote, he sentido una sensación reconfortante: después de todo, estamos a salvo. Hijo, si te soy sincero, he experimentado esa falsa seguridad en tantas ocasiones que ya no me dejaré llevar por un engaño como ese. Porque, ¿acaso existe una sola certeza en el camino de un hombre? Supongo que las mentiras que nos creemos a lo largo de la vida acaban convirtiéndonos en lo que somos.

APUNTA

9

Paco defendía esta idea con pasión: «Todo es relativo al dinero». Cuando él utilizaba la palabra «todo», hacía referencia a los problemas sociales, al sufrimiento y a las desigualdades. «Los conflictos de todo país son una consecuencia directa de los entramados que se han creado alrededor del capital», exponía con frecuencia.

—El origen de la injusticia se encuentra en la forma como se produce, se reparte, se gestiona y se acumula el dinero —me sermoneó en una de las decenas de conversaciones que mantuvimos en el patio de la masía donde él vivía, por la noche, ante la hoguera que encendía para cobijarnos de la oscuridad—. Hay que hacer una revolución que remueva los cimientos de la civilización, que propicie la desaparición del principio de autoridad burguesa y de la explotación del prójimo. Hay que eliminar el dinero y abolir la propiedad privada y encontrar un modo distinto de relacionarnos.

—Pero el dinero no tiene alma ni intención —le respondí en aquella ocasión—. En todo caso, los responsables de su uso somos nosotros, las personas.

—Culpando la obra estás responsabilizando a su creador, piénsalo bien: los humanos, como individuos, perecemos, pero el dinero y las ideas perversas que trae bajo el brazo han permanecido en la Tierra a lo largo de los siglos.

Pasé mi último día en Barcelona escondido en el comedor de Enric, presenciando cómo él y Gabriel organizaban mi partida. Urgía que me fuera aquella misma noche; en consecuencia, Enric visitó a varios de sus contactos y ató los cabos sueltos de la huida. Gabriel investigó si algún policía o esbirro de Kohen había preguntado por mí en las calles o en casa de mis tíos. Descubrimos que nadie nos vigilaba. La noticia apaciguó los ánimos, cabía la posibilidad de que no hubiera testigos y que el Barón se diera por satisfecho.

—Un tiempo en el campo te irá bien —afirmó Gabriel cuando me despedía con un abrazo delante del coche con chófer que me habían conseguido para escapar—. A ver si allí, en medio de la jodida naturaleza, pones orden a tu cabeza. Y no te preocupes por Enric, no dirá nada a nadie.

—Muchas gracias por todo, Enric —le dije entonces—. No sé cómo agradecértelo.

—Tú me devolviste el trabajo en la Tèxtil Puig. Aunque no lo creas, has sido un buen amigo. Mi tío Paco te va a cuidar bien, no temas por eso. Suerte.

El automóvil me llevó hasta Igualada y, una vez allí, miembros del sindicato textil de la ciudad me escondieron en un carro que transportaba un cargamento de sábanas y otras piezas de ropa para el hogar. Así realicé la segunda parte del trayecto, camuflado entre el género y cubierto por la lona que protegía los tejidos de las inclemencias del tiempo. Me apeé en las cercanías de Tàrrega, y cuando el carro se hubo marchado, saqué el pañuelo blanco con la eme bordada y lo observé unos segundos. «Siempre hay un modo diferente de solucionar las cosas», pensé.

El último tramo del viaje lo hice a pie por un camino llano que llegaba hasta El Talladell y que discurría por el linde de campos secos, habitados por hierbajos. Sin duda, reposaban a la espera de la siembra de otoño. Aunque yo no era un experto en materia agrícola, pensé que debían de dedicarse al cultivo de cereales, probablemente al trigo.

El bochorno de julio era insoportable. Yo cargaba una bolsa ligera con la muda que me había facilitado Gabriel y los restos de la comida que me había preparado la mujer de Enric. El trayecto se hizo arduo porque no encontré una sombra bajo la que cobijarme del sol; sin embargo, el calor era más llevadero que el sentimiento de culpa que me invadía. La imagen de Dolors desmoronándose en el suelo volvía a mi cabeza una y otra vez. Intentaba tapar esos pensamientos con otros, pero lo único que acudía a mi mente era Montserrat y la certeza de que iba a echarla de menos. Estaba jodido.

Andaba absorto en el calor y los pesares cuando una voz llamó mi atención. Pertenecía a un hombre que descansaba a la sombra de una de las pocas encinas que quedaban en los márgenes de los campos. Aunque parecía mayor y hastiado de la vida, nada más lejos de la realidad.

—Señor, ¿se ha perdido? —me preguntó.

—No; sé adónde me dirijo, gracias. Que pase usted un buen día.

—Mateu, no siempre encontramos lo que buscamos en los caminos que seguimos.

—¿Cómo sabe mi nombre? ¿Es usted Paco?

—El mismo que viste y calza.

Paco tendría cincuenta y muchos años cuando le conocí. En su cuerpo quedaban indicios de su constitución atlética, aunque con el paso del tiempo sus caderas se habían ensanchado, su barriga se había ampliado y sus tobillos se habían hinchado. Tenía un poco de papada, un hoyuelo en la barbilla, el semblante redondo, los ojos pequeños y unos mofletes generosos. Sonreía la mayor parte del tiempo, un rictus que disimulaba sus verdaderos pensamientos y emociones, y que no permitía descubrir quién se ocultaba detrás de tanta afabilidad. Cuando un hombre de su edad esconde el dolor, los muros que levanta a su alrededor son cada vez más impenetrables.

Me pidió que le siguiera y durante el paseo me estuvo comentando nimiedades sobre la comarca.

—Años atrás, muchos según como lo mires o pocos según con qué lo compares, todo esto era un encinar. Yo no llegué a verlo, aunque imagínatelo, debió de ser uno de aquellos paisajes que te dejan sin palabras. Mira cómo está ahora, campos y más campos. El hombre es la peor de las enfermedades.

Paco residía en una masía compuesta por dos edificios de piedra más un gallinero de adobe dispuestos en forma de ce. La casa principal, situada en el centro del conjunto, tenía dos plantas más una buhardilla que parecía un palomar. Las tres construcciones delimitaban un patio habitado por dos encinas que regalaban un poco de sombra a las ventanas de las habitaciones. A nuestra llegada, dos perros salieron por la puerta principal para darnos la bienvenida. Los animales ignoraron los cariños de Paco y, nerviosos, vinieron directos hacia mí para olisquearme. Los acaricié con esmero al tiempo que me fijaba en el establo que quedaba a la derecha de la casa, donde se cobijaban dos bueyes y unas cuantas ovejas.

—Todo esto es... ¿suyo? —le pregunté cuando los perros, algo más calmados, se retiraban.

—No, no es mío, yo soy el masovero. El dueño vive lejos y no se acerca nunca por aquí. Durante las temporadas de siembra y cosecha, contrato a jornaleros, yo no podría hacerlo solo. Anda, entra, que te mostraré tu dormitorio.

Accedimos a un recibidor amplio aunque sobrio alrededor del cual se distribuían las estancias, y al fondo había una escalera. La decoración era austera: una cómoda y un par de sillas a lo sumo. Junto a la entrada había hoces, picos y otras herramientas mugrientas.

—Aquí está la cocina —dijo señalando la puerta que quedaba a su izquierda— y ahí —señaló justo la contraria—, el comedor. Tanto uno como otro disponen de chimenea, pero yo apenas estoy en el comedor. Si quieres usarlo, deberías adecentarlo un poco.

Mi habitación se encontraba al final del pasillo del piso superior. En la pieza había una cama, un armario, una mesa y una silla. Me llamó la atención el crucifijo que coronaba el cabezal del camastro porque estaba colocado del revés. No creí que estuviera así por error. Sea como fuere, la austeridad del interior contrastaba con la belleza del paisaje que se observaba por la ventana: desde allí podía contemplar los campos pertenecientes a la masía.

Paco me dijo que me tomara unos días para adaptarme y descansar. Se lo agradecí, los remordimientos me estaban tornando irascible y huraño. Dediqué las primeras jornadas a caminar por los alrededores y a tumbarme al borde de los campos. Permanecía allí horas intentando silenciar los recuerdos que me atormentaban. Al atardecer, volvía a la masía, me recluía en mi habitación y me postraba en la cama esperando a que llegara la noche. Cuando esta caía, apagaba la lámpara de aceite y observaba la nada con la tenue luz de la luna como única compañera. Pronto memoricé las grietas del techo.

Encontré algunos folios y un lápiz en un armario del comedor y los subí a la habitación para dibujar. Fui incapaz. Me atemorizaba trazar líneas, crear formas, dar rienda suelta a la imaginación. Me sentía como uno de los monstruos que tantas veces había plasmado sobre el papel.

A pesar de que apenas probaba bocado, acompañé a Paco en algunas de sus comidas. Nos sentábamos a la mesa de madera maciza situada en el centro de la cocina y dejábamos que el silencio se convirtiera en el amo y señor del momento. Le agradecía el respeto que mostraba por mi dolor, cuyo origen él desconocía; sin embargo, esa norma no escrita, la de no pronunciar palabra mientras comíamos, se rompió en la quinta o sexta cena, justo cuando Paco terminó de servirme mi ración de alubias con chorizo.

—En breve empezaré a arar el campo y tú me vas a ayudar, ¿estás de acuerdo? —me propuso apuntándome con sus ojos inquietos.

Entonces caí en la cuenta: no había contemplado el precio que debía pagar por el refugio que me ofrecía. Le respondí que sí y me obligué a comer porque me sentía muy débil.

—Mira, no es necesario que me cuentes lo que ha sucedido —prosiguió—. Es obvio que la melancolía te consume y no te voy a pedir explicaciones, si eso es lo que temes. De hecho, ni siquiera tenemos que hablar, ya lo has visto. Las cosas se están poniendo muy feas en Barcelona, y van a ir de mal en peor; así que puedes continuar viviendo como alma en pena o puedes aprovechar el tiempo que pases en esta casa.

—¿A qué se refiere?

—Eres alto y fuerte, podrías usar esas cualidades para la lucha, los grupos de acción necesitan a tipos como tú.

—Yo no quiero matar a nadie más.

Paco levantó una ceja satisfecho, había conseguido información sobre mi pasado sin formular pregunta alguna. Aparté la vista unos segundos, pero tuve que volver a mirarlo porque aquel hombre había decidido romper nuestro voto de silencio.

—Algo me dice que, si vuelves, tendrás que defenderte. Si mi sobrino Enric te ha enviado aquí es porque tienes alguna relación con la causa obrera, y si te ves obligado a esconderte, significa que te has creado enemigos. Para sobrevivir allí, deberías adquirir fuerza, agilidad y destreza, aunque también cultivar tu cabeza y escuchar a tu corazón. Un anarquista sin alma no es más que una alimaña al servicio de los intereses de otro.

No entendía la naturaleza de su propuesta. Me sentía confundido, abandonado a mi merced, inmerso en una espiral de desasosiego y remordimientos que no me dejaban razonar con claridad.

—Le agradezco el ofrecimiento, pero no soy una buena persona, no sirvo para la lucha, no sirvo para nada. Merezco que me maten.

—La vida, estimado Mateu, es una guerra en la que hombres como tú y yo tenemos las de perder. ¿Y sabes por qué? Porque no nos preparamos, porque la pobreza en la que nos criamos no nos provee de los medios necesarios. Ellos tienen poder, armas, dinero, y nosotros, tan solo nuestro sudor. Así que hazme caso y déjate llevar. Y no me hables más de usted. El respeto se demuestra con hechos, no con formalidades.

La pasión y, a la vez, la tranquilidad con las que aquel hombre hablaba me robaron una sonrisa. La primera que aparecía en mi semblante desde que Kohen se había cobrado la deuda.

—Está bien. Pero dime, ¿qué debo hacer?

—Lo que yo te pida, sin rechistar. Tendrás que confiar en mí. ¿Estás de acuerdo?

Asentí con la cabeza.

A la mañana siguiente, Paco me despertó antes de que cantara el gallo. En la cocina me aguardaban un pedazo de pan con tomate y embutidos. «Debes comer algo —me advirtió—. No será una jornada fácil».

Terminado el desayuno, me llevó al establo donde destapó un arado antiguo aunque en perfecto estado. Me contó que había desmontado el yugo y que había unido un palo perpendicularmente al timón mediante un par de abrazaderas. Si colocaba el palo sobre mis hombros, me sugirió, podía tirar del arado con mi cuerpo. No me podía creer lo que me proponía. ¿Por qué debía hacerlo yo? ¿Por qué no usaba los bueyes?

—Quien en agosto ara, despensa prepara. No me mires así —me dijo ante la cara de estupefacción que debía de mostrarle—, eres alto, pero podrías ser mucho más fuerte de lo que eres. Tirar del arado robustecerá los músculos de tu cuerpo. Y, hazme caso, yo que tú empezaría antes de que salga el sol.

Resignado, agarré el artilugio como pude y lo llevé hasta el campo situado en la parte trasera de la casa. Paco me acompañaba iluminándome el camino con un quinqué para que no me tropezara con la irregularidad del terreno o con las piedras y los arbustos que invadían el camino. Al cabo de quince minutos llegamos a nuestro destino, bendecidos por las primeras luces del amanecer.

—Venga, ya sabes lo que tienes que hacer —se limitó a decir—, ponte ahí y haz surcos paralelos desde esa punta hasta esa otra —me indicó señalando el recorrido con el dedo—. Yo me quedaré aquí hasta que el sol se vuelva insoportable.

Salvé el margen que delimitaba el campo y me detuve un momento para observar el paisaje mientras él se sentaba sobre una leve pendiente. Un par de minutos tardé en clavar el dental en la tierra y tirar del arado. Al principio parecía fácil, incluso placentero. Con el paso del tiempo se volvió más y más agotador. En ocasiones, el dental se trababa con una piedra o un matorral y yo debía desatascar el artefacto y despejar el terreno para seguir avanzando.

—Creo que voy a limpiar los hierbajos antes de arar —le dije resollando y secándome el sudor de la frente con la muñeca—. Me da la sensación de que así lo haré más rápido.

—Es una buena idea, así es como se suele hacer.

—¿Por qué no me lo has recomendado antes? —protesté intentando medir mis palabras—. ¡Me he pasado un buen rato para avanzar unos metros!

—Si te lo hubiera dicho, no habrías aprendido nada. Piensa, debes pensar antes de actuar; de lo contrario, tropezarás a cada obstáculo que no hayas previsto. —Le dediqué una mirada de odio—. Dime, ¿cómo te sientes? Me refiero a ahora, ahora mismo.

—¿Que cómo me siento? ¿Qué clase de pregunta es esa?

—Está bien. Te lo diré de otra forma: ¿qué sensaciones percibes en tu cuerpo en este momento?

—¿Pero...? —La firmeza de Paco me llevó a responderle—: Pues siento una fuerte presión en el pecho y en la cabeza.

—Eso es enfado. Contrólalo antes de que él te controle a ti.

Le di la espalda furioso y maldiciéndole en silencio. Aunque oí que se reía, no le miré para que no lo hiciera en mi cara. Dejé el arado y comencé a despejar el terreno. Paco me gritó que no debía hacerlo caminando, sino corriendo. Ante mi negativa, él apeló al trato que habíamos cerrado la noche anterior, por el cual le di la potestad de hacer conmigo lo que le viniera en gana.

—¿Y ahora qué sientes? —gritó ante las blasfemias que yo soltaba mientras corría.

—¡Una quemazón exasperante en el estómago y ganas de estamparte el arado en la cabeza!

—Eso es ira. ¡O aprendes a domarla o te comerá con patatas!

Entonces lo advertí, era la primera vez que reaccionaba airado contra un desconocido. Ni tan siquiera cuando me despedí del despacho de Josep le hablé con semejante rabia.

Entre despeje y arrastre se fue el resto de la mañana. Pasadas las once, me indicó que ya era suficiente. Apenas había labrado un trocito de la extensión que me rodeaba. Me horroricé. Mi nuevo mentor esquivó mis quejas con una buena noticia: sobre la mesa me esperaba un potaje de lentejas con ternera. Ya en la cocina, el olor llegó a mi nariz como la más gratificante de las recompensas. Tras devorarlo, deseaba tumbarme en la cama, pero Paco no me lo permitió. Me pidió que lo acompañara al segundo piso, quería mostrarme una de las estancias que me había pasado desapercibida. Subimos las escaleras y nos detuvimos ante la primera puerta. Paco la abrió con sigilo, casi con aire misterioso, como si la revelación de mi siguiente cometido requiriera cierta liturgia.

Así fue como descubrí la biblioteca de la masía. Sin duda era la habitación más limpia y ordenada, estaba repleta de libros y estanterías solo interrumpidas por la puerta y unos ventanales delante de los cuales había dos sillones orejeros y una mesita de madera con varias velas.

—¿Los libros son de los señores?

—No, no, son míos. Son todo lo que tengo. Escoge uno, el que quieras, y lee.

Tras un primer vistazo, encontré novelas de lo más variado, entre ellas *Troteras y danzaderas* o *Fortunata y Jacinta*. No sabía cuál escoger. Me decanté por *La isla del tesoro* porque era el único título que me llamaba la atención.

—Buena elección, te enseñará dos o tres cosas sobre el coraje. Anda, siéntate mientras doy de comer a las ovejas.

Las siguientes semanas transcurrieron entre arar y leer. Pronto empecé a ayudar a Paco con los animales y otros quehaceres de la casa. A mediados de septiembre me apartó del campo. Si no acelerábamos, no llegaríamos a tiempo para la siembra y, con el fin de lograrlo, contrató a dos jornaleros. Aquel cambio no supuso ningún descanso para mí, pues el masovero me reservó otras actividades físicas que sustituyeron al arado. Cuando me levantaba, antes de meterme de lleno en tareas como alimentar a los animales, debía correr unos kilómetros alrededor de la finca y, luego, transportar leña desde las afueras de la masía hasta el establo. A continuación, la cortaba para que estuviera lista cuando llegara el frío. En paralelo, leí *La Celestina* primero y luego *Don Juan Tenorio*, de Zorrilla. «Buena elección —comentó Paco el día que la escogí—, te enseñará dos o tres cosas sobre la pasión». Las primeras tardes de lectura no fueron fáciles porque me costaba concentrarme. Pasé horas sentado en la butaca con el libro en las manos; quería demostrarle que no era un zoquete.

A medida que los días transcurrían, me sentía más sereno, más fuerte, menos perdido, si cabe. Era como si viviera en una burbuja onírica y apacible de la que solo me sacaban los recuerdos del pasado. A veces aparecían unos hombres por la masía y se reunían con Paco en el establo pasada la medianoche. Normalmente traían y se llevaban cajas de madera. No pregunté por los trapicheos que tenían entre manos, era lo mejor para todos.

Tras leer algunas novelas, Paco me pidió que escogiera un libro que tratara de hechos e ideas. Me recomendó que comenzara con *La riqueza de las naciones*, de Adam Smith, y luego me lanzó al vacío con *La anarquía*, de Malatesta. Me costaba entender la mayoría de los conceptos que aparecían en ellos, leía lentamente y le exponía mis dudas. Sinceramente, prefería las historias.

—Dime, ¿por qué tengo que leer estos libros? —le pregunté una tarde—. No veo de qué me sirven.

—¿Cómo vas a saber lo que quieres si no conoces las opciones que hay? ¿Cómo vas a imaginar nuevos caminos si no comprendes las ensoñaciones de los que te precedieron?

Aquel hombre disfrutaba debatiendo sobre las lecturas y acostumbraba a poner énfasis en los preceptos que le parecían más importantes o factibles para el cambio radical que, bajo su punto de vista, necesitaba la sociedad. Recuerdo una noche en que estábamos en la cocina, sentados cerca del hogar porque el frío comenzaba a dejarse notar. El ruido de los grillos nos ofrecía un estruendoso concierto de fondo mientras mi inesperado mentor impartía uno de sus sermones tras haberse metido varios vasos de vino entre pecho y espalda.

—No es el enemigo el que escoge el método con el que te vas a defender —me comentó un día al oír mis quejas por los ensayos que me obligaba a leer—, lo escoges tú mismo. Si alguien te apunta con una pistola, puedes usar la fuerza o la palabra para conseguir que no te dispare. Es indiferente si mueres o no, eso es solo el desenlace de la situación.

Paco se detuvo para encender su pipa de color tierra. No fumaba mucho, creo que solo lo hacía cuando estaba acompañado, le gustaba compartirla.

—Lo que nos define —continuó—, lo que nos convierte en quienes somos, son las decisiones que tomamos. Yo lo entendí tarde...

Una parte de mí deseaba preguntarle por su pasado; la otra prefería respetar su intimidad. Así que desvié el tema hacia una de mis inquietudes:

—A veces me siento mala persona.

—¿Por qué lo dices? —Me ofreció la pipa y yo la cogí para darle una calada mientras él me hablaba—. Sé que lo que acabo de decir te coloca en una extraña contradicción. Tú escogiste matar a Dolors y eso te reconcome. Ya no existe un futuro para ella, pero para ti sí. Ahora puedes compensar tu crimen, puedes tomar caminos que te rediman y que ayuden a los demás. Un error no te define si lo enmiendas.

Días antes de aquella charla, le había contado a Paco todo lo que me había sucedido, las órdenes que había recibido de Kohen, la muerte de Dolors Mas. Mi confesión tuvo lugar en la biblioteca, una tarde en la que Paco leía en la butaca contigua y la culpa no dejaba que me concentrara en la lectura. Yo movía la pierna sin parar y él me dijo: «Suéltalo, Mateu». Le hablé sobre el periplo que recorrí para salvar a mi sobrino y sobre las consecuencias de mis decisiones.

—Puedes consolarme —le respondí—, pero los hechos son los hechos. He dejado a un niño sin madre, el hijo de Dolors crecerá sin ella. Eso es horrible, lo sé por experiencia propia. ¿Sabes? Tú, mi hermano, Montserrat…, vosotros lucháis por los derechos de la clase trabajadora, para lograr que los medios de producción sean colectivizados, para dignificar las condiciones de seguridad bajo las que se trabaja, y a mí eso no me importa, no sé cómo expresarlo, yo era feliz en la fábrica, estaba tranquilo. Fue el robo de mi hermano y la enfermedad de mi sobrino lo que lo estropearon todo y, sí, ahora lo veo, ahora entiendo que yo no podía pagar al doctor Vilallonga y que algunos privilegiados sí podían hacerlo. Y eso es injusto, lo sé. —Detuve mi parlamento para dar una calada a la pipa, pero se había apagado. Decidí ignorarlo y seguir hablando—: Conseguí el dinero y, aun así, el niño murió. Entonces, dime, ¿de qué sirve luchar si no puedes proteger a los tuyos? En un mundo con otro sistema más justo, ¿Alfred habría sobrevivido? Soy consciente de que no, y a pesar de eso, me siento mal porque no me interesan las asambleas ni los sindicatos ni las manifestaciones.

Paco me cogió la pipa de las manos y la encendió de nuevo.

—Todos tenemos una misión en la vida —dijo tras dar una rápida calada—, quizá la tuya no sea dedicarte a la revolución, o quizá sí pero te resistes porque debes aprender una lección antes de ponerte manos a la obra. Nadie lo sabe, nadie sabe nada. —Paco me ofreció su pipa y yo la cogí—. Te confieso que ni siquiera estoy seguro de si un cambio social y económico va a traer paz e igualdad a nuestros semejantes. Lo único que puedo decirte es que tarde o temprano aparece la llama que alienta las motivaciones de cada persona. ¿Qué es lo que va a encender la tuya?

Pegué un par de caladas antes de responderle. Sentí el humo en mis pulmones, el calor del hogar y la mirada penetrante de un hombre que esperaba una respuesta.

—Mi hermano, mi familia. Y Montserrat, claro, por ella lucharía hasta la muerte.

—¿La echas de menos?

—Cada día, a cada segundo, cada vez que inspiro, anhelo su abrazo.

—Eres un enigma, Mateu. ¿Cómo puede ser que a veces parezcas un hombre de piedra y que luego respondas a una pregunta tan simple con estas florituras? —Se detuvo unos segundos—. Venga, dime, ¿cómo te sientes?

—Me siento como si tuviera un nudo muy fuerte en el estómago.

—A eso se le llama angustia y muchas veces sucumbimos a ella por cosas que ni siquiera sucederán. La angustia es la aliada del temeroso y la enemiga del indeciso.

El silencio nos acompañó durante unos minutos, cada uno perdido en sus pensamientos.

—En el pasado —dijo Paco rompiendo mi ensimismamiento—, ¿qué hacías para aliviar tus pesares? ¿Pelearte? ¿Dar paseos? ¿Ir a un burdel?

—Dibujaba, a todas horas. Cualquier cosa, cualquier objeto, incluso inventaba seres raros; sin embargo, no he trazado ni una línea desde que llegué aquí. Soy incapaz de mover el lápiz. Es como si mi cuerpo me lo impidiera.

—Pues tendremos que buscar una alternativa. ¿Has probado a escribir?

—¿Escribir? ¿Sobre qué podría escribir?

—Sobre lo que quieras, tus pensamientos, tus rutinas, es indiferente. Deja que las palabras lleguen a ti.

Me pareció una tontería, así que me olvidé de la conversación hasta que, días después, Paco me pidió que redactara lo que había hecho durante la jornada. Obedecí y aquel escrito se convirtió en la génesis de otro hábito diario: contarme a mí mismo mis quehaceres, anécdotas de mi pasado o recuerdos más cercanos en el tiempo. Unas veces le escribía cartas a Montserrat que nunca llegó a leer y otras las dirigía a mis tíos. Gabriel y Enric me habían recomendado que no intercambiara correspondencia con Barcelona porque podía ser una pista de mi paradero y un peligro para mis seres queridos. Así que nada sabía de ellos, ni una palabra sobre cómo se encontraba Montserrat.

Sentía su ausencia como la peor de las zozobras, dolía más que la culpa que me embriagaba cada vez que recordaba el asesinato de Dolors, más incluso que las pesadillas sobre la muerte de mi madre, que habían dejado de perseguirme por las noches, aunque no en los momentos de más calma del día.

En otoño, con la llegada de la siembra, Paco me propuso nuevas actividades orientadas a fortalecer mi cuerpo y que, además, constituían una parte de mi contribución en el trabajo de la finca. La inventiva de aquel hombre no tenía límites.

—¿Qué sientes ahora? —me preguntó una vez que, por patoso, estuve a punto de caer por un barranco mientras cargaba carbón a la espalda.

—Un ardor en el pecho. No reside solo ahí, se ha extendido por todo el cuerpo.

—Eso es miedo, Mateu, y si dejas que te consuma, jamás saldrás de esta casa.

Entró en vigor el Tratado de Versalles, que puso fin a la Gran Guerra, y un nuevo año empezaba tal como había terminado el anterior para mí: con el trabajo en el campo, las tareas de la casa, las lecturas y la escritura. Devoré *La Barraca* y *El conde de Montecristo*, y me aficioné a relatar mis miserias. A pesar de que mis primeros escritos fueron burdas enumeraciones de mis ocupaciones diarias o cartas a mis seres queridos, pronto comencé a reflexionar sobre las pesadillas y los miedos. Describí repetidamente la muerte de mi madre con el objetivo de hallar una explicación a las imágenes que me atormentaban, algunas veces culpándome por lo sucedido y otras expresando la rabia que sentía hacia mi padre. ¿Y si mi tío me había engañado? ¿Y si realmente entré en aquella habitación y las pesadillas no eran una invención sino un recuerdo?

A pesar de que Paco recibía varios diarios con los que se informaba sobre cuál era la situación en Barcelona, yo no quería saber nada sobre la Ciudad Condal. Sentía angustia con solo imaginarme los peligros a los que se exponían Montserrat y mi hermano Gabriel. Sí leía, en cambio, las noticias sobre lo que sucedía en Europa, que, a pesar de que había dejado atrás una guerra tediosa, seguía convulsa.

Con la llegada de febrero, Paco propuso una nueva práctica que solo llevábamos a cabo cuando los jornaleros terminaban su trabajo y estaban lo suficientemente alejados de la casa. Empezó en el establo, donde el masovero abrió un baúl cerrado con llave que estaba oculto detrás de un par de pacas de paja. Cuando levantó la tapa, descubrí que escondía un auténtico arsenal: había pistolas Astra, la marca que por entonces producía la empresa española Esperanza y Unceta, la misma fábrica de la que procedía el modelo Victoria que me había regalado Josep; distintos modelos de pistolas Browning, muy usadas en Barcelona, y varias Star modelo 1919. Agarró una de estas últimas y me pidió que le siguiera mientras decía: «Ha llegado el momento de que aprendas a moverte por las calles de la ciudad».

—Es un modelo muy nuevo. Lo fabrica un empresario vasco llamado Bonifacio Echeverría. Está basado en la belga Colt modelo 1911. Soy muy quisquilloso con los detalles, pero no te preocupes, no tienes por qué recordar todo lo que te cuente.

La pistola en cuestión era muy diferente de las que había visto. Por un lado, tenía el martillo a la vista y, a pesar de que esa era una característica habitual, difería del modelo Victoria que me había proporcionado Josep. Por el otro, la Star modelo 1919 tenía un diseño particular: su cañón sobresalía de la corredera. Fue una de las primeras armas de cañón largo fabricadas en España. La pistola, de 68 mm y un calibre de 6,35, pasó a llamarse «la sindicalista» porque rápidamente se convirtió en la más popular entre los grupos de acción. Era tan pequeña que eludía con facilidad los registros superficiales de la policía. Algunos pistoleros se quitaban el forro de uno de los bolsillos del pantalón y colgaban la pistola a la altura de la rodilla mediante un cordel. Cuando necesitaban usarla, tiraban de él, disparaban y volvían a escondérsela.

Tan pronto como llegamos a un campo yermo, Paco colocó unas piedras de diferentes tamaños a unos metros de nosotros.

—Ahora vas armado, podrías matar a otra persona. Las pistolas no deberían servir para acabar con la vida de los demás, sino para defender lo que se considera importante. Por eso tienes que perfeccionar tu puntería, porque cada bala que lances debe ir precedida de una decisión: ¿disparo para frenar a mi enemigo o para acabar con él? No sentencies al azar, no mates por mala puntería sin una buena razón, hazlo solo cuando no tengas más remedio.

—Yo no quiero matar a nadie.

Paco apuntó a una de las piedras más pequeñas que había colocado, la más minúscula.

—Pues practica, domina tus habilidades y toma la decisión más adecuada en cada circunstancia.

Los albores de la primavera nos sorprendieron llevando una vida sosegada, casi contemplativa, basada en la camaradería y en trabajos simples aunque agotadores. Los primeros atisbos del calor intensificaron mi añoranza y despertaron el anhelo de volver a Barcelona y enmendar mis errores. Una parte de mí lo deseaba con ahínco, a la otra le aterrorizaba la idea. No sabía con qué propósito debía plantarme en mi ciudad, tampoco me parecía justo continuar escondido más tiempo, mi familia y Montserrat debían de estar muy preocupados. Estas reflexiones se desarrollaban en círculo, dando vueltas una y otra vez a los mismos argumentos que, aunque opuestos, hacían rodar mi cabeza en la misma dirección.

Una tarde estábamos en la biblioteca leyendo, cada uno en su butaca. De pronto Paco cerró el libro que sostenía entre las manos y lo dejó descansar sobre las rodillas.

—Quieres volver, pero la pregunta es: ¿puedes? —dijo como si me leyera la mente.

—Estoy preocupado por Gabriel, no he tenido noticias suyas desde que me fui. Han pasado casi nueve meses y no ha habido indicios de que la policía, los grupos de acción o el propio Kohen estén buscándome. Supongo que sí, puedo volver.

—Quizá me he expresado mal. Todo eso me parece irrelevante. La pregunta debería ser: ¿estás preparado para volver?

Me levanté sin responderle y me dirigí a mi habitación, donde cogí uno de mis escritos. Después de dudar unos segundos, volví a la biblioteca para entregárselo a Paco, que me miró confundido. Mi firme convicción bastó para que se dispusiera a leerlo. A continuación, retomé la lectura del libro. Paco dictó su veredicto elogioso cuando acabó de leer las hojas que le había entregado.

—Eres un poeta. Esto está muy bien escrito, hay errores y oraciones que podrían mejorar, pero escribes con una sensibilidad que me resulta sorprendente. A veces no sé quién se esconde tras ese cuerpo tan grande.

—Todos los que contemplan mis dibujos me dicen que soy un artista, ahora tú me llamas poeta, y yo creo que no entiendo ni una sola de las palabras importantes de la vida.

Paco soltó una sonora carcajada que duró escasamente unos segundos. Acto seguido, su semblante se serenó y adquirió un matiz severo.

—Tú no mataste a tu madre —repuso haciendo referencia a lo que acababa de leer.

—A veces lo dudo. Esas pesadillas están aquí —dije señalándome la cabeza—. Y no se marchan.

—Las cosas son un poco más sencillas, tu cabeza te juega malas pasadas y debes descubrir por qué. En tus visiones hay respuestas, pero la verdad tan solo se nos revela cuando estamos preparados para escucharla. Así que ten paciencia.

—Si te soy sincero, lo único que necesito ahora es saber lo que tengo que hacer.

—Dios me libre de darte consejos, no es mi intención, solo

comparto contigo mis reflexiones. Aun así, te voy a dar un consejo, solo uno: sigue tu instinto.

Lo estuve pensando durante un par de minutos y, de pronto, sin comerlo ni beberlo, hallé la respuesta que buscaba.

—Mi instinto me dice que vuelva a Barcelona y que me vengue de ese maldito bastardo. Kohen debe pagar, no solo por lo que me obligó a hacer, sino por el sufrimiento que sus tejemanejes infligen a los demás.

—¿Estás seguro de que la palabra «venganza» es la que quieres usar en este caso?

—Sí.

—Pues ahí tienes tu respuesta y, sobre esto —dijo moviendo las hojas—, quémalo. Ya han cumplido su función, mejor que eso quede entre tú y yo.

Las calciné. Justo antes, Paco me ofreció un último consejo y me proporcionó las herramientas necesarias para cumplir mis propósitos:

—Si quieres dar con Kohen, si quieres conocer su verdadera identidad, debes dar con el Martillo. Ese hombre es clave para que entiendas cómo funciona la cabeza del Barón, así que búscalo cuando llegues a Barcelona. Ah, y otra cosa. Te voy a proporcionar salvoconductos y cédulas con un par de identidades falsas, dos Star y también una dirección del Distrito V donde te proveerán de munición cuando la necesites. Úsalas con cabeza.

—Gracias por todo. No sé cómo agradecértelo, de verdad. Siento no poder estar aquí para la cosecha.

—Tanto tú como yo recogeremos en breve lo que hemos sembrado durante estos meses —sentenció con una sonrisa en los labios.

10

El caos se apodera de nuestro destino con una facilidad sorprendente. Paco decía que no existe orden sin caos y viceversa, aunque mientras el orden se consigue con esfuerzo, el caos nos arrasa sin previo aviso.

Barcelona era una barahúnda o, mejor dicho, un clamor. Sus habitantes escogían una palabra u otra para describirla según la calle en la que hubieran nacido. Llegué a la ciudad por la avenida de Argüelles y, a medida que me acercaba a l'Eixample, me fui encontrando con pequeños grupos de obreros que gritaban consignas como «Liberad a los presos» o «¡A la general! ¡A la general!». Varios vehículos militares circulaban en todas direcciones y, en cuanto me sumergí en el tejido urbano, fui testigo de un pequeño mitin en el que un cenetista de unos treinta años sermoneaba a una veintena de obreros que, de pie en mitad de la calle, lo escuchaban con atención. «Ayer se sumaron a la huelga la mayoría de las mujeres de las fábricas textiles —predicaba el orador—, debemos luchar por la amnistía porque mañana podríamos ser nosotros los encarcelados sin motivo alguno».

Advertí que la mayor parte de los negocios estaban cerrados. Me hallaba ante una tienda de máquinas de escribir cuando vi a un grupo de unos diez hombres ebrios que cantaban lemas favorables a la huelga. Les pregunté qué diablos sucedía.

—¿Cómo puede ser que no te hayas enterado? —me increpó un chico algo robusto que me miraba como si estuviera loco—. La ciudad está paralizada y tú —me señaló con el dedo índice— deberías estar dirigiéndote a la Modelo.

—¡Toma! —me dijo otro golpeándome el pecho con una octavilla—. ¡Lee y únete!

Pasaron de largo y yo permanecí de pie como un bobo, con aquella hoja de papel en la mano. Se trataba de un panfleto impreso por la Federación Local y por el Comité Regional de Trabajadores o CRT del Sindicato Único. Anunciaba el comienzo de una serie de huelgas escalonadas en favor de la liberación de los presos gubernativos e invitaba a varios colectivos a sumarse a la causa. Sin embargo, los ciudadanos con que me cruzaba por la calle llamaban a la huelga general. Otra duda me asaltaba: ¿a favor de qué prisioneros se manifestaban? ¿Se referían a los encarcelados durante los hechos de La Canadiense? Parecía imposible, era mayo de 1920 y había pasado más de un año desde aquella revuelta.

Sin pensármelo dos veces, me dirigí a la Modelo con la esperanza de despejar al menos alguna de mis dudas. A medida que me acercaba a la cárcel, se oían más y más cánticos, gritos y pitidos. Cuando alcancé a ver la puerta principal, en la calle Entença, contemplé desconcertado a los miles de personas que se agrupaban allí para manifestarse en favor de la liberación de los presos. Había muchas mujeres trabajadoras del textil, uno de los sectores con más miembros en prisión. Lo curioso fue que, al día siguiente, *La Vanguardia* publicó que apenas se había congregado allí un centenar de revoltosos.

Un cordón policial, formado por unos cien efectivos de la Guardia Civil, más asustados que seguros de sus posibilidades, protegía los accesos a la Modelo. ¿Se atreverían los manifestantes a entrar? Continuaban llegando obreros y obreras que se sumaban a la masa y contribuían a que la voz de la protesta se amplificara. Me pregunté qué estaría ocurriendo en el interior de la cárcel y temí que mi hermano ocupara una de sus celdas. Demandas como «¡Que suelten a los presos!» o «¡Amnistía!» se repetían incansablemente.

Me crucé con una pareja de unos veinte años que, cogida de

la mano, voceaba aquellas consignas con entusiasmo. Me presenté, les dije que había pasado unos meses fuera de la ciudad y que no sabía nada sobre los últimos acontecimientos.

—Claro, compañero —me respondió él amablemente—. Después de los *lock-outs* de finales del año pasado, el gobernador Maestre Laborde mandó detener a muchos dirigentes y afiliados sindicales que todavía siguen ahí dentro.

—¡Estos burgueses! Los llaman *lock-outs* para diferenciarlos de nuestras huelgas —exclamó ella—, pero son paros patronales, cierran las fábricas para presionar a los sindicatos. Y si las cierran, ¡aquí no trabaja ni Dios! Por su culpa las calles están llenas de mendigos.

—Los presos gubernativos llevan meses en la cárcel sin cargos —prosiguió el chico—. Aunque los acusan de terroristas, la mayoría están en prisión por quejarse o por participar en las protestas. Y Maestre Laborde, lejos de calmar los ánimos, continúa ordenando detenciones y caldea el ambiente con declaraciones insultantes que humillan a los manifestantes. Hace pocos días encarcelaron a varios dirigentes del sindicato de cilindreros. Ahí dentro los hombres están hacinados, en celdas pensadas para dos personas han puesto diez. ¡Hay más de novecientos presos! Una vergüenza.

—Me gustaría mucho que me contarais lo que ha sucedido desde julio para acá.

El chico me lo contó. Al terminar la huelga de La Canadiense, en abril, muchos empresarios incumplieron algunos de los puntos que se pactaron tras su resolución. No respetaban las ocho horas diarias de trabajo a las que el Consejo de Ministros se había comprometido, despedían a los afiliados sindicales y creaban listas negras de los trabajadores que se negaban a romper el carnet de la CNT. En respuesta, el Único, debilitado aunque bien organizado, convocó varios paros y protestas que mermaron la paciencia de la patronal. Por su parte, los militares, algunos sectores de la policía y La Banda Negra del excomisario Bravo Portillo asesinaron a varios cenetistas y atribuyeron sus muertes a unos supuestos ajustes de cuentas entre sindicalistas. La represión despertó a su vez la sed de venganza de los grupos de acción que atacaban a los patronos para hacerles entrar en razón o para vengar a un compañero. La violencia estaba a la orden del día y la justicia no daba abasto.

A principios de agosto, Julio de Amado fue nombrado gobernador civil, y desde el primer momento que ocupó el cargo mantuvo una actitud conciliadora. Amado creó unas comisiones mixtas formadas por una representación patronal y por miembros de la CNT como Salvador Seguí, «El noi del sucre», y Ángel Pestaña. Una paz consensuada era vital para que la producción volviera a la normalidad, y estas reuniones tuvieron como objetivo establecer acuerdos entre ambas partes y asegurar el cese de las hostilidades. Sin embargo, la patronal, harta del clima de tensión que se había adueñado de las fábricas, en noviembre rompió las negociaciones y convocó el primero de dos largos *lock-outs* con los que pretendía domeñar las aspiraciones proletarias. Sea como fuere, y aunque parecía que al dar por finalizado el primer cierre se iba a llegar a un consenso, en diciembre la patronal forzó un segundo *lock-out* mucho más largo, que duró hasta finales de enero.

En mitad del segundo paro patronal, Francisco Maestre Laborde, conde de Salvatierra, fue nombrado gobernador civil, tras la dimisión de Amado. De hecho, el año anterior, 1919, hubo seis gobernadores diferentes, señal inequívoca de que Barcelona era incontrolable. Lejos de seguir la línea conciliadora de su predecesor, Maestre Laborde propició por aquel entonces un periodo de represión y encarcelamientos injustificados que solo afectó a la población obrera. Quería limpiar la ciudad de revoltosos, pero le salió el tiro por la culata. Una huelga portuaria que se inició pocos días previos a mi llegada a Barcelona, los paros escalonados alentados por la CNT en las semanas anteriores y la situación de los presos detenidos antes y después de la era Maestre, llevaron al Sindicato Único a convocar una huelga general.

—Muchas gracias por ponerme al día —les dije mientras colocaba una mano en el hombro del chico en señal de agradecimiento.

Mi prioridad cuando entré en Barcelona era ver a Montserrat, pero la ciudad estaba en pie de guerra y yo tenía el presentimiento de que algo andaba mal con mi hermano. Estaba seguro de que Gabriel se había metido en líos, aunque lo que realmente me preocupaba era que estuviera tirado sobre el asfalto con una bala en la sien. Necesitaba verlo para expulsar de mi pensamiento esos malos augurios, por eso decidí dirigirme a su casa.

Salí corriendo de la manifestación, pacífica hasta que la Guardia Civil cargó para dispersarla, y tardé más de hora y media en llegar a Sant Andreu porque los tranvías no funcionaban. Para mi decepción, no hallé ni a Gabriel ni a Llibertat. Tampoco pude preguntar a los vecinos, ya que el barrio entero estaba manifestándose. El siguiente paso era evidente, debía hablar con mis tíos.

El reencuentro con tío Ernest y tía Manuela me enfrentaba a mis decisiones del pasado. Habían transcurrido meses sin que ellos recibieran noticias mías, y me pedirían explicaciones. Además, las calles de la ciudad me devolvieron una culpa que se había apaciguado mientras estuve cobijado en el campo, guarecido por los consejos de Paco. Si rehuimos nuestros tormentos, estos esconden sus semillas en nuestro corazón a la espera de una oportunidad para florecer.

Cuando llegué a la puerta de la zapatería me sobrevino una extraña sensación. El taller parecía una postal de otra vida, de otra persona, un lugar familiar que a la vez sentía ajeno. Subí las escaleras de la finca y llamé a la puerta de la que fue mi casa durante años.

—¡Aaah! ¡Mateu! —exclamó mi tía con alegría cuando me recibió. Acto seguido, gritó hacia el interior de la casa—. Ernest, es Mateu. ¡Mateu está aquí!

Tía Manuela me abrazó con todas sus fuerzas como si presionándome contra ella pudiera protegerme de los males de la vida. Yo le devolví el abrazo con timidez y, cuando nos separamos, me estudió de arriba abajo.

—Hijo, ¿qué has hecho? ¡Estás mucho más fuerte! —comentó mientras me cogía del brazo y me guiaba hacia el comedor—. ¡Qué espalda se te ha puesto! Ya eras grande, ¡pero ahora pareces un dios griego!

Mi tío estaba sentado a la cabecera de la mesa y leía un libro, que cerró en cuanto me vio entrar. Luego se recolocó las lentes decepcionado y cariacontecido.

—Siéntate, por favor —me pidió con severidad—. Tenemos que hablar.

Escogí la silla más alejada de la suya y tía Manuela se sentó junto a su marido. Entonces él colocó los codos sobre la mesa, entrelazó las manos a la altura de la barbilla y tomó aire.

—¿Se puede saber dónde has estado? —dijo enfadado—. Pensábamos que te habías muerto, o algo peor.

—No... ¿no hablaron con Gabriel?

—Lo único que nos dijo es que te habías ido para pasar una temporada en el campo, y por mucho que le preguntamos, no conseguimos sonsacarle nada más. Ni siquiera sabíamos si estabas de una pieza. ¡Deberías habernos enviado una carta por lo menos!

—No —respondí tragando saliva, consciente de que iba a perpetuar una mentira que les heriría—, me recomendaron que, por su seguridad, no me pusiera en contacto con ninguno de ustedes y me pareció un consejo acertado. Pensaba que él...

Mi tío dio un sonoro puñetazo sobre la mesa. Fue tan estruendoso e inesperado que me estremeció. Tía Manuela permanecía expectante aunque secundaba la preocupación de su marido asintiendo con la cabeza.

—¿Lo ves? —dijo él inmediatamente después—. ¿Por nuestra seguridad? ¿Qué narices ha pasado? ¿Acaso no vas a darme una explicación? ¿Te has metido en un grupo violento como tu hermano? Por Dios, Mateu, no esperaba eso de ti.

—Lo único que puedo decirles es que deben confiar en mí —le respondí calmado, encogiendo los hombros y evitando su mirada—. Si los hemos mantenido al margen de lo sucedido es por el bien de todos. Tío, usted nos educó con acierto, lo sabe, pero ya ve en qué ciudad nos ha tocado vivir.

Tío Ernest se sosegó, quizá porque no tenía más remedio,

quizá porque era un hombre sensato. Después de reflexionar, se recolocó la montura de las lentes y tragó saliva antes de continuar:

—Nunca os he pedido nada, os he dado todo lo que tenía y por eso considero que merezco más respeto. Entiendo que los hombres de tu generación os sintáis frustrados. El gobierno está formado por una panda de inútiles corruptos preocupados solo por tapar sus delitos y proteger los privilegios de los suyos. Creen que no sabemos que amañan las elecciones, son ineptos hasta para esconder sus fechorías. Únicamente hay dos partidos que se alternan el poder, tienen más similitudes que diferencias y los une un solo objetivo: beneficiar a los terratenientes que gobiernan el país y que los mantienen en el Consejo de Ministros. No sé si hago honor a la verdad, aunque, quizá, si Cánovas del Castillo y Sagasta no hubieran acaparado tanto poder tras la muerte de Alfonso XII, este maldito sistema de turnos no existiría. Y es que por culpa de la inoperancia de los distintos gobiernos perdimos las colonias, hemos sacrificado a muchos hombres en las guerras de Marruecos y tenemos un país con un gran potencial pero tan pobre como un campo yermo. Así que te entiendo, os entiendo, es horrible mirar al futuro y ver la miseria que nos espera. Aun así, ¡disparar un arma no sirve de nada, os pone a su nivel y eso es peor que pasar hambre! Somos gente de bien —dijo conteniendo las lágrimas—, soy un hombre de bien, y vosotros no me respetáis. Mantenerme a ciegas no es respetarme. Somos una familia, debemos compartir las penas y las alegrías.

—Lo sé, y cuando esto acabe, se lo contaremos todo. —Levanté la vista y lo miré fijamente—. Debe confiar en nosotros, es todo lo que puedo decirle.

A continuación, les expliqué dónde había vivido los meses anteriores y las diferentes tareas que había llevado a cabo en la masía. Obviamente, no mencioné las lecciones recibidas por Paco ni las armas que me había prestado. Al acabar mi relato, les pregunté por la zapatería y por el vecindario, y entre uno y otro me pusieron al día.

—Por cierto, Mateu —dijo tío Ernest al cabo de un rato—.

Cuando tengas un momento visita a Josep. Se siente muy mal por cómo terminaron las cosas entre vosotros. Desde que desapareciste, hemos recuperado el contacto. Viene todas las semanas a pasar un rato conmigo y...

—No quiero saber nada de ese tirano.

—No seas así, sobrino, todos nos equivocamos.

No le respondí. No me apetecía hablar de Josep; esta era la última de mis preocupaciones. De hecho, había demorado una pregunta para no enfrentarme a la respuesta, así que hice de tripas corazón y me aventuré:

—Tío, ¿dónde está Gabriel?

—¿No lo sabes?

—Hace meses que no he recibido noticias suyas, desde septiembre más o menos.

—Está bien —dijo suspirando profundamente—. Si no has hablado con él desde entonces, debo darte dos malas noticias. Son duras y no sé cómo suavizarlas. Así que iré al grano.

Gabriel estaba en la cárcel. Después de que el Tero, el líder del ramo de los tintoreros, muriera el mismo día que Dolors Mas, Enric lo sustituyó en el cargo y mi hermano se convirtió en su sombra. Gabriel adquirió cierta notoriedad en el entorno sindical durante los meses que siguieron y, quizá por eso, terminaron por echarle del trabajo y lo incluyeron de nuevo en las listas negras. Fue durante el segundo *lock-out*, a mediados de enero, cuando la policía detuvo a Enric y a mi hermano y los metieron en la cárcel sin cargo alguno.

—Y dime, ¿cómo lo lleva Llibertat? —pregunté cuando mi tío me lo hubo contado todo—. Habrá nacido ya mi tercer sobrino, ¿no? ¿Tiene el dinero que necesita?

Tío Ernest y tía Manuela se miraron con tribulación. Él reunió fuerzas para responderme, pero ella lo detuvo acariciándole el antebrazo y, acto seguido, me miró con la tristeza de quien se dispone a hablar atravesado por el dolor.

—Tienes otra sobrina, Mateu —me dijo sin ilusión—. Es guapísima, se llama Helena. Cuando Llibertat estaba embarazada, tu tío le contó la historia de Helena de Troya y a ella le gustó tanto que decidió ponerle este nombre. Llibertat... Llibertat murió durante el parto y tu hermano decidió respetar su voluntad. —Tía Manuela sollozó un segundo y enseguida se tapó la boca con la mano—. Lo siento mucho, Mateu. Todo eso sucedió hace meses. Todavía estamos muy tristes. Puedes imaginarte cómo está Gabriel.

Rabia, de nuevo sentía rabia y no sabía qué debía hacer con ella. La noticia desató un fuego interior que creía haber domado. Lloré por primera vez en mucho tiempo, lloré como un condenado. Ante mi reacción, mis tíos se levantaron y me abrazaron por la espalda; yo me sentía incapaz de moverme, de hablar, de levantarme. Mis lágrimas brotaban por Llibertat, pero también por la culpa y por aquella Barcelona en la que me había tocado vivir. En un momento dado, la puerta de la cocina se abrió y Montserrat reapareció en mi vida.

—Ariadna se ha dormido al fin —balbució ella—, y creo que yo me he quedado traspuesta a su lado. ¡Mateu! —exclamó al verme.

Al oír su voz, levanté la mirada. Montserrat estaba tan bella como siempre, más si cabe, con los ojitos entreabiertos después de la siesta de la que no había podido escaparse. Su presencia alivió el dolor causado por la noticia que los tíos acababan de darme; sin embargo, no me sentía en condiciones de desatar mi alegría. Advertí que su respiración se detenía un segundo, que sus párpados se abrían y que su boca emitía un leve suspiro que creí causado por el amor que ella sentía. ¡Qué equivocado estaba!

—¿Qué...? ¿Cuándo has vuelto? —preguntó.

La abracé con todas mis fuerzas, quería absorber su fragancia, apreciar su ternura y besarla para que nunca más nos alejáramos el uno del otro. Cerré los ojos un instante y, cuando los abrí, noté el calor de sus brazos y el cariño de su rostro hundido en mi pecho. De pronto, su cuerpo me avisó de lo que iba a suceder a continuación, porque, tras el primer instante de emoción, la percibí hierática, distante, incluso fría. Nos separamos y ella rehuyó mi mirada.

—Deberíamos hablar —dijo—. Será mejor que bajemos a la zapatería.

Mi tío me dio la llave del local, y Montserrat y yo descendimos los escalones que conducían al taller. La noté tan tensa que no me atreví a emitir palabra alguna. Sabía que se avecinaba una tormenta y temía que cualquier comentario desafortunado la desatara.

—¿Qué sucede, Montse? —le pregunté nada más entrar—. Me estás asustando.

—No sé qué decirte, Mateu. Te fuiste sin darme explicaciones e intuyo que tampoco me las vas a dar ahora. Te has esfumado nueve meses, ¡nueve! Ni siquiera sabía dónde estabas.

—¿No te contó nada Gabriel?

—Solo me dijo que, por tu bien y por el de todos, habías tenido que huir.

Me tomé unos segundos para pensar. Quería mostrarme afable, quería que comprendiera el efecto positivo que el retiro en El Talladell había ejercido sobre mí, pero hay palabras que, por llegar tarde, pierden su significado. Así que ninguna de las excusas que utilicé tuvieron el efecto deseado.

—Te quería mucho y lo sabes —dijo después de escucharme con impaciencia—. Dejé a Pere por ti, pensaba que podrías ser un compañero de vida, te lo digo de corazón, pero tú nunca… ¿Cómo hacerme entender? Nunca me abriste tu alma. Escondías una parte de ti tras aquellos silencios interminables y yo no lo soportaba. Sé que la mayoría de las parejas no comparten sus secretos, que la gente no se casa por amor sino por conveniencia y que, con el tiempo, viven separados aunque compartan el mismo techo. Yo no quiero eso para mí, nunca lo quise y te lo dije. Quiero estar con alguien que entienda que las mujeres y los hombres somos iguales, que no sienta la necesidad de protegerme sino de acompañarme, que no espere que me quede callada ante las mentiras. Es un planteamiento muy moderno, lo sé. Hay mujeres que escriben sobre eso que yo te pido, y tienen razón.

—No me puedes culpar de ser un hombre inaccesible cuando tú tampoco te has sincerado conmigo, Montse. No me miras así, sabes a qué me refiero. Por eso tienes que entenderme, yo respeto tus secretos porque sé que te duelen, ¿por qué no haces lo mismo con los míos?

Su rostro me dio la razón pues se tornó lívido primero y ceniciento después. De repente la vi temblar y temí que cayera al suelo desplomada. Sus reproches eran injustos.

—Lo sé —continué—, hay muchas cosas que debería haberte contado. Me costaba mucho expresarme, todavía ahora me cuesta. Lo siento, lo siento en el alma, en este momento solo puedo decirte que te quiero.

—No dudo de tus sentimientos, Mateu. Aunque piensa en qué posición me dejas, ni siquiera te despediste de mí, tampoco sabía si ibas a volver. Lloré tu ausencia durante semanas.

Incapaz de consolarla, de contenerla, me dejé llevar por la torpeza:

—¿Qué hacías en casa de mis tíos? No me malinterpretes, me parece bien que los visites, pero ni mi primo ni yo vivimos ya aquí, así que...

—Después de que muriera Llibertat —comenzó a contarme, aún desconcertada por la pregunta—, decidí ayudar a Gabriel con las niñas, más por la memoria de mi amiga que por tu hermano. Luego lo metieron en la cárcel y ahora les echo una mano a tus tíos, que empiezan a ser mayores.

—Te lo agradezco mucho. Escúchame, por favor, dame algo de tiempo, tengo que solucionar unos asuntos de vital importancia. Te prometo que cuando los solvente, te lo contaré todo y...

—He conocido a otro hombre —dijo sin ambages. Una lágrima se precipitó por su mejilla y ella la apartó de su rostro con la mano.

—No te entiendo...

—Antes de que digas nada: te fuiste y yo no sabía a qué atenerme. Pasaron las semanas y no recibí noticias tuyas. Me enfadé, me enfadé tanto que te maldije, porque no podía creer que fueras tan egoísta, no podía creer que me apartaras de lo que sucedía en tu vida. Te lo repito, no soy el tipo de mujer que prefiere mantenerse al margen de las cosas, ¿lo entiendes? Nunca lo he sido y nunca lo seré. Así que hice de tripas corazón y comprendí que separarnos era lo mejor para ambos. Y entonces apareció Marc. Él milita en la CNT, es bueno y luchador, y le amo.

No podía soportar lo que Montserrat me estaba revelando. Si quería recuperarla, tenía que sincerarme, contarle mis temores asociados a la muerte de mi madre y mi relación con el barón Kohen. No obstante, si lo hacía, ella se implicaría en mi causa y yo no deseaba exponerla a un peligro que no merecía. Por eso decidí callar, aun arriesgándome a perderla para siempre.

—¿Se puede saber adónde vas? —oí cuando yo abría la puerta de la calle con la clara intención de huir—. ¡Estamos hablando!

—Necesito ver a mi hermano —respondí con tristeza.

Había dejado mi bolsa en el comedor, pero, por suerte, llevaba encima una de las Star. Caminé con el semblante desencajado y los ojos rojos de cólera. La tarde se acercaba a sus estertores y en las calles apenas había manifestaciones y alborotos. Los militares habían tomado la ciudad y los huelguistas volvían a sus casas para evitar nuevas cargas.

Pensé en Paco y en la conversación que habríamos mantenido si él hubiera estado a mi lado. «¿Qué sientes», me habría preguntado. «Estoy triste, me duele el pecho y cada inspiración se vuelve más pesada que la anterior». «Eso es dolor —me habría respondido el masovero—, te has pasado la vida huyendo de él. La próxima vez que aparezca, puedes enfrentarte a él u ocupar la mente con algún que otro quebradero de cabeza. En lo segundo eres un maestro, es lo que has hecho siempre. Ahora debes tener claro que, si escoges escapar, el enfado, la ira y el miedo te perseguirán hasta la tumba. O te conducirán a ella». Si el Paco de mi imaginación tenía o no razón, no podía saberlo, pero yo estaba seguro de que antes de apenarme por Llibertat y por Montserrat, debía ayudar a mi hermano y vengarme de Kohen.

Obnubilado por mis pensamientos, llegué a la plaza de Espanya sin apenas darme cuenta. Allí inspiré profundamente y con la exhalación se apoderó de mí un impulso. Saqué del bolsillo del pantalón el pañuelo blanco con la eme bordada y en aquel momento tomé conciencia de que no había conocido a la pequeña Helena. Lo haría en breve, estaba seguro de ello. Pero antes debía trazar un plan para sacar a Gabriel de la cárcel. Cuando comprendí que solo el caos me ayudaría a lograrlo, guardé el pañuelo y me metí de lleno en la boca del lobo. Fui directo a la Modelo.

La luz del día se estaba retirando de la ciudad y, con su elegancia habitual, pasaba el relevo a la noche. Delante de la prisión ya no quedaba ninguno de los manifestantes que horas atrás habían proclamado sus consignas. Tenía vía libre, así que me planté en la puerta principal, ubicada en el edificio administrativo. Paco decía que cuando te enfrentas a una situación complicada y comprometida, no hay nada más efectivo que desviar la atención para ocultar tus verdaderas intenciones. Así que empecé a deambular, a trazar eses cual beodo y a farfullar sin sentido increpando a los guardias civiles que custodiaban la entrada. «Tenéis que liberar a los presos, ¿me oís? —les grité—. ¡Os mataré a todos si no los soltáis!».

Aquellos hombres me recibieron con burlas e insultos y me invitaron a alejarme de la puerta. Poco a poco fui acortando la distancia que nos separaba y ellos, en un momento dado, se pusieron en guardia debido a mi cercanía, pero enseguida descartaron que hubiera peligro, se relajaron y siguieron tratándome como a un borracho esperpéntico.

Entonces vi al inspector general de seguridad de Barcelona, Miguel Arlegui, uno de los personajes más oscuros de la ciudad. El hombre, de pelo casi blanco, nariz prominente y bigote abundante y bien cortado, salía de la cárcel acompañado por dos adláteres. Él era mi oportunidad, de modo que me acerqué a uno de los guardias civiles que seguían amenazándome y le pegué un puñetazo. Escogí al más enclenque y bajito para que los demás pudieran ejecutar el papel que les había reservado. Mientras el agredido, que tenía un lunar bajo el labio inferior, se cubría la cara para aplacar el dolor del golpe que yo le acababa de propinar, su compañero se aproximó a mí para detenerme. Intentó embestirme, pero yo lo esquivé y lo empujé con tal fuerza que salió disparado hacia el suelo. A pesar de la precisión de mis movimientos, yo me mantenía en mi papel de borracho y, cuando se acercaron dos más, dejé que me redujeran, que me estamparan contra el asfalto y que me esposaran mientras me apuntaban con sus pistolas.

—¡Soy el nuevo secretario del comité local de los cilindreros! —grité para que me escuchara el inspector—, ¡no podréis meterme en la cárcel como hicisteis con mis compañeros!

Mis palabras llamaron la atención de Arlegui, quien se acercó a nosotros y exigió silencio.

—¿Ha dicho que forma parte del comité de los cilindreros? —le preguntó al del lunar, a quien le sangraba la nariz. Y ante la respuesta afirmativa del guardia civil, Arlegui añadió—: El gobernador Maestre los mandó encarcelar hace unos días. Metedlo dentro, seguro que hay hueco para uno más.

El hombre se alejó sin dar más importancia al asunto, mientras que yo celebraba mi victoria con disimulo. Los guardias civiles me entregaron a los guardias de turno de la Modelo para que procedieran a mi encarcelación. Ni pruebas, ni juicio, ni tan solo una explicación. Con semejante inquina me convertí en un preso gubernativo más. Yo, en silencio y sin oponer resistencia, seguí los procedimientos a rajatabla: registro de pertenencias y de entrada, interrogatorio que respondí sin dificultades y algún que otro golpe injustificado. Se adueñaron de mi Star y me registraron con el nombre de Andreu López, dato que sacaron de la cédula falsa que llevaba encima. A continuación, me agarraron por la solapa de la chaqueta y me guiaron hasta el corredor que conectaba el patio de bienvenida con la sala central de la prisión. Para llegar allí, cruzamos tres puertas de seguridad dispuestas a lo largo de un pasillo alrededor del cual se articulaban varios equipamientos.

Cuando fue construida, la cárcel fue bautizada en vano como Prisión Celular, ya que la población se refería a ella como la Modelo. Quizá la llamaron así porque se proyectó como el ejemplo de un nuevo modelo penitenciario, que, sin éxito, se intentó instaurar en los tiempos en que fue inaugurada. La Modelo me recordaba a un pulpo con seis tentáculos porque estaba compuesta por un cuerpo central, la sala circular en la que me encontraba, del que salían las seis galerías donde se alojaban las celdas. Me impresionaron las robustas columnas de hierro que soportaban la cúpula construida sobre la sala y que sellaba la esperanza de los presos allí hacinados.

Los guardias que me custodiaban saludaron al compañero que vigilaba desde el panóptico y me metieron en una de las galerías. El corredor al que me llevaron tenía dos pisos en los que se alineaban un montón de celdas cerradas con puertas de hierro con una diminuta apertura en la parte superior, tan pequeña que no me permitía ver bien a sus moradores. De repente, los guardias se detuvieron delante de una de ellas, la abrieron y me empujaron hacia el interior. Mis nuevos compañeros, unos ocho, me recibieron con antipatía.

—¿Nos metéis a otro? —se quejó uno—. ¿No veis que no cabemos?

—¡Y encima es enorme! —se lamentó el que estaba sentado a su lado.

—No os preocupéis —les respondí mientras los guardias cerraban la puerta a mi espalda—. Dormiré sentado en un rincón, ni siquiera notaréis mi presencia.

Más por precaución que por otra cosa, eché un rápido vistazo al lugar. Había una litera, un lavabo con un grifo y un espejo, algunas baldas de obra y ocho hombres repartidos entre la cama más baja y el suelo, sentados en una suerte de corrillo desigual.

—No les tenga en cuenta sus comentarios, joven —me respondió un señor mayor, de mediana estatura, pelo blanco y barba frondosa. El hombre sonreía mientras se levantaba para estrecharme la mano—. Nos tienen en unas condiciones deplorables y la queja es lo único que nos queda.

—Le agradezco sus palabras —dije mientras correspondía a su apretón de manos—. Perdone que sea tan directo, pero me gustaría encontrar a Gabriel Garriga, de la textil. ¿Sabe en qué zona está?

—Nos han cambiado tantas veces que no sé decírselo. Búsquelo mañana en el patio, después del desayuno. Si tiene suerte y aún está en este módulo, allí lo encontrará.

Por la noche intenté dormir sentado, con las rodillas junto al pecho y la cabeza reposando sobre ellas. Apenas pegué ojo: estuve midiendo las posibilidades que tenía de sacar a Gabriel de la cárcel y, muy a mi pesar, comprendí que eran nulas.

Con la llegada del nuevo día, me entregué al caos, no tenía otra opción. Tal como me recomendó el anciano de la celda, desayuné y me dirigí al patio. Para llegar allí, debía pasar por la sala circular, la del panóptico, y en el momento en que la estaba cruzando, vi a un funcionario ajeno a la prisión que hablaba con dos de los guardias. Les estaba entregando un papel con un listado.

—Estos son los presos que el gobernador manda liberar hoy. Los quiero listos en media hora. Los recogeremos aquí mismo, ¿entendido?

Los guardias asintieron y yo encontré en ello una oportunidad para liberar a mi hermano. Disponía de muy poco tiempo para ejecutar con éxito el plan que ya tenía en mente, de modo que salí al exterior con presteza. El patio tenía una forma triangular porque limitaba con las paredes de dos corredores. Algunos presos jugaban al fútbol, los demás conversaban de pie o sentados, o practicaban ejercicios de gimnasia. Dos guardias custodiaban cada uno de los accesos y otros se desplazaban entre los encarcelados para vigilar qué hacían o escuchar sus conversaciones.

Había amanecido fresco y nublado, aunque ya estaban apareciendo los primeros claros acompañados de una temperatura agradable. Deambulaba yo por el patio cuando, de improviso, me encontré cara a cara con Enric. Lo habían encerrado en enero.

—Pero, Mateu, ¿qué haces aquí? —me preguntó después de abrazarme—. Dime, ¿cuándo has vuelto?

—Volví ayer y he hecho que me detengan para ver a mi hermano. Pero eso es irrelevante, ¿sabes dónde está?

—¿Estás loco? ¿Y no podías pedir una visita como todo el mundo? Con lo tranquilo que parecías cuando te conocí —me respondió sorprendido, haciendo un gesto de desaprobación con la cabeza—. Aunque, bueno, durante las últimas semanas solo han dejado que nos visiten los abogados y nuestras mujeres. Y en muchas ocasiones ni eso.

—Y Vicenç, ¿está también aquí?

—No, ya sabes que él es un pacifista y nunca se mete en líos. Por suerte, está en la calle. Anda, sígueme, creo que sé dónde está Gabriel.

Guiado por Enric, encontré a mi hermano sentado en el suelo, cobijado por la sombra que le brindaba una de las paredes, con la mirada perdida y la voluntad ausente.

—Ho... hola —le saludé, preocupado por su aspecto.

Gabriel estaba macilento, pálido y ojeroso, y de su barba, frondosa y desaliñada, pendían dos o tres canas. En su rostro se vislumbraba la tristeza, la angustia y la culpa, aunque, al verme, esbozó una leve sonrisa. Se levantó con dificultad y se lanzó a mis brazos.

—No te enviamos al campo para que acabaras aquí —me reprochó al separarse de mí—. ¿Cuándo has vuelto?

—Ayer. Lo... lo sé todo. No sabes cuánto lo siento. No sé qué decirte, no sé cómo consolarte. Tendrías que haberme avisado, habría vuelto corriendo.

La mente de Gabriel se alejó de la conversación. Sin darme otra opción, desvió el tema y, con odio y rencor, me habló de su detención y de la actuación de la patronal y la policía el año anterior. Al cabo de unos minutos, Enric se dispuso a dejarnos solos.

—Espera, Enric, creo que puedo sacar a Gabriel de aquí ahora mismo. Tengo una idea algo descabellada que quizá podría funcionar. Necesito tu ayuda.

—¿Te has vuelto loco? —exclamó de repente mi hermano—. ¿Cómo diablos vas a hacerlo?

—Gabriel, te lo diré con tres palabras: treta del despistado.

Les revelé el plan y, aunque en un primer momento Enric lo calificó de locura imposible, luego se calló unos segundos en actitud reflexiva.

—Está bien —concluyó al fin—, podemos intentarlo. Antes, dime, ¿por qué deberíamos montar este alboroto para liberaros solo a vosotros dos? No me malinterpretéis, a pesar de que sois mis amigos, aquí hay mucha gente que merece salir y no puede.

—Llevas razón, pero míralo. —No añadí nada más, no quería importunar a mi hermano—. Tiene dos hijas, se ha quedado viudo y lleva meses encerrado. Además, debes saber que he vuelto para poner fin a las actividades de Kohen, y Gabriel puede ayudarme. Paco me dio una pista y tenemos que seguirla. Y cuando acabe con él, podremos derribar al comisario Bravo Portillo y...

—Mateu, pareces otra persona, y no estoy seguro de que eso sea bueno. Además, debes saber que a Portillo se lo cargaron en septiembre. Una suerte, uno menos. Sin embargo, creo que su muerte es irrelevante, porque poco después se creó otra banda que ahora opera a la sombra de la patronal. Está compuesta por los secuaces de Portillo bajo la dirección de otro embaucador, König le llaman. Podemos derribar a un cabecilla, pero siempre habrá otro que ocupará su lugar.

—Nunca te he visto tan pesimista.

—Qué quieres que te diga, la cárcel no es precisamente un paraíso. Además, el gobernador Maestre va a soltar a los presos de la lista que has mencionado para apuntarse un tanto ante la prensa y el Consejo de Ministros. Ayer volvió de Valencia y el muy desgraciado declaró que hay solo unos doscientos encarcelados. Es mentira, ya has podido comprobar cómo están las galerías, abarrotadas. Y en Montjuïc hay más. —Suspiró—. Así que somos muchos más de doscientos presos. Nos tiene bien jodidos. Aunque... está bien —dijo algo más calmado—, te ayudaré. Necesito veinte minutos para ver quién se apunta.

—Si puede ser, que sean diez.

Enric desvió la mirada y se paseó entre los corrillos con

disimulo. Cuando volvió, en su rostro lucía una sonrisa de satisfacción. Me aseguró que lo tenía todo preparado. Antes de comenzar, quería cerciorarse de si yo confiaba de verdad en la treta. Le respondí que no teníamos otra opción.

—Una última cosa, ¿quién es Paco? —le pregunté después de agradecerle su ayuda—. ¿Por qué vive aislado en El Talladell?

—No te preocupes por mi tío, es un fantasma. Aunque veo que te ha transmitido parte del espíritu que perdió hace muchos años. Bienvenido a la lucha, Mateu.

Acto seguido, dio media vuelta y propinó un puñetazo en la cara a uno de sus compañeros, quien, después de sonreírle con complicidad, interpretó su papel y le devolvió el golpe. Ambos se enzarzaron en una pelea a la que siguieron más de quince trifulcas a lo largo y ancho del patio. Los guardias abandonaron sus posiciones e, incrédulos y asustados, trataron de poner paz. Los presos gubernativos se habían comportado como una piña hasta el momento, por lo que aquella novedad causó gran desconcierto entre el personal de seguridad. Además, había tantas peleas librándose al mismo tiempo que los vigilantes apenas podían decidir a cuál atendían primero.

Aprovechando el caos que se había originado, le pedí a Gabriel que me siguiera. Él obedeció, cabizbajo y callado, y se dejó llevar cual corderito. Bordeamos la pared para no tropezar con alguna de las reyertas y accedimos a la sala principal de la prisión, la circular. Una vez allí, me di cuenta del riesgo que corríamos y me angustié. Los guardias que habitualmente permanecían en la sala habían salido al patio; el resto estaban informando de la situación a los de las galerías, y Gabriel y yo nos unimos al grupo de dieciocho hombres que estaban a punto de ser liberados. Nos mezclamos con ellos y capté miradas de desconfianza y de preocupación, pero ninguno de ellos nos delató.

Al cabo de un par de minutos, los guardias que habían acudido a las galerías se reagruparon a nuestro alrededor. Uno de ellos abrió la puerta de acceso a la sala y dejó pasar a dos policías y al funcionario público que yo había visto antes; los tres hombres dieron claros signos de estupor al oír el ruido procedente del patio.

—¿Qué leches sucede ahí fuera? —dijo el funcionario.

—Una revuelta, señor. Esperemos que no suceda nada grave —me adelanté a responder. Les estaba confirmando sus peores temores, y ellos, que ni siquiera sabían que se trataba de una pelea entre presos y no de un motín, se lo creyeron.

Varios guardias cruzaron la sala corriendo en dirección al patio. El funcionario, algo enjuto, imberbe y lánguido, me observó con desconfianza mientras pasaba lista de los nombres de los presos que debía liberar anotados en una hoja de papel. Cuando había pronunciado tres o cuatro, oímos algunos disparos provenientes del exterior. Seguramente se trataba de tiros al aire, pero temí que mi plan hubiera causado daño o perjuicio a alguno de los encarcelados. Poco tiempo tuve para preocuparme porque el funcionario, asustado por la barahúnda, negó con la cabeza.

—Se acabó, están todos, ¿verdad? —le preguntó entonces a uno de los guardias que tenía la atención puesta en lo que sucedía en el patio. Este respondió afirmativamente y la reacción del funcionario no se hizo esperar—. Nos vamos ya. Por favor, abrid las puertas.

Así fue como Gabriel y yo salimos de la Modelo. Debo confesar que mientras avanzábamos por el pasillo que nos conducía a la libertad, mis temores iban en aumento. Por suerte, el funcionario y los policías que lo acompañaban no cambiaron de opinión y se apresuraron a salir de las instalaciones aterrados ante la idea de quedar atrapados en medio de un motín.

Una vez en la calle, nos esperaban algunos familiares de los liberados, un grupo de curiosos y también varios periodistas. El día era soleado, el calor asomaba con timidez y yo me sentía eufórico e incrédulo por el éxito de la treta. Cogí a Gabriel del brazo y aceleramos el paso para alejarnos cuanto antes de la prisión. A los pocos minutos, nos detuvimos y lo abracé, deseaba compartir mi alegría con él, pero mi hermano se mantuvo absorto en su propio desconsuelo. Pasó un lechero con un carro lleno de botellas. Vendía el producto a voces y, aunque no llevábamos dinero, le pregunté a Gabriel si debíamos comprar un par de litros para los tíos. Lejos de responderme, me dio la espalda y echó a andar. Así me anunció que no tenía intención de reencontrarse con sus hijas de inmediato.

—Hermano, vayamos a casa de los tíos —le pedí, decepcionado, mientras le perseguía.

—Yo voy a emborracharme —me respondió sin darse la vuelta siquiera—. Y ni tú ni nadie va a impedírmelo.

De poco sirvieron mis ruegos, mis argumentos, mis reproches. Gabriel caminaba arrastrando los pies, con las manos refugiadas en los bolsillos y el sentido de la responsabilidad en tela de juicio. Decidí seguirle porque temía que se metiera en líos. Además, desconocía las consecuencias de su fuga, no sabía si irían a buscarlo o si pasaría desapercibida. ¡Había tantos presos y tanto caos en las prisiones y en las comisarías! El caso es que fuimos al Paralelo y entramos en la Tranquilidad, el bar anarquista, en el Celler Bohemi y en el Chicago, y en cada uno de estos locales consiguió que le invitaran a cerveza o a vino con la excusa de que acababa de salir de la cárcel. Aunque las circunstancias de nuestra fuga requerían discreción, no había forma de hacérselo entender.

Su actitud me irritaba, pero me enfadaba todavía más cuando él se acercaba a la barra, enterraba la melancolía y cambiaba por completo su estado de ánimo. Saludaba a amigos y conocidos con la alegría y con el don de gentes que le caracterizaban. Compartía bromas con ellos y piropos con ellas. Si le interrogaban sobre cuándo o cómo lo habían soltado, se limitaba a declarar que era un tipo afortunado. Si le pedían la opinión sobre las huelgas, respondía con evasivas y lugares comunes que lo alejaban del compromiso y de las críticas habituales. Tras abandonar un bar, se sumía de nuevo en un estado pesaroso que desaparecía en cuanto entrábamos en el siguiente. Yo no podía hacer más que acompañarle y evitar que se metiera en problemas.

Mi paciencia llegó al límite cuando, al salir del Español, me anunció que necesitaba compañía femenina y que para eso no le hacía yo ninguna falta. Me lo dijo delante del Folies, y lo hizo con desprecio.

—Tus hijas te necesitan —le repetí por enésima vez.

—Lo que yo ahora mismo necesito es una mujer, no un guardaespaldas, así que déjame en paz, imbécil.

Tras su comentario hiriente, me abalancé sobre él y lo agarré por la camisa para que al menos me insultara mirándome a la cara.

—¿Te vas a acostar con una puta? ¿Qué leches te pasa? Entiendo que estés mal, no puedo ni imaginar cómo han sido estos meses para ti, pero no te reconozco, no comprendo por qué te comportas así. Te pareces a papá…

Gabriel respondió a mi acusación sin concederme ni un segundo para reaccionar o protegerme. Me empujó y me arreó un puñetazo de los que no se olvidan. Lo recibí estoicamente y, aunque no se lo devolví, creo que mi mirada, insolente y decepcionada, le dolió más que todos los golpes que le hubiera podido propinar para defenderme. Por eso me volvió a pegar y, tras esa nueva ofensiva, contempló sus manos desconcertado y experimentó un profundo arrepentimiento que se reflejó en su semblante. Se sentó en el bordillo enfurecido, no sé muy bien si conmigo o consigo mismo.

—¡No puedes volver de repente y decirme lo que tengo que hacer! —me gritó con la cara escondida entre las manos—. Han pasado muchas cosas, ¡así que no me jodas ni me sermonees!

Dolido, me senté a su lado para hablar con más tranquilidad.

—Fuiste tú quien me envió al campo, y también tú quien me ha mantenido alejado, porque siempre te he molestado, soy un estorbo para tus planes, ¿no es verdad? ¿Por qué no me dijiste lo de Llibertat?

—¿Molestar? Joder, Mateu, ¡te cargaste a una mujer! —exclamó tocándose el pelo obsesivamente. Su voz, grave y gruesa, llamaba la atención de los que pasaban por la calle. Al darse cuenta, suavizó el tono—. Podemos justificarlo o no, pero sucedió, y yo no quería que te mataran, ¿lo entiendes? No te dije nada de Llibertat porque pensé que volverías para consolarme y yo no quiero esta vida para ti, aquí no encontrarás paz para lo que te perturba la cabeza.

—¿Y tú? ¿Crees que emborrachándote vas a solucionar algo?

Gabriel tragó saliva y se rascó el cogote con tanta fuerza que pensé que se haría daño.

—De nada sirve que me comporte, de nada sirve que intente proteger a los míos. La muerte me persigue y se ha propuesto acabar con todo lo que me importa. ¡Todo es culpa mía! ¿No lo entiendes? Si te quedas a mi lado, también morirás.

—Pero ¿qué dices?

Tórtola Valencia, la más grande bailarina de Barcelona, pasó en ese momento por delante de nosotros en compañía de un hombre. Unos chicos que la reconocieron le gritaron varios piropos, mientras mi hermano, indiferente a lo que sucedía a nuestro alrededor, intentaba justificar su desvarío:

—Lo que oyes, todas las personas que me importan se mueren, ¿no te das cuenta? —Sin aliento y acongojado, se levantó para liberar la tensión de sus palabras—. Me han arrebatado a mi madre, a mi hijo y a mi mujer. Se fueron por mi culpa, porque no pude hacer nada por salvarlos. Nada. Por eso no quiero ver a mis hijas, porque no seré capaz de protegerlas, porque, si estoy cerca de ellas, tarde o temprano las atrapará la desdicha.

Apoyó el peso de su responsabilidad sobre mis hombros y lloró durante un buen rato mientras yo le repetía en bucle: «Tú no tienes la culpa». Conseguí convencerle para que nos fuéramos y lo conduje a casa de los tíos. Por el camino, me asaltó una verdad acompañada de un temor: el caos se había apoderado de mi vida y no sabía cómo poner orden.

11

Como en los viejos tiempos, Gabriel y yo amanecimos en nuestra antigua habitación. La estancia olía a tabaco y a esa mezcla de alcohol y sudor que te acompaña tras pasar varias horas en los bares del Distrito V. Me preguntaba si mi hermano todavía dormía la mona y deseaba que el nuevo día iluminara su sinrazón.

—Mateu, perdóname por lo de ayer —fue lo primero que Gabriel dijo cuando dio señales de vida desde la cama de arriba de la litera.

—No hay nada que disculpar, hermano. Han sido tiempos difíciles para todos.

—No, me comporté como un burro y te pido perdón. Y gracias por liberarme de la Modelo. Siempre acabas sacándome las castañas del fuego. —Estuvo un par de minutos en silencio, y luego continuó—: La verdad es que no me da miedo que me detengan otra vez; aun así, hay algo que me preocupa mucho, y es que no tengo motivos para levantarme. —Y antes de que yo pudiera pronunciar unas palabras de ánimo añadió—: Sé que tengo dos hijas, no quiero parecer un cínico, pero dime, ¿qué futuro les espera en esta ciudad? Llevo años batallando contra esos desgraciados y no sirve de nada, cada vez nos gobiernan personas más despreciables, cada vez somos más pobres. Joder, cuando descubrí la revolución y el bien que iba a traer a la sociedad, me volqué en la lucha, ya lo sabes. Era lo más razonable, no tenía nada que perder, y ahora te juro que me importa un rábano. Lo único que quiero es reventarles la cara a esos hijos de puta.

Me levanté y lo observé. Gabriel, delgado y pálido, no ocultaba su fragilidad. Yo no estaba acostumbrado a verlo en semejante estado, a los hombres nos enseñan a tragarnos las debilidades y a hacer gala de las fortalezas desde que tenemos uso de razón. Coloqué un brazo encima del otro sobre su cama y luego apoyé la cabeza.

—Nos pisotean desde que nacemos, por eso nos cuesta creer que somos seres humanos —comenté—, pero lo somos; y, como seres humanos, somos vulnerables y nos equivocamos. Detrás de esa rabia que acumulas se esconde una profunda añoranza de Llibertat. Ahora… ahora me toca luchar a mí. Deja que tome yo el control de la situación.

—Tú lo que quieres es vengarte para expiar tu culpa, no te interesa la revolución.

—¿Acaso son importantes los motivos que nos llevan a hacer las cosas?

—Sí, sí son importantes, marcan la diferencia entre ellos y nosotros. Por eso estoy así, porque sin los motivos adecuados nada tiene sentido, y ese es el mal que acecha a Barcelona. Hoy reuniré de nuevo a la banda, o lo que queda de ella. Ven, necesitamos sabia nueva.

—¿Por qué no le contaste a Montserrat dónde estaba?

—Fue una decisión difícil. Ya la conoces, si le hubiera contado dónde estabas, habría intentado ponerse en contacto contigo. Por el bien de todos, era mejor que no lo supiera. Siento que lo vuestro se haya acabado, te lo digo de verdad.

Cuando salimos de la habitación, nos esperaba un desayuno magnífico sobre la mesa. Pan, embutido, alubias, butifarra. Mi tía deseaba celebrar que estábamos juntos otra vez. Cuando pregunté por Pere, me respondieron con evasivas. No insistí, pensé que no habían tenido tiempo de avisarle. Tío Ernest nos acusó de temerarios a Gabriel y a mí, él no nos había educado para que acabáramos en la cárcel. Sin embargo, aceptó mantenerse al margen de nuestros tejemanejes del pasado y, a cambio, nos pidió que nos alejáramos de la acción directa. Se lo prometimos sabiendo que incumpliríamos nuestra palabra en cuanto cruzáramos la puerta de su casa.

Oímos entonces el llanto de Helena, mi sobrina pequeña. Tía Manuela había instalado a sus dos sobrinasnietas en la habitación de la cocina, la que en su día perteneció a Pere. Gabriel fue a buscarla y regresó al comedor con el bebé en brazos. Cuando descubrí su diminuto, bonito y sonriente rostro, sentí un leve pinchazo en el corazón. El bebé me recordó que Llibertat ya no estaba entre nosotros, ni ella ni su fuerza, ni su alegría, ni la sonrisa que se dibujaba en mi hermano cada vez que entre ellos se cruzaban alguna palabra.

De sus tres hijos, Helena era la que más se parecía a Gabriel. De pelo negro y ojos marrones, era inquieta como ninguno de sus hermanos y solo se calmaba cuando disfrutaba del placer de comer y dormir. Aquella similitud enojaba a su padre, pues, según me confesó, albergaba la esperanza de que la pequeña fuera depositaria de la esencia de su madre, no de la suya. La tomé en brazos y al acunarla sentí su candidez. «Hola, pequeña —le dije—. Soy tu tío Mateu». Me pregunté si alguna vez tendría yo un hijo y evité responderme porque no imaginaba otra madre que Montserrat, y ella estaba con otro. Con cuidado, entregué el bebé a mi tía y le pregunté a Gabriel por la hora de la reunión.

—Ven esta tarde sobre las cinco —me respondió, y dirigiéndose a tía Manuela, dijo—: ¿Podría quedarse hoy con las crías? Esta noche vendré a por ellas, se lo prometo.

—Por supuesto, vete tranquilo. Después de criar a tres mendrugos —dijo con cariño—, es un placer estar entre chicas.

El día transcurrió sin más quehaceres que descansar y conversar con mi tío. Aproveché para salir al balcón y ver el rosal de mi madre, y allí tío Ernest me habló de la zapatería. Ambos convinimos en que no tenía sentido que volviera a ser su aprendiz y a él le entristeció que el taller se quedara de nuevo sin heredero.

—Supongo que el destino quiere que la zapatería quede en manos de otra familia —dijo melancólico—. Acabaré brindando a otro joven la oportunidad que me dieron a mí.

—Este rosal es inmortal —comenté para cambiar de tema—. ¿Cuántos años hace que lo trajo de casa de mi madre?

—Ahora eres un hombre, así que sabrás encajar la verdad. Aquel rosal murió y también otros muchos que tu tía plantó para sustituirlo. Manuela se las ha apañado para hacerte creer que el rosal de tu madre sigue vivo después de tanto tiempo.

Al cabo de un rato, entré en la habitación, abrí la bolsa que había traído conmigo desde El Talladell y cogí la otra Star. Antes de marcharme, le di un fuerte abrazo a mi tía, que no entendió el motivo de tanta efusividad.

Gabriel me recibió con una noticia inesperada. En el momento en que abrió la puerta de su casa, esbozó una sonrisa nerviosa y me detuvo con la mano.

—Un segundo, Mateu —dijo en voz baja—. Debo advertirte de algo. —Acto seguido, se acercó aún más y me habló al oído—: Marc está ahí dentro, te pido que te comportes.

—¿Quién es Marc? —expresé confundido.

—Es el compañero de Montserrat. Él no tiene la culpa de nada y es un buen tipo. Hace meses que forma parte de la banda, así que trátale con respeto. Te juro que al principio me negué a aceptarlo, pero es más vivo que el hambre, nos ha ayudado en situaciones complicadas, y ya sabes que lo más importante es...

—Sí, la revolución, lo sé.

Aguanté la respiración y, a continuación, exhalé el aire con pesadumbre. Había vuelto para acabar con Kohen y nada debía desviarme de mi camino, ni siquiera el desamor.

—No te preocupes por mí.

Me abrí paso y crucé la entrada bajo la mirada desconfiada de mi hermano, que me siguió hasta el comedor, donde había dos hombres sentados alrededor de la mesa y un tercero de pie, apoyado en la pared justo al lado de mi cuadro. Este último, más joven que Gabriel y yo, parecía un chico de goma. Tenía una incipiente papada y los mofletes mustios, era delgado pero blandito. Llevaba el pelo muy corto y tenía una chapela en las manos. Vestía pantalones marrones sostenidos por tirantes negros y una camisa blanca. Fue el primero que se acercó a mí con la mano tendida.

—Hola, Mateu, yo soy Carlos y trabajo en La Maquinista. —Hablaba con acento vasco—. Soy el único de este comedor que no pertenece al sector textil.

—Encantado, Carlos —le dije estrechándole la mano—. Un placer conocerte.

Gabriel colocó su mano sobre el hombro de otro de los allí presentes, que encabezaba uno de los extremos de la mesa. El hombre se encontraba al final de la cincuentena y tenía el pelo canoso, la barba corta y arreglada, y los ojos pequeños y risueños. Vestía un traje de tres piezas de pana; yo no podía ni imaginarme el calor que debía de estar padeciendo.

—Aunque parezca mentira —dijo Gabriel—, Bernat se ha unido a nosotros.

—Señor Bernat, ¡qué alegría verlo! —exclamé mientras le daba la mano—. ¿Cómo está su mujer?

—Murió, un accidente con las correas que accionan el telar. No me mires así, todavía me entristece, pero las cosas son como son: prefiero luchar para que muertes como la de mi mujer no se repitan, a quedarme en casa llorando.

Era como si las malas noticias se hubieran conjurado para recibirme a mi vuelta a Barcelona, y yo no tenía cuerpo para soportar otra. Bernat y yo habíamos sido compañeros en la sección de sorteo. Él era el más veterano de la sección, podría decirse que incluso la lideraba. De todos los sorteadores, él y yo éramos los únicos que sabíamos leer, ni siquiera Llibertat había tenido la oportunidad de aprender; así que, de vez en cuando, y a horas en las que no había controles del trabajo, uno de los dos leía en voz alta panfletos, octavillas y diarios. Sindicalista calmado y de buen talante, Bernat siempre había defendido los métodos de lucha pacíficos, por eso me sorprendió verle ligado a la acción directa.

Gabriel se dirigió hacia el tercer hombre. Supuse que se trataba del pretendiente de Montserrat. Marc tenía la cara alargada y mofletuda, el pelo y la barba castaños, aunque con matices pelirrojos, y frondosos, los ojos verdosos y la nariz sutilmente ancha. Era algo más alto que mi hermano pero abultaba el doble: tenía una vasta espalda y la barriga generosamente pronunciada. Lo que más me sorprendió fueron sus piernas, sobre todo en comparación con el resto del cuerpo, pues eran como dos ramitas soportando un porte fiero y agreste. A pesar de su físico, Marc hablaba con una delicadeza que despertaba confianza a primera vista.

—Este es Marc —anunció Gabriel—. Le conocimos hace unos meses y se ha convertido en un miembro clave para la banda.

—Encantado —le dije mientras me acercaba a él, incómodo—. Me han hablado muy bien de ti.

—¿Seguro que bien? —bromeó—. Es un placer conocer al hermano de Gabriel.

—Por favor, Mateu, siéntate —me invitó Gabriel señalando la silla que estaba delante de la de Marc—. Con Enric, que sigue en la cárcel, se cierra el grupo.

—Eso no es verdad —se oyó una voz desde la cocina en el mismo momento en el que yo me sentaba—. Yo también asisto a todas las reuniones. Eso me convierte en un miembro de pleno derecho, ¿no?

—Claro que sí, Montse.

Montserrat apareció en el comedor con una bandeja cargada de tazas de café y bollos, y la dejó sobre la mesa sin siquiera mirarme.

—Pues que sea la última vez que me dejas fuera del recuento —sentenció.

Los allí presentes permanecieron a la espera de mi reacción y yo me sumí en un profundo dilema. Quería fundirme y desaparecer y, a la vez, luchaba por no cogerla entre mis brazos y besarla. Deseé no haberme enamorado, en aquel instante prefería la apatía del pasado a un corazón tan roto como el mío entonces.

Gabriel se sentó encabezando el extremo de la mesa que quedaba libre.

—¿Qué hace ella aquí? —Me arrepentí de mis palabras en el mismo momento en que formulé la pregunta.

—Dime un solo motivo por el que no debería estar presente —replicó Montserrat con cierta ternura, aunque frunciendo el ceño, mientras tomaba asiento al lado de su chico.

—Tienes razón, disculpa. No me refería a... Montse, esto es peligroso. No deberías participar.

—Es tan peligroso para ti como para mí. Si quieres, hablamos de eso luego, siempre que no vuelvas a marcharte dejándome con la palabra en la boca, claro está. Ahora es el momento de comenzar la asamblea, no de cuestionar mi lugar en ella. Por favor, Gabriel, empieza.

Mi hermano carraspeó como si con ello quisiera transitar entre la tensión que imperaba en la mesa y la seriedad que requería la reunión. Carlos se sentó a mi lado y Gabriel explicó mis intenciones al resto de la banda. Montserrat colocó una mano sobre la mesa y Marc se la cogió cariñosamente. Como acto reflejo, me miró con timidez y luego apartó la mano y la escondió bajo el tablero para evitar un nuevo contacto directo con su amado. Yo intentaba escuchar a Gabriel, pero mis cinco sentidos estaban atentos a los movimientos de ella.

—... por eso —terminó de explicar mi hermano—, Mateu quiere encontrarse con el Martillo, porque cree que le dará información sobre Kohen. ¿Qué opináis? Que levante la mano quien esté a favor de ayudarle en su cruzada contra el Barón.

Todos la levantaron sonrientes y con muestras de aprobación, incluida Montserrat, que, pese a todo, no se atrevía a mirarme. Gabriel no les había revelado mi crimen ni mis motivaciones, no lo consideró necesario.

—Mateu —dijo Bernat—, no será fácil dar con él. Hace tiempo que no sabemos nada del Martillo y no tenemos modo de contactar con él. Ni siquiera sabemos si está vivo.

—Una vez lo localicé a través de una de sus amantes —aseguró Carlos—. Se llama Marta y creo que ahora trabaja en el mismo espectáculo que tu primo, así que podríamos preguntárselo.

Ahí me surgió una duda: ¿a qué espectáculo se refería? ¿Gabriel sabía que Pere se travestía?

—¿Es verdad eso, Gabriel? —pregunté para desviar la atención—. Si es así, yo mismo puedo preguntarle a Pere si la conoce, y, de paso, lo veo.

—Haz lo que quieras —me respondió—. Yo no quiero saber nada de ese maricón.

El comentario de mi hermano me heló la sangre.

—¿Por qué dices eso?

—Mateu, lo sé, sé a qué se dedica ese... Lo sabemos todos, y tú no deberías haberlo encubierto. Él no es bienvenido en esta casa.

—¡Basta! —gritó Montserrat, indignada—. Que tú seas un zoquete no es culpa de nadie. Para empezar, es tu primo y deberías...

—Que sí, que sí... —la frenó él de malas maneras. Acto seguido, se levantó—. Cuando sepas cómo contactar con el Martillo, avísame —sentenció.

Era evidente que habían mantenido esa discusión en varias ocasiones y que mi hermano estaba tan hastiado de discutir sobre Pere y tan decepcionado con él que no daba opción a hablar del tema. Gabriel se refugió en la cocina y yo me levanté incómodo. No fui capaz de hallar las palabras adecuadas para aliviar la tensión, de modo que me despedí y hui de allí.

En la calle me pregunté por mi venganza, por cómo debía llevarla a cabo, y, sobre todo, me interrogué sobre su licitud. La idea de una vindicta me elevaba a la posición de justiciero, cuando, en el fondo, me estaba convirtiendo en un pendenciero más. ¿No debía responsabilizarme de la muerte de Dolors? ¿No debía entregarme a la policía?

Decidí acercarme a casa de Pere, pero intuí que estaría preparándose para la siguiente función. Por eso preferí pasar por el Café del Asalto, el local donde le había visto actuar. Con un poco de suerte, podría robarle unos minutos antes de la actuación. Necesitaba que me aclarara si conocía a la amante del Martillo lo antes posible.

Conde del Asalto hacía gala de su habitual bullicio de los domingos por la tarde. En Casa Emilia, el burdel con más prestigio de la calle, se celebraba uno de los recitales de poesía con los que se ilustraba a los puteros. Un hombre anuncio proclamaba a gritos las actuaciones que tendrían lugar en el Celler Bohemi. Pregunté por mi primo en la barra del Café del Asalto. El camarero me aseguró que ningún Pere actuaba aquella noche y, cuando le pregunté por «Eva», supo a quién me refería y me contó que ya no trabajaba allí. Tampoco conocía a ninguna Marta. Luego recordé que Carlos no había especificado en qué espectáculo trabajaba.

Al salir del local, resolví entrar en el London, ansioso de refrescarme con una cerveza. Esperaría a que terminaran las funciones principales e iría a buscar a Pere a su casa. Estando yo sentado en un rincón y ensimismado en las miserias que me asediaban, vi a una mujer delgada y morena, de pelo rizado y andares contundentes. No era Montserrat pero se le parecía, y allí, contemplando el rostro de aquella extraña, concluí que no había sido justo con ella. Me había comportado como un egoísta y, por si eso fuera poco, en lo que duró el reencuentro no había sido capaz de dedicarle una palabra amable siquiera. De todos modos, Montserrat había sido dura conmigo. Dos no se pelean si uno no quiere.

Tras ahogar mis penas en cuatro o cinco cervezas, fui al encuentro de Pere con la esperanza de que todavía viviera en el mismo piso. Llamé a la puerta, pero nadie respondió. Volví a la calle y me apoyé en la fachada del edificio. Al cabo de un rato, lo identifiqué entre la ebria multitud que paseaba por Conde del Asalto. Vestía ropa de hombre y llevaba una funda donde probablemente había un vestido y una bolsa que imaginé repleta de maquillaje. Cuando me vio, las lanzó al suelo y corrió para saludarme.

—¡Mateu! ¿Dónde demonios te habías metido? —me dijo al tiempo que me estrechaba fuerte entre sus brazos.

Noté que lloraba y yo, hierático como los mástiles de un velero, apenas supe ofrecerle unas palabras de consuelo. Cuando se separó de mí, me invitó a subir a su casa; era prioritario que nos pusiéramos al día, dijo.

Pere había adelgazado sensiblemente y se mostraba más afeminado que en el pasado. Sus gestos, enérgicos y abiertos, acompañaban todas y cada una de las palabras que pronunciaba con aspavientos y giros de muñeca. Mi primo parecía otra persona y, a la vez, era el mismo de siempre. Muchas de las expresiones que usaba habitualmente habían desaparecido de su vocabulario. Su amaneramiento seguía incomodándome a pesar de que yo ya no me lo podía imaginar sin aquellos ademanes.

El piso apenas había cambiado, solo en pequeños detalles. En el salón me crucé con un par de fotografías de Eva ataviada con un vestido ceñido, peluca, plumas y mucho maquillaje. Además, había una burra con varias boas y piezas de ropa de todo tipo. Me invitó a sentarme en una de las butacas mientras preparaba un par de rones con hielo. A pesar de que a mí no me apetecía beber, él fue tan insistente que no pude negarme. Ambos mostramos la alegría que nos producía el reencuentro saltando de un tema a otro.

—Te veo diferente, cariño, estás más… Pareces más seguro de ti mismo —dijo Pere—. Venga, cuéntame dónde has estado. Pero dime la verdad, no quiero la versión edulcorada que le habrás ofrecido a mis padres.

Las dudas me abordaron pero las aparté, sentía la necesidad de contarle la verdad. A él no podía mentirle. Sin mirarle a la cara, le relaté lo sucedido desde la enfermedad de Alfred hasta aquella misma tarde.

—¿Y te metiste en la cárcel para sacar a Gabriel? ¡Estás loco! —exclamó admirado cuando finalicé mi relato.

—No me siento orgulloso de ello, pero tenía que ayudar a mi hermano —comenté cabizbajo—. En el fondo, eso es lo de menos. Maté a Dolors. Ahora… ahora soy un asesino.

—Mira, cielo, el que esté libre de pecado que tire la primera piedra. Tú no querías matar a la mujer de ese anarquista. Eres un cobarde, eso sí, sabes que deberías haberle plantado cara a Kohen. Aunque, claro, hablar es muy fácil, yo mismo no sé qué habría hecho en tu lugar. La idea de que hayas cometido un asesinato no me gusta nada, aunque quizá es verdad que no tenías otra opción. Con respecto al resto de las cosas, poco te puedo ayudar. Recuperarás a Montserrat, date tiempo, tienes que dejar de ser un hombre de paja para hacerlo. Enamórala de nuevo. ¿Y qué más decías? Ah, sí, Marta. Sí, hay una Marta en mi compañía, pero no sé si es amante de ese tal Martillo. Se lo podemos preguntar. Ven mañana al Folies Bergère, te la presentaré antes de que empiece la función.

Pere me dedicó otra retahíla de consejos y advertencias en torno a una misma idea: no debía perseguir a un canalla como el Barón. Le prometí andarme con cuidado. Tras su discurso, había llegado el momento de que me explicara qué había sucedido entre él y Gabriel.

—¿Que qué pasó? —me preguntó alterado—. ¿Qué quieres que te diga? Ya sabes cómo es el mundo con los hombres como yo. Y tu hermano es un besugo, eso es lo que pasa. Se enteró en noviembre, me refiero a que se enteró de que yo actuaba en el Café del Asalto. Es cierto que Llibertat acababa de morir y tu hermano no pasaba por el mejor momento, pero su dolor no justifica lo que me hizo. Una noche de aquel mismo mes, cuando salí al escenario, lo vi sentado en primera fila junto a Enric y Marc. No sé cómo se enteró. El caso es que no se lo había creído y vino al café para verificarlo. Cuando empecé a cantar, noté un alboroto inusual entre el público. —Pere se tapó la cara con la mano—. Qué vergüenza, Mateu. Tu hermano, borracho y sin control, subió al escenario e intentó quitarme el vestido. Lo empujé para que me dejara en paz y se cayó del entarimado. Aunque no había mucha altura, se pegó una buena leche. Entonces empezó a insultarme y a llamarme cosas que…
—Pere negaba con la cabeza, dolido y tratando a la vez de restar importancia a los insultos de Gabriel—. Y luego volvió a la

carga. Me agarró del brazo y me sacó a rastras del local. Yo estaba tan conmocionado que no reaccionaba. En la calle, cuando me pegó el primer puñetazo, me tocó tanto los cojones que se lo devolví. —Una lágrima cayó por la mejilla de mi primo y se la secó con los dedos—. Él iba tan bebido que no pudo detener el golpe. Imagínate qué bochorno, primo. Me quité los tacones y la peluca y empecé a atizarle. Le di bien. Sus amigos nos separaron y se lo llevaron, y yo me quedé solo en medio de la calle. Tras la trifulca, el señor Galán, el amo del Café del Asalto, salió del local y me pidió educadamente que no volviera nunca más. No quería escándalos en su negocio.

Pere detuvo su relato para tomar un sorbo de ron. Después dejó el vaso encima de la mesita de centro y cerró los ojos. Yo no supe discernir si esperaba mi consuelo o si necesitaba mi silencio.

—Lo siento mucho —dije al fin—, lo siento de verdad. Es muy injusto.

—Déjalo, cielo, no sirve de nada que me compadezcas. Aun así, no hay mal que por bien no venga. Allí estaba, llorando en el suelo y soportando las burlas de los que en su camino chocaban con mi desgracia, cuando una mujer se apiadó de mí y me preguntó qué me había pasado. Se lo conté todo y resultó ser una actriz que trabajaba para la Green. Me prometió que preguntaría si podían ofrecerme trabajo en su compañía. Por lo visto, la mismísima María Green se interesó por mi historia y, después de pasar una audición, me contrató para su *Cabaret de variedades* y me encontró bolos en compañías tan serias como la suya. Ahora he subido de categoría —dijo con orgullo, poniendo fin a su relato.

—¿Me estás diciendo que trabajas con la Green? ¿Con esa diosa? ¡Por el amor de Dios, Pere, eso es increíble!

—Lo sé, lo sé, yo tampoco me lo creo.

—¿Cómo puedes soportarlo? Me refiero a vivir así, soportando que te insulten y…

—Recuerdo la tarde en la que me encontraste probándome el vestido de mamá. Mi mundo se vino abajo y salí a la calle para huir de ti. Me dije a mí mismo que si había una paloma blanca en el primer balcón que encontrara, todo iba a ir bien. ¿Y sabes qué? Había una allí mismo. Crecí con miedo pero con la certeza de que me esperaba un destino hecho a mi medida. Pasó el tiempo y no me atrevía a actuar, a vestirme de mujer. Lloré mucho, padecí una angustia indescriptible durante muchos años. Veía cómo mis anhelos se frustraban y me sentía desgraciado. Aunque pasaba los días en el taller con un padre al que adoro, trabajar con él me consumía. En cierta ocasión me encontraba en la galería de casa, llorando y preguntándome por enésima vez qué debía hacer cuando vi una paloma blanca que se posó en un balcón cercano y me miró fijamente, desafiante. Le sonreí y ella echó a volar. En aquel momento supe que debía enfrentarme a mi destino.

Estuvimos conversando un par de horas más sobre sus vivencias y las mías, sobre lo que habíamos aprendido y lo que nos faltaba por aprender. Aquel hombre que se comportaba como una mujer y yo no podíamos ser más distintos, pero allí estábamos, charlando como buenos hermanos.

Pasé la noche en la habitación de invitados de Pere y la tarde del día siguiente lo acompañé al teatro para conocer a Marta. Los artistas entraban en el Folies por la calle Conde del Asalto. Un pequeño vestíbulo y un pasillo conducían a la zona donde estaban los camerinos. Pere llevaba su maquillaje y el vestuario, protegido, en efecto, por la funda. Prefería tenerlos en casa para proporcionarles los cuidados que, como él decía, se merecían. Los nervios me acompañaban cuando entramos, sabía que no me iba a sentir cómodo en el mundo de la farándula.

La Companyia Green d'Espectacles solo actuaba los lunes en el Folies, por lo que no disponían de un espacio reservado para ellos. Los protagonistas de la función, María Green y Guillem Bonaire, eran los únicos que tenían camerinos propios. El resto del elenco, unas veinte personas entre hombres y mujeres, se cambiaban en una sala donde tres hileras de mesas largas hacían las veces de tocador. Espejos, sillas, luces, maquillaje, elementos de utilería, baúles, cajas y vestidos esparcidos por el suelo abarrotaban la sala. El conjunto formaba un pequeño laberinto en el que parecía imposible encontrar cualquier pieza de ropa.

—¡Qué tranquilo está esto! —dijo mi primo—. Se nota que hemos venido pronto.

Aunque todavía no habían llegado todos los artistas, cien niños asilvestrados no armarían el alboroto de los que ya estaban allí. Gritaban y calentaban la voz sin orden ni concierto. Los artistas saludaban a Pere con un beso y se mostraban contentos al verle. Eso me tranquilizó, mi primo no estaba solo.

—Vaya, ¿quién es ese grandullón? —le preguntó una chica descarada que parecía muy joven—. Cuando te canses de él, ¡me lo pasas!

—Ay, querida, es mi primo y no está por la labor. Cambiando de tema, ¿alguien sabe si está por aquí Marta?

—No, siempre llega tarde, ya lo sabes —respondió uno de los actores que deduje actuaba como galán—. Y tú empieza a prepararte, que eres lento como una tortuga —le dijo en tono de broma.

Pere agarró un guante y lo estampó en la espalda del chico jocosamente. Acto seguido, mi primo me pidió que le siguiera. Colgó la funda del vestuario en una burra que quedaba a su izquierda y dejó el maletín del maquillaje sobre el tocador.

—En este espectáculo voy vestido de hombre, pero muy maquillado.

Pere estaba contándome nimiedades sobre los potingues que utilizaba, cuando María Green entró en el camerino común. La vedete pidió unas partituras a una de las tiples y yo no pude más que admirarla. La había visto varias veces sobre el escenario y puedo afirmar que su talento hacía sombra a su nombre y a su leyenda.

—Mierda, Mateu, agáchate, que te va a ver —me dijo Pere de repente. Era tan evidente que no entendía el motivo de su petición que, a continuación, se justificó—: Aquí solo podemos estar los actores, son órdenes de la Green. —Hablaba en aquel tipo de susurros que acaban siendo más sonoros que las palabras pronunciadas con normalidad—. Dice que así nos concentramos más en nuestra tarea, ¡de modo que escóndete!

En cuanto oí su advertencia me acuclillé, pero ya era demasiado tarde. La actriz que había actuado en el Español, el Nou o el Folies del Paralelo, y también en el Poliorama y en el Principal de las Ramblas, me descubrió y vino directa hacia nosotros. A pesar de que no era muy alta, daba la impresión de que podía llegar al techo con tan solo mirarlo. Tenía el pelo liso y castaño recogido en un moño que acentuaba el fulgor de su rostro. Sus ojos, de un marrón tal vez parecido al de las profundidades de un volcán, se movían inquietos y curiosos mientras nos observaba. Estaba delgada aunque lucía curvas pronunciadas y, a pesar de sus maneras altivas, desprendía calidez con la mirada.

—Pere, querido, ya sabes que no puedes traerte a tus amiguitos antes de la función —le recriminó con dulzura—. Que visiten el camerino al terminar.

—No, verás, no es... Él es como yo, quiere ser artista —improvisó Pere dubitativo.

—¿Ah, sí? —preguntó doña María. Acto seguido, me observó con una mirada felina y coqueta—. ¿Y cómo se hace llamar este futuro portento de los escenarios?

—Mateu —respondió él, apurado.

—No, me refiero al nombre artístico. Ya habrás escogido alguno, ¿no?

Yo no quería seguir con la farsa, pero tampoco deseaba poner en evidencia a mi primo. Noté que el sudor resbalaba por mi frente. Paco me había enseñado a improvisar y, sin embargo, la presencia de aquella mujer bloqueaba mi capacidad de pensar; imponía más respeto que el mismísimo Kohen.

—Se llamará Montserrat —dijo Pere saliendo en mi ayuda.

—Vaya, ese nombre tendremos que cambiarlo —comentó ella, jocosa—. Mira, lo primero que tienes que hacer es quitarte esa timidez. Cuando lo hayas logrado, ven a verme y te haremos una audición. En unos meses abriremos nuestro propio teatro y, créeme, necesitaremos a muchos artistas. Pere, enséñale el resto del teatro, que lo huela, que sienta la madera. No hay nada más inspirador.

La Green dio por acabada la conversación y se disponía a irse cuando, sin saber muy bien el motivo, la frené con una pregunta que la sorprendió:

—Doña María. —Ella volvió a mirarme con interés—. ¿Cómo ha logrado usted llegar tan lejos?

María Green ladeó la cabeza y sonrió. Supuse que necesitaba unos segundos para responder.

—Equivocándome, querido —dijo finalmente—. Equivocándome profundamente. Cometiendo todos los errores posibles hasta que el único camino que me quedó por tomar fue el de los aciertos.

Acto seguido, dio media vuelta y desapareció por el pasillo rumbo a su camerino.

—No le hagas caso —me susurró mi primo—. Le encanta ponerse dramática cuando le preguntan por su carrera.

Y como si de un cambio de personajes en una escena teatral se tratara, entró una chica rubia con un pañuelo en la cabeza.

—Ahí llega Marta.

Pere me cogió por el antebrazo y me llevó junto a la actriz. Ella había comenzado a sacar botes de maquillaje de una bolsa y los disponía nerviosamente sobre la mesa sin orden ni concierto. «¡No llego, no llego!», se decía a sí misma. Me fijé en su semblante y enseguida reconocí a la mujer que me había recibido en casa de Kohen la noche en que me encargaron asesinar a Joan Mas. Era la única pista que teníamos para conocer el paradero del Martillo, pero su rostro traía a mi cabeza al hombre que estaba buscando. Pere carraspeó para llamar su atención, y Marta puso los ojos en blanco.

—Dime qué quieres, que voy muy tarde. ¡No llego, no llego! —se quejó mientras se miraba en el espejo.

Mi primo le contó que buscábamos al Martillo y que se rumoreaba que ella tenía algún tipo de contacto con el conocido anarquista. Enfatizó la palabra «contacto» para dejar claro el vínculo que los unía. Después de interrogarnos con la clara intención de conocer mis pretensiones, Marta me dijo que, al acabar la función, me daría una fecha y una dirección. No sabía si debía confiar en ella, nos estaba facilitando una reunión con un pistolero tan reputado como buscado por las autoridades y, con los tiempos que corrían, me sorprendió que no tomara más precauciones. Le agradecí su colaboración y ella nos apremió para que dejáramos que se arreglase.

—Perdone, Marta, ¿la conozco? —le pregunté—. ¿La he visto en alguna ocasión?

—Creo que no —me respondió.

—Deberías haberlo visto, ¡Gabriel! —le dije al día siguiente mientras caminábamos por Via Laietana—. ¡Cantó dos canciones él solo! ¡Como solista! ¡Y sobre aquel escenario tan grande! ¡Lo hizo muy bien!

—Te he dicho que no quiero saber nada de ese maricón, ¿estamos? —Me disponía a corregirle, pero él me frenó—: Y no vas a convencerme de lo contrario. No sé cómo cojones tengo que decírtelo.

Mi hermano se merecía un escarmiento por despreciar de ese modo a Pere; no obstante, le conocía bien, no daría su brazo a torcer, por muchos puñetazos que le propinara. Por otro lado, no se estaba mostrando especialmente beligerante o insensible, una gran parte de los hombres de la ciudad reaccionarían con la misma repulsión ante un familiar como Pere. Es más, la mayoría les hacían la vida imposible o incluso los mataban para salvar el honor de su linaje. Gabriel no veía más allá de sus prejuicios, y yo carecía de argumentos para rebatírselos. Quería preguntarle si los tíos lo sabían, pero si alargaba la conversación corría el peligro de que mi hermano se enfureciera todavía más, y no podía permitírmelo. Necesitaba que estuviera tranquilo y bien despierto, ya que nos disponíamos a encontrarnos con el Martillo.

Marta me había citado aquella tarde en el número veintisiete de la calle Princesa para el ansiado encuentro. Sosegados y reconfortados por el sol primaveral, enfilamos la Via Laietana.

—Deberías buscarte un trabajo —dije para cambiar de tema.

—Lo sé. Y tú también.

Nos cruzamos con una horda de soldados que marchaban en retirada por la avenida. Los hombres se desplazaban a pie, no se despegaban de sus fusiles y los acompañaba un vehículo cargado con varios bultos que escondían armas y otro material de defensa. Le pregunté a Gabriel por qué se replegaban.

—Hermanito, no te enteras de nada. Anoche, la Federación Local ordenó la vuelta al trabajo. Alegan que el pueblo ya ha dado su opinión respecto a los presos y que la producción no puede detenerse más tiempo, aunque esto no se acabará aquí, te lo aseguro.

Cuando llegamos al edificio de la calle Princesa donde nos habían citado, Gabriel me contó que, aunque el Único ponía fin a la huelga general, se avecinaban más huelgas escalonadas, ya que estas desconcertaban y sorprendían al gobernador Maestre Laborde en mayor medida que las acciones más masivas y predecibles. Así construía su estrategia la CNT, empleando la confusión como método para suplir la falta de recursos ante la violencia del Estado.

—Ya lo verás, Mateu, el Martillo te va a encantar —dijo mientras subíamos las escaleras—. Es un gran tipo, un hombre de los más inteligentes que he conocido jamás.

—Gabriel, ¿llevas la pistola encima?

—No, ¿para qué iba a necesitarla?

No sabía responder a esa pregunta, tan solo me dejaba guiar por un consejo de Paco: «Antes de entrar en una habitación donde te espere un militar o un anarquista, mide tus posibilidades».

Nos recibió un tipo y, tras el primer vistazo, me pareció que ya lo conocía. Sin embargo, no podía recordar dónde lo había visto. Enfilamos un pasillo y llegamos a un salón rectangular de lo más común: dos sofás de ante y dos butacas isabelinas alrededor de una mesita de té, un mueble bar y dos armarios, todos ellos situados entre el centro y el lado izquierdo. El hombre que nos había recibido se sumó a los tres matones que permanecían de pie y vigilantes, cada uno en una de las esquinas de la estancia. Un quinto tipo, bajito y algo rechoncho, nos daba la espalda mientras preparaba unas copas en el mueble bar. Todo parecía estar en su sitio; aun así, no podía alejar de mí la sensación de peligro.

—¡Martillo! ¡Qué bueno verte! ¡Cuánto tiempo! ¡Qué elegante vas! —exclamó mi hermano dirigiéndose al que estaba de espaldas.

—Tienes razón, Gabriel, hace mucho tiempo que no nos vemos —respondió él.

Entonces el que hacía de barman se giró hacia nosotros y pudimos ver su rostro. Me sentí víctima de una broma del destino, de una pantomima macabra sin gracia ni sentido. Desconocía si el semblante que tenía ante mí pertenecía al Martillo, pero el hombre que interpelaba a mi hermano no era otro que el mismísimo barón Hans Kohen.

—Y este debe de ser tu hermano, ¿no? —preguntó con cinismo al tiempo que colocaba los tres whiskies con hielo que acababa de servir sobre la mesa de té.

Antes siquiera de que pudiera reaccionar, el Barón me observó con mirada triunfante, maquiavélica. Kohen miró la pistola que descansaba sobre la mesita y echó un rápido vistazo a los cuatro hombres que nos vigilaban, para que yo pudiera medir sus posibilidades y quedaran en evidencia las mías. Comprendí el mensaje: me pedía que no revelara su verdadera identidad bajo amenaza de muerte. Mi hermano se mostraba emocionado por el reencuentro y consideraba que aquel hombre era el Martillo. Sin lugar a dudas, veíamos a una persona diferente.

—Por favor, caballeros, sentaos.

Entonces me percaté de otro detalle: el malnacido que nos había dado la bienvenida a aquella farsa era el Menorquín, uno de los dos tipos que me habían acompañado el día que maté a Dolors Mas. Había adelgazado tanto que estaba irreconocible. Era una bola y había pasado a ser un palo de escoba; sus rasgos faciales acusaban el cambio. Gabriel y yo nos sentamos en el sofá, delante del de Kohen. ¿Saldríamos de allí con vida? Si el Barón y el Martillo eran la misma persona, ¿quedaba esperanza para la ciudad? Yo sudaba y temblaba, y no les quitaba el ojo de encima a los matones que nos rodeaban. Nos superaban en número y armas. Si íbamos a batirnos, necesitaba tomar la iniciativa para ganar algo de ventaja, pues la sorpresa era nuestra única baza para salir vivos de allí. Un paso en falso podía ser fatal.

Gabriel comenzó a contarle el motivo de nuestra visita. Por suerte, no le reveló que había sido Paco quien nos había llevado hasta él. No creo que omitiera ese detalle por precaución, él era algo desordenado cuando hablaba.

—¿Sabéis por qué me llaman el Martillo? —preguntó Kohen cuando Gabriel acabó de explicarse.

—Nunca quisiste decírnoslo —respondió mi hermano.

—Porque cuando me marco un objetivo, aplasto al que se interpone en mi camino —dijo con tono de burla—. Soy un martillo dando en el clavo.

Gabriel y los cuatro matones le rieron la gracia por compromiso. Yo permanecí impertérrito, escrutando la mirada del Barón en busca de pistas sobre su verdadero propósito.

—En fin, caballeros, me temo que no puedo ayudaros. No tengo más información sobre el maldito Kohen que la que podéis leer en mi cara. Sé que es un hombre escurridizo y que no se deja ver en público, pero os aseguro que su rostro nunca se olvida.

—Vaya, pues es una pena —se lamentó Gabriel—. Teníamos la esperanza de que podrías ayudarnos. En todo caso, hacía mucho que no te veía, ¿en qué has estado?

—Ay, Gabriel, pues por aquí y por allí. Estuvieron a punto de pillarme y tuve que esconderme durante un tiempo —dijo mirándome—. ¡Todo sea por la revolución! Pero mejor háblame de tu banda, ¿todavía os reunís?

—Pues sí, aunque se ha renovado casi al completo y nos hemos calmado un poco. Otros como los Ródenas o el sóviet de Gràcia están mucho más activos que nosotros.

—¿Acaso necesitáis ayuda? Ya no es tan fácil conseguir armas ni munición de los rusos.

El Barón cogió un lápiz y una hoja de papel que se encontraban en el estante inferior de la mesita de té y se los dio a mi hermano.

—Toma, apunta aquí el nombre de los componentes de la banda. Me aseguraré de que no os falte de nada. Y no quisiera que os pasara nada malo, lo sabes, ¿verdad?

Gabriel escribió los nombres en la lista, empezando por los hombres y, después de pensárselo unos instantes, incluyó a Montserrat. No tenía modo de advertirle de que aquel indeseable no quería ayudarnos. Si le revelaba la identidad del malnacido, la ira de mi hermano acabaría desencadenando una trifulca en la que llevaríamos las de perder. Cuando Gabriel le devolvió el papel a Kohen, este ni lo leyó. Lo dobló y se lo entregó a uno de los cuatro matones que custodiaban el salón. Solo recuerdo que era el más joven, llevaba gafas y tenía una peca enorme que sobresalía por debajo de su oreja derecha.

—Ve y asegúrate de que no sufren daño alguno —le dijo Kohen a su secuaz—. A veces, para que un grupo como el vuestro crezca, hay que darle un empujoncito.

El chico abandonó la sala con calma, justo lo opuesto al pánico que yo experimentaba. Teníamos que salir de allí, teníamos que recuperar el papel; de lo contrario, Montserrat corría peligro. Tan solo deseaba que Kohen nos lo permitiera.

—Tu hermano está muy tenso, Gabriel —ironizó el Barón a continuación—. Se ve que impongo respeto a los más jóvenes, a menudo me lo dicen, mira tú qué cosas. Deberíais saber que mientras estéis en esta sala no os va a pasar nada. Ahora bien, una vez en el exterior, no respondo de lo que hagan otros.

—Ha sido un verdadero placer hablar con usted. Ahora tenemos que irnos —balbucí.

A pesar de que mi hermano no entendía por qué ponía fin al encuentro, no opuso más resistencia que su desconcierto.

—¿Ya? ¿Tan pronto? ¡Ni siquiera habéis tocado las copas!

—Tenemos cosas que hacer —respondí mientras cogía a mi hermano por el brazo—. Muchas gracias por recibirnos. Venga, Gabriel —le interpelé empujándolo—, vámonos.

Los pendencieros que acompañaban a Kohen nos vigilaban con atención, pero no movieron ni un dedo. Tampoco lo hizo el Barón. Los escasos segundos que tardamos en salvar la distancia que separaba el sofá del pasillo fueron para mí una eternidad. Temía que nos dispararan sin piedad; aun así, nada sucedió. Logré arrastrar a mi hermano hasta la salida sin dejarle tiempo para que se despidiera o agradeciera la hospitalidad.

Cuando hubimos abandonado el piso, todavía en el rellano, corrí hacia las escaleras y empecé a descenderlas a la velocidad de un galgo a galope.

—¿Qué te pasa, Mateu? ¿Te has vuelto loco? —me gritó Gabriel desde el rellano mientras yo bajaba los escalones de dos en dos.

—Ese hombre es Kohen, ¡el Martillo es Kohen! Por el amor de Dios, ¡voy a por el chico de la lista! No sé qué órdenes tiene, ¡pero lleva encima los nombres de la banda!

No oí las siguientes palabras de mi hermano, supongo que echó a correr detrás de mí. Alcancé la calle, oteé a mi alrededor y localicé al chaval en la siguiente esquina. Caminaba en dirección a la Via Laietana. Consciente de que un traspié pondría en peligro a Montserrat y al resto del grupo, corrí cuanto pude para alcanzar al joven pistolero.

Cuando lo tuve a apenas unos metros, le llamé la atención y le grité para que se detuviera y me devolviera el listado. El chico dio media vuelta y, en cuanto me reconoció, huyó a la carrera, despavorido. Se metió en la calle Montcada, otra de las callejuelas angostas y poco iluminadas de la parte vieja de la ciudad, donde se alojaban edificios de varias plantas, paredes de piedra y, en los balcones, barandillas de hierro forjado. El chaval volvía la cabeza continuamente para comprobar la distancia a la que me encontraba, y yo, por precaución o quizá por instinto, desenfundé la Star, le quité el seguro y la empuñé mientras trataba de alcanzarle. No podía prestar atención a lo que sucedía a nuestro alrededor, si llamábamos la atención o molestábamos a los transeúntes. Lo que sí recuerdo, y con precisión, son mis pasos ligeros pero sonoros, la respiración entrecortada llevada al límite y el parpadeo incesante para evitar que el sudor penetrara en mis ojos.

Estaba a punto de atraparlo cuando el matón miró atrás por enésima vez. Tenía una pistola en la mano y la intención de detenerme a balazos. Fueron unas décimas de segundo, un solo instante que aproveché para dispararle, justo antes de que él apretara el gatillo. El proyectil impactó en su cráneo como gotas que caen en un lago y se funden con el resto del agua.

El chico se desplomó y yo frené mi carrera en seco. Sin aliento, confirmé que lo había matado. No lo lamenté, no sufrí, tan solo miré a mi alrededor para comprobar si había testigos. Nadie me denunció, los ciudadanos que presenciaron el crimen miraron hacia otro lado y huyeron apresuradamente para no verse involucrados en lo que debía de ser la enésima trifulca callejera de aquel mes. Su indiferencia me ayudó a salir indemne del paso.

Recuperé el papel del bolsillo del chico y corrí como alma que lleva el diablo, sin mirar atrás. Un batiburrillo de tristeza, miedo y culpa me asaltó cuando huía del cadáver. Como me advirtió Paco, había tomado una decisión y, como consecuencia, tenía las manos manchadas de sangre por segunda vez. Supongo que por eso se me fue la cabeza.

12

«El alma olvida algunos momentos horribles del pasado para no tener que revivirlos una y otra vez», me aseguró Paco en una de nuestras conversaciones nocturnas. Quizá por eso no recuerdo los instantes que siguieron al disparo y al desplome del secuaz de Kohen. Imagino que, fatigado cual Filípides en su maratón a Atenas, corrí en dirección oeste, cruzando el barrio de la Ribera a toda velocidad. No pensaba, no sentía nada, me concentraba en mi huida, pedía a mis piernas que ejecutaran el siguiente paso mecánicamente, como si mi cuerpo fuera un telar de hierro con una sola función que acometer.

¿Puede haber argumentos tácitos que justifiquen un asesinato? Es una pregunta que me he formulado infinidad de veces y no logro responderla. Paco defiende que la historia de las civilizaciones se ha construido sobre los cadáveres de disidentes, traidores y héroes. ¿En qué grupo me incluiré cuando muera?

Recuperé la consciencia en medio de plaza Urquinaona, justo delante de las obras del soterramiento de los mingitorios. Sin atender al trasiego de viandantes que cruzaban la plaza de un lado a otro, incliné levemente la espalda hacia delante y, asfixiado, apoyé las manos en las rodillas. Me sentía exhausto y desorientado, intentaba recuperar el aliento, la coherencia, la vida, y permanecí en esa postura un par de minutos. No sabía cómo había llegado hasta allí, se me había ido la cabeza y temía por lo que había sucedido durante aquel lapso.

Me fijé en un pintor callejero que daba los últimos toques al retrato de una dama que posaba para él. El artista parecía concentrado en el lienzo al tiempo que exponía el resto de sus obras apoyadas entre el caballete y el platanero bajo el que se resguardaba del sol. Me llamó la atención una en particular, un cuervo quieto y suspendido sobre un fondo blanco. El cuerpo del pájaro estaba orientado a la izquierda, pero tenía la cabeza volteada hacia atrás. Pintado solo con negro y escala de grises, el juego de claroscuros matizaba el plumaje y confería al cuadro una atmósfera lúgubre. El cuervo me hizo pensar en la anécdota que me contó Pere sobre la paloma. Gracias a aquella vivencia, mi primo tomó las riendas de su vida, doblegó el miedo y siguió su propio destino sin mirar atrás. Quién sabe, quizá el cuervo ejerció el mismo efecto sobre mí, pues tras observar el cuadro, y a pesar de que la culpa pugnaba por dominarme, supe que había tomado un camino de no retorno y que lamentarme no serviría de nada. Me había comprometido con una venganza y empezaba a comprender los riesgos que corría. Desoyendo unos remordimientos que esperaban al acecho su turno para manifestarse, decidí ir en busca de mi hermano. Me urgía dar con él.

Di cuatro golpes secos en la puerta de la casa de Gabriel y me abrió Montserrat. Debo confesar que en aquel momento no estaba de humor para un encuentro tan delicado. Por suerte, ella me recibió con calidez y con una comedida sonrisa, pero sonrisa al fin y al cabo.

—Mateu, ¿qué ha pasado? Tu hermano está que se sube por las paredes.

—¿Ha llegado ya?

—Sí, ahora mismo —dijo mientras se colocaba detrás de la oreja los rizos que le molestaban—. No quiere contarme nada. Si os habéis peleado, no creo que sea el momento de…

—No nos hemos peleado, Montse.

Ella se había quedado en casa cuidando a las niñas y esperaba una respuesta que no obtuvo. Dubitativa, me indicó con un gesto que podía pasar. Entré en el comedor y oí que la puerta se cerraba a mi espalda. Gabriel estaba sentado a la mesa. Se levantó con brusquedad para recibirme. Hizo ademán de abrazarme, pero se detuvo y escondió las manos en los bolsillos de los pantalones.

—Acabo de llegar —balbució—. Has echado a correr y no he podido alcanzarte. Lo siento, quería ayudarte.

—No te preocupes, yo... tenía que detenerlo, llevaba la lista —le dije mirando al suelo.

Entonces Gabriel puso su mano en mi hombro para reconfortarme. Aunque deseaba llorar, me aguanté: no hay lugar para las lágrimas en la vida de un pistolero. Quizá, si hubiera compartido mis emociones con más frecuencia, las cosas habrían sucedido de otra manera.

—Yo hubiera hecho lo mismo, hermano. No te sientas culpable, estamos en guerra: son ellos o nosotros.

Montserrat estaba apoyada en la jamba de la puerta y no perdía detalle.

—¿Me podéis contar de qué diablos estáis hablando? ¿Habéis encontrado al Martillo? —preguntó.

—Montse, debo pedirte un favor —le dijo mi hermano—. Tenemos que sacar a las niñas de casa. Joder, estamos todos en peligro, supongo que él buscará venganza o... ¿Podrías llevarlas a casa de mis suegros? Diles que no sé cuánto tiempo se quedarán allí. —Se detuvo un momento y cambió de idea—: No, mierda, seguro que Kohen las buscará allí, o en casa de los tíos. Mejor que vayan a otro lugar, al menos por hoy. ¿Las puedes acercar a la casa de Enric? Su mujer las cuidará como a sus propias hijas hasta que...

—No, no las llevaré a ningún sitio, no os dejaré hasta que me contéis qué leches está pasando. —De pronto guardó silencio y, al cabo, añadió—: Lo que haré será pedirle a doña Encarna, la vecina que tan bien se llevaba con Llibertat, que acerque a las niñas a la casa de Enric. Vuelvo en cinco minutos.

Eso fue lo que hizo, y mientras esperábamos a que regresara, me sumí en un mar de dudas. Fue Gabriel quien formuló la pregunta que pugnaba por salir de los labios de ambos:

—¿Cómo puede ser? ¿Cómo puede ser que Kohen y el Martillo sean la misma persona? ¡No entiendo nada! —Dio un puñetazo encima de la mesa y, acto seguido, se atusó el pelo para calmarse. Con un tono más pausado, añadió—: El Martillo ha sido una fuente de inspiración para nuestro grupo y para otros como los Toledo. ¿Es un traidor? ¿Nos ha estado manipulando?

—No tengo ni idea, Gabriel. Tú jamás habías visto al Barón. Yo he coincidido con él en las ocasiones de las que ya te he hablado, pero, para muchos, Kohen es una leyenda, un rumor, un poder en la sombra. —Hablaba a una velocidad inaudita en mí, presa de la impotencia que me causaba la revelación—. Y si te paras a pensarlo, el Martillo era lo mismo para mí, alguien a quien solo conocía de oídas. Es un cabrón inteligente.

—Pues ahora sabemos que se trata de la misma persona. ¡Me cago en Dios! Nos va a perseguir, nos va a matar. Deberíamos refugiarnos un tiempo con Paco, o escondernos allí para siempre. Las niñas… las niñas acaban de perder a su madre y ahora se van a quedar sin padre.

Parecía que habíamos topado con el mismísimo diablo y que este andaba al acecho regodeándose con sus fechorías. Instantes después, Montserrat entró como un rayo, se sentó encabezando la mesa y nos exigió explicaciones. Mi hermano estaba más fuera de sí que yo, así que decidí relatarle lo acaecido. Omití algunos detalles como el asesinato del pistolero, le dije que lo había tumbado de un golpe. Mientras le hablaba, deseaba coger su mano y marchar lejos de allí. El amor no debería existir cuando se lleva una Star aún caliente en el bolsillo de la chaqueta.

—Debéis ser de las pocas personas en Barcelona que conocen su secreto y no trabajan para él —dijo Montserrat en cuanto terminé—. Decís que tenéis miedo de que os persiga. Bien, pensad. ¿Por qué no os ha matado durante el encuentro? ¿Por qué os ha dejado escapar?

—No lo sé —respondí—. Intuyo que cada acción de Kohen esconde un interés que no sabemos desvelar. Por eso me pregunto qué busca. ¿Dinero? ¿Negocios? ¿Trabaja para el gobierno? ¿Para la patronal? Es un maldito rompecabezas y nos faltan demasiadas piezas. —Contemplé un segundo el trocito de cielo que se veía a través de la ventana y continué—: Ese es su verdadero poder y su verdadero peligro.

—¿Qué quieres decir?

—Que lo que ha sucedido hoy no ha sido algo fortuito, que él quería que descubriéramos su doble identidad. Seguro que responde a un plan, no sé cómo explicarlo. Tiene sentido para mí. Kohen siempre va por delante de lo que sucede a su alrededor. —Montserrat intentó calmarme colocando su mano sobre mi antebrazo, pero la aparté con brusquedad—. Recordad que Paco me dijo que encontrara al Martillo para entender mejor a Kohen. Ahora sé a qué se refería.

—¿Y por qué no te dijo directamente quién era?

—A saber, ese Paco y sus lecciones… No es un tipo normal, no sé qué deciros. Quizá quería que lo descubriera por mí mismo, quizá no pensaba que iríamos al encuentro del Martillo. Supongo que, como solía decirme, quería que pensara antes de actuar, y no le he hecho ni caso.

Divagamos por argumentos parecidos durante un buen rato. Éramos unos perros salvajes al servicio de unos ideales y Kohen estaba amaestrándonos con fines probablemente antagónicos a los nuestros.

—Lo que está claro es que juega sucio, eso no es nada nuevo en esta ciudad. Recuerda los métodos deleznables de Bravo Portillo o las injurias que König propaga ahora. Ellos han cometido más atentados anarquistas que los propios grupos de acción —dijo Montserrat con ironía.

A finales de abril del año anterior, La Banda Negra del difunto Bravo Portillo había intentado asesinar al secretario del Sindicato Único de la Construcción, Pedro Massoni. Portillo pretendía convencer a los medios de que esa agresión había sido consecuencia de un ajuste de cuentas entre sindicalistas; no obstante, pocos le creyeron. Se dice que el ataque fue encargado por un empresario ladrillero apellidado Mitats que quería eliminar a algunos de los cabecillas más combativos del sindicato.

Por contar una de las mil artimañas de König: su banda, heredera de la de Portillo, preparó varias bombas que estallaron en los barrios céntricos de la ciudad durante el segundo *lock-out*, que tuvo lugar a finales del año anterior. Entre ellas había tres petardos de dinamita que explotaron en el interior de la Capitanía General y se cobraron varios heridos. La prensa culpó a los anarcosindicalistas, y gran parte de la población se lo creyó. Antes de que esos hechos tuvieran lugar, la banda de pistoleros de König operaba en la clandestinidad y no se conocía ni su estrecha relación con la patronal en general ni con su tesorero Joan Miró i Trepat, propietario de la empresa Construcciones y Pavimentos, en particular. Los grupos de acción luchaban contra un fantasma y los periodistas les atribuían todas las balas que se disparaban en la ciudad. A partir de aquella primavera, los crímenes de König empezaron a ser tan escandalosos y numerosos que, semanas después, comenzaron a aparecer en los diarios.

Era tarde y el último tranvía estaba a punto de pasar, así que Montserrat se despidió. Por su bien le pedimos que no volviera al día siguiente, pero ella hizo caso omiso de las advertencias y nos aseguró que nos vería al cabo de unas horas. Gabriel y yo permanecimos sentados y consternados hasta que caímos en la cuenta de que podían venir a por nosotros en cualquier momento. Convinimos en que no debíamos buscar refugio en casas de amigos, ya que algunos secuaces de Kohen podían estar esperándonos en la calle y, si nos seguían, la iban a tomar con quienes nos dieran cobijo.

Cerramos las ventanas del comedor y las cubrimos con colchones por si los supuestos atacantes decidían disparar a ciegas desde el exterior. Llibertat había comprado una cómoda de madera maciza para guardar la vajilla y los vasos de la casa; la vaciamos y la colocamos detrás de la puerta principal con el objeto de bloquearla. Una vez levantados los muros de nuestra fortaleza, alejamos la mesa de la pared que daba a la fachada y nos sentamos a ella mientras nos devanábamos los sesos tratando de aclarar cuáles eran nuestras posibilidades.

—Mateu —dijo Gabriel al cabo de un rato—, esto huele muy mal. Deberíamos informar de lo sucedido a otras bandas y pasarles el relevo. Sé que lo más adecuado sería acudir a Pestaña para que lo publicara en la *Soli*, pero incluso eso es demasiado peligroso.

—Hermano, ¡quién te ha visto y quién te ve!

Gabriel torció el gesto en señal de desaprobación. Llevaba razón, yo no tenía derecho a darle lecciones ni a acusarlo de cobardía; primero, porque él había entregado una cantidad ingente de su tiempo y esfuerzo a la lucha y, segundo, porque yo no había contribuido en nada a ella.

—Ya sabes qué quiero —proseguí—, acabar con Kohen, y debo hacerlo ya. No pienso detenerme ahora, he matado a un chaval, lo sé, pero no dejaré que los remordimientos me echen para atrás.

Gabriel se calló unos instantes para asimilar mi punto de vista y ofrecerme una respuesta satisfactoria para mí.

—Tienes que comprender que mi banda opera al margen de la CNT y, aunque no te voy a negar que en alguna ocasión hemos recibido armas y alguna que otra ayuda de… —se calló el nombre que iba a decir—, siempre hemos actuado en solitario. Las cosas han cambiado ahora, tenemos a un cabrón peligroso pisándonos los talones y, encima, a los desgraciados del Libre.

—¿El Libre? ¿Qué es el Libre?

—Leches, Mateu, ¿que no llegaban los diarios al Talladell? —Me limité a responderle encogiéndome de hombros. Gabriel inspiró profundamente y prosiguió—: Está bien, escucha. Algunos obreros critican el trato que la CNT ha dado a los esquiroles. También consideran que el sindicato extorsiona a los afiliados para que paguen las cuotas o que intenta captar a nuevos miembros mediante la intimidación. —Lo miré confuso—. Sí, no te lo voy a negar, puede que algún chiflado se haya pasado de la raya, los locos no entienden de bandos, como bien sabes, pero, joder, es que los últimos años han sido muy duros y es normal que a algún miembro de nuestras filas se le haya ido la mano. La violencia real la ejerce el Estado, nosotros solo nos defendemos. —Yo no estaba del todo de acuerdo con él; sin embargo, no quise interrumpirle. Si bien el Estado reprimía al margen de la ley, muchos atentados anarquistas respondían a la voluntad de ser escuchados por la fuerza—. El caso es que varios obreros y comerciantes jaimistas se reunieron en el otoño pasado en el Ateneo Obrero Legitimista, y de aquella primera asamblea nacieron los Sindicatos Libres o «el Libre», como lo llaman. Aseguran que luchan por los derechos de los trabajadores y que están en contra de la dictadura burguesa, aunque, en realidad, van a por nosotros, los del Único. Nos acusan de todo lo malo que sucede en Barcelona y no podrían ser más hipócritas: algunos de los pistoleros blancos que han trabajado para personalidades tan oscuras como Bravo Portillo, König o Kohen se han ido afiliando al Libre y ya forman parte de sus órganos de gobierno.

Un ejemplo era Ramón Sales, dependiente de los almacenes La Exposición, un miembro del requeté que había formado parte de la Liga Patriótica Española, el primer colectivo ultrapatriota de Barcelona. Dirigió el sindicato en sus inicios y, con el tiempo, terminó disparando a miembros del Único con su propia arma. Odiaba visceralmente a los cenetistas y al Partit Republicà Català, formado por abogados como Francesc Layret o Lluís Companys.

—Hay sectores —prosiguió—, como los comerciantes y los camareros, que se han creído sus patrañas y se han afiliado al Libre. A ver, tienen todo el derecho de hacerlo, lo que pasa es que sus pistoleros están atacando a nuestros hombres y boicoteando algunas de las huelgas que convocamos. Me cago en la hostia, hermano, lo único que nos faltaba ahora es un puñetero sindicato blanco tocándonos los cojones.

—Parece que no vamos a tener la fiesta en paz. Entonces ¿qué podemos hacer?

La noche avanzaba al mismo tiempo que nuestra incertidumbre crecía. Ni cortos ni perezosos, nos propusimos ahogar las dudas y tomamos varias decisiones. Quise persuadir a Gabriel de que cogiera a las niñas, se fuera de la ciudad y dejara que yo tomara el relevo. No lo conseguí. Si yo me quedaba, me dijo, él también. Pero ¿dónde podíamos escondernos? Teníamos dos opciones: o huíamos o les plantábamos cara. Nos decantamos por la segunda y convinimos que, si queríamos repeler un ataque de los hombres de Kohen, debíamos protegernos. Su casa era la mejor opción y, además de los accesos que habíamos bloqueado con colchones y muebles, había que tomar otras medidas defensivas. El principal problema eran sus hijas y, para solventarlo, acordamos que permanecieran con la mujer de Enric o con otra alma caritativa que quisiera ayudarnos. Era mucho pedir, no disponíamos de dinero y mantener a dos pequeñas requería un esfuerzo considerable, tal como estaba la economía.

Ambos dormimos unas horas en el comedor, en el suelo, abrazados a nuestras armas. En cuanto despuntó el día, Montserrat se presentó en casa y, al ver las precauciones que habíamos tomado, cobró conciencia de la gravedad del asunto. Nos costó que aceptara lo que habíamos acordado y, cuando lo logramos, se ofreció para quedarse con las crías. No teníamos claro que esta fuera una buena opción porque, en el caso de que nos hubieran estado espiando, había muchas probabilidades de que ella también estuviera en el punto de mira. No obstante, fue tan convincente con sus argumentos que no pudimos negarnos. Se dejaría ver por la ciudad del brazo de su novio para desvincularse de los hermanos Garriga; y no nos visitaría durante algún tiempo. Era lo mejor para ella y para las niñas.

Para mantener el contacto, ideamos un sistema de comunicación: cada jueves, Gabriel salvaría el muro que separaba el patio de su casa del contiguo y cruzaría un par más hasta llegar al de doña Encarna. Ella lo estaría esperando para recoger nuestras cartas y entregarnos las de Montserrat. Mientras ultimábamos todos los detalles, Gabriel nos dijo que tenía que escribir una carta y se encerró en la cocina.

Montserrat y yo permanecimos sentados a la mesa, distantes e incómodos. Ninguno de los dos se atrevía a romper el hielo. Ella me ofreció una leve sonrisa a la que yo correspondí con desgana. No es que no quisiera devolvérsela, pero las circunstancias habían alterado mi estado de ánimo. Me levanté y moví levemente el colchón que cubría la ventana para otear el exterior. Descubrí un cuervo negro reposando sobre el enrejado de los ventanales de la casa de enfrente. Los cuervos no abundaban en Barcelona, y a veces pienso que fue un producto de mi imaginación. Sea como fuere, me remitió al que había visto en el cuadro de la plaza Urquinaona.

—Debería pedirte perdón —dije al fin. Ella, que en aquel momento estaba ensimismada en sus manos, levantó la vista, desconcertada. Volví a la mesa y me senté a su lado—. No sé muy bien cómo ha sucedido, el caso es que aquí estamos. Sé que lo estropeé todo. Eres maravillosa y cuidas muy bien a las hijas de Gabriel. Soy consciente de que lo haces por su madre, porque era tu amiga, y eso agranda tu generosidad. Si salimos de esta, coincidiremos en la misma habitación en más de una ocasión, y tú estás con otro hombre. —Ella se dispuso a intervenir. No la dejé, levanté la palma de la mano para que se detuviera y me escuchara—. No es un reproche, solo intento poner las cosas en su lugar. Quiero que seas feliz, por eso te propongo que enterremos el hacha de guerra. Te pido perdón por no haber estado a la altura, por no haberte escuchado. Tú misma me lo has dicho mil veces: «Siempre hay un modo diferente de solucionar las cosas», pues encontrémoslo.

—Gracias, Mateu. No sé qué decir. —Ella apoyó los codos en la mesa, se rizó el pelo con los dedos y apoyó la frente sobre las palmas de la mano. Acto seguido, se puso en pie y prosiguió—: Tienes razón, no vale la pena que nos peleemos, ya tenemos suficientes enemigos.

Entonces tiró de mi brazo para que me levantara y, de pie, me abrazó, consciente de que aquella podía ser la última vez que nos veíamos. Pegado a su cuerpo, embriagado por un aroma que me transportaba a los momentos vividos junto a ella, debería haberla besado o quizá debería haberle confiado el profundo amor que le profesaba, pero callé; las palabras se atascaron en mi garganta. Cuando se marchó, saqué de nuevo el pañuelo blanco con la eme bordada y lo observé unos segundos. Un ejercicio que en el pasado me había brindado paz, en aquel momento ya no surtió el mismo efecto. Si Paco me hubiera preguntado qué sentía, le habría contestado: «Dolor, dolor en estado puro».

Dos días después, doña Encarna nos proporcionó pan, embutidos, arroz y legumbres, la dieta de las siguientes jornadas. Gabriel la convenció para que también nos trajera queso, verdura fresca y algún diario en los siguientes encuentros clandestinos que tendrían lugar en el patio de la mujer.

Deberíamos haber escapado de la ciudad; no obstante, un sentimiento de nobleza, o quizá la misma necesidad de venganza, nos empujó a dar la cara, a no rendirnos, a demostrarle a Kohen que éramos unos enemigos que debía tener en cuenta. Por eso convertimos la casa en un fuerte. Bloqueamos todas las ventanas y la puerta que daba al patio. Siempre juntos, nos instalamos en el comedor y nunca lo abandonamos sin nuestra pistola. Los primeros días nos turnamos para descansar. Dormíamos pocas horas, pendientes de cualquier indicio de peligro. Nos volvimos paranoicos. Si oíamos pasos procedentes de la calle a horas intempestivas, ambos agarrábamos las pistolas y apuntábamos hacia la puerta. Apenas distinguíamos entre el día y la noche, sumidos en un estado de tensión permanente. Nos iluminábamos con velas y un par de lámparas que pronto se quedaron sin gas. Hacíamos ejercicio a diario porque yo no quería perder la forma física que había adquirido en El Talladell.

Estábamos convencidos de que un ejército de pistoleros se presentaría en cualquier momento; sin embargo, nunca llegaba. Matábamos el tiempo leyendo o jugando a las cartas. Mi hermano no concebía repartir una baraja sin antes apostar dinero. Su mal hábito convertía la diversión en una competición abrumadora que, en cierto modo, me irritaba. De hecho, él se endemoniaba cuando perdía y no me dirigía la palabra hasta que se olvidaba de la derrota. Gabriel mostraba actitudes muy infantiles, pero aprovechaba el encierro para reflexionar. A veces lo pescaba concentrado en algún punto de la habitación, afirmando o negando con la cabeza como si estuviera manteniendo una conversación consigo mismo; otras, compartía sus divagaciones en voz alta.

—No sé cómo leches he llegado hasta aquí —dijo un día de repente—. Antes tomaba decisiones sin dudar. Tenía claro por qué luchaba y tuve suerte porque nunca me cazaron. —Lo miré con cierta ironía, y él sonrió y se corrigió—: Está bien, excepto el desgraciado de Josep y las veces que me metieron en prisión. Te juro que nunca había experimentado lo que es el miedo hasta que enfermó Alfred. Luego se fue Llibertat. Y ahora me horroriza pensar que les pueda pasar algo a mis hijas. Debería buscar una nueva esposa que las críe, pero mírame, mira qué tipo de vida llevo, nadie se merece esto. Prométeme que si me matan, te las llevarás lejos de Barcelona y te olvidarás de esta sinrazón.

—Quiero que me prometas lo mismo, que si me muero mañana, te irás con ellas. Eso sería lo más justo.

Con el paso de los días, rebajamos el estado de alerta y empezamos a desvariar. Tan pronto nos peleábamos sin motivo aparente como nos dedicábamos sentidas odas a la hermandad. Apenas salíamos a por agua a la fuente, así que no nos lavábamos. Perdimos los modales en la mesa y convertimos el comedor en poco menos que una pocilga. ¿Podría alguien culparnos por ello? La espera es el peor de los tormentos, sobre todo si eres la presa en una cacería.

Nadie se presentó en casa durante nuestro confinamiento. Por las cartas que recibíamos, supimos que ni los tíos ni Montserrat habían sufrido daño ni persecución. La calma se había apoderado de nuestro entorno, aunque no de nuestras mentes, que, sumidas en la incertidumbre y en la creencia de un desenlace fatal, sufrían con el paso de las semanas.

A finales de junio claudicamos. Desconocíamos los planes que Kohen nos había reservado, pero no parecía que, por el momento, quisiera quitarnos de en medio. Asumimos que habíamos desperdiciado un mes, que nos creíamos más importantes de lo que realmente éramos. Una tarde decidimos abrir la ventana para que la luz alzara su bandera en nuestra inútil trinchera. No habíamos visto el sol en días. A pesar del calor que hacía, sentí una bocanada de aire fresco que fue un alivio para mi pecho y mi piel. Era el momento de volver a la vida, a la realidad, de pensar cuál debía ser el siguiente paso.

—Aunque hemos analizado lo sucedido infinidad de veces, no nos hemos preguntado lo más importante —comentó Gabriel sentado en el alféizar de la ventana disfrutando del sol mientras fumaba tabaco en su pipa.

—¿A qué te refieres?

—¿Por qué te envió a matar a Joan? ¿Por qué tú? ¿Por qué no se lo encargó a uno de sus adláteres? Habrían sido más eficientes, ¿no crees? Habías trabajado como guardaespaldas, sí, pero lo más probable es que saliera mal. —Cuando acabó de hablar, dio una calada y expulsó el humo formando aros, habilidad que siempre había encandilado a Llibertat.

—Creo que Kohen me lo encargó porque nada me vinculaba a él si me atrapaba la policía. Podían suponer que fue un ajuste de cuentas entre anarquistas, o incluso relacionarme con Josep. De hecho, no cumplí con mi cometido, no maté a Joan sino a su mujer y, sin embargo, no hubo represalias. ¿Sabes por qué? —Mi hermano negó con la cabeza—. Pues porque igualmente fue una victoria: Joan se apartó de la lucha sindical después del asesinato de su mujer y Kohen puede inculparme cuando lo crea conveniente. O chantajearme de nuevo. Además, soy tu hermano y tú formas parte de un grupo de acción. Lo puede usar en nuestra contra cuando lo desee.

—Es un hijo de puta.

—Cierto. Cuantas más cosas sé de él, más peligroso me parece. —Gabriel asintió sin convencimiento. Yo debía escoger las palabras con cuidado, no sabía si recibiría con buenos ojos mi siguiente propuesta—. Para acabar con Kohen, primero tenemos que dar con él, solo así descubriremos cómo cazarlo. Seguiremos el consejo de Paco, pensar antes de actuar. Está claro que lo lograremos antes si volvemos a trabajar en una fábrica e investigamos el rastro que dejó como anarquista, que si lo buscamos como barón. Al fin y al cabo, el entorno obrero es nuestro hábitat. Además, necesitamos dinero, ¿no?

—¿Crees que nos van a contratar sin más en la fábrica que escojamos?

—El Martillo os contactó en la Tèxtil Puig, ¿verdad?

—No voy a volver a trabajar para ese hijo de puta.

—Deja tranquilas a las madres de tus enemigos… —Suspiré y esperé a que se encendiera de nuevo el tabaco de la pipa, quería que me prestara toda su atención—. Escúchame bien, hablaré con Josep y le contaré que necesitamos dinero y que vamos a por el Barón. Josep lo odia, me quedó claro cuando trabajé para él.

—El único patrón digno de mi confianza es el patrón muerto.

—Mira, si nos ayuda dándonos trabajo, lo estaremos utilizando nosotros a él, y no al revés. La última vez que lo vi estuvimos discutiendo, pero sigue en contacto con tío Ernest, por eso creo que me recibirá. Tengo la sensación de que me considera un amigo.

—¿Desde cuándo eres tan diligente?

Josep vivía en Pau Claris, una de las calles de l'Eixample derecho. Mi tío me explicó que el propósito de Ildefons Cerdà, el arquitecto que diseñó el ensanche de Barcelona, cuando dio por terminados los planos del proyecto que la convertiría en una ciudad moderna y amplia, era que las distintas clases sociales compartieran calles y portales. La distribución cuadriculada de las manzanas y su homogeneidad alentaba la utopía. Las familias adineradas que financiaban la construcción de los bloques se disponían a vivir en el piso principal de los edificios y a alquilar las plantas superiores, así que cabía la posibilidad de que patronos y trabajadores convivieran en una misma escalera. Sin embargo, la burguesía procuró reservarse una zona propia libre de obreros y revoltosos. Así nació el Quadrat d'Or, un conjunto de calles limitadas por el paseo de Sant Joan y el paseo de Gràcia a norte y sur y la avenida de Argüelles y la ronda de Sant Pere a oeste y este.

Habíamos superado el resistero, quizá eran las cinco o las seis de la tarde, horas en las que el sol de junio apaciguaba sus efectos. Me había afeitado y aseado, y había lavado la ropa para aparentar respetabilidad, pero cuando entré en el portal del edificio, me sentí como un pobre desgraciado ante su pomposidad. Allí había esperado a Josep infinidad de veces, aunque jamás había estado en su residencia. Subí al principal y llamé a la puerta con timidez. Me abrió el ama de llaves, Herminia, que torció el gesto al verme. Directa y escueta, me aseguró que el señor no me recibiría.

—Dígale a don Josep que soy Mateu Garriga —le dije, serio y con brusquedad—. Estoy seguro de que si me anuncia, querrá verme.

Me inclino a pensar que la intimidé porque la mujer se amilanó y me pidió que esperara justo antes de cerrarme la puerta en los morros. Cuando la volvió a abrir, su actitud continuaba siendo distante, aunque algo más respetuosa. De pelo grisáceo, cara arrugada, espalda tensa como los hilos de un telar y uniforme de sirvienta, el ama de llaves me informó de que Josep estaba ocupado, me franqueó el paso y me pidió que lo esperara en su despacho hasta que pudiera atenderme.

Tras cruzar el recibidor, enfilamos un pasillo. La primera puerta que hallé a mi izquierda estaba entreabierta y daba al salón de la casa. La escena que contemplé en su interior me llamó la atención: sentados en el sofá vi a Josep y a una mujer delgada y etérea que estaba llorando y se cubría el rostro con las manos. Él le rodeaba los hombros con su brazo e intentaba consolarla. Se trataba de Pilar, la hermana menor de Josep.

Pasamos por delante de dos puertas más y el ama de llaves se detuvo delante de una tercera que quedaba a mi derecha y me indicó que entrara. Aquel despacho era muy diferente del de la fábrica. Para empezar, había unas estanterías con libros de lo más dispar. La mesa estaba abarrotada de objetos: una lámpara de base dorada y pantalla marrón con flecos, la escultura de una cuadriga de bronce conducida por un gladiador, un reloj de sobremesa de madera, un tintero plateado con su pluma, varias estilográficas, una agenda de piel, un abrecartas que parecía de oro y otros objetos más que dejaban poco espacio libre para escribir. Tras la mesa, varios títulos universitarios, licencias, las portadas de dos diarios enmarcados y una peana que sostenía una réplica en miniatura del *Desconsol*, obra del escultor Llimona.

Me senté y me mantuve a la expectativa hasta que una voz me interpeló desde la puerta:

—Por fin tengo la oportunidad de hablar a solas con usted, don Mateu. Josep habla muy bien de su persona. Ciertamente, es usted todo un portento físico.

La voz, pausada y segura, expresaba en tono ambiguo una mezcla de admiración, ironía y descaro, y pertenecía a una mujer en los albores de la treintena que me observaba desde la puerta del despacho con una mano alzada, apoyada en la jamba, y la otra en la cadera. Mireia, la mujer de Josep, vestía un camisón blanco y largo ornado con encaje en la parte superior y una bata desabrochada de seda del mismo color. A través de la ropa se adivinaban sus sinuosas caderas y unos pechos firmes que se intuían esculpidos por el mismísimo Miguel Ángel. La imagen rompía las normas sociales de la Barcelona de la época: alguien de su posición no podía presentarse ataviada con ropa de cama ante un invitado.

Para hacerle justicia, debería alabar también sus facciones. Mireia tenía el pelo negro y liso, y sus ojos parecían dos zafiros azules. Los labios, carnosos, y los pómulos, sabiamente maquillados, resultaban incitadores. En el pasado, su presencia me habría sonrojado, pero en aquel momento me puso en guardia: desconocía las verdaderas intenciones de una persona de su posición que mostraba una total ausencia de decoro. Había coincidido con ella en varias ocasiones durante el periodo en el que trabajé como guardaespaldas de su marido, encuentros breves en los que nos desplazábamos de un lugar a otro en compañía de Josep.

—Disculpe, señora —balbucí—, no quería entrometerme en su... intimidad.

—Si lo dice porque voy en bata, no se preocupe. No muestro ninguna zona impúdica, ¿no es cierto?

Sentí el peligro y también la excitación. Algunos se tomarían la escena como una herejía y otros como una fantasía; para mí fue un calvario. No estaba preparado para lidiar con la imprevisibilidad de Mireia. La mujer se acercó en silencio y me lanzó una mirada fulminante. Me vi obligado a apartar la vista y dirigirla hacia la ventana que estaba situada a la derecha de la mesa del despacho. Ella se acomodó en la butaca contigua y yo no pude evitar mirarla.

—Y dígame, ¿qué se le ofrece?

—Nada, importante señora. He venido para consultarle un asunto a su marido.

—No tenga miedo, Mateu. Soy solo una mujer, no un monstruo.

—Por supuesto, señora.

—No sé si soy una señora —dijo. La miré con desconcierto y prosiguió—: Se lo aclararé con una cita: soy enemiga «de dar nombre a las cosas, sobre todo a las difíciles de bautizar».

—Una frase de *La Regenta*, y cabe decir que discrepo. Si usted no sabe el nombre de sus enemigos, ¿cómo sabrá contra quién se enfrenta?

—¿La ha leído? —preguntó sorprendida, con los ojos como platos.

—Sí, hace algunos meses, y no sé si me acabó de gustar.

Mireia se inclinó hacia delante, cogió mis manos y me susurró:

—Y dígame, ¿qué nombre le daría usted a esta situación?

Permanecí callado, desconcertado y observando la belleza de aquella dama. Sus labios me regalaban un billete de tren hacia el paraíso, pero sus ojos me advertían de los peligros del pasaje. Por suerte, Josep apareció enseguida.

—Querida, deja al pobre Mateu. Mejor dicho, permíteme que hable a solas con él. Debe de encontrarse en un aprieto; de lo contrario, no habría acudido a mí. ¡Que me aspen si no es así!

Mireia le respondió con una sonrisa y se dirigió a la puerta. Al pasar junto a su marido, le regaló un beso suave en la mejilla. Como luego descubrí que era habitual en ella, Mireia Puig no podía abandonar una conversación sin decir la última palabra. En eso se parecía a su marido.

—Querido Mateu, estoy segura de que volveremos a vernos. Si Dios quiere, claro está —dijo. A continuación, se santiguó despacio y salió del despacho.

Josep no dijo nada mientras se sentaba en su silla. Hacía más de un año que nos habíamos visto por última vez y, en nuestra última conversación, ambos habíamos protagonizado una escena que no vaticinaba un reencuentro plácido. Él no había cambiado, pero se había afeitado la barba. Como de costumbre, sostenía su reloj de bolsillo en la mano.

—No me mires así, no tengas miedo, no me molesta que hayas visto a mi mujer en bata. —Supongo que mi cara de circunstancias le animó a romper el hielo sacando hierro a la actitud de Mireia—. Prefiero una mujer retadora a vivir con una beata. ¡Qué aburrida sería mi vida! Tuve mucha suerte, mi padre me obligó a casarme con ella y no con una hija de la burguesía insípida, adoctrinada o estúpidamente religiosa.

—Siento mucho cómo acabaron las cosas entre nosotros. Me contrató para que lo protegiera, no para enfrentarme a mis compañeros. Usted me puso entre la espada y la pared.

Josep me sonrió y me observó durante unos instantes. Luego se incorporó, apoyó los codos en la mesa, cerró un puño y lo agarró con la otra mano.

—No empecemos de nuevo con los formalismos, no creo que sean necesarios a estas alturas. Al fin y al cabo, soy amigo de tu familia, ¿no es así? Y deja que te diga una cosa: tienes razón, me traicionaste y no debería abrirte las puertas de mi casa, pero le tengo un gran aprecio a tu tío y hoy me siento generoso, así que hablemos del problema que te ha traído aquí. Antes de nada, cuéntame dónde has estado todo este tiempo, don Ernest estaba muy preocupado.

Le agradecí la amabilidad y, como hice con Montserrat, le conté una versión edulcorada de lo que había acontecido en mi vida, omitiendo las dos muertes que cargaba sobre mi conciencia y dejando claro que mi objetivo era destapar las vilezas de Kohen y meterle en la cárcel. Si quería ganarme la confianza de Josep Puig, debía mostrarle mis cartas o, al menos, la mayoría de ellas. No le conté que deseaba matar al Barón, aunque, muy a mi pesar, comprendió cuáles eran mis verdaderas intenciones y me respondió con una revelación: tres años atrás, Kohen había contratado a un pistolero blanco para que simulara un atentado contra don Julià Puig, el padre de Josep. El Barón convenció al empresario de que el ataque había sido perpetrado por un grupo de acción y le ofreció varios escoltas a precio desorbitado, que don Julià terminó contratando. Entonces fue cuando Josep me empleó como guardaespaldas. Poco después se enteró de la treta de Kohen. No tenía forma de demostrarlo, así que contuvo la ira y siguió con su vida a la espera de que apareciera una oportunidad para vengarse de él.

—Está bien, os voy a aceptar de nuevo en la fábrica. Puede que acabe arrepintiéndome, pero al menos erais buenos trabajadores. Ahora bien, pondré dos condiciones.

—Muchas gracias, Josep. Soy todo oídos.

Yo había acudido a su casa preparado para pagar el precio de mis peticiones.

—Primero, te harás responsable de la actitud de tu hermano —dijo Josep mientras llenaba la pipa—. Quiero que trabaje sin rechistar. Y si se convoca una huelga, o bien trabaja, o bien se queda en su maldita casa. Si lo veo en un piquete, ambos quedaréis inmediatamente despedidos.

—Gracias, me parece justo.

—No lo hago solo por vosotros. Si terminas con Kohen, es posible que al fin se vayan algunos pistoleros de esta ciudad. Sobre todo ahora que König está fuera de juego...

Josep se mostraba optimista, pero no tenía en cuenta el poder que estaban adquiriendo las bandas del Libre. König acababa de huir a París tras hacerse públicas varias pruebas irrefutables que lo incriminaban en numerosos asesinatos de sindicalistas y en varias extorsiones a miembros de la burguesía. Sin un líder claro, algunos de los hombres de su banda se estaban uniendo al Libre. Como bien dijo Enric, tras la caída de un cabecilla, siempre había otro que ocupaba su lugar.

—Mi segunda demanda no tiene ninguna complicación: mantenme informado de lo que sucede en mi fábrica —prosiguió Josep—. Hay una facción que se ha sumado al Libre y temo que se enfrenten a los del Único. Es increíble cómo resiste la maldita CNT; aunque sigue ilegalizada, opera como si se tratara de un organismo oficial. En fin, que no quiero guerras en mi nave, ¿estamos?

—Por supuesto —dije a regañadientes. ¿Qué otra opción me quedaba?

—Sé que consideras que no es justo —me dijo al percibir mi recelo—, y tienes razón, nada de lo que sucede en esta ciudad lo es. Mira, no tengo necesidad de justificar mis decisiones, pero debes comprender que todos tenemos nuestras cargas. Esta guerra entre sindicatos y policía perjudica mis negocios. —Josep dio una calada para luego dejar la pipa sobre el vade—. Por eso me veo obligado a posicionarme con Graupera y la patronal, por eso me cabreo cuando hay huelgas. No puedo subir los salarios porque, si lo hiciera, el resto de los empresarios me boicotearían y me arruinarían. Ya sabes, pueden dejarme sin transportistas, sin electricidad, sin carbón, o bien pueden ejercer presión sobre los mayoristas para que no me compren

el género. Y si mantengo los jornales bajos, los obreros se reve-
lan continuamente. Encima, mi padre, que es terco como una
mula, cada vez se muestra más reacio a introducir los cambios
que mejorarían la producción. Intento mantener un equilibrio
imposible, y, lo mires por donde lo mires, siempre salgo perdiendo. Me agota que me consideren un tirano o un déspota.
Y, ¿sabes?, yo también tengo sueños como los románticos, solo
que no los plasmo en poemarios ni alardeo de ellos. Desearía
reunir el dinero suficiente para vivir sin preocupaciones durante muchos años e irme a las Américas con Mireia para olvidarme de esta maldita ciudad. —Josep se detuvo y negó con la
cabeza dándome a entender que no sabía por qué me contaba
sus miserias. De nuevo se irguió, apoyó la espalda en la butaca
y cogió la pipa—. Está bien, empezaréis mañana. Puedes retirarte.

Los dientes de Josep Puig volvían a morder mi destino. Me
levanté y le agradecí por enésima vez su comprensión. Me sentía obligado a mostrarme complacido y, además, sabía que esa
actitud casi servil amilanaba los recelos de un burgués como él.
No había alcanzado aún la puerta cuando Josep me detuvo.

—Mateu, pareces otra persona —dijo.

—Es el comentario favorito de los que me rodean —repliqué sin girarme.

—Te has hecho un hombre —afirmó con tono condescen-
diente.

—Siempre fui un hombre —le respondí mirándole con cierto descaro tras darme la vuelta—. Antes, cuando vivía retraído
y con miedo, lo era, lo soy ahora y lo seré hasta que muera.

13

Una máquina no tiene derechos, solo un deber, producir. No posee la capacidad de quejarse ni de sentir, es una mera herramienta al servicio del hombre. Cuando una sociedad trata a sus trabajadores como si fueran máquinas está condenada al fracaso por una razón: en el corazón de todo oprimido se esconde un alma libre que espera su oportunidad para rebelarse. Empecé a comprenderlo en el verano de 1920.

Tras el encuentro con Josep, tío Ernest me ofreció mi antigua habitación, pero rechacé la idea porque no deseaba ponerlos en peligro; así que me mudé a casa de mi hermano y ambos convinimos en que sus hijas debían vivir con nosotros. Los pistoleros blancos jamás habían atacado a dos niñas, así que creímos que estarían a salvo. Recibíamos ayuda de tía Manuela, de Montserrat y de las vecinas de la calle que se compadecían de los «hermanos tristes». Así nos llamaban, quizá porque nos veían demasiado precavidos o angustiados.

Mis tíos aceptaron mi decisión sin poner objeciones ni hacer preguntas. Ya no se cuestionaban los motivos de las idas y venidas de sus dos sobrinos, se habían resignado a confiar en nuestro juicio y a esperar que la fortuna nos acompañara; sobre todo después de que la policía friera a balazos a una frutera amiga de mi tía que, por mala fortuna, se había interpuesto entre dos agentes y un par de cenetistas a los que perseguían sin una causa lícita. Manuela rezaba por el futuro de las niñas y le pedía a Dios que las ayudara a encontrar su camino, a pesar de no tener una mujer cerca y de depender de dos hombres que, para más inri, jugaban con ideales radicales y con armas.

Gabriel y yo volvimos a trabajar en la Tèxtil Puig poco después de que Federico Carlos Bas y Vasallo tomara las riendas del gobierno civil con una actitud más conciliadora que la de su predecesor. La tiranía del ya exgobernador Maestre Laborde le costó el cargo, y parecía que el buen talante de Bas traería consigo un periodo de paz, pero los pistoleros del Sindicato Libre, obsesionados con derribar al Único, se ensañaban con los obreros anarcosindicalistas. Justo aquellos días acababan de matar al picapedrero Jaime Solá a golpe de pistola. En paralelo, y gracias al buen hacer de Bas, salieron de la Modelo casi la totalidad de los encarcelados bajo el gobierno de Maestre Laborde. La mayoría habían permanecido varios meses en prisión y la abandonaban hastiados por el absurdo de sus detenciones y con ganas de vengar a los compañeros que las bandas del Libre estaban abatiendo.

Fue el caso de Enric, que había vuelto a la Tèxtil Puig unos días antes que nosotros, gracias a la intervención de su hermano Vicenç. Debido a su carácter dialogante y bonachón, Vicenç se había convertido en el líder indiscutible de los afiliados cenetistas en la fábrica y se había ganado la simpatía de Josep. De repente, todos volvimos al punto de partida.

El día en que Gabriel y yo nos reincorporamos a la fábrica, permanecimos un par de minutos de pie ante el arco de la entrada. Era una mañana plúmbea. Él me sonrió mientras me daba un golpecito en la espalda en señal de apoyo. Éramos conscientes del reto que nos habíamos impuesto, de las dificultades con que chocaríamos si íbamos a por Kohen. Gabriel se adelantó y yo observé de nuevo la fábrica. Ya no me recordaba al cuerpo de un monstruo, tenía muy claro que la verdadera bestia era Barcelona.

Nos recibió el mayordomo, quien nos indicó cuál sería nuestro destino. A mi hermano le adjudicaron un telar de espada. La verdad es que él era muy habilidoso manipulando una máquina que lograba entrelazar con mucha precisión los hilos del urdido con los de la trama. Yo volví a manejar una barca de tinte, tarea que conocía a la perfección, aunque en aquel momento se me presentaba más ardua que en el pasado. Las horas se enquistaban en mi impaciencia, en la sensación de que cada minuto invertido en producir me alejaba de mi venganza y de una justicia que creía vital para mi redención.

A pesar del poco tiempo transcurrido desde que yo había dejado la Tèxtil Puig, la fábrica había evolucionado en varios aspectos. Por ejemplo, casi todo el proceso de producción estaba electrificado; Josep había convertido el carbón en una fuente de energía secundaria utilizada solo para tareas menores. Asimismo, se había modernizado gran parte de la maquinaria gracias a la entrada de un inversor del Nuevo Mundo, la Cotton American Ltd., que había adquirido un paquete de acciones del conjunto que poseía la familia Puig. Josep había conseguido aquella inyección de capital extranjero sin perder su hegemonía en el negocio, pues los Puig, junto a sus socios locales, todavía poseían la mayoría de las acciones y de los asientos en la junta directiva de la empresa.

El progreso, en Barcelona, no siempre traía mejoras en la vida de sus habitantes. Los rostros cenicientos y las quejas de mis compañeros apenas habían variado con los años. El fin de la Gran Guerra había dejado al país con una inflación difícil de controlar y con excedentes que era imposible colocar en el extranjero. Dos años después del armisticio, las circunstancias que se daban en la Ciudad Condal no contribuían a disminuir la tensión entre las clases sociales. Los despidos causados por el descenso de la producción, los *lock-outs* patronales, las virulentas huelgas obreras que se diseminaban por la ciudad o las listas negras eran ejemplos de ello. El odio era una constante en ambos bandos, y el diálogo, un sueño imposible en el que solo los idealistas más puros como Vicenç creían.

Las ideas que mi hermano había defendido con tanto ahínco cobraron importancia en mi vida a partir de la vuelta a la fábrica. Me inclino a pensar que lo experimentado hasta aquel momento estaba derribando el muro que había construido para protegerme del mundo. Quizá, mi afinidad con el movimiento obrero creció porque estaba aprendiendo a escuchar y a comprender el sufrimiento de los demás, o porque la convivencia con mis dos sobrinas, tan pequeñas e indefensas, me estaba cambiando. Ni que decir tiene que también influyó el adoctrinamiento recibido de Paco. Sea como fuere, de mi boca salían expresiones como «Hay que derribar el Estado y la propiedad privada» o «Revolución o muerte».

Trabajé muchos años en Sant Andreu del Palomar, pero apenas te he hablado de tan pintoresco barrio, una antigua población independiente que se había anexionado a Barcelona en 1897. Durante el proceso de integración, el barrio se había opuesto con energía a la pérdida de su autonomía, y es que sus habitantes, antiguos campesinos reconvertidos al sector industrial durante el siglo XIX, eran especialmente combativos: el seguimiento de las huelgas generales de principios del XX y de La Canadiense fue masivo, y la Semana Trágica se desarrolló con especial violencia en sus calles.

Atravesado por el Rec Comtal, el canal que abasteció Barcelona de agua durante varios siglos, el barrio de Sant Andreu se había convertido en una zona relevante en los últimos años, ya que albergaba fábricas como la Fabra & Coats, la Hispano-Suiza, La Maquinista o la Tèxtil Puig. Sin embargo, seguía manteniendo el espíritu de pequeña comunidad, de pueblo de casas bajas y contados edificios, habitado por un vecindario que vivía ajeno a lo que sucedía en el resto de la ciudad. La expresión «Voy a Barcelona» era comúnmente utilizada cuando tomaban el tranvía en dirección a l'Eixample o a la parte vieja. A pesar de ser originario de Gràcia, Gabriel se consideraba un sanandresense de pura cepa.

Una tarde participé en una reunión convocada por el brazo cenetista de la Tèxtil Puig. Acudí para observar a sus miembros y descubrir si existía relación alguna entre el Martillo y ellos.

La asamblea se celebró en el salón del Ateneo Obrero del barrio, situado en la plaza de las Palmeras. De hecho, Ariadna asistía a las aulas del ateneo, un colegio laico y liberal al que algunos miembros de la Iglesia habían bautizado como «la escuela de Satanás».

Llegué tarde y me encontré con un ambiente crispado. Los delegados sindicales habían convocado la asamblea con el objeto de calmar a los afiliados que estaban rompiendo el carnet de la CNT para pasarse al Libre. No cabía ni un alfiler. La mayoría de los hombres congregados permanecían de pie escuchando los argumentos que se cruzaban; otros lo hacían sentados en sillas, sin visibilidad pero atentos al debate. Las mujeres, a pesar de ser mayoría, ocupaban un segundo plano y se agrupaban alrededor de los varones. Yo me quedé con ellas para no tener que cruzar el gentío que me separaba de mi hermano. Gabriel estaba al lado de Enric y de Vicenç, que presidía la asamblea subido a un taburete y hablaba con pasión:

—Si bien es cierto que la patronal y el gobierno quieren debilitarnos, no debemos caer en su juego, debemos permanecer más unidos que nunca. —Yo envidiaba su capacidad de oratoria y la proximidad con la que se dirigía a la audiencia—. La CNT ha perdido muchas batallas; sin embargo, ha ganado otras tantas. ¿O acaso os habéis olvidado de La Canadiense y de las ocho horas laborales que conseguimos?

—Mi marido ha tenido problemas —respondió una mujer rechoncha, de pelo cardado y labios excesivamente pintados que se apoyaba en la pared, justo al lado de la puerta. Varias voces se levantaron para comentar la perorata de Vicenç, pero fue la suya la que se alzó por encima de las demás—. No puede pagar las cuotas que le imponéis y ya van varias veces que los vuestros lo han increpado por eso.

—Yo jamás he hecho algo así, lo sabéis. Puede que algunos descerebrados os hayan hostigado a la salida de la fábrica, es verdad. Debo deciros que ellos no representan al Único, son afiliados muy jóvenes e impacientes que se han cansado de los despidos, de la represión de las huelgas, de las detenciones y del resto de las medidas arbitrarias que las autoridades han tomado para frenar nuestra lucha. Además, esas cuotas sirven para engrosar la caja de resistencia que os ha dado de comer durante las huelgas. —Hizo una pausa clave para que sus oyentes digirieran sus argumentos y también para que permanecieran expectantes a las palabras que pronunciaría a continuación—: Informadnos de esos jóvenes que se pasan de la raya, así los controlaremos, pero no debéis afiliaros al Libre por los errores de unos pocos alocados. El Libre es un sindicato blanco, lo controla la patronal, afiliarse significa venderse al patrón, claudicar, ¡convertiros en lo que más detestáis!

—¡Muerte al patrón! —gritó uno.

—¡Barcelona es anticlerical! —vociferó otro desde un extremo de la sala.

Los comentarios se solapaban y no se oían con claridad. Decidí abrirme paso e ir al encuentro de mi hermano, y él me saludó con una sonrisa que interrumpió para escuchar lo que otro hombre decía.

—¡Lo último que nos faltaba era una guerra entre los obreros! —comentó Mariano, un oficial cardador de cuarenta y pocos años, rechoncho, de cara redonda, papada abundante y ojos pequeños, que había trabajado más de media vida en la Tèxtil Puig. Se había afiliado al Libre y Vicenç lo había invitado con la esperanza de que cambiara de parecer—. Aunque no deberíamos seguir peleándonos, vosotros nos instigáis, usáis la violencia en vez de la palabra y me tenéis harto. ¿No podemos ir a la huelga sin que haya un atentado aquí o allí? Por eso voy con los del Libre, ellos son diferentes.

—¡Nosotros no hemos empezado nada! ¡Fueron los pistoleros del Libre quienes dispararon primero, los que se han opuesto a varios de nuestros legítimos paros! —le respondió Vicenç desde la altura que le proporcionaba el taburete al que se había subido—. Además, son los grupos de acción los que les devolvieron los disparos, no la CNT. ¡Y lo hicieron en defensa propia! No me invento nada, lo dicen los diarios; los Libres obtienen armas de la patronal, entre sus filas corren pistoleros que antes trabajaban para König o para Bravo Portillo.

—¿Lo veis? No aceptáis vuestra responsabilidad. Todo es culpa de los demás. ¡Estoy cansado de vuestros engaños! —dijo Mariano gritando. Acto seguido, se dirigió a sus compañeros del Libre—: Vayámonos, aquí no hay nada más que escuchar.

La marcha de aquellos hombres provocó un nuevo alboroto. Las opiniones más diversas cruzaban la sala, pero pocos se atrevían a compartirlas a voz en grito. Preferían el murmullo, el argumento en voz baja para no ponerse en evidencia.

—Yo solo sé que un traje de pana vale cuarenta pesetas —dijo un hombre que no conocía—; una camisa, seis, y los vestidos de algodón barato que se compra mi mujer nos cuestan unas diez. Fabricamos ropa que no nos podemos permitir. Todos llevamos ropa vieja y muy remendada porque no ganamos ni ochenta pesetas al mes, y con eso debemos pagar la casa, la comida, las medicinas… ¿Cuándo terminará esta miseria?

—Precisamente por eso, compañero, debemos seguir apoyando el proyecto de la CNT, el Único lucha para que todos vivamos mejor —le replicó Enric.

—Entonces ¡convoquemos otra huelga! —respondió el mismo hombre.

—Yo opino que primero deberíamos hablar con don Josep —dijo un anciano calvo, de barba blanca y espesa, más delgado que las correas que accionaban las máquinas—. Hace más de un año que nos compró uniformes nuevos y también se ha preocupado de mejorar la seguridad en la nave principal. Fijaos, no hemos sufrido ningún accidente en los últimos meses, nos paga las horas extras y en Navidades nos dio un aguinaldo. Eso es mucho más de lo que hace la mayoría, más de lo que hacía su padre, por eso deberíamos pedírselo por las buenas.

—Todo eso está muy bien, pero si lo hubiera hecho antes, mi hermana seguiría viva —sentenció Enric.

Me sorprendió que Josep hubiera implantado las medidas citadas por el anciano, ¿se solidarizaba con sus empleados o cedía para mantener un equilibrio que perpetuaba sus privilegios? El debate se extendió y terminó sin haber alcanzado ninguna conclusión.

Aproveché los corros que se formaron a continuación para preguntar por el Martillo. La mayoría afirmaban que no lo habían visto en mucho tiempo.

Me daba la sensación de que mis compañeros no estaban cómodos con mi presencia y Gabriel lo atribuyó a mi pasado. Yo había sido el guardaespaldas de Josep y, por esa razón, despertaba desconfianza. Tras unos primeros días de preguntar sin obtener respuesta, no parecía que aquella fábrica fuera a reportarme información alguna.

Encontré el primer rastro de Kohen en el lugar más inesperado. Dos o tres tardes después de la asamblea, una mujer me llamó desde el interior de un Hispano-Suiza que estaba estacionado a unos metros de la garita de la fábrica. La esposa de Josep había esperado a que se terminara mi turno para hablar conmigo. Dudé unos segundos y, antes de acercarme al coche, comprobé que no hubiera nadie conocido a nuestro alrededor. La situación era comprometedora por varios motivos: que la mujer del patrón me invitara a subirme a su automóvil podía aumentar el recelo de mis camaradas o despertar la ira de Josep. Afortunadamente, me había entretenido más de lo habitual en el vestuario y las puertas de la fábrica estaban desiertas.

—Mateu, sé que va detrás de Kohen, me lo ha dicho mi marido. Perdone que le aborde de este modo, lo hago porque deseo que ese hombre desaparezca y quiero ayudarle. Tengo información para usted, así que suba. Nos alejaremos un poco de la fábrica para que se le pase el apuro.

No sabía por dónde empezar a buscar al Barón, así que no pude rechazar la oferta. Sin esperar respuesta, Mireia abrió la puerta trasera del vehículo y, con un gesto, me pidió que entrara y me sentara a su lado. Obedecí cohibido y, una vez en el interior, descubrí que Mauricio, el chófer habitual de Josep, iba al volante. El hombre ni me miró ni me saludó.

—Lo primero que le diré, querido, es que tenga mucho cuidado. —El automóvil arrancó y torció a la izquierda en la primera travesía—. El ilustrísimo barón Hans Kohen es un hueso duro de roer, un tigre de Bengala que muerde antes de preguntar siquiera. Además, sabe esperar a que su presa cometa un error para atacarla y despedazarla.

—Gra... gracias por la advertencia —balbucí—. ¿Y dice usted que tiene información sobre el Barón?

Mireia me observaba como una felina. Yo permanecía distante, con las manos sobre mis rodillas y la vista orientada hacia la luneta del coche.

—Kohen tiene la capacidad de intermediar en negocios que realmente no necesitan de su mano, y sabe lucrarse con ello. Le voy a dar un ejemplo, varias casas de juego del Distrito V le pagan un dinero para que soborne a la policía a cambio de cierta inmunidad. El Barón se queda un porcentaje alto de esas cantidades, quizá más elevado que el que reparte a los mismos policías. Luego chantajea a los cuerpos de seguridad con los sobornos que él mismo lleva a cabo. —El coche se detuvo, nos habíamos alejado de la Tèxtil Puig—. Fíjese, como le decía, las casas de juego podrían realizar esos pagos sin su intervención y, aun así, él se las ingenia para entrometerse en el negocio. Creo que es un buen hilo del que tirar para dar con él.

—Muchas gracias por la información, doña Mireia. —Me detuve unos segundos e, incauto, no pude evitar satisfacer mi curiosidad—. ¿Puedo preguntarle una cosa?

—Por supuesto, Mateu.

—¿Por qué me ayuda? Quiero decir, solo soy un trabajador de su marido, usted no tiene por qué perder el tiempo conmigo.

Mireia se abalanzó sobre mí y me besó. Aterrado por el atrevimiento aunque complacido por la excitante calidez de sus labios, sentí la urgencia de detenerla. Me aparté con cuidado y evité el contacto visual. Estábamos cruzando una línea peligrosa cuyas consecuencias podían ser devastadoras para mí.

—Lo... lo siento, esto no está bien —dije mientras accionaba la manija de la puerta del automóvil.

Sin despedirme siquiera de ella, bajé del coche y caminé en dirección contraria a mi deseo. La valentía de un hombre es parca e inconsistente cuando no sabe si huye de una mujer o de sí mismo.

Los hechos que desencadenaron el primer enfrentamiento directo entre el Libre y el Único en la Tèxtil Puig transcurrieron pocos días después de la asamblea en el Ateneo Obrero. Aquella tarde, al acabar el turno, salí a la calle junto con Gabriel, Enric y Vicenç, con la intención de retirarme a descansar. A pocos metros de la puerta de la fábrica, dos chicos que quizá no llegaban ni a la veintena cerraban el paso a un grupo de hombres y mujeres. Su actitud era altiva y hostil.

—Compañeros y compañeras, la CNT es la única vía para la revolución —dijo el más alto de los dos—. Pagadnos las cuotas si ya tenéis el carnet, y si no lo tenéis, corred a afiliaros.

—Yo soy del Libre, ellos no nos tratan así —respondió con amabilidad uno de los retenidos—. Por lo que más queráis, dejadnos pasar, estamos cansados.

—Nos iremos cuando nos paguéis, ¿es que no lo entiendes? Los Libres son unos traidores, unos mamarrachos —respondió el más bajito de los extorsionadores—. O estáis con nosotros o contra nosotros —añadió mostrando la pistola que escondía en el bolsillo interior de la americana.

Los cuatro observábamos la escena incómodos, enfadados y conscientes de que la actitud de aquellos dos irresponsables solo añadía más leña al fuego.

—Ya estamos otra vez, esos críos… —comentó Vicenç—. ¡Hasta aquí hemos llegado!

Los trabajadores salían en masa de la fábrica y la calle era un ir y venir de obreros que comentaban la jornada. Algunos ignoraban el conflicto que los dos jóvenes pendencieros estaban incitando; otros, conscientes de la disputa, se alejaban para que no los salpicara. La muerte era una posibilidad real y aceptada en la ciudad. En cualquier momento, uno podía encontrarse envuelto en una trifulca que ni le iba ni le venía y acabar tumbado en el suelo sin vida. Carecía de importancia si uno era policía, somatén, anarcosindicalista o un ciudadano de a pie. Por ese motivo, los barceloneses, hartos de la inseguridad y de la precariedad con la que vivían, tomaban partido por un bando u otro: mis tíos lo hicieron por nuestra causa, sus vecinos por la del Libre, y seguramente sus familiares por la republicana o la autonomista.

Vicenç nos confirmó con un gesto que debíamos frenar el desvarío de aquellos dos jóvenes cenetistas. Sin embargo, Mariano, el hombre del Libre que había abandonado la asamblea del Ateneo Obrero, y un amigo suyo se adelantaron e intentaron dialogar con los chicos. Decidimos mantenernos al margen porque Mariano, como nosotros, quería evitar la extorsión; pero sus argumentos fueron creciendo en agresividad a medida que se calentaba la conversación. En pleno fragor de la discusión, empujó al más alto de los dos marrulleros y este le respondió propinándole un puñetazo en la cara. Mariano trastabilló hacia atrás y, cuando logró mantener el equilibrio, sacó una pistola del interior de su americana y tiró al aire.

El ruido del disparo agitó los ánimos. La mayoría de los que en aquel momento abandonaban la fábrica echaron a correr despavoridos. De sus bocas salían gritos, lamentos e improperios. El grupo al que los dos chicos cenetistas estaban increpando se lanzó al suelo para protegerse, y tanto los dos marrulleros como Mariano y su compañero permanecieron de pie, desconcertados por el disparo. Creo que al ver el revuelo que se había levantado, Mariano se arrepintió de haber desenfundado el arma. De nada servía lamentarse ya, el pistoletazo de salida había sido dado y, en aquella carrera, todos teníamos las de perder.

Gabriel, que llevaba la pistola sujeta en el cinturón, hizo el ademán de desenfundarla. Le pedí que se contuviera porque Mariano o los chicos podían interpretarlo como un intento de agresión y se desencadenaría un tiroteo. Entre baladros y carreras, Mariano bajó el arma con el objeto de guardarla o de dejar descansar el brazo. No obstante, el chico alto entendió aquel gesto como el preludio de una nueva descarga, esta vez con su cuerpo como diana; así que, raudo y veloz, disparó a Mariano en el brazo. Este, horrorizado ante la sangre que brotaba de su cuerpo, se tiró al suelo soltando alaridos de dolor. El tipo que lo acompañaba, en vez de contestar al disparo con más violencia, se agachó para socorrer al herido. Por suerte, fue el único hombre cabal en aquella cadena de despropósitos.

Los dos cenetistas marrulleros huyeron despavoridos; Enric los persiguió para increparlos al tiempo que Gabriel, Vicenç y yo nos acercamos a Mariano con la intención de ayudarle y de cerciorarnos de que la herida no era grave. Vicenç se ofreció para acompañarlo al hospital y le puso la mano sobre la rodilla en señal de apoyo, pero Mariano lo reprendió:

—¡Mirad lo que estáis consiguiendo! ¡Anarquistas de mierda! ¡Asesinos! ¡Sois unos burdos bandoleros, eso es lo que sois! ¿Así queréis hacer la revolución? ¿Disparando a los vuestros?

—Disculpa, Mariano, nosotros no hemos hecho nada. Han sido esos dos granujas. Venga, vamos al hospital. De camino podremos hablar con calma.

Mariano pataleó y golpeó el brazo de Vicenç. Se tapaba la herida con una mano, teñida ya de rojo.

—¡Alejaos de mí, hijos de puta! Me las pagaréis, ¿me oís? ¡Me las pagaréis!

Enric agarró a su hermano por los brazos y le ayudó a levantarse. Convinimos en marcharnos pues varios transeúntes observaban la escena y, si no habían presenciado lo sucedido, podían pensar que los responsables del tiroteo habíamos sido nosotros.

Caminamos unos diez minutos hasta que llegamos al bar Sant Antoni, en la plaza del Mercat, un lugar de encuentro obrero frecuentado por trabajadores del barrio. Se trataba de un local sencillo gobernado por doña María, una mujer pizpireta que repartía su tiempo entre la cocina y las órdenes que le daba a Alfonso, su marido, un tipo tranquilo y risueño que siempre tenía una palabra amable en la punta de la lengua y alguna que otra broma picante en la chistera por si el debate político se salía de madre. Alfonso casi nunca abandonaba la barra de madera que él custodiaba, solo salía de sus dominios para recoger y limpiar las mesas de mármol y patas de hierro que compraron a buen precio cuando abrieron el negocio. Año tras año, Alfonso aseguraba que iban a instalar un ventilador de techo, pero nunca cumplía su promesa y sus clientes engañaban al calor bebiendo cerveza fría o abanicándose con los trípticos anarquistas y socialistas dispuestos sobre el mostrador. El local era rectangular, la barra estaba colocada en un extremo del rectángulo y en la pared de la fachada había unos portones acristalados.

Tras saludarnos, Alfonso nos preguntó si habíamos visto un fantasma. Vicenç, aún lívido y visiblemente angustiado, le respondió que habíamos estado a punto. Veloz, Alfonso desvió la conversación hacia el menú del día, que, aseguraba, era delicioso. Yo reconocí que tenía hambre y los cuatro nos sentamos a la mesa que estaba pegada a la barra mientras escogíamos el plato que íbamos a devorar. El ambiente se distendió, pero el fantasma de la trifulca que habíamos presenciado compartía mesa con nosotros y anunciaba más división y violencia.

Vicenç parecía más apesadumbrado que los demás. Él, que siempre había criticado a los grupos de acción a pesar de la implicación de Enric y de Gabriel en ellos, que había defendido con ahínco la unión por encima de la victoria, veía su esfuerzo truncado por la estupidez de unos pocos. Consideraba que la verdadera arma del pueblo era la fraternidad y aseguraba que era la única opción lícita para vencer a los dueños del capital. Mientras tomaba las primeras cucharadas de la sopa que había pedido, nos confesó que siempre había considerado la transformación del orden social como un destino irrefutable, una meta que llegaría si se le daba el tiempo de cocción necesario. No obstante, comenzaba a creer que era una utopía por la que iban a perecer muchos infelices como Mariano.

Jugamos varias partidas a la butifarra para pasar la tarde. Había sido un día duro y ellos estaban acostumbrados a respaldarse unos a otros cuando los ánimos rozaban la desazón. Al terminar una partida y después de que Enric hubiera repartido las cartas de la siguiente, Vicenç contempló atónito lo que sucedía en el exterior del bar. «Mirad», nos dijo señalando la calle con un movimiento de cabeza. A través del cristal vi cómo Mariano, con el brazo vendado y acompañado por cuatro hombres, nos señalaba con el dedo y se iba por donde había venido.

—Mierda, creo que son pistoleros —dijo Enric—. Esto no tiene buena pinta.

—Disimulad, quizá solo vengan a intimidarnos —sugirió Vicenç.

—¿Todo el mundo lleva su arma? —pregunté.

Todos asintieron y nos mantuvimos expectantes simulando que disfrutábamos del juego. Mi respiración era entrecortada; si decidían atacarnos, el local podía convertirse en una ratonera. Uno de los cuatro asaltantes se adelantó y, pistola en mano, se dispuso a abrir la puerta del bar.

—Detrás de la barra, ¡rápido! —grité.

Inmediatamente, mis compañeros y yo nos levantamos y fuimos en busca de refugio. Nada más cruzar al otro lado de la barra, empujé a Alfonso para que se tirara al suelo. Le pedí que se refugiara en la cocina, pero el hombre, desorientado y vencido por el miedo, permaneció a nuestro lado. El resto de los clientes del bar se echaron al suelo también al oír el silbido de las primeras balas y se protegieron como pudieron.

Vicenç, que no llegó a esconderse tras la barra porque los asaltantes comenzaron a disparar, tuvo el tiempo justo de otear a su alrededor y, mientras nosotros tres le cubríamos las espaldas a tiro limpio, tumbó una mesa y se parapetó detrás de ella a modo de escudo. Entonces contraatacamos sin piedad. Uno de ellos abandonó el local herido, abrumado por nuestra ofensiva. Quise comprobar si disponía de suficiente munición y respiré aliviado al ver que me quedaban cuatro cargadores.

Ellos estaban al descubierto y recibieron algún que otro balazo más, todo indicaba que tenían las de perder. Sin embargo, los matones tomaron ejemplo de Vicenç y se escondieron detrás de las mesas cercanas a la puerta. Las balas de nuestros contrincantes reventaron algunas botellas de las estanterías, detrás de la barra, que cayeron sobre nosotros y nos cubrieron de una mezcolanza de líquido pegajoso y cristales. Alfonso se cubría la cabeza con las manos y lloraba de impotencia.

El plomo danzó por el aire y yo no podía barruntar cuál sería el resultado de la trifulca. De pronto, dos de los pistoleros blancos arrastraron la mesa que los protegía, avanzaron por el bar y alcanzaron a Vicenç. Este, indefenso y desconcertado, recibió dos balazos en el pecho que no pudo esquivar. Cuando Enric vio lo sucedido, perdió los estribos y arrebató la pistola a Gabriel, abandonó la barra y abrió fuego a discreción. Nuestros enemigos, sorprendidos por su ímpetu, vacilaron un instante, que Enric aprovechó para herir a los dos asesinos de Vicenç. El tercero, que estaba cerca de la salida, se disponía a dispararle. Como un acto reflejo, le apunté y lo maté.

Los dos pistoleros que quedaban vivos escaparon del local. Me inclino a pensar que se les había acabado la munición, aunque también es posible que se les agotara el valor necesario para continuar la reyerta. A pesar de que podríamos haberles perseguido para acabar con ellos, Enric, Gabriel y yo preferimos socorrer a Vicenç. Además, los tres sangrábamos debido a los cortes producidos por los vidrios de las botellas. Yo, que tenía un ojo puesto en Vicenç y otro en la puerta por si los pistoleros decidían volver a por más, no oí a Enric cuando dijo que su hermano había fallecido, pero lo deduje por su cara teñida de dolor y de cólera. Triste, contemplé el cadáver del chico cuya vida yo había arrebatado. Otro muerto, una vuelta más en la espiral en la que me había metido. Ya no había marcha atrás y esa vez no se me fue la cabeza.

Cuando desperté en casa de mi hermano, él ya estaba en pie. Había preparado el desayuno y jugaba con sus hijas en el comedor. Me preguntó cómo me encontraba. Yo había pasado la noche intentando contener la angustia tras lo acaecido en el bar Sant Antoni. Me sentía cansado, triste, compungido, incluso culpable. Aquel nuevo crimen sobrevolaba mis pensamientos, así que, adormilado, me limité a responderle que no tenía hambre y lo apremié para que lleváramos a las niñas a casa de doña Encarna, ya que llegábamos tarde al trabajo.

—No voy a ir a la fábrica, Mateu —me respondió sin mirarme—. Josep pidió que, en caso de conflicto, no apareciera por allí, ¿verdad? Pues eso es lo que voy a hacer; por una vez, voy a ser una ovejita más del rebaño.

Parecía rabioso y apenado, un estado en el que mi hermano podía ser peligroso. Preferí dejarlo en paz y no advertirle de las consecuencias de sus impulsos. Ya me inventaría una excusa para justificar su ausencia ante Josep. La jornada no se avecinaba tranquila y ni yo mismo sabía cómo iba a reaccionar si me encontraba cara a cara con Mariano. Ardía en deseos de matarle, pero otra muerte, por merecida que fuera, avivaría el incendio que estaba consumiendo la convivencia de la fábrica. Pensé incluso en involucrar a Josep para que templara los ánimos, mejor una guerra abierta que una paz fingida.

Cuando llegué a la Tèxtil Puig, los trabajadores, devastados por la muerte de Vicenç, caminaban cabizbajos y pesarosos. Muchos se acercaron para abrazarme o darme otras muestras de apoyo. Me dolía en el alma la muerte de Vicenç, aunque no lo conocía tanto como para convertirme en el receptor de los pésames. Luego caí en la cuenta de que era la cara visible del grupo debido a que ni mi hermano ni Enric habían ido al trabajo.

Tampoco Mariano ni el resto de los representantes del Libre aparecieron por allí. «Si vienen, nos los cargamos», decían algunos de los más afectados por la injusticia. Huelga decir que no pudimos concentrarnos en nuestras tareas. La noticia de la reyerta del día anterior entre los dos chicos cenetistas y Mariano había corrido por la fábrica como la pólvora. Muchos acusaron a los chavales del primer disparo, otros apuntaron a Mariano, pero tras la emboscada que este nos había tendido en el bar y el consecuente fallecimiento de Vicenç, Mariano quedó como el principal responsable de la trifulca. Alfonso, el dueño del bar, había contado la verdad a quien había querido escucharle, y el hombre, muy querido en el barrio, decantó la balanza dentro de la Tèxtil Puig: la fábrica al completo se posicionó a favor de la CNT, renegando del Libre y de sus postulados. Vicenç consiguió lo que más deseaba al precio de su propia vida.

Habían pasado unas dos horas desde el inicio del turno, cuando el mayordomo de la fábrica se acercó a mi barca de tinte para anunciarme que Josep deseaba reunirse conmigo. Supuse que quería pedirme explicaciones sobre lo ocurrido la tarde anterior y yo estuve cavilando sobre la versión que debía ofrecerle para no añadir más leña al fuego. Finalmente decidí no acudir a su despacho para no despertar el recelo de mis compañeros: con el paso de los días, empezaban a verme como uno más, y eso, aparte de aliviar mi conciencia, me permitía formular preguntas sobre el Martillo con más libertad. Decidí visitarle en su casa al terminar el turno.

Cuando Herminia, el ama de llaves de Josep, abrió la puerta y me identificó, no me hizo esperar. Seca y directa, me guio hasta el salón y me pidió que tomara asiento sin ofrecerme ni explicaciones ni un refrigerio. Entré en aquella ostentosa estancia decorada con pinturas coloridas que proyectaban imágenes distorsionadas de la realidad. Había un espejo grande con el marco dorado, una cómoda y una gran vitrina en la que se exhibía una bonita cristalería, un reloj de pared de madera, un sofá y cuatro butacas. No osé sentarme en el dos plazas porque lo creí reservado para las damas, así que me acomodé en una de las butacas.

—Josep no está en casa, querido, así que le atenderé yo —oí que decía Mireia desde la jamba de la puerta.

La mujer de Josep se acercó luciendo un vestido sugerente. Dio una calada a una boquilla metálica de unos veinte centímetros en cuyo extremo pendía un cigarrillo encendido a medio fumar. Estaba de pie ante mí, con la cadera contoneada y una mano en la cintura.

—¿En qué puedo ayudarle? —me dijo.

—En nada, señora, se lo agradezco, necesitaba hablar con su marido. Si me disculpa...

Hice el ademán de levantarme para irme, pero ella me detuvo con un gesto y con las siguientes palabras:

—No tan rápido, muchacho. No desprecie mis favores, no le conviene.

—Nada más lejos de mis intenciones —le respondí, tenso, desde la butaca—. Tengo que hablar con don Josep sobre un asunto complicado. Debo darle explicaciones, y debo hacerlo personalmente.

—Entiendo, aunque, dígame, ¿por qué tiene tanta prisa? Un hombre como usted y una mujer como yo podemos conversar sobre muchos temas, y, sin embargo, en sus ojos advierto que está interesado en otro tipo de menesteres.

Mireia apoyó sus rodillas en las mías, osadía que me cortó la respiración.

—Señora, no debería usted... No está bien que me persiga, no es digno de una dama.

Sin apartarse, soltó una carcajada escandalosa, incluso frívola, que la llevó a alzar la vista hacia el techo. Acto seguido, clavó sus ojos en los míos, con una mirada que percibí gélida como el más frío viento invernal.

—¿Digno? Si yo fuera un hombre y usted una muchacha, no hablaríamos de dignidad. Lo vería lícito, todos lo ven lícito: que un varón persiga a una mujer es un derecho; si ocurre a la inversa, es un pecado. Pues qué quiere que le diga, no me parece bien. Usted tiene nombre bíblico, pero apuesto a que no cree en esas sandeces.

—No, sí... Ahora mismo no sabría qué contestar a eso, doña Mireia. Tengo más que perder que usted.

—¿Qué hay de malo en disfrutar el uno del otro? Soy yo la que está casada y, gracias a Dios, a mi marido no le importan estas cosas. Tampoco le debería importar a usted el trato que yo tenga con él. Así que no me culpe del deseo que veo reflejado en su rostro. Puede irse cuando quiera.

Tragué saliva y la observé inmóvil, ahogado por el deseo de probar su cuerpo, desbordado por las emociones de los últimos días, huyendo del esfuerzo que, sin darme cuenta, hacía para olvidar que había matado a una tercera persona, pues ya no eran una ni dos, sino tres las almas que había arrebatado de este mundo; asfixiado por mis penas del pasado, por el rechazo y la ausencia de Montserrat; triste por la muerte de Vicenç y cansado de obligarme a ser el tipo que jamás se equivoca y que, precisamente por perseguir ese imposible, termina siempre tomando la peor de las decisiones. No respondí, no me moví, permanecí sentado a la espera de que ella atravesara una barrera para mí infranqueable.

—El que calla otorga, querido Mateu.

14

Mientras Mireia me arrancaba la camisa y me besaba desbocada por una atracción que anulaba el juicio de ambos, dos hombres avanzaban por calles cercanas a la catedral protegidos con las pistolas que escondían en el bolsillo de la americana uno de ellos y en la sobaquera el otro. En el mismo momento en que Mireia se desnudaba sentada sobre mis piernas, los dos pistoleros llegaban discretamente al bar Riche de la plaza dels Àngels.

Hacía meses que no me acostaba con una mujer, que no experimentaba la eternidad que te brinda su piel; pero apenas habían pasado veinticuatro horas desde que aquellos dos hombres habían empuñado un arma para salvar sus vidas y, lejos de haber escarmentado, estaban quitando el seguro de sus pistolas en aquel preciso instante. Casi al unísono, cuando Mireia y yo nos derretíamos como el hierro en una fundición, Gabriel y Enric localizaron a Mariano sentado a una de las mesas de la terraza del Riche y le dispararon varias balas que acabaron con cualquier aspiración o anhelo que el corazón de aquel afiliado al Libre pudiera albergar. La venganza primó por encima de la razón.

Mireia y yo nos dejamos llevar por la pasión y, cuando el frenesí se calmó, me sentí atrapado por mi falta de control.

—Yo… será mejor que me vaya —dije al tiempo que me levantaba embebido por lo que acababa de suceder.

Sentía que estaba traicionando a Josep, a mí mismo e incluso a Montserrat. Ninguna de las tres traiciones tenía fundamento alguno, y me abroché los pantalones evitando enfrentarme a su mirada, ansiando alejarme de inmediato de lo que consideraba un error.

—No hemos hecho nada malo, Mateu —me dijo claramente decepcionada por mi reacción—. No me trates con esa frialdad porque no me la merezco. Ni la merezco yo ni se la merece ninguna mujer.

—Sí, tiene razón —respondí sin mirarla—. Ahora debo irme.

Sin más, di media vuelta y hui. Los remordimientos me asediaron en la calle. ¿Por qué no podía regodearme en mi hombría tras acostarme con la mujer de un burgués como habrían hecho Gabriel o Enric? Volvió el sueño, la pesadilla, mi madre muerta en la cama de su habitación. Como solía suceder cuando me visitaba, la imagen retornaba una y otra vez en mis pensamientos y acababa quebrándome los nervios.

Aquel domingo despuntó y yo seguía sumido en mi angustia. Me preguntaba si era cauto contarle a Gabriel lo que me había sucedido con Mireia. Cuando reuní las fuerzas suficientes, salí al comedor. Allí estaba él, jugando con sus dos hijas en el suelo. Helena, que aún no tenía un año, se mantenía en pie cuando mi hermano la cogía de los brazos. ¡Tan pequeña y cuánta energía! La niña reaccionaba ante las molestias con llanto o sonidos con los que mostraba su disconformidad. Era una rebelde; cuando no quería más papilla, cerraba la boca hasta que su padre se daba por vencido; cuando no deseaba dormir, no cerraba los ojos aunque Gabriel le dedicara toda la paciencia y el cariño de que disponía.

Ariadna, en cambio, iba camino de los cinco añitos y hablaba por los descosidos. Acudía a la escuela moderna del Ateneo Obrero y ya distinguía las letras. Era lista cual felina resabida y, a la vez, tranquila y reflexiva como su madre. A su pronta edad ya nos regalaba un equilibrio y una serenidad vitales en aquella casa.

—Buenos días —saludé a mi hermano mientras me sentaba a su lado en el suelo.

—Buenos días —me respondió contemplando cómo Ariadna apilaba unos cubos de madera que mi tío había tallado.

Permanecimos un rato en silencio, sonriendo al observar las tentativas de Helena de escapar de los brazos de su padre. Su objetivo no era otro que derrumbar la torre que Ariadna estaba construyendo.

—Mariano ha recibido su merecido —me espetó Gabriel.

—Lo sé, bueno, lo pensé. De camino a casa, me encontré a Julio y me dijo que lo habían... —miré a Ariadna y decidí suavizar mis palabras— quitado de en medio. Deduje que habíais sido vosotros.

Ariadna colocó el último cubo y luego derruyó la torre con un golpe seco. A su vez, Helena se liberó de Gabriel, quería acaparar las piezas de madera; sin embargo, las muecas divertidas de su hermana la distrajeron.

—Sé que no me vas a regañar, no tienes derecho a hacerlo. —Gabriel miró a su hija y se contuvo—. Se lo merecía.

—Quizá tengas razón, quizá no, pero ya no puede defenderse.

Mi hermano observó a sus hijas durante unos segundos más y, a continuación, alzó la vista para responderme.

—La policía no nos protege, tampoco el gobierno, tenemos que hacerlo nosotros mismos. Aunque, sinceramente, nada de eso me importa ahora.

¿Debía darle una palmadita en la espalda? Si reprobaba el asesinato de Mariano, me cubriría de hipocresía. Mis crímenes habían surgido de la necesidad de defenderme a mí o a los míos, un argumento que no me eximía de la responsabilidad de mis actos; así que me limité a asentir y a esperar que la solución de nuestros quebraderos de cabeza apareciese pronto.

—Debo darte las gracias —se adelantó él mientras yo intentaba dilucidar entre las posibles respuestas—. Hace semanas, cuando volviste, yo estaba muerto en vida. Llibertat me hacía sentir vivo, mucho más que la lucha, y cuando ella se fue, algo se apagó en mí... No sé qué coño se apagó, pero estaba muy jodido. Tu venganza me ha devuelto las fuerzas. Me he dado cuenta de que la guerra no ha terminado, de que existen cosas maravillosas por las que pelear. Mis niñas se merecen vivir en una ciudad mejor, una ciudad sin títeres ni desgraciados. Vamos a echar a esos hijos de puta, te lo prometo.

—A veces me da miedo que seamos nosotros quienes acabemos convertidos en unos hijos de puta. O que ya lo seamos.

Gabriel se limitó a sonreír mientras celebraba que Ariadna había terminado otra torre con los cubos. Decidimos dar un paseo por los alrededores de la Font del Gat, en Montjuïc. Luego fuimos a comer al merendero de la Font d'en Cona, uno de los más populares de la zona, donde nos deleitamos con su famoso guiso. Marchamos de allí cuando llegaron los primeros soldados procedentes del castillo de Montjuïc y el lugar se llenaba de muchachas que acudían para encontrarse con ellos en la pista de baile. Cuando nos alejábamos de la fuente, me horroricé ante la miseria de las más de ciento cincuenta barracas agrupadas por los alrededores, habitadas por familias recién llegadas que la ciudad no sabía dónde ubicar. Hacía calor, así que nos tumbamos sobre la hierba para dormir la siesta bajo uno de los árboles de los Tres Pins. Disfruté de un sueño corto constantemente interrumpido por las ganas de guerra de Helena.

La jornada se esfumó bajo el abrigo de la calma y, tras un nuevo amanecer, me encontré con Josep. Me sentí incómodo y preocupado por si él estaba al corriente de lo que había sucedido entre su mujer y yo. Supongo que no lo sabía porque se limitó a interrogarme sobre la muerte de Vicenç. Más que buscar un culpable, le preocupaba que la normalidad imperara en su fábrica, así que le di los detalles justos para que se quedara tranquilo. Tras comprender que la producción no se vería afectada, se alegró de tener un solo sindicato como interlocutor y de que las diferencias entre el Libre y el Único se hubieran resuelto fuera de los muros de su castillo humeante.

El miércoles, cuando Enric y Gabriel salían del trabajo, dos pistoleros del Libre los atacaron. El resultado fue un balazo en la pierna de Enric y más kilos de rabia en las venas de mi hermano. Diez días después, cuatro hombres acorralaron a Gabriel en la calle de la Bascònia, también en Sant Andreu. Afortunadamente, un grupo de conocidos salieron en su defensa antes de que sufriera daños graves. Gabriel apareció por casa con un ojo morado, el labio partido y varias contusiones repartidas por todo el cuerpo. Si el segundo ataque fue perpetrado por pistoleros del Libre o por pendencieros a sueldo de la patronal, nunca lo supimos; el caso es que ambos habían alcanzado un lugar de honor entre los objetivos de nuestros enemigos, y yo me preguntaba cuándo harían un hueco para mí.

Entre las dos agresiones, Enric había organizado una asamblea de emergencia a la que fui convocado porque ya me consideraban un miembro de pleno derecho de su grupo de acción. Quedamos en el Petit Versailles, un bar abierto pocos años atrás que se había convertido en uno de los ejes de la vida social del barrio. El local estaba en los bajos de Can Vidal, uno de los pocos edificios modernistas de Sant Andreu, en la esquina entre la plaza del Comerç y la calle Pons i Gallarza. De cinco plantas y fachada verde con esgrafiados, los balcones tenían las barandillas de hierro forjado con formas sinuosas, los bajos estaban decorados con la técnica del *trencadís* y la esquina estaba rematada con un pináculo.

Como era habitual, Enric, Gabriel y yo llegamos puntuales y escogimos una de las mesas más apartadas. Enric se presentó con una muleta y nos aseguró que su herida de bala no era tan grave como su mujer pregonaba. Pedimos café y nos preguntamos si había sido una buena idea encontrarnos allí. Habíamos descartado la casa de Gabriel como lugar de reunión para alejar a las niñas de las actividades de la banda, y tampoco quisimos vernos en el Ateneu porque queríamos desvincularnos de toda oficialidad. Escogimos el Versailles y decidimos aparentar que éramos un puñado de amigos que habíamos ido a emborracharnos al acabar el turno.

El Petit Versailles tenía forma rectangular y albergaba más de una veintena de mesas dispuestas en varias filas interrumpidas por tres columnas con la base recubierta de madera, que sostenían unos percheros y conferían un toque señorial al local. A la derecha de la entrada de la plaza del Comerç había una barra de madera coronada por una vitrina en la que se exponía un sinfín de botellas y, justo delante, dos escaleras que ascendían en sentido inverso y formaban un triángulo al convergir en la planta superior.

A excepción de Montserrat, el resto del grupo llegó más o menos puntual. Saludé con alegría a Bernat, el hombre viudo que había sido compañero mío en la sección de sorteo, y a Carlos, el joven de origen vasco. No fui tan efusivo con Marc, el novio de Montserrat, con el que me costaba congeniar. Ella se demoraba más de lo habitual, así que decidimos dar comienzo a la reunión. Cerveza y tabaco en mano, comentamos el ataque a Enric, quien, por segunda vez, nos mostró el vendaje con un toque de orgullo y una pizca de indignación. Todavía no habíamos ahondado en los temas más peliagudos, cuando Montserrat se acercó a la mesa, risueña, acompañada por una chica delgada y enérgica.

—Disculpad el retraso, he ido a buscar a mi hermana —dijo mientras ponía su mano sobre el hombro de la chica—. Os presento a Cristina. Acaba de volver a la ciudad.

—¡Hola! —dijo ella con un ímpetu desmedido, apartándose el pelo liso de la cara, gesto que nos permitió descubrir unos ojos marrones y una tez colorada. Su desparpajo incomodó a los allí presentes—. Es un placer conoceros. ¿Dónde me siento?

Enric miró a Montserrat desconcertado: no era un día adecuado para presentárnosla, teníamos varios temas delicados que tratar. Ella se encogió de hombros dando a entender que no había tenido opción. Pronto comprendimos por qué.

—No sabía que había hombres tan mayores en los grupos de afinidad. En los diarios siempre se habla de chicos jóvenes —dijo aludiendo a Bernat.

El hombre la contempló sin saber qué responder. Enric echó

un vistazo a nuestro alrededor para asegurarse de que nadie había escuchado el escandaloso comentario de la chica, y respiró tranquilo al comprobar que el resto de los clientes no estaban pendientes de lo que sucedía en nuestra mesa.

—¿Siempre estáis tan callados? —comentó ella cuando ninguno respondimos—. Os preguntaréis qué hago aquí. Hasta ayer vivía en la Colonia Güell, donde trabajaba como tejedora. Me mudé allí hace unos años, con Juanito, un hombre que parecía maravilloso y con el que me uní libremente. Hace unos días lo pillé acostándose con otra, y eso sí que no, por ahí no paso; así que cogí la maleta y aquí estoy, de nuevo con mi Montse —concluyó mientras ambas intercambiaban una sonrisa.

Las curvas de Cristina no destacaban por su voluptuosidad y su nariz estaba levemente torcida hacia la izquierda, pero su atractivo, intangible, brillaba más que sus atributos físicos. ¿Sería quizá por su descaro? ¿O por la gallardía de sus ojos? Su alegría contrastaba con el acoquinamiento de los allí presentes. Cristina hablaba a gran velocidad, no había terminado una frase y ya enlazaba con la siguiente. Enric tosió para interrumpirla e intervenir. Una vez más, ella se anticipó:

—Sé que os habéis reunido para actuar contra la patronal...

—Por el amor de Dios, mujer, habla más bajo —la interrumpió Enric.

—Tienes razón, perdona —respondió casi susurrando. Su nuevo tono nos obligó acercar la cabeza a la chica—. No tenéis motivos para confiar en mí, lo sé, pero soy la hermana de Montserrat y quiero colaborar. Me considero anarquista, debo mi lealtad a la CNT y, cuando ella me ha contado adónde iba, he querido venir para colaborar con vosotros.

—No he podido hacer nada, chicos —intervino Montserrat—. Ya lo veis, cuando a Cristina se le mete algo en la cabeza...

—No me miréis así, no estoy loca —prosiguió Cristina al ver las caras de estupefacción e incluso de rechazo de mis compañeros—. ¿O acaso no me queréis porque soy una mujer? Pues os voy a espabilar rápidamente. Las mujeres podemos hacer los mismos trabajos que los hombres, podemos empuñar armas y luchar como el más fuerte de vosotros. Y si no os lo creéis, os lo puedo demostrar. En agosto se ratificó la decimonovena enmienda de la Constitución de Estados Unidos, que aprobaba el sufragio femenino. Si la mujer del Nuevo Mundo puede votar, no entiendo por qué aquí vamos a ser menos. Y no os extrañéis de que use tecnicismos como «enmienda», nosotras también sabemos leer los diarios y tenemos capacidad de comprensión y memoria, aunque a muchos de vosotros eso no os quepa en la cabeza. Qué, ¿empezamos?

Nadie echó a aquella chica del bar por respeto a Montserrat. Además, si le pedíamos que se fuera, nos arriesgábamos a que montara una escandalera, cosa que no nos convenía en absoluto, así que era mejor dejar que se quedara. También cabe la posibilidad de que permitiéramos su presencia porque ninguno de nosotros se atrevía a enfrentarse a ella.

Me extrañó que mi hermano no hubiera censurado las salidas de tono de Cristina. Ni siquiera la había mandado callar, como solía hacer con las mujeres que lo importunaban. Muerto de curiosidad, lo estuve observando para averiguar qué pasaba por su mente y pronto lo comprendí: estaba embobado con la chica, se comportaba como si estuviera ante la mejor obra de arte del mundo. Los ojos vidriosos y la absoluta atención puesta en cada uno de sus movimientos no dejaban duda alguna respecto a su encandilamiento. Aquella mirada me remitió a otra de la que fui testigo el día en que Gabriel conoció a Llibertat.

—Montserrat, ¿tú respondes por ella? —preguntó mi hermano.

—Por supuesto. Aunque es una desvergonzada, a nobleza y compromiso nadie le gana.

—Pues empecemos la reunión —sentenció.

Enric tomó la palabra para distender el ambiente y, mientras los asistentes intentábamos ponernos en situación después de la llegada del torbellino llamado Cristina, Gabriel solo tenía ojos para ella. Enric escogía las palabras con cautela: repasó lo sucedido en la Tèxtil Puig y nos contó que el Único se mantenía fuerte en Cataluña a pesar de que seguía ilegalizado.

Los ataques y los ajustes de cuentas entre los miembros del Libre y del Único se sucedían a diario. Los patronos tampoco se libraban de ellos. Muchos fueron víctimas de agresiones cuya autoría se atribuía solo a los grupos de acción, pese a que algunos de los atentados habían sido ejecutados por miembros del Libre para acusar después a la CNT y desprestigiarla. El «Y tú más» se convirtió en el argumento básico para justificar la violencia, trampa en la que caímos sin remedio. Por aquel entonces sabíamos de buena tinta que los Libres recibían encargos directos de patronos como Albaricias, Argemí o Manach, y que gozaban del favor de la policía, del somatén y de los jueces. Algunos empresarios les encomendaban atentados a cambio de dinero y de dejar crecer el sindicato Libre en el seno de sus empresas. Había miedo, bajas y detenciones. Hasta la caja de resistencia temblaba.

—Ya lo sabéis, Arlegui es ahora el jefe de la policía —Enric se refería al comisario que vi ante la Modelo la noche que provoqué mi detención— y se dedica a impedir la celebración de las asambleas cenetistas. Parece que Bas intenta poner paz en esta jungla, pero Arlegui sigue deteniendo a nuestros cuadros sin pruebas y, frente a su actitud, de nada sirven las buenas intenciones del gobernador. Por eso debemos intervenir, tenemos que escoger a los pistoleros más relevantes del Libre para quitarlos de en medio y también tenemos la obligación de defender las asambleas de los ataques de la policía.

—Sí, estoy de acuerdo, aunque no deberíamos actuar al tuntún —aseguró Bernat—. No los menospreciemos, sus ideas empezaron a calar fuerte entre contramaestres y camareros, y ya han llegado a la construcción, la metalurgia, las fábricas vidrieras e incluso hasta la industria química.

—Es verdad —intervino Montserrat—. No me malinterpretéis, pero somos unos incautos. No somos soldados ni tenemos recursos. Lo poco que sabéis sobre pelear es lo que habéis aprendido en las trifulcas de las que habéis salido vivos de milagro. ¿Realmente creéis que podemos derrotarlos?

Nadie rebatió tan sabias palabras.

—Tengo un contacto que nos puede proporcionar armas —dijo Marc casi susurrando—. Carlos sabe preparar explosivos, ¿no es así? Mi contacto también podría conseguirle los materiales necesarios para fabricarlos.

Inmediatamente todas las miradas se dirigieron a Cristina, quien, contra todo pronóstico, permanecía callada y atenta. Aquellas afirmaciones no parecían alarmarla, así que proseguimos. Fue Gabriel quien se aventuró:

—Puede que Montserrat tenga razón, pero no podemos quedarnos de brazos cruzados. Por poco que consigamos con nuestras acciones, serán un paso más hacia su derrota.

—Chicos —intervine—, matándolos no vamos a conseguir nada. Yo creo que hay que amedrentarlos para que desistan y se sumen a nuestra causa. Si asesinamos a uno de ellos, el resto querrán vengarse y lo único que lograremos será alimentar todavía más ese círculo vicioso. Usemos las armas solo cuando no tengamos más remedio.

Algunos asintieron, otros negaron con la cabeza en signo de desaprobación, pero las palabras no fluyeron hasta que Cristina las lanzó sobre la mesa:

—¿Sabéis jugar al ajedrez?

—Yo sí, aunque no entiendo qué tiene que ver eso con lo que estamos hablando —le respondió Enric.

—A Montserrat y a mí nos enseñó nuestro abuelo. Con la práctica aprendí que de poco sirve atacar si careces de estrategia. Hay que conocer bien las reglas y hay que anticiparse a los movimientos del otro jugador, solo así lo pondrás en jaque. Por eso, antes de atacar, debemos espiarles, debemos saber qué hacen y cómo piensan.

Me inclino a pensar que Enric le dio la razón a regañadientes. Mis compañeros no veían con buenos ojos que una muchachita recién llegada les diera lecciones; sin embargo, las miradas de incredulidad que se cruzaban tras cada intervención de

Cristina no amilanaban a la chica, más bien al contrario: nos regañaba, nos exigía respeto y recurría a argumentos irrefutables para acallar las críticas.

Antes de terminar la reunión, nos repartimos una serie de tareas con el objeto de planificar los atentados y escoger los objetivos. Carlos se ocupó de vigilar lugares de reunión de los Libres, como, por ejemplo, el Café Continental. Los espiaba para establecer una especie de censo de líderes y pistoleros. La lista la elaboró Bernat, puesto que Carlos no sabía leer ni escribir. Por suerte, el vasco poseía una memoria envidiable y era capaz de recitar el nombre y describir hasta el último detalle del rostro o la vestimenta de cualquier persona. Bernat comprendió que su compañero se avergonzaba de ser iletrado, así que se ofreció para enseñarle a leer y a escribir, propuesta que él aceptó encantado.

Bernat seleccionaba a los objetivos potenciales y, en la medida de lo posible, los seguía para apuntar sus rutinas. También Montserrat y Cristina espiaron a algunos de ellos y dejaban constancia por escrito de lo observado. Enric volvió a ostentar la secretaría del ramo de los tintoreros del Único y, a través de sus contactos, fue conociendo los vínculos que unían a la policía, al somatén y, sobre todo, a Kohen, con nuestros objetivos. Así cercamos a personajes como Juan Laguía, cofundador del Sindicato Libre y férreo defensor de la violencia, o el abogado Pedro Vives, que coordinaba a algunos de los pistoleros blancos.

Superados los albores de agosto, pasamos a la acción y ejecutamos varios ataques contra patronos y pistoleros del Libre. Tal y como habíamos acordado finalmente, nuestro objetivo era asustarlos y obligarles a abandonar las armas. Pegamos una paliza a uno de los contramaestres de La Maquinista que había entorpecido el desarrollo de varias huelgas convocadas por sus compañeros de la fábrica. Lo pillamos cerca del Rec Comtal, en uno de sus peregrinajes para encontrar un lugar seguro donde acostarse con su amante. También secuestramos al patrono de un taller de orfebrería que no aceptaba a trabajadores con carnet de la CNT. Maniatado y con los ojos vendados en su propio taller, nos dedicamos a amenazarle con gritos hasta que el hombre lloró y se meó encima.

No estoy especialmente orgulloso de estos comportamientos, pero eran un mal necesario, y cabe decir que Cristina planificó con maña y éxito casi la mitad de las acciones que emprendimos. Las investigaciones de Bernat y de las dos hermanas nos proporcionaban un trayecto o un lugar donde acechar a nuestros objetivos, aunque hubo una ocasión en que nuestra presa cambió sus rutinas y nos fastidió el plan. Bernat juraba que había estudiado sus costumbres con minuciosidad y, según él, era imposible que no los hubiéramos pillado. En otras dos ocasiones tuvimos que batirnos con un grupo de pistoleros que claramente esperaban nuestra llegada. A Enric y a Gabriel no les parecía una casualidad y poco a poco surgió la duda, la endiablada idea de que había un topo en el grupo. Enric acusaba a Cristina porque no se fiaba de ella y Gabriel apuntaba sus sospechas hacia Carlos; sin embargo, no teníamos pruebas suficientes para desvelar la identidad del traidor y, desde luego, su misma existencia no pasaba de ser una mera especulación.

Debo aclarar que, salvo algunas excepciones, yo no estuve implicado en los ataques. Me centré en encontrar los puntos débiles de Kohen, así que lo primero que hice fue mandar a un joven del barrio para que investigara los lugares en los que me había reunido con el Barón. Resultó inútil. El chico visitó el piso de la calle del Carme donde mi enemigo me había prestado el dinero. No encontró a la familia que yo había visto, sino a una señora mayor que le aseguró que hacía años que vivía sola allí. Lo mismo sucedió con el ático de la calle Reina Amàlia donde Kohen me encargó el asesinato de Joan Mas. Mi espía me aseguró que pertenecía a un matrimonio humilde con siete hijos. Mi frustración iba en aumento.

No había averiguado nada sobre el Martillo en la Tèxtil Puig, así que descarté esa baza y, siguiendo el consejo de Mireia, recorrí las calles del Distrito V en las que abundaban las casas de juego. Para mi sorpresa, Marc se ofreció a ayudarme. Era un tipo conocido en la parte vieja de la ciudad, tenía amistades en bares y cafés y salas de juego, y sus contactos podían ser de utilidad. La oferta se produjo bajo la incómoda y, a la vez, esperanzada mirada de Montserrat. Por ella, y por el bien de mi venganza, decidí darle una oportunidad. Si aquel hombre la amaba y respetaba, si debíamos seguir encontrándonos en las reuniones de la banda, debía cambiar mi actitud hacia él, ya que, hasta el momento, tan solo me había despertado recelo y desconfianza.

Comenzamos a indagar en el Café Español. Situado en el Paralelo, era uno de los lugares de encuentro de artistas, bohemios, gitanos, sindicalistas, republicanos e incluso militares de la ciudad. Las dimensiones del local eran considerables, ocupaba un lugar inmejorable en la avenida de las ilusiones y siempre estaba lleno a rebosar.

Haciendo gala de una discreción que ambos utilizábamos con destreza, Marc y yo nos uníamos a las distintas conversaciones que tenían lugar bajo el techo del local. El cabaret, la actriz más jamona o los toros eran temas recurrentes, pero también la política, las huelgas y la violencia callejera. Intentábamos distinguir entre los humildes trabajadores y los pendencieros, a quienes tratábamos de sonsacarles información sobre el Barón o el Martillo. Poco descubrimos, la fama que rodeaba a Kohen lo situaba cerca de los centros de poder y le otorgaba gran influencia sobre los plutócratas de la ciudad; aun así, no aparecía ni en la prensa ni en eventos públicos. El Martillo se había convertido en una suerte de libertador astuto y en un agente imprescindible para la lucha obrera años atrás, sin embargo, todos coincidían en que le habían perdido la pista. Nadie sabía o, por lo menos, nadie decía que se trataba de la misma persona, muchos aseguraban que no conocían el rostro de ninguno de los dos.

En las casas de juego seguimos un protocolo similar y obtuvimos el mismo resultado: ni una pista. Nos unimos a diferentes partidas de ruleta o de póquer. Yo desconocía las reglas del juego; Marc, en cambio, se entregaba a ellas con deleite, de modo que yo dejaba que se divirtiera mientras trataba de identificar a posibles informadores.

Días después de nuestro primer escarceo sexual, Mireia acudió a la salida de la fábrica para encontrarse conmigo. Apareció en el Hispano-Suiza de su marido y, por suerte, me esperó a un par de calles de la entrada. Al pasar por delante de su automóvil, ella me llamó y pese a que intenté hacerme el sueco, al final no tuve más remedio que darme por aludido.

Antes de acercarme al coche comprobé que no hubiera caras conocidas a mi alrededor y, de pie ante la ventanilla del vehículo, contemplé a una Mireia que lucía un vestido más recatado de lo habitual, de manga larga y falda también larga; llevaba el pelo recogido en un moño muy conservador considerando su estilo.

—¿Cómo puedo ayudarla, doña Mireia? —dije sin gracia ni convicción.

—Mateu, te voy a ser sincera. No me arrepiento de lo que sucedió el otro día. Es más, quiero que se repita. Y será mejor que dejes de hablarme de usted.

Debido a su atuendo, su solemnidad y las circunstancias que nos rodeaban pensé que quería silenciar lo ocurrido, pero Mireia era una mujer valiente y compleja que no dudaba en tomar lo que deseaba. Miré de reojo a Mauricio, que esperaba al volante y no atendía a la conversación.

—No te preocupes por él, le doy un buen aguinaldo para que se comporte como si fuera ciego y sordo. Por favor, sube al coche, al menos permíteme unas palabras.

Tragué saliva y a regañadientes accedí a su petición, contradiciendo mi sentido común y sucumbiendo a los designios de mi deseo.

—Busquemos un lugar más tranquilo —exclamó cuando hube cerrado la puerta.

Recorrimos la distancia que nos separaba del hotel Ambos Mundos. El edificio ocupaba una de las esquinas de la ronda de Sant Pere con la calle Bailèn y acababa de ser rebautizado con el nombre de Palace Hotel. Estaba muy bien considerado por el lujo de sus habitaciones y la calidad de su restaurante. Como luego descubrí, Mireia solía tomar el té en uno de sus salones y tenía una habitación permanentemente reservada para los momentos en los que deseaba estar sola o leer tranquila. Cuando el coche se detuvo, Mireia me dio unas instrucciones que debía seguir a pies juntillas.

—Mateu, entra por la puerta de los trabajadores, encontrarás una pequeña conserjería donde te atenderá un hombre bajito muy simpático. Dile que tienes una cita con tu sastre y él te dará una llave. Sube por las escaleras que te indique, entra en la habitación y espérame allí. Yo iré enseguida.

Nervioso, seguí todas sus indicaciones. Mientras subía las escaleras austeras que conectaban el área del servicio con el resto del hotel, en mi interior se libraba una batalla entre la cordura, el deseo y el miedo. Me debatía entre la carne o la rectitud, entre el freno de mis impulsos o su liberación, entre el placer o la soledad. Éramos dos cuerpos en llamas separados por las convenciones pero legitimados por la incomprensible ley que rige la atracción.

La habitación rebosaba elegancia. Los muebles de madera, decorados con relieves abarrocados, dotaban a la pieza de un aspecto señorial al que se sumaba el suelo de parquet de roble. En el centro de la estancia había una cama con dosel cubierta con unos velos rojizos dignos de un rey. Me sentía como un niño a punto de ser reprendido por su maestra. Mireia tardó unos minutos en subir, yo la esperé sentado en la cama. Su presencia disipó al instante mis reparos. Me levanté, le agarré la nuca y la besé.

Aquel fue el primero de un sinfín de encuentros que mantuvimos siempre en esa misma habitación y aproximadamente a la misma hora. Fue el deseo lo que nos unió en un primer momento, pero a medida que nuestras citas se sucedían, y a pesar de la fuerte personalidad con la que Mireia me solía arrullar, descubrí en ella a una mujer perspicaz, inteligente, sensible y muy culta, una señora de Barcelona aburrida de su rutina y necesitada de platos exóticos que salpimentaran el menú del día. Mireia no soportaba la doble moral y las sonrisas envenenadas que veía en las reuniones sociales a las que acudía con su marido por obligación. Tampoco comulgaba con el estilo de vida que requería su posición ni con la doctrina católica que le habían inculcado desde niña. Su familia, descendiente de indianos que habían hecho fortuna en las Américas y cuyo pensamiento era encorsetadamente religioso, había decidido educarla en casa con una institutriz. Temían que su virtud se corrompiera si la niña se exponía al mundo.

Cuando creció, contrataron los servicios de un profesor ilustrado para que adquiriera una profunda cultura humanística con la que entretener a su futuro marido. Ahora bien, sus padres cometieron un grave error, pues no se preocuparon por las inclinaciones políticas del maestro con el que su hija pasaba un incontable número de horas. El hombre, anticlerical, republicano y amante de las escuelas modernas, introdujo lecturas e ideas en la cabeza de una Mireia joven y rebelde. Aquellos postulados, a los que ella se aferró como si le fuera la vida en ello, dieron alas a su espíritu salvaje y a veces destructivo.

El destino la cruzó con Josep, con el que mantuvo una relación tensa durante los primeros años de casados, sobre todo a causa del carácter autoritario de él. A base de desencuentros mal solventados a voz en grito, Mireia minó los muros que separaban a Josep de lo que realmente deseaba, y juntos construyeron un matrimonio que se alejaba por completo de lo convencional, pero que, de cara a la galería, estaba cimentado sobre las sólidas bases de lo modélico. Ambos eran libres de tener cuantos amantes quisieran. Gracias a los miembros del servicio, los mejor pagados y alimentados de toda Barcelona, erigieron un escudo protector que frenaba los rumores y alentaba el mito de la pareja perfecta.

Así descubrí a una Mireia llena de ensoñaciones que predicaban un mundo más justo en el que no se daba tanta importancia a la emancipación de la clase trabajadora como a la de la mujer. Ella creía en una ciudad donde pudiera vivir sin tapujos, sin miedo y sin la culpa que perseguía a las doñas como ella. Cabe decir que sus ideas y su libertinaje, de conocerse públicamente, podían acabar con la reputación e incluso con los negocios de su esposo. Barcelona demonizaba a las esposas de apetitos y actitudes desatados, pero también a sus maridos: si ellos no sabían meterlas en cintura, significaba que no eran de fiar. «En cambio, vosotros podéis hacer lo que os venga en gana y podéis abrir de piernas a quien deseéis sin que eso os reporte castigo alguno», me dijo en más de una ocasión.

—¿Por qué debemos soportar las mujeres unas directrices tan absurdas? —me preguntó en otra ocasión, en los estertores del mes de agosto, cobijada en mis brazos, desnuda—. ¿Porque siempre se ha hecho así? ¿Porque os creéis mejores que nosotras? El mundo ha cambiado y, sin embargo, las mujeres seguimos siendo esclavas de una tradición asquerosa.

—Tu discurso no es tan diferente del de los obreros, solo cambias la palabra «obrero» por «mujer».

—¿De verdad lo crees? Yo no lo tengo tan claro. Por ejemplo, al contrario de lo que defienden los postulados anarquistas, yo pienso que necesitamos un Estado y que las jerarquías son ineludibles para que el mundo funcione. Un gobierno debería ser escogido en las urnas siempre y nosotras deberíamos participar en las elecciones. Te aseguro que si el anarquismo defendiera la liberación de la mujer, mañana mismo comenzaría a poner bombas.

—El anarquismo y las bombas no son sinónimos, estaría bien que los burgueses entendierais eso de una vez —le respondí.

Mireia creía que el sistema económico que defendía Bakunin, basado en la propiedad colectiva de los medios de producción, no daría los frutos que yo esperaba. En cambio, veía con buenos ojos su defensa de un cambio iniciado de abajo arriba, y no viceversa. «Los que están en el poder siempre tienden a ser conservadores para perpetuarse en él». Su ideario mezclaba conceptos de todo tipo, ya que ella veía el capitalismo como el único sistema económico viable en una sociedad industrial. Aun así, era crítica con su aplicación. «Si dejamos a los empresarios sin leyes ni control, el capital se convierte en un ente despiadado; pero un mercado limitado y regulado que reparta la plusvalía más equitativamente tal vez salvaría a la humanidad de catástrofes o guerras», me dijo un día.

Acostumbrado a escuchar los postulados de Marx, Bakunin o Kropotkin en los mítines o bajo el prisma de Paco y a recibirlos como verdades absolutas, la visión de Mireia me brindó una perspectiva diferente sobre lo que sucedía en Barcelona y sobre las vías que teníamos para mejorar nuestras condiciones de vida. Reflexionando sobre estas cuestiones, unas veces entraba en contradicción con mi propio pensamiento, otras me reafirmaba en él y había otras, en cambio, en que deseaba salir a la calle y asesinar a todos los patronos con los que me cruzara. Me maravillaban hombres como Ángel Pestaña o como Salvador Seguí, «El noi del sucre», uno de los más respetados dirigentes del Único, que perseveraban en su lucha a través de la palabra, la razón y la negociación.

Hijo, te preguntarás si mis encuentros con Mireia hicieron que me olvidara de tu madre. Mi respuesta es un no rotundo. Durante nuestras primeras citas pensaba en Montserrat y en cómo la echaba de menos, pero con el tiempo me lo prohibí, enterré el amor debajo de la necesidad de venganza y aprendí a silenciar las voces que me decían que debía dejarme de sandeces y recuperar a tu madre.

Como ya te he comentado, el rastro que Kohen había dejado a lo largo y ancho del Distrito V era nimio. Junto a Marc descubrí que el Barón había sido asiduo a las casas de juego en las que se dejó cantidades indecentes. «Siempre decía lo mismo cuando no ganaba —nos confesó un crupier—, se levantaba y comentaba jocoso que si perdía tanto dinero era porque lo tenía». Deduje que, durante un tiempo, se había dejado ver como

Kohen y como el Martillo en los ámbitos de acción de cada uno de sus personajes, y que ambos habían desaparecido de la esfera pública.

A pesar de que Marc investigaba con el mismo fin que yo y me abría ciertas puertas, nunca intervenía ni tomaba iniciativa alguna, a pesar de que Gabriel me lo había descrito como una persona resuelta. No sabría concretar por qué sentía que Marc era un palo en las ruedas. Por más que intentara comprenderle, jamás sacaba nada en claro. Temía que mis reparos fueran debidos a los celos y, cuando me gobernaban pensamientos como los que acabo de exponer, recordaba el consejo de Paco: «Antes de entrar en una habitación donde te espere un militar o un anarquista, mide tus posibilidades». Me había equivocado en infinidad de decisiones y había sostenido opiniones erróneas; pese a todo, la desconfianza me había guiado eficazmente en el pasado. Recuerdo una noche en que estábamos tomando una cerveza con él en el Café Español para entretenernos mientras esperábamos a un conocido suyo.

—¿Sabes? Mi padre era contramaestre —me reveló Marc, ebrio, sin venir a cuento—. En casa nunca faltó dinero y, a pesar de que él era miembro del Radium, una federación de sindicatos profesionales de contramaestres, se quejaba de los sindicalistas día sí día también porque le complicaban el trabajo.

—¿Y cómo se tomó que su hijo abrazara la revolución?

—Mateu, eres un buen tipo —dijo para desviar el tema. Creí que se disponía a pedir otra cerveza y pensé que no le convenía, pero sus pensamientos estaban en otro lugar—. No me gustaría que termináramos peleándonos.

—¿A qué te refieres?

Marc sonrió burlón y se recostó en la silla para proseguir una conversación que empezaba a ser embarazosa.

—A Montserrat. Para serte sincero, cuando apareciste por la banda quería matarte. Ya sabes, los celos. Ella me obligó a perseguir a Kohen contigo y debo decir que, cuanto más te conozco, más me cuesta odiarte.

—Lo siento, no quiero entrometerme en vuestra relación.

—Te creo, y te aseguro que si percibiera que ella todavía te quiere, me apartaría. Ahora está conmigo y no me gustaría que eso fuera un problema para nosotros, sobre todo porque podrían atacarnos y quiero saber si me cubrirás las espaldas —dijo más calmado, con aquella sonrisa tan personal, a caballo entre la ironía y el sarcasmo. Un modo de presentarse un tanto chulesco que en realidad escondía su falta de confianza.

—Si algo aprendí de pequeño es que los miembros de una banda son como una familia.

Con el paso de los días observé que algunos mozalbetes merodeaban por los alrededores de los locales de juego. En Barcelona abundaban los huérfanos vagabundos que sobrevivían con trabajos de poca monta, cumpliendo encargos ilícitos o robando. Los críos aparecían por las diferentes tabernas y salones a horas intempestivas y esperaban a que saliera un hombre que les entregara una caja desvencijada cerrada con un candado.

Una noche de principios de septiembre, decidí seguir a uno de ellos. Los pequeños eran veloces y cautos, y se movían con sigilo por las sombras, alejados de los focos de peligro y de las autoridades. Seguramente por eso, el chaval se percató de mi presencia y logró despistarme. Volví a intentarlo con otro crío al día siguiente. Esta vez conseguí perseguirlo sin que él se diera cuenta. El pequeño se detuvo en un portal de la calle Reina Amàlia, cerca de la cárcel de mujeres, donde vi al hombre que lo recibió y le dio unas monedillas a cambio de la caja: aquel hombre era Marc. En ese momento juro que maldije la eficacia de mi instinto.

¿Debía contárselo a la banda? No lo tenía claro, así que decidí esperar hasta cerciorarme de las verdaderas implicaciones de lo que acababa de ver, pues desconocía si aquello tenía alguna conexión con Kohen. ¿Acaso se trataba de un impuesto revolucionario para la caja de resistencia de la CNT? ¿O quizá era un servicio que prestaba a alguien con el que se sacaba un sobresueldo? ¿Cómo convencer a tu banda de que el novio de la mujer que amas puede ser un traidor?

15

El dolor, el dolor traicionero, el dolor que se esconde tras las cortinas y aguarda a que las descorramos. Desde mi vuelta del Talladell había llorado la muerte de Llibertat, pero no me había enfrentado al desamor, al miedo que me producía la venganza, a los recuerdos sobre la muerte de mi madre ni al distanciamiento de Pere con la familia. Desoía una angustia que crecía con lentitud, alojada en mi interior, a la espera del momento idóneo para desatarse. Aliada con mis penas, la sospecha que recaía sobre Marc me condujo a una encrucijada que supuso para mí un conflicto de fidelidades. Por un lado, no deseaba causarle más sufrimiento a Montserrat. Por el otro, si Marc era un topo y yo desatendía mi pálpito, la banda corría peligro.

Llovía a cántaros y era de noche cuando estalló una bomba cargada de metralla en el teatro Pompeya, un *music hall* situado en el Paralelo que atraía al público obrero. Aquella noche, mi hermano quería ir a la avenida de los teatros y yo accedí a cuidar de las niñas en su ausencia. Gabriel frecuentaba tabernas y burdeles con menos asiduidad que antes, ya que el trabajo, la lucha y sus hijas ocupaban la mayor parte de su tiempo. Los truenos eran lo único que lograba silenciar el escándalo producido por el vendaval que azotaba la ciudad, y me mantuvieron en duermevela hasta que Gabriel apareció por casa pasadas las dos de la madrugada. Intuí que algo andaba mal, así que fui al comedor y lo encontré de pie, lívido y pasmado, con el semblante desencajado y la ropa empapada, hecha jirones y manchada de restos de sangre que no le pertenecían. Tenía la cara y los brazos rasguñados. El frío no había llegado aún, pero él tiritaba, así que lo ayudé a desnudarse, le sugerí que se sentara en una butaca y lo cubrí con un par de mantas. A continuación, calenté agua en una olla y la repartí entre varios cuencos para que Gabriel se aseara en el barreño y entrara en calor.

Vestido y algo más sereno, me contó que, pasada la medianoche, un hombre de aspecto humilde se había sentado en una de las sillas supletorias colocadas tras las butacas de la platea del Pompeya, había dejado un paquete debajo de una de ellas y se había esfumado. Mi hermano presenció la explosión y, por suerte, estaba tan lejos que pudo salir ileso y tan cerca que fue un testigo directo de sus fatídicas consecuencias. El atentado se cobró la vida de cinco personas e hirió de gravedad a una quincena más. En el teatro se formó un verdadero caos. Un palco se vino abajo debido al estruendo causado por el artefacto. Cundió el pánico, los espectadores corrían enloquecidos en direcciones opuestas y chocaban unos con otros envueltos por la espesura del humo. Nadie sabía si había más explosivos preparados, o si aquel horror era cuanto los aguardaba.

Gabriel dudaba de lo sucedido, de sí mismo, de la vida, de la ciudad. No entendía cómo se podía producir un ataque con tantos compañeros inocentes en el punto de mira.

—Me cago en la puta, Mateu. La gente estaba desesperada y yo solo podía pensar en las niñas y en ti, en lo injusto que sería que una bomba os matase por accidente. Es un verdadero infierno, créeme. El cuerpo tiembla, la vista se nubla, los oídos duelen y te sientes como un mero animal a punto de entrar en el matadero. Joder, no sé cómo explicártelo, un velo de calor te cubre el rostro y no comprendes nada, el humo no te deja respirar bien ni ver con claridad.

—Antes de que yo me uniera al grupo…, ¿habíais colocado alguna bomba?

—No lo hicimos porque no sabíamos cómo fabricarlas hasta que se nos unió Carlos. Y ahora, después de lo que he vivido hoy, creo que no deberíamos hacerlo nunca.

Gabriel se cubrió la cara con las manos mientras se doblaba sobre sí mismo.

—Al menos estás vivo, hermano —dije en un vano intento por consolarlo—. Céntrate en eso, hoy tus hijas podían haberse quedado huérfanas y quienquiera que haya colocado esa bomba no lo ha logrado.

—Te diré que Cristina también apareció en mis pensamientos. —Se tocó la barba que llevaba desde que lo saqué de la cárcel—. Sentí miedo de no volver a verla. No hace tanto que murió Llibertat y ya estoy obsesionado con otra. Soy débil, Mateu, no sé vivir sin una mujer.

A Gabriel y a mí nos habían educado para que encontráramos a una esposa obediente que permaneciera a nuestro lado y se ocupara de la casa y de nuestras necesidades, y, sin embargo, tanto él como yo estábamos muy lejos de cumplir con las expectativas. El corazón de mi hermano había sucumbido a la fuerza de Cristina, cuando ella solo daba pie a cierta cordialidad y frenaba cada una de sus galanterías con comentarios distantes y tajantes. Con todo, la frialdad de la chica solo servía para enardecer el deseo de Gabriel. Ella repetía que no quería saber nada de un beodo putero que despreciaba la emancipación de las mujeres y las trataba como ovejas que había que domar. Él se defendía asegurando que se limitaba a seguir los designios de la naturaleza, argumento que ella condenaba con sentencias como: «Eres un anarquista de pacotilla». Discusiones de semejante cariz se sucedían cada vez con mayor frecuencia en las reuniones de la banda, a las que Cristina ya era asidua. De hecho, también se peleaban en la fábrica, después de que ella hubiera entrado a trabajar en la Tèxtil Puig.

Enric y Bernat renegaban de las ideas de Cristina, más efectivas y sofisticadas que las del resto de la banda. Lejos de alabar sus aportaciones, defendían su propio liderazgo y la acusaban de ser el topo. Sus argumentos no tenían consistencia alguna: desconfiaban de ella porque nadie, aparte de Montserrat, conocía su pasado y porque su carácter los desconcertaba. Cuando, a espaldas de Cristina, el tema se sometía a debate, Gabriel y Montserrat la defendían a capa y espada. Montserrat decía que estaba harta de que se culpara a una mujer por el simple hecho de ser inteligente y desacomplejada. Huelga decir que, a pesar de los recelos y la resistencia que algunos mostraban, muy a menudo acabábamos llevando a la práctica las estrategias que Cristina proponía.

Se especuló mucho sobre quiénes eran los responsables del atentado del Pompeya. Anticipándose a la prensa proclive a la patronal, la Local, la Regional y el Comité Nacional de la CNT firmaron un manifiesto en el que se desvinculaban del suceso y llamaban al paro durante el entierro de los fallecidos. Sin embargo, la policía realizó algunas redadas y encarceló a varios miembros del Único sin pruebas y sin pasar por ningún proceso judicial. Por las calles corrían muchos rumores. Algunos aseguraban que la patronal había encargado el atentado para acusar a los cenetistas, otros opinaban que lo habían perpetrado los pistoleros del Libre con el objeto de vengar un ataque sufrido unos días antes en la sede de *La Publicitat*. Con el tiempo se concluyó que había sido obra de Inocencio Feced, un pistolero que se vendía al mejor postor.

Al día siguiente, Gabriel se quejó de un leve pitido que persistía en sus oídos pero, a pesar de su indisposición, nos dirigimos juntos al trabajo.

La imagen de Marc recogiendo las cajas de las casas de juego cobró especial relevancia en mi mente aquel día. Tenía que serenarme y reflexionar sobre los pasos que debía seguir. Si llevaba a Enric o a mi hermano a presenciar lo que yo mismo había visto, irían a por él sin miramientos y sin preguntarse por las motivaciones que había detrás de tal comportamiento. Su vehemencia podía ponernos a todos en peligro. Así que, para tomar un poco de perspectiva, decidí visitar a mi tío al salir de la fábrica.

La nostalgia me tomó de la mano y me acompañó hasta la fachada del edificio de la calle Corríbia que me vio crecer. Entré en la zapatería y sonreí al oír la campanita que sonaba cuando se abría la puerta. Encontré a tío Ernest enfrascado en su trabajo y, en cuanto me vio, agachó la cabeza para contemplarme por encima de la montura de sus gafas. Inmediatamente, dejó el zapato que tenía en la mano y me recibió con alegría.

—Dichosos los ojos, Mateu —exclamó levantándose—. Es todo un detalle que te acuerdes de mí.

—Siempre lo llevo en mi pensamiento, tío.

Cerró el pestillo de la entrada para que nadie nos interrumpiera y me pidió que me acomodara en una de las sillas del taller, no sin antes liberarla del martillo de remendón y del abridor de hendidos que reposaban sobre el asiento. Permaneció de pie, con la cadera apoyada en el mostrador, los brazos cruzados y la curiosidad en el semblante.

—Hablemos primero de lo que te preocupa. Luego ya nos pondremos al día del resto.

Dudé sobre qué hechos exponerle, así que le relaté las acciones pacíficas de la banda, le hablé también de mi deseo de venganza y de las sospechas que Marc me despertaba. Nos presenté como un grupo más interesado en la propaganda que en la acción.

—Estáis cabalgando sobre un caballo desbocado —comentó tío Ernest—, impredecible y peligroso, querido sobrino. —A continuación, sonrió y se sentó en su silla—. No voy a poner en cuestión vuestras razones, no quiero dilucidar si son lícitas o no, pero la sangre siempre llama a la sangre. Sé que lo que me has contado es solo una parte de la verdad y que has eludido los detalles más escabrosos de lo que os lleváis entre manos. ¿Realmente crees que estáis siguiendo el camino correcto?

—No tenemos otra opción. No podemos claudicar.

Mi tío se dio un tiempo para reflexionar. Se recolocó las gafas y, negando con la cabeza, prosiguió:

—Y por grave que sea lo que te haya hecho el Kohen ese del

que me hablas, yo me olvidaría de perseguirlo. Si es un personaje tan deleznable como lo fueron Bravo Portillo o el propio König, lo más seguro es que termines tumbado sobre el empedrado con una bala en la sien. Por Dios, Mateu, eres listo, no caigas en su trampa.

—No deberíamos permitir que personas como él campen a sus anchas por la ciudad. Estoy recabando pruebas para meterle entre rejas —le mentí.

El tío Ernest de mi infancia era paciente y cordial. Con el paso del tiempo, se había convertido en un hombre que perdía los estribos debido a la impotencia que sentía ante el rumbo que había tomado la vida de su hijo y la de sus sobrinos.

—Entonces, ten paciencia —me respondió irónico—, encuentra pruebas que inculpen a Marc, encuentra el modo de derrotar a ese Barón y deja de quejarte. —Su enojo crecía con cada frase que pronunciaba—. Te crees muy bravo, pero eres un iluso que acabará muerto. Si realmente te ves capaz de derrocar a Kohen, deja de hacerte la víctima. Los pistoleros de esta ciudad entierran sus emociones y se venden al mejor postor. —Y sin mirarme, con ojeriza, como queriendo cerrar esa conversación con la razón de su parte, añadió—: No debería ser tan difícil para ti, es lo que has hecho siempre.

El tono con el que pronunció esta última frase desató mi ira. Había ido a por lana sin pensar que podía salir trasquilado.

—Y, dígame, ¿no es eso lo que hace también usted? Ignorando la naturaleza de Pere, ¿cree usted que hace bien? Sé que conoce la vida que lleva. Lo invita de vez en cuando a casa, comen juntos como si fueran dos desconocidos y luego lo destierra de sus pensamientos. ¿Lo ha visto actuar alguna vez? ¿Sabe siquiera si es feliz?

Tío Ernest se quitó las gafas y escondió la frente y los ojos tras las palmas de las manos. Él, que siempre había ondeado la bandera del respeto, no era capaz de plantarla en la vida de su hijo. Él lo rechazaba; tía Manuela, en cambio, había aceptado sin reparos la naturaleza de su hijo. Decía que Dios nos crea a su imagen y semejanza, y si Pere era marica, solo respondía a la voluntad del Señor.

—Sé que la mayoría de los padres que tienen hijos como Pere reaccionan con violencia y no los aceptan en su mesa, y también sé que usted ha sido más comprensivo que la mayoría; pero, tío, las medias tintas hieren a Pere, grítele que es un degenerado o acéptelo. Él no se lo dirá, el miedo lo embarga. Piense que su hijo no solo se enfrenta a sus prejuicios, sino a los de toda una sociedad que culpa de sus pecados a personas como él, que vierte sobre ellos todo el odio y que los trata como auténticos depravados. Si no puede aceptarlo, rompa toda relación con él y libérelo de su presencia; de lo contrario, acepte su naturaleza y hágaselo saber. Antes de acusarme de insensible, predique usted con el ejemplo.

Mi tío rompió a llorar; yo no pude contenerme y le puse la mano sobre el hombro para consolarlo. A pesar de que quizá no había escogido el momento idóneo ni la mejor de las formas, se lo debía a mi primo.

—Yo solo quería que crecierais como chicos normales —me respondió al fin—, y mira el resultado: dos pistoleros y un maricón. ¿Qué he hecho mal, Dios mío?

—Nada, tío, usted no ha hecho nada mal. Así es la vida y nada podemos hacer para evitarlo.

Cuando logramos serenarnos y cambiar de tema, hablamos de las niñas, de la fábrica e incluso de Josep. Tras la conversación, subí a visitar a tía Manuela. Ella me dijo que hacía una semana que no veía a las pequeñas y me pidió que se lo recordara a Gabriel.

Al dejar atrás la calle Corríbia, me dirigí al Palace Hotel. Estábamos a mediados de septiembre y Mireia y yo llevábamos ocho semanas acostándonos. Éramos cómplices de sábanas y de ideas, y en los puntos en que diferíamos, nos embriagábamos de tanto debatir, algunas veces con pasión y otras con cierta puerilidad, pero la controversia era siempre placentera y estimulante para ambos. Jamás había defendido mis puntos de vista con tanto brío como lo hacía con ella, seguramente era debido a la sensación de libertad que Mireia me brindaba, una sensación que adormecía mis reparos. Huelga decir que la señora Puig sabía domar la estima de un hombre y también domeñar nuestras inseguridades en beneficio de nuestras fortalezas. Seguramente había llevado a cabo con Josep una tarea semejante, y desconozco si estaba siguiendo el mismo camino conmigo.

Junto a Mireia recuperé el hábito de leer que había abandonado cuando dejé El Talladell. «Un hombre que no alimenta el alma es un animal de caza, un sabueso sin más misión que atender a las normas de sus amos —defendía ella—. Aquellos que satisfacen las ansias de conocimiento, en cambio, acaban convirtiéndose en cazadores». Dejándose llevar por estos principios, me prestó una serie de libros; el primero fue *La máquina del tiempo*, que devoré a su lado.

—¿Cuántos de tus compañeros de la fábrica saben leer y escribir? —me preguntó de pronto.

—Menos de la mitad.

—¿Y aun así crees que se podría colectivizar la producción y que en las asambleas se podrían tomar las decisiones necesarias para mantener la fábrica a flote?

—En Rusia lo están haciendo.

—Nada más lejos de la realidad, querido Mateu —dijo, pensativa, e hizo una pausa. A veces, cuando daba una opinión contundente, se detenía unos instantes. Siempre interpreté esos momentos como una revisión silenciosa de lo que acababa de decir—. De todos modos, no tienes ni idea de cuánto trabaja Josep para que podáis cobrar vuestro salario. Y volviendo a las asambleas, quizá en unos años lo logréis, pero, lo que es hoy, os falta aprendizaje, bagaje y seguridad.

—No sé si estoy de acuerdo contigo, Mireia. Que tu marido y sus colegas hayan estudiado en buenas escuelas no significa que sepan lo que se llevan entre manos. Si lo supieran, no habría conflictos en Barcelona. Así que, si debo escoger entre dos caballos desbocados, me quedo con el mío.

—El tiempo dará la razón a quien la tenga.

Tras ese debate, no pude contener por más tiempo mis preocupaciones. Le conté que cabía la posibilidad de que Marc fuera un topo y que no sabía cómo atajar aquel incómodo asunto. Para que entendiera las circunstancias, le hablé sobre mi noviazgo con Montserrat y de las tensiones que se vivían en el seno del grupo a causa de nuestro antiguo amor.

—Mateu, es más fácil de lo que parece. Busca pruebas, convence a tus compañeros y, si es necesario, tendedle una trampa para averiguar cuáles son sus lealtades.

—Si todo fuera tan sencillo, no tendríamos ni Rey, ni Estado ni Dios.

Acto seguido, la tomé entre mis brazos y la besé. Ella respondió con una sonrisa nerviosa seguida de un ataque de pasión. Retozamos como adolescentes y, por unos minutos, bajo las sábanas no hubo diferencias ideológicas ni de clase.

Septiembre terminó con una férrea huelga de transportistas a la que la patronal del sector respondió con un *lock-out*. Los metalúrgicos y los de la construcción también convocaron paros a mediados de octubre, cada vez más agresivos y determinantes. La patronal pidió mano dura al gobernador Bas, pero él creía en la ley y la justicia, y se resistía a satisfacer las oscuras demandas de los empresarios. Estos trataron de echarlo y Bas, conciliador aunque inoperante, terminó dimitiendo, quién sabe si por convicción o presionado por el gobierno. Para reemplazarlo, el primer ministro Eduardo Dato aceptó al candidato propuesto por la oligarquía catalana, el general Severiano Martínez Anido, que hasta aquel momento había sido el gobernador militar de Cataluña.

El nombramiento se produjo durante la primera quincena de noviembre y modificó el curso de los acontecimientos a una velocidad vertiginosa. La prensa habló del cambio como una solución improvisada; sin embargo, las primeras medidas que el nuevo gobernador y el jefe de la policía Arlegui tomaron parecían haber sido planeadas con anterioridad y en colaboración con la Guardia Civil y el somatén: hubo un sinfín de detenciones gubernativas, básicamente de cenetistas y republicanos. Buscaban a hombres con nombres y apellidos concretos, sabían dónde encontrarlos y no les costó ningún esfuerzo dar con ellos. Arlegui les imputó el cargo de «revoltosos» sin pasar siquiera por un juzgado.

La mañana del 20 de noviembre, Gabriel y yo convocamos a Montserrat, Cristina y Marc en los alrededores de la Font del Gat, en Montjuïc. No era un lugar que frecuentáramos, lo escogimos para despistar a la policía. Como muchos otros obreros, faltamos al trabajo porque, después de las detenciones masivas de la noche anterior, media Barcelona estaba protestando y la otra media recorriendo hospitales y comisarías para cerciorarse de que sus familiares no estuvieran muertos o hubieran sido detenidos.

—¿Lo sabes seguro? —preguntó Montserrat, compungida.

—Sí, fue en casa de un compañero, estaban allí reunidos —nos contó Gabriel—. Tras la detención, su mujer avisó a la de Enric y así nos hemos enterado. Se los llevaron a todos, a Carlos incluido. Suponemos que están en la Modelo.

Enric formaba parte del equipo de fútbol de Sant Andreu y la noche anterior tenía que haber jugado un amistoso en el campo local. A pesar de que nunca se saltaba un partido, se vio obligado a acudir a una reunión convocada por otros cuadros de la CNT. Allí debatieron la respuesta que debían dar ante las detenciones que se estaban produciendo por toda Barcelona. Pidió a Carlos que lo acompañara, no se sentía muy seguro desplazándose solo por la ciudad y prefería que un amigo le cubriera las espaldas. Nadie predijo que varios miembros de la Guardia Civil irrumpirían en el piso de Bustos y los detendrían. No fueron los únicos, aquella misma noche encarcelaron a más de quinientos hombres, entre ellos Salvador Seguí y Lluís Companys.

También arrestaron a Bernat en el Chicago cuando estaba conversando con unos amigos, de modo que la banda acababa de perder a casi la mitad de sus miembros, y yo miraba a Marc con recelo. La policía podía haber descubierto el lugar de la reunión de Enric por otros medios, pues allí se congregaron varios hombres procedentes de diferentes sectores; aun así, la duda sobre la fidelidad de Marc me rondaba la cabeza.

—Los odio —dijo Cristina, golpeando la pared de roca que rodeaba la fuente.

—Sí, son unos hijos de puta —respondió mi hermano, buscando su aprobación.

—Vayamos a por el jefe de la policía Arlegui —propuso Marc en seco, sin añadir nada más.

—¿De verdad crees que podemos llegar hasta él? —preguntó Cristina—. Ahora mismo es uno de los dos hombres más odiados de la ciudad; creedme, estará preparado y muy bien protegido.

—¿Y si te equivocas? —le recriminó Marc—. Siempre me criticas cuando propongo ir a por los de arriba. Si tanto miedo tienes, dedícate a otra cosa.

—Tu comentario está totalmente fuera de lugar —le respondió ella—. Estoy tan enfadada como tú, pero no podemos precipitarnos. —Empezó entonces a dirigirse al resto de la banda—: ¿No lo veis? Es eso lo que quieren, quieren cazarnos a todos. Si actuamos en caliente y nos equivocamos, si les damos motivos para que nos encarcelen, les estamos facilitando el trabajo.

—Cristina tiene razón —intervine yo—. Debemos reflexionar y dejar que las aguas se calmen. Mantengámonos unos días inactivos y tomémonos tiempo para pensar una estrategia de contraataque.

Tras un silencio y algunas opiniones más, convinimos en que esta era la mejor opción. Montserrat y Marc se mostraban extrañamente distanciados. Deduje que andaban compungidos por la noticia y que a buen seguro habían discutido. Solo era una suposición, no tenía por qué inmiscuirme en sus cosas.

La primera en abandonar la asamblea fue Cristina, que salió disparada hacia la fábrica. Quería faltar el menor número de horas posible, pues acababa de empezar y necesitaba mostrarse como una chica responsable y trabajadora. Gabriel la siguió y, apenas a unos metros de la fuente, la detuvo. Yo no andaba muy lejos de ellos y pude oír sus palabras.

—Déjame en paz, Gabriel, no quiero más cartas, ni flores, ni cortejos.

—¿Por qué? Si me dejaras, te trataría como a una reina.

—No quiero ser una reina, lo que quiero es un hombre decente, no un desvergonzado.

—Soy un buen tipo, honesto, trabajador. ¿Qué más quieres?

—Si eres tan sincero, dime, ¿con cuántas prostitutas te has acostado este mes?

Él no respondió. Desde mi posición apenas los veía, así que estoy seguro de que me perdí algún detalle.

—El cuerpo de una mujer no está hecho para tu uso y disfrute —continuó diciendo ella—. Muchas recurren a los prostíbulos para poder comer y no por gusto, y a ti eso te da igual. Por favor, acepta mi voluntad, estoy segura de que encontrarás a una chica mejor que yo. Y un consejo: creo que estarías más guapo sin esa barba tan descuidada que llevas.

Aquella misma noche, Gabriel se afeitó.

Las temperaturas empezaron a bajar y un viento gélido se apoderó de los ánimos de la ciudad convirtiendo las esperanzas de los sindicalistas en un glaciar de lamentos. Me sentía ridículo, ¿cómo podía creerme capaz de derrotar a Kohen? Yo, un simple tintorero, en medio de aquella feroz represión. Mireia me daba calor y era un refugio para mis contradicciones, a pesar de constituirse ella misma como una contradicción más. La amaba, no con la intensidad y el brío que me despertaba Montserrat, pero sí con la estima suficiente para desear sus besos y para sentir la necesidad de compartir con ella los rincones más recónditos de mi alma. Callé mucho sobre mi pasado y nada sobre mi presente, y ella se convirtió en una especie de diario personal que, a diferencia del de papel, me ofrecía respuestas.

—Mateu, piensa, ¿qué es lo que se te escapa? —me dijo aquella misma noche, sentada en la cama del hotel, con la espalda apoyada en el cabecero, un brazo cruzado sobre el torso y el otro sujetando su boquilla de metal.

—No lo sé; si lo supiera, lo capturaría.

—Has estado siguiendo a Marc durante días y solo has descubierto que recibe dinero de varios casinos a través de unos niños, aunque, dime, siempre lo has espiado por las tardes o las noches, cuando no estás en la fábrica, ¿verdad? No tienes ni idea de lo que hace el resto del tiempo, eso es lo que se te escapa.

¿Tenía razón? Pensé en seguir su consejo al día siguiente, pero el ambiente en el barrio estaba demasiado enrarecido para faltar al trabajo. Estuve toda la jornada ante mi barca de tinte dándole vueltas al consejo de Mireia. Presentía que aquello me traería la solución a mis problemas. Por la tarde, cuando llegué a casa, encontré una carta sin remitente en la que decía: «Preséntate mañana en su casa antes del alba y síguele. M.».

Al rayar la aurora del día siguiente, tomé un tranvía que me dejó muy cerca de la calle Reina Amàlia, donde vivía Marc. La humedad de la mañana calaba los huesos y los impulsos. Ataviado con un abrigo cada año más viejo y una gorra que había tomado prestada de mi hermano, esperé algo más de una hora a que Marc abandonara su domicilio y anduviera hacia un destino desconocido para mí. Llegó hasta la calle Sant Pau y la enfiló en dirección a las Ramblas, donde se detuvo ante el Lyon, un bar situado al lado del teatro Principal.

Au Lyon d'Or era uno de tantos cafés en los que se propiciaba la cultura de la tertulia, tan afianzada entre los barceloneses. No obstante, este era diferente, inclasificable. Allí se daba cita parte la bohemia artística y literaria de la ciudad, y también era frecuentado por personalidades del mundo político y burgués, rufianes de todo tipo, abogados, actrices y cualquiera que no quisiera poner un pie en su casa. En el Lyon se comía, se bebía, se contemplaban espectáculos de grandes divas como la Bella Chelito, se trapicheaba con opio y cocaína, y, desde hacía poco, había adquirido una licencia para el juego.

Marc se mantuvo a la espera ante la puerta del café. Supuse que se había citado allí con algún conocido y me pregunté por qué no acudía a su puesto de trabajo en Can Batlló. Encendió un par de cigarrillos que fulminó a caladas rápidas y los lanzó al suelo una vez consumidos. Marc se movía con una indeterminación notoria incluso en sus andares. Ni estiloso ni desgarbado, el camuflaje era para él algo tan natural como respirar y, a pesar de sus conexiones y su don de gentes, pocos sabían de qué pie cojeaba realmente.

Apareció un Berliet negro, un modelo que supuse anterior al inicio de la Gran Guerra, en aparente buen estado. El vehículo se detuvo ante el Lyon y de su interior descendió el barón Hans Kohen, que saludó efusivamente a Marc. Ambos entraron en el local como buenos amigos, y yo, víctima de mi estupidez y presa de la furia, deseaba seguirlos para liarme a tiros con los dos. Me serené porque detrás del Barón se habían apeado dos pistoleros a los que se les sumaron cuatro más que habían llegado en otro automóvil, así que nada podía hacer. Caminé Ramblas arriba y, durante el trayecto, me sorprendió que me encontrara tan eufórico. Si el Barón frecuentaba el Lyon, al fin había hallado un hilo del que tirar. Además, tenía la prueba irrefutable de la traición de Marc.

La banda estaba expuesta a los tejemanejes de Kohen, lo había estado durante más de un año y, por esa razón, Enric, Carlos y Bernat estaban en la cárcel. No me cabía duda de que el Barón los había entregado a Arlegui gracias a un chivatazo de Marc. Montserrat era la que corría más peligro, ya que dormía con el enemigo. Recordé que se disponía a visitarnos aquella misma tarde para traernos la ropita de las niñas que Gabriel le había encargado, y que ella adquiría con gusto. Las pequeñas estaban creciendo muy rápido y los vestidos enseguida les quedaban pequeños, Helena podía heredar los de Ariadna, pero la mayor necesitaba ropa nueva. Volví a casa con los nervios a flor de piel, pensando en cómo comunicárselo; no obstante, cuando llegué, no había nadie todavía, así que cogí un libro e intenté matar el tiempo y evadirme con la lectura. Mi capacidad de concentración era nula, me subía por las paredes. Gabriel vino solo, ya que las crías estaban con tía Manuela, y me contó unas cuantas anécdotas del día. Yo no le escuchaba. Él advirtió lo irascible que estaba y me dejó por imposible. Se sentó en una de las butacas con el diario entre las manos y se puso a leerlo, refunfuñando con cada noticia. Finalmente, llamaron a la puerta y Gabriel fue a abrir.

—¡Hola! Os haré una visita rápida, que voy con el tiempo justo —oí que Montserrat decía desde la calle. Acto seguido, entró en el comedor y me sonrió, al tiempo que dejaba una bolsa sobre la mesa.

—Muchas gracias por acercarte —le dijo Gabriel sonriendo.

—He encontrado un vestidito muy bonito para Ariadna. Será la niña más guapa de Sant Andreu.

—Escuchadme un segundo, por favor —dije balbuciendo.

—Claro, tú dirás —me respondió ella, sujetando aún el vestido en el aire para mostrárnoslo.

—Sentaos conmigo a la mesa.

Montserrat y Gabriel cruzaron una mirada de desconcierto. Sin preámbulos, les conté mis sospechas y lo que había observado con mis propios ojos.

—¿Es él el topo? —preguntó Montserrat, respirando profundamente mientras Gabriel la observaba con preocupación—. Eso es imposible, él no es así, es bueno y sincero. Aunque tampoco creo que te lo hayas inventado. Debe de haber una explicación.

—Ya, lo siento, yo... quería tener pruebas fehacientes antes de aventurarme a contároslo, no quería herir tus sentimientos. Por eso me ha costado tanto decirlo.

—Quizá intenta acercarse al Barón para matarlo, o para ayudarnos. No sabemos nada sobre cuáles son sus intenciones —siguió argumentando Montserrat.

—Con Enric, Carlos y Bernat en la cárcel, y si confiamos en que nosotros tres somos fieles a la banda, nos quedan Marc y tu hermana —expuse—. Dime, ¿cuál de los dos nos está traicionando?

—El topo podrías ser tú —me acusó sin piedad—. Ya lo fuiste una vez, ya trabajaste para Josep.

—Montserrat, ¿sabes qué podemos hacer? —dijo Gabriel antes de que las cosas entre Montserrat y yo fueran demasiado lejos—. Tenderle una trampa a Marc. Nos inventaremos un gran golpe, el golpe definitivo, supuestamente en coordinación incluso con otras bandas, una acción masiva. Le diremos que vamos a por el líder de los cabrones del Libre y que contamos con el apoyo de más de veinte hombres. O de treinta. Ramón Sales se deja ver habitualmente por el Ateneo Obrero Legitimista, así que nos reuniremos los tres con Marc y le contaremos que estamos planeando un ataque allí mismo. Es el único modo que tenemos de comprobar a quién rinde cuentas.

—¿No sería mejor que se lo preguntáramos directamente? Tiene derecho a defenderse —objetó Montserrat.

—De poco servirá hablar directamente con Marc de su relación con Kohen. Piensa que si es un hijo de… —Mi hermano se interrumpió. Trataba de hablar con tacto—. Tanto si es un traidor como si no lo es, lo va a negar; así que esa conversación no despejará nuestras dudas. La única opción que tenemos es tenderle una trampa, y lo sabes. Si es inocente, entenderá nuestros motivos. Incluso yo, con lo ceporro que soy a veces, los entendería —concluyó, esbozando una sonrisa.

Ella suspiró compungida. Su boca medio cerrada y temblorosa me hablaba del miedo y la decepción que la embargaba. Nunca supe cuál era la verdadera naturaleza de sus sentimientos hacia Marc, nunca le pregunté si realmente lo amaba, pero mi revelación fue un golpe muy duro para ella. Su rostro, desencajado, era una prueba fehaciente de ello.

—Está bien —dijo, luego calló unos segundos, cerró los ojos y cuando los volvió a abrir, prosiguió—: Aceptad mi petición, dejad que forme parte del plan y que sea yo quien hable con él.

Gabriel y yo nos mostrarnos conformes. De repente, una lágrima resbaló por el rostro de Montserrat.

—¿A ver qué más has traído? —dijo Gabriel, intentando cambiar de tema.

—¿Cómo os conocisteis? —le interrumpí—. No es que me importe, pero quizá nos ayude a esclarecer este embrollo.

—Nada fuera de lo habitual —respondió ella con recelo—. Nos conocimos dos meses después de que te fueras, un domingo por la tarde, en un *dancing*. Yo estaba con unas compañeras del taller en uno de los palcos y se nos acercaron varios chicos, entre ellos Marc. Se sentaron con nosotras y pronto hice buenas migas con él. Nos volvimos a ver el domingo siguiente hasta que, poco a poco, se convirtió en mi novio. Mis amigas me recriminaban que íbamos muy rápido, que no debía… —Suspiró—. Ya sabes que no me gusta perder el tiempo.

Preparamos la treta con sigilo a lo largo de los días siguientes. Montserrat mencionó el plan ficticio a Marc en una de sus citas para que él empezara a sucumbir al engaño. Un par de días después, pregunté al presunto traidor por aquel conocido suyo que vendía munición. Marc me respondió dándome un par de indicaciones y, ante la enorme cantidad que me disponía a comprar, preguntó para qué la necesitaba. Se lo conté a medias y le prometí que pronto le pasaría más información.

Gabriel y yo organizamos una reunión informativa con Montserrat y Marc. Aquellas semanas evitamos mantener conversaciones en nuestros lugares habituales porque habíamos escarmentado con la detención de Enric, por eso planeamos un encuentro en apariencia casual en la avenida del Paralelo, delante del Folies.

Cabe decir que el abogado laboralista Francesc Layret, una figura muy querida y respetada en Barcelona, acababa de ser asesinado. Diputado en el Parlamento español por el Partit Republicà Català, Layret había defendido a muchos trabajadores, cenetistas y republicanos, había denunciado los abusos del poder y abanderado en el Congreso de los Diputados la necesidad de legalizar el Único. Su muerte despertó la ira de una ciudad que exigía justicia contra los autores del crimen. Acompañado por su ayudante y por la inseparable muleta en la que se apoyaba, fue atacado por dos hombres que descargaron la munición de sus armas sobre él. No murió en el acto, llegó aún con vida a la clínica del doctor Corachán, y se comentaba que, antes de expirar, responsabilizó del atentado al gobernador Anido, al jefe de la policía Arlegui y a los del Libre.

Sea como fuere, nosotros habíamos encontrado el motivo perfecto para justificar ante Marc el asesinato de Ramón Sales. De hecho, le sugerimos que no formara parte del pequeño ejército que iba a irrumpir en el Ateneo Obrero Legitimista porque su rostro era conocido y podía levantar sospechas. Además, habría más de veinte pistoleros, un número más que suficiente para llevar el plan a buen puerto. Aun así, y para que no sospechara, le pedimos que, a la hora convenida, rondara por alguna de las calles colindantes por si necesitábamos su ayuda. Habíamos repartido las cartas y debíamos esperar a que él jugara las suyas: si en el Ateneo estaban prevenidos del ataque, significaba que él los había avisado. En caso contrario, deberíamos concederle el beneficio de la duda.

Montserrat, Gabriel y yo mismo nos encontramos al día siguiente en plaza de Catalunya. Mi hermano había propuesto que mandáramos a alguno de los niños de confianza del barrio a pasear por delante del Ateneo para que luego nos informara de lo que había observado, pero Montserrat se negó. Quería averiguar ella misma cuál había sido el resultado de la treta para que las conclusiones no estuvieran sujetas a interpretaciones. Se cubriría con un manto de lana negra la cabeza y la mayor parte del rostro para que no la reconocieran. El frío justificaría su atuendo, ya que las mujeres de la ciudad caminaban abrigadas cual esquimales para evitar que el tiempo gélido se les metiera en el cuerpo. A pesar de nuestras reticencias y temores, Montserrat no dio su brazo a torcer y nosotros tan solo pudimos desearle suerte.

—La suerte no servirá de nada —respondió al alejarse de nosotros en la plaza de Catalunya—. Ya hemos perdido la partida.

Montserrat caminó Ramblas abajo y se perdió entre el gentío. Yo contuve el aliento a la espera de noticias. Nuestro pequeño complot nos había absorbido mucho tiempo y nos había alejado del día a día de la ciudad, pero, desgraciadamente, la actuación del gobernador Anido seguía siendo una fuente interminable de malas noticias.

—Por cierto, Mateu, aún no se sabe adónde se han llevado a Enric.

—¿Ni siquiera alguna pista?

—No, y lo más grave es que vamos a enterarnos de lo que suceda por la prensa.

—¿Y Carlos? ¿Y Bernat?

—Siguen en la Modelo.

Dos días atrás, el gobernador Anido había hecho embarcar en un buque a treinta y seis de los centenares de obreros apresados. El barco se llamaba Giralda y estaba atracado en el puerto de la ciudad. Los detenidos desconocían su destino, pero corría el rumor de que los llevarían a Guinea para alejarlos de la barahúnda de Barcelona. Entre los deportados se encontraban líderes como Seguí y Companys, algunos cuadros sindicales como Enric y miembros de grupos de acción y otros sindicalistas sin relevancia. Gabriel y yo esperamos el retorno de Montserrat enzarzados en un debate estéril sobre los deportados y su posible destino.

Al cabo de un buen rato, ella volvió a la plaza de Catalunya cubierta con el manto de lana y sin un rasguño. Lo primero que percibí fueron sus ojos llorosos, que delataban lo que había presenciado. Nos saludó y nos dijo con total naturalidad:

—Creo que me siguen, caminad a mi lado.

Así lo hicimos. Avanzamos por la calle Pelayo esperando que Montserrat nos relatara lo que había visto. Pasaron un par de minutos antes de que las palabras comenzaran a fluir por su boca:

—Había varios pistoleros, unos en las esquinas de Tapineria y otros repartidos a lo largo de toda la manzana, y los alrededores estaban plagados de guardias civiles. La puerta del Ateneo estaba protegida por unos cuantos números y vi a otros en los balcones cercanos. Esperaban vuestra llegada, estaban pendientes del ataque. No hace falta que os diga qué significa eso.

El sollozo de Montserrat me partió el corazón. Deseaba consolarla; sin embargo, yo era la última persona que debía interesarme por su estado. Supongo que se sintió traicionada, herida, engañada por un hombre que le había declarado su amor y que luego había malogrado uno de los tesoros más preciados: su confianza.

Aceleramos el paso porque tuvimos la impresión de que Montserrat tenía razón, dos hombres nos acechaban, pendientes de nuestros movimientos. Sin advertirlo llegamos a la plaza Universitat, donde fuimos testigos de una marabunta de personas que descendían por la calle Balmes y tomaban Gran Via en dirección a plaza de Espanya. En sordina, oíamos protestas, lamentos y consignas como: «¡Muerte al patrón!».

—Mirad, creo que es la marcha fúnebre que acompaña al ataúd de don Francesc Layret. Se ha convertido en una gran manifestación. Unámonos a ella y dispersémonos.

Los tres nos introdujimos en la comitiva, que había empezado en casa del abogado republicano. De hecho, y tras conocerse el fallecimiento de Layret, Evelio Boal, secretario general del Comité Nacional de la CNT, había convocado una huelga general que debía comenzar al cabo de unos días, pero algunos sectores se mostraron contrarios a esperar tanto y habían improvisado aquel parón. A cada minuto que pasaba, más manifestantes se sumaban a la protesta.

Era imposible ver el ataúd que encabezaba la marcha, en medio de aquella marea de manifestantes. Gabriel se despidió de mí y se perdió entre la muchedumbre. Montserrat se disponía a hacer lo mismo, pero la detuve cogiéndola por el brazo.

A nuestro alrededor se oían gritos como «¡Asesinos!» o «¡Abajo el Estado!».

—Mierda, Mateu, os he puesto a todos en peligro, también a mi hermana. Hacía semanas que Marc se comportaba de una manera extraña, incluso habíamos discutido en alguna ocasión. A veces desaparecía un par de días sin dar explicaciones. ¿Por qué no lo vi venir?

—Nos podría haber pasado a todos. No le des más vueltas.

—Soy un desastre, siempre escojo al hombre equivocado. Es como si alguien me castigara...

Montserrat se apartó y me miró con un desasosiego que me partió el alma en trozos diminutos. La veía triste y, al mismo tiempo, hermosa, dueña de la llama que me había enamorado en el pasado. Incapaz de controlarme, me acerqué a ella y la besé. Cuando nos separamos, Montserrat negó con la cabeza y se dejó llevar por la inercia de la manifestación. Era como si nuestro amor estuviera destinado a perderse entre la multitud.

Poco después, la policía montada cargó contra los allí congregados. Los sables reflejaban la luz de un sol que iluminaba sus atrocidades. Blandiendo sus armas, cortaron el cortejo fúnebre que debía acompañar el dolor de la familia y de sus amigos. A pesar de que el gobernador Anido había llegado para frenar la violencia, lo único que consiguió fue atizar aún más la llama del conflicto en sus escasos veinte días al frente del cargo.

16

Debatir sobre la moral del traidor es asunto complejo, ya que este suele ser consciente de las consecuencias de sus decisiones pero no de sus verdaderas motivaciones. El traidor puede actuar movido por el miedo, la venganza, los celos, la envidia, la avaricia o por puro egoísmo. Esas razones suelen escapar a su comprensión y lo convierten en una víctima más de sus actos; una víctima aventajada que, a la vez, es esclava de sus debilidades. Cabe también decir que puede actuar bajo coacción, una circunstancia que nos llevaría a medir su actuación con otra vara. Existen tantos tipos de perfidia como armas posee el diablo y tantas clases de perdón como fortalezas tiene el alma.

En cierto modo, yo traicioné a mi hermano cuando me convertí en el guardaespaldas de Josep y lo pagué con su animosidad. ¿Cómo debíamos tratar a Marc? Nosotros, los damnificados por su traición, necesitábamos neutralizarlo para que la banda, desmembrada y desorientada, sobreviviera.

Mientras me alejaba de la manifestación que acompañaba al féretro de Francesc Layret, me preguntaba si Marc intuía que le habíamos tendido una trampa o si pensaba que habíamos suspendido el ataque por una causa mayor. Tampoco sabía si sus supuestos socios, Kohen o los del Libre, le habían reprendido por entregarles información falsa.

Cuando llegué a casa, Gabriel me había ganado la palmeta en varios aspectos. En primer lugar, me confesó que se había replanteado la situación de sus hijas mientras hacía las maletas de las niñas. Estábamos en mitad de una guerra y temía que nos atacaran delante de las pequeñas. Me dijo que hasta aquel momento había sido un temerario, que Llibertat ya no estaba, y que se le partía el alma al pensar que las privaría también del cariño de un padre si las mandaba a vivir con sus abuelos. Los dos sabíamos lo que suponía crecer con esa carencia porque lo habíamos vivido en carne propia.

En segundo lugar, mi hermano había conseguido dos Star modelo 1920 que se habían empezado a fabricar aquel mismo año. La pistola, de 9 mm con cartucho largo reglamentario, ganó popularidad rápidamente por su seguro fiable, por su precisión y su largo alcance, y por la facilidad de recarga. La cogí; pesaba mucho para mi gusto y tenía la empuñadura más ancha de lo que yo estaba acostumbrado. Además, dado su tamaño, era más difícil esconderla. «Gracias —le dije—. Yo me quedo con mi Star 1919».

Por último, me reveló lo que había orquestado para zanjar el asunto de Marc. En los días anteriores, Gabriel había previsto desplegar una serie de medidas y no me las había contado porque se resistía a creer que nuestro compañero era un soplón y no pensaba que tuviéramos que ponerlas en práctica. Una de las piezas claves del plan era Miguel, un gran amigo de la infancia de Enric, un payés fiel a la causa cenetista que nos cedía el sótano de su hogar para lo que necesitáramos. El hombre vivía con su familia en una de las pocas masías todavía productivas que quedaban al otro lado del Rec Comtal, a unos veinticinco minutos a pie de la iglesia de Sant Andreu del Palomar.

Después de llevar a las niñas a la casa de sus abuelos, nos encaminamos a la de Manuel, uno de los serenos de Sant Andreu, cuyo hijo trabajaba como conductor de una tartana que transportaba mercancías y personas desde el barrio hasta la parte antigua de la ciudad. Gabriel se la alquiló por un día entero y él y yo nos dirigimos a la calle Reina Amàlia. El Distrito V estaba custodiado por un gran número de policías debido a que los enfrentamientos entre los que se manifestaban por la muerte de Layret y los cuerpos de seguridad se habían prolongado durante toda la tarde. Cada vez que un agente nos detenía, alegábamos que nos dirigíamos al puerto para cargar la tartana y renegábamos enérgicamente de la huelga general. Estos argumentos nos ayudaron a circular sin mayores problemas. Llegamos a Reina Amàlia sobre las diez de la noche, quizá más tarde, y nos aseguramos de que Marc no hubiera dispuesto escolta en los alrededores del edificio donde vivía. Entonces, yo interpreté mi papel, una treta con un único personaje. Subí hasta su piso y llamé a la puerta compulsivamente para que mi coartada fuera creíble. Mientras tanto, Gabriel buscó al sereno de la zona y le pagó una buena propina para que vigilara el vehículo y el animal, ya desembridado y atado a una de las farolas de la calle.

Marc me abrió adormilado y visiblemente preocupado por mi premura, así que me dejó pasar sin recelo alguno. «No puedo creer lo que ha ocurrido», balbucía yo sin concretar nada, al tiempo que comprobada que no había nadie más en la casa. Aproveché un segundo en el que él se despistó para propinarle un golpe seco en la nuca con la culata de la Star y dejarle inconsciente. Observando a Marc tumbado en el suelo, pensé que el traidor no es más que un saco de carne y huesos tan frágil como el resto de los mortales.

Acto seguido, dejé entrar a mi hermano. Atamos a Marc de pies y manos y lo amordazamos. Debido al toque de queda que se había instaurado en la ciudad, esperamos allí mismo a que amaneciera, bebiendo ron barato y vigilando que nuestro rehén no se despertara. Apenas despuntó la aurora, metimos el cuerpo de Marc en un saco y lo cargamos hasta la tartana. A Marc lo despertó el trasiego y, aunque estaba aturdido, se violentó. Le propiné otro golpe en la cabeza y perdió el conocimiento de nuevo, y también algo de sangre.

Nos dirigimos a Sant Andreu con el cuerpo oculto bajo una manta de arpillera. Gabriel y yo viajábamos sentados en el pescante y, mientras él conducía la yegua, yo vigilaba que Marc permaneciera callado. La ciudad estaba tomada por hordas de policías y somatenes, pero no nos increparon. En cambio, sí fuimos acosados por algunos piquetes de obreros que nos acusaron de esquiroles, lo que nos brindó una buena coartada ante las fuerzas del orden.

Cuando llegamos a la masía de Miguel, aparcamos la tartana en el establo. Allí nos esperaba Montserrat, y yo, sorprendido por su presencia, torcí el gesto para que Gabriel percibiera mi disconformidad.

—Ella se merece estar presente, y tú te habrías negado si te lo hubiera dicho —se excusó él.

Impotente ante la situación, pasé por alto mis objeciones y le pedí a Gabriel que prosiguiéramos. El bueno de Miguel se había ocupado de que no hubiera nadie en la casa hasta el mediodía. Descargamos el cuerpo del rehén y lo trasladamos a pulso hasta el sótano. La familia que vivía en la masía usaba aquel espacio como bodega, de modo que había cuatro barricas de roble llenas de vino además de varias herramientas de campo y muebles viejos arrimados a las paredes de piedra. No había ventanas; los dos hachones y un quinqué que encendimos proporcionaban al lugar un ambiente más bien lúgubre.

Gabriel y yo, callados y nerviosos porque nunca habíamos llevado a cabo un secuestro, atamos a Marc a una silla. Montserrat no hablaba, no expresaba emoción alguna, se limitaba a seguir las órdenes de mi hermano y evitaba el contacto visual. A continuación, lanzamos un cubo de agua fría sobre Marc y, cuando este reaccionó, le concedimos unos segundos para que tomara conciencia de la situación. No fue necesario que lo pusiéramos al día, comprendió al instante lo que ocurría.

—Montse, lo siento, lo siento mucho —balbució—. Yo no quería, me han obligado.

Marc continuó profiriendo una retahíla de excusas carentes de sentido, hasta que Montserrat se le acercó y le golpeó. Tras el arrebato de ella, ambos se miraron de frente sin pronunciar palabra, hasta que Marc rompió el silencio farfullando otro «Lo siento». Entonces, Montserrat, presa de la rabia, abofeteó a su amante varias veces y Gabriel tuvo que sujetarla para contenerla. Ella dejó caer su peso sobre mi hermano, y este, sosteniéndola, nos pidió que nos reuniéramos en la entrada de la masía.

Mientras subía las escaleras detrás de ellos, pensé que el traidor destroza la confianza que su víctima ha depositado en él y desata la ira del traicionado; una ira que ni siquiera el más sabio de los ascetas es capaz de controlar. El engatusado se siente ultrajado, vendido y dolido, sentimientos que se agravan cuando la traición se entrelaza con el amor.

Llegué a la puerta principal de la masía deseoso de hallar palabras que sosegaran los ánimos de Montserrat, pero no fui capaz de ofrecerle consuelo. Su rostro era un poema sin rimas ni coherencia, y el de mi hermano, un ejemplo de comedimiento. Ante la prudencia impuesta por las circunstancias, me aventuré a preguntar:

—¿Qué haremos ahora? —Montserrat y Gabriel me miraron desconcertados—. Quiero decir, lo hemos traído aquí para que confiese y para sonsacarle información. ¿Cómo lo conseguiremos? No creo que cante por las buenas.

Recuerdo que Gabriel sacó la pipa de su bolsillo, llenó el hornillo de tabaco y lo encendió. Tras darle un par de caladas, anunció:

—Quedaos aquí, ya me ocupo yo de él.

Inmediatamente dio media vuelta para volver al sótano y Montserrat se dirigió al patio, quizá para tomar el aire, quizá para no quedarse a solas conmigo. Al cabo de un rato, decidí acompañarla. La encontré de espaldas a la puerta, con los brazos cruzados y la cabeza gacha. El sol brillaba, cegador, pese al intenso frío otoñal.

—Montserrat, creo que tú y yo tenemos que hablar —dije con mansedumbre, mientras ella se giraba para escucharme—. Siento lo del beso de ayer. No sé en qué estaba pensando.

—Mateu, no sigas por ese camino —me interrumpió alzando una mano—. Ahora mismo, esa es la última de mis preocupaciones. Tengo tantas ganas de bajar al sótano y dispararle a bocajarro como de desatarlo y huir lejos con él, así que...

Montserrat se interrumpió ensimismada por el vaivén de las ramas de un encinar. Sus rizos, mecidos también por el viento, cubrían su rostro a modo de velo compasivo.

—Está bien. Tienes razón.

Más tarde apareció Gabriel y nos pidió que lo acompañáramos. Encontramos a Marc de pie, con el torso descubierto y las manos atadas con una cuerda que colgaba de uno de los ganchos metálicos de matarife que había en el techo. Apoyaba la cabeza en uno de sus brazos y no osaba alzar la vista para no enfrentarse a la de Montserrat. El rostro ensangrentado del rehén era un mapa de moratones, que abundaban en el pecho, sobre todo en las costillas y también en la espalda. Ella se tapó la boca cuando lo vio en aquel estado. Cerró los ojos y derramó una lágrima que desgarró su mejilla. Gabriel, agotado por el interrogatorio y por no haber dormido en toda la noche, no dio opción al debate:

—He sudado la gota gorda, pero al final ha confesado. Ahora os lo contará también a vosotros. ¿Estáis preparados?

Montserrat y yo asentimos y nos dispusimos a escucharle.

—Gabriel, antes de nada, necesito explicarle unas cuantas cosas a Montse, creo que se lo debo. Después podréis hacer conmigo lo que queráis —dijo buscando la aprobación de mi hermano. Él asintió y ella cruzó los brazos sobre el pecho para recoger, quizá, sus emociones—. Montse —prosiguió Marc mirándola fijamente—, esto no va a ser sencillo, hablaré sin rodeos, creo que será lo mejor, dadas las circunstancias. Así que... —Tomó aire—. Hace unos años enviudé. No me mires así, si te lo hubiera contado... Da igual. Podría decirte muchas cosas sobre Sara, pero me centraré en lo importante, en lo que me ha traído hasta aquí. Ella creía en las ideas anarquistas con tanto ahínco que me afilió a la CNT y me arrastró a las manifestaciones y las huelgas que ella vivía con pasión. En un principio la acompañaba con reticencia, ya que mi padre murió víctima de un atentado perpetrado por uno de los vuestros y, como comprenderéis, vuestra lucha no me despertaba mucha simpatía. Lo que pasó es... que tenéis razón, yo tenía un trabajo agotador y muy mal pagado, estaba regalando mis horas a un patrón desalmado. ¿Qué futuro podía ofrecer a mi mujer en esas condiciones? Me di cuenta de que vuestro discurso tenía sentido y me dejé llevar por vuestras ideas y por el ímpetu de Sara. ¿Recordáis la manifestación de mujeres de hace unos años? —Todos asentimos desconcertados por el relato de Marc. Montserrat se enrollaba el pelo en uno de sus dedos y, con la cabeza gacha, escondía sus ojos tras el flequillo—. Pues la detuvieron por agredir a un policía con un palo. —Marc sonrió con una mezcla de nostalgia y orgullo—. Aunque lo hizo para defenderse, la metieron en la cárcel de mujeres, la de Reina Amàlia. Ya lo sabéis, allí encarcelan a las mujeres adúlteras, blasfemas, ladronas y asesinas, pero a las anarquistas las tratan con especial dureza. Y yo enfermé de miedo, porque temía por su seguridad. Quería ayudarla, no tenía dinero para pagar a un buen abogado, y entonces conocí a Kohen. Un amigo me habló de él, acudí a su casa para presentarle mis respetos, le pedí que me prestara el dinero que me hacía falta para sufragar los honorarios del letrado y, al día siguiente, me personé en la prisión con don Claudi, un truculento leguleyo famoso por su efectividad. Me lo había recomendado el propio Barón. —Marc se detuvo para tomar aire y Gabriel comenzó a impacientarse—. Al llegar a la cárcel nos anunciaron que mi mujer había fallecido. —Se hizo un silencio que él mismo rompió cuando reunió fuerzas suficientes—. No me lo podía creer, necesitaba respuestas, así que el abogado sobornó a uno de sus contactos. El tipo nos contó que Sara había atacado a un guardia que la había forzado a… El caso es que lo hirió de muerte, y aquella misma noche ella apareció sin vida en el baño.

—Entonces Kohen te chantajeó con el dinero que le debías y por eso colaboras con él —le espetó Gabriel de malas maneras.

—No, no os equivoquéis, Kohen me vio tan afectado que me perdonó la deuda y me ofreció trabajo. Ni yo mismo sé por qué acepté. Él era muy persuasivo y decía estar al margen de los bandos que tanto me hastiaban. Trabajaba en la sombra para destruir esta ciudad y, de sus cenizas, crear una Barcelona más justa para todos. ¿No es lo mismo que pregonáis vosotros, los anarquistas? La rabia y el dolor me consumían y su propuesta me vino como anillo al dedo para descargar mi ira. Me mudé cerca de la cárcel porque ella había muerto allí; no me toméis por loco, creía que así la sentiría más cerca. Al principio ataqué a varios patronos, pero un día nos encargaron acabar con un cenetista y, la verdad, no dudé. Kohen había sido tan bueno conmigo que pensé que sus razones tendría. Esta circunstancia se dio en otras ocasiones. Cuando caí en la cuenta de que me había convertido en el asalariado de un matón sin escrúpulos, ya no tenía escapatoria.

—No me das ninguna pena —le espetó Gabriel tras un largo silencio—, aunque podías haber escogido muchos caminos, cabrón, te pusiste de su parte.

—A veces la vida te pone delante decisiones que... —respondió Marc.

—A veces nada, ¡nosotros luchamos por el bien de la mayoría! —le interrumpió Gabriel—. No es lo mismo que hacerlo por el bien de unos pocos, no es lo mismo.

Me disponía a pedirle calma cuando Montserrat se adelantó desviando el centro de la conversación:

—Supongo que le habrás contado todo sobre nosotros, sobre nuestra vida, sobre nuestro entorno. ¿Te pidió que te acercaras a mí?

Marc cerró los ojos y permaneció callado unos instantes. Quizá en aquel momento se apagó un hachón, ya que, llegado a este punto, mis recuerdos se oscurecen. Ante el silencio del rehén, Gabriel, que parecía enfurecido por el relato victimista de Marc, le propinó un puñetazo en la barriga mientras le gritaba:

—¡Responde!

Marc escupió sangre y torció el gesto, dolorido y asustado. Montserrat, desconsolada, no pudo contener su compasión.

—Por Dios, Gabriel —se quejó—, ¡no seas tan bruto! ¡Déjale tiempo para que hable!

—¿Y qué crees que hemos estado haciendo mientras esperabais arriba? ¿Jugar a las cartas? Este —dijo chocando un puño contra la palma de la otra mano— es el único idioma que entienden las ratas como él.

—Déjalo, Montserrat —balbució Marc, temeroso—, me lo merezco. Lamento mucho lo que voy a decir. El día en que nos conocimos me acerqué a ti por orden de Kohen y, al principio, les entregué mucha información sobre vosotros, claro. Qué lugares frecuentabais, vuestras motivaciones, vuestros recursos... A medida que pasaba el tiempo, y aunque entiendo que a estas alturas sea irrelevante, me enamoré de ti. Sé que no me vas a creer, pero es la verdad. Y no solo eso, os conocí mejor a todos y comprendí que me había equivocado. Recordé todo lo que me había enseñado Sara, la época en la que yo mismo creía en vuestra causa..., y nada, ya nada podía hacer, estaba atrapado; si abandonaba a Kohen, os ponía en peligro, y si me destapaba ante vosotros, me repudiaríais.

Montserrat se le acercó y le propinó otra bofetada. Acto seguido, se giró y permaneció de espaldas a nosotros con los brazos cruzados y el cuerpo tembloroso.

—Por eso hace meses que le doy pistas falsas. Por ejemplo, todavía no le he hablado de tu hermana, tienes que creerme.

—¿Es eso verdad? —le gritó Gabriel. Montserrat no reaccionaba—. Entonces ¿por qué diste el chivatazo del atentado que simulamos ayer?

—Para evitar un baño de sangre, porque Kohen os ha estado protegiendo, y si participabais en un atentado como ese, él no habría podido resguardaros de la furia de los del Libre. Por eso los avisé, para que cambiarais de idea ante la marabunta de hombres que custodiaban el Ateneo.

Gabriel volvió a propinarle un puñetazo, esta vez en toda la cara.

—Así no vamos a conseguir más que matarlo —intervine angustiado.

—¿Y qué habría de malo en eso?

—Tengo varias preguntas más —intervino Montserrat, volviendo a nuestro lado—. La primera: ¿por qué nos protege Kohen?

—Porque no sois ni la banda anarcosindicalista más peligrosa ni la más preparada. Podríamos decir que sois irrelevantes. A pesar de que Enric tiene cierto poder dentro de la organización, vosotros no sois más que peones, simples herramientas para el Barón. Os usa para obtener información y os sacrificará en el momento adecuado. Kohen es un hombre paciente, tiene ases en la manga repartidos por toda la ciudad y sabe cuándo utilizarlos. Además, estáis relacionados con Josep Puig, y no sé qué se trae entre manos con él, pero lo tiene bien atado. Pensad, os he propuesto varios nombres a quienes atacar y vosotros me habéis hecho caso en más de una ocasión. No eran objetivos escogidos por mí, sino por Kohen.

Gabriel gritó para descargar la rabia que le producían las palabras de Marc, y este tragó saliva a la espera de otro golpe que no llegó porque mi hermano se contuvo.

—Dime, ¿qué leches quiere Kohen? —prosiguió Montserrat.

—¿Que qué quiere? Lo que todos, Montse, lo que todos: quiere dinero. Se llena la boca de ideales, de una Barcelona utópica que sustituirá a la corrupta, oscura y desesperanzadora de estos días. Él habla y habla de su proyecto de ciudad, aunque está metido en todos los lugares que tanto aborrece. Mueve los hilos en el Libre, pero también en la policía, en el gobierno civil y en la propia CNT. A veces pienso que el jefe de la policía Arlegui es un títere a su merced, lo mismo que algunos cuadros cenetistas y algunos empresarios. ¿Y qué obtiene propiciando enfrentamientos entre ambas clases sociales? Dinero. Gracias a esa red, especula con bienes, con favores de las élites y con las vidas de los ciudadanos. Se enriquece con cada delito que comete, con cada extorsión y con cada delación. No me extrañaría que hubiera encargado la muerte de Layret para provocar los tumultos de estos días, o que hubiera contratado él mismo el buque Giralda para sacar tajada de las deportaciones. Y así con cada uno de los hechos relevantes que ocurren en Barcelona.

Lo relatado por Marc hasta el momento no tenía nada que ver con la información que Gabriel le había sonsacado antes de que Montserrat y yo nos hubiéramos incorporado al interrogatorio. A continuación, y por orden de mi hermano, el traidor nos dictó una lista de nombres de colaboradores de Kohen, de lugares que este frecuentaba con o sin sus esbirros y de los negocios que tenía entre manos. Marc nos juró y perjuró que no sabía dónde vivía el Barón. De hecho, nadie conocía el lugar donde pernoctaba o si tenía un hogar fijo. Entre sus pistoleros más cercanos corría un rumor: de noche se convertía en murciélago y dormía colgado del techo de alguna de las cuevas de Montjuïc.

Cuando Marc terminó su confesión, Gabriel habló sobre el siguiente paso a seguir. Tenía claro que debíamos deshacernos de Marc, pero no planteó cómo hacerlo. Fue Montserrat quien asumió la decisión.

—No lo vamos a matar, si es a lo que te refieres —dijo ella.

—Se lo merece, Montserrat. Sé que le querías, pero es un hijo de puta.

—Nosotros no somos como ellos —respondió tajante—. Una cosa es que los ataquemos para defendernos y para seguir luchando por nuestros principios, y otra que los matemos indefensos y a nuestro antojo. Me niego. Sé que estás pensando que hablo con el corazón, y no con la cabeza. Pues bien, debes saber que ambos se están expresando ahora mismo. Dime, después de todo lo que ha contado, ¿podrías vivir con la conciencia tranquila si lo mataras?, porque yo no.

—Entonces ¿qué propones?

—Que escoja él: muerte o destierro. Haremos correr el rumor de que trabaja para el Barón, que le hemos retenido y que ha cantado como un pajarito. En pocas horas lo sabrán todos los grupos de acción y, mañana, el resto de la ciudad. Los hombres de Kohen y los del Libre lo odiarán por delator, y los cenetistas, por traidor, así que deberá exiliarse si quiere seguir con vida. No creo que Kohen sea de los que perdonan, y este ya no le sirve para nada.

Tras convencer a Gabriel, decidimos ofrecerle el exilio. Marc, cabizbajo, le pidió perdón a Montserrat por enésima vez y aceptó su destino, más derrotado que esperanzando por la posibilidad de seguir con vida. Ella nos pidió que la dejáramos a solas con nuestro rehén, le curaría las heridas y lo dejaría marchar, como habíamos acordado. Gabriel aceptó a regañadientes y se apresuró abandonar el sótano con el pretexto de devolver la tartana. Él creía que nos estábamos equivocando; sin embargo, eran dos votos contra uno. Estaba tan enfadado que decidí seguirle.

—¿Qué te pasa? —le pregunté cuando lo alcancé en el establo.

—Nada, joder, no me pasa nada. Y tampoco va a pasar nada si seguimos comportándonos como las hermanitas de la caridad —espetó.

—¿Por qué me hablas así? ¿Te has enfadado conmigo?

—Estoy hasta los huevos de que a la hora de la verdad siempre te acojones —me respondió, sin mirarme siquiera, mientras embridaba la tartana.

—¿Acaso me asusté cuando perseguí al tipo que tenía la lista de los nombres de la banda? ¿O cuando nos atacaron en el bar de Alfonso?

—He tenido que interrogarlo yo —dijo Gabriel tocándose el pelo—. Ni siquiera cuando estábamos los tres ahí abajo has abierto la maldita boca.

—No ha sido necesario porque a ti se te veía la mar de contento llevando la batuta.

—¿Y qué leches quieres decir con eso?

—Pues que no siempre tienes razón y que no tenemos por qué actuar siempre del mismo modo. No respetas más que a quien te baila el agua. Te crees por encima del bien y el mal, y deja que te diga una verdad: solo eres un hombre cabreado, armado y asustado.

Me alejé del establo, de la masía, de Marc y de Montserrat, y me fui directo al hotel a esperar que anocheciera. En los últimos días había faltado bastante al trabajo, pero no me importaba que Josep nos despidiera, a mí o a mi hermano. Solo deseaba perderme en el cuerpo de Mireia.

Diciembre fue un mes duro porque las medidas represivas del gobernador civil se agravaron, y porque la nieve sepultó la ciudad bajo una capa de frío y enfermedades. Muchas familias seguían sin poder pagar el carbón que necesitaban para calentarse y sin poder comprar alimentos básicos para resistir el invierno.

Anido frenó la huelga general convocada tras la muerte del abogado Layret con violencia y sin compasión, como su experiencia militar le había enseñado. No obstante, el infame gobernador no encarcelaba a los pistoleros del Libre; lejos de ajusticiarlos, accedió a reunirse con su líder, Ramón Sales. Ambos pactaron la inmunidad para los maleantes del sindicato blanco, así como financiación y armas que la banda usaría para neutralizar a los cenetistas. En las conversaciones de bar se decía que a la reunión también había asistido Kohen y que él les había sugerido algunos objetivos claves con el objeto de herir de muerte al Único. No es de extrañar que los del Libre se creyeran los amos y señores de la ciudad a finales de año.

Además, por esas fechas se conoció el destino de los deportados a bordo del buque Giralda, entre los que se encontraba Enric. Los habían trasladado a la cárcel de la Mola, en Mahón, y no a Guinea, como se había rumoreado. La CNT contaba más de mil miembros encarcelados, deportados o bajo vigilancia. La mayoría de los cuadros vivían en la clandestinidad, en casa de conocidos, durmiendo de sofá en sofá, y no perdían la esperanza de poder seguir luchando desde la calle. Aun así, no dejaron de recaudarse las cuotas de la CNT y a los trabajadores de a pie les seguían llegando directrices desde los diferentes sindicatos de ramo, se imprimían y se repartían octavillas como otrora y se continuaron convocando charlas clandestinas. Nacieron nuevos grupos de acción, cada vez más violentos y mejor equipados, que intensificaron los ataques contra la policía y contra los pistoleros blancos. Incluso Ángel Pestaña, el histórico director de la *Soli* que siempre había renegado de la violencia, afirmó que los obreros tenían derecho a defenderse para no terminar entre rejas o con un tiro en la sien. Era increíble la resistencia de los cenetistas barceloneses, ya que ni la represión, ni la nieve, ni el hambre, ni siquiera la Navidad, amortiguaron el brío de la lucha obrera.

En 1920, Barcelona se había convertido en una ciudad de trincheras invisibles, en la que las posiciones de cada bando se dibujaban y se desdibujaban a diario, en la que las élites traicionaban el orden al que aspiraban con cada muerte que encargaban y con cada *lock-out* que convocaban, en la que los obreros deseaban prosperar, la mayoría a golpe de huelgas y unos pocos con atentados. Eran dos Barcelonas enfrentadas y separadas por el dinero y las ideas, dos ciudades diferentes que no se escuchaban, que se daban la espalda. ¿Había lugar para el entendimiento?

A partir de entonces, Gabriel y yo nos dejamos de trivialidades y nos centramos en el único fin que podíamos alcanzar con efectividad, gracias a la información que nos había proporcionado Marc: eliminar a Kohen. Si queríamos debilitar al Barón sin que nos descubriera, debíamos centrarnos en ese objetivo y olvidarnos del resto de los frentes que permanecían abiertos. Por eso, y porque Marc había optado por el destierro, no difundimos la traición de la que habíamos sido víctimas para que Kohen no supiera que él nos había proporcionado gran cantidad de datos. Esa era nuestra única ventaja.

La primera decisión que tomamos fue liberarnos de aquello que nos ataba: la Tèxtil Puig. Josep no se lo tomó muy bien cuando le comuniqué que Gabriel y yo nos despedíamos de la fábrica. En un primer momento reaccionó airadamente, pero cuando le anuncié que queríamos derrotar a Kohen, su furia se transformó en satisfacción y bendijo nuestros planes. Se ofreció para financiar la gesta, oferta que rechacé sin pensármelo dos veces.

—No sé en qué tejemanejes andas metido con Kohen. Solo espero que no nos cueste la vida a mi hermano ni a mí —le advertí antes de abandonar su despacho.

La segunda fue encontrar un lugar seguro para las reuniones del grupo. Queríamos pasar inadvertidos, necesitábamos actuar en la más absoluta clandestinidad, por eso convertimos una de las barracas de Montjuïc cercanas a la Font d'en Cona en nuestra sala de reuniones. La chabola pertenecía a Clara, una prostituta amiga de Cristina desde la infancia. Ambas habían sido uña y carne de pequeñas, pero la vida y los caminos poco virtuosos que Clara había tomado las habían distanciado. Cristina se oponía a la prostitución y a la mercantilización del cuerpo de la mujer, y se mostraba severa con las personas que decidían ejercerla. Por aquel entonces, las prostitutas tenían carnet, pasaban revisiones sanitarias y pagaban impuestos; Cristina criticaba severamente esas medidas porque legitimaban un negocio que, en su opinión, debía desaparecer. No obstante, un encuentro fortuito entre ambas, en el que halló a Clara visible y gravemente enferma, despertó la piedad de Cristina. Ella le buscó un médico asequible y la cuidó durante semanas; así floreció de nuevo una amistad que, además, contribuyó a que la hermana de Montserrat suavizara sus postulados acerca de la prostitución.

En la primera reunión, cobijados por las hojas de palmera que formaban la techumbre de la barraca, convinimos en que Gabriel y yo debíamos mantenernos alejados de la acción directa. Los motivos estaban claros: Kohen poseía mucha información sobre nosotros y podía hacernos desaparecer en un santiamén. Además, mi altura me convertía en un sujeto fácil de identificar; por mucho que me camuflara, podían reconocerme enseguida y darme caza. No se trataba de que nos quedáramos en casa de brazos cruzados, sino de intervenir solo cuando fuera imprescindible.

Por ese motivo buscamos a dos chicos que se ocuparan de la acción. Uno de ellos, llamado Horaci y apodado el Hocico, era un conocido de Gabriel que trabajaba en la Fabra & Coats y que estaba planteándose abandonar el discurso revolucionario pasivo y entregarse a la lucha activa. Delgado y espigado, no callaba ni debajo del agua, siempre metía el hocico donde nadie le llamaba y tenía un carácter infantil que contrastaba con su sentido de la responsabilidad. Nada le pasaba por alto y era incapaz de tomarse una derrota al póquer o al ajedrez con deportividad.

El otro se llamaba Jaume y era un compañero de la Tèxtil Puig de mi edad, que se llevaba muy bien con Cristina. Quizá por eso Gabriel no veía con buenos ojos la incorporación del chico, aunque al final transigió porque lo conocíamos desde hacía un puñado de años y nos despertaba confianza. Jaume era despistado y manirroto, y, aparte de su gran simpatía hacia Cristina, compartía con Gabriel el culto al alcohol y al juego.

Llevamos a cabo nuestra primera acción antes de que Jaume y el Hocico se incorporaran a nuestras filas. Ocurrió en los días siguientes, cuando Cristina y Montserrat interceptaron varias de las cajas transportadas por los niños que llevaban el dinero desde las casas de juego hasta las manos de Kohen. Marc había sido el contacto de los chavales hasta aquel momento, por eso las hermanas los aguardaron en el portal del traidor. Gracias a su capacidad de convicción y a una generosa propina, lograron hacerse con las cajas sin problema alguno. El dinero confiscado serviría para sufragar nuestras necesidades durante unos meses. Pero de esta acción se derivó otro beneficio: joder al Barón, que sin duda debió de pensar que Marc había huido con el dinero.

Montserrat y Cristina, por su parte, conservaron sus trabajos; eran mujeres inteligentes.

Gabriel y yo disfrutamos de las Navidades junto a los tíos y las niñas. Pere no acudió, para mi disgusto y el de tía Manuela. Ella nos atiborró a *carn d'olla* porque nos veía «delgados y sin color en la piel», y las pequeñas se lo pasaron en grande. Tras la cena de Nochevieja, mi hermano y yo nos escapamos al Paralelo para recibir el año nuevo. No sabíamos lo que nos deparía el futuro, así que nos emborrachamos y celebramos la vida. A pesar del frío, los bares y los cafés estaban llenos a rebosar. Los ciudadanos habían adoptado un nuevo ritual: tomar un grano de uva con cada una de las campanadas. Nadie conocía el origen de tan extraña práctica, aunque se decía que provenía de Madrid; se desconocía cómo se había instaurado en la Ciudad Condal en tan poco tiempo. Al día siguiente, cumplimos con la verdadera tradición barcelonesa: el paseo en familia.

Perpetramos los primeros ataques a los pocos días, mientras las mujeres obtenían el derecho al voto en Suecia y el gobierno español establecía el seguro obrero obligatorio. El 3 de enero, el Hocico y Jaume asaltaron a don Emili Vila, un empresario metalúrgico con el que Barón había cerrado varios negocios. Durante la Primera Guerra Mundial, ambos se habían asociado para vender armas a la Triple Alianza, sobre todo a Alemania. Nuestros dos nuevos compañeros acorralaron al patrón en una calle de l'Eixample izquierdo aprovechando que volvía de una de sus salidas al Liceo. Tras propinarle varios golpes, le confesaron que los enviaba el Barón. «Él ya sabe por qué». Lo mismo hicieron el día 10 con don Juan Vázquez, propietario de la casa de juegos El Jaguar, y el 12 con Marco de la Serna, un italiano miembro del hampa afincado en Barcelona, que se dedicaba a trapichear con terrenos, mujeres y armas. También a ellos les aseguraron que actuaban en nombre de Kohen.

Por otro lado, atacamos también a varios miembros del Libre. Sus efectivos acostumbraban a moverse en grupos numerosos, por lo que Gabriel y yo tuvimos que intervenir en alguna ocasión. Por ejemplo, una noche de finales de mes, quisimos amedrentar a Julio y a uno de sus compañeros al que llamaban Agosto porque siempre le seguía cual perro faldero. Los sorprendimos en el Novelty, un café concierto situado en el Paralelo esquina con Poeta Cabanyes, muy frecuentado por obreros de la zona y por marineros. Antes de entrar en el local, nos cubrimos la nariz y la boca con un pañuelo y, una vez en el interior, localizamos su mesa y los rodeamos a punta de pistola. Los desarmamos con diligencia y Gabriel les disparó una bala en la pierna a cada uno con el siguiente recado: «Kohen os manda recuerdos y os avisa de que debéis portaros bien». Y continuamos atentando contra algunos más siguiendo un procedimiento similar.

A raíz de estas acciones surgieron rencillas en el seno del Libre, concretamente entre defensores y detractores de los recursos y la protección que el Barón les proporcionaba. Y, seguramente a causa de los asaltos a los patronos, el nombre de Hans Kohen, que hasta el momento se había mantenido en el anonimato y alejado de la prensa, salió a la luz. *La Vanguardia* publicó un perfil del Barón poniendo en cuestión su título nobiliario y preguntándose si realmente era un magnate filántropo o si se trataba de un criminal más. No podíamos contar que Kohen y el Martillo eran la misma persona porque la propagación de ese detalle apuntaba directamente a nosotros; no obstante, Gabriel avisó a algunos cuadros de la CNT de que Kohen tenía confidentes hasta debajo de las piedras y, gracias al aviso, saltaron algunos espías más de las filas del sindicato.

Estábamos estrechando el cerco alrededor de nuestro enemigo: con esta táctica esperábamos obligarle a salir de su madriguera. Queríamos que se expusiera, que cometiera errores y que estos abrieran una rendija en los muros que lo protegían, un agujero por el que pudiéramos colarnos en su día a día y despedazar su legado de una vez por todas. Como decía Gabriel: «Este se va a enterar de qué es capaz de hacer un grupo de acción irrelevante». Delante de las chicas hablábamos de «quitarlo de en medio» como si quisiéramos que lo apresaran, pero mi hermano y yo sabíamos que, en cuanto tuviera la oportunidad, yo le dispararía sin miramientos. De nada sirvieron todas las precauciones que tomamos, Cristina y Montserrat captaron enseguida cuáles eran nuestras verdaderas intenciones; como ya he dicho, eran dos mujeres inteligentes.

—Dejaos de eufemismos y llamemos a las cosas por su nombre —nos dijo Cristina en una reunión en la barraca—. Queréis matar a Kohen y nosotras estamos de acuerdo. Os diré más: vigilad que no se me ponga a tiro y le dispare yo misma.

Ante comentarios como ese, Gabriel se deshacía en unos elogios que no tenían el efecto deseado. Cristina era dura como el asfalto y persistente en las calabazas que le daba a mi hermano, pero él no desfallecía ni se dejaba amedrentar por las negativas. Los meses de diciembre y enero convirtieron a Cristina en un miembro imprescindible de la banda, y es que seguía demostrando una capacidad innata para trazar estrategias y anticiparse a los obstáculos. Sin Enric ni Bernat contradiciéndola por sistema, se convirtió en la cabeza pensante del grupo.

Montserrat, en cambio, se limitaba a ofrecer ayuda, a aconsejarnos si se lo pedíamos y a escoger objetivos de entre los nombres obtenidos de boca de Marc. Su trato, sobrio y educado, distaba de la alegría y la vitalidad que irradiaban en el pasado. Cuando la observaba discretamente en pleno debate, tenía la sensación de que los párpados le pesaban toneladas, su respiración se alteraba cada vez que mencionábamos a Marc y su alma deambulaba etérea. Intenté hablar con ella sobre lo ocurrido, deseaba animarla y aliviar su dolor y el sentimiento de culpa que la acongojaba; sin embargo, ella mantenía las distancias. Nada de eso me importaba, sabía que tras los suspiros y las miradas perdidas se encontraba la mujer fuerte que había demostrado ser. Montserrat era una flor que crecía fuera primavera o no, que pedía riego al margen de las convenciones y que arraigaba en tierra firme.

La contradicción y el caos me habían acompañado desde mi regreso a Barcelona y, para no perder la costumbre, seguía viéndome con Mireia a escondidas. A pesar de que disfrutaba de su cuerpo y de su conversación, presentía que el idilio se acercaba a su fin. Por un lado, ella estaba casada con Josep, circunstancia que nos encarcelaba en el Palace Hotel y que velaba nuestro futuro. Por el otro, yo amaba a Montserrat y el reconocimiento de esa verdad me iba separando poco a poco de los brazos de la señora Puig.

Me inclino a pensar que los celos de Mireia comenzaron cuando le revelé mi antiguo romance con Montserrat. O quizá nacieron después de que cazáramos al traidor y yo le contara mi preocupación por el estado de ánimo de mi antiguo amor. Sea como fuere, Mireia se tornó posesiva. Me preguntaba por detalles sin importancia de mi día a día y, sobre todo, quería saber si Montserrat había estado presente en una u otra situación, si compartíamos confidencias o habíamos tenido algún escarceo físico desde que se había separado de Marc.

Su actitud me desorientaba. Mireia era una mujer casada e infiel, y, según pensaba yo entonces, no tenía derecho a interrogarme sobre lo que yo hacía o dejaba de hacer. Al mismo tiempo, su actitud me sorprendía, pues, para mí, ella era una dama de hierro que se derretía en la cama pero se mostraba sólida en todos los demás aspectos de la vida. No podía estar más equivocado. Ahora pienso que Mireia escondía su vulnerabilidad bajo modales abruptos y opiniones ligeramente agresivas, y a veces desataba la soberbia para disimular su inseguridad. De vez en cuando soltaba comentarios ásperos o gesticulaba para llamar la atención, y yo no entendía nada porque no la veía capaz de perder la cabeza por un simple obrero, un proletario a merced de sus designios y su voluntad.

—No te equivoques —me dijo ella una vez en que la acusé de celosa—, amo con todas mis fuerzas a Josep, nadie podría sustituirle, pero me gusta la idea de tenerte para mí sola. Siempre he sido caprichosa.

La gota que colmó el vaso y permitió que se alzaran algunas voces contrarias a las medidas tomadas por Anido se derramó durante la madrugada del 20 al 21 de enero de 1921. La noche anterior, la policía había detenido a un grupo de sindicalistas levantiscos con el objetivo de interrogarlos en comisaría sobre unos delitos que no habían cometido. Después de soportar durante un día entero un sinfín de preguntas que fueron acompañadas de golpes y patadas, decidieron reubicarlos en la cárcel de la Jefatura Superior de la policía, en la calle Calabria. El traslado no respondía al protocolo convencional, ya que tuvo lugar a las cuatro y media de la madrugada y se realizó a pie, cuando lo habitual era hacerlos a plena luz y en un coche celular.

La versión oficial de lo sucedido la noche en cuestión, que se dio a conocer al cabo de pocas horas, no dejaba de ser imaginativa: durante el traslado, los agentes habían sufrido un supuesto ataque, unos disparos provenientes de un edificio en construcción que se hallaba en su camino. Estaba oscuro y no podían ver con claridad a más de dos metros de distancia, y aun así aseguraron que los autores del atentado eran anarcosindicalistas. Según la policía, los presos aprovecharon el desconcierto para escapar y los agentes no tuvieron más remedio que dispararles para detenerlos, con tan mala fortuna que terminaron liquidando a los reclusos. No obstante, la policía desconocía que uno de ellos se había hecho pasar por muerto y había llegado vivo a la morgue, donde contó lo que en verdad había ocurrido: ni existieron los tiros provenientes del edificio en construcción ni ellos habían intentado huir. De hecho, iban atados de pies y manos.

Aquel incidente inauguró la llamada «ley de fugas», defendida por el gobernador Anido, que permitía disparar a los presos que intentaran fugarse. La policía simulaba huidas de reclusos durante las detenciones o los traslados y los mataban vilmente, sin haberles sometido a un proceso judicial. Una excusa perfecta para aniquilar a los ciudadanos que consideraran un estorbo. Varios diputados criticaron la ley en el Congreso, los diarios conservadores tildaron de injustas las fechorías del gobernador Anido e intelectuales como Unamuno criticaron abiertamente la práctica y a su impulsor. Sin embargo, el gobierno miraba hacia otro lado y la ley se cobró muchas vidas aquel mes de febrero. Los presos gubernativos temían los traslados, se negaban a que los movieran de noche y se sentían desprotegidos.

A mediados de mes hubo un tiroteo entre miembros del Libre y el grupo de acción llamado «Calle Toledo» en Conde del Asalto, justo delante de la casa de Pere. Al leer la noticia, caí en la cuenta de que hacía semanas que no hablaba con mi primo, así que me acerqué a su casa para visitarlo. Compré unos churros y llamé a su puerta a media mañana. Temía despertarlo, la jornada de los artistas finalizaba a horas intempestivas y Pere siempre había sido una marmotilla. «Ya va, ya va», oí después de haber golpeado la puerta durante un par de minutos.

Mi corazón se detuvo cuando abrió. Pere se apoyaba en un bastón, tenía la cara magullada, el labio partido, el ojo derecho inflado como un globo y un brazo y parte del torso vendados. Andaba curvado y con mucha lentitud; al reconocerme, sonrió con timidez y vergüenza, y me indicó que podía pasar.

—Ya ves cómo estoy —dijo mientras yo cerraba la puerta—, así que si quieres té o un refrigerio, tendrás que preparártelos tú mismo. —Soltó una leve carcajada—. No me mires así, que no me he muerto.

Sin saber muy bien qué hacer ni qué decir, lo acompañé hasta una butaca. Cuando se sentó, me sentí ridículo ofreciéndole los churros.

—He venido a verte porque hacía muchos días que no sabía de ti. ¿Qué te ha pasado? ¿Por qué no nos has llamado?

—Por vergüenza, Mateu, por qué va a ser. Todo lo que sucede en mi vida viene acompañado de un «Te lo mereces» implícito en los comentarios de muchos de los que me rodean. Y mira, cariño, no tengo por qué soportarlo. Prefiero curarme solo y en silencio a soportar los juicios de los demás.

—Lo entiendo, pero creo que yo nunca te he... —Pere suspiró irónicamente y decidí no seguir por esa senda—. Deberías haberme avisado. ¿Estuviste en el hospital? ¿Tienes dinero?

—Gracias por preocuparte por mí, Mateu —dijo mientras negaba con la cabeza—. Estoy bien, es el corazón lo que tengo roto. El cuerpo se cura con más rapidez.

Mi primo tomó aire, lo expulsó con ciertas molestias en las costillas y, ante la estupefacción que debía de reflejarse en mi rostro, hilvanó un relato que aún me entristece cuando lo recuerdo.

Pere había conocido a su Amado un año atrás. Le llamaré así porque nunca me reveló su nombre. El Amado no era el primer joven guapo y con posibles que acudía a Conde del Asalto y cruzaba su mirada con la de Pere. A pesar de que aquella no era la calle más propicia para este tipo de cortejos, infinidad de muchachos desorientados iban en busca de experiencias por los alrededores del Paralelo hasta que entendían cómo funcionaban las cosas en el Distrito V y qué locales debían frecuentar. Tras aquel primer cruce fugaz, el Amado, tímido y asustado, siguió con lo suyo, como si nada. El ritual se repitió durante varias noches hasta que, por fin, Pere se le acercó y le habló. El joven reaccionó con agresividad y distancia, pero mi primo, según me contó, comprendía los miedos y las debilidades de los cervatillos asustados que buscaban calor masculino y los apaciguaba de forma persuasiva y convincente.

Pere le invitó a una copa, y este gesto devino en el origen de su historia de amor. Empezaron a verse cada vez más a menudo y consumaron su pasión en el piso de Pere, en hostales o allí donde podían. No obstante, la familia del Amado, extrañada por las idas y venidas del benjamín de seis hermanos varones, decidió espiarle. Cuando se percataron de lo que sucedía, los familiares del chico amenazaron con matar a Pere si la relación continuaba. Mi primo decidió entonces dejarlo, ya que las cosas se habían puesto muy difíciles para ellos y no auguraban un final feliz. Con el paso de los días, Pere comprendió que le echaba muchísimo de menos y que su ausencia lo consumía.

Sufrió en silencio hasta que, un día, el Amado llamó a su puerta y le confesó que necesitaba su amor. Reemprendieron el romance en la clandestinidad, alentados por la ensoñación de huir de Barcelona y empezar de cero en un nuevo lugar, pero no llegaron a materializar su anhelo y, poco a poco, la cautela y todas las precauciones que tomaban para llevar a cabo sus encuentros se fueron relajando. Cinco días antes, los hermanos del Amado los estaban esperando en la calle cuando ambos salían por la noche de uno de los hostales más discretos del Distrito V.

—Me apalearon delante de él —me confesó acongojado—. Sinceramente, sus golpes no me afectaron. Me han pegado y me han llamado «marica» tantas veces que eso ya no me afecta. Lo que realmente me rompió el alma fueron sus lágrimas y el sentimiento de culpa que se reflejaba en sus ojos mientras uno de sus hermanos lo sujetaba para que no interviniera.

Las lágrimas de Pere resbalaban de sus desconsolados ojos. Con una sonrisa en el rostro me confesó que deberían haber huido, pero que él no se había atrevido a dejar el teatro. A pesar de mis limitaciones y mis prejuicios, me levanté y lo abracé. Él se puso tenso y en un primer momento se resistió, luego se relajó y terminó cediendo a mi cariño. Al comprender que debía aceptar mi consuelo, dejó caer su peso sobre mis hombros y lloró hasta que su corazón vació la pena.

Antes de marcharme, me pidió que me acercara a la cómoda del comedor y abriera el segundo cajón. Había una cajita con una copia de las llaves de su casa. Me dijo que tenía razón, que debía confiar en los demás, y para demostrármelo, me daba la llave por si algo malo sucedía.

—Pere, si yo tuviera un hogar, también te daría las llaves —le dije en justa correspondencia.

—Cielo, a veces eres un capullo muy dulce —me respondió sonriendo.

Dejé a mi primo acostado y me lancé a la calle pensativo. En mitad de Conde del Asalto, cogí el pañuelo blanco con la eme bordada y lo observé durante unos instantes. En aquel preciso momento lo vi claro: por fin sabía qué decisión tomar respecto a Mireia.

Las tres tardes que siguieron acudí a la habitación del Palace Hotel, pero ella no apareció. Al cuarto día, hallé un sobre a mi nombre sobre la cama con una nota que rezaba: «Esta semana no he podido escaparme. Vén a verme a casa. Él no estará. M.». En contra de lo que me dictaba el instinto, tomé un coche de punto y la visité, dispuesto a despedirme de ella.

Herminia, el ama de llaves, me recibió con su habitual ojeriza y me acompañó al salón donde Mireia me recibiría. Me senté en una de las butacas, nervioso y a la vez deseoso de verla. Me fijé de nuevo en los cuadros que decoraban la estancia, lienzos con unas formas que poco tenían que ver con la realidad. Líneas, puntos y colores que, como Mireia, despertaban sensaciones contradictorias. Ella apareció con su actitud más recatada. Vestía una falda larga que le cubría las piernas, una blusa con todos los botones abrochados y una rebeca de lana gruesa que la protegía del frío. El color negro de su atuendo era señal de luto.

—Mateu, querido, buenas tardes. ¿Deseas tomar algo?

—No, gracias.

—Está bien, iré al grano —me anunció mientras se sentaba delante de mí, formal y triste, con las manos entrecruzadas reposando sobre su regazo. Llevaba el pelo recogido en un moño y lucía unas ojeras que no había intentado disimular—. Te habrás preguntado por qué no he acudido a nuestras citas. —Tomó aire y prosiguió—: Mi suegra, la madre de Josep, ha muerto, quizá lo hayas leído en los diarios. Él está muy triste y me necesita a su lado. Doña Teresa era una gran mujer, aunque muchos no supieron apreciarlo. Debo decirte que también yo estoy desolada y afligida por su pérdida.

—Lo siento, Mireia, te acompaño en el sentimiento.

—Te lo agradezco. Eso me lleva a la segunda cosa que quería contarte. Creo que tenemos que dejar de vernos. Te tengo afecto, pero debemos distanciarnos por el bien de los dos. En estos momentos, como te decía, debo permanecer junto a mi familia.

Llevado por el orgullo, me disponía a contarle que yo había ido a verla con esa misma intención. Sin embargo, me contuve.

—Claro, por supuesto, es comprensible. Que desees estar con Josep dice mucho de ti.

—Espero que diga algo bueno —puntualizó esbozando una sonrisa nerviosa—. En fin, Mateu, siento no poder dedicarte más tiempo. Anda, dame un abrazo y vete, será mejor así.

Me puse en pie y le ofrecí la mano para que se apoyara en ella al levantarse. Ella la tomó y se hundió entre mis brazos. Nos separamos apenas unos centímetros y Mireia me miró dolida, quizá triste, quizá presa de un batiburrillo de sensaciones no muy diferentes de las que yo experimentaba.

—A veces olvido lo alto que eres.

Sonreí y la observé con ternura, débil pero a la vez poderosa, tan hermosa como la primera vez que la besé, tan indescifrable como todos y cada uno de los segundos que había pasado a su lado. Y la besé. «Un beso de despedida», pensé. Ella no lo rechazó, todo lo contrario; respondió a mi atrevimiento presa de la misma melancolía que me embargaba a mí. El camino que habíamos iniciado meses atrás seguía vivo en nuestra piel, aunque no en nuestros propósitos. Justo antes de que empezara a desabrocharle la rebeca, Mireia sugirió que nos refugiáramos en su habitación para no alarmar al servicio. Acepté sin dudarlo y ambos enfilamos el pasillo cual forajidos huyendo de las autoridades. No nos cruzamos con ningún sirviente de la casa, así que, al alcanzar su dormitorio, nos sentimos tranquilos y libres, y nos entregamos al placer. «Las despedidas no tienen por qué ser amargas», dijo antes de quitarse la ropa.

Compusimos un réquiem por un amor que se desvanecía a ritmo de jadeos y caricias. Y cuando nos encontrábamos en el apogeo de nuestra canción de despedida, se abrió la puerta de la habitación. Yo estaba encima de Mireia y de espaldas a la entrada, por lo que fue ella quien lo advirtió y me lo indicó con la mirada. Me incorporé y me tapé con la sábana al tiempo que descubría al intruso. Era Josep.

A partir de aquel momento no recuerdo con claridad qué sucedió. Me sumí en una nebulosa incierta, en un estado onírico en el que las formas se desdibujaban y las voces que entraban por mis oídos se teñían de un ruido que las volvía incomprensibles. Me vienen a la mente imágenes de mí mismo buscando mi ropa por el suelo, mientras Mireia se convierte en una mancha de colores indefinida y el rostro de Josep se desfigura como aquellos cuadros modernos que había observado en el salón de la casa. De repente advertí que yo sostenía una pistola en mis manos, como por arte de magia. Y entonces volvió aquella voz que tan familiar me resultaba: «¡Dispara!». Se me fue la cabe-

331

za, hacía mucho tiempo que no me sucedía. Lo supongo porque soy incapaz de recordar nada más, hasta que me encontré corriendo enloquecido por las calles de l'Eixample.

Al volver en mí, trotando por las aceras de Barcelona, la pesadilla de la que tanto te he hablado, la muerte de mi madre, se desveló levemente. Por primera vez tuve la certeza de que aquella repetida imagen no era una pesadilla sino un recuerdo, el recuerdo de un aciago momento de mi vida que me había emperrado en olvidar: mi madre yacía muerta y yo, a los pies de su cama, tenía una pistola en las manos y oía la voz de mi padre gritándome una palabra: «¡Dispara!». Mi tío me había convencido de que yo no había presenciado el asesinato, y en aquel instante, huyendo de la casa de los Puig, comprendí que tío Ernest me había engañado para que me olvidara del asunto.

Me asaltó una ristra de preguntas: ¿cuántos detalles más escondía aquel recuerdo? ¿Estaba mi madre muerta cuando entré en su habitación? ¿O quizá encontré a mi padre apretando el gatillo? ¿Fue el ruido de los disparos lo que me impulsó a entrar en la estancia? ¿Fueron los gritos de mi madre? No tenía respuestas para tantas preguntas, pero otra pieza del rompecabezas acudió a mi mente: aquella tarde, a los pies de la cama, disparé la pistola incitado por los gritos de mi padre. No sabía contra qué o contra quién, no podía saber qué consecuencias tendría mi acto. Tan solo tenía una certeza: yo había apretado el gatillo en el interior de aquella habitación.

17

Me pregunto si un loco es consciente de sus desvaríos, si el Mateu de aquellas semanas se dejó llevar por una guilladura arraigada en lo profundo de su ser, o si tan solo reaccionó como pudo ante una concatenación de acontecimientos excepcionales. Desconozco si una persona con un talante distinto habría tomado decisiones más acertadas o habría sido capaz de serenarse ante unas circunstancias que ponían en cuestión la propia moral y, por qué no aceptarlo, la cordura.

En poco más de dos años, había matado a una mujer inocente y a varios tipos indeseables, había robado, amenazado, atacado, participado en un secuestro y me había acostado con la mujer de un individuo al que podía considerar un protector y, a la vez, un enemigo de clase. ¿Por qué no veía la distancia que me separaba del camino correcto? No he hallado ninguna respuesta satisfactoria a esta pregunta; no obstante, debo confesar una cosa: por lícitos y nobles que sean nuestros ideales, la guerra tatúa en nuestras manos actos de los que nos creíamos incapaces y distorsiona la línea que separa lo moralmente aceptable de aquello que no lo es. La mayoría de los diarios definían la situación de Barcelona con palabras como «conflicto» o «terrorismo», pero yo afirmo que estábamos en guerra.

Hijo, no sé qué pensarás de mí a estas alturas. Estoy tratando de ser honesto y puedo asegurarte que, si alguien me contara esta historia como propia, yo sería capaz de comprender sus motivos. ¿Me convierte eso en un loco?

Me enzarzo en estas reflexiones porque temo al hombre en el que me convertí a lo largo de las siguientes semanas. Hui de casa de los Puig fuera por completo de mis casillas y con la certeza de que había sostenido una pistola con mis manos. Me aterrorizaba pensar en las posibilidades de tan vago recuerdo. En lugar de volver para asegurarme de que ambos estuvieran bien o para asumir las consecuencias de mis actos, corrí por las calles de la ciudad incauto, alejando a mi amante y a su esposo de mis pensamientos. Sin embargo, lo que me hizo enloquecer fueron las imágenes de la muerte de mi madre, que habían dejado de ser fruto de una pesadilla para convertirse en un recuerdo certero y lleno de incógnitas en el que yo disparaba una pistola.

Los días anteriores habíamos estado vigilando al Camarero, un pistolero a sueldo que habíamos visto por primera vez en el piso de la calle Princesa donde descubrimos que Kohen era el Martillo. Por aquel entonces formaba parte de las filas de asesinos del Libre y, a pesar de eso, sospechábamos que el Barón seguía siendo su verdadero patrón. Era irrelevante a quién rindiera cuentas, el tipo era un sinvergüenza porque había acabado con la vida de más de una docena de sindicalistas en el último año, entre ellos, la de un marmolista de veintipocos años, la de un recaudador de las cuotas que trabajaba como carpintero y las de un largo etcétera. De todas las cosas de mi vida en las que podría haberme centrado para olvidar, el Camarero era lo único en lo que podía pensar.

El hombre estaba ahogando sus penas en el Lyon, el café situado en las Ramblas. Me acerqué hasta el local y esperé lo suficientemente cerca para no perder detalle de lo que sucedía ante sus puertas. Entretanto, comenzaron a llegar automóviles y carruajes de señores que acudían a la función del teatro Principal y me crucé con hombres de bien que daban un paseo en busca de alterne y con marineros que caminaban desorientados a la caza de diversión. Finalmente, el Camarero abandonó el local y, para mi fortuna, no iba acompañado. Cuando tomó un pasaje llamado Arc del Teatre, lo seguí y concluí que se dirigía hacia La Mina, una taberna que él frecuentaba. Pasó de largo y luego torció a la derecha por La Guàrdia en dirección a Conde del Asalto. Me había equivocado, su destino no era otro que Madame Petit, el conocido prostíbulo.

Nos metimos los dos en el interior de la casa de alterne y lo aceché desde las sombras. Después de hablar con la madama, el Camarero se dirigió a una de las habitaciones. Esperé a que entrara y, pasando desapercibido entre la bulla que reinaba en el local, me cubrí la cara con el pañuelo que habitualmente usaba como máscara, abrí la puerta con violencia y disparé dos balas con la Star que terminaron con su vida. Debo aclarar que recuerdo perfectamente los detalles de lo acaecido, que no se me fue la cabeza como en el pasado. Mis entrañas me pedían a gritos violencia, la rabia me dominaba y maquillaba el miedo que me producía enfrentarme a la muerte de mi madre. Era algo nuevo, una fuerza funesta y poderosa guiaba mis actos y separaba la conciencia de la voluntad, un sinvivir que atravesaba mi vientre hasta alcanzar el cuello y explotaba en la cabeza en forma de pensamientos repetitivos y distorsionados, como si la moral ya no ejerciera ningún efecto sobre la razón. Hijo, espero que jamás sientas algo así, espero que mis palabras te parezcan escritas en otro idioma; un idioma que jamás deberías aprender.

Después de apretar el gatillo comprendí que debía salir de allí. Hui a la carrera mientras la prostituta que acompañaba al difunto Camarero gritaba desesperada. Me moví a tal velocidad que, en medio de la vorágine de música, alcohol y hombres que buscaban satisfacer sus deseos, nadie me interceptó ni me increpó. Si el silbido de las balas o los gritos de la mujer causaron algún revuelo, debió de suceder cuando ya había alcanzado la calle, pues no lo llegué a oír.

Corrí por Conde del Asalto hasta las Ramblas al tiempo que me deshacía del pañuelo y, una vez en el bulevar más famoso de la ciudad, caminé como si fuera un transeúnte más. Me perdí por el Distrito I y no me detuve hasta que llegué a

Sant Andreu. Ya en mi habitación, y todavía en un estado que oscilaba entre lo catatónico y lo vesánico, dormí como un angelito que espera el nuevo día para realizar su buena obra.

Al despuntar el alba, desperté confuso. Cuando intento recordar aquellos días, no me vienen a la memoria emociones ni pensamientos claros. Por un corto tiempo me convertí en una máquina más de la ciudad, hecha de carne y huesos, que tenía la enajenación y la venganza como fuentes de energía. Y lo peor de mí estaba todavía por llegar.

Salí de la habitación y mi hermano no estaba en casa, así que me senté en el comedor y contemplé el vacío hasta que llegó la hora de acudir a la reunión que habíamos convocado al atardecer. Fui a pie a la barraca de Montjuïc, y por eso llegué el último. Allí me esperaba el grupo al completo: Gabriel, Montserrat, Cristina, Jaume y el Hocico. He repasado aquella tarde con Montserrat en varias ocasiones y, sin duda, me ha hablado siempre con recelo de mi actitud. Según ella, mis ojos la miraban pero no la veían, carecían de alma y de consciencia.

La noticia de la muerte del Camarero a manos de un «tipo muy alto» había corrido como la pólvora y Gabriel no dudaba de que el autor del atentado era yo. Respondí de un modo impertérrito y huidizo cuando mi hermano acusó mi insensatez. Él no entendía por qué me había precipitado, por qué había optado por tomar una decisión unilateral y temeraria que afectaba al conjunto de la banda. Yo no le ofrecía respuestas coherentes, me limitaba a contestarle lugares comunes impropios de mí, como «Lo vi conveniente» o «Qué más da, uno menos», a los que mi hermano no sabía qué responder. Cristina me echó una mano alegando que incluso «el bueno de Mateu» tenía derecho a actuar con vehemencia de vez en cuando. La vida que llevábamos no era corriente ni sencilla.

Intercambiamos argumentos parecidos que no aportaron luz al asunto hasta que Gabriel se calmó y proseguimos con la asamblea. Comentamos lo más acuciante según el orden del día que había preparado Cristina; problemas como las consecuencias de la muerte del Camarero y las precauciones que debíamos tomar por si me reconocían como su asesino. Tratadas otras cuestiones menores, Montserrat quiso compartir el resultado de una de sus indagaciones. Desde el mes de septiembre del año anterior, tenía encomendada la tarea de recopilar información sobre el Menorquín, uno de los dos hombres de Kohen que me acompañó el día que maté a Dolors Mas. Aunque siempre nos había parecido un esbirro sin sustancia, el instinto de Montserrat le decía que era más relevante de lo que creíamos. Se trataba de un tipo escurridizo e impredecible, y esas cualidades habían ralentizado su seguimiento.

El Menorquín acostumbraba a moverse por la ciudad a pie, con una americana de pana y un cigarrillo en los labios. Los días en que llevaba una maleta de cuero marrón, Kohen aparecía con un automóvil al que el pistolero se subía. Ella no tenía forma de seguirlos, así que creyó que se desplazaban hasta algún despacho o algún café. Después de presenciar esos encuentros en varias ocasiones, Montserrat decidió esperar al Menorquín dentro de un coche de punto en el lugar donde Kohen solía recogerle con el fin de seguirlos. El auto del Barón dio vueltas por la ciudad y, tras pasar una hora deambulando, el pistolero bajó del vehículo con el maletín y se dirigió caminando a su casa. Ella estaba convencida de que usaban el auto para reunirse y pensaba que los documentos que se hallaban en poder del Menorquín podían ayudarnos a atraparlos. Acto seguido, Montserrat nos entregó un papel con la dirección del tipo en cuestión y nos aclaró que vivía con su madre.

—Está bien, eso son grandes noticias —sentencié. Me levanté y desde la puerta de la barraca dije—: Voy a por el maletín; si alguien quiere acompañarme, que me siga.

Salí de la barraca dejando atrás un galimatías de improperios y advertencias. Jaume y el Hocico me siguieron convencidos, y pocos segundos después oí los pasos acelerados de Gabriel, que venía a mi encuentro.

—Pero ¿qué te sucede, Mateu? —preguntó a mi espalda—. ¡No estás en tus cabales! ¡Este no eres tú!

—¿No querías que actuara como un hombre? —le respondí

sin girarme—. ¿No querías que me ocupara del trabajo sucio? Pues eso es lo que estoy haciendo.

Gabriel se interpuso en mi camino y frenó mi inercia cerrándome el paso. Pegó su frente a la mía como hacía cuando se me iba la cabeza para comprobar si yo había vuelto en mí. Allí, mientras me empujaba ligeramente con sus manos para que no avanzara, me dijo:

—Mateu, no estás pensando con claridad. ¿Eres tú? ¿Te está pasando lo mismo que...?

Respiré profundamente y lo aparté de mi camino.

—Me encuentro mejor que nunca —gruñí con desdén.

Cada vez que pensaba en la escena de Josep entrando en su habitación y sorprendiéndome con su mujer, cada vez que recordaba que había disparado una pistola ante la cama de mi madre, la ansiedad sobrepasaba mi temple y se transformaba en una pulsión violenta y destructiva que jamás había experimentado. Supongo que no hay nada excepcional en eso, los hombres actuamos alocadamente para huir del dolor. Los consejos de Paco no surtían el efecto beneficioso del pasado, era como si todas sus enseñanzas se hubieran esfumado de mi memoria. Yo no estaba al timón de mí mismo, ni siquiera mi hermano me reconocía.

Proseguí mi veloz caminata hasta llegar a Gràcia, barrio donde vivía el Menorquín. Me seguían Jaume, el Hocico y el propio Gabriel, quien, de vez en cuando, soltaba algún improperio para demostrar que desaprobaba la misión. Las calles estaban solitarias, solo transitaba por ellas algún que otro obrero que iba de bar en bar o que volvía a casa ebrio, deseoso de descanso. El escaso alumbrado nos iluminaba con luz grácil pero suficientemente intensa para que los vecinos pudieran identificarnos.

Me detuve unos segundos ante el portal que era nuestro objetivo. El Menorquín vivía en una de las casas de la calle Fraternitat, viviendas de una o dos plantas, con puerta de madera y barrotes en las ventanas. Había anochecido y hacía bastante frío.

—¿Y ahora qué vas a hacer? ¿Vas a llamar educadamente y le vas a pedir que te entregue el maletín? —me preguntó Gabriel, hastiado de mi actitud y desautorizado ante mi determinación.

Había cogido otro pañuelo en previsión de lo que pudiera suceder. Me cubrí la cara, reté a mi hermano con la mirada y luego observé el cerrojo. Reventé el resbalón de una patada y la puerta cedió. Acuciado por las circunstancias, y con la Star en la mano, crucé el zaguán y entré en un salón en el que había algunos muebles, un sofá y una mesa. Sentada en el sofá había una mujer haciendo punto al amparo de la tenue luz de un quinqué. Al verme, gritó asustada y yo la observé con malquerencia. De pronto se abrió la puerta del otro lado de la sala que comunicaba con el resto de las habitaciones y apareció el Menorquín, titubeó un segundo y, acto seguido, se puso en guardia. Su americana estaba sobre el respaldo de una de las sillas que rodeaban la mesa y yo no sabía si él llevaba la pistola encima o si estaba aún en el bolsillo interior de la chaqueta; así que, en cuanto realizó un movimiento ambiguo con el brazo derecho, que tanto podía significar que se disponía a desenfundar un arma como que quería huir, apreté el gatillo dos veces. El cuerpo inerte del Menorquín se desplomó junto a la jamba y alentó la desesperación reflejada en los sollozos de la pobre madre. Lo sé, debería suavizar anécdotas como esta en aras de preservar mi honor, pero no quiero faltar a la verdad, hijo. Ocurrió tal cual lo relato y debo asumir las consecuencias de mi desbarro.

Entretanto, mis compañeros habían accedido al salón con el rostro cubierto con sus respectivos pañuelos. Gabriel, a la cabeza, me increpaba desesperado por controlarme; sin embargo, mi juicio estaba inmerso en la misma neblina destructiva que el día anterior.

—Entrad y buscad el dichoso maletín —les pedí a Jaume y al Hocico—. Y mirad si hay más papeles, sobres o lo que sea.

Ambos asintieron y se dirigieron raudos hacia la puerta por la que había aparecido el Menorquín mientras yo buscaba el modo de acallar a su madre cuyos gritos ponían en peligro el asalto. Sin pensarlo, levanté la pistola y la apunté hacia ella. Mi hermano, veloz, se interpuso entre el cañón del arma y la mujer.

—Pero ¿qué haces? ¡Mateu! ¡Piensa! ¿Te has vuelto loco?

—Quítate de en medio, Gabriel. Solo quiero asustarla para que se calle.

Mi hermano frunció el ceño y dejó de gritarme.

—Mateu, por favor, razona. Es una señora mayor que no tiene la culpa de nada. Mírala —la mujer se había callado, aterrorizada—, mírala bien, joder, no se merece nada de lo que le está sucediendo.

Apenas oí esta última palabra, algo se apaciguó en mi interior. Bajé el arma, clavé el seguro y la guardé al tiempo que trataba de calmarme con inspiraciones pausadas y profundas. Gabriel celebró mi decisión con un suspiro mientras trataba de recuperar el temple. Estuve a punto de pedirle disculpas a la mujer, pero enseguida me di cuenta de lo absurdo que habría sido y me mordí la lengua.

Jaume y el Hocico reaparecieron con un maletín y varias carpetas. Cogí el botín y abandonamos la escena del crimen. En la calle nos encontramos con algunos curiosos que habían acudido alarmados por los chillidos de la madre del Menorquín. Nada hicieron por detenernos y nosotros nos separamos para no llamar la atención.

Mi hermano me esperaba en Sant Andreu. Quería interceptarme antes de que llegara a casa, pues estaba convencido de que no debíamos pasar en ella ni un segundo más. Me cogió por el brazo y a rastras me llevó a la masía de Miguel, aquella en cuyo sótano interrogamos a Marc. Habíamos armado un revuelo considerable en Gràcia y habíamos dado un golpe contra uno de los hombres de confianza de Kohen, y Gabriel estaba preocupado por las consecuencias de nuestros actos.

—Parece mentira que, de repente, yo sea el único sensato de

este grupo —se quejó mientras cruzábamos el puente de piedra que nos llevaba al otro lado del Rec Comtal—. Mierda, hermano, si sigues así, no sé qué voy a hacer contigo.

Ya en el sótano, encendimos un quinqué y nos fabricamos un par de lechos improvisados con la paja de dos sacos que el bueno de Miguel nos proporcionó. El pobre hombre se disculpó por no ofrecernos más comodidades, y nosotros no podíamos estar más agradecidos por su ayuda. Cobijar a dos pistoleros era muy arriesgado. Le aseguramos que, en caso de que fuera necesario, entraríamos y saldríamos de la masía con discreción para no causarle problemas a su familia.

Después de preparar los jergones, me dispuse a revisar los documentos incautados en casa del Menorquín, pero Gabriel me lo impidió, me los arrebató de las manos y me aconsejó que durmiera. Ya examinaríamos los papeles al día siguiente, me dijo, mi cabeza necesitaba tomarse un descanso. No añadió nada más, estaba cabreado y sabía que dijera lo que dijese solo serviría para echar más leña al fuego. Se tumbó sobre su montón de paja, se tapó con una de las dos mantas que Miguel nos había prestado y durmió abrazado al maletín y a las carpetas para que yo no pudiera echarles un vistazo. No quería volver a discutir con él, así que caí rendido.

A la mañana siguiente, me desperté con los papeles en mente. Gabriel, que ya se había levantado, me invitó a analizarlos con él. Encontramos información muy inconexa. Había varios informes de seguimiento de sindicalistas como Ramón Archs, uno de los miembros de la facción anarquista más violenta, escurridizo como la arena entre las manos. Seguramente por eso se habían dedicado a recopilar detalles exiguos e inconcretos sobre sus rutinas. Hallamos pruebas de grandes transferencias de dinero entre empresarios y políticos, y dedujimos que eran datos que Kohen usaba para extorsionarlos. Había también contratos de compraventa de un gran número de inmuebles en el Distrito V, todos ellos a nombre de varias empresas que pertenecían al Barón. En algunos de esos papeles había dos palabras manuscritas en el margen: «Plan Amàlia». Kohen especulaba con sus propiedades, algo esperable y habitual en Barcelona; sin embargo, la referencia a un plan secreto con nombre propio también aparecía en otros documentos en los que se describían objetivos contra los que atentar. Había listas de empresarios, de sindicalistas e incluso de policías. Intentábamos discernir entre lo importante y lo que no lo era, pero las dudas sobre la naturaleza y los objetivos del plan Amàlia acabaron monopolizando nuestra conversión. Si tirábamos de ese hilo, tal vez podríamos desenmascararlo.

A pesar de las medidas tomadas por mi hermano para que pasáramos inadvertidos durante los días que siguieron a la muerte del Menorquín, necesitaba cerciorarme de que Josep y Mireia no habían padecido ningún mal, de modo que, después de revisar los papeles de Kohen, abandoné el sótano, pese a las amenazas y las advertencias de Gabriel. «Si haces otra locura —me dijo—, no podré protegerte». La idea, la necesidad, imperaba; así que ignoré sus palabras, me planté en la calle Pau Claris y aguardé paciente delante del edificio donde vivían los Puig. Respiré aliviado cuando los vi salir del portal sanos y salvos. Estaba convencido de que comprobar que estaban ilesos me devolvería las luces que había perdido, pero no fue así; el estado de enajenación en el que había entrado todavía me acompañó un tiempo más.

La muerte del Menorquín poblaba las páginas de sucesos de los diarios obreros y conservadores. Varios periodistas se habían acercado al lugar de los hechos para recabar información y encontrar algún detalle en exclusiva que encumbrara su crónica por encima de las del resto. La mayoría de ellos entrevistaron a la madre de la víctima, quien, entre sollozos, les describió a los asaltantes y les reveló el motivo del crimen: los asesinos de su hijo se habían llevado papeles relacionados con su trabajo. La prensa, ávida de identificar a un nuevo grupo de acción y siempre inclinada a la exageración y al amarillismo, nos bautizó como «la banda del gigante», mote que Gabriel maldijo porque, por un lado, nos exponía y por el otro me otorgaba el liderazgo del grupo. Sea como fuere, la discreción había jugado a nuestro favor hasta aquel momento, por el hecho de que nuestras actividades quedaran expuestas a la opinión pública no auguraba nada bueno.

—Ahora nos reconocerán fácilmente —argumentó malhumorado—. Te has cargado el trabajo de los últimos meses, Mateu. Felicidades. Tendrás que mantenerte alejado de las siguientes acciones.

—Lo que encontramos en casa del Menorquín es más valioso que la mayoría de los ataques que hemos llevado a cabo hasta hoy. Ahora sabemos más cosas sobre Kohen, tenemos documentos que le pondrán en un aprieto. Sé que todavía no los comprendemos, pero démosle tiempo al tiempo. Deberías agradecérmelo.

Gabriel me vilipendiaba por mi frenesí y por mi arbitrariedad a la hora de tomar decisiones. Supongo que cuando alguien ha permanecido la mayor parte de su vida dentro de un molde y, de repente, lo rompe, las personas que le rodean no asumen el cambio con facilidad y le acusan de traicionar su propia esencia. Desde que tengo uso de razón, Gabriel había actuado irreflexiva y temerariamente. El rol de hermano responsable le venía grande.

El Menorquín pereció el 21 de febrero, y desde entonces hasta principios de marzo, los chicos y yo iniciamos una ofensiva de la que aún me sorprende que saliéramos vivos. Abordamos a varios patronos y a pistoleros blancos. No voy a negar que gran parte de nuestros objetivos cayeron muertos. Mi actitud envalentonó a Jaume y al Hocico. A pesar de que ambos se habían comportado con el comedimiento requerido por la banda desde el día en que se unieron a ella, su verdadera motivación era eliminar a los del Libre, y no tanto a Kohen. Era de esperar, ellos no habían mantenido contacto alguno con el Barón, pero conocían de primera mano la violencia que el sindicato blanco y la policía ejercían sobre sus compañeros afiliados a la CNT. Hijo, no me voy a extender en este episodio porque no es necesario que conozcas hasta qué punto mis manos se tiñeron de sangre. Lo único que puedo decirte es que nos sumergimos en una espiral de violencia y, cuando esta te atrapa, te zarandea hasta convertirse en dueña y señora de tus decisiones.

Nuestra banda se encontraba en uno de sus momentos más exitosos. Estábamos más cerca que nunca de acabar con Kohen; sin embargo, él se comportaba como si ignorase por completo nuestra existencia. Cristina temía que estuviera tendiéndonos una trampa.

No todo fue coser y cantar, yo mismo fui víctima de un par de atentados de los que salí ileso de milagro. ¿Los había enviado Kohen? ¿Arlegui, el jefe de la policía, o algún otro miembro corrupto del cuerpo? ¿La patronal? ¿Los del Libre? Esos ataques me afectaron más de lo que cabía esperar, pues había una pregunta que me carcomía por encima de las demás: ¿acaso eran pistoleros a sueldo enviados por Josep para vengar mi traición?

Todo cambió a principios de marzo. Bernat había permanecido encerrado en la Modelo desde su detención en noviembre del año anterior. No habíamos gastado dinero en abogados ni intentado tretas legales para sacarlo de la prisión porque sabíamos que el gobernador Anido actuaba con mano de hierro con los presos gubernativos y presionaba a los jueces para que no intervinieran. La noche de marras, los guardias de la cárcel lo interrogaron por enésima vez junto a otros dos obreros anarcosindicalistas que no tenían vinculación alguna con nuestro grupo. Los acusaban de colaboración con «la banda del gigante» desde principios de año, sin fundamento alguno, pues los tres habían estado entre rejas. Parece ser que Bernat no confesó ni un solo detalle sobre nosotros.

Ante la inoperancia de los interrogatorios, y estando los tres reos al borde de la muerte debido a la brutalidad de las torturas a las que fueron sometidos, entró en juego Arlegui, quien los obligó a firmar una confesión redactada por la propia policía en la que se declaraban culpables de la muerte de un guardia civil asesinado hacía tres semanas. Arlegui ordenó entonces que llevaran a Bernat y a los otros dos pelanas al castillo de Montjuïc para pasar a disposición del ejército. Los acusados se negaron a desplazarse de madrugada por temor a que les aplicaran la ley de fugas, pero estaban tan débiles que no pudieron oponerse. «Si no nos matan durante el trayecto, nos matarán aquí, a hostias», debió de pensar Bernat. Y así fue: recibieron varios balazos en los alrededores de la plaza de Espanya durante el traslado. Los agentes encargados del transporte alegaron que los tres presos habían intentado escapar y les habían tenido que disparar para evitar su huida.

Escuché la noticia en boca de Cristina y Montserrat la tarde siguiente. Desde el día en que matamos al Menorquín, cuando no estaba reunido, espiando o participando en un atentado, me recluía en el sótano de la masía de Miguel en compañía de mi hermano. Era lo más seguro. Por eso ninguno de los dos conocíamos el destino de Bernat antes de nuestra llegada a la barraca de Montjuïc.

—¿Qué podemos hacer ahora? —fue lo primero que dije.

—De momento, vamos a pensar cómo devolver el golpe —dijo Cristina.

Ella se mostraba muy consternada por la pérdida de Bernat. Sus desacuerdos con el hombre eran conocidos por todos, pero Cristina, a pesar de ser una persona tajante e incluso prepotente, arraigaba con facilidad en la estima de sus compañeros y dejaba que el cariño de estos cobrara fuerza en su interior sin que ella pudiera hacer nada por impedirlo. Bernat no había sido una excepción.

—¿Para qué? —espeté—. ¿Para darles más tiempo a reorganizarse? Esto es cosa de Kohen. Le estamos pisando los talones y parece que no sabe cómo dar con nosotros, por eso ataca nuestros puntos débiles.

—Yo no estaría tan segura —rebatió Montserrat—. Ese indeseable ha jugado siempre con nosotros. Quién dice que esto no es una provocación para que demos un paso en falso.

—Llevo semanas de vuestro lado, chicas —intervino Ga

briel—, sé que el camino que estos tres han escogido es un despropósito, pero han matado a uno de los nuestros, a un buen hombre que perdió a su mujer por culpa de la incompetencia y la avaricia de un patrón. Un compañero recto y honorable que se ha visto obligado a defenderse para sobrevivir. Bernat era nuestro amigo, un padre, un mentor, un compañero. ¡Joder! ¡Que lo han matado! —gritó—. ¡Pensad lo que queráis, yo digo que vayamos a por Kohen! —Gabriel se calmó mientras se tocaba el pelo—. Se merece pagar por ello.

—Y lo hará —le respondió Cristina con dulzura. Era la primera vez que la veía tratar a mi hermano con cercanía—. Pero no podemos seguirle el juego; de lo contrario, acabaremos muertos o entre rejas. Es Arlegui quien ha ordenado la ejecución de Bernat. No sabemos si Kohen está realmente involucrado en su decisión o no.

—Tienes razón —dijo mi hermano mientras se levantaba—. Tienes toda la razón. Aun así, estoy seguro de que es cosa suya. Esto no puede seguir así, Kohen no puede continuar jodiéndonos a su antojo. Han atacado a uno de los nuestros y tenemos que devolvérsela.

—Hoy es lunes —comenté—, y el Barón acude al Lyon d'Or todos los lunes. Vayamos y acabemos con él de una vez por todas.

—¿Estáis locos? Os van a matar.

—Prefiero morir a que Kohen viva un solo día más —sentencié.

Jaume y el Hocico, que apenas habían intervenido en el debate, ratificaron mi propuesta levantándose y siguiéndonos a Gabriel y a mí. Mientras nos alejábamos de la barraca, Montserrat y Cristina nos pedían a gritos que volviéramos, pero no les hicimos caso. Nos creíamos héroes, nuestro deber era machacar al enemigo, o eso pensábamos los cuatro en aquel momento. Tal como decía Paco: «Los héroes no son más que estúpidos a los que las cosas les salen bien».

18

En las horas siguientes sucedieron dos hechos cruciales: uno lo fue para nuestra vida y el otro para el devenir de todo el país. Mientras nosotros descendíamos por el sendero de Montjuïc que nos condujo hasta la avenida del Paralelo, tres hombres armados se montaban en una moto con sidecar y empezaban a circular por las calles de Madrid.

Es posible que en el mismo momento en que nuestra banda cruzaba la calle Conde del Asalto en dirección al Lyon, los tres anarquistas que circulaban en moto por la calle Alcalá de la capital española alcanzaran el automóvil en el que viajaba don Eduardo Dato, presidente del Consejo de Ministros, que acababa de salir del Senado y se dirigía a su casa.

Tras torcer por las Ramblas para llegar a nuestro objetivo, comprobé que tenía suficiente munición. En ese mismo momento, los pistoleros que acechaban al presidente Dato descerrajaron veinte tiros sobre el coche en el que se desplazaba; dieciocho balas quedaron atrapadas en la carrocería del automóvil y solo dos impactaron en el cuerpo del político.

Don Eduardo Dato, gallego perteneciente al Partido Conservador, fue nombrado presidente del gobierno tres veces y pasó a la historia por ser el político que permitió la constitución definitiva de la Mancomunitat de Cataluña y por declarar la neutralidad de España al inicio de la Gran Guerra, pero también por dirigir los gobiernos más represores del movimiento obrero. Segundos después de su muerte, Gabriel, Jaume, el Hocico y yo entrábamos en el Lyon con las armas desenfundadas y la sangre hirviendo.

No he vuelto a pisar el Lyon d'Or y, francamente, aquello fue tan breve y caótico que no lo recuerdo con detalle. Este local había sido famoso en el pasado por su decoración de estilo medieval: chimenea digna de un castillo feudal, armaduras, espadas y estandartes. En la década de los años diez había sufrido una reforma integral en la que había primado el estilo modernista. Recuerdo vagamente una barra de exhibición y un mostrador de madera de formas sinuosas y asimétricas, mesas de mármol, sillas de madera Albacar y unos palcos que rodeaban la sala a los que se accedía a través de dos escaleras contrapuestas. Los palcos no se me olvidarán nunca porque no nos proporcionaron nada bueno.

Entramos con la férrea convicción de que encontraríamos a Kohen despistado y, aun a sabiendas de que él estaría con su escolta habitual, contábamos con el factor sorpresa. Dominados por el ímpetu, Jaume y el Hocico fueron los primeros en cruzar el umbral de la puerta que separaba el exterior de la sala principal; no obstante, una vez en el interior, nada resultó como lo habíamos planeado. En cuanto pisaron el local, cayó sobre ellos una lluvia de balas procedentes de los palcos, de los laterales y de las mesas que los truhanes allí apostados habían tumbado para usarlas a modo de escudo. Una veintena de pistoleros y policías estaban esperándonos y, por si eso fuera poco, no había rastro del Barón. Gabriel y yo, que nos habíamos quedado algo rezagados, nos salvamos de la primera andanada de plomo.

El Hocico murió en el acto y Jaume, pese a que había recibido el impacto de varias balas, retrocedió y logró ponerse a cubierto. Desde nuestra posición, resguardada aunque vulnerable, oímos una voz que mandó detener los disparos. Era Arlegui, el jefe de la policía, quien, silenciadas las armas, nos pidió que nos entregáramos. No solo eso, nos llamó por nuestros nombres y nos aseguró que estábamos rodeados y que no teníamos escapatoria. Gabriel, arrepentido de la decisión que habíamos tomado, me miró asustado y yo estuve a punto de rendirme. Entonces pensé en Montserrat y en su famosa máxima, «Siempre hay un modo diferente de solucionar las cosas», y supe que encontraríamos la manera de salir de allí. Intuí que mi hermano había llegado a una conclusión parecida, porque, aun a riesgo de que en el exterior del local nos esperara otro ejército de pistoleros, nos miramos y decidimos huir.

Con Jaume malherido, conté hasta cinco como señal para iniciar la fuga. Arlegui insistía e insistía en tono de burla, debíamos entregarnos si queríamos salir de allí con vida. Tras uno de sus comentarios insultantes, en el que nos comparaba con ratas y alababa el buen hacer de la policía, terminé la cuenta atrás y salimos a las bravas. El azar quiso que hubiera un coche aparcado justo delante de la puerta tras el que pudimos protegernos de los ocho policías que nos esperaban en la calle. Los agentes estaban situados frente al local y en el lado mar de las Ramblas, lo que reducía nuestras posibilidades de salvarnos a una: correr hacia plaza de Catalunya. Se lo hice saber a mis compañeros con un movimiento de cabeza y ambos me respondieron asintiendo. Jaume se tapaba con la mano una herida en la barriga de la que brotaba sangre, y tenía la ropa teñida de rojo. No era momento de dar importancia a ese detalle, ya que, en breve, los hombres que permanecían en el interior del local lo abandonarían para perseguirnos y matarnos.

—¿Treta del despistado? —me dijo Gabriel.

Yo le respondí con un movimiento afirmativo de cabeza y él gritó como si se dirigiera a un grupo de pistoleros afines a nuestra causa supuestamente situados a espaldas de los policías.

—¡Estamos aquí! ¡Matadlos o nos matarán! —dijo.

Sin más dilación, nos levantamos y disparamos indiscriminadamente a los policías, que se habían dado la vuelta para cerciorarse de la verdad de las palabras de mi hermano y protegerse de una amenaza fantasma. El desconcierto que causó en ellos la treta de Gabriel y la descarga de plomo que les lanzamos fueron tales que los policías tuvieron que ponerse a cubierto. Yo maté a dos agentes y Gabriel a uno, y mientras les disparábamos para cubrirnos, echamos a correr Ramblas arriba a toda velocidad. No había vuelta atrás, a los crímenes que hasta el momento habíamos cometido habría que sumarles el asesinato de varios agentes de la autoridad.

En plena huida a la carrera advertí que Jaume había caído abatido. Se desplomó a mi lado y nada pudimos hacer para ayudarle. Gabriel me gritó: «¡Gira por Conde!», y yo obedecí. Torcí a mi izquierda al mismo tiempo que él seguía corriendo por las Ramblas. Entonces advertí que dos policías me perseguían.

En Conde del Asalto encontré la clásica algarabía de la fauna barcelonesa. Hombres y mujeres paseando por la calle que ofrecía los beneficios y las bajezas del placer humano. Ellos festejaban los placeres de la vida en los cabarets, los bares y los prostíbulos; ellas disfrutaban del teatro o los *dancings* deseosas de mantener su virtud y dejando a un lado los prejuicios asociados al Distrito V, y yo me abría paso abruptamente entre la bulla festiva.

No hacía calor, pero recuerdo que sudaba y me asfixiaba con la carrera. Los policías me dispararon y, aunque no me alcanzaron, causaron gran revuelo entre los jaraneros. Al oír el silbido de las balas, la mayoría de los viandantes se lanzaron al suelo entre chillidos y blasfemias. Mis piernas me permitían dar largas zancadas, por eso me alejaba de los policías cada vez más. Había mucha gente en la calle y no quería herir a personas inocentes, así que descarté disparar a los agentes. Además, de pronto caí en la cuenta de que me había quedado sin munición.

Dos caballos embridados a un carro cargado de botellas de vino aguardaban a su amo delante de uno de los bares. Cuando los vi, realicé una artimaña arriesgada. Mientras superaba el costado del carro, cogí una botella y la lancé a los pies de los animales. El estruendo los espantó y los encabritó, y su reacción asustó a los agentes que se encontraban a escasos metros de los trotones. Muchas de las botellas resbalaron del carro y acabaron estampándose contra el suelo. Los policías, sobresaltados, dispararon al aire, con lo que lograron alarmar todavía más a los animales. Yo seguí corriendo hasta que pasé por delante del portal de la casa de mi primo. Por suerte, llevaba las llaves en el bolsillo.

Me adentré en el edificio convencido de que era la mejor opción que tenía para escapar de los policías. Al alcanzar su rellano, abrí la puerta sin llamar. Encontré a Pere desnudo y acostándose con otro hombre. No era nada extraño, había irrumpido en su casa sin previo aviso; pero presencié algo que nunca habría imaginado, algo que añadía un sinsentido más a todo lo que sucedió en aquellos meses dementes y convulsos para mí: el caballero con el que Pere estaba manteniendo relaciones sobre una butaca era Josep Puig.

—Primo, ¿qué haces aquí? —me preguntó Pere abrumado, tapándose como podía—. No te di la llave para que...

—Perdón, perdón —dije sin mirarlos—. Estaba huyendo de... Me perseguían y... he venido aquí para esconderme. No me han visto..., quiero decir que quedaron atrás...

Oí gritos procedentes de la calle, órdenes de los policías a los pistoleros que me perseguían. Supuse que habían salido del local y habían seguido el rastro de los dos agentes que habían intentado detenerme en Conde del Asalto.

—¿Te han seguido? —gritó Josep—. ¿Quiénes? ¿Pistoleros? ¿La policía?

—Ambos.

El empresario se puso los calzoncillos y voló hacia una de las ventanas para ver cómo estaba la calle. Él permaneció unos segundos vigilante, yo estaba consternado y mi primo no osaba levantar la vista del suelo.

—Te están buscado varios tipos, pero no sé si han entrado en este portal —nos informó Josep con un ojo puesto en lo que ocurría fuera—. ¿No ves que estás poniendo a Pere en peligro? Si la policía sube, no tendrán miramientos a la hora de disparar a los que se encuentren a tu lado.

—¿De verdad? —le grité. La condescendencia de Josep me hizo perder los estribos—. ¿Te atreves a regañarme después de lo que acabo de presenciar?

—Baja el tono de voz —me pidió Josep—. ¿Y tú me lo echas en cara después de acostarte con mi mujer durante meses?

Pere miró a Josep con una mezcla de sorpresa y desconcierto, y, acto seguido, observó mi rostro buscando respuestas a lo que su amante acababa de decir. Entonces cayó en la cuenta de que la acusación de Josep era cierta y bajó nuevamente la cabeza, consciente de la complejidad de la situación.

—Está bien —dijo Josep—, lo primero es lo primero. Nosotros nos vestiremos y tú nos contarás lo que ha sucedido.

Ambos recogieron su ropa del suelo y se la pusieron sin pudor alguno mientras los límites de mi moral jugaban con mi temple, y con la necesidad de censurar la actitud de Josep y de pedir explicaciones a mi primo. Luego nos sentamos los tres a la mesa. Estaba a punto de comenzar mi relato cuando alguien llamó a la puerta al grito de «Abran en nombre de la ley, ¡abran!». Josep reaccionó, veloz y eficiente. Me sugirió que me escondiera en un dormitorio y le dijo a Pere que se pusiera una de sus pelucas y que se sentara en la butaca que quedaba de espaldas a la entrada. El repiqueteo de los policías era insistente.

—¡Ya va!

Josep abrió y se encontró con dos agentes malhumorados que pedían paso.

—Estamos buscando a un pistolero muy alto que corría por esta calle. ¿Lo ha visto usted?

—Para empezar, pueden darme las buenas tardes y dirigirse a mí con menos exigencias. ¿Por quién me toman? ¡Ni en mil años cobijaría yo a un anarquista! Soy Josep Puig, dueño de la Tèxtil Puig. Me encuentran aquí conociendo mejor a esta señorita —con un movimiento de cabeza señaló a Pere, que seguía de espaldas— y ustedes no son nadie para molestarme.

—Señor, ¿le importa que comprobemos el interior de este… —vaciló—, de su…, del piso?

—¿Osan ustedes dudar de mi integridad y de mis palabras? Pasen, pero denme sus nombres antes, mañana a primera hora hablaré con el gobernador Anido de su actitud.

Los agentes, amilanados, se disculparon y se dirigieron hacia otra de las puertas del rellano con la intención de proseguir su búsqueda. Seguidamente, Josep y Pere entraron en la habitación en la que me había escondido y me pidieron explicaciones. Me rogaron que hablara en voz baja para que nadie pudiera oírnos desde otro piso. Josep quedó perplejo ante lo acaecido durante las últimas veinticuatro horas.

—¿Realmente creíais que ibais a matar a Kohen con esa facilidad? —me preguntó, a lo que yo respondí encogiéndome de hombros.

—Yo ya no sé nada —dije.

—Lo sabes, ¿verdad? Kohen mandó matar a vuestro compañero para que fuerais a por él. Estoy seguro de que no solo os esperaban hombres en el Lyon, sino que también había pistoleros en otros lugares por si acudíais a ellos. Habéis caído en su trampa, insensatos. —Josep negó con la cabeza y prosiguió—: Lo primero que hay que hacer es encontrarte un escondite. Pere, ¿puedes ir a buscar a Montserrat? Seguro que ella nos ayudará a sacarlo de aquí y a ocultarlo. ¿Te parece bien? —acabó preguntándole con un tono cariñoso.

Mi primo se levantó y observó a Josep con severidad. Creo que no estaba muy tranquilo con la idea de que su amante y yo nos quedáramos solos bajo el mismo techo.

—No te preocupes —le dijo—. Mateu y yo tenemos una conversación pendiente y creo que no debemos posponerla más.

Pere aceptó el encargo a regañadientes. Tiempo después me confesó que se fue más preocupado por mi bienestar que por lo que pudiera pensar de él, y que estuvo a punto de pedir que le diéramos las pistolas como condición para dejarnos solos. No obstante, prefirió no echar más leña al fuego y confió en nuestro sentido común. Cuando mi primo hubo abandonado el piso, Josep y yo fuimos a la sala de estar y nos sentamos a la mesa. El empresario sacó la pipa de la chaqueta de la americana, que estaba colgada del respaldo de una silla, y rompió el hielo mientras prendía el tabaco con una cerilla:

—Tendrás muchas preguntas. Voy a respondértelas todas

por el bien de nuestra amistad, por Pere y por don Ernest, a quien sabes que aprecio mucho. Pero antes de nada debo pedirte que, por favor, no le cuentes esto a tu tío, ¿estamos? No lo entendería. Puedes empezar.

Tragué saliva. Él me despertaba recelo, desconfianza, en aquel momento incluso odio. No entendía sus juegos ni sus motivaciones.

—¿Te gustan los hombres? No sabía que tenías esas inclinaciones —espeté a modo de reproche.

—Eso no te importa, aun así... Acabo de prometerte que respondería a tus preguntas, así que atiende. Sí, me acuesto con hombres, y también con mujeres. Es algo que he podido explorar gracias a Mireia. Ella es extraordinaria, me ha concedido el don de la libertad. No sabes la suerte que he tenido, ya te lo he dicho en alguna ocasión; a su lado he podido experimentar cosas que me llenan de vida y de felicidad, y que, sin su ayuda, no habría sabido apreciar. Sin Mireia yo sería un hombre de negocios más, estirado y aburrido de sí mismo.

Aquella no era la duda que quemaba en mis labios. Cuestioné sus preferencias en la cama solo para afianzar el terreno y abordar el tema que más me preocupaba:

—Sabes que me he acostado con tu mujer, y no estás furioso, ¿por qué?

—Te respondería lo mismo y me extraña que ella no te lo haya contado. Tenemos libertad para acostarnos con quien deseemos siempre que seamos fieles a nuestro matrimonio y a nuestras prioridades. Ella se encaprichó de ti y yo no podía hacer nada para evitarlo. Aunque, francamente, no sabría decirte por cuál de los dos sentí más celos cuando me enteré.

Pasé aquel comentario por alto porque no deseaba profundizar en sus implicaciones. Miré la cómoda que quedaba a mi izquierda sobre la que había un retrato de Pere.

—¿Y no podías escoger a otro que no fuera mi primo? Podrías desahogar tus necesidades con otros hombres...

—¿No te das cuenta de lo especial que es Pere? Te lo diré de otro modo: si todas las personas fueran como Mireia, si el mundo fuera un lugar libre, si no estuviéramos subyugados por una moral anacrónica y aburrida y una Iglesia que culpa a los que no comulgan con sus doctrinas, tu primo sería una gran estrella de los teatros y tendría el mundo a sus pies. Pero esta ciudad no hace más que maltratarlo, lo que es una verdadera injusticia. Cuando era joven, traté indebidamente a muchas personas. Mi apellido y mi posición me daban legitimidad para hacerlo, o eso me inculcaron desde niño. Qué estúpido, me equivoqué en tantas ocasiones que me avergüenzo de algunos de mis actos. —Josep negó con la cabeza y cambió de tercio—: El hecho de que me acueste con Pere no tiene nada que ver contigo ni con tu tío, aunque no espero que un tipo tan simple como tú lo comprenda.

—Esa moral que tanto criticas la imponen los tuyos, así que no me vengas con monsergas.

Josep hizo caso omiso de mi comentario y debo decir que reaccionó con generosidad y paciencia ante mis palabras. Supongo que me vio superado por los acontecimientos de los últimos días y por haberlos encontrado desnudos. Entonces me di cuenta de que, en el fondo, no quería saber qué cara tenían los amantes de Pere, ni sus nombres, ni siquiera deseaba constatar que mantenía encuentros sexuales con ellos. Injustamente, respetaba sus apetencias siempre y cuando las llevara a cabo a escondidas. Todavía hoy me siento mal por mi falta de comprensión.

—Sobre Mireia… —Fijé la atención en la mesa y, a continuación, lancé una mirada a Josep, que me observaba, retador. Él seguía sosteniendo la pipa con la mano y apoyaba la espalda en el respaldo de la silla—. Hay algo más que quiero saber. —Josep asintió justo antes de dar una calada. Parecía disfrutar de una conversación que, a medida que progresaba, me despertaba un mayor recelo—. ¿Fue premeditado? Quiero decir, si preparasteis aquel teatrillo, si el hecho de que nos encontraras en la habitación formaba parte de un juego perverso.

—¿Qué ganábamos ninguno de los dos, Mateu? Aquel día, yo no tenía previsto llegar tan pronto a casa. Tampoco sabía que estabas allí. Mi madre acababa de morir y mi hermano tuvo uno de sus episodios de... —Josep negó con la cabeza y prosiguió—: Bien, eso es irrelevante ahora. Hablé por la mañana con Mireia y ambos convinimos en que lo mejor era que yo pasara la tarde y la noche con él. Por la tarde, Tomás parecía más centrado de lo que nos esperábamos, así que decidí marcharme y dejarlo tranquilamente en su casa, con su mujer.

—Siento mucho la pérdida de tu madre —dije, y luego permanecí unos instantes callado hasta que logré formular mi gran duda—: No sé cómo decírtelo... Lo cierto es que no recuerdo nada de lo que pasó cuando entraste en la habitación. ¿Hice algo malo? —le pregunté cubriéndome la cara con las palmas de ambas manos.

—¿Cómo que no lo recuerdas? —Me miró desconfiado hasta que percibió que no le mentía, entonces prosiguió—: Está bien, entré y os encontré a los dos desnudos en la cama. Tú quedaste como hipnotizado, ido, como si estuvieras muy lejos de allí. Intenté decirte que no pasaba nada, Mireia también, pero tú no nos escuchabas, te limitaste a vestirte y, en un momento dado, sacaste una pistola del bolsillo de tus pantalones y me apuntaste. Como puedes comprender, me violenté y te pedí que te fueras; tú me hiciste caso y te marchaste sin rechistar. No he sabido nada más de ti hasta hoy.

—Lo único que recuerdo es que tenía una pistola en las manos y que alguien gritaba: «Dispara».

—Te aseguro que ni Mireia ni yo dijimos tal cosa, creo que tu mente te jugó una mala pasada.

Justo en aquel instante, el peso de las muertes de Jaume y del Hocico cayó sobre mí como un tranvía desbocado. Me había comportado como un estúpido y había perdido la cuenta de las veces que me había dejado llevar por la vehemencia. Las personas a las que les había arrebatado la vida ya no volverían, tampoco mis amigos caídos, y todo porque no había sido capaz de controlar mi dolor. El miedo y la ira me desbordaron.

—¿Por qué tengo la sensación de que siempre me estás manipulando? —le pregunté alterado—. ¿Por qué cuando creo que puedo confiar en ti, das la vuelta a la tuerca y vuelves a ponerte bajo sospecha?

—Dime, ¿qué he hecho ahora?

—No me importa lo que hagas con tu vida o en tu alcoba, simplemente estoy cansado de sentirme como un juguete a tu merced. Los ricos pensáis que podéis usarnos a los pobres como peones, justificáis vuestra desfachatez con argumentos que parecen convincentes y que solo buscan salvar las apariencias. Sabes perfectamente a qué me refiero.

Josep dejó la pipa sobre la mesa, frunció el ceño y se cruzó de brazos.

—Yo no tengo la culpa de haber nacido en mi familia. Se puede sentir la misma soledad en una mansión que en una barraca. Un tranvía y un automóvil te llevan al mismo lugar, si no sabes hacia dónde vas. Una fortuna y un salario mísero no sirven de nada ante la muerte.

—Cuando no puedes alimentar a tus hijos, es posible que solo pienses en conseguir comida —repliqué. La rabia que recorría mis venas no me permitía mirarlo a la cara—. Entiende que los pobres no simpaticemos con la soledad que siente un hombre como tú.

—Lo único que hacéis es quejaros. Estoy siendo muy comprensivo, teniendo en cuenta que la última vez que te vi me apuntaste con una pistola, así que no sé de qué me culpas. No, Mateu, yo no soy el responsable de todo lo que sucede en esta ciudad. Puedes creerme o no, pero yo también estoy atrapado en mi vida. Si con un chasquido de dedos pudiera solucionar los problemas que nos abruman y ofrecer una vida más digna hasta al último de los infelices, lo haría, aun así no puedo, y lo que no voy a hacer es regalar mi dinero.

—Con esa actitud nunca cambiarán las cosas.

—Y cuál es tu actitud, ¿eh? Dime, ¿cuál es? —Josep dio un puñetazo en la mesa, luego se levantó y comenzó a deambular de un lado a otro de la sala—. Estoy harto de que me desprecies, ¿sabes? Te crees muy altruista, quizá piensas incluso que luchas por el bien común, pero debo decirte que te equivocas, que lo haces por ti, por tu orgullo personal. Antes de dar lecciones, deberías reflexionar sobre tus actos. Has vivido callado y retraído durante mucho tiempo, y de golpe y porrazo te destapas, te conviertes en un asesino y te acuestas con mi mujer. No me mires así, ya te he dicho que no me importa lo de Mireia, sin embargo tú pensabas que me estabas traicionando y aun así lo hiciste. ¿Tienes derecho a juzgarme? ¿Son tus razones mejores que las mías? ¿Justifican tus ideales el asesinato de varias personas? Desde que nací he vivido bajo una presión inaguantable, y ahora que por fin me la he quitado de encima, ahora que por fin me siento libre, no voy a permitir que alguien como tú me considere un villano. Te lo dije, mi sueño es marcharme, viajar, vivir en las Américas. Cuando era joven leí algunas novelas que le robaba a escondidas a mi hermano. Me reía de su pasión por la literatura para mofarme de él y, pese a ello, devoré muchos libros de aventuras a sus espaldas. Quiero descubrir el centro de la Tierra y bañarme en la orilla del río Mississippi, quiero…, bah, da igual.

—Me has dicho que te podía preguntar lo que quisiera —dije desoyendo por completo sus últimas palabras—. Me gustaría saber qué relación tienes con Kohen. ¿Por qué le odias?

Josep se esforzó por calmarse y se sentó de nuevo a la mesa. Observó la pipa dubitativo, pero no la encendió.

—Todas las pistas que Mireia te ha proporcionado se las di yo. Sí, lo hice así porque si descubrías que era yo el que te las daba, las rechazarías. ¿Qué tengo con él? ¿Qué tengo contra él? Hacia Kohen siento lo mismo que hacia muchas personalidades de esta ciudad: rivalidad, desconfianza. Me ha fastidiado en numerosas ocasiones. Creo que él fue el responsable de que pusieran en mi coche la bomba que casi mata a Mireia. Te podría revelar varias sospechas más de este estilo. Es un hombre peligroso y lo prefiero fuera del tablero de juego. —Sonrió con ironía—. ¿Sabes?, si elimináramos a los tipos como él, ese mundo ideal que persigues podría llegar a ser una realidad. Puedes creerme o no, lo dejo a tu parecer.

La conversación se prolongó unos minutos más. Ambos la dimos por concluida y, antes de marcharse, Josep me deseó suerte y me recomendó que me escondiera. Con la puerta ya abierta, a punto de marcharse, añadió:

—Nunca me has preguntado por qué entablé una amistad tan poco ortodoxa con tu tío. Yo tampoco lo sabía, pero el tiempo siempre trae las respuestas que buscamos. En vuestra casa se respiraba amor, Mateu, algo que yo necesitaba como el aire y que no experimenté hasta que conocí a mi mujer. ¡Ay, el amor! Si Mireia no me lo hubiera mostrado, seguiría siendo un desalmado, aunque, bueno, eso ya te lo he dicho. Sin embargo, todo el amor del mundo no es suficiente para rescatar a quien no desea ser salvado. Los que te rodean deberían entenderlo pronto si no quieren perecer contigo.

Josep cerró la puerta y yo grité: «¡Yo no necesito que me salven! ¡No necesito tu ayuda!». A continuación, introduje mi mano en el bolsillo del pantalón para coger el pañuelo blanco con la eme bordada. No estaba. Entré en pánico. Comprobé todos los bolsillos. No aparecía. Busqué por el suelo del piso. Nada. Sin duda, lo había perdido durante la huida. Quería morirme. Un intenso calor se apoderó de mi cabeza, un cosquilleo insoportable invadió mi cuerpo y un nudo oprimió mi cuello. Lloré sin tregua, cual infante desconsolado, como si me hubieran robado el tesoro más preciado. No sabía si lloraba por el pañuelo, por las palabras de Josep o por el atentado. Maldita la hora en que decidimos abandonar la barraca y atacar a Kohen.

El Hocico y Jaume habían muerto. También Bernat y Vicenç. Y Llibertat. Las lágrimas brotaban de mis ojos como un manantial ilimitado de nostalgia y culpa. Pensaba en mi madre, en lo buena que había sido, en el poco tiempo que había tenido para enseñarnos a ser hombres de bien. De haber estado viva, la habríamos matado a disgustos. No había conseguido casarme, ni encontrar una profesión que me diera amparo. Me sentía un justiciero infame con aires de grandeza. Y, como buen farsante, ni siquiera sabía si aquellas lágrimas brotaban por los motivos adecuados.

Cuando Montserrat y Pere volvieron, yo seguía ensimismado en mi propia oscuridad. Mi rostro debía de ser el mapa de mi desconsuelo porque Montserrat no tardó ni un segundo en abrazarme. Lamentó profundamente la pérdida de nuestros compañeros y, en el momento en que los mencionó, la agarré con más ímpetu si cabía. Su gesto cerró algunas de las heridas que todavía nos escocían y nos identificó como dos iguales que se profesaban afecto.

Ella me contó que en el taller donde trabajaba había una habitación secreta, una especie de refugio donde podía quedarme unas noches. No quería importunarla, pero Montserrat me mandó callar y me dijo que no me preocupara, que me daría más detalles sobre el escondite cuando llegáramos allí. Me aseguró que debíamos esperar un par de horas antes de movernos porque temía que todavía estuvieran buscándome.

Transcurrido ese tiempo, bajamos a la calle, donde nos esperaba la tartana que en el taller de confección utilizaban para transportar el género. Me metí bajo la cubierta, me rodearon con dos rollos de tela y me taparon con una manta; mientras, Pere se cercioraba de que nadie nos estuviera vigilando. No identificó a ningún pistolero y Montserrat me llevó al barrio de Gràcia.

A aquellas horas no quedaba nadie en el taller, que estaba situado en el entresuelo de un edificio de cinco plantas. Antes de entrar en el escondite en el que pasaría la noche, nos detuvimos en la sala de costura. No encendimos las luces para no llamar la atención. La tenue luz de la luna iluminaba la estancia, me atrevería a decir que con cierto romanticismo. «Mateu en las sombras», podría haberse llamado la escena de haber sido un cuadro. No me sentía capaz de hablar, tampoco podía llorar, algo me impedía hacerlo delante de ella. Montserrat, desconcertada ante mi tribulación, me abrazó y, al advertir que mi ánimo no se apaciguaba, me acercó una silla para que me sentara.

—Siempre me has pedido sinceridad absoluta —dije al fin—. Te voy a contar algunas cosas que no sabes y que hace tiempo que debería haberte explicado. Puede que después me odies, pero qué más da, ya no tengo nada que perder.

Las palabras acudieron a mi boca como si yo fuera un trovador relatando las grandes gestas del pasado. Empecé por las pesadillas de mi infancia y continué con mi llegada a la Tèxtil Puig, el tiempo que pasé como guardaespaldas de Josep y el motivo que me llevó a aceptar el trabajo, el préstamo de Kohen, la muerte de Dolors Mas, la estancia en la masía de Paco, cómo llegué a la conclusión de que mis pesadillas eran un recuerdo y mis dudas sobre cómo murió mi madre.

—Para serte sincero, te diré que me arrepiento de todo y de nada, ya que creo profundamente en las ideas de mi hermano, en las tuyas, y desde que volví del Talladell sé que la lucha es el único camino. Mi problema es que estoy asustado, Montserrat, estoy asustado la mayor parte del tiempo. He llegado a un punto en el que me aterra cualquier cosa: me da miedo que alguien se acerque y me diga que Gabriel ha muerto; me da miedo que mi vida carezca de sentido, que sea irrelevante, tan irrelevante como esos carboneros que ya no encuentran trabajo en las fábricas; me da miedo volver a atentar contra la persona equivocada y también saber lo que le sucedió realmente a mi madre; me aterra que en esta ciudad nadie viva como se merece; me horroriza pensar que Pere sufrirá el resto de su vida, y me asusta sopesar el alcance real del dolor que soporta. ¿Cómo podemos aliviárselo? No sé por dónde empezar. Me horroriza perder el control porque alguien sufre cada vez que una situación se me va de las manos. Mira, si no, lo que ha pasado en las últimas semanas. Me da miedo decirte una cosa y la contraria, me da miedo abrazarte y también perderte. Ya no sé ni cómo hablarte porque, haga lo que haga, parece que esté destinado a hacerte daño. Me estremece reflexionar sobre la vida que llevarán mis sobrinas, sobre todas las vejaciones que deberán soportar. Tengo tanto miedo que a veces me asusta respirar. Solo soy un hombre, un tipo de carne y hueso, un simple obrero, un incauto, un estúpido que se cree por encima de los demás. Me espanta asumir que por mucho que haga o por mucho que me sacrifique, nada cambiará, pues siempre continuarán gobernando los mismos, amasando capital, y el resto seguirán esclavizados a causa del egoísmo, la avaricia y la crueldad. Y debo confesarte que me da miedo mi propio egoísmo, pues desconozco si hago las cosas por los demás, por un ideal, por mí mismo o para acallar esas voces de mi cabeza que me repiten que no hago lo suficiente, que no soy suficiente. Soy un hombre, debería ser valiente, debería enfrentarme al peligro sin pestañear, y aquí estoy, cagado de miedo. Así es como me he sentido desde que tengo uso de razón. Y, ¿sabes?, me da miedo decirte que te quiero porque, tanto si me correspondes como si no, solo veo sufrimiento en el camino. ¿Acaso es eso normal? Ya me lo dijo Paco: «El hombre que vive con miedo yerra en sus acciones y en sus convicciones». Me cago en la madre que parió a ese hombre y en la razón que tiene.

Cuando terminé, ella permaneció callada, sosteniendo mi mano. Estaba convencido de que Montserrat me consideraría un diablo tras mi confesión.

—Ahora, si quieres llamar a la policía, lo entenderé —dije.

Montserrat rompió su silencio con un beso largo y tierno; un beso que no he olvidado ni olvidaré en lo que me quede de vida.

19

Desde que descubrió las ideas anarquistas, mi hermano había defendido la llegada de una revolución que iba a remover los cimientos del sistema económico y social que nos vejaba a diario. Sin embargo, el régimen contra el que luchábamos se aferraba al suelo barcelonés con las garras del mismísimo diablo. Y justamente en ese intermedio, en el espacio en el que conviven lo que existe y lo que está por venir, es donde aparecemos los monstruos, bestias que no entramos en lo que se considera la normalidad, que somos deformes con relación al orden burgués y a los dictámenes de los que gobiernan la ciudad y, por ello, el país, pero que tampoco encajamos en la realidad de nuestros semejantes, pues, a pesar de que luchamos por un mismo ideal, la violencia que empleamos para alcanzarlo incomoda a los guardianes morales del futuro cambio. Una parte de nuestra alma permanecerá siempre corrupta precisamente por navegar entre dos aguas. Ahí se encuentra el verdadero pecado de los monstruos, entender a la perfección ambos mundos a pesar de que estos no nos comprendan a nosotros. Esa era la naturaleza de Montserrat, de Gabriel, de Pere y la mía propia, incluso la de Josep y la de Mireia, y Dios sabe lo que nos costó aceptarlo.

Tras la reacción de Montserrat, huimos de las palabras y lanzamos miradas al vacío que se sumaron a la confusión del momento.

—Todos vivimos con miedo, Mateu, hombres y mujeres, solo que nosotras somos más valientes y lo aceptamos. El tuyo no es un caso excepcional —dijo ella.

La mayoría de las decisiones que he tomado con rapidez han resultado un desastre. De hecho, siempre fui parco en aciertos y rico en desatinos; sin embargo, mi siguiente paso fue diestro y prudente. Me acerqué a Montserrat con lentitud, y cuando mis labios se posaron a escasos milímetros de los suyos, la besé con el amor que se profesan los ingenuos. Ella me correspondió y alargamos aquel instante infinito. Pronto llegó la urgencia de los cuerpos, el desfile de ropas volando por los aires, el baile de dos seres desnudos que deseaban remendar un amor deshilachado por las circunstancias.

Hicimos el amor en el suelo, iluminados por la luna, que bendecía tan precipitada gesta, e ignorando la ola gigante que amenazaba con arrollarnos. A nuestro alrededor había diez máquinas de coser que ocupaban la mitad de la estancia y cinco mesas a las que se sentaban el resto de las costureras durante la jornada laboral. Y repartidos por la sala, cinco maniquíes descabezados. La pared opuesta a las ventanas estaba cubierta por rollos de telas con estampados variados que se sostenían verticalmente, apoyados en la pared o unos con otros. Una masa de patrones, cintas métricas, ovillos, agujas, tijeras, dedales, abreojales y demás útiles del oficio se repartían entre las diferentes mesas y el armario.

Ninguno de esos objetos me importaba, solo Montserrat acaparaba toda mi atención. No obstante, la realidad siempre impone límites a la felicidad, de modo que, cuando ambos llegamos al apogeo y tomamos conciencia de lo sucedido, la magia se desvaneció acuciada por el peso de las circunstancias. Permanecimos en silencio por miedo a despertar del sueño. Yo deseaba estar a la altura, aunque, como ya he dicho, soy un experto en dar pasos en falso.

—Siempre me has pedido sinceridad y ambos sabemos que tú también te escondes —le dije con dulzura—. Hay algo de tu pasado que te guardas para ti, algo que te duele, que nos aleja.

—Entonces ¿tu sinceridad no ha sido gratuita? —me preguntó ella mientras se incorporaba, incómoda—. ¿Debo rendir cuentas ahora?

—No, no es eso. Solo quiero que sepas que cuando necesites contármelo, te escucharé.

Montserrat no respondió. Se levantó, se vistió y me apremió para que yo también lo hiciera. Pronto amanecería y debíamos preparar el escondite. Ella llevaba varios años trabajando en el taller de confección Lluís Arimany. Conchita, una mujer dura y exigente que trataba con mano de hierro a las mujeres que cosían bajo sus directrices, regentaba el negocio. No era de extrañar que la llamaran «la Gobernanta». El carácter de ambas chocó en un principio, pero sus asperezas empezaron a limarse una noche en que Montserrat escuchó una conversación entre Conchita y una supuesta clienta, de la que dedujo lo siguiente: el marido de la recta Gobernanta formaba parte de un grupo de acción y ella colaboraba con la lucha bajo la coartada que su trabajo le proporcionaba. Al saberlo, Montserrat hizo cuanto pudo por acercarse a la mujer y consiguió que esta bajara la guardia y confiara en ella.

Así fue como descubrió un cuartito escondido en el taller, desconocido incluso por el dueño del negocio. Años atrás, Conchita advirtió que entre la pared de la cocina y la del baño había un hueco, un punto ciego de escasos metros cuadrados. Las otras dos paredes que lo limitaban daban a un pasillo y al patio de luces del edificio. De noche, a escondidas, abrieron un acceso en la pared de detrás de un armario que estaba situado en el pasillo y que usaban para guardar herramientas y útiles como toallas o productos de limpieza. Colocaron una minúscula cama en el cuartito y abrieron también una diminuta ventana, que daba al patio, a la altura del techo. Así era el refugio que habían habilitado para que lo usaran los forajidos afines a la causa, y yo iba a pasar al menos una semana en aquel espacio en el que apenas cabía.

Al llegar al pasillo, Montserrat retiró el mueble que tapaba la puertecita de acceso a la habitación, me invitó a entrar y me entregó una vela y una hogaza de pan. No sabría describir la sensación de asfixia que me invadió al quedar encerrado en aquella minúscula habitación.

La primera noche la pasé en duermevela y, al despuntar el día, oí llegar a las compañeras de Montserrat. Las órdenes de la Gobernanta apenas llegaban a mis oídos, lo mismo que las conversaciones de las trabajadoras. No obstante, distinguí con claridad el repicar de las máquinas de coser, las risas, las prisas y los tacones de las chicas que iban y venían de un lado a otro. Orientado por los austeros rayos de sol que se colaban por la ventana de mi habitáculo, el día transcurrió sin más compañía que mis pensamientos, el ajetreo del taller y la preocupación por el estado y el paradero de mi hermano.

Me preguntaba cómo proceder con Montserrat, si debía hablar con ella, si tenía que omitir todo comentario sobre lo acontecido entre nosotros o si era más apropiado considerarlo una excepción, una flaqueza. Los dilemas me ayudaron a sepultar el resto de mis preocupaciones hasta que la tarde se consumió a traición. Un par de horas después del ocaso intuí que el taller se había quedado vacío. Montserrat no me visitó a pesar de que yo me moría por verla. Durante la segunda noche, a solas en aquella angosta habitación y presa de la incertidumbre, me sentí atrapado en mi propio destino. Tuvo que pasar una jornada más hasta que oí cómo alguien retiraba el armario que tapaba la puerta de mi madriguera. Montserrat traía una bolsa con pan y embutido, dos botellas de agua y dos velas más.

—Hola, Mateu —dijo sin mirarme a los ojos.

—Hola.

—¿Estás bien?

—Creo que sí. ¿Y tú estás…?

—Tu hermano está a salvo —me interrumpió—. Tiene un par de balazos en el cuerpo, pero sobrevivirá. Se metió por una de las callejuelas del Distrito I y, por suerte, encontró a uno de sus antiguos compañeros de la Hispano-Suiza y fiel a la causa que lo metió en el portal de su casa y lo subió a la azotea. Desde allí saltaron los muros de varias fincas hasta alcanzar un edificio con un palomar vacío, donde pasó la noche. Ayer logró acercarse a Sant Andreu y ahora está escondido en el sótano de la masía. Miguel avisó a Cristina a través de un compañero de la Tèxtil Puig, y ella me pidió que me presentara allí con un médico de confianza. Por eso no he podido venir antes. Lo siento si pensaste que...

—No te disculpes. Os la estáis jugando por nosotros, no sé cómo agradecértelo. Pasaré unos días más aquí y luego veré dónde me escondo.

—De eso nada —me respondió todavía desde el pasillo—. Gabriel también se niega a confinarse por un tiempo, pero Cristina y yo hemos tomado una decisión y esta vez la acataréis. Debéis desaparecer hasta que pase la tormenta, un tiempo de tranquilidad os vendrá bien a los dos. Ayer salisteis en todos los diarios, os identifican como miembros de «la banda del gigante». Es absurdo que os mostréis en público, vuestros conocidos deben de saber ya que atacasteis el Lyon y podrían delataros. Ahora estáis demasiado expuestos.

Respiré hondo, pensé en mi tío, en tía Manuela, en qué pensarían de nosotros, en si le llegaría la noticia a Cinta.

—Está bien, tienes razón.

—Gracias por escucharme, Mateu. Vendré cada dos días, te traeré comida, agua y algo para que te entretengas. Ah, claro, toma. —Me dio un cubo de metal—. Esto es para tus necesidades. Siento que tengas que vivir en estas condiciones, aunque, por suerte, en el baño hay una bañera, y podrás asearte cuando te visite. Lo tendrás que hacer con la luz apagada y con agua fría, pues no podremos calentarla. Eso es todo, Mateu, ahora tengo que irme.

—Montse —dije antes de que cerrara la puerta. Por su mirada entendí que ella no quería continuar la conversación—, te estás portando muy bien conmigo y te lo agradezco. Quiero pedirte un último favor: tráeme algún libro, me gustaría volver a leer el *Lazarillo de Tormes*.

Ella se relajó.

—Te presté mi ejemplar hace mucho tiempo y nunca me lo devolviste —me respondió con una leve sonrisa.

Se despidió balbuciendo: «Nos vemos en dos días», y me encerró de nuevo.

Cuarenta y ocho horas más tarde, y afianzada ya la noche, Montserrat me trajo comida, me pidió que vaciara el cubo en el baño y me invitó a asearme mientras ella acababa de coser el encaje de un vestido. Así lo hice y, cuando terminé, ella me entregó *Rodamons* y *L'escanyapobres*, de Narcís Oller, el semanario satírico *La Campana de Gràcia* y *El Diario de Barcelona*, un periódico conservador. Torcí el gesto al ver este último, y ella me respondió con tibieza: «No te quejes, hoy en día es difícil encontrar diarios anarquistas. La mayoría han sido clausurados. Así está Barcelona». Los libros pertenecían a su biblioteca personal. Ella bromeó diciendo que, por suerte, le había pedido novelas, no armas. El segundo encuentro fue breve aunque más distendido. No hablé más de la cuenta y me limité a mostrarme agradecido para no sacar a colación nuestro escarceo.

Marzo fue un entierro en vida. Con el correr de los días, Montserrat me trajo una pluma y papel por si deseaba escribir o dibujar, pero no les encontré utilidad. Pasé los siguientes días leyendo, incapaz de plasmar una palabra. Empecé a sentir el mismo miedo por la escritura que por el dibujo; por mucho que me esforzara en trazar líneas o hilvanar oraciones, estas continuaban encerradas en mi mente y huían de mi mano. Por suerte, Montserrat me traía ejemplares de *España Nueva* o de *La Tarde*, dos de las escasas publicaciones de corte obrero que el gobernador Anido todavía no había prohibido. Yo me las leía de cabo a rabo.

La Gobernanta no sabía quién se escondía en la estancia secreta, no deseaba conocer mi identidad por si la detenían y se le escapaba mi nombre en el interrogatorio. Los primeros días que pasé aislado, me sentí abatido por la ciudad, por Kohen y por las decisiones que habíamos tomado. Me aferré al lamento, tenía tantos motivos para atormentarme que formaban una larga cola esperando su turno. Esconderme en el taller quizá serviría para salvarme la vida, aunque, después de pasar algunas noches allí y de contarme una y otra vez los errores que había cometido, creí que acabarían con mi alma. Sin darme cuenta, de vez en cuando metía la mano en el bolsillo del pantalón en busca del pañuelo blanco con la eme bordada. Ni siquiera disponía de aquel consuelo.

Me culpé de poseer un carácter tan débil, de los muertos que se amontonaban detrás de mis decisiones, de haber jugado la partida con Kohen y haberla perdido. Sin embargo, en la soledad de mis lamentos, consideraba que la lucha armada era el único método útil para enfrentarse a los pistoleros del Libre, a los de la patronal o al propio gobernador. De nada servía la retórica, la historia lo había demostrado. Desconocía cuál era el siguiente paso que debía dar. Deseaba con todas mis fuerzas conversar con Paco. Estaba seguro de que él me conduciría hacia respuestas más positivas de las que mi desasosiego me ofrecía.

No obstante, mi principal miedo era más complejo y huidizo: dados los acontecimientos de los últimos meses, temía haberme convertido en mi padre. ¿Qué nos diferenciaba? Me había pasado la vida huyendo de él, de su camino, de mis recuerdos y mis pesadillas, y, sin darme cuenta, había apretado el gatillo, había asesinado a Dolors y, luego, había eludido la culpa. Efectivamente, dejé a un chiquillo sin madre, tal como había hecho él con nosotros. ¿Debía entregarme? No lo sabía, esa pregunta me asediaba continuamente desde que la maté, y cada vez que recordaba a Jaume o al Hocico cayendo abatidos, la imagen de mi madre yaciendo inerte regresaba a mi mente. Y huía; huía de esos pensamientos que me generaban estupor, turbación, rabia, miedo, angustia, ansiedad. Una nueva certeza cobró fuerza en mi interior: debía asumir las responsabilidades de mis actos y dejar de culpar a los demás.

Marzo desbocó no solo mi desconsuelo, sino también el de

la ciudad. El gobernador Anido halló una excusa idónea en la muerte del presidente Dato para intensificar la represión contra los sindicalistas, para aplicar la ley de fugas sin ningún tipo de control y para sugerir más atentados a los pistoleros blancos. Por aquel entonces, los Sindicatos Libres habían despertado cierta animadversión en las calles de la ciudad, debido a su talante mafioso, y decidieron ponerle remedio. Tal como venían haciendo desde sus inicios, se seguían declarando antisoviéticos, anticenetistas y antisocialistas, corrientes que muchos de los obreros de corte conservador o monárquico también rechazaban, y continuaban abogando por la propiedad privada y la gente de orden. A pesar de todo, comenzaron a desvincularse de la patronal y a defender medidas como el contrato colectivo frente al individual. Querían distanciarse de la burguesía con el objeto de ampliar su base de afiliados. Ya no necesitaban a los empresarios: el dinero y el respaldo que recibían del gobernador Anido eran tan abundantes que les permitían morder la mano que les había dado de comer en sus inicios.

Abril supuso un alivio por varias razones. A pesar de que me sentía como pájaro enjaulado, comencé a escribir. De pronto, sin que hubiera tenido lugar ningún cambio relevante, cogí la pluma y las palabras empezaron a manar. Plasmé los cuatro pensamientos del día, proeza que alentó el buen humor.

Al atardecer, recibí la visita de Montserrat, encuentro que encaré con alegría. Después de asearme, ella se dispuso a despedirse, no sin antes entregarme un ejemplar del *Lazarillo*. Evidentemente, no era el ejemplar que me había prestado en el pasado, así que debió de comprarlo para mí. Conmovido por el gesto, le pedí que permaneciera un rato más conmigo y que me hablara de lo que sucedía en la ciudad. Ella me miró con recelo y me aseguró que tenía que irse. Le respondí que llevaba más de veinte días encerrado en aquel cuchitril y necesitaba contacto humano.

—Mateu, te comprendo, pero no quiero que se compliquen las cosas ni que malinterpretes mis palabras.

—No lo haré, si eso es lo que temes.

—¿Estás seguro?

—Necesito conversar, nada más. Siéntate un rato conmigo y charlemos, por favor.

—¿Y de qué quieres hablar? Lo único que nos ha unido en estos últimos tiempos ha sido la banda. Después de estos últimos meses, ya no recuerdo ni por qué comencé a asistir a las reuniones, ni los ideales por los que lucho.

—No te castigues por las decisiones que Gabriel y yo tomamos.

—Cristina y yo también hemos participado de esas decisiones. Es mejor que mantengamos las distancias. Cuando sea el momento, saldrás de este escondite y serás libre para conversar con quien quieras.

—No soy tu enemigo ni un reo al que custodiar, soy solo tu hermano de clase, un amigo. Los dos hemos cometido errores, lo único que te pido es que te apiades de mí y que charles un rato conmigo.

—De acuerdo, la próxima vez me quedaré un poco más. Ahora tengo que irme. —Y sin mirarme, quizá temerosa de mi reacción, sentenció—: Que quede claro que es lo único que vas a obtener de mí.

—Eso es lo más sensato que he oído de un tiempo para acá.

Me respondió con una sonrisa y se fue.

Huelga decir que mi encierro fue más llevadero a partir de ese día. Un cambio en su actitud habría sido importante en otro periodo de mi vida, pero en aquel momento, confinado entre aquellas cuatro paredes, no tenía precio. Durante sus siguientes visitas charlamos de política, me contó que Gabriel y yo seguíamos en las listas de los más buscados, y me aseguró que no encontraban alternativas a nuestros escondites. Debatimos también sobre las ideas que tanto habíamos defendido, comentamos los libros que me prestaba y los chismorreos que me confiaba.

Comencé a escribir cartas y algunas reflexiones que me ayudaron a centrar mis desvaríos. Vislumbraba al fin una brizna de esperanza, volví a creer en mi redención y en la tan deseada caída de Kohen. Aunque parezca mentira, mis prioridades se fueron ordenando poco a poco. Decidí que no podía volver a rehuir mis responsabilidades y, por lo tanto, tomé una decisión firme: encontraría el modo de acabar con el Barón y luego me entregaría a la policía para pagar por el asesinato de Dolors Mas. Creí que esta sería la única manera de encontrar un poco de paz. La idea legitimaba mi objetivo, a pesar de que sabía que no encontraría justicia en los juzgados y que podían aplicarme la ley de fugas cuando les viniera en gana.

No fui el único que reflexionó durante aquel mes. La CNT estaba exhausta, la mayoría de sus dirigentes habían sido asesinados o estaban entre rejas, y los grupos de acción caían como moscas. Por ejemplo, Progreso Ródenas, un combatiente de los más luchadores, fue detenido junto al resto de su famosa banda. De hecho, nuestro propio grupo estaba desmembrado e inactivo. Ángel Pestaña escribió desde la cárcel una serie de artículos llamados «Sindicalismo y terrorismo» que fueron publicados en *España Nueva*, pues la *Soli* llevaba ilegalizada desde 1919. En ellos se distanciaba de los grupos de acción y desvinculaba sus violentas prácticas de la CNT, aseguraba que los atentados individuales no iban a terminar con la burguesía y que la revolución debía ser un proceso de multitudes, y no propiciado por una minoría. Algunos criticaron sus palabras, otros lo interpretaron como un acercamiento de posiciones, un guiño a un gobierno que no frenaba la represión ejercida por el gobernador Anido. Pocos días después se celebró en Barcelona un pleno nacional de la CNT que concluyó con una máxima: la violencia no debía ser la respuesta al terrorismo ejercido por el Estado.

¿Estábamos a las puertas de una nueva vía? Nadie lo sabía. Montserrat también parecía esperanzada, compartía más intimidades conmigo y disfrutaba de mi compañía. Dada nuestra historia, era suficiente para ambos, más de lo que nos creíamos capaces de llegar a compartir hacía tan solo unas semanas.

Mayo fue un mes agridulce por varias razones. Detuvieron al grupo de acción que tenía su base de operaciones en un taller de la calle Toledo, y algunos anarquistas aislados y ansiosos por vengarlos realizaron varios atentados, llevados por la desesperación y la temeridad. De hecho, apenas se contabilizaron huelgas durante esas semanas. El terror se había convertido en el emperador de la ciudad. La sensación de derrota agriaba el espíritu de los obreros barceloneses, acuciados por la necesidad de mejorar sus condiciones de vida. Yo, desde mi destierro, no podía hacer nada.

Montserrat, en cambio, logró endulzar mis días y serenar mis ansias. Sus visitas pasaron a ser diarias. Encontramos un lugar donde protegernos de los miedos que nos atacaban por tantos frentes y de formas tan diversas. Aquel escondite se convirtió en un territorio neutral, un oasis en el que refugiarnos de lo vivido y de los problemas del presente. Nuestras charlas nos llevaron a recordar los motivos que nos habían acercado en el pasado. Éramos dos seres tan frágiles que no encajábamos en las convenciones sociales. «¿Cómo va a cambiar el mundo si la mujer es una sierva del hombre?», argumentaba. «¿Cómo he podido escoger tan mal a los hombres?», se preguntaba a sí misma cuando olvidaba que era yo su interlocutor y no alguien ajeno a su martirio. Yo pasaba las horas leyendo, escribiendo sobre la nada y soñando con los labios de Montserrat, un anhelo entonces secundario, pues el tiempo que disfrutaba a su lado era tan enriquecedor que apagaba mis veleidades y despejaba mis intenciones. Dejé que fuera ella quien tomara las riendas de nuestra relación, quien marcara el ritmo, no por inacción o por miedo como hasta entonces; simplemente entendí que su corazón no se reconstruía a partir de arrebatos sino de pequeños instantes que poco a poco iban reparando las grietas. Un modo de proceder idéntico al mío.

Y así día tras día, hasta que una noche Montserrat durmió a mi lado, sin embargo, no mantuvimos relaciones sexuales. Esa escena se repitió varias veces, sin más consecuencias que un sueño plácido acompañado por el calor de su cuerpo. Una mañana dormíamos tan profundamente que no advertimos la salida del sol. La Gobernanta llegó la primera y se encontró el armario corrido y la puerta de la estancia secreta abierta. Nos despertó enfadada, nos regañó por no haber tenido más cuidado y nos maldijo porque me había visto la cara y ahora ya sabía quién se escondía en la habitación. Era imposible correr el armario desde el interior, una limitación que puso fin a nuestras noches abrazados. Montserrat lo lamentó, sobre todo porque se había acostumbrado a mí, a un Mateu que ya no tenía secretos para ella.

Una tarde de mediados de mayo, estábamos hablando de banalidades y, de pronto, Montserrat me besó. No es necesario que aclare adónde nos llevó aquel beso, y el de la siguiente noche, y la siguiente, y volvimos a querernos como lo hacen los amantes. Yo seguía sumido en la culpa por mis pecados y, a la vez, me sentía extasiado por el rumbo que habían tomado las visitas de Montserrat, por la complicidad recuperada, las sonrisas, las confesiones y los anhelos compartidos. Creía que no merecía su cariño, sus besos ni su amor y, aun así, era incapaz de soltarla, de frenar los escarceos que difícilmente nos llevarían a buen puerto.

El regusto agrio que acompañó al mes de mayo se esfumó en junio gracias al amor que había renacido entre nosotros. Sin embargo, la vida nos empujó a tomar decisiones. El día 10 o el 12, no lo recuerdo bien, nos vimos obligados a abandonar nuestro particular Edén. Por la noche apareció Montserrat con una bolsa en la mano. Mi escondite había quedado expuesto porque acababan de detener a la Gobernanta. Ella confiaba en Conchita, pero también sabía de la eficacia de las torturas de la policía para obtener información, así que me pidió que recogiera mis cosas. No tardé ni un minuto. Dejé aquel escondite sin echar siquiera un último vistazo. Ya en la calle, me metí en la tartana del taller, la misma que me había llevado hasta allí. Nuestro destino era la masía de Miguel, donde Gabriel continuaba escondido.

Debo decir que el reencuentro con mi hermano me emocionaba tanto como me aterrorizaba, pues iba a recordarme las miserias de las que me había estado ocultando, y debo confesar que prefería permanecer en la habitación secreta. No recuerdo con claridad cómo fue el trayecto, creo que el ruido de la ciudad me abrumaba, y también el ir y venir de las luces de las farolas que entreveía a través de un agujero de la manta que me cubría. Pasé mucho calor, las temperaturas eran muy altas y anticipaban un verano bochornoso. Por el camino nos detuvieron algunos hombres que alertaron a Montserrat de los peligros que corría una mujer circulando por la ciudad a aquellas horas de la noche. Ella se los quitó de encima aduciendo que se trataba de una urgencia y, por suerte, nadie más nos importunó.

El traqueteo del adoquinado de las calles cesó cuando tomamos el camino de tierra. De repente, la tartana se detuvo, oí el ruido de las puertas de madera al abrirse y luego un golpe seco, señal de que el vehículo había entrado en el establo y estábamos a salvo. Montserrat percibió enseguida mi rostro demudado por el calor sofocante que había padecido.

—Lo siento, la manta ha sido lo primero que he encontrado. Debería haber escogido una tela más fina para taparte —se disculpó mientras se apartaba del rostro uno de sus rizos—. Vamos, baja. No he podido avisar a Gabriel, se llevará una sorpresa al verte.

Tragué saliva. Nos dirigimos al sótano. Miguel salió a nuestro encuentro, alarmado por la presencia de intrusos en la finca. Montserrat le contó lo que pasaba y él, muy amablemente, me dijo que podía quedarme el tiempo que necesitara, pero la tartana debía desaparecer del establo en menos de diez minutos. Se lo agradecimos y cuando bajábamos las escaleras que comunicaban la primera planta con el sótano, oí la voz gruesa y grave de mi hermano.

—¿Cristina?

—No, soy yo, Montserrat —le respondió ella—. Y no vengo sola.

Bajé el último escalón agachando la cabeza para no darme con el techo y al fin puse el pie en el sótano. Mi hermano estaba escondido detrás de una barrica de vino y nos apuntaba con su pistola. Al reconocerme, su semblante abandonó la dureza con la que nos había recibido, vaciló unos segundos durante los cuales experimentó un sinfín de indescriptibles emociones y acabó esbozando una sonrisa. Acto seguido, tiró la pistola sobre un colchón y me rodeó con sus brazos con todas sus fuerzas. Yo le correspondí, y al cabo de unos segundos me soltó y se quedó observándome.

—Hermano, estás muy feo. Y delgaducho. El encierro no te ha sentado nada bien.

—Yo también me alegro de verte.

Eché un vistazo a mi alrededor. Gabriel había acondicionado el sótano, consciente de que su encierro iba a ser largo. No quedaba ni rastro de los trastos y los muebles viejos con los que habíamos convivido tiempo atrás. Mi hermano disponía de un colchón colocado en el suelo, en un extremo del sótano, una mesa y una silla sobre la que se apilaba una montaña de diarios, un perchero con algunas piezas de ropa y un orinal bastante grande en el otro extremo, junto a tres barricas de vino. Además, había un cubo con agua en apariencia potable y un par de cajas llenas de comida a un lado de la mesa. El lugar estaba iluminado por un quinqué y olía a tabaco.

—¿Qué haces aquí? —preguntó él—. ¿Qué ha pasado?

—Compañeros —nos interrumpió Montserrat—, yo os voy a dejar, tengo que devolver la tartana. No hagáis ninguna tontería.

Luego se acercó y me besó en la boca. Me prometió que pronto vendría a verme y se fue ante la mirada enternecida de mi hermano. Ambos permanecimos en silencio hasta que la puerta del sótano se cerró.

—Veo que estos meses no han sido tan duros, después de todo, ¿eh? ¡Toro! —comentó mi hermano, jocoso.

—¿Qué debo responderte a eso?

Gabriel sonrió y antes de que yo pudiera añadir una sola palabra, se acercó al perchero y del bolsillo de su chaqueta sacó algo que no alcancé a ver de primeras.

—Toma —me dijo pletórico—. Se te cayó cuando huíamos del Lyon.

Era el pañuelo blanco con la eme bordada. Tenía un par de manchas de sangre reseca. Se me cortó la respiración.

—Lo perdiste cuando tomaste Conde del Asalto. Joder, no debería haberlo hecho, pero me agaché para recogerlo. Mira —Gabriel se remangó la camisa y me enseñó una herida de bala cicatrizada en el brazo derecho—, este es el precio que pagué por recoger tu pañuelito.

—No sé cómo agradecértelo, ya sabes lo importante que es para mí.

—Hace años que lo tienes, ¿no?

—Me lo regalaron días después de la muerte de mamá.

Gabriel calló y durante unos segundos permaneció ensimismado. Yo respeté su silencio, que rompió con otra sonrisa.

—Venga, hermano, cuéntame cómo te ha ido durante estos meses.

Ambos nos sentamos sobre su colchón y, animados por el reencuentro, dejamos que las anécdotas fluyeran. Durante nuestra charla, Gabriel cargó la pipa y la encendió una y otra vez. Estuvimos charlando, riendo y peleándonos, cual niños, por la última galleta que quedaba en su caja de comida. Ya éramos hombres, yo tenía veintiocho años y él treinta, pero cuando estábamos juntos, todas las edades que habíamos compartido se mezclaban.

El encierro de Gabriel no fue tan distinto del mío. Él había pasado los días leyendo diarios y panfletos revolucionarios. Le indignaba que a principios de mayo hubieran prohibido la publicación de *España Nueva*. Además, se rumoreaba que *La Tarde* iba a correr la misma suerte aquella misma semana. Sin embargo, mi hermano fue más afortunado que yo porque al menos había podido deambular por los campos que rodeaban la masía, cobijado por la oscuridad de la noche, sin más iluminación que la luna y las estrellas. Cristina lo visitaba cada dos o tres días para llevarle provisiones; con el tiempo, ella había superado su animadversión hacia él y había propiciado un inesperado acercamiento entre ambos. Gabriel hablaba de Cristina con una devoción casi mística. Había charlado tanto con ella que, me aseguró, la conocía mejor que a sí mismo.

—Tengo la impresión de que, desde que empecé a trabajar como guardaespaldas, nos hemos pasado la vida separándonos y reencontrándonos —le dije cuando ya estábamos medio adormilados.

—Y dando vueltas a los mismos temas. Mis hijas siguen con sus abuelos y eso me parte el alma. Pensé en irme de Barcelona con ellas, pero sé que es una mala decisión porque si me detuvieran en el pueblucho que escogiera para vivir, las niñas se quedarían solas otra vez. Aquí, al menos, tienen a los tíos y a sus abuelos.

—Kohen me dijo una vez que yo había entrado en una espiral de la que era difícil escapar. Tenía razón.

Durante las dos siguientes semanas de junio murieron más de veinte personas, entre ellas un peluquero miembro del Libre y un tintorero cenetista. Y un par de patronos fueron heridos. Me pregunto cuántas veces habré escrito comentarios como «Mataron a un empresario» o «Han matado a un anarquista» o «Asesinaron a uno del Libre». Yo mismo fui el verdugo de algunos de ellos, ya lo he reconocido, y juro que no deseo eludir mi responsabilidad, pero, a pesar de todo, me horroriza pensar en el poder que ejerce la violencia sobre los individuos, en su capacidad para tergiversar las ideas, para mezclar el bien y el mal, y para convertir a las víctimas de una guerra callejera en simples nombres impresos en los periódicos, que terminan lanzados al abismo del olvido tras la siguiente muerte.

El funesto trasiego de las semanas anteriores al ataque al Lyon, junto a los meses de encierro, nos habían calmado. Gabriel parecía más dialogante, con más ganas de luchar con la palabra que con la pistola, aunque esa actitud duró lo que la paz en Barcelona. Su discurso cambió cuando dimos asilo a Ramón Archs, durante mi tercera noche en el sótano. Miguel nos pidió que le ayudáramos a esconderlo.

Archs era un compañero de la causa, uno de los principales defensores del uso de las armas como único método efectivo contra la opresión. Él y Gabriel habían coincidido en el pasado en bares, asambleas e incluso en alguna de las reuniones clandestinas de los grupos de acción. Aquella fue la primera y la última vez que lo vi y me costó creer que Ramón, más bien pausado y de talante tranquilo, fuera la leyenda en la que se había convertido entre los anarcosindicalistas. De semblante triste, bigote abundante y labios prominentes, tenía los ojos saltones y el flequillo, negro como el resto de su cabello, peinado hacia un lado. Tras meses de vivir a salto de mata, escondido de día y circulando solo tras la puesta del sol, con la policía pisándole los talones, era de esperar que estuviera tan delgado.

El padre de Ramón, un anarquista convencido a quien llamaban «el Pelat», fue ejecutado en el castillo de Montjuïc, acusado falsamente de participar en el atentado del Liceu de 1893. Desde finales de 1920, Ramón se había encargado de defender las diferentes asambleas del Único por orden del secretario general más eficiente y escurridizo que había tenido la CNT, Evelio Boal. Cuando, a principios de marzo, la policía detuvo a Boal, otro duro golpe que había sumido a la organización en el caos que era el sindicato entonces, Archs se ocupó de orquestar la respuesta: coordinó a diferentes pistoleros y grupos de acción con el objeto de atentar contra el gobernador Anido, el jefe de la policía Arlegui, Kohen y los dirigentes del Libre. De hecho, él había planeado el asesinato del presidente Dato, lo que se convirtió en una de sus grandes victorias.

Sin embargo, parecía imposible quitar de en medio a Anido y a Arlegui. Ambos se movían por la ciudad custodiados por una legión de policías. A pesar de todo, Ramón no desistía y nos contó cuál era el plan: herir a Antoni Martínez y Domingo, el alcalde de la ciudad, durante un acontecimiento que debía celebrarse en la iglesia del Pi, en el Distrito I. Martínez no era el verdadero objetivo, sino Anido. Archs y sus compañeros lo atacarían cuando fuera a visitar al alcalde, convaleciente en el hospital. Lo intentaron días después de nuestro encuentro, el plan falló y Anido, como venganza, le aplicó la ley de fugas a Evelio Boal aprovechando un traslado.

En cuanto Ramón abandonó el sótano, Gabriel quiso reactivar la banda para ayudarle en su lucha contra Anido.

—¿Acaso no has aprendido nada? Dime, ¿cómo vas a hacerlo?

—Ha llegado el momento de volver a la acción. Han pasado unos meses desde lo del Lyon y ya nadie se acuerda de nosotros.

—Pero Kohen sí.

—Pues le matamos a él también. Y a Anido, y a cualquiera que se interponga en nuestro camino.

Yo conocía a mi hermano: cuando se enfrascaba en esos discursos, era casi imposible hacerle entrar en razón. Debía medir mucho mis palabras para que fueran efectivas.

—Gabriel, tus opiniones van y vienen con una facilidad que asusta. ¿No recuerdas lo que dice Enric? De poco sirve abatir a un cabecilla, siempre habrá otro que ocupará su lugar.

—No es eso lo que tú querías, ¿eh? ¿Acabar con Kohen? ¿Matar al cabecilla?

—Sí, y no creo que la ciudad cambie mucho cuando lo logremos.

—¿Entonces? —espetó Gabriel, impaciente—. ¿Nos quedamos de brazos cruzados ante el terrorismo ejercido por el Estado? ¿Les decimos que muchas gracias por el salario de mierda, por hacernos trabajar como burros, por no facilitar que nuestros hijos se eduquen como Dios manda? ¿Dejamos que todos los Alfred de Barcelona mueran por no tener atención médica sin pagar una fortuna? ¿Claudicamos ante sus precios, sus desprecios y sus normas?

—¿Cómo vamos a construir un mundo mejor mediante la violencia? ¿Cómo vamos a crear consenso cuando hemos acabado con la vida de tantos? ¿No deberíamos dar ejemplo nosotros, los que pregonamos la necesidad de cambiar la sociedad? Cuando logremos trabajar en una fábrica colectivizada, ¿convencerás a golpe de pistola a los que no opinen como tú o usarás la palabra? Respóndeme a una de estas preguntas con un argumento convincente y te seguiré. De lo contrario, sígueme tú a mí.

Gabriel torció el gesto, negó con la cabeza y respiró hondo. Quizá sabía que yo tenía razón, quizá no; era su naturaleza vehemente la que guiaba sus palabras y anhelos.

—Ya te estás acobardando otra vez. Aunque lo que dices es muy bonito, no sirve de nada. Yo lo comprendí hace mucho tiempo, pero parece que tú no.

—Lo entiendo y tienes razón, pero yo no quiero continuar por este camino. Han matado a Bernat, a Jaume, al Hocico… Acabaremos como tantos otros, muertos y sin haber conseguido nada. Tenemos que encontrar pruebas irrefutables antes de exponer a Kohen. La ciudad tiene que ver la calaña de personas que nos gobiernan, tiene que alzarse contra ellas. Debemos ser fieles a nuestro fin, no a nuestro presente. Lo mejor que podemos hacer es desconcertarle, ponerle nervioso. Él sabe que estamos al acecho y no tiene ni idea de por dónde vamos a salir. Estoy seguro de que pronto sabremos qué es el plan Amàlia, y entonces lo usaremos en su contra. Debemos esperar a que llegue nuestra oportunidad.

Gabriel me ignoró, se sentó a la mesa y repasó por enésima vez los papeles que habíamos robado. Quería encontrar nuevos miembros para la banda, vigilar el Lyon y disparar a Kohen en una de sus visitas al café. Planeaba atentar impulsivamente contra el Café Continental, uno de los locales donde se encontraban algunos de los pistoleros del Libre. Por suerte, no llegó a materializar ninguna de sus descabelladas ideas por un simple motivo: la policía detuvo a Ramón Archs y a su fiel socio y compañero, Pere Vandellós, y les aplicó la ley de fugas; no hubo juicio ni defensa posible. Para muchos, pasaron a la historia como dos de los más viles terroristas; para otros fueron unos héroes libertadores dignos de elevados elogios, y yo me preguntaba qué se diría de mi hermano y de mí cuando nos asesinaran.

Gabriel se quedó abatido al recibir la noticia y entró en razón. Aceptó que, tal como estaban las cosas, la muerte era la única salida para los grupos aislados y que nuestra oportunidad de vengarnos de Kohen nos esperaba a la vuelta de la esquina. De hecho, llegó en septiembre de 1921.

20

A lo largo de aquel verano, Gabriel vio a sus hijas muy de vez en cuando. Aprovechando que los abuelos de las crías las llevaban a casa de una hermana de Llibertat, que vivía en l'Eixample, para que jugaran con sus primos, mi hermano se acercaba al centro de Barcelona escondido en una tartana, subía a la azotea de un edificio que se encontraba en la misma manzana y saltaba de una azotea a otra hasta llegar a la de su cuñada. Allí, bajo el bochorno veraniego, jugaba un rato con ellas. La pequeña Helena no lo reconocía de buenas a primeras, aunque, tras unos minutos de payasadas, la niña aceptaba la compañía de su padre con una sonrisa.

¿Qué más puedo contar de la rutina que seguimos durante aquellas semanas? El bueno de Miguel nos consiguió otro colchón para que yo durmiera más cómodo. Leíamos, hablábamos y jugábamos a las cartas. Montserrat solo nos visitaba un par de veces a la semana por razones de seguridad: debíamos salvaguardar el escondite y evitar las sospechas de los vecinos. Lo hacía de noche. Gabriel aprovechaba la oscuridad para dar uno de sus paseos y nos dejaba un rato a solas. Montserrat y yo disfrutábamos a fondo de aquellos momentos dando rienda suelta a la pasión. Eran sus labios y su firme voluntad lo que me ayudaba a perseverar, y es que nuestro romance se había transformado. Ambos habíamos aprendido de nuestros errores y, dadas las circunstancias, nos tomábamos cada encuentro como si fuera el último. No había dudas, no había preguntas, las calamidades se habían convertido en el combustible de nuestro amor.

Las hermanas seguían ayudándonos, nos traían la comida y los enseres que necesitábamos, y también recopilaban información útil para cumplir con unos objetivos cada día más indefinidos. Cristina nos visitaba de vez en cuando. De hecho, no se quedaba a dormir y tomaba el camino de vuelta a casa en plena noche sin temor a los peligros que pudieran acecharla. Siempre que se acercaba para vernos, daba un paseo con Gabriel por el campo. Su reciente amistad me despertaba tanta sorpresa como curiosidad. Ya se sabe, en tiempos adversos, incluso los opuestos se atraen.

Una noche, desnudo y abrazado a Montserrat, atento por si mi hermano regresaba, ella me aseguró que Gabriel y Cristina se acostaban. Yo no lo creía, pensaba que él me lo habría dicho, pero ella lo tenía claro.

—Su sonrisa la delata. Estoy segura de que se acuesta con un hombre, y la única persona que se me ocurre es tu hermano. No tiene tiempo para nadie más. Sigue en la Tèxtil Puig y el tiempo libre lo dedica a los planes de la banda y a visitar a Gabriel —concluyó con sorna.

—¿Te lo ha dicho ella?

—No, no me lo ha dicho. Creo que le da vergüenza.

—¿Por qué?

—Nada, cosas de mujeres. Aunque, dime, ¿realmente crees que solo pasean y charlan cuando te dejan aquí solo? A veces me sorprende lo inocente que llegas a ser.

—Si es así y no nos lo cuentan, deberíamos respetar su decisión, ¿no crees?

—Ay, Mateu, a veces me sorprende lo aburrido que eres —dijo burlona.

Me disponía a rebatir sus palabras, pero ella me censuró con un beso, así que decidí no inmiscuirme en la vida de Gabriel, lo único que recibiría sería un bufido.

Agosto nos regaló una visita de los tíos. Montserrat les había entregado una carta escrita de mi puño y letra donde les contaba que nos encontrábamos escondidos y a salvo. A pesar de la prudencia de Montserrat, tío Ernest y tía Manuela consiguieron sonsacarle nuestro paradero y acudieron a la masía. Se presentaron allí con la excusa de comprarle huevos al payés de la finca. En cuanto bajaron las escaleras, mi tío soltó las dos bolsas de comida que cargaba y suspiró aliviado al comprobar que estábamos sanos y salvos.

El paso del tiempo no se ensañaba con sus rostros ni con su carácter. Él, tranquilo y reflexivo, y ella, impulsiva e inquieta, criticaron las condiciones en las que se encontraba el sótano, como una señal de amor. Eran nuestros padres, no en el estricto sentido de la palabra, pero habían ejercido como tales y, gracias a su visita, nos embriagó el aroma a hogar.

—No queremos saber lo que ha sucedido porque, o no nos lo vais a contar, o nos enfadaremos cuando lo escuchemos —dijo tío Ernest—. Tampoco me creo lo que leí en los diarios, no os veo capaces de semejante temeridad.

—Gabriel, sé que te encuentras con las niñas de vez en cuando, haces bien —prosiguió tía Manuela—. A pesar de los pesares, eres un buen padre —le dijo acariciándole las mejillas—. La mayoría de los hombres de esta ciudad ignoran a sus hijos, pero tú no. Habéis tenido un buen ejemplo en casa —dijo colocando la mano sobre el hombro de su marido mientras lo miraba con ternura—. Rezo por que llegue el día en que podáis vivir de nuevo bajo el mismo techo. Ay, Gabriel, tendrías que encontrar a una buena mujer, seguro que entonces dejarías de comportarte como un tarambana.

—Yo creo —dijo mi tío sin dejarnos tiempo para responder a tía Manuela—, que si movéis las barricas a la izquierda y ponéis esos colchones cochambrosos ahí, tendréis más espacio y esto parecerá un poco más grande.

Gabriel y yo sonreíamos al verlos con su habitual energía. Nos disculpamos por no haberlos visitado durante los meses de encierro y pasamos la tarde conversando con ellos. En un momento dado, mientras tía Manuela inspeccionaba las dos camisas de mi hermano para ver si había que remendarlas, tío Ernest me dijo al oído:

—Fui al teatro a ver a Pere. He ido varias veces. Se vista como un hombre o de... Estabas en lo cierto, tiene mucho talento. No sé de dónde lo ha sacado, porque en casa somos una cuadrilla de zopencos. No acabo de ver que... Él podría dejar las pelucas y los tacones y centrarse en los papeles de caballero. Qué le vamos a hacer. Ahora, cuando viene a casa, nos cuenta los entresijos de su oficio y me alegro de que lo haga. Es mi hijo —dijo con un atisbo de orgullo—. Y también lo sois Gabriel y tú.

Me alegré por Pere, al menos uno de los tres primos había conseguido lo que ansiaba. De hecho, al cabo de pocos días, fue él quien apareció por la masía. Tía Manuela le había hablado de su visita y Pere quiso acercarse para verme. Me entusiasmó hablar con él, aunque debíamos ser más precavidos: con tantas idas y venidas, estábamos poniendo en peligro nuestro escondrijo. Nada de eso me importó cuando comprobé que pasaba por una buena época. Nos encontramos en el establo, pues Gabriel no subió para saludarle y Pere no quiso bajar para evitar una nueva pelea. Quizá no era el momento idóneo; sin embargo, quería resolver una duda cuya respuesta me interesaba más por el bienestar de mi primo que por el morbo de conocer la verdad.

—¿Por qué te acuestas con Josep? Puedo imaginar algunas razones, pero no creo que ninguna se ajuste a la verdad.

—No siento nada por él, si es lo que temes. Tampoco me concede caprichos ni me da dinero. Me hace sentir a gusto y me trata como a un igual. Eso es mucho más de lo que recibo de la mayoría. ¿Acaso debo alejarme de quien me hace bien?

—No sé qué responderte, primo. Aunque yo no me fiaría de él, te lo digo por experiencia.

—Gracias por preocuparte, cielo, pero puedo cuidarme solo.

Una tarde, ya en las postrimerías del mes de agosto, Cristina y Montserrat bajaron alborotadas con un ejemplar de *La Publicidad*.

—No os lo vais a creer —anunció Cristina a modo de saludo.

Expectantes, Gabriel y yo nos sentamos en uno de los colchones y ellas se acomodaron en el otro. Mi hermano me lanzó una mirada entre emocionada y preocupada. Supongo que, como yo, intuía que había algo esperanzador en su anuncio. Cristina abrió la publicación y se concentró en la lectura de la noticia.

—«El ilustrísimo barón Hans Kohen se dispone a transformar nuestra querida Barcelona en la metrópoli del Mediterráneo. Inspirado por las capitales del Nuevo Mundo como Chicago y Nueva York, urbes que hacen gala de sus colosales edificios de innumerables plantas, el barón Kohen se ha rodeado de los principales benefactores de la ciudad para desarrollar un plan de renovación del Distrito V. El propósito del noble consiste en derribar la parte antigua y sustituirla por varios rascacielos equipados con los lujos y los prodigios del siglo XX. Con semejante gesta desea modernizar nuestras calles y empujarlas de una vez por todas al siglo que les corresponde».

—Llegaremos realmente al siglo XX cuando todos tengamos un plato de comida caliente sobre la mesa y... —comentó mi hermano.

—Ahora no, Gabriel, deja que termine —lo interrumpió Montserrat.

—Está bien, continúo: «Tal y como se procedió años atrás con los barrios colindantes a la actual Via Laietana, se prevé una etapa de expropiación cuyos detalles hoy se desconocen. Los nuevos edificios se articularán alrededor de una avenida construida sobre el trazado actual de la calle Reina Amàlia, allí donde se encuentra la cárcel de mujeres. Se anuncia que los entretenimientos que se agrupan alrededor de la avenida del Paralelo deberán buscar un nuevo emplazamiento. Para hablar de todo ello, el ilustrísimo barón presidirá una asamblea informativa que se celebrará el próximo día 12 de septiembre en el Cabaret Pompeya».

—Joder, eso debe de ser el plan Amàlia, no puede ser otra cosa —balbució mi hermano. Acto seguido, cogió los papeles que incautamos al Menorquín.

—Sí, eso parece, aunque no nos precipitemos —comentó Montserrat—. De momento, lo único que tienen en común es el nombre.

—No, espera. —Gabriel revisaba los documentos que tenía entre las manos a toda velocidad. Se los sabía de memoria—. Todas las propiedades que Kohen ha comprado en el Distrito V y en el Poble Sec rodean la futura avenida. En el margen de la mayoría de ellas aparecen escritas esas dos palabras, «Plan Amàlia». Montse, tiene que ser esto.

—¿Y qué hacemos? —preguntó ella.

—Pues exponerlos, eso es lo que vamos a hacer —sentenció él.

—Yo no veo nada ilegal en ello, de momento. No sé qué podríamos hacer con esos datos, ¿ir a los diarios?

—Tenemos que andarnos con cuidado —prosiguió Cristina—. Si acudimos a los diarios afines al poder como *El Correo Catalán*, puede que ni lo publiquen y, en cambio, nosotros quedaremos expuestos. O puede que no. Ya sabéis lo débiles que son las lealtades en esta ciudad. Tampoco iría a *La Publicidad*, ya que ahora es una publicación controlada por los del Libre. Esos desgraciados harán lo que sea para acabar con un grupo de acción anarquista. Si acudimos a la policía, tampoco conseguiremos nada. Entre el gobernador, la patronal y Kohen tienen comprado a medio cuerpo.

—Recordad —la interrumpió Gabriel, que seguía enfrascado en los documentos y pasaba hojas con cierto frenesí—, aquí aparecen detalladas transacciones entre empresarios, pagos a funcionarios a cambio de favores, incluso nombres de políticos. Conservadores, del Partido Radical...

—Sigo sin entender cómo vamos a aprovecharnos de esa información.

—Ahora encaja todo. Los pagos están relacionados con la remodelación del Distrito V y del Paralelo —enunció Gabriel—. Inmuebles, fábricas... Hasta ahora solo teníamos piezas inconexas, pero esto es más gordo de lo que pensaba. Seguro que Kohen hará negocio con la expropiación de las fincas que posee. Aquí —prosiguió con la mirada fija en los documentos— hay pruebas de corrupción, prevaricación y trato de favor. Con estos papeles, nadie creerá que el Barón impulsa esta remodelación en beneficio de la ciudad, sino más bien lo contrario, quedará como un aprovechado y un mafioso. ¡Y llevan su firma!

—Yo desconfío de este embrollo —intervine al fin. Había permanecido callado porque tenía un pálpito—. El Barón sabe que tenemos estos documentos en nuestro haber, sabe que lo inculpan y, aun así, no ha abandonado su plan. Estoy seguro de que esconde un as bajo la manga.

—¿Y si no lo tiene? —preguntó Montserrat—. Lo tratamos como si fuera un dios omnipotente, pero no es más que un hombre. No puede controlarlo todo, no puede ganar siempre, ni siquiera Bravo Portillo pudo. Nos considera insignificantes y, en cierto modo, tiene razón. Por eso necesitamos a alguien que haga un buen uso de esta información.

—Nuestra única relación con el poder es Josep —dijo Cristina.

—Por encima de mi cadáver. No pienso fiarme nunca más de él —espetó Gabriel.

—Estoy de acuerdo —afirmé.

—Lo vuelvo a preguntar, entonces ¿qué hacemos?

Convinimos en que los datos inculpatorios debían ser publicados la misma mañana de la asamblea informativa que Kohen había convocado en el Cabaret Pompeya. Cristina nos comentó que August, un compañero de la Tèxtil Puig, tenía un hermano redactor en *El Diluvio*. El tipo en cuestión se posicionaba a favor de la causa cenetista, en las asambleas parecía convencido de los métodos más violentos y, siempre que tenía la ocasión, criticaba el orden burgués. Describía a su hermano periodista como un joven revolucionario todavía más radical que él. Entonces llegó la propuesta de Cristina: «¿Por qué no los tanteamos y luego decidimos si ellos son la mejor opción para difundir los papeles?». Quizá, dada la corrupción policial, no podíamos llevar a Kohen ante un juez; no obstante, las pruebas tenían que cabrear a una población aterrada por la tiranía del gobernador Anido y cargada de rabia porque no podía ni luchar por sus derechos. Aquellos documentos demostraban que parte de la burguesía de la ciudad se reía en la cara de sus habitantes y jugaban con su futuro. ¿Y si provocábamos una huelga más sonada que La Canadiense? ¿Y si aquello era el inicio de la revolución en Barcelona?

Los cuatro votamos a favor de la idea de Cristina. *El Diluvio* era crítico con empresarios y políticos, aunque se había mantenido neutral en materias como la lucha obrera. Aquel escándalo era una mina de oro que le proporcionaría prestigio al diario. Así que Cristina habló con August y llegó a la conclusión de que podíamos confiar en él. Días después, ella y Montserrat se reunieron con el hermano periodista. El chico abrió mucho los ojos cuando contempló los documentos. Pasó de la incredulidad a la euforia: tenía ante sí la exclusiva que forjaría su carrera. El periodista nos puso una condición: necesitaba quedarse con los papeles, porque, una vez publicado su artículo, le pedirían pruebas fehacientes, sobre todo si secuestraban la edición. Dudábamos entre cedérselos o no, pero finalmente confiamos en él y los dejamos en sus manos.

Debo decir que, tras conocer el resultado de la reunión entre Montserrat, Cristina y el redactor de *El Diluvio*, sentí un alivio colosal. Las expectativas que habíamos puesto en la noticia eran altas, el fin de Kohen estaba cerca. Mi decisión seguía firme: una vez el Barón quedara expuesto, cuando tuviera la certeza de que el indeseable iba a pagar por sus fechorías, me entregaría, confesaría mis crímenes y que la justicia decidiera cómo debía expiarlos.

La noche anterior a la asamblea del Pompeya, Montserrat se quedó a dormir con nosotros con la excusa de celebrar anticipadamente la victoria. Como era habitual, Gabriel se fue a dar uno de sus paseos nocturnos. Montserrat sufriría si yo me entregaba a la policía y, por un momento, pensé en echarme atrás para ahorrárselo. No obstante, mi sentido de la responsabilidad cobraba más fuerza cuanto más cerca estábamos de exponer a Kohen a la luz pública. Acurrucado en sus brazos, falseando mis intenciones por enésima vez, decidí callar para no mentirle, y ella, quizá consciente de lo que mi silencio escondía, no me preguntó qué pasaba por mi cabeza. Yo me creía un bloque de hielo protegido por el más insalvable de los muros, pero ella me conocía a la perfección y me hacía creer que permanecía fuera de una fortaleza cuya llave había adquirido tiempo atrás.

—¿Crees que hemos tomado una buena decisión? —preguntó.

—Con Kohen, nunca se sabe. No podemos prever lo que sucederá mañana. Pase lo que pase, tienes que saber que te quiero.

—Yo también te quiero. —Se detuvo unos segundos—. Y una cosa te diré, deberías decírmelo más a menudo.

—Lo sé, lo siento, sabes que me cuesta. Te quiero mucho, nunca lo dudes, y a pesar de todo, algunas ideas son más importantes que el amor. Te lo digo por si me veo obligado a tomar una decisión que…

—Este es el problema, Mateu —me interrumpió—. En esta ciudad cualquier idea es más importante que el amor.

La quietud volvió a acompañarnos y dejó paso a las caricias, a los tímidos besos y al calor de dos cuerpos que no necesitaban desnudarse para sentirse el uno dentro del otro. Cuando mi hermano volvió, intentamos descansar, aunque ninguno de los tres lo logró. La noche transcurrió con calma y sin imprevistos, fugaz y a la vez eterna. Ella se fue pronto para llegar a tiempo al taller, y mi hermano y yo permanecimos en el sótano como pájaros enjaulados.

Al cabo de un rato, Miguel bajó con la edición del día de *El Diluvio*. Mi corazón palpitaba a una velocidad desmedida. Gabriel voló hasta nuestro protector para arrebatarle el periódico de las manos. La noticia aparecía en portada y Gabriel se sentó para leerla. Le pedí que lo hiciera en voz alta y debo decir que la decepción se impuso pocos segundos después. El artículo era menos punzante, revelaba menos datos y menos relaciones entre empresarios, alcaldía, gobernación y Kohen de lo esperado. Acusaba al Barón de tráfico de influencias y lanzaba alguna duda sobre su buena voluntad, pero lo disculpaba por el bien de un proyecto que debía transformar la ciudad. «Los rascacielos nos salvarán del hambre», aseguraba la noticia, que no estaba firmada por el redactor con quien Cristina se había puesto en contacto.

—Puede que, gracias a esto, los periodistas le lancen preguntas incómodas durante la asamblea de hoy y… —balbució Gabriel sin convencimiento—. O también es posible que lo vayan sacando poco a poco. Ya sabes cómo son estos cabrones de los diarios, si pueden asegurarse ventas durante más de un día…

Asentí, aunque ambos sabíamos que el redactor o el director de *El Diluvio* se habían echado atrás. No se atrevieron a hacerlo público. ¿Quizá tenían un topo en sus oficinas que avisó a Kohen o a alguno de los implicados en la trama? Eso lo desconozco, no tuve tiempo de investigarlo. El artículo era un rasguño para el Barón, una heridita para la que no necesitaba sutura. Existía la posibilidad de que *El Diluvio* revelara más datos en futuras ediciones; sin embargo, esa opción tenía más fuerza en nuestros anhelos que en la realidad. Gabriel fue pasando paulatinamente de la justificación al enfado. Su tono se tornó agresivo, insultó a la mayor parte de la familia de los miembros del diario y terminó golpeando el colchón.

Había convencido a mi hermano de que esperáramos una oportunidad para actuar evitando el uso de las armas; no obstante, Kohen salía ganando cada vez que renunciábamos a la violencia. Allí, encerrado en el sótano, observando a Gabriel consumido por la ira y la impotencia, tomé una decisión: acudiría a la asamblea del Cabaret Pompeya y mataría al Barón mientras pronunciaba su discurso. Tenía que acabar de una vez por todas con él, aunque mi sacrificio solo sirviera para quitar de en medio a un cabecilla más. Total, iba a entregarme de todos modos, y conocía bien el resultado de esa decisión. Sabía que me abatirían tan pronto como apretara el gatillo o que me detendrían y me aplicarían la ley de fugas. Era consciente de que abandonaba a Montserrat y que no le concedía ni la oportunidad de despedirse, pero solo así me alejaría de la estela de mi padre y asumiría las consecuencias de mis decisiones; un sacrificio necesario para el bien de la ciudad, de mis sobrinas, de mi familia y del amor de mi vida. Suena dramático, drástico, oportunista; incluso el mismísimo Paco habría dejado de lado sus preguntas y me habría atado a una silla para que no cometiera el error más garrafal de mi vida, y, aun así, era la única opción que creía correcta en aquel momento.

A media tarde, sin haber apenas comido, le dije a mi hermano que necesitaba dar una vuelta por el campo para airearme. Él me lo desaconsejó, dar un paseo a plena luz del día era peligroso. Lo tranquilicé alegando que no me alejaría demasiado. Además, las conversaciones girarían en torno a la remodelación del Distrito V, a la asamblea del Pompeya y al tibio artículo del diario. ¿Quién se fijaría en mí?, le dije. Él asintió desconfiado y yo le abracé. Gabriel, desconcertado por mi injustificada y poco habitual muestra de cariño, permaneció hierático.

—No sé cómo, Gabriel, pero por nuestra madre que lo conseguiremos —le aseguré.

—No tardes mucho en volver.

—Claro.

Crucé los campos y, cuando llegué al centro de Sant Andreu del Palomar, me dirigí a la calle Gran para tomar el tranvía que me llevaría hasta la parte vieja de la ciudad. Barcelona me abrumaba, con el trasiego de automóviles, carros, animales y transeúntes. La frutera anunciaba a voces la pronta llegada de las naranjas. El afilador gritaba sus servicios con desdén mientras empujaba el cochambroso carro que lo había acompañado durante por lo menos las dos últimas décadas. La inestabilidad del tranvía y las conversaciones de las mujeres que se dirigían hacia los Distritos I y V para encontrar alguna ganga. Rodeado por el bullicio de la vida, respiraba con dificultad. Solo había un pensamiento que me calmaba: acabaría con la perfidia de Kohen.

Cuando puse un pie en la avenida del Paralelo y me sumergí en las ilusiones que ofrecía, la mía tomó más fuerza aún. En el Español anunciaban *L'hotel dels gemecs*, protagonizada por Josep Santpere; en el Victòria, una zarzuela, y en el teatro María Romero, que se hallaba un poquito más abajo del Cabaret Pompeya, la revista en la que participaba mi primo. La fachada del Pompeya siempre me llamó la atención por su simplicidad. Tenía aspecto de nave industrial, y no de teatro. Las dos entradas rematadas con un arco de medio punto parecían dos manos que sostenían el cartel del cabaret en el que se leía «Pompeya» destacado en color rojo. Sobre el nombre del local, la escultura de una mujer que sobresalía de una concha. El resto, llano, vacío, austero. «El verdadero espectáculo está en el interior», decían sus parroquianos.

Varios vecinos de la zona, algunos junto a amigos o conocidos, otros acompañados por sus mujeres, cruzaban la entrada del Pompeya, cautos y preocupados por las consecuencias del plan del aristócrata. El ambiente era hostil, no les entusiasmaba la posibilidad de ser expropiados. También asistieron actores, dueños de bares y empresarios teatrales del Paralelo para reivindicar la importancia de su negocio y protestar por la iniciativa del Barón. La mayoría de los asistentes llevaban un ejemplar de *El Diluvio* bajo el brazo. Quizá, después de todo, el artículo estaba teniendo más repercusión de lo que pensamos en un primer momento.

El Pompeya era igual de austero por dentro que por fuera.

Los palcos en disposición circular rodeaban la platea formada por varias hileras de asientos compactos de madera, material que dominaba en la sala. Las paredes, pintadas de verde hasta la mitad y de blanco hasta el porche que formaban los palcos, aún daban fe de la bomba que explotó allí años atrás. Oteé a mi alrededor en busca de los pistoleros de Kohen. Dos tipos que me resultaron familiares y un par más, deduje, completaban la vigilancia del teatro. Iban de un lado de la platea a otro sin llamar la atención, pendientes de los detalles. Tomé asiento y me escondí tras una copia de *El Diluvio* que le había comprado a un crío.

El calor del verano no había abandonado la ciudad, y el bochorno y la crispación de los vecinos cargaban el ambiente de una tensión que atravesaba la madera y las americanas gastadas que me rodeaban. Al cabo de unos minutos, Hans Kohen apareció de entre las bambalinas junto a dos guardaespaldas y un par de empresarios relevantes del sector de la construcción. Él, con su cuerpo rechoncho, sus gafas redondas y sus andares altivos, se situó en el centro del escenario, donde le aguardaba un atril. La platea, llena a rebosar, lo recibió con abucheos y frialdad. El alcalde no acudió para no vincularse con la polémica desatada por el artículo. Otra pequeña victoria.

El Barón comenzó su parlamento y yo permanecí hundido en mi asiento, intentando pasar desapercibido. No estaba sudando, ni nervioso, ni indeciso, ni turbado, como pensé que me sentiría. La calma más absoluta y la certeza más admirable me embargaban. Y como si de una señal divina se tratara, llegó el momento idóneo para actuar.

—Mi intención no es otra que mantener la esencia de la ciudad —declamaba Kohen, que no conseguía acallar la hostilidad que emergía de la platea—. Barcelona es nuestra madre y Dios sabe que todo hombre debe honrar a su madre.

Sin pensarlo dos veces, desenfundé la Star. Justo cuando me disponía a levantarme para apretar el gatillo, oí varios disparos procedentes de la entrada. Un grupo de seis o siete hombres acababan de entrar en la sala y daban tiros al aire, al tiempo que gritaban consignas como «Ni Estado ni patrón» o «Anarquía o muerte». Lo que contaré a continuación podría ser un producto de mi imaginación, pero recuerdo que me giré de nuevo hacia Kohen y nuestras miradas se cruzaron. Sus ojos hablaban de un triunfo más, de la satisfacción de quien ejerce el poder sobre el oprimido. Era difícil creer que un grupo de acción anarquista, por violento o radical que fuera, atacara un teatro lleno de obreros. ¿Lo había orquestado Kohen?

El caos se apoderó de la sala. Algunos se lanzaron al suelo, otros simplemente se agacharon y el resto comenzaron a correr hacia la salida. Gritos, lamentos, llantos, más disparos, y Kohen permanecía inmóvil sobre las tablas del escenario. Observé a los atacantes, no los conocía, y a pesar de que gritaban reivindicaciones anarquistas, no parecían tener otro objetivo que esparcir el terror por la platea. Recuerdo a una señora que lloraba a mi lado, en el suelo, abrazada a su marido. En el otro extremo de la bancada, un chico joven buscaba un lugar donde cobijarse. La necesidad de sobrevivir se abría paso en medio de la barahúnda del Pompeya.

Yo permanecí sentado, inmóvil, sin aliento. Si disparaba a Kohen, los atacantes o los guardaespaldas me abatirían antes de llegar a apretar el gatillo. Tenía que asegurarme de que mi ataque terminaría con el Barón; de lo contrario, mi sacrificio sería en vano. Me hallaba inmerso en estas cavilaciones cuando un hombre, situado en la segunda fila y que hasta ese momento había permanecido en el suelo, se levantó y disparó al grupo atacante. Alcanzó al pistolero más cercano, quien, como acto reflejo, alzó su pistola y abrió fuego. El resto de los asaltantes también le respondieron con disparos y obligaron a aquel tipo a agacharse de nuevo. Casi al mismo tiempo, un chico que se encontraba cerca de la entrada desenfundó un arma. Creo que abatió a uno de los alborotadores, pero sucedió a tal velocidad que no puedo afirmarlo con seguridad.

Es posible que Kohen no hubiera previsto una respuesta violenta por parte de los asistentes, pues en el mismo instante en que se inició el tiroteo, abandonó su posición y corrió a cobijarse entre bambalinas, seguido por los dos empresarios que le acompañaban y por dos de sus matones. Un hombre que había permanecido de pie cerca del escenario durante el parlamento de Kohen, le disparó desde la platea. No tuvo suerte y, aunque derribó a los dos guardaespaldas, el Barón y los dos burgueses lograron atravesar las cortinas y desaparecer tras ellas. Fue entonces cuando, presa del nervio, la furia y el instinto, sorteé los asientos que me separaban del escenario y, de un salto, pisé el entarimado. Noté el silbido de un par de balas cerca de mí, pero yo no atendía a lo que sucedía a mi espalda.

Tras alcanzar el pasillo que conectaba el escenario con los camerinos, apunté y disparé contra Kohen. Él se resguardó detrás de uno de los dos empresarios que lo acompañaban, al que alcancé en el torso y, acto seguido, atravesó la puerta que quedaba a su derecha, al tiempo que los patronos huían. Con presteza, crucé el pasillo y entré en un camerino atestado de armarios, percheros, corsés y plumas, en el que había varias sillas, un sofá y una mesa central; las vedetes, todavía sin maquillar ni vestir, se habían cobijado en el suelo o debajo de los tocadores, presas del terror más atroz. A través de uno de los espejos vi que Kohen se había escondido en el rincón, detrás de la puerta. Estaba encañonando la sien de una de las chicas mientras la inmovilizaba agarrándola por la cintura. Me giré y le apunté.

—Mateu, ahora dejará que me marche; de lo contrario, la mato —me dijo.

Dudé unos segundos. No parecía un farol, por eso bajé la pistola y la cabeza.

—Así me gusta. Póngale el seguro y deslícela por el suelo.

Obedecí, no tenía más remedio. Sin dejar de apuntar a la chica, el Barón le pidió a la muchacha que se agachara y recogiera el arma. Cuando la vedete se hubo incorporado, Kohen colocó de nuevo el cañón de la pistola en su sien y se guardó mi querida Star en la americana.

—Ahora saldré del camerino y usted permanecerá aquí

dentro cinco minutos. Si aparece por el pasillo, le juro que esta señorita no llega viva a la cena.

No sabría decir si le odiaba más por haber usado a la chica como escudo o por haberme vencido por enésima vez. Kohen fue fiel a su palabra y yo me desplomé en el suelo, indefenso y decepcionado. No debía desfallecer; si deseaba terminar con él, no podía morir allí. Por otra parte, si volvía a la platea, podía encontrarme con una bala o con mi detención en cuanto llegara la policía. Oía gritos, disparos y ruidos en sordina que no identificaba.

—¿Cómo salgo de aquí? Si vuelvo al teatro, me dejarán como un colador —le dije a una de las chicas que permanecían en el suelo.

La vedete rompió a llorar, fuera de sí. Solo atinaba a repetir «No me haga daño» una y otra vez. Me disponía a preguntárselo de nuevo cuando una mujer me respondió desde el otro extremo del camerino:

—Por el tejado, sígame.

No recuerdo ningún detalle de mi salvadora. Solo sé que la seguí a ciegas por unas escaleritas contiguas al escenario por las que subimos a la planta superior, minúscula, que conectaba con la galería de tiros principal. Ella me indicó que saliera por una ventanita que daba al tejado del local vecino. Así lo hice y, saltando de tejado en tejado, me encontré en Conde del Asalto. El alboroto de la calle era notorio, la policía acababa de llegar y todavía salían ciudadanos despavoridos del Cabaret Pompeya. Me deslicé por uno de los toldos que se encontraban abajo y alcancé el suelo, más o menos de pie. Los transeúntes solo tenían ojos para lo que sucedía en el exterior del Pompeya, así que no llamé la atención.

Enfilé la avenida del Paralelo en dirección a plaza de Espanya, dejando atrás el Folies y el Español. Todavía compungido por la decepción, era consciente de que tanto los pistoleros a las órdenes de Kohen como la propia policía podían estar siguiendo mis pasos. No miré atrás, en mi cabeza no había otra preocupación que escabullirme para seguir luchando contra el Barón. Entonces se me apareció mi ángel de la guarda: el coche de Josep estaba aparcado en la esquina de la ronda de Sant Pau. Me acerqué a él con celeridad y golpeé la puerta. En su interior estaba Mireia, quien, al advertir mi presencia, bajó la ventanilla.

—¿Mireia? Ayúdame, sácame de aquí —le rogué.

—Está bien, sube. —La miré unos segundos y ella me acució—: ¡Corre!

En cuanto me monté en el automóvil, Mauricio arrancó. Cuando nos hubimos alejado del tumulto, Mireia me contó que se había acercado al Distrito V para encontrarse con un amigo, pero que este se había retrasado y, dado el alboroto, se había mantenido alejada del Peñón.

—Muchas gracias, Mireia, me has salvado.

—Cuéntame, ¿qué ha pasado? —Antes de dejarme contestar, le dijo a Mauricio que nos llevara al piso de Pau Claris. Al percibir la incomodidad reflejada en mi rostro, añadió—: De momento te esconderemos en casa, Mateu. Allí no irán a buscarte. Ahora sí, cuéntamelo todo.

Le resumí lo sucedido mientras ella asentía angustiada. Volvía a llevar el pelo suelto y había abandonado el luto. Cuando terminé, ella sentenció:

—Esos ineptos no comprenden nada. Ojalá estas trifulcas absurdas acaben pronto. Aunque, claro, ¿qué otra cosa podéis hacer tú y los tuyos, sino luchar? Esto acabará muy mal.

Al llegar a su casa, me informó de que ella no me acompañaría. Debía resolver unos asuntos y prefería que fuera Josep quien me ayudara a esconderme. Me disponía a bajar del coche, pero me detuve. Le debía unas palabras que nacieron solas:

—Siento mucho cómo acabó todo. Cuando Josep entró en la habitación me vi superado y no supe controlarme.

—No te preocupes, de verdad. Creo que, de los tres, tú fuiste el que peor lo pasó. Mateu, hazme un favor —me dijo antes de que saliera del coche—. No sé qué sucederá a partir de ahora. —Mireia suspiró—. Haga lo que haga Josep, piensa que lo hace por tu bien. Eso no lo dudes nunca.

—Lo tendré en cuenta.

—Te lo digo de verdad. Confía en él. Aunque creas que es un demonio, te tiene en gran estima.

—Quiero pedirte un último favor. Si me pasara algo, échale una mano a mi hermano, ya sea buscándole un buen abogado o prestándole dinero. Sé que no debería...

—No sigas excusándote. Por ti, lo haré encantada.

Le expresé mi agradecimiento con un movimiento de cabeza y salí del coche. Quería decirle unas palabras de despedida, pero ella se me adelantó:

—Espero que seas feliz, Mateu.

—¿Tú lo eres?

—Lo soy —respondió con sinceridad.

—Me alegro por ti, lo digo de corazón.

Aunque parezca inaudito, en cuanto puse un pie en el hogar de Josep Puig, me sentí a salvo. El ama de llaves me condujo al salón, donde apareció Josep al cabo de unos quince minutos. Me recibió preocupado porque no había tenido noticias mías en mucho tiempo.

Me sirvió un ron con hielo, que no probé, mientras me preguntaba por el Pompeya, por el ataque al Lyon, por mis tíos, incluso por Gabriel. Josep quería tener toda la información para ayudarme, así que le expliqué una versión desprovista de detalles escabrosos y mentí sobre el paradero de mi hermano. Le aseguré que desconocía la ubicación de su refugio, que habíamos permanecido escondidos, separados e incomunicados. Josep alargaba la conversación interesándose por los pormenores, me hacía una pregunta tras otra y yo no entendía aquel interés desmedido. Treinta minutos después, comencé a desconfiar de sus intenciones. Pronto comprendí el porqué de mi recelo: la puerta del salón se abrió y mis tribulaciones dieron paso a la incredulidad.

Apareció un hombre rechoncho con gafas pequeñas apuntándome con una pistola. Josep se levantó y se acercó a Kohen.

Mi primer impulso fue desenfundar el arma, pero recordé que el maldito Barón me la había requisado en el teatro y que yo estaba indefenso. Busqué a mi alrededor algún objeto contundente que pudiera utilizar para defenderme.

—Nada de lo que encuentre en esta habitación le salvará si le disparo —me advirtió Kohen, adivinando mis intenciones—. Así que pórtese bien. Solo quiero hablar con usted.

—Ha tardado mucho, señor Kohen —le dijo Josep con su habitual tono autoritario—. No sabía qué más preguntarle.

—Gracias por su fidelidad, lo tendré en cuenta en el futuro —le respondió el Barón.

Una sensación de borrachera, resaca y abatimiento combatían por dominar mi mente a la vez que mi garganta se secaba y mis piernas se echaban a temblar. Estaba atrapado, cautivo por mi ingenuidad, expuesto al peor de mis enemigos. Tan solo podía desahogarme:

—Eres un hijo de puta, Josep. Un traidor. No me lo puedo creer. No puedo creer que me hayas vendido. ¿Esto es por lo que pasó con Mireia? ¿O porque odias a mi hermano?

Josep parecía ensimismado en su traición. Pensé que mis palabras le avergonzaban. Sin embargo, incluso en una situación como aquella, tenía que pronunciar la última palabra:

—Esto no tiene nada que ver contigo. La supervivencia es un vicio compartido por todos, Mateu. Si se tratara de un asunto personal, te aseguro que no le habría llamado.

Kohen se sentó en el sofá, sonriente, y me observó con aire siniestro.

—Josep, siéntese a mi lado —le pidió.

Él avanzó, cauto, lento, como si estuviera dilucidando entre las decisiones que debía tomar a continuación, y obedeció al Barón.

—Pensaba que le odiabas —dije dirigiéndome a Josep—, pensaba que querías acabar con él. ¿Todo este tiempo has estado de su lado?

—No puedes estar más equivocado. Siempre he sido sincero contigo, pero las cosas han cambiado. Tú, que crees que

Barcelona es un infierno, debes saber que lo que está pasando no es nada en comparación con lo que está por venir. Debo hacer lo necesario para salvar mis intereses. Y a Mireia.

—¿Intereses? —dije incorporándome con brusquedad. Kohen tensó la mano en la que empuñaba la pistola y mi impulsividad se amedrentó. Volví a recostarme en la butaca y proseguí—: Lo único que os mueve es el dinero y la posición.

—Respóndeme a una pregunta: si me hubiera interpuesto en alguno de los planes de tu banda, y no hablo de convertirme en un simple obstáculo que hay que salvar, sino en un verdadero estorbo, ¿acaso no me habrías matado? No seas hipócrita, no te sienta bien.

Sus palabras no justificaban la alianza con el Barón. Traté de calmarme, pensé en mis tíos, en Pere, en mi hermano, en el peligro que seguían corriendo por mi culpa. La asociación entre Josep y Kohen ponía en tela de juicio la buena fe que el primero había mostrado hasta el momento.

—El problema de los de su calaña es que se dejan llevar por las pasiones y no piensan —intervino Kohen—. Odian, maldicen y atacan, pero dígame, ¿de qué les ha servido hasta ahora? Nunca conseguirán esa revolución que tanto reclaman porque no entienden nada de la condición humana.

—Usted no es nadie para darme lecciones. No busca más que enriquecerse, como los demás, así que no me sermonee, usted no está por encima del bien y del mal.

—¿De verdad cree que deseo enriquecerme? ¿Cree que ese es mi objetivo? —Kohen soltó una carcajada tan escandalosa que me desconcertó.

—Es evidente. Sus negocios ilegales, las compras de inmuebles, las casas de juego, la extorsión, las muertes. Gana dinero con el sufrimiento de los demás.

—El dinero es el peor de los tiranos, Mateu. El dinero esclaviza a sus dueños y a los infelices que lo anhelan. El dinero es el objetivo de los necios, de los que piensan que pueden comprar lo que se les antoje. El rico tiene el monopolio de la estupidez, pues no se consigue dinero sin favores, sin deudas, sin someterse a la voluntad de otros. Por mucho que ascienda en la escala social, siempre habrá alguien por encima de usted que hará cuanto esté en su mano para que no alcance su nivel. —Kohen relajó la mano y el cañón del arma apuntó al suelo—. Nadie es dueño del dinero, el dinero determina la moral, el dinero posee, gobierna, es la lacra de esta sociedad. —El Barón me encañonó de nuevo con firmeza. No me podía creer que su discurso se pareciera, en parte, al de Paco—. El dinero pone precio a las personas y, cuando la vida de un hombre vale lo mismo que la de un perro, nos encontramos más cerca del infierno que del cielo. No me haga reír; si de mí dependiera, lo eliminaría.

—Nada de lo que dice tiene sentido —repliqué. Estaba fuera de mis casillas—. Usted no es más que un charlatán.

—Siempre me ha visto como a un charlatán y ese ha sido su principal error. Lo que deseo, lo que anhelo, es convertir Barcelona en una ciudad justa y pacífica; para lograrlo, necesito tener el poder suficiente para echar a los inútiles que la gobiernan.

—Así que es eso, ¿eh? Usted quiere poder. El poder es un artificio, una asquerosidad si no está al servicio del pueblo, si no proviene del pueblo.

—No puede estar más equivocado. El poder es un algo natural. Existe entre los animales y también entre las personas. El poder está ahí, se halla entre dos seres humanos que respiran uno junto a otro. Puede tomarlo y convertirse en verdugo o esperar a que le bendiga con sus beneficios. Sin embargo, créame, si opta por la segunda opción, otro se lo arrebatará y le encerrará en la cárcel de su ambición. El poder ejercido entre individuos es traicionero, pero aplicado a una ciudad se vuelve tan complejo que acaba siendo víctima de las miserias de los gobernantes. Para cambiar las reglas del juego, para impartir la justicia con eficacia, primero debe someter a muchos, debe convertirlos en vasallos de una manera natural, no a través de las leyes, de la justicia o del dinero, veleidades que solo llevan a la corrupción. —Observé a Josep; estaba cabizbajo, avergonzado. Desconocía los motivos de su traición, aunque presentí que estaba relacionada con lo que estaba diciendo Kohen—. Poder es que alguien le apunte con una pistola a sabiendas de que, de apretar el gatillo, sufrirá el triple que manteniéndole con vida. Mateu, me ha sido imposible lograrlo con usted y eso le honra. Debería haberle matado en el Pompeya, pero qué quiere que le diga, me despierta simpatía.

—¿Por eso ha tramado el plan Amàlia? —Cuando lo mencioné, Kohen palideció unos segundos e, inmediatamente, volvió a su expresión habitual—. Los rascacielos no lo volverán más poderoso. No dice más que sandeces.

—No existe ningún plan Amàlia —carraspeó incómodo, era evidente que mentía—, y la remodelación del Distrito V nada tiene que ver con el dinero. No me mire así, es obvio que ni la alcaldía ni el gobierno de Madrid van a permitirme que derribe la parte vieja de la ciudad. De hecho, a mí tampoco me interesa hacerlo, no podría mantener mi posición sin mis negocios en la zona. Al menos por ahora. Esos rascacielos son una cortina de humo. Los poderes del país me denegarán el proyecto y, como compensación, me concederán los permisos necesarios para llevar a cabo mis verdaderos propósitos. Y lo mejor de todo es que lo harán pensando que me conceden el premio de consolación. Lo publicado hoy en *El Diluvio* y el ataque al Pompeya, que han llevado a cabo los mercenarios que he contratado, habrán servido para dar un empujón a mi proyecto, de modo que se lo agradezco. Los imprevistos no son siempre enemigos de las ambiciones. Todos me deben favores, Mateu, todos. No pueden dispararme sin que la bala rebote y se incruste en su piel.

—Si el plan Amàlia nada tiene que ver con la remodelación del Distrito V, está claro que me está usted mareando para no contarme en qué consiste en realidad.

—Lo que quiero —dijo desoyendo de nuevo mi comentario sobre el plan— es dirigir una exposición universal como la de 1889 que se celebrará en pocos años. Y voy a aprovechar el acontecimiento para arruinar a las principales fortunas de Barcelona. Sin dinero, recurrirán a mí para salvarse, porque son esclavos del capital y unos ineptos. —Kohen alargó el brazo que tenía libre y abrió la palma de la mano—. Y cuando beban el agua de mis manos, los aplastaré como a las sanguijuelas que son. —Cerró el puño con fuerza, con rabia, diría—. Entonces podré modernizar esta ciudad, crearé trabajos dignos y traeré la paz a sus calles. Mateu, no existe otra vía. ¿O acaso cree que con asambleas y huelgas van a cambiar algo?

Estaba seguro de que existía un plan Amàlia más allá de lo que me estaba contando, por eso Kohen se esforzaba tanto por dejarlo al margen de la conversación; si no fuera así, no habría escrito aquellas anotaciones en las páginas que incautamos al Menorquín. Jamás había visto flaquear al Barón y, sin embargo, cada vez que mencionaba el plan, su talante poderoso flojeaba por unos instantes. Debía de tratarse de algo mucho más importante para él que la remodelación del Distrito V, el dinero, el poder o las oscuras intenciones que se escondían tras la exposición universal que quería dirigir.

—¿Se cree usted un justiciero? ¿Realmente piensa que ayuda a la ciudad matando y extorsionando a los barceloneses, sin respetar sus opiniones ni sus sueños? Lo que me está contando no son más que las excusas que se da a sí mismo para justificar sus atrocidades. Usted está ciego de poder, no quiere paz ni trabajos dignos. Lo único que desea es mandar, y hacerlo a cualquier precio.

—¿Y qué hay de sus actos? No me diga que los asesinatos que ha cometido no le quitan el sueño.

No permití que la verdad que acababa de soltarme a la cara me afectara, y de pronto caí en la cuenta de un detalle importante que me había pasado por alto durante la conversación. Kohen no tenía el acento habitual de los alemanes que hablan español.

—De pronto se le ha borrado el acento alemán, tampoco lo tenía cuando le visité con mi hermano y descubrimos que también era el Martillo. ¿Hay algo auténtico en usted?

—Nadie dijo que yo fuera extranjero. Mi nombre y mi acento os han llevado a pensarlo, pero mi origen es otra ilusión, una más en este país de embusteros, otra trinchera invisible tras la que protegerme.

—¿Por... por qué me cuenta todo esto?

—Porque usted ha sido de gran utilidad para mí, y le estoy pagando sus servicios con explicaciones. Se ha vuelto peligroso y no pienso renunciar a lo que he conseguido por un matón de medio pelo que predica justicia pero tiene las manos manchadas de sangre. Usted me ha estado pisando los talones y eso le honra. Ahora bien, a pesar de que ha sido divertido jugar al gato y al ratón, es el momento de aplastar la plaga que usted representa. Si he de serle sincero, le diré que me duele acabar con un contrincante tan astuto.

Me quedé sin palabras. ¿Qué podía decirle a mi verdugo? ¿Valía la pena suplicarle que me perdonara la vida? Kohen me apuntó con su pistola. Respiré hondo pensando en Montserrat, en Gabriel y en Pere. Estaba preparado. Al menos, pagaría por mis crímenes.

—Espere, señor Kohen, déjemelo a mí —intervino Josep—. Deje que sea yo quien lo mate. Se merece morir en manos de una cara amiga. Me lo debe.

Josep sacó una Browning del bolsillo de su americana y Kohen asintió con la cabeza, bajó la pistola y permaneció expectante.

—Lo siento mucho, Mateu. —Josep me apuntaba seguro de sí mismo e indolente—. Me hubiera gustado que las cosas hubieran ocurrido de otro modo. Por eso quiero regalarte mi sueño. Recuérdalo, recuerda lo que te he contado. Te regalo la posibilidad de abandonar esta ciudad e irte lejos de aquí. Si existe otra vida, vívela. Vayas a donde vayas, no la desperdicies, no te dediques a nada más que a tu felicidad. Adiós, amigo.

Bang.

DISPARA

21

Los recuerdos dibujan trazos de lo que somos, pero si los tergiversamos, pueden llegar a encerrarnos en un lienzo de falsedades. Paco decía que los remordimientos son un laberinto del que difícilmente se puede escapar. Mi tío recomendaba obviar el pasado porque los lamentos nublan el presente y, por tanto, cualquier posibilidad de redención. La Iglesia nos permite confesar los pecados, el Estado nos juzga para que paguemos por ellos, y las familias pueden utilizarlos para justificar un amor incondicional o para deshacerse de nosotros. Por eso hay que mirar los errores de frente y asumir los propios como tales; de lo contrario, se convierten en un arma en manos de los demás. Así fue como Kohen se hizo con el poder latente entre nosotros.

Hijo, te dejo esta reflexión por escrito porque, por banal que pueda parecerte ahora, de mayor te ayudará a convertirte en una buena persona. No deseo buscar en la muerte de mi madre la justificación de mis actos, aunque, quizá, si hubiera hecho las paces con aquel fatídico episodio de mi vida, habría tomado un camino diferente. Disculpa si este lienzo sobre el que plasmo mi vida no es del todo fidedigno, es vago unas veces y excesivamente detallado en otras; solo deseo que, si en algún momento yerras o traicionas tu moral, no sea en aquello sobre lo que he tenido la oportunidad de prevenirte.

Tras el disparo de Josep, me sumergí en una bruma de ensoñaciones y pesadillas imprecisas e indeterminadas, en un estado onírico en el que perdí la conciencia de lo que realmente sucedía a mi alrededor. Si trato de evocar las sensaciones de los días que siguieron, un cúmulo de imágenes y alucinaciones se pasea por mi mente sin orden ni concierto. Recuerdo que transité por el espacio fronterizo que separa la vida de la muerte. Mi alma habitaba ambos mundos, dudaba entre abandonar la Tierra y poner fin a mi sufrimiento y volver a pisarla para ahorrar la congoja a quienes, de perecer mi cuerpo, me echarían de menos. No obstante, mientras permanecí en semejante estado, suponiendo que realmente lo viviera y no fuera fruto de mi imaginación, experimenté sensaciones más bien cotidianas que exóticas. Me he pasado la mayor parte de mi vida en tierra de nadie, plantado entre realidades inconexas y en apariencia enfrentadas, y esa tensión, la que se produce entre dos fuerzas opuestas, ha sido para mí el pan de cada día.

Vivo, muerto o delirante, recuerdo que de vez en cuando abría los ojos y contemplaba los campos a través de una ventana que me brindaba una brisa fresca, típica de las postrimerías de verano. Durante esos instantes estaba tumbado en una cama. En otras ocasiones me encontraba en la habitación de mi madre, de pie ante su lecho. Ella estaba herida, sangrando pero viva, y yo no me hallaba en mi cuerpo de niño, sino en el de adulto. Mi madre me contaba cómo debía cuidar las rosas del balcón. Era importante que tuviera cuidado con las espinas, me decía. No había rastro de su amante ni de mi padre, y yo me sentía en una escena cotidiana y desprovista de toda excepcionalidad.

De vez en cuando entreabría los ojos y tenía la sensación de que Montserrat estaba a mi lado remendando alguna pieza de ropa. O leyendo. No me miraba ni me hablaba, se limitaba a llevar a cabo su labor como si yo no estuviera presente. Por momentos despertaba en la cocina de mi infancia. Allí estaban mi madre y Dolors, de pie, preparando un dulce. Ambas comentaban, divertidas, los dibujos que yo acababa de terminar.

Entonces caía en la cuenta de que mi cuerpo era el de un niño; ellas me trataban como tal y parecía que se llevaban bien. Aquella escena se repitió varias veces y en todas ellas Dolors decía: «En esta vida, si tienes que disparar, apunta bien. De lo contrario, pasarás tus días dando palos de ciego».

Otra imagen recurrente acontecía en la calle Conde del Asalto. Gabriel golpeaba violentamente a Pere mientras este, en el suelo, rezaba el padrenuestro, cosa inverosímil ya que mi primo ni era religioso ni claudicaba ante las agresiones. Yo me interponía entre ambos, y mi hermano me mostraba su desacuerdo propinándome un puñetazo que me tumbaba. Sin embargo, yo no me estampaba contra el suelo, sino que me precipitaba por un abismo eterno, oscuro, y no estaba solo en aquel descenso. Dolors caía conmigo y me lanzaba una mirada acompañada de la siguiente frase: «Las rosas pinchan, pero no por ello dejan de ser bellas».

Recuerdo también otros despertares en la cama desde la que observaba los campos. A veces, sobre una mesita de noche, había un ramo de rosas en un jarrón transparente. Otras, el jarrón estaba vacío y reposaba inútil. De vez en cuando me encontraba en un espacio neutro, carente de luz, gobernado por la voz de Montserrat que me pedía que fuera fuerte, que no la abandonara, que luchara. Pareciera que ese era mi sino, luchar contra mí mismo, contra el ímpetu de mi hermano, contra los recuerdos, los desamores, las injusticias, contra Kohen. ¿De qué me había servido? Mis batallas habían repartido desgracias entre mis seres queridos. «Lucha», me decía esa voz, y yo me preguntaba si se podía echar raíces con una pistola en la mano, o si el mundo era capaz de escuchar a un pelanas como yo si no empuñaba una Star o una Browning.

Recuerdo que soñé contigo, hijo. Sé que es imposible porque por aquel entonces aún no sabía que vendrías al mundo; sin embargo, recuerdo que caminaba contigo por las calles de Barcelona. Te contaba cómo el ayuntamiento se había convertido en la sede de la Asamblea Ciudadana Municipal y por qué era importante que asistieras a las asambleas directivas de la fábrica donde trabajabas, en las que participaban los afiliados a la producción. A veces eras un chaval pequeño, otras un hombre adulto, e incluso sabía que serías un varón.

Un día desperté. La lluvia caía feroz sobre unos campos que no estaban acostumbrados a tan abundante humedad. Observé mi cuerpo, débil, delgado, que reposaba sobre una cama. Sentí un fuerte dolor abdominal y, cuando aparté las sábanas que me tapaban, descubrí que mi torso estaba envuelto en unas vendas que me provocaban un gran picor. Entonces dirigí la vista hacia la ventana, que estaba abierta, y decidí levantarme para cerrarla, ya que el agua entraba a borbotones. Deslicé las piernas para sentarme y sentí un intenso dolor. Levantarme fue una proeza para mí, como la llegada a la meta tras varios kilómetros de carrera por caminos pedregosos. Logré ponerme en pie y, una vez hube cerrado las contraventanas, miré a mi derecha. Sobre la mesita de noche había un jarrón de cristal con rosas, y sobre la cama, un crucifijo invertido. Di un rápido vistazo a toda la habitación y caí en la cuenta de que estaba en la masía de Paco. No tenía ni la más remota idea de cómo había llegado hasta allí, pero no lo descubriría si me quedaba encerrado en aquel dormitorio. Con paso débil y torpe alcancé la puerta y luego el pasillo, por donde avancé apoyándome en la pared. Crucé la biblioteca de Paco y me cercioré de que permanecía intacta. Entonces supe que él estaba bien.

Descendí las escaleras apoyando el hombro derecho en la pared, pues no había barandilla. A cada escalón que bajaba sentía una punzada de dolor bajo el vendaje, no obstante el ansia por resolver el misterio era mayor que mi sufrimiento. En la entrada de la casa oí unas voces procedentes de la cocina. Pertenecían a Paco y a una mujer a la que identifiqué al instante, aunque me parecía imposible que estuviera allí.

La cocina no había cambiado ni un ápice. En el hogar había una olla hirviendo y Paco estaba sentado a la mesa pelando patatas en compañía de una sonriente Montserrat. Los dos se alegraron mucho de verme, al tiempo que me regañaron por haberme levantado de la cama. Paco me abrazó con el tacto de una enfermera experimentada que conoce al dedillo la dolencia de su paciente. Acto seguido, dejó que me apoyara en su hombro, convirtiéndose así en una suerte de muleta.

—¿Qué hago aquí? Estoy muy desconcertado.

—Vayamos a la habitación, allí te lo contaremos. Es mejor que permanezcas tumbado unos días más. ¡Bienvenido a la vida! —concluyó Paco.

Me sorprendió que Montserrat permaneciera sentada, incluso pensé que debía de estar molesta. Pronto descubrí el verdadero motivo.

—Paco, espera un momento. Deja que se lo diga ya. Mateu, siento contártelo así, a la brava. Verás, tengo que presentarte a alguien. Tendría que habértelo dicho antes, pero con todo el lío de la asamblea informativa de Kohen, yo…

Montserrat se levantó y se acarició el vientre con la mano derecha. Una pequeña protuberancia sobresalía de él, suficiente para comprender lo que quería decirme. Aunque en nuestros últimos encuentros había notado que su barriga se había ensanchado, pensé que habría ganado un poco de peso. Sí, hijo, tú estabas ahí dentro. Si la memoria no me traiciona, lo primero que hice fue tragar saliva mientras miraba embobado la barriga de tu madre. Estuve a punto de preguntar cómo había sucedido; por suerte, no lo hice, ya que me habría ganado una respuesta sarcástica. Ella me miraba impaciente y yo fui pasto de un sinfín de emociones difíciles de describir: miedo, quizá pavor, y también alegría, euforia, plenitud. Decidí quedarme con estas últimas, pues, si iba llegar un hijo mío a este mundo, quería que lo hiciera entre algodones.

Me acerqué usando a Paco como apoyo y la abracé fuerte pese al malestar de mi abdomen. Ella rompió a llorar de emoción. Permanecimos pegados hasta que gemí de dolor y entonces Montserrat dejó de estrujarme. Ella se secó las lágrimas con la mano y me aseguró que ya tendríamos tiempo para hablar, pero yo debía volver a la cama.

Subimos las escaleras en silencio, concentrados en el enorme esfuerzo que estaba haciendo para alcanzar la habitación. Mi altura y mi peso impedían que Paco y Montserrat pudieran llevarme a cuestas. Una vez tumbado en la cama, y todavía falto de aire, volví a pedirles explicaciones. Miré la mesita de noche y no había rastro del jarrón ni de las rosas. Paco se apoyó en la ventana con los brazos cruzados, mientras Montserrat se sentaba a mi lado.

—La verdad es que yo también tengo muchas dudas sobre lo que pasó —dijo ella, negando con la cabeza—, no creas que para mí tiene mucho sentido. El día de la asamblea del Pompeya, la mujer de Josep se presentó con su coche en el taller. —Se me formó un nudo en el estómago al pensar en las implicaciones del encuentro, pero la dejé continuar—. Sería media tarde. Me dijo que la acompañara, que te había pasado algo. Rápidamente, bajé a la calle y subí a su vehículo mientras le preguntaba qué había sucedido. —Montserrat parecía agobiada al contarlo. Le cogí la mano—. Ella me respondió que no me lo podía decir, que era mejor que lo viera con mis propios ojos. A pesar de que yo insistí, no dio su brazo a torcer. Es una mujer dura, directa, con Mireia no hay lugar a réplica. Nos plantamos en un edificio de la calle Pau Claris y me pidió que esperara en el interior del automóvil. Apenas unos minutos después, aparecieron dos hombres por la puerta del servicio. Te llevaban inconsciente y a rastras, como si estuvieras borracho. Te dejaron en el asiento trasero del coche mientras otro hombre se sentaba en el del copiloto. Dijo llamarse Guerau. Era médico y te acababa de operar sobre la mesa de la cocina de los Puig para extraerte una bala. Poco sabía sobre lo sucedido, solamente dijo que debía permanecer unos días a tu lado para asegurarse de que sobrevivías. También comentó que Josep te había disparado en el punto exacto para que ningún órgano quedara afectado y que pasarías unas semanas muy malas. No me quedé tranquila hasta que me prometió que sobrevivirías. Fue horrible, Mateu, no sabía qué había pasado, ni siquiera si saldrías con vida de aquello.

Se detuvo, su voz se quebró y sus ojos se humedecieron. Yo le estreché la mano y ella respiró hondo, se templó y continuó hablando:

—Tú estabas inconsciente, con la cabeza apoyada en mi regazo, y el automóvil nos trajo hasta aquí.

Montserrat me sonrió con ternura. A continuación, me acarició la mejilla y yo cerré los ojos para sentir el tacto de su piel.

—Yo os recibí en mi casa y te acomodamos en esta cama —continuó Paco—. El médico nos dio instrucciones claras de cómo atenderte. Don Guerau se instaló en el pueblo durante cuatro días y te visitó a menudo. Tenía miedo de que una infección pusiera fin a tu vida. —Paco sonrió con orgullo—. Por suerte, no fue así. El caso es que, hace un par de días, se marchó y nos dejó a tu cuidado. Volvió a Barcelona en el mismo automóvil que os trajo aquí. No nos dio muchos detalles sobre lo que te había sucedido, tan solo nos recomendó que habláramos con el señor Puig.

—Creo que Josep ha querido simular mi muerte para que Kohen me deje en paz. Es una idea un poco retorcida, pero…

—En todo caso, ahora debes descansar. Cuando te repongas, ya pensarás en estas cosas.

Montserrat tenía razón, yo había hecho un gran esfuerzo para mantenerme despierto mientras ella desgranaba su relato, así que cerré los ojos y sucumbí al cansancio.

Con el correr de los días, los momentos conscientes ganaron terreno a los oníricos. Paco y Montserrat me cuidaban concienzudamente: me curaban la herida, me obligaban a comer siguiendo un estricto horario, tuviera hambre o no, y me hacían compañía siempre que podían. Cuando logré sentarme y mantenerme con la espalda apoyada en el cabecero de la cama sin sentir dolor, Paco me trajo libros para que me entretuviera durante las tediosas horas de convalecencia. Las fuerzas volvieron a mi cuerpo sin prisa aunque con constancia. No sabría explicar cómo lo logré, pero lo cierto es que conseguí alejar los remordimientos por unos días. Necesitaba salir adelante por el bebé que esperábamos, por Montserrat y para mostrarme agradecido con la vida, que me daba una segunda oportunidad. Dos semanas después, logré levantarme de la cama sin sufrir un calvario. Empezaron así los paseos por la habitación que, al cabo de poco, fueron sustituidos por caminatas alrededor de la masía.

Montserrat se mostraba amable y atenta, aunque yo percibía malestar tras sus palabras y sus caricias. Teníamos que hablar, pero yo todavía estaba demasiado débil para sacar el tema y ella no se atrevía. Los términos a los que iba a enfrentarme en la conversación se definieron una noche, gracias a un sueño en el que mi madre aparecía en el balcón del piso de mi infancia. Mientras estaba podando los rosales, criticaba mi falta de tacto con las plantas y me decía que un buen jardinero debía amarlas por encima de todo. Yo la escuchaba con atención y de pronto vi una silueta corriendo por la plaza. Era Montserrat y, tras identificarla, comencé a gritar su nombre. Ella no me oía o no quería oírme, pues no se detuvo hasta que la perdí de vista. Desperté súbitamente, estaba sudando. Mi corazón latía a mil por hora, las manos me temblaban, y en aquel momento tomé una decisión.

Horas después, Montserrat me trajo una bandeja con café y pan con tomate y fuet. La colocó sobre mis piernas, se sentó a mi lado y me contó detalles de lo que había aprendido sobre el campo en las últimas semanas. Aprovechando uno de sus silencios, respiré hondo y me armé de valor.

—Montserrat, deberíamos hablar sobre nuestro futuro hijo. —Callé unos segundos porque quería comprobar si iba por buen camino—. Es decir, deberíamos hablar sobre nosotros.

Noté cómo sus hombros se tensaban. Se agarró las rodillas con las dos manos y presionó los labios con fuerza.

—He estado a punto de morir y nunca me ha importado el matrimonio; es más, creo que durante mucho tiempo me ha dado miedo. Es una institución burguesa, lo sé, y sé también que es una incoherencia que alguien como mi hermano o como yo valoremos siquiera esa opción, pero te amo, vamos a tener un hijo y quiero convertirme en tu marido y que tú seas mi mujer.

Montserrat permaneció absorta en sus manos, que en aquel momento reposaban sobre su regazo, entrelazadas. Luego contempló los campos que rodeaban la casa.

—Dime, Mateu, ¿se puede saber por qué fuiste al Pompeya solo? —me preguntó con un tono casi infantil—. Si te hubieran matado, este bebé que llevo en mis entrañas se habría quedado sin padre. Eres muy afortunado, parece imposible que sigas con vida. La suerte te va a abandonar cuando menos te lo esperes, y yo... Tú quieres morir siendo mi marido, pero yo no quiero ser tu viuda.

Me detuve para reflexionar. Comprendía sus motivos, huelga decir que tenía razón, sin embargo yo también tenía los míos.

—Lo siento —respondí—. No puedo decirte más que lo siento. Tras el fiasco del artículo de *El Diluvio*, nos habíamos quedado sin alternativas. No podía permitir que Kohen nos venciera, por eso me fui directo al teatro, aun a riesgo de poner en peligro mi vida. Pensaba levantarme en mitad de la sesión y dispararle.

—Por Dios, estás obsesionado con ese hombre. Si le hubieras disparado, te habrían acribillado a balazos. No sé si quiero vivir al lado de un ser tan irreflexivo. Antes no eras así.

—¿Y entonces? ¿Qué propones? ¿Cómo criaremos a nuestro bebé? ¿Quieres hacerlo sola? ¿O vas a encontrar a otro hombre que lo haga por mí? Eso no es muy normal, Montserrat.

—Ya estamos con lo que es normal y lo que no lo es.

Si algo había aprendido hasta aquel momento era que las palabras adecuadas deben aparecer en los momentos más tensos, y son lo único que marca la diferencia entre la desdicha y un final feliz. Suspiré y le dirigí una mirada suave, tenue, conciliadora.

—Montse, cada vez que vamos a dar un paso importante,

me culpas de una cosa u otra... Vamos, de ser como soy. Sé que no siempre he tomado las mejores decisiones, pero tú encuentras excusas para frenar un amor que nos hace bien. No quieres depender de nadie y tu valentía te honra; aun así, debes entender que a mi lado serás libre. Podrás abandonarme cuando quieras, no te retendré. Solo te pido que confíes en mí.

—¿Y qué significa eso? ¿De pronto te has convertido en un experto en relaciones humanas? Me dices que confíe en ti y, a la hora de la verdad, siempre acabas priorizando la lucha. —Montserrat, indecisa, se apartó el pelo de la cara mientras buscaba los argumentos necesarios para expresar su impotencia—. Y ni siquiera eso, te dejas llevar por tus rabietas y vas dando tumbos de un lugar a otro. Puedes lanzarte a la muerte con los brazos abiertos, pero a mi bebé no lo abandonarás. Prefiero que no te conozca a que te eche de menos.

Cerré los ojos durante unos breves instantes.

—Yo no abandonaré a nadie —respondí—. Al menos, no voluntariamente. Y antes de añadir nada más, te pido que te pongas en mi lugar. Si algo me ha enseñado Pere es que debemos querer a las personas por lo que son, no por lo que deberían ser. Y cuando me rechazas pienso que, o bien no me quieres, o bien te guías por los mismos prejuicios que tanto criticas.

—No sé por qué me tratas así. —Montserrat negaba con la cabeza mientras se cubría el rostro con las manos—. Te he acompañado en momentos muy difíciles y ahora me dices que estoy equivocada.

—En absoluto, no malinterpretes mis palabras. —Me armé de valor y dije al fin lo que había estado callando—: Hasta que descargues el peso que arrastras, no serás libre. Puedes contármelo a mí o a quien tú quieras, puedes encontrar el amor en otro hombre si eso es lo que deseas, no me opondré. Sin embargo, yo, más que nadie, conozco el precio que hay que pagar por llevar una carga sobre los hombros, por no verbalizar las angustias por miedo al rechazo. Te lo digo porque te quiero. He recorrido un largo camino hasta conseguir expresarme con libertad y ahora no me voy a callar. Créeme, merece la pena.

Montserrat se fue del cuarto corriendo y yo permanecí en la cama, angustiado y aliviado a la vez. ¿Estaba siendo justo? ¿Me estaba equivocando como tantas veces? No soy yo quien debe juzgarlo, aunque me atrevo a afirmar que, por primera vez, afronté una situación complicada sin miedo a errar. El día se escapó a través de la ventana sin más distracciones que algún que otro pájaro posado en el alféizar. No vi a Montserrat durante el resto de la jornada, y Paco, que percibió la tensión creciente entre ambos, me pidió que lo acompañara y me sentara a su lado junto a la fogata que había encendido en el patio.

Cobijados por una manta debido al frío que empezaba a desplegar sus alas por las noches, charlé con él sobre la cosecha y los animales. Sabía que me había citado allí para formularme sus incómodas preguntas, y yo lo interrogué sobre los detalles más nimios acaecidos en la masía durante mi ausencia, con la clara intención de evitarlas. Paco aprovechó el único segundo en que bajé la guardia para atacarme sin piedad:

—Y dime, Mateu, ¿hallaste lo que buscabas?

—Si la respuesta fuera afirmativa, no habría terminado en tu casa con un balazo en el vientre.

Paco soltó una estruendosa carcajada y eso me sorprendió.

—Ironía, Mateu, has recurrido a la ironía. Eso es nuevo en ti. —A continuación, dio a su voz un matiz más serio—: Montserrat me ha contado la mayor parte de tus desventuras. Tu hermano y tú sois unos locos con suerte, me enorgullezco de ti, no de tus actos, sino de tu voluntad. Y, aun con todo, me pregunto si has obrado por los motivos adecuados.

—Tú me animaste a que llevara a cabo mi venganza.

—No, yo te pregunté por lo que te decía tu instinto y tú me respondiste que querías vengarte de Kohen. En ningún momento te di mi opinión sobre lo que ibas a hacer.

Fijé la atención en la fogata sin saber a qué atenerme.

—Siempre eres muy críptico, Paco, y no creas que no valoro tus consejos y tu trato, pero a veces me gustaría que alguien me dijera lo que tengo que hacer para que las cosas salgan como deseo, para lograr que el mundo sea un lugar más amable para mis sobrinas y para el bebé que está en camino. ¿Qué pasos debo seguir? Nadie sabe responderme.

—Eso es lo que quieren tus enemigos, que seas manso. Esperan que obedezcas las normas, que actúes como un ciudadano modélico, que no desafíes el principio de autoridad, que no busques alternativas a lo que se espera de ti. —Imprimió a su voz un tono más grave y continuó—: El obrero, obrero; el patrón, patrón. Dios en casa de todos y los privilegios en la de los ricos. Créeme, ninguna oveja encuentra los mejores pastos si no salta la verja que la retiene.

Lo miré con cierta desesperación. Paco dejó entonces la regañina a un lado y me habló con la ternura que reservaba para los momentos importantes:

—Tú no puedes estar por encima del bien y del mal. Existe la creencia de que los que defendemos ideas revolucionarias tenemos que ser coherentes en todo momento, pero no podemos ser justos las veinticuatro horas del día. Eres un hombre, tienes corazón, y no hay corazón que atienda siempre a razones. Tú te fuiste en busca de venganza y no la has encontrado. No le des más vueltas. La vida te ha devuelto aquí. Dime, ¿qué has aprendido?

—Que la venganza es absurda, inútil. Que responsabilizaba a Kohen de mis actos y pensaba que eliminándolo acabaría también con la culpa. Estaba equivocado y ahora no sé si debo perdonarme o entregarme a la policía para pagar por mis errores.

—¡Qué difícil dilema, Mateu! Ni los grandes hombres de la historia han logrado solventarlo. La muerte no debería justificarse bajo ningún concepto. Sin embargo, si echas la vista atrás, verás que no hay revolución importante que no cuente muchos cadáveres bajo sus logros. ¿Existe realmente otra vía? Lo desconozco. Asegúrate de que tus motivos están hermanados con tu conciencia, es lo único que puedo decirte para que avances sin dar palos de ciego.

El viento alentó las llamas que consumían la leña, aumentó el calor y tuvimos que destaparnos para soportarlo.

—Tal como está Barcelona —prosiguió Paco—, no tienes

muchas opciones. Puedes callar y agachar la cabeza para sobrevivir o alzar tu voz o tu arma para tratar de cambiar las cosas. Cada vez que leo que ha aparecido un muerto, me da igual a qué bando pertenezca, me pregunto quién es más responsable del sufrimiento del pueblo, los que callan, los que hablan o los que se defienden. Sé que este argumento entra en contradicción con lo que te he dicho hace un momento, pero ese es el problema: el mundo en el que vivimos está lleno de contradicciones. Y tú intentas ser justo y coherente en el peor de los contextos. ¿Lo entiendes? ¿De qué servirá que te entregues a un estado policial tan corrupto? Seguro que encuentras otra manera de compensar tus pecados.

—Paco, si gobernaras el país, se convertiría en una potencia mundial.

—Si yo gobernara, nos iríamos al carajo —dijo divertido—. No soy un sabio, habla la experiencia, la experiencia de quien ha sufrido lo suficiente para aprender un par de cosas sobre la vida. Tú también has tomado sendas dolorosas, así que quizá algún día sientas la necesidad de compartir tus lecciones con el mundo. O con tus hijos. Solo así lograremos avanzar.

—El tiempo lo dirá.

Un perro pasó por delante de nosotros medio adormilado y se dirigió al establo para resguardarse de la noche. Estaba seguro de que se había perdido persiguiendo alguno de los conejos que solían merodear por la finca.

—Montserrat y tú podéis quedaros el tiempo que queráis. Si de mí dependiera, podríais instalaros aquí para siempre. Te has buscado una buena mujer, Mateu. No la pierdas.

—¿Por qué eres tan bueno conmigo, Paco? Creo que no me merezco ni una mínima parte de lo que me has ofrecido.

—¿Por qué nos preocupamos por unos y no por otros? ¿Por qué existen personas que despiertan nuestra simpatía y otras que nos causan rechazo? Lo decidí la primera vez que te vi, cuando caminabas por los campos en dirección a la masía con esa mirada perdida tan tuya. Supe que había encontrado a un amigo.

—¿Amigo? ¿Yo? Tú me has dado mucho más de lo que yo te he dado a ti.

—Ay, Mateu, existen beneficios que no se pueden cuantificar ni contar con palabras.

Paco colocó su mano sobre mi hombro y yo puse la mía encima de la suya. Luego criticó mi delgadez y me aseguró que, en cuanto me recuperara, volvería a colaborar con él en las tareas del campo.

Yo observé el fuego durante unos instantes, abstraído por su fuerza. Cómo echo de menos aquel patio, aquel hombre y las conversaciones que mantuve con él.

—Dime, aparte del balazo, ¿cómo te sientes? —dijo él, rompiendo mi ensimismamiento.

—Siento angustia, dos tipos de angustia contrapuestos. —Sonreí, añoraba ese tipo de preguntas—. Uno apela a la tristeza y el otro me dice a gritos que actúe, que corra, que no me detenga ahora.

—Eso es desconcierto y solo se aplaca con decisión.

—¿Por qué no me dijiste que Kohen y el Martillo eran la misma persona?

—¿De qué habría servido? —preguntó encogiéndose de hombros.

La quietud del campo es el mejor de los somníferos. Jamás he dormido tan bien como cuando estoy cerca de la naturaleza. De nuevo en mi habitación, cerré los ojos pensando en Montserrat. No deseaba que sufriera, pero sabía que si no nos enfrentábamos a la verdad, las mentiras terminarían por consumirnos. Si yo estaba en lo cierto, ella debía enfrentarse a su pasado y tomar una decisión que escapaba a mi voluntad. Si estaba equivocado, me haría entrar en razón, como era habitual. El cansancio y la paz del entorno me abrazaron con su sosiego y me adormecí. Montserrat no me dirigió la palabra en los cuatro o cinco días siguientes. Tampoco se pasó por mi habitación, así que Paco se convirtió en mi único enfermero. Él optó por no inmiscuirse ni preguntar, se comportó con total discreción, como si no supiera que Montserrat y yo estábamos jugando al gato y al ratón.

Hasta que una mañana, al despertarme, me sentí recuperado. En cuanto despuntó el día, bajé a la cocina y comencé a prepararme el desayuno. El hogar estaba encendido, a punto para tostar el pan, cuando Montserrat apareció. Permaneció unos instantes temblorosa en el umbral de la puerta y, al verme, huyó y no la volví a ver en todo el día. En un momento dado pregunté a Paco por su paradero. Me dijo que la había visto dirigirse hacia el sur atravesando los campos, a primera hora. Lo más probable era, según él, que estuviera dando un paseo. «No hay nada más revitalizador que caminar por la naturaleza», afirmó.

Los nervios no me abandonaron en toda la jornada. Por aquel entonces aún me cansaba si permanecía un largo rato de pie. Ayudé en la cocina y paseé por los alrededores para acostumbrar mi cuerpo al movimiento. Hacía poco que había terminado la siembra y los primeros brotes de vida horadaban la tierra. Cuando volví a la masía, fui directo a mi habitación y me tumbé en la cama. Tenía los músculos débiles y consumidos, los pies desacostumbrados a soportar mi peso y la paciencia mermada por la incertidumbre.

Justo después de encender el quinqué, Montserrat apareció despeinada, nerviosa, con los brazos cruzados. Sin mediar palabra, se sentó en el borde de la cama y centró la mirada en la oscuridad que llegaba a través de la ventana.

Me lo relató todo desordenadamente. Montserrat sentía una gran culpa por algo que acaeció cuando no tenía más que nueve o diez años. Se sentía responsable, se veía a sí misma como un monstruo por haber tenido que lidiar con una situación tan indecente. Me repitió varias veces que no era digna de la felicidad, que se merecía todos los males que había tenido que soportar en su vida tras conocer a aquel vecino. Respetaré la voluntad de tu madre, hijo. Ella me pidió que no se lo revelara a nadie, así que no te expondré los hechos; sin embargo, me veo obligado a mencionar aquella conversación para que comprendas el giro que dio nuestro noviazgo.

Montserrat habló largo y tendido, solo los sollozos interrumpieron de vez en cuando su relato. Cada vez que me acercaba a ella para acariciarla o mostrarle mi apoyo, me rechazaba. No me miró a los ojos en ningún momento, era como un volcán en erupción, como una fiera deseosa de cariño y a la vez traicionada por su instinto de supervivencia. Tu madre pasó por un calvario y se vio obligada a tomar una decisión horrenda para salvar a tu tía Cristina. Insisto, no deseo compartir contigo todos los detalles, simplemente añado que, desde el día en que nos conocimos, nos había unido la fuerza invisible que atrae a los seres dolientes.

Me confió sus peores recuerdos y luego se tumbó a mi lado y me pidió que la abrazara. Lo hice y caímos rendidos ante la verdad, arropados por su liberación. A la mañana siguiente, me pidió que permaneciéramos en la cama en silencio. Así transcurrió la jornada entera, seguros de que no existía otro lugar en el que deseáramos estar. Bajé un momento a la cocina para preparar un tentempié, pues mi barriga comenzaba a interpretar la sonata del hambre. Allí encontré a Paco preparando pan y cortando embutido. No me dijo nada, se limitó a darme una palmadita en la espalda. De nuevo en la habitación, logré que ella comiera y, en cuanto nuestros estómagos quedaron satisfechos, volvimos a la misma posición, acunándonos. Montserrat me pidió que le prestara un poco de mi piel para albergar parte de sus heridas, pues ella tenía tantas que se había quedado sin espacio.

La mañana nos sorprendió más enteros, descansados, fuertes. Ella se levantó y, lanzándome una de las miradas más dulces que me han dirigido jamás, me dijo:

—¿Podemos olvidarnos de todo y seguir con nuestra vida? ¿Al menos hasta que decidas volver a por Kohen?

Me disponía a rebatir su último comentario, pero me limité a sonreír y asentí con la cabeza.

La felicidad se aferró a nosotros, nos brindó una ilusión de seguridad y nos bendijo con una rutina que sabía a gloria después de tan aciagas experiencias. Montserrat y yo ayudábamos a Paco en los menesteres de la masía: trabajábamos la tierra, cuidábamos a los animales y adecentábamos las partes de la casa más deterioradas por el paso del tiempo. Arreglamos el establo y lo dejamos como nuevo. Pintamos el comedor y lo convertimos en el espacio principal de la casa. Nos ocupábamos también de ir al mercado de Tàrrega en busca de provisiones. No obstante, Paco no nos cedió su hegemonía en la cocina, era demasiado perfeccionista y maniático para llevarse a la boca un plato que no hubiera elaborado él mismo.

Antes de acostumbrarnos a las tareas que ejecutábamos a diario, antes incluso de mi completa recuperación, Montserrat y yo nos casamos para oficializar el amor que tanto nos había costado afianzar. La única opción que teníamos a mano era la iglesia del Talladell, pero ambos nos negamos en rotundo a casarnos allí, así que improvisamos una ceremonia oficiada por Paco y por la gracia de nuestra voluntad. Algunos dirán que nuestro matrimonio no tiene validez. A palabras necias, oídos sordos.

La boda se celebró una mañana soleada de noviembre de 1921, en el patio de la masía. A pesar de que reinaron las sonrisas y el amor, no hubo más fiesta que la comida que Paco preparó: mató un cordero y lo asó. Nos casamos con la ropa habitual porque no encontramos un vestido de novia para una mujer embarazada y Montserrat no disponía de la tela necesaria para confeccionárselo. Era lo que menos le importaba y, de todos modos, estaba radiante. No creo ni en la Iglesia, ni en el Estado ni en el matrimonio; me casé porque aquel día se cerró un círculo que trazamos sin atajos. La vida es un manojo de contradicciones lleno de capullos como yo.

Paco nos agradeció que optáramos por una celebración discreta. Él trapicheaba con cajas que transportaban armas. También suministraba libros prohibidos a muchos de los vecinos de municipios cercanos. Su masía era un centro de transporte y almacenaje del movimiento anarquista de Cataluña, y él, tranquilo y bonachón, llevaba una doble vida con una maestría admirable. Así que abogaba por pasar tan desapercibido como fuera posible y por no relacionarse con ninguno de los párrocos de la zona.

Tras la boda, nos sumimos en la rutina basada en los quehaceres del campo, de la que Montserrat fue desapareciendo a medida que su barriga crecía. Creo que jamás he visto a una embarazada con una panza tan grande. Y yo volví a ejercitar mi cuerpo bajo las órdenes de Paco: corría todas las mañanas transportando la madera de un lugar a otro y seguía a pies juntillas los ejercicios que se inventaba para mejorar mi velocidad, mis reflejos y mi puntería. Él era un maestro convirtiendo las actividades cotidianas en tareas sobrehumanas.

Cuando llegó el 5 de febrero de 1922, el día en que naciste, ya me sentía en plena forma. Llenaba las camisas, corría sin esfuerzo y sentía que el vigor guiaba mis pasos. El parto fue largo, y Paco y yo sufrimos como dos becerros huyendo de un lobo. Cuando Montserrat comenzó a sentir dolores más fuertes, tomé prestado uno de los caballos de la masía vecina y me dirigí a Tàrrega para avisar al médico. Él se presentó enseguida, acompañado por una comadrona.

El doctor nos echó a Paco y a mí de la habitación y no nos permitió preguntar nada hasta que nació el bebé. En las cortas incursiones al baño o al patio que el médico realizó para estirar las piernas, apenas nos dio información, se limitó a asegurarnos que la vida seguía su curso. Esperamos y esperamos. Contemplamos la puesta de sol con desespero y llegamos al amanecer con el ansia recorriendo los rincones más frágiles de la mente. Saqué mil veces de mi bolsillo el pañuelo blanco con la eme bordada; ni siquiera mi tan querido pedazo de tela me ofreció consuelo. No voy a relatar los gritos que emitía Montserrat ni el pinchazo que me oprimía el corazón cada vez que la oía quejarse. Por fin, recién despuntaba el sol del nuevo día, el doctor salió de la habitación con la bata teñida de rojo y una sonrisa en los labios.

—Es un niño —dijo nada más atravesar el umbral—. Ella está bien, pero ahora debe descansar, ha sido un parto difícil. La comadrona les contará el resto.

El hombre enfiló el pasillo todavía con las últimas palabras en la boca. Yo me quedé embobado observando cómo desaparecía por las escaleras. Paco me dio un golpe en el pecho.

—¡Espabila! ¡Ve a verla! —exclamó.

Volé hacia la habitación. Montserrat estaba tumbada en la cama, lívida; el cansancio teñía la expresión de su rostro. Tú estabas en sus brazos tapado con una mantita que apenas dejaba ver la ropita que tu madre te había confeccionado semanas antes.

—Te presento a Joaquim —me dijo.

Sonreí para darle a entender que el nombre me gustaba, me acerqué a ti, te di un beso en la frente y te contemplé con detalle. Eras un ser tan pequeño e indefenso… Me pregunté por qué mi padre había sido capaz de abandonarnos y de desamparar a su progenie. Entonces sentí el impulso. Salí corriendo del dormitorio bajo las atónitas miradas de Montserrat y de la comadrona.

Volví con varias hojas de papel y un lápiz y comencé a dibujar. Al ver mi absoluta concentración, y pese al extremo cansancio que debía de sentir, tu madre respetó mi momento. Veinte minutos después, tu retrato estaba listo, el primer dibujo que terminé tras la muerte de Dolors. Se lo mostré a Montserrat y las lágrimas le saltaron de los ojos. Le entregué el dibujo, te cogí en brazos y la vida cobró un nuevo sentido para mí, completo, profundo.

Montserrat recuperó las fuerzas al cabo de unos días y tú alegraste las rutinas de la masía con tu curiosidad, tu sonrisa y tu tranquilidad. Creo que naciste en armonía con el entorno, calmado y sosegado. Eras un dormilón y te pegabas al pecho de tu madre con ansia. Las primeras flores colorearon el paisaje, luego recogimos la cosecha con la ayuda de jornaleros y, cuando el calor del verano se apoderó de la tierra, aré usando mi cuerpo como fuerza de tracción. Trabajar el campo es duro, hay que sortear los frecuentes imprevistos y el agotamiento no te abandona durante los meses claves; nimiedades comparadas con todo el sufrimiento y el ajetreo que imperaban en Barcelona.

Mi esposa me enseñó las reglas del ajedrez y nos acostumbramos a jugar al menos una partida al día. Rivalizábamos por ganar, una inocente distracción antes de finalizar la jornada. Tú ibas creciendo, siempre pendiente de cuanto sucedía a tu alrededor. Los perros de la finca te llamaban la atención, y, cuando pasaban cerca de ti, alargabas un brazo y balbucías sonidos como si intentaras comunicarte con ellos. Paco se descubrió como un gran payaso. Te reías con sus muecas y con los extraños ruidos que emitía para entretenerte.

Los soleados días se volvieron tímidos en otoño. Con la siembra germinó en mi interior un malestar, una certeza y una contradicción. El malestar me lo traía el pasado, que me seguía torturando y me impedía sentirme en paz conmigo mismo. Por otro lado, tenía la certeza de que Kohen campaba a sus anchas por Barcelona y, no sé por qué, me sentía responsable de sus actos. Además, todavía desconocía la verdad sobre el plan Amàlia y sus posibles consecuencias para la ciudad. La contradicción oscilaba entre dos ideas: el deseo de volver a Barcelona y terminar lo empezado y la voluntad de perpetuar la vida que habíamos construido en El Talladell. ¿De verdad quería tirarla por la borda? ¿Realmente estaba en mis manos impartir justicia? ¿Qué podía hacer? ¿Qué debía hacer? Comencé a perderme en silencios que denotaban mi ensimismamiento y en cambios de humor que delataban mis dilemas.

No me atrevía a compartir mis dudas con Montserrat, me aterraba su reacción o que pensara que yo ponía mi necesidad de venganza por delante de mi familia. Hasta que una noche tu madre se enfrentó a esa nube oscura que se cernía sobre nuestras cabezas. Nos encontrábamos delante de la chimenea del comedor, ella leía y yo me limitaba a observar el amenazante frío a través de la ventana. Como si de la pregunta más cotidiana del mundo se tratara, de la más inocente y menos conflictiva, dijo:

—Quieres volver, ¿verdad?

—No... Sí. Quiero vivir aquí, contigo, pero a la vez necesito... No quiero que Kohen hiera, manipule ni mate a nadie más.

Montserrat tragó saliva, cerró el libro y contempló el fuego que nos calentaba.

—Ve, si eso trae paz a tu espíritu de una vez por todas. Sin embargo, yo no tengo ninguna obligación de esperarte, ni de alentarte, y tu hijo no tiene por qué pagar las consecuencias de tus actos. Yo no quiero volver a aquella vida, él es mi prioridad, y, sinceramente, no deseo verme involucrada en las miserias de Barcelona. —Dejó de mirarme a los ojos y, abstraída por las llamas de la lumbre, prosiguió—: Me parece injusto que, como mujer, tenga que sufrir por algo que habéis provocado vosotros. Muchas malvivimos debido a la incompetencia de los hombres que nos gobiernan, y luego dicen que somos inferiores.

Respiré hondo antes de responder. Sabía que ambos teníamos razón en algún punto, y yo dudaba hasta de mis intenciones.

—Si me voy, puede pasar cualquier cosa, lo sabes. Yo... puedo prometerte que solo haré lo justo para alcanzar mi objetivo, que no me pondré en peligro como en el pasado, que volveré pronto a tus brazos para envejecer a tu lado.

—¿Quieres que te diga algo? —Montserrat me lanzó una mirada que mezclaba intranquilidad, advertencia y amor—. Aquí no me siento segura. Josep nos envió a esta masía sin que yo diera ni una sola indicación al conductor. Bueno, tampoco me dijo adónde nos mandaba. No sabemos si Kohen conoce nuestro paradero o si sabe que estás vivo, quizá no tiene ni idea, quizá espera que muevas ficha para volver a aprovecharse de ti. Si te vas y te enfrentas al maldito Barón, nos pondrás en el punto de mira de todos los pistoleros de la ciudad, por eso no podré esperarte aquí. Comprendo tu inquietud, pero también tú debes comprender la mía.

—Y la entiendo. —Callé unos segundos—. Dime, ¿qué alternativa tengo?

Montserrat dibujó una leve sonrisa irónica y replicó:

—No voy a responder a eso. Piensa que lo que hagas a partir de ahora afectará a tu familia. Y siempre, suceda lo que suceda...

—Siempre hay un modo diferente de solucionar las cosas —la interrumpí—. Lo sé, créeme que lo sé.

Los días transcurrieron y me sumí en uno de mis estados más introspectivos. Montserrat, al contrario que otrora, me respetó. Se limitó a acariciarme y a recomendarme que dedicara más tiempo a la actividad física y que jugara con el crío en los ratos libres para despejar la cabeza. Paco, sin embargo, mostraba su preocupación con suspiros y miradas retadoras. Tres o cuatro días después de la Navidad, me abordó en el establo mientras yo comprobaba el estado de las ovejas y la cantidad de alfalfa que quedaba en los comederos.

—Tenemos que hablar. Sígueme —dijo.

Serían las dos o las tres de la tarde y hacía frío. Me guio hasta el campo que quedaba en la parte trasera de la masía y me pidió que me sentara a su lado, en el margen, encarados ambos al labrantío. No me dio tregua:

—Tú no eres tu padre y nunca lo serás. Desde que tu madre murió, has huido del crimen que cometió ese hombre e incluso te has culpado de sus actos. Mateu, debes comprender de una vez por todas que no te pareces a él, y esto te lo digo sin conocerlo siquiera. —El corazón se me paró y la sangre dejó de circular por mis venas—. Deja de buscar los caminos que consideras correctos porque esa obligación, la necesidad de ser más moralista que el papa, te ha llevado a cometer los errores que tanto desprecias. Quizá pienses que tu deber está aquí, y no te quito la razón, tienes un compromiso con tu familia; pero el mundo no lo rigen los obstinados que siguen las normas al pie de la letra, el mundo lo mueven los locos, los soñadores, los atrevidos, los valientes, aquellos que siguen su instinto al tiempo que abrazan la razón. No voy a decirte lo que debes hacer a pesar de que te aseguro que esos pensamientos te consumirán, Mateu. Lo sé por experiencia. Así que espabila.

Me limité a contemplar el horizonte, a sentir el aire en mi rostro durante unos minutos.

—Paco, ¿por qué terminaste aquí? —me atreví a preguntarle al fin.

Soltó una breve carcajada de compromiso. Entonces, el hombre se llevó la mano al vientre.

—Está bien, es justo, es justo. ¿Por dónde empiezo? —se preguntó a sí mismo. Sonrió de nuevo, como si con ello se abriera la puerta hacia su pasado—. A los dieciséis años dejé mi pueblo para encontrar una vida mejor en Barcelona. Por aquella época, las ideas anarquistas se divulgaban doctrinalmente, no como ahora, que usáis un lenguaje más llano y comprensible. Jamás pensé que los tipógrafos adquirirían el poder de decidir qué ideas se divulgaban por escrito y cuáles no, pero lo cierto es que la abundante y efímera prensa ácrata que divulgó los postulados que tanto defendí tuvo momentos de verdadero auge. Y fíjate que hablo en pasado.

»En Barcelona me dejé llevar por la premisa de la revolución, por el odio que sentía hacia los explotadores, por la necesidad de formar parte de algo que fuera más grande que yo mismo. Milité, divulgué y fui a parar varias veces a la cárcel. Nada conseguí y mi paciencia se quebró. Aposté por la acción directa, pensé que era la única vía posible para canalizar la fuerza de un movimiento que poco a poco se hacía fuerte en los campos de Andalucía y en ciudades como Barcelona. No voy a alargarme, ya sabes de qué te hablo. De repente tenía una pistola en las manos, la rabia se acumulaba en mis venas y estaba seguro de que mi lucha valía sus muertos. No participé del atentado de Pallàs contra Martínez Campos, ni contribuí en el del Liceo ni en el del Corpus, pero sí perpetré acciones violentas de consecuencias funestas. ¡Era tan joven!

»En aquella época combatí junto a Kohen. Entonces usaba su nombre real, era un tipo corriente y parecía un anarquista convencido. Colaboraba con la causa aportando dinero y armas, aunque no sabíamos de dónde las sacaba. Se decía que tenía sus propios negocios y supongo que nadie se atrevió a preguntar. Era un tipo divertido, contaba chistes, gastaba bromas e imitaba el acento de muchas lenguas con soltura. Un día desapareció de la ciudad y al cabo de un tiempo volvió a las andadas bajo la identidad de uno de sus *alter ego*: el Martillo. Nunca supe por qué, tan solo intuía que sus aspiraciones estaban más relacionadas con su bolsillo que con la revolución. Poco antes de que vinieras por primera vez, me contaron que él era el Barón y, mira tú por dónde, pude corroborar lo que siempre me había dicho mi instinto. En fin, me estoy yendo por las ramas.

»Estando yo inmerso en una vorágine de violencia, conocí a Violeta y me enamoré de ella perdidamente. Sí, no me mires así, siempre es la misma historia: hombres que luchan por unos ideales y amores que los marcan para toda la vida. La quería mucho, demasiado incluso, me atrevería a decir. Viví unos años felices hasta que la represión se intensificó tras cada huelga que terminaba, y yo empecé a pasar demasiado tiempo preocupado por una revolución que no llegaba y que me alejaba de ella. Una noche, Violeta acudió a una asamblea que tenía lugar en el piso de un compañero para advertirme de que la policía estaba realizando una redada y, cuando nos disponíamos a huir por la puerta del edificio, los policías nos alcanzaron y abrieron fuego. Ella cayó muerta ante mis ojos y, a pesar de que quise volver para socorrerla, mis compañeros me empujaron en dirección contraria. Puedes imaginarte el estado de enajenación en el que entré. Permanecí escondido un tiempo. Solo pensaba en la venganza. Dos meses más tarde, me llegó una noticia tan esperanzadora como horrible: Violeta estaba viva. Sin embargo, se había ennoviado con uno de los contramaestres de la fábrica en la que yo había trabajado. No sabes el daño que me hizo. El tipo en cuestión era un fiel cancerbero del dueño de la fábrica que nos había delatado muchas veces.

»¿Por qué me traicionaba? ¿Por qué con él? ¿Acaso me odiaba por haberla dejado atrás durante la redada? ¿Creía que yo había muerto? Con el paso de los días, supe que hacía bastante tiempo que se veía con el contramaestre; la decepción y el desengaño se adueñaron de mí. Ya no deseaba vivir, ni luchar, ni nada. El ímpetu que había movido mis piernas y mis manos desfalleció al igual que mi fe en las ideas, en el amor, en el ser humano. Me convertí en un vagabundo que deambulaba por Cataluña sin oficio ni beneficio. Vivía de las limosnas que me daban los viajeros y los agricultores. Ese fue mi sino durante un par de años, hasta que la fortuna me llevó a las puertas de la mansión de don Guillem Ventura.

»El hombre era un indiano cargado de dinero que vivía con el servicio y un cura. El señor Ventura me ofreció hospedaje por unos días, y allí conocí al padre Folch, un estudioso del alma humana que había aceptado el sustento que le ofrecía don Guillem a cambio de guiar su alma, un acuerdo que le permitía dedicarse casi por completo al rezo y a la contemplación. No sé por qué, pero aquel cura se apiadó de mí, me consiguió una habitación y trabajo en los campos del señor Ventura y se convirtió en mi mentor. A su lado recuperé el brío. Me obligó a leer la Biblia, a santa Teresa de Jesús y a san Juan de la Cruz, aunque también a Marx, a Descartes, a Aristóteles y los aforismos de un filósofo chino, Confucio, en una traducción manuscrita del inglés. En definitiva, me ayudó a conocer los entresijos del alma. También los del cuerpo, pues era un feroz defensor del deporte y de la lucha cuerpo a cuerpo. Qué cosas, un tipo bien raro aquel clérigo, muy influenciado por la filosofía holística oriental. El caso es que me salvó de mí mismo, y luego una cosa llevó a la otra. Al quedarse vacía esta finca, la tomé con el compromiso de reformarla y gestionarla. De eso hace más de quince años. Pensé que sería algo provisional, un breve lapso antes de volver a la carga, pero me enamoré de esta vida y, desde entonces, vivo feliz y en paz conmigo mismo.

»Todos podemos errar, ser buenos y viles a la vez. Todos hacemos lo que podemos, vivir en paz es muy difícil cuando el mundo es una máquina alienante. Bueno, voy a corregirme yo mismo: tan importante es afrontar las consecuencias de nuestros actos como responder con coherencia ante una injusticia.

—Desde que conocí las fechorías de Kohen, he sentido la responsabilidad de detenerlo y creo que plantearlo como una venganza ha sido una manera nefasta de encarar esa necesidad. Ahora sé que debo detener a Kohen porque es lo que considero justo, me lo piden tanto mi cabeza como mis tripas y mi alma. No puedo permitir que un hombre tan vil se salga con la suya. También sé que debo enfrentarme a él de un modo diferente y, sobre todo, que no debo poner en peligro a nadie más.

—Entonces, no le des más vueltas.

—Tampoco quiero acercarme de nuevo a Josep Puig. Lo he estado pensando y, aunque todo apunta a que me disparó para simular mi muerte, no quiero tener ningún contacto con él si no es estrictamente necesario.

—Esa parte no la tengo tan clara. En fin, toma —me dijo mientras sacaba una Star 1919 del bolsillo de su chaqueta—. Con esa manaza que tienes, no comprendo por qué te gusta esta pistola tan diminuta.

—Un tigre no es más feroz por ser más grande.

—Empiezas a parecerte peligrosamente a mí —concluyó con una sonrisa.

Me llevé una bolsa con cuatro cosas y me despedí del Talladell para regresar a Barcelona en los albores de 1923. No quise esperar hasta el día de tu cumpleaños porque, de haberlo hecho, habría sido más difícil alejarme de vosotros. Montserrat asintió cuando le comuniqué mi decisión y se limitó a besarme en la mejilla. Intuyo que se sentía aliviada porque por fin había tomado una determinación. En el patio, a la puerta de la casa, abracé a Paco y besé a Montserrat con todas mis fuerzas; ella lloraba contigo en brazos. Me duele recordar la despedida, aunque voy a contarte un detalle.

—Hay una última cosa que no te he confesado nunca —dijo Montserrat justo cuando había dado los primeros pasos. Me giré y la escuché con atención—. No sé por qué te lo cuento ahora. En fin, yo soy la niña del pañuelo, la niña que te consoló en las calles de Gràcia. No me mires con esa cara, Mateu, justo por eso te mentí cuando me lo preguntaste hace unos años, porque vives en un mundo de fantasía. La vida no es mágica ni sobrenatural, la vida es tan real como tu rostro o mi cuerpo. Que nos conociéramos de niños no tiene importancia, es una casualidad, una anécdota bonita que le contaremos a nuestro hijo cuando sea mayor, pero es irrelevante. No quiero que nuestro amor se base en una idea romántica, en una ilusión; lo que quiero es tenerte a mi lado, nada más. No necesito excusas para justificar lo que siento por ti. Creeré en el destino si vuelvo a verte con vida.

La besé y con ese acto asumí sus palabras como propias. Me alejé de mi familia con el pañuelo blanco con la eme bordada en las manos y la esperanza de que pronto volveríamos a vernos, libres de obligaciones y límites. Quién me iba a decir entonces que, cuando al cabo de unos meses nos reencontráramos, me vería obligado a dispararle.

22

Todo cambia, todo se transforma y, a la vez, la esencia de las cosas perdura, imperecedera. Las semanas se aceleraron a partir del momento en que llegué a Barcelona hasta que embarcamos y tomamos posesión del camarote que ahora ocupamos. He invertido los tres últimos días en escribir mis vivencias y me he dejado llevar por un halo de pudor, de nostalgia, de crítica e incluso de épica. Continúo preguntándome si estoy siendo fiel a la verdad, si me estoy olvidando de algunos detalles necesarios para que comprendas mi historia y mis motivos. Alguien como yo, una simple semilla obligada a germinar en la tierra más hostil, un ser que apenas tiene fuerzas para florecer y que no puede otear el horizonte debido a las malas hierbas que le rodean, solo es capaz de concebir una versión sesgada de los hechos.

Más de un año atrás, cuando recuperé las fuerzas en El Talladell, escribí a mi hermano para contarle lo sucedido y el porqué de mi desaparición. Convinimos en que, en aras de la seguridad, debíamos interrumpir el carteo. Existía un sistema de correspondencia clandestino y vagamente seguro que usaban algunos afiliados de la CNT para comunicarse con la Cataluña interior y ambos decidimos recurrir a él en caso de emergencia. A la sazón, no había recibido noticias de él, así que daba por supuesto que se encontraba perfectamente.

Tras llegar a Barcelona, desterré a mi familia de mis pensamientos por pura supervivencia. Los echaba de menos, pero no podía distraerme; cuanto antes resolviera mis diferencias con Kohen, antes regresaría a los brazos de Montserrat. Necesitaba establecerme y encontrar el modo de llegar hasta el Barón sin involucrar a nadie más. No quería que otros compañeros murieran, como Jaume o el Hocico, por culpa de mi obsesión, y tampoco deseaba implicar a mis tíos, a mi hermano ni al resto de la banda en una empresa tan peligrosa. Mi enemigo desconocía que seguía con vida y yo tenía más opciones de vencerlo siendo un fantasma que actuando como un pistolero. Además, tal vez Kohen vigilaba a Gabriel, y ponerme en contacto con él habría supuesto olvidarme de la discreción y del margen de tiempo requerido para medir mis posibilidades. Sin embargo, y pese a todas las precauciones, necesitaba tener un enlace que me pusiera en contacto con la realidad, alguien de confianza que estuviera lo suficientemente alejado de los pistoleros para no salir malparado. Esa persona era Pere.

Pasé la primera noche en una pensión de mala muerte de la Via Laietana y, al despertarme al día siguiente, decidí ir al encuentro de mi primo. La mujer que regentaba la pensión me informó del nuevo transporte que operaba en la ciudad, los autobuses de motor. Así fue como descubrí el primero de los cambios que tuvieron lugar durante mi ausencia. En octubre del año anterior, la Compañía General de Autobuses de Barcelona había comenzado a operar con una flota de vehículos de origen inglés que cubrían cuatro rutas. Cada automóvil podía albergar a una treintena de pasajeros sentados en unas butacas de mimbre y a unos doce de pie. En la plaza Urquinaona tomé un autobús de la línea C, que comenzaba su trayecto en Sant Andreu, pasaba por plaza de Catalunya y finalizaba en el Paralelo. Me apeé a la altura de Conde del Asalto y puse rumbo a la casa de mi primo.

Serían las doce pasadas del mediodía cuando llamé a su puerta. Pere me abrió con un rostro adormilado que se tornó alegre y esperanzado en cuanto me vio. Tiró de mi brazo y me arrastró al interior del piso al tiempo que se cercioraba de que estaba sano y salvo.

—Por el amor de Dios, ¿dónde has estado? —me dijo mientras me zarandeaba como si quisiera comprobar que yo era un ser real—. Esto de que desaparezcas cada dos por tres empieza a ser muy molesto. Lo último que supe de ti fue por boca de mi padre. Gabriel les dijo que estabas bien y que no nos preocupáramos, pero, caramba, ¡ha pasado más de un año! Podrías haber enviado un telegrama, cielo. Eres un caso.

—Estoy bien, Pere, tranquilízate, te lo contaré todo. Venga, sentémonos.

Él negó impetuoso con la cabeza mientras se desperezaba.

—Primero necesito un café. Tú espera en la sala que enseguida vuelvo.

Pere desapareció por el pasillo y yo me acomodé en una de las butacas. Su casa apenas había cambiado. Él era el único que se mantenía fiel a su esencia, la única constante real y coherente en mi vida, con permiso de los tíos y de Gabriel. Mi primo volvió con dos tazas de café hirviendo. Me ofreció una de ellas, se sentó delante de mí y me lanzó una mirada apremiante para que empezara el relato. Se escandalizó al contarle lo del Pompeya y no dio crédito a la posibilidad de que Josep estuviera compinchado con el Barón. El empresario había dejado de frecuentar su casa justo por la misma época en la que me disparó y, aun así, Pere secundó mi teoría: su amante había simulado mi muerte para que Kohen me dejara en paz, no había otra explicación. Me pregunté si éramos demasiado benevolentes con Josep.

—Lo he pensado muchas veces durante estos meses, Pere. Sé que tú le tienes en gran estima y, a pesar de que todo apunta a que me disparó para fingir mi muerte, fue él quien avisó a Kohen. No sé qué pensar, Josep lo mismo me ha ayudado que me ha perjudicado, por eso prefiero mantenerme alejado de él. Si no vuelvo a verlo, mejor que mejor.

Pere lloró cuando le enseñé un dibujo tuyo, hijo. Y cuando le conté los motivos por los que había vuelto a Barcelona, su tono se tornó más severo y lo acompañó de breves negaciones de cabeza.

—Y dime, cariño, ¿qué vas a hacer? Ya lo has intentado en innumerables ocasiones y nunca lo has logrado. Somos hormigas y todo lo que podemos hacer para evitar que nos pisen es defendernos. —Pere abandonó el tono fúnebre y volvió a su habitual sonrisa complaciente—. ¿Te apetece más café?

No me dio tiempo a responder, me arrebató la taza de las manos y voló con ella hacia la cocina. No tardó en regresar, esta vez con dos vasos de cristal que llenó con whisky.

—Me lo he pensado mejor, nada de café. Vamos a brindar.

Sonreí. Iba a decirle que no me apetecía beber, pero callé.

—Por la suerte del inconsciente —dijo.

—De momento no voy a mover ficha —continué—. Necesito un trabajo discreto en alguna empresa donde nadie me conozca, a poder ser, en el turno nocturno. También tengo que buscar un lugar donde vivir y tiempo para trazar un plan. Estoy loco, ¿verdad? Aunque ahora que Barcelona está bastante más tranquila…

—Es cierto que la marcha del gobernador Anido ha calmado los ánimos, aun así no te fíes, todavía hay atentados. Además, tú mismo dices que Kohen tiene espías en la corte y en las alcantarillas.

El comentario de Pere hacía referencia a otro cambio, uno absolutamente relevante para el devenir de la ciudad. Desde que don José Sánchez Guerra asumió la presidencia del Consejo de Ministros, en marzo de 1922, puso en tela de juicio a Anido por varios motivos. El gobernador se vio obligado a ceder a la presión ejercida por el nuevo presidente y, para limpiar su imagen, fue soltando a algunos de los presos que había encarcelado arbitrariamente. Sin embargo, era incorregible. Continuó ofreciendo titulares nada conciliadores a la prensa, permitiendo arrestos sin cargos ni juicio y aplicando la ley de fugas.

El fin de la horrible era de Anido llegó acompañado de un atentado contra su persona que él mismo, junto al jefe de la policía Arlegui, planeó, en octubre del año anterior. El plan lo ejecutó Inocencio Feced, el pistolero al que se le atribuía la autoría de la bomba del Cabaret Pompeya, quien reunió a un grupo de anarcosindicalistas a los que convenció para atentar contra el gobernador. Fue fácil, la CNT seguía exhausta y desmembrada, y eran muchos los grupos de acción que deseaban acabar con aquel desgraciado. Por eso, y a pesar de la fama de chaquetero que Feced se había ganado, los escogidos para ejecutar el plan cayeron en la trampa y perpetraron un atentado del que, obviamente, el gobernador salió ileso.

Anido urdió el ardid porque necesitaba una excusa para fusilar a los más de doscientos presos que mantenía encerrados en la Modelo. Sin embargo, le salió el tiro por la culata. Aparecieron pruebas demasiado evidentes de su treta y, en consecuencia, el presidente Sánchez Guerra forzó su dimisión, a la que siguió la de Arlegui y los policías corruptos que se habían convertido en el brazo ejecutor de ambos. Se cerraron así los dos años de terror en Barcelona causados por Severiano Martínez Anido. 1922 terminó con don Manuel García Prieto como nuevo presidente del Consejo de Ministros, quien nombró gobernador civil a Salvador Raventós, un abogado catalán miembro del Partido Radical. Se avecinaban tiempos mejores, o por lo menos eso creíamos.

—Quizá tengas razón. Ay, Pere, tengo una pista y no sé cómo usarla. Al principio pensé que el objetivo del plan Amàlia era la remodelación del Distrito V. Luego Kohen me confesó que no le interesaba construir los rascacielos que había prometido y, de hecho, me negó la existencia del propio plan. Quizá para despistar, me habló de una nueva exposición universal como colofón de sus proyectos; pero no le creo, me inclino a pensar que existe un plan con ese nombre y que nada tiene que ver con sus negocios. Supimos de él por las anotaciones halladas en los papeles que requisamos al Menorquín y, bueno, la cara del Barón se demudó cuando se lo mencioné. Debe de ser algo tan personal y delicado que ni siquiera antes de intentar matarme me lo reveló. ¿Qué podría ser? Estoy seguro de que se trata de su punto débil, el peón que nos ayudará a ganar la partida.

Pere me observaba, pícaro. Levantó su vaso como si quisiera brindar. Acto seguido, miró a través de él y dijo:

—Creo que soy tu solución. Ya sabes que trabajo en el teatro María Romero, ¿no? Lo dirige María Green y me llevo muy bien con ella. Necesitan un nuevo conserje que haga las veces de tramoyista cuando sea preciso. Allí no te conoce nadie y, en el caso de que te contrate, trabajarás por la tarde y por la noche. Solo hablarás con los miembros de la compañía y con los trabajadores del teatro, que no saben nada ni se enteran de lo que sucede en esta ciudad.

— Te lo agradezco mucho, pero no quiero involucrarte. He venido a verte para asegurarme de que estáis todos bien, no para que te impliques en mis cuitas.

—Mira, querido —me interrumpió—, me has involucrado cuando has entrado por esa puerta. —Bajé la cabeza, tenía razón—. Además, sé dónde me meto, así que no decidas por mí. Puedo cuidarme solito. De modo que, ¿aceptas mi propuesta?

Busqué argumentos para rebatir los suyos. No los encontré.

—Creo que no me merezco la suerte que tengo.

—Perfecto, estoy seguro de que si te recomiendo te darán el trabajo. Además, es el lugar idóneo para investigar sobre el misterioso plan Amàlia —dijo con un tono dramático.

—No creo que las actrices con las que te codeas me puedan ayudar...

—Los hombres siempre subestimáis a las mujeres. Si alguien conoce los secretos de los caballeros más importantes de esta ciudad, o sabe cómo descubrirlos, son las actrices del Paralelo. Y no pienses mal, cariño; para obtener información tan delicada como la que buscas, no hace falta abrirse de piernas. Se necesita inteligencia, y esas mujeres la poseen a raudales; de lo contrario, no habrían sobrevivido en la avenida.

—Entonces ¿qué te parece?, ¿hablo con ellas? ¿Sabes quién podría darme alguna pista?

—De eso nada, sería sospechoso que «el nuevo» fuera preguntando por ahí. Barcelona está plagada de lobos con piel de cordero, y en lo que a Kohen se refiere, hay que andar con pies de plomo. Tú déjame a mí.

—No estoy de acuerdo, Pere, es muy peligroso. No soportaría que te pasara algo a ti también.

—Deja que te ayude, será mi modo de colaborar con la lucha. Que me dedique a la farándula no significa que no defienda la causa obrera, y tú solito no vas a llegar ni a la vuelta de la esquina. Otra cosa: vivirás conmigo, tengo habitaciones de sobra. Será divertido.

Claudiqué, no tenía otra opción.

—No sé cómo agradecértelo, eres el mejor primo del mundo —dije ante la contundencia de las palabras de Pere.

—No me adules tanto y líbranos de ese hijo de puta. Cuando lo venzas, el mundo será un lugar mejor.

Luego me puso al día sobre el estado de todos los miembros de nuestra familia. De Gabriel poco sabía, tío Ernest se limitaba a decirle que pasaba por una buena racha.

Dos días después, María Green me recibió en su camerino. Quería conocerme antes de contratarme, pero no me preguntó por mis habilidades ni por mi experiencia en el mundo del teatro. Hablamos sobre la actualidad política y me pidió mi opinión sobre el estado de la ciudad en aquel momento. Ella imponía un respeto que chocaba con la cercanía de su mirada. Era elegante, jugaba con su abanico con maestría y me observaba con una atención abrumadora. Insistió en que mi empleo no iba a ser banal o insignificante. El conserje era una figura vital para la coreografía que se desarrollaba entre bambalinas, pues atendía y coordinaba la entrada y la salida del utillaje y demás materiales, controlaba las puertas cuando no había función y tenía que conocer al dedillo las posibilidades y los recursos del teatro para satisfacer las dudas y las necesidades de las compañías contratadas. Además, durante algunas funciones de la Companyia d'Espectacles Green, el conserje ejercía también de tramoyista a las órdenes del escenógrafo. Terminó sentenciando mi futuro con estas palabras: «Creo que encajarás a la perfección. Si Pere te recomienda, yo no puedo hacer más que darte la bienvenida».

Me citó a las doce del día siguiente para adiestrarme en los entresijos de mi nuevo oficio. Me recibieron Mercè, una mujer delgada, atlética y de rizos rubios que trabajaba como modista, y Andreu, un tipo más bien delgado y con pinta de despistado que ejercía de escenógrafo. Ambos se convirtieron en mis guías y en la principal ayuda cuando tenía dudas. Me sorprendió la cantidad de polvo que se acumulaba en todos los rincones del edificio. La cuantía de materiales, muebles y personas que se movían en el interior del teatro durante una sola jornada era tal que parecía imposible mantener las bambalinas impolutas. Pere lo repetía una y otra vez: «El lugar menos glamuroso del mundo se encuentra detrás de un escenario».

El María Romero apenas tenía un par de años, y los útiles y la decoración eran tan nuevos que me daba reparo manipularlos. Construido sobre una estructura de obra pero con techo de madera, la sala principal era rectangular y ofrecía dos niveles de palcos para aquellos que querían separarse de la muchedumbre. Según me contaron, el suelo de la platea era originariamente de cemento; sin embargo, la Green había querido que lo cubrieran con tablones de madera para que no se perdiera el olor y el crujir tan característicos del Paralelo.

Aprendí un sinfín de palabras y reglas propias del oficio que estaban minuciosamente estipuladas. Me dieron dos manojos de llaves que abrían puertas exteriores, interiores, camerinos y baúles. Era vital que los taquilleros llegaran a su hora y que yo estuviera allí para abrirles la puerta. En caso contrario, o bien se vendían menos entradas o la primera función empezaba con retraso, algo habitual en la avenida aunque inconcebible para María Green. También tenía que estar pendiente del cambio de carteles. Una vez comenzada una función, salía a la calle con una escalera y colocaba el rótulo de la siguiente.

Al principio me costó ubicarme. Me dediqué a asentir, a recibir órdenes y a correr para cumplirlas. Sin embargo, si las primeras jornadas fueron convulsas no hay que achacarlo a esa razón, sino a otra ajena a mi nueva vida: una huelga. Se estaban construyendo dos líneas de metro, un ferrocarril que se movería por las entrañas de Barcelona. Otro cambio más en la ciudad, aunque no en sus costumbres, pues las malas condiciones en las que trabajaban los obreros contratados para llevar a cabo las obras los condujo al paro. La marcha del gobernador Anido había puesto fin al miedo a manifestarse. Las huelgas volvían progresivamente y el Consejo de Ministros estaba preocupado por la deriva que podía implicar semejante empuje. A finales de enero, uno de los espectadores del *Cabaret de variedades*, un *music hall* semanal muy popular, le preguntó a María Green por su opinión sobre la huelga, justo cuando acababa de cantar uno de sus cuplés más famosos.

—Es la historia de siempre que se repite una y otra vez —respondió ella con una sonrisa al hombre de unos cuarenta años que amablemente se lo había preguntado—. Esos obreros traen el progreso a la ciudad con cada palazo que dan y con cada material que transportan. Su sudor produce grandes beneficios para todos y un dinero que se queda en manos de los empresarios. ¿Acaso no se merecen una retribución más digna?

La huelga del metro comenzó con unas reivindicaciones muy claras: exigían el reconocimiento de la CNT, que seguía ilegalizada, el aumento de los salarios en una peseta semanal y el descanso dominical, entre otras peticiones. La compañía de Construcciones y Obras Hormaeche informó a un grupo de huelguistas que rechazaba sus demandas y los amenazó con despidos masivos, respuesta que enervó aún más el ambiente en la calle. Algunos colectivos se solidarizaron con ellos y dieron comienzo las manifestaciones. El nuevo gobernador Raventós presionó a la compañía para que cediera, pues temía que la revuelta fuera a más, y, días después, los obreros volvieron al trabajo.

Por aquel entonces, la CNT se encontraba en pleno proceso de reconstrucción, pese a que tenía que lidiar con dos tipos de adversidades, una de carácter interna y otra externa. La interna tenía que ver con el eterno debate: ¿lucha pacífica, como defendía Salvador Seguí, o acción violenta, como lo hacían los grupos de acción? Sea como fuere, la organización había perdido más de la mitad de los afiliados y, todavía en la clandestinidad, intentaba recuperar la fuerza que había llegado a tener. La externa provenía de varios países. En octubre había terminado en Italia la marcha sobre Roma y Mussolini se había convertido en el jefe del gobierno; en Alemania, la inflación no paraba de crecer, de modo que los compañeros germanos no podían ayudarnos, y la brecha entre socialistas y anarquistas tanto en la Internacional Comunista como en España era cada vez más profunda. La realidad era que el Comité Regional no hallaba la ayuda exterior que necesitaba.

Debo decir que trabajar en el teatro fue una bendición para mí: mantenía mi cabeza ocupada, pendiente de los detalles del día a día, y eso me distanciaba de los remordimientos por mis acciones en el pasado y de la añoranza de mi familia. Apenas salía del María Romero, incluso comía allí, quizá por eso ganaba un poco más que en la fábrica. Tenía dos días libres, los martes y los miércoles, que aprovechaba para encerrarme a leer en casa de Pere. No obstante, me embargaba la frustración, pues no encontrábamos pista alguna sobre el plan Amàlia. Pere me aseguraba que iba cazando al vuelo detalles que llegaban mediante preguntas sutiles y oportunas camufladas tras su querencia por los chismorreos o que obtenía gracias a conversaciones que él toreaba con maestría.

María Green, a la que algunos llamaban «Francisca», lideraba aquella orquesta con batuta firme pero amable. Con el paso de los días, tuve la impresión de que la actriz se había rodeado de artistas a los que amaba por su carácter y por su talento. Se dirigía a la compañía y a los trabajadores del teatro como si fueran su familia. De vez en cuando aparecía su compañero, Joan, el que fue marido de Dolors. Se comentaba que, tras la muerte de esta, el sindicalista había vuelto a los brazos de su novia de la juventud, que era la Green, ni más ni menos.

Yo evitaba cruzarme con él a toda costa. Cuando acepté el

445

trabajo, cambié mi identidad por otra falsa, porque muchos periódicos me habían identificado como el líder de «la banda del gigante», pero también porque temía que Joan atara cabos y dedujera que yo era el asesino de su mujer. No sabía si él había hecho averiguaciones sobre los culpables, y por aquel entonces me sentía más seguro haciéndome llamar Joaquim Vilalta. Esconderme tras un nombre falso no evitaba que me sintiera un horrible traidor cada vez que Joan pasaba por mi lado.

—Antes de nada, me vas a contar qué leches haces trabajando en un teatro —me dijo Gabriel.

—Te debo muchas explicaciones. No te preocupes, disponemos de un par de horas antes de que llegue el utilero —le respondí.

Mi hermano asintió y ambos nos sumergimos en el María Romero. Tres días atrás, cuando hacía casi dos meses que había vuelto a Barcelona, me crucé con él delante del Folies. Gabriel me saludó efusivo y extrañado a la vez, y yo, cauto y veloz, le indiqué que no debían vernos juntos y lo convoqué en el teatro a primera hora del siguiente domingo, momento en el que el local estaba vacío y nadie nos molestaría. Él, acostumbrado a actuar en la clandestinidad, lo entendió al instante y siguió su camino como si no me hubiera visto.

Había encendido las luces principales del escenario pero no las de la platea, así que la cruzamos a oscuras. Mientras caminaba, observé el entarimado, que, elevado a un metro del suelo, estaba adornado con un arco de medio punto de seis metros de alto decorado con una cenefa floral rematada con el relieve de una mujer. Me contaron que se trataba de la mujer que daba nombre al teatro, la difunta hermana de María Green. Como telón de fondo había uno de los decorados dibujados por Andreu, el escenógrafo, que simulaba el campo catalán.

Subimos al escenario y nos sentamos en el borde, frente a las butacas vacías. Allí le conté lo acontecido desde la última carta que habíamos intercambiado. Gabriel comprendió mis motivos con una calma que me sorprendió. Le mostré uno de tus retratos y lo miró nervioso, dubitativo, no acababa de comprender qué era lo que tenía ante sus ojos. Luego esbozó una sonrisa que fue ampliándose lentamente.

—Esto es increíble, Mateu. Ahora los dos somos padres. Espero de corazón que seamos mejores que el nuestro.

—No será difícil —contesté.

Su sonrisa, circunstancial y doliente, definía también mi estado.

—Hermano, tengo que decirte que estás obsesionado con Kohen. No lo vamos a vencer nunca, acéptalo, por eso creo que deberíamos desviar nuestra lucha hacia otros objetivos. A punto estuvo de matarte una vez, ¿quién me asegura que no vaya a lograrlo la próxima?

—Ojalá pudiera darte la razón —dije con un suspiro irónico.

Gabriel contempló la platea vacía. No reconocía a aquel hombre tan sereno y pausado.

—¿Sabes? Yo también he tenido otro hijo —me reveló—. Un varón.

—¿Cómo? ¿Cuándo?

—No tan rápido, Mateu —respondió en medio de una carcajada orgullosa—. Me he saltado muchos capítulos. Empezaré por el principio.

—Está bien, pero ¿te importa si trajino mientras me cuentas? Se me está echando el tiempo encima.

Gabriel asintió y yo me levanté. En un extremo del escenario había dos cestos de mimbre cuadrados. Cogí uno y lo metí en un lateral de las bambalinas.

—¿Para qué son esos cestos? —me preguntó.

—Aquí dentro se guardan los decorados. Mira, observa el telón de fondo, el paisaje campestre. Está hecho de papel y se mantiene en pie porque está colgado de un cilindro que sube y baja mediante un sistema de cuerdas y poleas. Son muy delicados, así que, cuando no se usan, se doblan hasta que adoptan el tamaño de estos cestos y se guardan como oro en paño.

—Tienes razón, desde aquí se ven claramente los pliegues. ¿Cómo es que no se perciben desde la platea?

—La iluminación es tan directa y difusa que desde las butacas no se notan las arrugas.

—Eres una caja de sorpresas.

—No más que tú.

Coloqué los cestos tras las cortinas, cogí una escoba y me dispuse a barrer el entarimado. Apenas hube dado dos escobazos, Gabriel tomó las riendas de la conversación.

—Te juro que si te llego a encontrar por la calle cuando desapareciste, te mato. ¿Por qué leches fuiste tú solo a por Kohen?

—En aquel momento no pensaba que hubiera otra solución. La sangre de los Garriga se enciende con más rapidez que la pólvora.

—Qué le vamos a hacer —espetó visiblemente ofendido—. Desapareciste, y sin ti ya no sabía qué hacer ni qué pensar. Tras tu marcha, quería perseguir a ese hijo de la gran puta para meterle dos balazos en la cabeza. Al fin y al cabo, no somos tan diferentes. —Sonrió—. Por suerte, Cristina me convenció para que permaneciera escondido en el sótano. Maldito sótano, ¿recuerdas cómo olía? —Detuve un segundo la escoba y le dirigí una mirada de complicidad. Luego proseguí con la limpieza—. Contigo también se esfumó Montserrat, así que no sabíamos a qué atenernos hasta que recibimos tu carta. Joder, antes de que llegara, pensaba que aparecerías muerto en cualquier rincón de la ciudad.

Mi hermano revivió la angustia que experimentó los días posteriores a la asamblea del Pompeya. Aunque aquel truhan sufría, era incapaz de expresarlo.

—Tres semanas después, juzgaron a dos chavales por algunas de nuestras acciones. En los diarios no encontré ni rastro de nuestros nombres, aquellos pobres infelices iban a pagar el pato. Entonces pensé que debía entregarme, pero al cabo de diez días los soltaron, antes incluso de que el juicio hubiera terminado. Por suerte para ellos, el proceso coincidió con una de las crisis del gobernador Anido, y este empezó a indultar a diestro y siniestro para calmar los ánimos.

»En noviembre, tío Ernest se presentó en el sótano. El viejo me dijo que la mujer de Josep los había visitado. Ella les aseguró que había apañado mi situación con la policía y que, además, me readmitían en la Tèxtil Puig, siempre y cuando me alejara de la acción. Joder, ¿te lo puedes creer? Se ve que tu amante había usado la influencia del hijo de puta de Josep para ayudarme. —Me alarmé al oír aquellas palabras y supongo que mostré mi preocupación y mi desconcierto—. No me mires así, sé que te la has tirado varias veces, vivíamos juntos cuando lo hacías. ¡Te has acostado con la mujer de ese desgraciado! Me cago en tus muertos, Mateu, la vi un día en la fábrica, ¡es una diosa! Y parecías tonto cuando te cambiamos por un botijo. Tiene un buen par de...

—Gabriel...

—Bien —continuó con un tono más sereno—, Josep puso dos condiciones para mi vuelta al trabajo. A la mínima trastada me echaba. Ah, y el muy imbécil no quería que nos cruzáramos por los pasillos. Me mandó que me apartara si lo veía venir. ¿Qué se ha creído ese cabrón? Los dos salimos ganando, la verdad, yo tampoco quiero ver su asquerosa cara. —Suspiró con rabia, apretando el puño derecho con fuerza—. Así fue como recuperé mi vida. Las niñas se mudaron a casa conmigo y yo volví al telar. Debo decirte que, desde entonces, he estado tranquilito. No te enfades conmigo, soy consciente de lo mucho que te he criticado por blando, pero respóndeme, ¿para qué luchar cuando llevas las de perder?

—¿Sinceramente? No lo sé.

—La verdad es que pensaba que con la caída de Anido todo cambiaría. Me parece increíble que los pistoleros del Libre huyeran despavoridos de la ciudad al perder la protección del gobernador. Con la fuga de esas alimañas, los grupos anarquistas se han ido calmando, por eso creía que disfrutaríamos de un tiempo de paz. Sin embargo, los Libres están aprovechando la huelga del metro para atentar de nuevo contra nosotros. Espero que no vuelvan a la carga. En fin. Enric volvió a Barcelona en mayo del año pasado, lo soltaron junto a los últimos presos que quedaban en la Mola, en Menorca. Él sigue involucrado con la acción directa, no sé en qué anda metido. Yo… no tengo fuerzas para continuar, la verdad. ¡Quién me ha visto y quién me ve!

—¿No será que alguien te ha hecho cambiar de parecer?

—Estoy dejando lo mejor para el final —respondió con una sonrisa pícara.

—Me lo imaginaba. Oye, antes de contármelo, acompáñame, que tengo que cambiar el telón de fondo.

Gabriel se levantó y me siguió. En los laterales del escenario había tres planos de bambalinas de color rojo situadas en la parte delantera, central y trasera de la escena, respectivamente. Nos metimos entre las dos del fondo y nos acercamos al desembarco, que en algunos teatros se encuentra elevado sobre una plataforma, pero que en el María Romero estaba situado a pie de escenario.

—¿Qué son todas estas cuerdas, Mateu?

Le conté que allí, en el desembarco, terminaban unas cuerdas que, atadas a unos soportes de metal, sostenían los telones y algunos focos y permitían elevarlos y bajarlos al antojo del tramoyista, de modo que no era necesario subir a las galerías que quedaban sobre el escenario durante la función. Gabriel lo observaba como si se tratara de un artilugio increíble.

—Mira allí arriba —continué—. ¿Ves aquella estructura de madera que está casi en el techo? Eso es el peine, de ahí cuelgan los focos y los elementos de los decorados. Ahora mismo puedes ver un fondo, el de los campos, pero por encima de él hay otros cuatro ocultos, ¿los ves? Esa es la razón por la que se construyen los mismos metros de altura en el escenario y sobre su límite visible, lo que se llama el telar. Lo hacen para esconder los decorados y poder cambiarlos rápidamente durante la función. Además, fíjate que cada telón está sostenido por tres cuerdas: la larga, que lo agarra por el otro extremo de la escena, la media y la corta. Todas ellas terminan en el desembarco, que es desde donde, como te he dicho, se manipulan los decorados.

450

—¿Y esas pistolas? ¿Por qué están ahí, a la vista?

Gabriel se escandalizó porque había una mesita con tres armas junto al desembarco.

—Son de mentira, de fogueo; disparan, pero no balas de verdad. Las usamos para las escenas de tiroteos, el público queda embelesado porque se creen que son reales.

—Supongo que el teatro es pura ilusión, hermano. Ojalá hubiéramos tenido una pistola de fogueo cuando éramos niños, ¡imagínate las tretas del despistado que hubiéramos podido llevar a cabo!

—Venga, cuéntame ahora cómo acabaste de enamorar a Cristina.

Gabriel asintió y yo desaté las cuerdas para alzar el decorado de los campos.

—Mientras tú estabas encerrado en el taller de Montserrat, Cristina y yo empezamos a acostarnos. Ella no quería que se lo contara a nadie y así lo hice. ¡Ni siquiera te lo dije a ti! Luego te mudaste al sótano y tuvimos que disimular. Salíamos a pasear de noche para charlar, pero lo cierto es que apenas hablábamos..., ya sabes. Y todo cambió cuando Montserrat y tú desaparecisteis. De repente nos juramos amor eterno, por fin ella quería ser mi novia.

»Al cabo de poco, la señora Puig movió los hilos para ayudarme a limpiar mi nombre, volví al barrio y todo se fue al garete. Yo le prometía fidelidad una y mil veces, y Cristina se mantenía distante y no daba su brazo a torcer. Según ella, en el sótano podía confiar en mí, pero fuera las cosas eran distintas. Poco a poco fue cediendo y, al llegar la Navidad, se acostumbró a venir a casa a diario para jugar un rato con las niñas. Y, luego, conmigo. —Tenía la sensación de que Gabriel se disponía a dar más detalles—. ¡Ay, hermano! Ya sabes que la cabra tira al monte, y yo volví a pisar el Paralelo y caí en sus tentaciones. Deseaba contenerme, se lo había prometido a Cristina. No pude —concluyó negando con la cabeza—. Te juro que no sé cómo leches pasó, el caso es que ella se enteró y el resultado fueron gritos, insultos y maldiciones.

Anudé las cuerdas del decorado que acababa de retirar y desaté las del que debía bajar para la primera función.

—Cristina tenía razón, la había traicionado y yo no sabía cómo excusarme. La perseguí, le prometí que no volvería a suceder y, bueno, ella no quería saber nada de mí. Hasta que un día, harta de las cartas que le enviaba, de las visitas a la casa de sus padres y de las emboscadas que le tendía en la fábrica, se presentó en mi casa. Me dijo que me quería y que estaba dispuesta a pasar por alto mis deslices, siempre y cuando permitiera que ella tuviera los suyos. En un principio accedí, pensé que era el único modo de que siguiéramos juntos. Y, sin embargo, los días pasaron y yo me moría de celos. No podía soportar la idea de que anduviera con otro, así que le confesé que no lo aguantaba más y me comprometí a no ver a otras mujeres si ella hacía lo mismo con los hombres.

—¿Y qué pasó?

—Ella accedió y yo no he vuelto a engañarla ni una sola vez, te lo prometo. De hecho, ella se vino a vivir conmigo porque estaba embarazada. Nuestro hijo nació en julio y se llama Mateu.

Me impresionó tanto que casi suelto las cuerdas. Mi hermano puso su mano en mi hombro y permanecimos en silencio hasta que él lo volvió a romper:

—Aprendo tanto con ella... ¿Sabías que las mujeres podrían hacer los mismos trabajos que los hombres si les enseñáramos cómo hacerlos? ¿Sabes que deberían tener derecho a votar? ¡Qué cosas tiene la vida moderna!

Charlamos hasta que le pedí que se fuera, pues los primeros compañeros iban a llegar en breve y no convenía que lo encontraran allí. El martes por la tarde, la familia de Gabriel vino a la casa de mi primo para que yo viera a las niñas y conociera al pequeño Mateu. Cuando lo cogí en brazos deseé con todas mis fuerzas que, pese a llevar mi nombre, encontrara la felicidad que tan esquiva había sido para mí. Pere no estaba en casa, por supuesto.

Dos acontecimientos trascendentales acontecieron en la ciudad aquella misma semana. El primero, relevante solo para mis planes, vino de la mano de mi primo, que me reveló su principal hallazgo hasta el momento. Después de hablar con varias actrices y de recoger migajas de aquí y de allí, había trabado amistad con Julieta, una mujer que sentía una fuerte animadversión hacia el Barón. Una de sus hermanas había sido confidente de Kohen bajo coacción y había aparecido sin vida tiempo después. Julieta no tenía dudas de que él era el responsable de su muerte, así que se tomó la investigación de Pere como propia. Preguntó en los bajos fondos con la excusa de que estaba enamorada de uno de los pistoleros más cercanos al Barón, que era sospechoso de infidelidad.

Gracias a su pericia descubrimos que el plan Amàlia no tenía relación alguna con negocios ni con ningún tipo de aspiración política. Amàlia era una persona, doña Amàlia, una mujer muy importante para Kohen. Dimos por supuesto que era el amor de su vida. Pero ¿qué relación existía entre aquella misteriosa mujer y la gran cantidad de inmuebles que él había comprado alrededor de la calle homónima de su querida? ¿Por qué no habíamos oído hablar de ella hasta aquel momento? ¿Acaso era de sangre azul? ¿O una hija de la burguesía? ¿Qué ganaríamos, si dábamos con ella? ¿Debíamos secuestrarla para tenderle una trampa al maldito Barón? No eran métodos que yo ansiara repetir. Aun así, a pesar de las incógnitas que esa revelación traía consigo, nos indicaba también una dirección a seguir. Él había usado nuestras debilidades para ejercer su poder sobre nosotros; ahora había llegado el momento de devolverle la jugada.

El segundo acontecimiento afectó a la ciudad entera: Salvador Seguí, «El noi del sucre», uno de los líderes más queridos de la CNT, fue asesinado en plena calle. La relativa paz de que disfrutaba Barcelona había llegado a su fin, pero también el silencio de las multitudes que apoyaban al Sindicato Único.

23

La verdad es como un escalpelo, puede salvar vidas aunque también acabar con ellas. La ansiamos, la escondemos, la buscamos y, a la vez, la tememos. La verdad se aferra a la voluntad y a los anhelos de los humanos, y busca desesperadamente una rendija por la que colarse en la vida de los que le son infieles. La verdad es delicada y manipulable. Algunos de los plutócratas barceloneses lo tenían claro y recurrían a la represión para imponer su versión de la realidad. Nosotros les respondíamos en el mismo idioma, en defensa de la que pensábamos era la única verdad que podía liberarnos de la tiranía de los opresores. No obstante, cuando nos hallamos ante su inexpugnable poder, nunca sabemos si la verdad nos salvará o nos destruirá.

No eran ni las diez de la mañana cuando Pere y yo nos despertamos sobresaltados porque llamaban a la puerta dando voces. Enseguida supe quién nos interpelaba desde el rellano: era Gabriel, y parecía alterado. Lancé una mirada a Pere en busca de su aprobación. Él se encogió de hombros, no le importaba recibirlo.

—¿Qué vamos a hacer? —balbució Gabriel en cuanto me vio.

—¿Qué vamos a hacer sobre qué? —le respondí, adormilado.

—¿No os habéis enterado? —preguntó nervioso. Me giré y miré a Pere, quien levantó las dos manos como si fueran a registrarle—. Han matado a Seguí.

La noticia había sido la comidilla en los bares y las tabernas del Paralelo la noche anterior, le parecía imposible que no lo supiéramos. Cansados y sin ánimos de jarana, Pere y yo nos habíamos ido a la cama después de la última función; tampoco husmeamos en las conversaciones de los transeúntes con quienes nos cruzamos de camino a casa.

—Pasa —le dije.

Gabriel y Pere se miraron, pero ni siquiera se saludaron.

—Dicen que Salvador había recibido varias amenazas de muerte en los últimos días —comenzó diciendo mi hermano a la puerta de la sala de estar—. Ayer estuvo en El Tostadero jugando al billar y, al terminar la partida, se fue porque tenía una reunión con obreros del ramo de los vidrieros. Lo acompañaba Francesc Comas, a quien llaman «el Paronas». Pues bien, de camino entraron en un estanco para comprar tabaco, o en un bar, no lo tengo claro, y cuando salieron, les dispararon sin piedad. Seguí cayó muerto al instante y el Paronas sobrevivió, aunque está muy grave en el hospital. Según dicen los testigos, fueron los cabrones del Libre. —A medida que Gabriel avanzaba en su relato crecía el fervor de su rabia—. Algunos vecinos que presenciaron el asesinato han identificado a Feced; pero nada se sabe sobre quién los contrató. Se comenta que la patronal tiene miedo del resurgir cenetista y por eso ha querido quitar de en medio a uno de nuestros mejores hombres. Me cago en la leche, lo han matado como a un perro. Seguí siempre había defendido la vía pacífica y ahora está muerto. ¿Qué coño hacemos?

—De momento, salgamos a la calle para ver qué ambiente se respira. —Antes de dirigirme a mi habitación para vestirme, le pregunté—: ¿Llevas la pistola? —Gabriel vaciló y luego hizo un gesto afirmativo con la cabeza—. Mejor la dejas aquí. Actuar en caliente solo nos ha traído problemas.

—¿Y si nos atacan? Los del Libre andan desatados otra vez, no quiero ir desarmado.

—Gabriel tiene razón —intervino Pere—. Llevaos las armas para protegeros, y usad la cabeza.

Yo no me fiaba de mí mismo, la ira me abrazaba como uno de esos viejos amigos al que no has visto desde hace años.

—Está bien —claudiqué, consciente de que era peligroso

andar por Barcelona sin protección—. Me visto, cojo la Star y nos vamos.

—Yo también os acompaño, en cinco minutos estoy listo —anunció mi primo. Gabriel torció el gesto y Pere le respondió, retador—: Mira, querido, yo voy con Mateu. Puedes venir con nosotros o puedes ir al bar a renegar de mí, haz lo que te dé la gana. Además, seguro que la Green declara un paro en honor al noi del sucre, así que estoy libre de ocupaciones y puedo ir a manifestarme.

Pere tenía razón, María Green no abrió las puertas del teatro en varios días. Tras su declaración de intenciones, mi primo se fue a su habitación. Yo me encogí de hombros ante la disconformidad de Gabriel y me retiré para vestirme.

Diez minutos más tarde, los tres caminábamos por Conde del Asalto. Gabriel y Pere no se dirigían la palabra. No atendí a la tensión que había entre ellos porque tenía otra preocupación: el panorama desolador de las calles de la ciudad me dejó compungido. El luto se apreciaba en los andares afligidos de los transeúntes y se respiraba en las conversaciones, que giraban en torno al difunto, a su vida y a lo injusta que era su muerte. El asesinato de Seguí acabó de dinamitar una tregua que desde principios de febrero ya estaba moribunda.

Nos dirigimos al lugar del atentado, que se había producido en el cruce de las calles Rafael y Cadena, muy cerca de Conde del Asalto. Un numeroso grupo de personas se habían concentrado en el lugar donde Salvador había perecido. En primera fila, una comitiva de mujeres depositaba flores sobre el empedrado en honor del difunto. Un silencio sepulcral, solo roto por los sollozos, las acompañaba. Nos unimos al grupo de veladores agotados de lamentarse por tantos muertos. Pere lloró con timidez y Gabriel trató de consolarlo poniendo la mano sobre su hombro. El gesto duró solo lo que mi hermano tardó en recordar las desavenencias que los separaban.

La jornada transcurrió entre bares, cafés y lamentos. Visité los locales que antiguamente frecuentaba, en los que me reencontré con amigos y conocidos. Era una temeridad ya que, hasta el momento, había pasado inadvertido por la ciudad; sin embargo, esas circunstancias tan excepcionales hicieron que bajara la guardia. Por fin pude reencontrarme con Enric, quien me contó con detalle su encarcelamiento en la prisión de Mahón. En algún momento, Pere y Gabriel hablaban con naturalidad, interpelándose en mitad de un debate. Fueron momentos breves, interrumpidos por la mueca de uno de los dos o por un cruce de miradas agresivo que de pronto les recordaba su enemistad. A continuación, ambos seguían charlando con el resto del grupo de conocidos que nos rodeaban. Nada podía hacer yo para conseguir que mi hermano entrara en razón y tratara a Pere con el respeto que se merecía.

La policía y el gobierno civil echaron más leña al fuego. Por un lado, los cuerpos de seguridad investigaron el asesinato de Seguí como si se tratara de un ajuste de cuentas interno de la CNT, y no como un nuevo atentado perpetrado por los pistoleros del Libre o por la patronal. Por el otro, las autoridades forzaron un entierro de Seguí precipitado y a escondidas, al que solo pudieron asistir la viuda y algunos allegados. La Federación Local y el Comité Regional de la CNT convocaron una huelga general para el día siguiente. Pidieron calma y frialdad a los compañeros que quisieran secundarla, ya que no deseaban que los obreros cayeran en las provocaciones de la policía. Si estallaban los disturbios, estaba en juego una nueva suspensión de las garantías y la posibilidad de que hubiera una nueva oleada de detenciones aleatorias. Sin embargo, la guinda de aquella tarta tan indigesta llegó por la tarde, cuando se anunció la muerte del Paronas.

La huelga general del martes fue masiva. Sobre las diez de la mañana, la ciudad se detuvo por completo. La CNT daba un nuevo golpe al equilibrio de poderes. Gabriel, Pere y yo asistimos a una manifestación convocada en plaza de Catalunya, donde se congregaron miles de trabajadores. Mi hermano y mi primo solo se hablaron cuando decidimos el lugar en el que nos situaríamos. Codo con codo, espalda con pecho, apretados como sardinas en lata, los gritos, la furia y la voluntad colectiva creaban una atmósfera combativa que podía parecer renovadora, pero que era habitual en la historia de la ciudad.

Los manifestantes gritaban consignas como «Abajo las leyes» o «Muerte a los patronos», cuando busqué la mirada cómplice de Gabriel y observé la lividez y la estupefacción de su semblante. Jamás lo había visto tan falto de arresto y de color. Mi hermano se había sumido en aquel estado a causa de lo que estaba viendo, así que presté atención a lo que él estaba mirando. Y entonces lo vi. Era mi padre. Apenas dispuse de dos o tres segundos, ya que enseguida desapareció entre la multitud y, aun así, tuve la certeza de que mi progenitor avanzaba entre los manifestantes, muy cerca de donde nosotros nos encontrábamos. Estaba mayor y consumido. Su escaso cabello se había nublado con unas canas que atestiguaban el paso del tiempo. Fue un instante fugaz aunque suficiente para que se me fuera la cabeza.

Lo siguiente que recuerdo es encontrarme en el suelo, sobre mi hermano, que me agarraba con fuerza por el torso. Pere sosegaba los ánimos de los que nos rodeaban, que parecían escandalizados y enfadados ante el galimatías que yo acababa de causar. No sabía ni qué había hecho ni si mi primo sería capaz de apaciguarlos.

—¿Qué ha pasado? —pregunté.

—Estabas gritando y golpeando al aire como un loco —dijo Gabriel con la voz entrecortada debido al esfuerzo que le costaba mantenerme en el suelo—. Por eso se han alterado. Tú estate tranquilo y no digas nada, Pere los calmará.

Escuché las palabras de mi primo.

—Disculpen, a veces pierde la razón sin motivo aparente. Es un buen chico, pero apenas ha dormido en las últimas horas y está conmocionado por la muerte de nuestro compañero Salvador. No se lo tengan en cuenta. —Gabriel me seguía agarrando como si estuviera a punto de precipitarme por un acantilado y sus brazos fueran lo único capaz de retenerme frente al abismo—. Dejen que nos lo llevemos. Un whisky y unas horas de sueño lo dejarán como nuevo.

—Marchaos de aquí y no volváis —dijo alguien.

—¿Estás bien? ¿Puedes levantarte? —me susurró Gabriel.

—Sí, por favor, vayámonos —le respondí aturdido.

Pere me ayudó a ponerme en pie y mi hermano nos abrió paso entre la multitud. «Vamos a mi casa», dijo mi primo, a lo que Gabriel accedió. Enfilamos las Ramblas cariacontecidos y cada cual inmerso en sus propios pensamientos. Ambos actuaron como dos guardaespaldas profesionales, callados y atentos a mis reacciones en todo momento. Mientras subíamos las escaleras de su casa, Pere no pudo aguantarse más.

—¿Se puede saber qué ha pasado? ¿A cuento de qué ese arrebato? —espetó.

Me disponía a responderle cuando advertí que no estaba seguro de nada. Así que se lo pregunté a mi hermano:

—Tú también lo has visto, ¿no?

—Sí, no sé qué coño hacía allí, pero sí, lo he visto.

Pere, que iba a la cabeza del grupo, nos bloqueó el paso con los brazos.

—Basta —gruñó—. No nos moveremos de aquí hasta que me contéis qué ha sucedido.

—Se trata de nuestro padre —le respondí—. Estaba en la manifestación.

—Joder, Mateu, soy un cobarde —masculló Gabriel. Noté que le faltaba el aire—. Me he quedado paralizado. Debería haberme acercado a él para darle una paliza, pero no podía moverme.

Acto seguido, dio un puñetazo en la pared con rabia. La conversación quedó aplazada hasta que estuvimos en el piso de Pere.

No recuerdo mi estado anímico ni físico, solo sé que una bruma me había atrapado y me impedía comprender cuanto me rodeaba. Pere se sentó a la mesa de la sala de estar y yo le imité, falto de toda noción de lo que debía hacer. Mi hermano, tratando de tomar distancia de lo que había sucedido, se acercó a la ventana para contemplar a los viandantes, o quizá la nada.

—No te veía así desde que éramos niños —dijo mi primo—. ¿Ha sido por tu padre? Bueno, está claro que sí, qué pregunta más estúpida. ¿Por qué? Quiero decir, es normal que estéis consternados, pero ¿por qué se te va la cabeza?

Los tres nos mostrábamos incómodos, compungidos y sin lucidez para afrontar la conversación que se avecinaba. Un dolor exasperante retorcía mi vientre, y no era físico; se trataba de la angustia de la que tanto había hablado con Paco. Y sabía qué tenía que hacer para librarme de ella.

—Nunca os lo he contado a ninguno de los dos. Pensaba que me moriría si lo hacía. En fin, a estas alturas, qué más da. —Me detuve, lo que iba a confesarles me exponía a la cólera de mi hermano y al juicio de mi primo, pero debía seguir adelante—. Desconozco por qué se me va la cabeza, solo puedo deciros que sucede cuando observo algo relacionado con la muerte de mamá. Tío Ernest nos convenció de que aquel día no estábamos en casa y de que yo no pude haber visto lo que ocurrió. No es cierto, ahora sé que estuve en aquella habitación. Recuerdo algunos momentos concretos con detalle, otros siguen difusos. Vi a mamá muerta junto a su amante. También recuerdo a nuestro padre, herido. Tengo otra certeza que me atormenta: en algún momento sostuve una pistola con mis manos. Estaba caliente, y sé que apreté el gatillo. Cuando revivo esas imágenes, me corroen varias dudas: ¿a quién disparé? ¿Entré allí estando mamá todavía viva? ¿Fui yo quien mató a nuestra...? —No pude terminar la frase, me dolía tanto pronunciarla delante de Gabriel que creí que el alma se me escabullía por la boca.

—¿Qué estás diciendo, Mateu? —soltó Pere—. ¿No os ha contado mi padre lo que averiguó?

—No sabía que habías visto a mamá... —farfulló Gabriel desde la ventana—. Yo no estaba en casa, estaría jugando en la calle, supongo. Y Mateu, por el amor de Dios, tenías seis años, lo que dices es imposible. ¿Por qué tendrías que haber...?

—También recuerdo a papá repitiéndome una y otra vez:

«¡Dispara! ¡Dispara!» —dije cubriéndome el rostro con las manos.

—No me entusiasma ser el mensajero —anunció Pere—, sin embargo tenéis que saber la verdad. —Dio media vuelta y miró a mi hermano—. Siéntate, Gabriel —dijo—, lo que os voy a contar no es un cuento de hadas.

Mi hermano se acomodó a mi lado. Concentró la vista en un punto indefinido de la sala de estar para huir de las emociones que lo embargaban. Cuando mi primo comenzó a hablar, yo cerré los ojos. Estaba a punto de conocer la verdad y los más funestos pensamientos azuzaban mi terror.

—Tendría yo dieciséis años —prosiguió Pere—. Aquella tarde, mi padre se emborrachó hasta no tenerse en pie. Quizá os sorprenda, pero acostumbra a hacerlo el día del aniversario de la muerte de vuestra madre. No es hombre de excesos, ya lo sabéis, entiendo que esa es su forma de aliviar la pena. Mi madre nunca permitió que lo vierais así, os distraía con cualquier excusa para que no os cruzarais con él cuando todavía vivíais en casa.

—Yo creía que nos obligaba a acompañarla a aquellas excursiones absurdas para que no pensáramos en la muerte de mamá —comentó Gabriel.

—Quizá también lo hacía por eso. En todo caso, mi padre se mostraba irascible, iracundo, incluso vil con quien intercambiara una palabra con él. No pude controlarme, le pedí que me contara lo que le pasaba y, finalmente, él abrió su corazón y me confió el motivo de su congoja.

Según la versión de tío Ernest que Pere nos relató, todo había empezado con la oposición frontal de mi abuelo materno, que falleció seis meses antes que mi madre, al matrimonio de mis padres. Pese a todo, les dejó una pequeña fortuna en herencia. En el fondo, Lluïsa, así se llamaba mi madre (creo que no te lo había dicho todavía), tampoco confiaba en su Antoni, mi padre, y mantuvo la herencia fuera de su alcance para que no la malgastara en el juego o en negocios de dudosa legalidad. Lluïsa quería guardar el dinero para nosotros, para que pudiéramos labrarnos un futuro digno.

Antoni confesó a la policía que la tarde en cuestión entró en su habitación y encontró a Lluïsa con otro hombre. Presa de la ira y la vergüenza, y después de que el amante le disparara y le hiriera, les arrebató la vida a balazos. Tío Ernest sospechaba que había gato encerrado en su versión de los hechos, así que, tras el entierro de Lluïsa, se llevó a Antoni de copas con el supuesto fin de aliviar las penas del viudo. Lo emborrachó y consiguió que su hermano bajara la guardia y le revelara retazos de lo ocurrido que no había compartido con los agentes, a los que seguramente sobornó: alertado por los disparos, yo entré en la habitación y descubrí a mi madre muerta y a mi padre sin un rasguño. Me quedé paralizado, la imagen era incomprensible a ojos de un niño. Antoni, no contento con su crimen, me dio la pistola y gritó reiteradamente que le disparara. De ahí, supuse, el recuerdo de su voz ordenándome una y otra vez «¡Dispara!». Para que el calor de la empuñadura no me quemara las manos, me dio el pañuelo lila que siempre llevaba en el bolsillo de la americana. Yo agarré la pistola, envolví la empuñadura con el pañuelo y, presionado por sus gritos, apreté el gatillo y le di en la pierna. Esa fue su coartada: alegó que había actuado en defensa propia y consiguió eludir la cárcel.

—Según parece, no le costó hacer creíble su versión —prosiguió Pere—. Según mi padre, la chulería de Antoni no tenía límites, incluso alardeaba de haber salido indemne del asesinato. El caso es que su actitud rompió los nervios de mi padre, quien se lanzó sobre él para atizarle. Según me dijo, aquella fue la última vez que se vieron. Sin embargo, mi padre tiene otra teoría. Sospecha que la muerte de Lluïsa estuvo relacionada con la herencia y no con la infidelidad.

Antoni era un crápula, pero Lluïsa lo quería con locura, y tío Ernest no concebía que ella hubiera tenido un desliz amoroso. Siguiendo su instinto y leyendo entre líneas el relato de Antoni, creía que su hermano se había compinchado con el supuesto amante para que, a cambio de dinero, actuara como el querido de Lluïsa. Fue una pantomima, un montaje, el falso amante ni siquiera la había besado una sola vez. La tarde de los hechos, ambos forzaron a mi madre para que entrara en la habitación. Quizá Antoni quería tomar unas fotos para chantajearla y quedarse así con la herencia, quizá su intención fuera matarla desde el primer momento; pero, según las suposiciones de mi tío, algo debió de torcerse y terminó asesinándolos a los dos y usándome a mí para justificar su crimen. Días después, huyó con el dinero; una prueba irrefutable de la teoría de tío Ernest.

—Está convencido de ello y la culpa lo consume —continuó Pere—. Siente que debería haberlo evitado, que debería haberla ayudado, porque desde el día en que tía Lluïsa recibió la herencia, las peleas con tío Antoni iban en aumento; algunos amigos comunes se lo habían comentado. De hecho, ella se había presentado en la zapatería una semana antes de su muerte. Buscaba consejo y se esforzaba por disimular el moratón que tenía en la cara. Mi padre cree que no fue en busca de palabras de consuelo, sino de auxilio, y que él debería haber comprendido cuáles eran los verdaderos motivos de la visita. Así que cuando tío Antoni le envió una carta pidiéndole que os cuidara, decidió que os criaría como a sus propios hijos para enmendar su error. No, Mateu, tú no mataste a tu madre.

La voluntad abandonó mi cuerpo, tuve que hacer un esfuerzo titánico para mantener los párpados abiertos y la cabeza erguida. No obstante, el alma, que había llegado a pesar toneladas, experimentó una levedad y una ligereza desconocidas para mí. Me sentía exhausto, víctima de una desazón que me había acompañado desde la infancia y que, al fin, había cedido. Deseaba abandonarme al reposo.

—Mi cabeza me ha torturado con ese recuerdo —balbucí—. El tío debería habérmelo contado antes.

—Eres tonto, Mateu —me interrumpió Gabriel—. ¿Por qué no se lo preguntaste? No es normal sufrir por algo de lo que no eres responsable.

En ese momento, mi hermano cruzó su mirada con la de Pere y, rápidamente, la apartó avergonzado.

—¿De verdad creías que habías matado a mamá? —me preguntó.

—Pues… aquellas imágenes no tenían sentido para mí y me llevaron a pensar que sí, o que al menos era una posibilidad. Yo tan solo era un niño, pero mira todo lo que nos ha pasado desde entonces.

Inspiré tan profundamente que podría haber dejado la sala sin aire. ¿Debía sentirme aliviado? ¿Debía proclamar a los cuatro vientos que era inocente de un crimen que nadie me había imputado?

—Pensaba que la verdad me liberaría —confesé—, pero me siento más perdido que nunca.

—Cariño, ahora lo único que tienes que hacer es seguir con tu vida —me aconsejó Pere.

Suspiré y me encogí de hombros con los ojos parcialmente cerrados. Mi congoja se diluía en un océano hecho de segundos que, uno detrás de otro, bañaba el litoral de mi nueva vida. Sentía el vacío y, a la vez, la plenitud.

—¡Voy a cargarme a ese hijo de puta! —gritó Gabriel de pronto—. Lo buscaré, lo pondré de rodillas y le pegaré un tiro después de que me suplique perdón. Nuestro padre debe pagar por lo que hizo. ¡Es injusto! ¡Es muy injusto!

Caí en la cuenta de que lo que Pere había contado también afectaba a mi hermano, y al oír sus palabras, y acordándome de los arrebatos que él había experimentado en el pasado, temí que protagonizara otro funesto capítulo de la historia de nuestra familia.

—¿Y qué ganarás con ello? —le pregunté.

—Que pague por lo que hizo, ya te lo he dicho.

—¿De verdad? ¿No entiendes que si le pegas un tiro, te rebajarás a su nivel?

—Y tú qué sabrás, Mateu, eres tonto.

Gabriel se levantó y se dirigió a la puerta. Pere no pudo contenerse y gritó:

—¡Eso, haz como tu padre, escoge la peor de las opciones y luego huye! Tu hermano lo ha pasado muy mal. Deberías ofrecerle consuelo en lugar de tratarlo con desdén. ¡El tonto eres tú!

Gabriel dio marcha atrás y golpeó violentamente la mesa.

Desafió a Pere con sonsonete y, a continuación, cerró los ojos. Pensé que se había arrepentido de su reacción, pero sus siguientes palabras defraudaron mis esperanzas.

—¿Y tú qué sabrás? —gruñó—. No eres más que un maricón.

Enfurecí. No podía tolerar que le hablara con semejante desprecio.

—¿Hasta cuándo vas a seguir comportándote como un imbécil? —grité.

—Déjalo, Mateu, déjalo —se lamentó Pere con la voz temblorosa, herida.

—No, no me da la gana, pongamos las cartas sobre la mesa. Gabriel —le dije mirándole a los ojos—, si no eres capaz de tratar a Pere con educación, puedes irte. No quiero verte más, y no es un farol, así que tú verás lo que haces.

Mi hermano cerró las puños con fuerza. Me dio la impresión de que respiraba con dificultad. Me lanzó una mirada furibunda, cargada de incomprensión. Temí que se abalanzara sobre mí. Si quería pelearse conmigo, yo estaba dispuesto a secundarle.

—Es algo incontrolable, Mateu. —Gabriel destensó el cuello y los hombros, aunque continuó cabizbajo. Me sorprendió que no recurriera a la fuerza, como de costumbre—. Lo miro y es odio lo que siento. No puedo explicar por qué, yo tampoco lo entiendo. Simplemente, es así. No sé actuar como tú, no puedo quererlo como al miembro de mi familia que es. Me siento muy mal, créeme, pero me domina, el odio me domina. Él es como es y yo soy como soy. No puedo decirte nada más.

Pere negó con la cabeza y yo me quedé sin palabras. Aun así, las discusiones con Montserrat me habían enseñado a no darme por vencido.

—Claro que puedes, lo que pasa es que no quieres —le respondí—. ¿Qué diferencia hay entre el odio que Josep siente hacia ti y el que acabas de describir? ¿Acaso Pere no tiene derecho a defenderse de su opresor? Porque sí, tú oprimes su voluntad y su naturaleza.

—¿Puedo intervenir? —dijo Pere, ofendido—. Estáis hablando de mí como si yo no estuviera presente o no pudiera defenderme. —Firme y duro, se dirigió a Gabriel—: No voy a hablar contigo si no me miras a la cara.

—¿Por qué me pedís esto? —preguntó mi hermano mirando directamente a Pere—. Nadie es tan comprensivo como Mateu… Lo tuyo… lo tuyo no es normal. No sé de qué me acusas, muchos piensan como yo, quizá la mayoría. Primo, haz lo que quieras con tu vida, pero no me pidas que te ría las gracias.

Pere sonrió dolido y exhausto tras años de cosechar rechazo e incomprensión.

—Has hablado de odio, ¿verdad? ¿No es este el problema de esta ciudad? Nos hemos criado odiando al extranjero, a los ricos, a los que alzan la voz más allá de la ley e incluso a los que prosperan. La envidia es otra forma de odio. ¿Y de qué nos ha servido? No me malinterpretes, los patronos deberían abandonar el poder, aun así aborrecerlos solo nos ha llevado a una guerra absurda en la que nosotros perdemos y ellos perpetúan su vida entre algodones. El odio nos gobierna, el odio nos dirige. No vamos a ganarles a base de maldiciones, sino creyendo en la verdad y la justicia de nuestro discurso. Sin ellas estamos perdidos. Dime, ¿cuántas veces te has peleado con tu hermano por culpa del odio que sientes hacia todo aquel que no piensa igual que tú? El mundo no es como tú quieres que sea, cariño. Nunca seré como tú quieres que sea. Supongo que es normal que no sepas controlarte, nadie te ha enseñado; aunque, piensa un poco, si no aprendes, tus hijos y los de Josep se seguirán odiando y vivirán la misma mierda que nosotros. Haz lo que quieras, sé como los demás, pero al menos no me insultes. Si eres tan hombre como para disparar una pistola e ir de putas, también tienes que serlo para controlarte delante de mí e intentar comprenderme. ¿Sabes cuál es tu problema?, que el odio que te despiertan mis maneras no es más que un reflejo del que sientes hacia ti mismo. Así que déjame en paz, no soy una amenaza para ti, no te necesito, siempre he sido mucho más valiente que tú.

Pere se calmó aunque mantuvo una actitud retadora. Gabriel comenzó a toser compulsivamente, doblegándose sobre sí mismo, y luego carraspeó, alzó el rostro y después se incorporó.

—Lo sé, lo siento —balbució dirigiéndose a mí—. No puedo hacer más. Quizá tengáis razón, yo...

—No me lo digas a mí. Díselo a él —le exigí.

Gabriel tragó saliva, apoyó las dos manos sobre la mesa y miró a Pere.

—Pere, déjame... Me muero de vergüenza, me asquea pensar cómo te he tratado, por eso no me atrevo ni a mirarte a la cara. Quizá tengas razón, quizá soy simple y tosco, no he sabido hacerlo mejor. Te pido perdón, no sé si seré capaz, deja que lo intente.

Pere dio un golpe seco y sonoro sobre la mesa con la palma abierta. Acto seguido, respiró hondo, como había tenido que hacer tantas veces en su vida.

—Me has insultado y agredido —espetó con contundencia—. Me has ninguneado y vilipendiado. Dime, ¿por qué debería perdonarte?

—Porque eres mejor persona que yo. Siempre lo has sido.

Gabriel se acercó, inseguro, a Pere y le ofreció la mano para que este se la estrechara. Pere dudó unos segundos, luego se levantó. Su semblante mostraba una mezcla de rabia y tristeza que yo no sabría describir con precisión. Estoy seguro de que la conversación había movido el alma de mi primo, aunque desconocía en qué sentido. Pronto lo averigüé. Pere le propinó a Gabriel un puñetazo en la cara, directo, duro, enérgico. Al recibir el golpe, mi hermano emitió un leve quejido y dio un paso atrás. A continuación, extendió de nuevo la mano en señal de paz. Pere la observó durante unos instantes, dubitativo, pero la rabia acumulada durante tantos años no se disipa con facilidad. Él tenía ante sí el remedio para una de sus mayores aflicciones y, a la vez, debía hacer un esfuerzo titánico para que surtiera efecto. Así que tomó impulso y, de nuevo, golpeó a Gabriel. Por un momento pensé que mi hermano iba a responder con violencia, una reacción habitual en él que, por suerte, contuvo a tiempo. Lejos de empezar una pelea, esbozó una sonrisa dolorida y le tendió la mano por tercera vez.

Una lágrima se deslizó por la mejilla de Pere y cayó al suelo. Entonces era él quien no se atrevía a mirar a Gabriel. Se mostraba cabizbajo, dolido, tembloroso incluso. Mi hermano repitió el gesto con firmeza y acercó aún más su mano a mi primo, quien, en un arrebato de ternura, se la estrechó.

Nuestra banda, la original, la verdadera, volvía a estar unida. Por primera vez sentí que éramos indestructibles.

Unos días después, enterraron al Paronas, el vidriero que acompañaba a Seguí cuando lo asesinaron. Miles de personas se congregaron ante el Hospital Clínico para velar al muerto. La mayoría de ellas recorrieron la ciudad junto al féretro, que recibió sepultura en el cementerio de Hospitalet. Las mujeres dejaban flores sobre el ataúd, los hombres caminaban en grupo, pegados unos a otros, como si fueran una sola voz. Gabriel, Pere y yo acudimos juntos a la concentración. Barcelona despedía al Paronas, sí, pero también a Seguí: aquel fue su verdadero entierro, ya que compensó la discreción con la que Gobernación obligó a celebrar el primero.

El teatro María Romero reabrió a la mañana siguiente, y Pere y yo volvimos a la rutina. El alivio que sentí tras su revelación no había apaciguado mi sentimiento de culpa, pues tenía decenas de motivos para sentirme culpable: la muerte de Dolors, las batallas perdidas ante Kohen, la ignorancia, la violencia, las decisiones erróneas. Emergieron nuevas dudas: ¿debía ser yo quien terminara con el Barón? En el caso de que cediera el testigo a otros, ¿no estaría huyendo como hizo mi padre? Navegando entre estas dos corrientes, empecé a preguntar por Kohen y doña Amàlia en los camerinos, haciendo caso omiso de las advertencias de Pere. Los actores y las actrices poco o nada sabían sobre la misteriosa mujer. Por segunda vez traicionaba la discreción que me había autoimpuesto, aunque eso era mejor que seguir de brazos cruzados.

Pere se mostraba más contento de lo habitual. Interpreté que se debía a la reconciliación con mi hermano. De hecho, nos convertimos de nuevo en un trío inseparable. Gabriel acudió a varias funciones en las que Pere actuó y pasamos los domingos siguientes juntos. La antigua tensión estuvo presente en los primeros encuentros. Cada vez que Pere se refería a Gabriel con un «cariño», mi hermano fruncía el ceño, y a cada comentario ofensivo que se le escapaba a este, mi primo torcía el gesto. Sin embargo, las rencillas fueron desvaneciéndose con el paso de los días y las cervezas compartidas. La fraternidad había vuelto, y era más fuerte que nunca. Pronto descubrí que Pere tenía otros motivos de alegría.

El Amado, aquel hombre de familia pudiente con el que había pasado los mejores momentos de su vida y cuyos hermanos le habían propinado una paliza, había vuelto a su vida. Él continuaba viviendo con su mujer; sin embargo, de vez en cuando se escapaba del lecho conyugal para pasar unas horas con su verdadero amor. Cuando Pere me lo contó, se me encendieron todas las alarmas.

—No te preocupes —me tranquilizó—, hemos aprendido de nuestros errores. Tenemos cuidado, esta vez no nos pillarán.

—Sabes mejor que nadie lo que te hizo su familia. Yo que tú...

—Pero no lo eres. —Sonrió con ironía—. Dime una cosa, si te prohibieran ver a Montserrat, ¿acaso no harías todo lo posible por encontrarte con ella?

Pocos días antes de que acabara el mes de marzo tuvo lugar una de las conversaciones más surrealistas que he mantenido jamás. El frío empezaba a ceder el paso al buen tiempo, las primeras flores adornaban las laderas de Montjuïc, y yo permanecía en un estado dubitativo. Deseaba tanto abandonar Barcelona y volver al Talladell como matar a Kohen. Me encontraba entre dos estaciones: una gélida pero conocida y familiar, que me empujaba a la venganza, y otra recién nacida, cálida y ajena a mis preocupaciones, que me susurraba que era merecedor de una vida más plácida.

El trabajo en el teatro continuaba absorbiéndome la mayor parte del tiempo. De hecho, desde que la compañía descubrió mi destreza remendando calzado, había logrado el estatus de hombre orquesta. Además, me aficioné a retratar los rostros de los compañeros cuando estaban entre bambalinas, iniciativa que fue bien recibida y aumentó la consideración en que me tenían. Llevaba una vida sencilla: trabajaba para los demás y de mí dependían una serie de tareas invisibles aunque imprescindibles para el buen funcionamiento del teatro.

Me gustaba llegar al trabajo al mediodía para organizar con tranquilidad lo que había quedado pendiente el día anterior. Luego me sentaba en el escenario, de cara a la platea, con las piernas colgando, y permanecía allí en silencio hasta que llegaban los primeros miembros de la compañía. No sabría describir la paz que transmitía la sala vacía. Durante las funciones había una mezcolanza de sudor y perfume, de maquillaje y madera. Horas después, la reminiscencia de los aromas entremezclados permanecía entre las paredes del teatro y se convertía en una fragancia característica de la sala.

Estaba sentado en el borde del entarimado cuando salió Joan Mas de entre bambalinas.

—¿Cuántas veces le habré visto mirando al vacío desde el escenario? Siempre me pregunto: «¿En qué pensará el nuevo conserje que ha contratado Francisca?». Bueno, usted supongo que la llama María, como todos.

—Me gusta la calma y la tranquilidad —respondí nervioso. Su presencia me aterraba.

—¿Puedo sentarme a su lado?

—Por supuesto —balbucí inseguro, contraviniendo mi instinto.

Joan era un hombre relativamente joven que, ya estuviera contento o enfadado, siempre transmitía seguridad y paz.

—Iba a preguntarle por qué está investigando a Kohen, pero he decidido no hacerlo por respeto a su privacidad. Es lo que yo pediría si estuviera en su lugar.

—¿Cómo sabe que...? Claro, las paredes del teatro hablan

—dije con una sonrisa falsa que no ocultaba el estado de alerta en el que me encontraba.

—También sé que usted es Mateu Garriga, y no Joaquim Vilalta, y que es el primo de nuestro querido Pere. —Le miré, no sé si horrorizado o amenazante; el caso es que Joan se vio obligado a justificarse—: Barcelona es muy pequeña, compañero, y tras la muerte de Seguí, se dejó ver por el Español y el Chicago con su hermano y sus amistades. Era fácil deducirlo; no ha tenido mucho cuidado, si deseaba pasar inadvertido.

Le respondí con la atención fijada en la oscuridad de la platea.

—Disculpe, sé que no debería haberles engañado. Si me quieren echar, lo comprenderé. Cuando Pere me consiguió este trabajo necesitaba llevar una vida discreta, como bien ha deducido. El Barón cree que estoy muerto y solo dispongo de esta baza a mi favor.

No entendía por qué compartía tanta información con aquel hombre.

—¿Le llaman «el Barón»? Yo más bien lo llamaría «escoria», pero allá cada cual con sus sobrenombres. Y no sufra, no creo que Francisca… digo, María, lo eche por usar un seudónimo. En fin, tenga.

Joan extendió la mano para entregarme un pedazo de papel doblado.

—¿Qué es?

—Es la dirección habitual de doña Amàlia cuando está en Barcelona. Sí, no son los únicos que han estrechado el cerco alrededor de Kohen. Sé que Pere y usted han preguntado por ella. Yo también creo que doña Amàlia puede ser una pieza clave en el entramado del… Barón —pronunció con burla—. Ahora mismo no está en la ciudad, y no sabemos cuándo va a volver.

—¿Saben quién es? —Yo deseaba finalizar la conversación, pero al mismo tiempo me costaba creer lo que tenía entre mis manos.

—No, desconocemos si se trata de un miembro de su familia o de su esposa, y tampoco hemos podido averiguar qué tipo de influencia ejerce sobre él. Solo puedo decirle que el grupo de los Solidarios también va detrás de ese indeseable y que son ellos los que han conseguido la dirección.

—¿Por qué me ayuda? ¿Por qué confía en mí?

—Porque todos queremos echar a esa gentuza de nuestras calles, y Kohen es especialmente resistente y difícil de atrapar con las manos en la masa. Pere le protege a usted y eso lo convierte en una persona digna de mi confianza. No le dé más vueltas, sé reconocer a un delator cuando lo tengo delante.

Sus palabras me helaron la sangre. Cada vez tenía más claro que conocía mi crimen, aunque, de ser así, no tenía sentido que me tratara con tanta amabilidad.

—Se lo agradezco.

—Una cosa le pido, no le hagan daño a doña Amàlia. Ya han muerto demasiados inocentes en esta ciudad.

—Tiene usted razón.

—Su cara me resulta familiar. ¿Habíamos coincidido en el pasado?

Negué con la cabeza y empalidecí. Él se levantó y antes de desaparecer entre las bambalinas, añadió:

—Por cierto, no le diga a Francisca que trapicheo con información tan delicada, esta semana no tengo el cuerpo para peleas.

Estuve a punto de levantarme y decirle que yo había matado a su esposa, que me disparara, que pusiera fin a mi sentimiento de culpa, que se vengara, que estaba en su derecho. Pero no lo hice, no reuní la gallardía ni la sinceridad necesarias. La vida es curiosa: Kohen me encargó acabar con Joan, y Joan me proporcionaba el camino para terminar con Kohen.

24

Las horas se deslizaron como las caricias furtivas de una amante y forjaron unas semanas sin avances. La ciudad seguía acumulando casquillos sobre las aceras y yo oscilaba como un péndulo sujeto por la duda. Mateu Garriga había mutado; aun así, vivía subyugado por los errores del pasado. El monstruo no se había convertido en cisne, seguía en mi interior, pero reivindicaba su derecho a existir, a no tomar partido por una guerra estéril e inevitable, a que sus colmillos y su vello se consideraran tan normales y relevantes como las camisas almidonadas y los fracs que lucían en el Liceu algunas de las criaturas que gobernaban la ciudad. Deseaba volver al Talladell con Montserrat y contigo, y dibujaba como nunca, esbozaba los rostros de los que me rodeaban después de observarlos con detalle. Gracias a los retratos caí en la cuenta de que los monstruos no solo habitaban mi cabeza, sino que también residían en el alma de los demás.

¿Qué cambió? ¿Fue el amor de Montserrat? ¿Los consejos de Paco? ¿La revelación de Pere? Me sentía en paz con mi madre y con la sombría tarde en que la vi perecer. La única muerte incisiva era la de Dolors, la culpa asociada al resto de mis crímenes se diluía junto con el invierno. Echaba mano de los mismos argumentos que Gabriel: había asesinado para proteger mis ideales y a los míos. Yo era la pieza irrelevante de un tablero de ajedrez en el que la reina cambiaba de bando a tal velocidad que los peones teníamos que armarnos para sobrevivir. Sin embargo, y a pesar de la insistencia de esos pensamientos, no deseaba apretar de nuevo el gatillo, no quería arrebatarle la vida a nadie más. ¿Existía una mínima posibilidad de reconciliación en las calles de la ciudad?

Cuanto más alejado me creía de las pistolas, con más empeño las cogía mi hermano. Como en el pasado, lo descubrí por medio de un comentario por aquí, una queja de Cristina por allá, y poco a poco llegué a una conclusión: Gabriel había vuelto a las andadas. Estaba convencido de que Enric y él habían resucitado a la banda. Lejos de hacer oídos sordos, decidí hablar directamente con mi hermano.

—Creí que te habías hartado de los grupos de acción —le dije un domingo por la mañana en que habíamos quedado para desayunar.

—Yo soy así, ya me conoces, cambio de opinión continuamente, qué le vamos a hacer. No soy tan paciente como tú, no soy capaz de esperar a que me caiga una oportunidad del cielo. Cada vez que intento apartarme de la lucha, esos hijos de puta me lo ponen muy difícil. Hace días que me echo a temblar cuando me despido de Enric o de otros amigos porque temo que los cabrones del Libre los maten a balazos a la vuelta de cualquier esquina. ¿Qué quieres que haga? ¿Que me quede de brazos cruzados? ¡Todo ha vuelto a empezar!

—Por mucho que lo intente, ya no tengo respuestas para estas preguntas.

El comentario de Gabriel se podría explicar mediante las cuatro palabras que han regido esta primavera, la de 1923. La primera era, en mi opinión, «injusticia». Creímos que, con la salida del gobernador Anido, el Libre había perdido influencia, recursos y también su impunidad, pero el gobernador Raventós reorganizó la policía y otorgó poder y recursos a algunos de los agentes corruptos que habían sido fieles a Bravo Portillo primero y a Anido después, quienes hicieron la vista gorda ante los crímenes de los pistoleros blancos. Además, los Libres iniciaron una publicación bisemanal llamada *La Protesta*, de alma jaimista y anticenetista, especializada en difamarnos. Los del Único volvían a hablar en público sobre la revolución y «Esto no es Rusia» era la expresión más recurrida en las reuniones de los defensores del *statu quo*. Los tiroteos eran frecuentes, a diario aparecían heridos y muertos en las calles, y yo tenía la amarga sensación de que, por cada paso adelante en dirección al entendimiento, se daban demasiados en sentido contrario.

La segunda palabra era «antiterrorismo». A mediados de abril se formó un Frente Antiterrorista compuesto por la CNT, republicanos de izquierdas, ateneos, masones, socialistas y otros grupos afines, cuyo objetivo era rechazar la violencia y poner fin a los tiroteos, que llegaron a ser algo tan cotidiano como tomarse un café en alguna de las terrazas del Paralelo. Desde su creación, el Frente se manifestó recurrentemente en favor de la paz y de las conquistas laborales. La CNT y su aparato de difusión, *Solidaridad Obrera*, condenaban los atentados propugnados por los del Libre y, con la boca pequeña, eso sí, defendían el derecho de las bandas a protegerse.

Ahí se engarzaba la tercera palabra, «autodefensa». Los grupos de acción estaban más organizados que nunca, se reunían en asambleas clandestinas para coordinar esfuerzos y objetivos. Las lideraban los Solidarios, una banda radical que había comenzado a operar en Barcelona el año anterior, en cuyas filas militaban anarquistas muy combativos, como Durruti o Ricardo Sanz. En esas reuniones establecían objetivos comunes y, sobre todo, aunaban esfuerzos para frenar la nueva ola de atentados perpetrados por los del Libre, que se intensificó con la llegada de la primavera. Bandos y más bandos y más división, un polvorín que amenazaba con explotar.

—Está bien, Gabriel —dije para cerrar nuestra conversación—. Yo te prometo que no te juzgaré si tú me prometes que no me mentirás más. ¿Trato hecho?

—Trato hecho.

Una mañana de mediados de mayo, mi primo me pidió que diéramos un paseo por el barrio antes de comer. Eso sería un martes o un miércoles, que eran los días en que yo libraba, en el teatro. Primero conversamos sobre una carta de Montserrat que había recibido. Me anunciaba que en junio abandonaría El Talladell y me invitaba a acompañarla. No supe cómo tomármelo, así que el tema no dio para mucho, y Pere me contó el primer motivo por el que me había invitado a deambular por la ciudad.

—Te acuerdas de Marta, ¿la actriz que nos dio la dirección para encontrar al Martillo?

—Sí, me acuerdo, también fue la mujer que me abrió la puerta el día que Kohen me encargó que matara a Joan Mas —le advertí precavido.

—Pues me ha dicho que doña Amàlia ha vuelto a la ciudad y que nos puede llevar hasta ella. —Pere comprobó el estado de la calle y se tapó la nariz con un gesto de repulsión—. De verdad, espero que se acabe pronto esta huelga de basureros. Esto es nauseabundo.

A nuestro alrededor, como en la mayoría de las calles de la ciudad, se acumulaba basura proveniente de las casas, los comercios, los restaurantes y los teatros de la avenida del Paralelo. En el centro del empedrado había una montañita de comida en mal estado, envases y otros desechos. El olor a podrido atraía a las moscas, que se convirtieron en las nuevas emperatrices de la ciudad.

Para explicar el porqué de tantos residuos, debo mencionar la cuarta palabra, «huelga». Desde el último diciembre, se habían convocado varias huelgas, y la mayoría habían concluido con pequeñas victorias para los trabajadores. El ministro de la Gobernación y el gobernador Raventós empujaban a las empresas a ceder para evitar una escalada de conflictos sociales, y la patronal obedecía, pese a que luego se desentendía de lo pactado. La sombra de La Canadiense acechaba tras cada protesta, y los rumores de un golpe de Estado, también.

En mayo comenzó una huelga de transportistas, uno de los sectores más castigados por el excesivo número de horas que se veían obligados a trabajar y los irrisorios salarios. La comenzaron los carreteros de carbón que trabajaban en el puerto y pronto se extendió a todo el sector: transporte de mercancías, tranvías, coches de punto y servicio de recogida de basuras. La ciudad se convirtió en un vertedero y, aparte de los problemas de salubridad, cada día eran más las fábricas que se veían obligadas a parar la producción. El carbón se acumulaba en los muelles, las materias primas no llegaban a las factorías y el producto acabado se amontonaba en los almacenes. La Federación Local de la CNT lideraba la huelga y el gobierno civil, creyendo que el sindicato estaba debilitado, mediaba entre los bandos sin esmero, a la espera de que los trabajadores cedieran. El comité de la huelga exigía un conjunto de medidas que la patronal había aceptado *in extremis*, pero divergían en un único punto: la hora de entrada de los carreteros. Las negociaciones se hallaban al borde del colapso por culpa de una reivindicación que el sector no consideraba menor y que la patronal no estaba dispuesta a conceder por orgullo.

—Lo que te decía —prosiguió mi primo, ignorando la basura que nos rodeaba—. Marta te puede abrir las puertas de la casa de doña Amàlia.

—No confío en ella, Pere. —Respiré hondo, la idea no me gustaba en absoluto—. Ya nos vendió una vez, ¿por qué no habría de volver a hacerlo?

—Por el modo en que habla de Kohen, estoy seguro de que no está de su parte, Mateu. Ella es una superviviente, sigue viva después de trapichear con él. Hace años que la conozco y puedo distinguir entre la actriz y la persona. Y no miente, estoy seguro de ello. El sábado actúa en el María Romero y quiere hablar contigo. Por Dios, mira, ¡qué asco!

Acabábamos de torcer por la ronda de Sant Pau cuando nos topamos con una montaña de fruta podrida.

—Esta ciudad no tiene remedio —espetó Pere, negando con la cabeza—. En fin, Mateu, debo contarte algo más.

—Dime, soy todo oídos.

—Nos vamos de Barcelona, quiero decir, que me voy con mi amor. Dentro de dos fines de semana tomaremos un barco rumbo a Buenos Aires. No quiero darte los detalles, ya que cabe la posibilidad de que sus hermanos os busquen para que les reveléis nuestro paradero. Te pido disculpas de antemano por si se diera el caso. Barcelona nos asfixia, supongo que me comprendes.

En las últimas semanas, la frecuencia de los encuentros entre Pere y su Amado había ido en aumento. Yo lo observaba preocupado, ya que su actitud ponía en riesgo su seguridad y temía que un posible encontronazo entre los hermanos del Amado y mi primo fuera letal para él. Sin embargo, se le veía tan feliz que decidí callar para que su sonrisa siguiera iluminando su cara y su luz continuara resplandeciendo sobre el escenario.

—¿De verdad te irás? —pregunté apenado.

—Solo podremos vivir en paz si nos alejamos de Barcelona. Según me han contado, allí hay muchos teatros. Dada la naturaleza de nuestro amor, no creo que disfrutemos de una vida fácil allende los mares, pero al menos seremos libres.

—No sé qué decirte. Espero de todo corazón que os vaya muy bien.

—Gracias, primo, tus palabras me tranquilizan. No estaba muy seguro de cómo te lo tomarías.

Pere me comentó que había hablado con el casero y que, si yo lo deseaba, podía mantener el piso, al menos por un tiempo. En aquel momento decidí quedarme en Barcelona hasta finales de junio. Me concedí unas semanas más para resolver la cuestión de Kohen y luego me iría con Montserrat. Aquella misma noche escribí a tu madre para comunicárselo.

La belleza de Marta no se había marchitado ni un ápice desde nuestro anterior encuentro. Rubia y alta, delgada pero con caderas prominentes, era una mujer admirable de armas tomar, cuya seguridad solo titubeaba cuando interpretaba al personaje que se había creado para sobrevivir en un mundo de hombres. Escojo estas palabras desde la distancia, conocedor de lo que sucedió después, pues aquel sábado, al entrar en el camerino de Pere donde ella nos esperaba, la saludé con hostilidad y desconfianza. Sentada en una silla, de espaldas al tocador y de cara a la puerta, Marta llevaba ropa de calle, estaba cruzada de brazos y piernas, y contemplaba embelesada un punto muerto de la estancia. Una vez hubimos atravesado el umbral, ella espetó:

—Aquí me tienen. Cierren la puerta —obedecí—. Ustedes dirán.

—Más bien debería hablar usted —respondí con severidad poniendo de manifiesto mi recelo—. Me han dicho que puede ayudarme.

—Este no es modo de dirigirse a alguien que está a punto de hacerle un favor.

—Este es el modo de dirigirme a una persona que una vez me traicionó.

Desvié la mirada hacia la pared. Había un armario de dos puertas no muy grande, un perchero cargado de capas y chaquetas, y varias pelucas colocadas unas encima de otras sobre una bola de madera sujetada por una base cilíndrica.

—Mateu, Marta —intervino mi primo—, ambos me habéis dicho que compartís una aspiración. Haced un esfuerzo porque, solo si cooperáis, saldréis ganando los dos.

—Si usted va detrás de él —prosiguió Marta. Ni ella ni yo mencionamos el nombre de Kohen en ningún momento—, si, como dicen, lleva tanto tiempo intentando quitarlo de en medio, sabrá que la mayoría de las personas que le hacemos favores no actuamos por gusto sino bajo coacción. Yo tengo mis motivos para hacerlo y a usted no le importan. Su fin está cerca y no quiero perecer con él. ¿Podré contar con la protección de los suyos?

—Actualmente no formo parte de ningún grupo, así que no puedo ofrecerle protección. De todos modos, debe saber que «los míos», como usted los llama, protegen sus derechos y...

—Sí, sí, sí. Lo que usted diga. —Me molestó su interrupción aunque le resté importancia—. Quiero ponerle otra condición. Ella no debe sufrir daño alguno. —Tampoco mencionamos el nombre de doña Amàlia en ningún momento—. Es inocente, es solo una pobre mujer a la sombra de un tirano. ¿Estamos?

—Haré todo lo que esté en mi mano.

—¿Solo lo que esté en su mano? Haga más, prométamelo por su familia, no deseo cargar con otra muerte sobre mi conciencia. Pere me ha dicho que quieren conocerla, que sospechan que a través de ella lograrán amilanar a ese indeseable. No sé si lo conseguirán. Ella es una persona muy particular. Lo advertirá en cuanto la conozca.

—Está bien, se lo prometo. Ella no sufrirá ningún daño.

—No sé por qué me sigo fiando de las promesas de los anarquistas —dijo como para sí con una sonrisa agridulce.

—Yo no me defino como...

No me dejó terminar. Nos contó que doña Amàlia había vuelto a la ciudad hacía dos semanas y que apenas salía del piso donde vivía, lugar que se correspondía con la dirección que me había proporcionado Joan, en la calle de idéntico nombre al de la señora. Kohen había comprado varios inmuebles lindantes con el ático en el que residía junto a doña Amàlia para convertirlo en una especie de fuerte: los dos edificios contiguos le pertenecían, así como el de enfrente y también algunos que daban al patio interior de la manzana. Los había alquilado a fieles y conocidos dispuestos a dar un ojo por él porque les había proporcionado un hogar y buenos trabajos. Para proteger a doña Amàlia, había construido un castillo invisible en el lugar más insospechado para sus enemigos. Ya no tenía duda alguna, aquel era el verdadero plan Amàlia. Lo que encontramos en los papeles incautados al Menorquín se traducía como el miedo de un hombre a perder a su protegida, un plan trazado para esconder su único punto débil.

Marta nos comentó que yo podía acompañarla una tarde sobre las cuatro. Una de las ventanas del gabinete no cerraba bien, hacía días que la mujer se quejaba de ello, así que Marta me haría pasar por carpintero para que los guardaespaldas de doña Amàlia nos dejaran pasar.

—¿Por qué cuida de su esposa? Las amantes no acostumbran a hacer este tipo de cosas.

—Quién ha dicho que yo haya sido su amante —al oírlo, Pere puso los ojos en blanco— o que ella sea su esposa. No lo es, es su hermana.

Marta se levantó y se detuvo delante de mí. Con una sonrisa de circunstancias, me dijo:

—Iremos el próximo miércoles. Usted y yo solos. Nadie más, ¿entendido?

Ambos asentimos. Ella se disponía a irse cuando formulé una última pregunta:

—¿Y si los guardaespaldas o algún vecino me reconocen?

—Querido, si se mete en la boca del lobo, no espere que lo reciban con flores y manjares. Lo cito a las cuatro de la tarde porque, a esa hora, la mayoría de los hombres están, o bien trabajando, o bien atentando contra alguien —concluyó con ironía—, y Kohen no llega nunca antes de las once. Si los dos cancerberos que custodian el ático lo reconocen, deberá dispararles antes de que nos maten a los dos. Y ahora me voy con el resto del elenco, que no todos hemos prosperado y podemos disfrutar de un camerino propio —dijo, risueña, dirigiéndose a Pere mientras pasaba entre ambos y salía del camerino.

Marta y yo nos encontramos en la ronda de Sant Pau y enfilamos una callejuela que nos llevó a la calle Reina Amàlia. Se presentó sin maquillaje y con un vestido de algodón muy ancho; parecía más bien un saco, nada que ver con los atuendos provocativos que acostumbraba a lucir durante las funciones. Creo que no pude disimular mi sorpresa, pues, nada más encontrarnos, me dijo:

—No me mire así, durante el día prefiero pasar desapercibida. Los hombres se piensan que soy una mujer de dominio público por el simple hecho de subirme a un escenario o por acicalarme.

Acto seguido, me entregó una caja de herramientas metálica.

—Tome, este es su disfraz. Hay un doble fondo en la base, guarde ahí la pistola.

Así lo hice. La mañana se había levantado adusta y maloliente debido al hedor que desprendían los restos de comida y demás desechos que jalonaban una huelga de final incierto y en apariencia lejano; y la tarde seguía los mismos pasos. Marta caminaba delante de mí, altiva y veloz, y yo perseguía su silueta cobijado por los edificios que delimitaban la calleja; por un momento creí que se derrumbarían sobre mí. Antes de llegar a nuestro destino, pasamos por delante del portal del ático en el que Kohen me había encargado que matara a Joan Mas. Allí vi por primera vez a la mujer que me acompañaba. Si sumaba las tres veces que había coincidido con ella, apenas había pasado media hora a su lado. En aquel momento me asaltó una duda, llevado por mi instinto de supervivencia.

—¿Por qué me ayuda? —le pregunté.

—Si algo se tuerce, tal vez no salgamos con vida del piso. Así que, dadas las circunstancias, podemos hablarnos con más familiaridad, digo yo.

Esbocé una sonrisa incómoda.

—Estoy de acuerdo —dije—. Aun así, tengo la sensación de que estás a punto de venderme.

Marta se detuvo delante del portal al que luego accedimos y me lanzó una mirada ofendida y esperanzadora a la vez.

—Puedes pensar lo que quieras. Puedes irte ahora mismo, si te parece. Pero, créeme, yo deseo que él desaparezca tanto como tú. A veces la vida nos obliga a mirar atrás y nos muestra el dolor que nuestras malas decisiones han causado en los demás. Nada podemos hacer para enmendarlas, así que solo quedan dos alternativas: o escapar o vivir y luchar para no caer en los mismos errores. Por eso debemos eliminar a Kohen; de lo contrario, permaneceré atada a sus deseos.

La comprendía más de lo que ella era capaz de imaginar. No me quedaba más remedio que confiar en ella.

—¿Entras? —me preguntó.

Subimos la austera y polvorienta escalera. Kohen acostumbraba a esconderse tras unos decorados que negaban cualquier atisbo de ostentación. Paredes blancas en origen y ennegrecidas por quienes a través de los tiempos habían habitado el edificio, escalones oscuros, limitados por una barandilla sin ornamento alguno. El último rellano estaba iluminado por una ventana que daba a un patio de luces. Nos recibieron dos hombres fornidos de rostro impertérrito. Yo los miré y ellos me devolvieron la mirada, amenazantes.

—Viene a arreglar la ventana del gabinete. ¿Podemos pasar?

Los gorilas no me quitaban los ojos de encima. Desconocía si esperaban una señal o si me habían reconocido. Yo no los había visto en mi vida y era incapaz de encontrar las palabras adecuadas, así que alcé la caja de herramientas que me había proporcionado Marta a modo de declaración de intenciones y, segundos después, los matones se colocaron a lado y lado de la puerta, y Marta y yo pudimos entrar. Me registraron la ropa y la caja, y, por suerte, no encontraron el escondite de la pistola.

Enfilamos un pasillo ancho, cargado de cuadros y muebles con vitrinas que se extendían a la izquierda y que exponían todo tipo de vasijas y algunos juegos de té de porcelana. Dejamos atrás seis o siete puertas situadas a lado y lado del corredor hasta que Marta llamó a una de las últimas. Una voz dulce y quebrada nos dijo que podíamos pasar. El gabinete, decorado con un buen número de cuadros de pájaros en su hábitat, jarrones con motivos orientales, flores y muebles muy ornamentados, no ofrecía al visitante ni un centímetro libre de pared.

Una mujer estaba sentada, de espaldas a la puerta, en uno de los tres sofás marrones de dos plazas y bastidor de madera a la vista, dispuestos delante de las ventanas formando una ce. Doña Amàlia estaba leyendo un libro, no vi el nombre del autor ni tampoco el título, porque en cuanto entramos lo cerró y lo puso bocabajo para hablar con Marta. A mi izquierda había una puerta que daba a otra estancia forrada de estanterías rebosantes de libros.

—Tendrá que guardarme un secreto, doña Amàlia.

—Claro, querida, póngase delante de mí, que me duele el cuello y no puedo volverme.

Marta bordeó los sofás y me indicó que la siguiera. Entonces pude contemplar el rostro de la hermana de Kohen.

—¿Quién es este caballero tan alto?

—Es un periodista, ahora se lo cuento mejor. Antes, dígame, ¿ha comido bien?

Marta le hablaba con cariño. Ante mí tenía a una mujer de pelo blanco cardado. La salud de que gozaba se reflejaba en sus rosadas mejillas, y su piel de un tono tostado contrastaba con el blanco del vestido de lino que llevaba. Sus ojos y sus pestañas, sutilmente maquillados, resaltaban la belleza de su rostro. Nos miraba con atención, se la veía tranquila, con las manos cruzadas reposando sobre su regazo. No se parecía en absoluto a Kohen, pero al sonreír, la línea de sus labios me lo recordó. Sin embargo, había un matiz en su expresión que los diferenciaba: mientras que en la sonrisa de Kohen cabían todas las emociones deleznables, en la de aquella mujer solo había lugar para la bondad. Quizá me equivocaba y doña Amàlia no era más que una maestra del disimulo. En cualquier caso, parecía que su vida discurriera en un mundo paralelo, totalmente ajeno a lo que ocurría en las calles de Barcelona.

—Sí, hija, he comido bien. Muchas gracias por preguntar.

—Verá, doña Amàlia, hemos mentido al señor Cristóbal y al señor David. —Con estos nombres Marta se refería a los hombres que custodiaban la puerta—. Les hemos dicho que este caballero, de nombre Joaquim, es carpintero y viene a reparar la ventana. La verdad es que es periodista y está preparando un artículo sorpresa sobre la gran labor que su hermano está desarrollando en la ciudad, y le gustaría hacerle unas preguntas. Si les hubiéramos contado sus verdaderas intenciones al señor Cristóbal y al señor David, se habrían chivado a don Manuel —este era el verdadero nombre de Kohen— y no habría habido sorpresa. Dígame usted, ¿le apetece ayudarle?

—Pues claro, me encantan las sorpresas, ya lo sabe. Pueden contar conmigo, me llevaré el secreto a la tumba.

—Está bien, pues los dejo solos mientras voy a preparar un poco de té.

—Gracias, hija.

Doña Amàlia me invitó a sentarme en el sofá contiguo al que ella ocupaba. Le dije que escribía en *La Publicidad* y que deseaba que me hablara sobre los orígenes de su hermano. La mujer se alegró de que le hiciera esta pregunta y se quedó pensativa, como si buscara las palabras adecuadas.

—Verá, Manuel y yo nos criamos en Horta, ¿sabe? Fue un municipio independiente de Barcelona hasta finales del siglo pasado. ¡Cómo ha prosperado desde entonces! No se lo puede usted ni imaginar. El tranvía lo ha cambiado todo. Desde que llegó al barrio, hace más de veinte años, este no ha dejado de florecer. Disculpe, eso no debe de interesarle. Iré al grano, seguro que usted tiene muchas cosas que hacer. Mi padre regentaba una lavandería de nombre Granados, como el apellido de la familia. El negocio nos daba para comer y poco más. De pequeña acompañaba a mis tías a la ciudad los martes y los viernes. Bajábamos en tartana, llevábamos la ropa limpia a las casas pudientes y recogíamos la sucia para lavarla. ¡Qué joven era yo por aquel entonces!

»Manuel también ha cambiado, no crea que siempre fue un hombre tan bondadoso y seguro de sí mismo. De niño era tímido y asustadizo. Siempre fue bajito, algo regordete y muy sensible, por eso se convirtió en una presa fácil para los gamberros del barrio. Pobrecito mío, ¡la de veces que le atizaron! Nuestro padre odiaba a los débiles, así que por cada golpe que Manuel recibía fuera de casa, él le daba otro para que se endureciera. Y luego no dejaba que ningún adulto lo consolara. Según él, Manuel tenía que aprender de las adversidades para hacerse fuerte. Solo yo lo animaba y lo abrazaba cuando lloraba en silencio, en la habitación que compartíamos. Todo cambió un día en que Manuel se enfrentó a nuestro padre y lo mandó a freír espárragos. El hombre enfureció y lo lanzó a uno de los pozos secos que había cerca de casa. Lo dejó ahí dentro más de un mes. ¡Imagínese, pobrecito mío! ¡Cuánto sufrió! Le dábamos comida mediante una cuerda y yo le hacía compañía desde arriba cuando nadie me veía. Mi padre era un hombre severo, ya se lo puede usted imaginar, pero terminó entrando en razón, lo sacó y le obligó a disculparse de rodillas. Manuel lo hizo, aunque no de corazón, pues la ira lo invadía mientras le pedía perdón.

»A partir de ese momento, Manuel se obsesionó por mi bienestar. Y debo decir que yo nunca se lo pedí. No le importaba que los niños le pegaran, se le veía feliz si nadie se metía conmigo. Cuando me convertí en una mujer, los chicos empezaron a acecharme, ya sabe. ¡Cuántas tortas se llevó mi hermano por salvar mi virtud! ¡Ha sido siempre tan bondadoso! La primera vez que lo vi enajenado por la furia fue un día en que mi padre me cruzó la cara: yo había echado a perder el vestido de una clienta y me merecía el bofetón. Mi hermano se abalanzó sobre él y le propinó varios golpes. El hombre se quedó tan perplejo que no reaccionó. Al cabo de una semana, nuestro padre murió en un accidente de tartana. ¡Pobre hombre! Fue mi hermano quien me lo comunicó. Se odiaba a sí mismo por no haberle plantado cara antes, por haber permitido que lo vejara durante tanto tiempo. Entonces me confesó que por fin había encontrado su camino, que iba a dedicar su vida a mejorar la sociedad y no sé cuántas cosas más. Vaya, que yo pensé que se nos metía a cura, pero no fue así. Se hizo anarquista, ya ve usted lo que son las cosas. Asistía a unas reuniones que a mí no me despertaban confianza alguna.

»El caso es que dos años después murió nuestro tío, que se había quedado a cargo de la lavandería, y Manuel tomó las riendas del negocio. No sé cómo lo hizo, el caso es que en poco tiempo comenzamos a ganar mucho dinero y, por suerte, él se alejó de las asambleas esas. Compramos la lavandería de otra familia y muy pronto Manuel y yo nos mudamos a vivir a la ciudad, y él abrió otros negocios. Yo no entendía nada de lo que me contaba, ya se lo puede usted imaginar. Siempre decía lo mismo, que quería ganar una fortuna para luego invertirla en el bienestar de los demás, para asegurarse de que Barcelona fuera un lugar en el que todo el mundo pudiera vivir con unos mínimos. Una cosa llevó a otra, supongo, y de repente decidió irse un par de años a Alemania. Nunca supe con qué fin. Cuando volvió, se había cambiado el apellido; había adoptado el de su mujer, una baronesa con la que se había casado hacía dos meses. ¡Ay! ¡Qué pena! Fue un matrimonio fugaz, pues a los pocos días de su vuelta, ella murió en su ciudad natal. Yo no llegué a conocerla, no tuvo tiempo de mudarse a Barcelona como mi Manuel deseaba.

»A partir de ese momento solo se ha dedicado a sus negocios. Es un hombre humilde y no siempre me cuenta lo que se trae entre manos, pero sé que muchos niños pueden labrarse un futuro gracias a las ayudas que ofrece a los orfanatos. También me he enterado de que ha donado sumas cuantiosas a varios hospitales del país. Qué lástima que la ciudad se haya convertido en un nido de pistoleros y que ahora necesitemos protección. La vida a veces es terriblemente injusta.

Doña Amàlia se mostraba feliz porque su hermano le había regalado una vida placentera, entregada a la lectura. Según ella, Kohen siempre le había hecho compañía y había permanecido a su lado en los momentos de debilidad. Hablaba con devoción de él y se lamentaba de que su Manuel no se hubiera vuelto a casar ni hubiera tenido descendencia. Ella no estaba hecha para ser madre, pero me confesó que habría sido una gran tía, la mejor.

Aquella mujer parecía una santa y, aun así, yo no estaba convencido de su inocencia. ¿Y si era una gran actriz? Debía conocer el grado de implicación de doña Amàlia en los asuntos de su hermano. Para ello, me metí en el papel de periodista y le conté lo que sabía de él. Me excusé diciéndole que, como todo hombre de éxito, su hermano arrastraba una ristra de críticas y había despertado la envidia de muchos. Deseaba que ella, que lo conocía más que nadie, le dije, me proporcionara argumentos para rebatirlas. Le hablé de los innumerables crímenes que conocía. Escogí las palabras más suaves y di los rodeos necesarios para que doña Amàlia me escuchara con atención y no se enrocara. Al principio ella me respondía horrorizada y negaba cuanto le contaba, aunque, a medida que avanzaba en mi relato, la defensa irracional de su hermano cedió a su instinto. Creo que lo que yo le contaba no estaba muy lejos de lo que ella había intuido durante años.

—Si estos rumores son ciertos —dije para terminar—, lo único que le pido es que usted le ayude a entrar en razón. Él debe comprender que no puede seguir delinquiendo, aunque lo haga de buena fe.

Tras escuchar mi petición, doña Amàlia contempló las vistas a través de la ventana y me respondió:

—No me creeré nada de lo que usted me ha contado hasta que lo escuche en boca de Manuel, pero tenga por seguro que, si es cierto, le obligaré a entregarse a la policía de inmediato. Y ahora déjeme sola porque, verdad o mentira, me ha hecho pasar un mal rato y necesito digerir lo que acabo de oír. Vaya con Dios.

—Muchas gracias por haberme recibido, doña Amàlia. Ha sido un placer hablar con usted.

Ella me ofreció su mano para que la besara y, acto seguido, abandoné el salón. Marta me esperaba en el pasillo y me acompañó hasta la entrada, donde se despidió de mí con rapidez y frialdad. Le pedí que se escondiera unos días, que se refugiara en los camerinos del María Romero y no saliera de allí hasta nuevo aviso. Estaba seguro de que María Green se lo permitiría.

Una vez en la calle, no sabía si mi visita había sido un acierto o una decisión equivocada. Doña Amàlia era la correa con la que contener a Kohen, la beneficiaria de todo un plan que creímos pensado para hacerse con el dominio de la ciudad y cuyo verdadero objetivo era proteger a la persona que el Barón más amaba. ¿Debía derrotar a Kohen con sus mismas armas? ¿Tenía realmente ella tanta influencia sobre el Barón? ¿Era justo que la pusiéramos en peligro? La palabra «¡Dispara!» acudió una vez más a mi mente, la voz de mi padre obligándome a cometer un acto reprobable contra mi deseo. El mundo al que aspiraba debía proteger a mujeres como doña Amàlia y, a pesar de que ella había disfrutado de una vida privilegiada gracias a las vilezas de su hermano, no merecía sufrir. Al menos, el Barón sabría que conocíamos su punto débil y eso le llevaría a pensárselo dos veces antes de volver a atacarme. Un lobo jamás será manso aunque le coloques bozal y correa.

Al cabo de tres días, mis tíos, mi hermano, Cristina, los niños y yo nos despedimos de Pere. Deseaba abandonar Barcelona del modo más discreto posible, así que había organizado una comida familiar en su casa. Fue un encuentro agradable, emotivo, un recuerdo de nuestro pasado como familia de paz. Mis tíos parecían tristes y a la vez aliviados, fuertes y desolados porque perdían a un hijo al que quizá no volverían a ver. Gabriel se mostraba positivo, incluso feliz de que Pere tomara las riendas de su vida y se arriesgara a encontrar un lugar junto al Amado. Me hubiera gustado conocerlo, pero mi primo respetaba la decisión que había tomado su amante: no quería presentarse por prudencia, no deseaba que nos relacionaran con él hasta que estuviera lejos de la ciudad. No quería venganzas ni rencillas entre ambas familias, tan solo deseaba huir con el amor de su vida.

La comida terminó entre abrazos y lágrimas que mis tíos prolongaron hasta que se fueron. Tras su partida, Pere nos aseguró que no soportaba alargar un segundo más la despedida, así que Gabriel y su familia volvieron a Sant Andreu y yo decidí dar un paseo mientras él terminaba de hacer las maletas. Deambulé sin rumbo durante horas. Subí hasta los Tres Pins, paseé por el puerto, por la parte vieja de la ciudad y por el barrio de Sants, esquivando la basura acumulada sobre los raíles de los tranvías o a la puerta de unas tiendas que ya no tenían provisiones que ofrecer.

Al pasar por delante del Folies con la intención de volver al piso oí que alguien decía: «Está ahí, es él». Segundos después, me empujaron por la espalda y me arrojaron al suelo. Varias manos me cogieron por las axilas y por los hombros y me lanzaron contra la fachada del teatro. Entonces, aturdido e inmovilizado, noté el cañón de una pistola en la sien y dejé de oponer resistencia. Una silueta apareció ante mí. Era el barón Hans Kohen y, a diferencia de lo que había sucedido en la mayoría de nuestros encuentros, no me sonreía con su condescendencia habitual.

—¡Hijo de puta! —me dijo al tiempo que me atizaba un puñetazo. Los ojos se le salían de las órbitas—. ¡Tú tienes la culpa de todo! ¡Desgraciado! ¡Perro inmundo! ¡Escoria callejera! —gritaba mientras me propinaba otro golpe en la cara.

Opté por no decir nada para no se alterase más. Supongo que mi silencio acabó de enloquecerlo porque me propinó una tunda de palos aún más violenta. Sus hombres me sujetaban implacables, estaba a su merced y, por enésima vez, creí que mi fin había llegado.

—Ha muerto por tu culpa. Después de tu visita, Amàlia me lo preguntó todo y no pude negárselo. —Apenas pudo articular palabra después de mencionar el nombre de su hermana—. ¡Está muerta! Se ha tirado por la ven...

Deshecho por el dolor, Kohen contemplaba el suelo cabizbajo. Sus brazos, pegados al cuerpo, temblaban y apretaba los puños. Permaneció unos segundos ensimismado en su tormento. Sus guardaespaldas se miraban unos a otros sin saber qué hacer. La incertidumbre terminó cuando el Barón alzó el rostro y sentenció:

—Podría matarte aquí mismo, pero eso no sería justo. Voy a quitarte todo lo que tienes y, cuando estés solo y la muerte de tus seres queridos pese sobre tu conciencia, te meteré en la cárcel para que te pudras con tus remordimientos. ¡Soltadlo! —ordenó, altivo, a sus hombres.

Ellos obedecieron no sin antes propinarme varios golpes en el vientre, la cabeza y las piernas. Doblado en el suelo y estremecido por el dolor, esperé a que se alejaran. Todo daba vueltas a mi alrededor, no tanto por el daño que me habían hecho como por el miedo que sentía. No me podía creer que hubiera puesto en peligro otra vez a quienes más quería. Me faltaba el aire. ¿Cómo avisarlos? Tenía que correr para advertirlos, podíamos irnos todos juntos de Barcelona y empezar de cero, procurarnos una vida humilde y plácida en otro lugar. La idea era una sandez. Mi tío no abandonaría la zapatería y mi hermano no dejaría Sant Andreu; aun así, tenía que intentarlo.

Llegué al portal de mi primo, mi casa a partir de aquella noche, y Gabriel estaba esperándome en la calle. Tras el primer cruce de miradas lo supe, pero tuvo que decírmelo para que me lo creyera. Habían encontrado muerto a Pere con dos tiros en el pecho en una calle del Distrito V.

25

L os he reunido aquí para pedirles ayuda —anuncié a las personas que me rodeaban.

—No me entusiasma la idea de tener que colaborar con don Josep Puig. —María Green pronunció el nombre con burla—. No me gusta que profane el teatro María Romero con su presencia.

—Doña María, le pido paciencia, serán solo unos minutos —traté de persuadirla.

—Francisca, te creía mejor anfitriona —espetó Josep.

Había reunido a María Green, a Marta, a Gabriel, a Enric y a Josep sobre el escenario del María Romero. Los convoqué para poner en práctica el primer paso del plan que la tarde anterior habíamos trazado mi hermano, Enric y yo. Cuando Gabriel me contó que Pere había muerto, comprendí que no había tiempo que perder, así que advertí a mi hermano del peligro que corríamos y fui volando a casa de mis tíos. Tío Ernest y tía Manuela armaron una maleta en cinco minutos y salieron disparados hacia la masía de Miguel con el objeto de ocultarse allí. Confiábamos en que Kohen desconociera el escondite. En paralelo, Gabriel le pidió a Cristina que cogiera a los niños y se reuniera con ellos dos en el sótano de la masía.

Antes de volver a encontrarme con mi hermano, me presenté en casa de Enric y lo puse en situación. Él me tranquilizó y me aseguró que movilizaría a cuatro compañeros para que montaran guardia en el exterior de la masía veinticuatro horas al día. Respiré tranquilo. Un rato después, ambos nos reunimos con Gabriel en casa de Bernat. El austero hogar del viejo anarquista estaba deshabitado y ellos lo utilizaban como piso franco. Allí, en el que fue el comedor de la casa, ideamos el plan que yo estaba exponiendo sobre el escenario del teatro. Eran las doce del mediodía y, a pesar del bochorno que nos regalaba el inicio de aquel mes de junio, apenas sentía el calor.

—No tenemos tiempo que perder —proseguí—. Ustedes son la clave de un plan arriesgado y peligroso gracias al cual nos desharemos de una de las lacras de esta ciudad. Creo que doña María tendrá ciertos reparos, así que la invito a exponerlos cuando lo crea conveniente.

—Acepto la invitación, querido —me respondió con una sonrisa sincera.

Durante los siguientes diez minutos les resumí nuestro periplo de acecho al Barón, la entrevista que mantuve con doña Amàlia y las amenazas que Kohen me había lanzado la tarde anterior.

—Lamento el trágico desenlace que el destino ha reservado para doña Amàlia, en ningún momento pensé que pudiera tomar semejante decisión. Sé que algunos de los presentes no deseaban que sufriera, por eso les pido disculpas y asumo la responsabilidad de lo sucedido. —Marta desvió la mirada—. Ahora me encuentro ante un callejón sin salida y me veo en la necesidad de enfrentarme directamente a Kohen para proteger a los míos. Mi complicidad con algunos de ustedes no es tan fuerte como para pedirles un favor de esta magnitud, pero piensen que también está en juego la vida de mis tíos, los padres de Pere. —María Green cerró los ojos y Josep cruzó los brazos como si con ese gesto pudiera contener sus emociones—. Don Josep, debo contarle un detalle que quizá desconoce. Doña María ha ofrecido el teatro como lugar del velatorio, así que nos despediremos de nuestro querido primo y compañero en esta sala. Se lo agradecemos mucho, doña María.

—Lo hago de corazón —respondió ella—. Todos le queríamos mucho. Sin embargo, hay un tema que me gustaría discutir y sé que será polémico. Creo que a él le habría gustado que lo enterráramos vestido de mujer.

Lancé una mirada a mi hermano, desconocía cómo iba a encajar la idea, pero él se limitó a suspirar y luego asintió, quizá falto de palabras o todavía conmocionado por lo sucedido. Enric, confuso por la decisión que se acababa de tomar, puso la mano sobre el hombro de Gabriel en señal de apoyo.

—Sin que sirva de precedente, creo que doña Francisca lleva razón —dijo Josep.

—Está bien, que así sea —continué—. Y ahora viene la parte más delicada. Verán, mañana a primera hora, Gabriel y yo recogeremos el cuerpo de Pere en la morgue del Hospital Clínico y lo traeremos aquí. Doña María desea que coloquemos a Pere sobre el escenario y a mí me parece una gran idea. No obstante, convocaremos a amigos y conocidos por la tarde, hasta entonces necesitaremos el teatro para ejecutar el plan. Y ahí es donde entras tú, Josep. Te pedimos que, sobre las once de la mañana, avises a Kohen de que me encuentro en este teatro y que me dispongo a huir en un barco que zarpará a la una. Estoy seguro de que no dudará en venir a por mí. No acudirá solo, lo acompañarán sus pistoleros, pero le aguardaremos aquí con varios hombres. Lo atacaremos por sorpresa y pondremos fin a su tiranía.

—Es posible que pueda reunir a más de treinta compañeros, que se distribuirán por la platea y los palcos —anunció Enric—. Si entra en el teatro, no saldrá de él con vida.

—Me ofrezco voluntario a pagar cualquier desperfecto que se cause —se adelantó Josep.

—No necesito su dinero, señor Puig —le respondió la actriz. Él esbozó una maliciosa sonrisa.

—Marta —continué para que la sangre no llegara al río—, a ti te vamos a buscar otro escondite hasta que pase la tormenta y, entonces, por fin serás libre.

—Gracias —respondió ella, con firmeza y sinceridad.

—¿De verdad creen que así van a solucionar los problemas

que acosan a Barcelona? —intervino doña María—. Joaquim, digo…, Mateu, ¿lo ha meditado bien?

—Sí, y opino exactamente lo mismo que usted, pero, llegados a este punto, no se me ocurre otra opción. Si usted la tiene, le pido que la comparta y la pondremos en práctica. —La actriz sonrió no sin cierta ironía—. Aprovecho, además, para pedirle disculpas por haberle mentido respecto a mi nombre, doña María.

—Este detalle es lo último por lo que debe pasar apuro, Mateu. En esta ciudad todos tenemos que ponernos máscaras en un momento u otro. Ahora bien, me niego en rotundo a que su plan se lleve a cabo en el interior de mi teatro. Por otra parte, creo que Kohen es el responsable de la muerte de nuestro querido Pere. La versión oficial es una sarta de mentiras. Ese hombre…

Según la policía, cinco tipos acorralaron a mi primo en una calle cercana a su casa y le golpearon varias veces hasta que uno de ellos desenfundó un revólver y apretó el gatillo. Los asaltantes le gritaron a Pere que se alejara de su hermano y, tras los disparos, el asesino espetó, más o menos, lo siguiente: «Así lo dejarás en paz, maricón». Nada relacionaba al Barón con el asesinato; no obstante, todos los presentes alimentábamos la sospecha de que lo había ordenado él. Sea como fuere, a mi primo lo habían matado por amor y yo me maldecía por no haberlo evitado.

—Considero que Kohen encarna todos los males de esta ciudad —continuó diciendo doña María—. Estoy harta de los enfrentamientos callejeros, aunque también de que seres tan deleznables como él actúen sin sufrir el peso de la ley. Les ruego que comprendan mis reticencias y, a pesar de que deseo que ese hombre desaparezca, les prohíbo que usen este edificio para cometer un asesinato. Por otro lado, mañana me mantendré incomunicada en casa y no apareceré por aquí hasta las tres de la tarde para velar a Pere. Mateu, si usted, que tiene las llaves, organiza una emboscada sin que yo me entere, nada podré hacer para evitarlo.

—Se lo agradezco, doña María.

—Una cosa más, si quieren que mañana sea ciega y sorda por unas horas, les pido que no involucren a Joan.

—Así se hará —respondí con una sonrisa en los labios. Lo último que necesitaba era tener a Joan Mas merodeando por allí.

La conjura se terminó y los allí presentes nos dispersamos. Andaba yo ante el desembarco, para bajar el telón de fondo de la primera función de la tarde, cuando Josep se plantó ante mí, altivo y exigente.

—Me has citado aquí y me has pedido un enorme favor ante un grupo de personas que no me quieren mucho precisamente. Te salvé la vida y ni siquiera te has dignado a visitarme desde que volviste. Creo que merezco un poco más de respeto.

Anudé las tres cuerdas del telón, que quedó a media altura, y le respondí mirándolo directamente a los ojos y con toda formalidad, aun a sabiendas de que mis palabras le molestarían.

—Don Josep, le agradezco su colaboración, sin su intervención no podríamos llevar a cabo esta empresa. Poco más puedo añadir.

—¿A qué se debe tu desdén? Sé que tomé una decisión muy arriesgada, y aun así salió bien. Te regalé una vida alejada de Kohen y aquí estás de nuevo, pidiendo a gritos que te maten. Eres un hombre listo, sabía que comprenderías que mi disparo no fue una traición, sino todo lo contrario.

—Te estoy confiando una parte importante del plan a pesar de que casi me matas. Hasta que te presentes mañana con Kohen, no sabré a qué atenerme.

Josep suspiró y cerró los ojos. Se sacó el reloj de bolsillo y comenzó a abrir y cerrar la tapa. Por primera vez, no me rebatió con autoridad, sino que me habló como a un igual:

—Eso se llama chantaje, Mateu, y, te lo repito, no me lo merezco. Me la jugué. No creas que fue un acto alocado, sabía lo que estaba haciendo. Mireia y yo cenamos una noche con un médico que me aseguró que si disparaba a un hombre justo en el punto en el que te di, se desmayaría y perdería sangre, pero podría sobrevivir si se le intervenía con urgencia. Hace tiempo que Kohen me tiene atrapado, nada puedo hacer contra él. Había logrado que os dejara en paz a Pere y a ti, no obstante, ya ves cómo han ido las cosas. Aquella tarde, cuando te presentaste en casa, estaba al teléfono con el Barón. Fuera de sí, me decía que después de lo sucedido durante la asamblea del Pompeya, debía quitarte de en medio. En aquel preciso instante entró el ama de llaves y anunció tu visita. Lo vi claro, era el momento de actuar. Le dije a Kohen que estabas en mi salón y que yo te retendría con mi cháchara hasta que él llegara. Luego envié una nota a Mireia en la que le pedía que recogiera a Montserrat. Acto seguido, llamé al doctor Guerau para que viniera a casa lo antes posible y le pedí que esperara en la cocina, donde luego te operó. Tomé una decisión, y sé que sufriste; sin embargo, estás vivo. Dime, ¿cuántas veces te has arriesgado más de lo comprensible? No quiero darte pena, y sé que no tiene nada que ver, pero quiero que sepas que mi hermano se suicidó hace unos seis meses y mi padre está tan enfermo que ya no sabe ni cómo se llama. Solo me queda mi hermana Pilar, sangre de mi sangre, aunque es una persona tan reservada... A estas alturas de la vida, no deseo enemistarme con vosotros, ni contigo ni con tu tío.

Inspiré profundamente. Tenía tantas ganas de golpearle como de consolarle, y entonces lo comprendí: tanto Pere como Gabriel me habían despertado la misma ambivalencia en el pasado. Me gustara o no, Josep y yo habíamos creado una suerte de hermandad, una complicidad tan compleja como las circunstancias que nos rodeaban.

—Antes de nada, Josep, quiero darte el pésame por lo de tu hermano, lo siento mucho, te lo digo de verdad. Y te pido perdón por haberte tratado con indiferencia. Después de todo lo que hemos pasado juntos, quizá deba disculparte por haberme metido una bala en el vientre que casi me mata. Estoy angustiado por la treta de mañana, preocupado por mis seres queridos y tan apenado por mi primo que ni siquiera sé por dónde empezar a lamentarme. Y tú... Eres una persona confusa, la encarnación de lo que Gabriel aborrece. Y aquí estás, apoyándome, y yo ni siquiera te he preguntado cómo has encajado la muerte de Pere.

Josep abría y cerraba la tapa de su reloj a más velocidad todavía. Negó con la cabeza, desasosegado e incómodo, y apartó el rostro para eludir una respuesta que le recordaría el enorme dolor que yo adivinaba en su mirada.

—¿Sabes? Este reloj me lo regaló mi abuelo cuando yo tenía quince años. Él fue el único miembro de mi familia que se preocupó realmente por mí. Murió tres meses después de dármelo. —Josep guardó el reloj en el bolsillo de su americana—. Pase lo que pase mañana, somos y seremos amigos, ¿no es cierto?

Josep me tendió la mano y yo recordé las innumerables ocasiones en las que le había pedido ayuda y él me la había concedido.

—Pues claro —respondí, y le estreché la mano—. Supongo que si tú no fueras un empresario estirado y yo un pobre diablo, seríamos grandes amigos.

—Toma —me dijo mientras me entregaba un sobre—. Ahí dentro hay billetes de barco y documentación falsa para ti y para Montserrat. Con ellos podréis llegar a Buenos Aires. Tomaréis dos barcos para llegar a vuestro destino, el primero sale dentro de tres días del puerto de Barcelona. Hace dos semanas que le regalé a Pere unos billetes parecidos; por desgracia, no los ha podido utilizar. Pase lo que pase mañana, creo que tendrás que abandonar el país.

—Para ser tan amigo mío, tienes mucho empeño en que me vaya de Barcelona.

—Ay, Mateu, sabes que eso es lo último que deseo.

Aquella tarde, las funciones se sucedieron sin imprevistos. Gabriel se quedó conmigo en el teatro y ambos pasamos la noche en el camerino de Pere. Decidimos resguardarnos en aquel templo de historias y cuplés porque ni su casa ni la de Pere nos parecieron lugares seguros. ¡Qué eterna se hace la espera del reo que se considera verdugo!

Hijo, siento que estoy llegando precipitadamente al final de mi relato y he de decirte que sé por qué lo hago. Podría haberte contado que, con Pere, acudimos a los actos de protesta convocados en solidaridad con la huelga de transportistas que tuvieron lugar en mayo de aquel año de 1923, o que nos manifestábamos con el oído puesto en las consignas y los ojos en los policías y los militares que, aquí y allí, nos dispersaban a golpe de porra o blandiendo sables y pistolas. También podría haberte informado de todos los detalles de una huelga más feroz y secundada, si cabe, que la de La Canadiense. Debería haber enumerado los nombres de los muertos que hubo aquel mes, los tejemanejes de un bando y otro, las guerras que se libraban en el seno de la CNT o el auge y el apoyo que Primo de Rivera, capitán general de Cataluña desde mayo del año anterior, estaba recibiendo entre los miembros del somatén y en los círculos de poder de la ciudad. Podría haber analizado los motivos por los cuales Barcelona, la rosa de fuego, se había convertido en una ciudad ingobernable por enésima vez. Sin embargo, lo que necesito explicarte es cómo puse fin a mi faceta de pistolero y por qué me acusan de la muerte de Montserrat, me tachan de traidor y quién sabe de cuántas falacias más con el solo propósito de difamarme.

Gabriel y yo despertamos en el suelo del camerino de Pere. Estuvimos hasta las tantas recordando anécdotas de nuestra infancia y me levanté sin apenas haber descansado. Abrí los ojos consciente de que aquel día íbamos a velar el cuerpo de nuestro primo, convencido de que terminaríamos con Kohen y anhelando mi vuelta al Talladell.

A primera hora de la mañana, tomamos un tranvía que nos acercó al Hospital Clínico, donde recogimos el ataúd. Estaba hecho de madera de roble reluciente, un regalo de Josep. Acompañamos al coche fúnebre hasta el teatro y, cuando entramos en la sala, Gabriel y yo quedamos obnubilados: Andreu, el escenógrafo de la compañía, había decorado la platea con cirios y había llenado el escenario de flores. Con su ayuda y la del cochero, depositamos el féretro en el centro del entarimado. Mercè, la encargada del vestuario, engalanó a Pere con un vestido rojo muy elegante, lo maquilló y le puso una peluca rizada de color castaño, su favorita. Gabriel y yo nos sentamos en el borde del escenario, ensimismados por la luz de las velas que decoraban la sala.

Todo pasó a tal velocidad que me cuesta rememorar los hechos. Mi estómago ardía, el cuello me picaba y las lágrimas que contenía eran tantas que me escocía el alma. Pere estaba presente aunque inerte, su cuerpo nos recordaba que nunca más veríamos su sonrisa. Apenas hacía cuarenta y ocho horas nos estábamos despidiendo en su piso.

Enric llegó al cabo de unos minutos acompañado por una treintena de hombres. Les pidió que se acomodaran en la platea y, desde el escenario, les explicó el plan. La mayoría de ellos se esconderían entre las butacas de los palcos o bajo los asientos de la platea. Cuando Kohen llegara, Gabriel y yo teníamos que entretenerle hasta que alcanzara la mitad del pasillo central, momento en el que los hombres de Enric interpretarían un concierto de balas con Kohen y sus secuaces como únicos espectadores.

Algunos de los hombres se acercaron a presentar sus respetos al difunto; la mayoría torcieron el gesto cuando lo vieron emperifollado como una dama. No me importaban sus opiniones, no estábamos allí para escucharlas. Pere tendría el velatorio que se merecía por la tarde, pero debíamos dedicar la mañana a preparar el del Barón. Me acerqué al féretro y me quedé un buen rato de pie ante mi primo. Metí la mano en mi bolsillo y cogí el pañuelo blanco, el de la eme bordada. Advertí que ya no necesitaba una tela en la que esconder el miedo y las lágrimas, así que lo coloqué en la mano de Pere para que le acompañara en su viaje.

Mientras esperábamos a Kohen, Gabriel se acercó al ataúd y se plantó a mi lado. Con la atención puesta en el difunto, me dijo lo que llevaba horas intentando contarme:

—Creo que es una buena idea que te vayas de la ciudad. Si pudiera convencer a los tíos, te juro que los metía en tu maleta. No puedo creer que Pere esté muerto y que tú vayas a marcharte a Buenos Aires, aunque... Mateu, tú lo dijiste, nos hemos pasado la vida separándonos y reencontrándonos. Algo me dice que volveremos a vernos.

—Tienes razón, hermano, espero que así sea.

—Tendré que recordar este momento, porque dudo que vuelva a repetirse.

Solté una carcajada escandalosa, más por desahogarme que por otra cosa. Él me dedicó una sonrisa pícara y prosiguió:

—Por favor, no necesito que me eches un sermón. Lo digo porque, después de lo que te contaré, es lo que querrás hacer y, joder, puedes ahorrártelo. Se avecina un golpe de Estado. Se comenta en los despachos oficiales, en las reuniones de la patronal y en las asambleas obreras. Dicen que lo dará un militar. Patronos, chupatintas, militares, socialistas, anarquistas, republicanos y la madre que nos parió a todos estamos de acuerdo en una sola cosa: el sistema de turnos ha sido un fracaso. Con la pérdida de las colonias, los tontos de los militares perdieron también la confianza en sí mismos y en sus propósitos. Por eso están obsesionados con la guerra de Marruecos y solo piensan en salvar España de sus supuestos enemigos internos. Consideran que cualquiera que no les baile el agua es una amenaza para ellos. Los anarquistas lo somos por revolucionarios; los socialistas, por reformistas; los republicanos, por antimonárquicos, y los políticos, por incompetentes. Todo el mundo conoce la devoción que el inútil de Alfonso XIII siente por el cuerpo militar y es sabido que la reputación de ambos está por los suelos, así que el golpe está al caer. Nadie sabe cuándo leches lo darán ni quién lo dirigirá, pero parece inevitable.

—Los rumores están a la orden del día, eso es cierto, aunque este régimen de turnos no es muy distinto de una dictadura. ¿Realmente van a cambiar tanto las cosas tras el golpe de Estado?

—Con un general gobernando, decretarán un estado de

guerra perpetuo e irán a por nosotros. Sé que los de ahora hacen lo mismo, aunque, mira, al menos tienen que justificarse ante las Cortes de vez en cuando. No he sacado el tema para debatirlo contigo, sino para… La mayoría de los grupos de acción y un sector de la CNT queremos militarizar el sindicato.

—¿Cómo?

—La pregunta ya no es si el sistema de turnos va a caer o no, sino quién se va a hacer con el poder cuando esto suceda. Desde que comenzó el siglo, los obreros hemos intentado inclinar la balanza a favor del pueblo una y otra vez y… ya conoces el resultado. Éramos unos ilusos, nos faltaban armas y experiencia. Ahora tenemos lo segundo, y lo primero está por llegar.

—Vais a empezar una guerra.

—Mierda, Mateu, ya estamos en guerra, tú mismo lo has dicho mil veces. Una guerra encubierta, invisible y, al mismo tiempo, tan real como el aire que tú y yo respiramos. Se han acabado los jueguecitos. Además, si no ponemos remedio de una vez a su tiranía, es posible que ahora, dentro de unos meses o de diez años empiece una guerra civil que parta el país en dos. Por eso quiero que te vayas, por tu bien, por el de tu familia y por el de tu alma. Aunque tú no te lo creas, eres demasiado bueno para soportar lo que viene.

—Prométeme que no harás ninguna locura.

—Pensaba que no querías que te mintiera —dijo sonriendo con ironía—. Una última cosa, he escondido dos pistolas debajo de los asientos de la primera fila que dan al pasillo. En caso de que las necesites, ahí las encontrarás.

Me disponía a agradecerle su ayuda cuando el chico que vigilaba el exterior del teatro nos interrumpió. Entró en la sala como un torbellino y anunció que Kohen estaba apeándose de su automóvil en aquel preciso momento. Todos los presentes tomamos posiciones de inmediato. Los hombres de Enric se escondieron con sigilo para que el teatro pareciera vacío. Nervioso y angustiado, busqué la complicidad de mi hermano, quien me guiñó el ojo, esperanzado. Ambos nos sentamos en el borde del escenario y esperamos a que nuestro destino se nos desvelara a través de las puertas del María Romero.

Cuando se abrieron, la luz nos cegó. Un hombre cruzó el umbral y caminó hacia nosotros. A pesar de que apenas distinguíamos los rasgos, su silueta era inconfundible. Se trataba de Josep y avanzaba con los brazos en alto. Nadie le seguía, así que busqué la primera butaca del palco derecho, tras la que aparecieron la frente y los ojos de Enric. Él arqueó las cejas a la espera de instrucciones y yo me encogí de hombros para que comprendiera que debíamos tener paciencia. Josep alcanzó la mitad de la platea, a aquella distancia ya podía ver con detalle su semblante.

—Lo siento, lo siento mucho, no lo sabía —dijo afligido—. No les he dicho nada.

En aquel preciso momento emergió otra figura por la puerta. Tras unos instantes, identifiqué a una mujer con un bebé en brazos. Quizá lo negué unos segundos, quizá mi posición no era idónea para verla con claridad, la verdad es que no me atrevía a verbalizar su nombre.

—¿Es...? —alcanzó a decir Gabriel.

—Sí, lo es —respondí.

Montserrat entraba cabizbaja, con el vestido sucio, el pelo recogido con una cinta y sosteniéndote en brazos, hijo. Kohen la seguía pistola en mano. Cuatro hombres rodeaban al Barón y, conocedores de la legión de pistoleros que los aguardaban, apuntaban indistintamente a Josep y al vacío.

—¡Caballeros, camaradas, compañeros...! —gritó Kohen mientras avanzaba lentamente. Luego, en un tono más sosegado, añadió—: Desconozco qué palabra emplean para dirigirse los unos a los otros, aunque eso da igual. Si no quieren que esta mujer y su bebé pasen a mejor vida, la fiesta debe terminar ahora mismo. Sé que si los mato también caeré yo —dijo en cuanto alcanzó el punto en el que podían advertirse con claridad los rasgos de su cara. Con los ojos clavados en los míos, continuó—: Pero ahora mismo no se me ocurre un modo mejor de morir.

—¡Montserrat! —grité atónito y sin ideas para salvar la situación. Ella no me miró, continuó cabizbaja, como Josep, que todavía mantenía los brazos en alto.

—Exijo que se vayan los hombres que están escondidos por todo el teatro —siguió diciendo Kohen—. Si advierto un solo movimiento brusco o sospechoso, me veré obligado a disparar a esta hermosa dama. Caballeros, el destino de la mujer y del niño está en sus manos.

Gabriel negó con la cabeza. Acto seguido, busqué a Enric en el palco y lo hallé de pie y con las manos en la cabeza. Entonces tomé la decisión.

—Por favor, iros todos —pedí—. Dejádmelo a mí.

Durante unos instantes, nadie se movió. Sin embargo, poco a poco los pistoleros escondidos comenzaron a incorporarse, y a pesar del gran número de efectivos que habían acudido para ayudarnos, la bandera del desconcierto ondeaba en medio del silencio.

—¡Ya lo han oído, váyanse todos! —gritó el Barón—. Aquí dentro solo quiero a don Josep, a doña Montserrat y a los hermanos Garriga. Los demás, abandonen el teatro.

—Por favor —insistí—, marchaos, no permitáis que ella muera. ¡Salid, por favor, salid!

Enric asintió y avanzó por el palco en dirección a la entrada. El resto de los hombres le imitaron. El teatro se vació poco a poco al tiempo que yo veía cómo mi última esperanza se desvanecía por la puerta del María Romero. Deseaba transmitirle paz y calma a Montserrat, pero ella no alzaba el rostro. Te mecía con ternura, como si el amor que te profesaba fuera a sacarnos con vida de allí.

—Le pido disculpas por mi comportamiento en nuestro último encuentro, señor Mateu, no fue digno de mí. La cortesía y la educación han sido siempre dos de mis principales virtudes. ¡Ay, las pasiones! Dominan incluso a los más fuertes. Es una tara con la que los humanos tenemos que convivir.

—Kohen, déjate de jueguecitos —le espeté—. Dispárame, mátame, pero deja a los demás en paz.

—Señor Mateu, ¿acaso quiere que perdamos la formalidad a estas alturas? —Mis ojos inyectados en sangre le advirtieron de que no iba a tolerar que se divirtiera a costa de mi familia y de mí, de modo que Kohen decidió ir al grano—: No deseo matarle, ya se lo dije, solo quiero que experimente una culpa insoportable, aunque, si he de decirle la verdad, algo de razón lleva: nos entretendremos con un jueguecito. Hace un par de días que invitamos a Montserrat a abandonar la masía donde se escondía, y debo decir que la cantidad de improperios que me ha dedicado desde entonces han inspirado las reglas del juego que está a punto de comenzar. Antes de revelárselas, les pido que lancen las pistolas a la platea.

Gabriel y yo no nos lo pensamos dos veces, desenfundamos las armas y las tiramos a los pies de aquel malnacido. Uno de los pistoleros de Kohen las recogió.

—Así me gusta —dijo el Barón—. Una cosa más antes de empezar. Usted —dijo refiriéndose a Gabriel—, baje del escenario y coja al bebé en brazos.

Montserrat y Gabriel me miraron atónitos. Mi hermano buscó mi aprobación y yo hice un movimiento afirmativo con la cabeza.

—Dese prisa, que no tenemos todo el día. Baje del escenario y coja al bebé —le exigió Kohen.

Gabriel saltó a la platea. A continuación, se acercó a Montserrat y le aseguró que no permitiría que le sucediera nada a su sobrino. Por primera vez desde que había entrado en el teatro, Montserrat me miró. Advertí que una lágrima caía por su rostro. Luego entregó el bebé a Gabriel, quien lo cogió con cuidado.

—Está bien, Mateu, para participar en el juego debe tomar una decisión. Si algo me ha enseñado la vida es que un hombre como usted no lo puede tener todo, así que le proporcionaré una pistola y deberá decidir a quién va a disparar. Tiene dos opciones: su mujer o su hijo. Uno vivirá y el otro morirá.

—No serás capaz —espetó Gabriel.

—Por el amor de Dios, no sea tan cruel —intervino Josep—. Termine con Mateu y olvídese de él de una vez por todas, la mujer y el niño no tienen nada que ver.

—Guarden silencio, creo recordar que no les he dado vela en este entierro. —Kohen se echó a reír—. Nunca mejor dicho. Además, don Josep, si Mateu sigue vivo es porque usted me traicionó, así que por el bien de doña Mireia, cállese. —Luego siguió con su pantomima—: La curiosidad me corroe, ¿qué escogerá el bueno de Mateu? Si decide matar a su mujer, su hijo crecerá sabiendo que usted asesinó a su madre. Si dispara al niño, su mujer no volverá a mirarle a la cara. Difícil decisión, sí, señor.

Kohen hablaba con una mezcolanza de cinismo y burla, pero su semblante reflejaba los delirios de un hombre enajenado y fuera de control. Estupefacto, ningún músculo de mi cuerpo respondía. No hallaba salida, no creía que hubiera un modo diferente de solucionar las cosas; el mío era un destino aciago.

—Veo que no se decide —me presionó el Barón—. Escúcheme bien, o escoge o yo mismo les dispararé a los dos y usted se pudrirá en la cárcel sabiendo que podría haber salvado a su mujer o a su hijo y que, aun así, no movió un dedo.

—No pienso hacerlo —logré decir en un tono sereno. Decidí volver a las formalidades para ver si así Kohen se amilanaba—. Diga o haga lo que quiera, cúlpeme de lo que desee. Yo no voy a disparar. ¡Es usted un hijo de puta! —grité, luego me calmé un poco y continué—: Nada tuve que ver con lo que hizo doña Amàlia. Usted me está responsabilizando a mí, pero sabe que son sus fechorías las que la mataron, no las mías.

Kohen frunció el ceño y, colérico, se acercó a Gabriel y apuntó al niño con el arma. Montserrat gritó y mi hermano, en un movimiento instintivo, volvió el torso para protegerlo. Mi primer impulso fue abalanzarme sobre el Barón para matarlo a puñetazos; no obstante, en aquel momento, más que nunca, debía controlarme. La supervivencia de mi familia dependía de ello y los secuaces de Kohen no nos quitaban los ojos de encima.

—A mi hermana ni la mencione, ¿me oye? —soltó Kohen a

voz en grito—. Que su boca sarnosa no pronuncie nunca más ese nombre. Ahora decida o le reviento la cabeza a su hijo.

—Está bien, está bien, ¡basta! —gritó Montserrat—. Mateu —dijo a continuación—, no hay escapatoria. Por el bien de Joaquim, dispárame a mí. Si a alguno de los presentes le interesa mi opinión, prefiero que sobreviva él. No soportaría seguir viviendo de otro modo. Es lo que deseo y tú no puedes hacer más que cumplir la última voluntad de una moribunda. Ahora tienes que ser más valiente que nunca.

Me disponía a rebatirle sus argumentos, a convencerla de que no debía tirar la toalla, mi cabeza buscaba una treta para liberarnos del macabro juego de Kohen; no obstante, comprendí que mis esfuerzos eran vanos. Debía mantener la cabeza fría y cumplir la orden de Kohen, debía respetar la voluntad de Montserrat, tenía que ejecutarla. De repente dejé la mente en blanco. De un salto bajé del escenario y me dirigí hacia el Barón para que me diera la pistola.

—Tome —me dijo alargando el brazo para entregarme el arma—, solo hay dos balas. Asegúrese de que ambas son mortales. Cualquier paso en falso, me cargo a su hijo, ¿me ha entendido?

—Ilustrísimo Barón —dijo Gabriel con una calma y un tono alto que me desconcertaron—. Quiero apelar a su humanidad y a su bondad. Deje que se despidan, déjeles cinco minutos, y luego Mateu cumplirá su promesa.

—No, no dilatemos lo inevitable; cuanto antes, mejor.

—Concédales esa gracia, deje que suban al escenario y que se digan adiós detrás del telón, proporcióneles un poco de intimidad. Estamos todos a su merced, ya ha ganado la partida, y solo los hombres poderosos como usted pueden mostrar compasión. No tiene nada que perder, Mateu pagará por sus crímenes, permítales que se dirijan unas palabras antes de que echen a perder sus vidas.

Kohen se recolocó las gafas y se tocó la barbilla en un gesto reflexivo. Era impredecible, así que esperé su respuesta contemplando a una Montserrat resignada.

—Está bien —respondió Kohen al fin—. Cinco minutos. Un paso en falso y me cargo a su hijo y a su hermano, ¿está claro, Mateu? Hablen o hagan lo que convenga, y cuando terminen, quiero ver cómo le dispara. Sí —añadió como si quisiera convencerse a sí mismo—, su penitencia puede esperar cinco minutos.

Respiré aliviado, pues comprendí que la propuesta de Gabriel escondía una segunda intención, así que Montserrat y yo nos dirigimos a las escaleritas laterales del escenario. Una angustia infinita acompañaba cada uno de mis pasos. Creí que el corazón se me iba a escapar por la boca. Por suerte, no me equivocaba, Gabriel tenía un plan en mente.

—Ánimos hermano, estoy contigo. Ya lo hablamos, el teatro está lleno de ilusiones —dijo mientras acunaba a mi hijo—. Para que todo termine rápido, imagina que volvemos a ser pequeños y que esto es solo uno de nuestros juegos de niños.

Gabriel acababa de ofrecerme una solución arriesgada que cacé al vuelo. En los breves instantes que tardé en subir al escenario me surgió una duda: ¿qué haríamos después? No era momento de vacilar, así que confié en mi suerte, corrí el telón y allí, con Pere de cuerpo presente y un centenar de flores repartidas por el entarimado, cogí una pistola de fogueo de entre las bambalinas, de aspecto parecido a la que Kohen me había entregado. Montserrat estaba tan compungida que mi movimiento le pasó desapercibido, así que me acerqué para susurrarle el plan. Sin embargo, ella se adelantó.

—Mateu, por favor, cuida de Joaquim —dijo y, acto seguido, me cogió la mano. Yo la miraba y no la miraba, ya que quería asegurarme de que el telón nos protegiera realmente—. Ayúdalo a convertirse en un hombre de bien, haz que sonría cada día y, por favor, no le cuentes lo que ha sucedido aquí. No quiero que la culpa lo consuma como nos ha consumido a nosotros, no quiero que...

—Montserrat —la interrumpí. Por señas quería que comprendiera que tenía un plan—. Amor mío, la vida es riesgo y nosotros hemos corrido demasiados. Piensa en las pruebas y los retos que hemos superado. Ahora ha llegado el momento de la verdad, el último paso. Lo haré por Joaquim, para que sobreviva y disfrute de una vida plena. Abrázame.

Nuestros cuerpos se unieron y, al oído, le dije que tenía una pistola de fogueo, que descorrería el telón y justo cuando le dijera «Te quiero» le dispararía; entonces debía lanzarse al suelo y caer de espaldas a la platea. Sin preguntárselo, cogí la navaja que llevaba en el bolsillo y le hice un buen corte en la palma de la mano. Ella emitió un leve grito que llamó la atención de Kohen.

—¿Qué estáis haciendo? ¡No quiero tonterías! La vida de vuestro hijo depende de vosotros.

—Estamos dándonos el último abrazo, nada más.

—Esto es una pérdida de tiempo —le oí quejarse—. ¡Descorred el telón ahora mismo!

Antes de hacerlo, le pedí a Montserrat que, tras el disparo, se manchara el pecho con la sangre de su mano. Fui al desembarco. Mientras las cuerdas del telón corrían por los rieles, me concentré en aquella descabellada idea. Aparecí en escena empuñando la pistola de fogueo. Desde la platea todos los ojos estaban pendientes de lo que sucedía sobre el escenario. La incertidumbre, el miedo y el fuerte deseo de engañar a Kohen me llevaron a mostrarme ido, compungido, incluso solté alguna lágrima a causa de la tensión. Todo ello aportó veracidad a los ojos del Barón.

—Dispare, acabemos de una vez. ¿Me oye?

Alcé la pistola muy lentamente, temblando, aterrorizado.

—Montserrat, lo siento de verdad. Te quiero.

Apreté el gatillo y ella interpretó el papel de su vida lanzándose al suelo cual actriz consagrada. Mientras caía, se llevó la mano a la zona del pecho donde supuestamente le había disparado y su vestido se tiñó de rojo.

No existen improperios adecuados para definir la sonrisa de satisfacción que se dibujó en el rostro del Barón tras contemplar la escena. Aquella alegría era la señal de que había funcionado, se había creído la treta. Los nervios jugaron a mi favor ya que, debido a la tensión, empecé a llorar como si realmente hubiera disparado a tu madre.

—Su mujer era muy valiente. No ha dudado ni un segundo. Pablo, Marcial, Ramón —se dirigió a tres de los cuatro guardaespaldas que lo acompañaban—. Ha llegado vuestro turno.

Los tres enfilaron el pasillo central de la platea para abandonar el teatro, mientras el Barón nos explicaba lo que su mente había preparado:

—Estos hombres se dirigen a las oficinas de varios diarios para informarles de que Mateu Garriga ha matado a su mujer llevado por un ataque de celos. Les revelarán que su padre hizo lo mismo años atrás, y ya pueden imaginarse el jugo que le sacarán a la historia. Les dirán que actualmente colabora con la patronal como pistolero, lo que no es de extrañar, ya que en su día fue el gorila del señor Puig. —Josep negó con la cabeza unos segundos—. Por supuesto, también contarán que fue usted, Mateu, quien mató a Dolors Mas. Asimismo, les mostrarán pruebas de su colaboración con varios grupos de acción, les recordarán que usted fue acusado de ser el líder de «la banda del gigante» y, ya puestos, le colgarán la autoría del asesinato de un empresario que murió ayer. Una cosa más, lo vincularán también con las bandas del Libre —añadió con ironía—. No hay pruebas que lo demuestren, pero, dado su historial, seguro que los periodistas no dudarán en creérselo. A partir de mañana, usted será el villano de la ciudad y yo el héroe que la salvó, porque ahora iremos directos a la comisaría de policía y lo entregaré. ¿Qué le parece, Mateu? ¿Qué le parece? Por más que lo intente, nunca podrá conmigo.

A pesar de que aquel malnacido se había esforzado por crear una historia que dejaba mi nombre a la altura del betún, mi reputación no podía importarme menos. Opté por callar, por no responder a sus acusaciones; debía acatar su voluntad, salir del teatro y darle a Montserrat la oportunidad de huir. No obstante, a Kohen le molestó que no le respondiera. Yo me limité a mantenerme cabizbajo por miedo a desvelar el ardid; creo que él anhelaba verme berrear o suplicar clemencia. Me disponía a bajar del escenario y a acompañarle a comisaría sin oponer resistencia, cuando las cosas se precipitaron y escaparon a mi control.

—Debo decir que fue más fácil terminar con su primo que con su mujer —espetó Kohen en un intento de provocarme.

—¿Cómo? —Josep, que había permanecido de pie y callado, reaccionó airado—. Me juró que no le tocaría ni un pelo a Pere, teníamos un trato.

—Nunca pensé que usted pecaría de inocente, Josep. ¿Quién creen que avisó a los hermanos del amante de Pere? Una jugada maestra, si me permiten decirlo.

En cuanto terminó de hablar, Josep se abalanzó sobre él hecho una furia, agarró el cañón de la pistola del Barón y la desvió para que apuntara al techo. Nuestro enemigo seguía aferrándose a la empuñadura, así que forcejaron. El cancerbero de Kohen que aún permanecía en el teatro se disponía a disparar a Josep, pero dudó unos segundos por miedo a que pudiera herir a su jefe, enfrascado en la refriega. Gabriel aprovechó el desconcierto y, preciso, veloz y llevándote en brazos, cogió una de las pistolas que había escondido debajo de los asientos delanteros de la platea y mató al tipo de un balazo en la frente. Inmediatamente después, Josep golpeó el vientre de Kohen con su rodilla. Los brazos del Barón se aflojaron y Josep pudo dirigir el cañón del arma hacia su adversario. La pistola se disparó. Kohen cayó de rodillas y, acto seguido, se desplomó en el suelo con el pecho ensangrentado. Josep, ileso, se mostraba desencajado y asustado.

—Soy hombre muerto, después de esto, soy hombre muerto. Tengo que avisar a Mireia —dijo para sí mismo.

Con todo, fue un error dar a Kohen por muerto: seguía en el suelo pero estaba vivo, aunque sin apenas fuerzas. En un arrebato de rabia, y tan rápido que no me dio tiempo a avisar, el Barón cogió su arma, que había caído justo a su lado y, apuntando a Josep, apretó el gatillo un par de veces. De nuevo, Gabriel actuó con tino y, mientras el cuerpo sin vida de Josep se desplomaba en el suelo, le descerrajó a Kohen cuatro tiros.

Contemplé aquella última escena atónito. Incapaz de reaccionar, no podía ayudar a ninguno de sus protagonistas. Aun así, tras el último disparo de Gabriel, caí en la cuenta de que todo había terminado. El alivio se apoderó de mi cuerpo como una fuerza sanadora. Mi hijo, mi mujer y mi hermano seguían con vida. Gabriel dejó el arma en la butaca y te aupó en señal de victoria. Yo me mantuve impávido hasta que finalmente pude decir:

—Todo se ha acabado, Montserrat.

Ella se levantó con cautela y, sin concederle tiempo para que comprendiera lo sucedido, subí al escenario y la besé. Cuando nuestros labios se separaron, nos abrazamos con tanto ímpetu que, por un segundo, sentí una profunda paz.

—¿Qué ha pasado? —preguntó desconcertada.

—Kohen está muerto, ¡Kohen está muerto!

Cuando me disponía a contárselo con detalle, dos personas irrumpieron en la platea procedentes de la calle. Se trataba de María Green y Joan Mas. Al abandonar el teatro, Enric había ido al encuentro de la actriz para contarle lo sucedido, y ambos se habían puesto en camino para ayudarnos. La actriz nos lo contó mientras avanzaba por el pasillo intentando identificar a los muertos.

—Tres villanos menos —dijo al ver en el suelo a Kohen, a Josep y a uno de los matones—. Mateu, no apruebo sus métodos, pero debo decir que son efectivos. Queridos, váyanse inmediatamente, será mejor que la policía no los encuentre aquí. Ya improvisaremos algo cuando lleguen. —Ante la parálisis de Gabriel, de Montserrat y la mía, doña María nos acució—: Venga, ¡no es momento de vacilar!

Tu madre y yo bajamos del escenario rápidamente. Ella se vendó la mano con la cinta del pelo y te cogió en brazos. Sorteamos los cadáveres y ni siquiera eché un vistazo a Kohen: no se merecía que malgastara ni un segundo más de mi vida en él. En cambio, contemplé el cuerpo inerte de Josep. Me agaché para coger el reloj que sobresalía del bolsillo interior de la americana, lo guardé y pensé: «Hasta pronto, amigo».

Al pasar junto a la dueña del teatro, me detuve unos segundos.

—Doña María, no sé cómo agradecérselo. ¿Seguro que podrá lidiar con todo esto? —le dije.

—Soy actriz, si no pudiera convencer a unos burdos policías de lo que se me antoje, debería buscarme otro oficio. Y no se preocupe por Pere, nosotros cuidaremos de él hasta la hora del velatorio. Váyanse, deprisa, y que la suerte los acompañe.

Enfilé el pasillo detrás de Gabriel y Montserrat. Cuando estaba a punto de cruzar el umbral, me di la vuelta y vi a doña María observando el cadáver de Josep. Nunca sabré qué había enemistado a dos personas como ellas, pero vi odio en el rostro de la mujer. Después mis ojos se cruzaron con los de Joan, quien me correspondió con una mirada triste, muy parecida a la que me ofreció Dolors al caer muerta ante mis ojos. Suspiré y salí del teatro. Enric nos esperaba con una tartana que nos alejó del Paralelo.

26

La búsqueda del sentido a nuestras acciones suele ser una odisea de la que pocos escapan. ¡Cuánto ansío silenciar esa voz que no cesa de atormentarme! Me reprocha mis traspiés, desalienta mi ánimo con su menosprecio, me pone de frente a las miserias y ahuyenta las alegrías. ¿Cómo encontrar respuestas, si sigo atado a un dictador que tiñe de oscuro cuanto ven mis ojos? Dejando atrás el Paralelo, resguardado por la cubierta de la tartana, sentado junto a Montserrat y Gabriel, llegué a una conclusión: las verdades más trascendentes —el amor, la fraternidad, el odio, la vida— carecen de sentido.

—Joder, Mateu, tendréis que largaros del país —se aventuró a decir mi hermano—. La ciudad entera te odiará, no tenemos ninguna posibilidad de frenar la publicación de semejante sarta de mentiras.

El Barón formaba parte del pasado, pero seguíamos presos de sus artimañas. Sentado en el pescante, Enric guiaba el caballo que nos conducía al sótano de la masía de Miguel.

—Tienes razón, no tenemos otra opción —reconocí—. ¿Sabes? Kohen ha desaparecido y yo no siento nada, ni calma, ni alegría, ni euforia, nada.

—Piensas demasiado, hermano, ese ha sido siempre tu problema. Hemos ganado y estamos vivos, no le des más vueltas. Es horrible lo que nos acaba de pasar. ¡Joder! ¡Joder! —exclamó Gabriel de repente con aspavientos—. Deberíamos estar eufóricos, ¡por fin hemos acabado con él!

—Gabriel, Pere ha muerto y no hemos tenido tiempo para llorarlo.

Mi hermano volvió la cabeza y contempló las calles que dejábamos atrás. Una lágrima se deslizó por su mejilla. Sabía que si trataba de consolarlo se violentaría, así que decidí dejarlo a solas con su pena y respetar su necesidad de disimularla. El repicar de los cascos del caballo, el cuero de las riendas con las que Enric azuzaba o refrenaba al animal, el volteo de las ruedas sobre los empedrados o la tierra de las calzadas de l'Eixample acompañaban nuestro silencioso duelo.

—Mateu, yo no me iré contigo —dijo Montserrat al cabo de un rato.

—¿Por qué dices eso?

—¿Me lo preguntas después de lo que acaba de suceder? Ahora mismo solo tengo ganas de alejarme de ti. Te quiero, no lo dudes ni por un minuto, pero no quiero irme contigo.

—Pero, pero...

—Será mejor que lo discutamos a solas, espera a que lleguemos a la masía.

Nos alejamos del centro de la ciudad y llegamos a los campos que rodeaban la masía de Miguel. Enric nos dejó en la puerta y se despidió de nosotros, mientras Gabriel bajaba al sótano llevándote en brazos para contarles a los tíos todo lo que había sucedido. Hijo, conociste a mis tíos y a tus primos estando en brazos de Gabriel porque tu madre y yo teníamos una conversación pendiente, por eso ella y yo nos dirigimos directamente al establo.

—No sé qué quieres que te diga —comenzó cuando le pedí que me contara qué le ocurría—. ¡Hoy hemos estado a punto de morir y hemos sobrevivido de milagro! No quiero verme envuelta nunca más en una situación como esta y creo que la única manera de evitarlo es alejándome de ti. Si lo que me dijiste cuando estábamos en El Talladell es verdad, si soy realmente libre, tú te irás sin mí.

—¿Puedo darte mi opinión? ¿O puedo, al menos, explicarte lo que pienso? Porque no eres tú la única que tiene algo que decir sobre lo ocurrido.

Montserrat se apartó el pelo de la cara y, acto seguido, se cruzó de brazos, en actitud desafiante.

—Claro, solo faltaría, Mateu, puedes decir lo que consideres oportuno; al fin y al cabo, eres el padre de nuestro hijo.

—Escúchame porque me quieres, no solo porque soy el padre de Joaquim —repliqué, irritado.

—Mira, no juegues ahora la carta del amor porque no es de amor de lo que estamos hablando. Así que habla y luego deja que yo escoja cómo quiero vivir mi vida.

—Está bien, está bien... —Callé unos segundos, inspiré y traté de iniciar mi alegato—: No dudo que Joaquim será el crío más feliz del mundo a tu lado; sin embargo, si lo alejas de mí, lo estás condenando a crecer sin su padre. Tenemos que pensar también en él...

—Y quién tiene la culpa, ¿eh? —me interrumpió Montserrat—. Podrías haberte quedado con nosotros en El Talladell, pero no, por enésima vez antepusiste tu lucha a tu familia. Y ahora tienes que huir por el lío en el que tú solito te has metido. No lo hago por mí, lo hago por él.

—Sé que lo que te estoy pidiendo es mucho, abandonar tu vida en Barcelona para emigrar a otro continente. ¿No lo ves?, en el fondo quieres venir conmigo. Te prometo que de ahora en adelante iré con más cuidado.

—¿Es eso todo lo que puedes ofrecerme? ¿Promesas? También en Argentina encontrarás la manera de meterte en líos. Y te digo una cosa: puede que tus motivos sean justos y sinceros, aun así, hoy han encañonado a Joaquim. Cada vez que empuñas una pistola, nos pones a los dos en peligro. Estas son mis razones, puedes comprenderlas o no, pero no voy a seguir justificándome.

Sonreí. Necesitaba hablar desde el corazón, ese compañero hastiado y desbordado que durante tanto tiempo mantuve oculto bajo mis temores.

—¿Y qué quieres oír, eh, Montserrat? ¿Quieres que te diga

que llegaremos a buen puerto? ¿Que en Buenos Aires llevaremos una vida ordinaria y conformista? ¿Que vamos a sumarnos a esa marea de fieles que viven al amparo de los opresores? —Una lágrima se deslizó por su mejilla y ella la borró de su rostro con la mano. Aunque deseaba abrazarla, no era momento de palabras ni de mimos—. Sabes que no somos animales de correa. He atravesado una tormenta de balas para llegar hasta aquí y ahora no voy a agachar la cabeza ni a acallar mi voz. No negaré que un poco de tranquilidad nos vendrá bien, pero ya sabes cómo soy y, sobre todo, ya sabes cómo eres tú. Cuando te conocí, yo no era más que un saco de incertidumbres. Tu fuerza me cautivó y, poco a poco, fui abriéndome al mundo, aprendiendo que el sufrimiento es algo transitorio y que, si huimos de él, nos persigue con más ahínco todavía, y que el amor por sí solo no lo remedia, aunque es el arma más potente de que disponemos para vencerlo. Ojalá alcancemos el paraíso, un lugar donde nuestros semejantes disfruten de las mismas condiciones de vida, donde la palabra «opresión» sea un concepto arcaico del que solo se habla en las clases de historia.

»Sin embargo, y a pesar de que el ser humano tiene cosas maravillosas, también es egoísta y vil. Ya lo dijo Kohen: "El poder está ahí, se halla entre dos seres humanos que respiran uno junto a otro", y si no enseñamos a nuestros hijos que no deben arrebatárselo a nadie ni acumularlo, sino compartirlo, mientras no les eduquemos en el respeto, el mundo será un lugar injusto donde unos pocos dictarán las normas por las que se rigen ciudades y pueblos. No me pidas que mire hacia otro lado cuando vea sufrimiento, no me pidas que me calle ante la injusticia, porque quizá, en unos años, será Joaquim quien sufrirá. Y entonces ¿qué? ¿También me pedirás que no intervenga? Ya no sé ni en qué creo. Hay que intentar algo distinto, un sistema diferente y, en caso de que no funcione, habrá que seguir buscando, seguir, seguir, seguir luchando hasta que lo logremos. Quizá te parecerá hipócrita lo que te voy a decir, aun así estoy harto de que el mundo sea un lugar tan hostil. Tenemos la obligación de encontrar el modo de calmar el hambre y la sed, de curar las enfermedades y de impedir que exista una sola persona que lleve una vida miserable.

—Es una obligación de todos, no solo tuya —replicó Montserrat.

—Sí, lo sé, sé que soy un hombre insignificante, que cree que lucha para salvar el mundo y se llena la boca de discursos grandilocuentes, a pesar de que solo busca lo mismo que todos, que le amen. Ahora comprendo que todas mis acciones desde que tengo memoria se han dirigido hacia un solo fin: conseguir el amor de mi madre, de mis tíos, de mi hermano, de mi primo, el tuyo. El amor no se gana ni se posee, se da sin esperar nada a cambio. Creo que me obsesioné con Kohen porque tenía que demostrarme a mí mismo lo que para mí era una verdad incuestionable: si lograba protegeros a todos, acabaríais queriéndome. ¡Qué equivocado estaba!

»Y debo decirte una última cosa: es el miedo lo que te induce a quedarte en Barcelona, no una decisión firme. No me mires así, tú no eres el único Pepito Grillo, yo también sé decir verdades. Demasiadas he callado ya, demasiadas. Lo que hemos vivido hoy es espantoso, y lo siento, lo siento en el alma, pero no puedes culpar a la víctima de lo sucedido, culpa al verdugo: ha sido Kohen quien nos ha puesto en semejante tesitura, no yo. Así que, amor mío, tú tampoco callarás ni claudicarás, no dejarás de decir lo que piensas aun cuando te encañone el peor de tus enemigos. Yo quiero que mi hijo crezca junto a unos padres fuertes e insobornables, que entienda la fuerza de las ideas y lo funestas que pueden llegar a ser las rencillas y ese maldito odio que nos incrustan en el corazón según el lugar donde nacemos. Así que te pido que no me falles ahora, que me cojas de la mano y te conviertas en la voz de mi conciencia por el resto de mis días. Y, si me lo permites, yo seré la tuya. No hay nada que desee más en este mundo.

Montserrat se cubrió el rostro con una mano y luego la deslizó por su cara. A continuación, me la ofreció para que se la agarrara.

—Mira que me he esforzado en odiarte, pero, por lo visto, es simplemente imposible.

Tras su respuesta, le cogí la mano y ambos nos dirigimos a las escaleras que conducían al sótano. Bajamos por ellas el uno delante del otro sin soltar las manos, y cuando pisamos el socorrido escondite, Gabriel comprendió lo que había sucedido entre Montserrat y yo, y me guiñó el ojo para dármelo a entender.

Pusimos al corriente de todo a la familia y luego mi hermano me convenció de que, por mi propia seguridad y por la de todos, tenía que confinarme en aquel sótano hasta el momento de embarcar. Al día siguiente sería el hombre más buscado de la ciudad y, si andaba por la calle, todos correríamos peligro; así que llegó el momento de la despedida. Abracé fuerte a mis tíos y les agradecí su enorme amor y generosidad. Poco quedaba por decir, les deseé una buena vida y expresé mi anhelo de volverlos a ver en el futuro. Algo parecido le dije a Cristina, que me pidió que cuidara de Montserrat. Yo, por mi parte, le hice el mismo encargo con respecto a Gabriel. «No lo voy a tener fácil», fue su respuesta. Les dije adiós a mis sobrinos, convencido de que volveríamos a vernos, y les deseé paz y prosperidad. Montserrat decidió pasar los últimos días en casa de su hermana, así que convinimos en encontrarnos a bordo del barco.

Aquella tarde, toda la familia asistió al velatorio de Pere en el María Romero y, a la mañana siguiente, acompañaron al féretro al cementerio de Montjuïc, donde lo enterraron en la zona libre, con el resto de los difuntos que no son cristianos. Tía Manuela en un principio mostró su desacuerdo, hasta que comprendió que esa era la voluntad de su hijo y dio su consentimiento. Yo no fui a ninguno de los dos eventos y creo que hice bien, ya que, mientras sepultaban a Pere, mis pecados, los verdaderos y los falsos, corrieron de boca en boca por toda la ciudad y pasé a ser considerado un villano.

Cayó la noche y, hastiado de permanecer entre aquellas cuatro paredes, triste por no haber podido acompañar a mi familia en la despedida de Pere, decidí salir y dar un paseo por los campos que rodeaban la masía. Me senté bajo un árbol, saqué del bolsillo el reloj de Josep y abrí y cerré la tapa varias veces, como solía hacer él. De repente apareció Gabriel y se sentó a mi lado en completo silencio. Al cabo de un buen rato, me contó que había pasado por casa de Pere, había llenado una bolsa con algunas de mis pertenencias y las había dejado en el sótano. Traía whisky y dos vasos, vertió un poco en cada uno de ellos, se puso una peluca de mujer que había encontrado en casa de nuestro primo y propuso un brindis.

—Por Pere —dijo alzando el vaso.

—Por Pere —le respondí haciendo lo propio.

—¿Y esa peluca?

—No lo sé, es algo así como un homenaje a Pere. O quizá a ti. Tal vez me la he puesto para que te sientas más cerca de nuestro primo, ya que no has podido ir a su entierro. No sé, me ha parecido una buena idea.

—Te agradezco el gesto, Gabriel. Anda, quítatela.

Mi hermano obedeció sonriendo. Acto seguido, cambió el tono de su voz.

—Mateu, buscaré a nuestro padre y lo mataré —dijo—. Quizá debería olvidarme de él, quizá me convierta en un diablo, sin embargo solo sé una cosa: tengo que hacerlo.

—Entiendo lo que sientes, hazlo si eso es lo que quieres, pero después de acabar con Kohen solo puedo decir que no ha valido la pena. —Sin esperarlo, surgió una duda—: ¿Qué... qué habría sido de nosotros si nos hubiéramos criado con nuestros padres?

—Joder, Mateu, ¡qué cosas tienes! ¿Qué sería del mundo si no fuera mundo? —Gabriel reflexionó unos instantes y prosiguió—: Para serte sincero, no creo que yo hubiera salido muy diferente —concluyó, y soltó una carcajada orgullosa. De pronto su voz se tornó solemne—: También iré a por los que mataron a Pere. Espero que los testigos me ayuden a identificarlos para que se pudran en la cárcel. Lo traté muy mal y ahora es todo lo que puedo hacer para compensarlo.

—Si no tuviera que irme, te prometo que te ayudaría. Sobre

tus remordimientos, te aconsejo que no dejes que te hundan, apóyate en ellos para ayudar a los demás. Cuando te encuentres con alguien tan diferente como Pere, o como yo, tiéndeles la mano.

—Te juro que no quería llorar, pero me lo estás poniendo muy difícil.

Suspiré. Estuvimos más de media hora deseándonos lo mejor. Han pasado varios días desde aquel momento y aún siento en la piel el último abrazo que nos dimos. Despedirme de Gabriel es siempre una de las cosas más difíciles.

Al cabo de unas horas, me dirigí al puerto y subí a bordo del primero de los dos barcos que hemos tomado, rumbo a nuestra nueva vida. Había dos policías controlando el acceso de los pasajeros, pero gracias a los contactos de Enric, pude burlar a los agentes embarcando por la puerta de la tripulación. Montserrat y tú me estabais esperando en la cubierta y, a partir de nuestro reencuentro, hemos disfrutado de una vida apacible en alta mar. A los pocos días de navegación, tomamos el segundo barco, que es desde donde te escribo estas palabras. Los malos recuerdos no tienen cabida cuando se contempla la inmensidad del océano Atlántico. Estoy sentado en el suelo de la cubierta superior, con la espalda apoyada en una de las paredes del comedor principal y una libreta sobre las rodillas, como cuando era un crío. Escribo mientras tu madre juega contigo a unos pocos metros de distancia. Hijo, la plenitud me invade cuando te veo caminar bravo aunque inestable.

Ahora que mi tierra ha quedado atrás y el horizonte se abre a una nueva vida, no puedo dejar de pensar en la fragilidad de nuestro equilibrio como seres humanos. Aunque parezca mentira, es más fácil declarar una guerra que ponerle fin, como más fácil es dejarse llevar por la ira que controlarla. ¡Con cuánta frecuencia permitimos que el odio nos arrebate el amor que somos capaces de dar! No me malinterpretes, no creo que tipos como Kohen merezcan mi estima, pero cada segundo que he malgastado aborreciéndolo se lo he hurtado al amor a tu madre, a mi familia o a ti. ¿Qué quieres? El verdadero pistolero no ataca su propia fragilidad, sino que la protege, el sabio la abraza, el humilde la experimenta sin aspavientos, el monstruo la muestra en público y el villano menosprecia la suya y la de los demás. Los motivos por los que luchamos hay que buscarlos en nuestras debilidades, ellas son las que nos proporcionan las fuerzas suficientes para ganar la batalla. Los hombres lo hemos olvidado en algún tramo del camino, por eso el mundo es una caja de Pandora que espero que algún día se llegue a cerrar.

¿Qué más puedo decirte? Ahora mismo tengo Barcelona en mis pensamientos. Mi amada Barcelona, la echaré mucho de menos, con sus calles que tanto me han dado y tanto me han arrebatado. ¿Hallará la paz? ¿Será tierra de revolución? Espero que los bandos enfrentados lleguen a un entendimiento y juntos construyan una nueva sociedad basada en la cooperación y no en la animadversión. Deseo que nunca más se declare una guerra en mi tierra, esa sería la peor de las derrotas; quiero que los argumentos prevalezcan sobre las armas, que las máscaras se luzcan solo en los carnavales y que la avaricia ceda el paso a la compasión y la justicia. Aunque, qué puedo decir yo, un simple pistolero que ha caído en las trampas del resentimiento y la venganza.

Hijo, te lo vuelvo a decir, ojalá pueda contarte esta historia de viva voz y no tengas que conocerla a través de estas letras. Es importante conocer los pecados de nuestros predecesores, solo así evitaremos convertirnos en esclavos de sus traspiés. Aprende a separar el grano de la paja y no cometas los mismos errores que han perjudicado a mis seres queridos. Juro en este mismo momento que voy a poner todo mi empeño en educarte como a un hombre libre y justo. Solo me queda decirte que te quiero y desear que tengas una buena vida. Aunque, a estas alturas, ya no sé qué significa tan falaz anhelo.

Agradecimientos

Antes de nada, gracias a mis familiares y a todos mis amigos y amigas, por el amor con el que recibisteis *La avenida de las ilusiones* y por el tiempo y la energía que habéis dedicado a darla a conocer. Sois increíbles.

También a quienes han creído en *Nunca serás inocente*, un reto superado con la ayuda de muchas personas.

A Cristina, mi editora, muchas gracias por tu confianza, tu trabajo duro y tus consejos; han sido imprescindibles para que esta novela saliera adelante y son vitales para que yo pueda seguir creciendo.

Muchas gracias al equipo de Grijalbo por apostar por esta historia. Sin vuestro esfuerzo no hubiera sido posible.

Como siempre, mil gracias a mis lectores cero. Carlos, Cris, os agradezco mucho vuestros consejos y vuestra paciencia, sois una luz que ilumina el rumbo de ese barco siempre a la deriva llamado escritura.

Terminar una novela es poner fin a una batalla entre creer y crear, por eso me gustaría dar las gracias a Fede, Maite, Anita, Pascu, Solex, Bernat, Aina, Sofia y al resto de los amigos y amigas por los valiosos consejos que me habéis dado en estos últimos tiempos.

Gracias a los bibliotecarios y bibliotecarias de las bibliotecas Francesc Boix del Poble Sec, Andreu Nin del Gòtic e Ignasi Iglesias-Can Fabra de Sant Andreu, por haberme ayudado a encontrar información sobre los barrios y los oficios que se narran en este libro y sobre los tiempos del pistolerismo.

Papá, mamá, Patri, gracias por estar siempre ahí y por seguir alentando mis pasos. Confiar en el futuro es más fácil con vosotros a mi lado.

Gracias a todas aquellas personas que lucharon por obtener los derechos y libertades de los que hoy disfrutamos y que algunos insensatos e insensatas están poniendo en peligro. Hubo que luchar y sufrir mucho para conseguirlos, no los echemos a perder.

Y gracias a ti por haber leído este libro.